오이디푸스의 눈

식민지 조선문학과 동아시아의 지리적 상상

저자

오태영(吳台榮 Oh, Tae-Young)_ 전남 해남에서 나고 자랐다. 동국대학교 국어국문학과와 같은 학교 대학원에서 석사 및 박사과정을 마치고 「동아시아 지역주의와 조선 로컬리티」로 박사학위를 받았다. 동국대학교 다르마칼리지 강의초빙교수를 거쳐 현재 조교수로 재직하고 있다. 주요 논문으로 「식민지 청년의 이동과 성장의 임계」, 「전시 총동원체제기 식민지 조선문학의 공백과 균열」, 「탈식민-냉전 체제 형성기 지정학적 세계 인식과 조선의 정위」 등이 있고, 저역서로는 『고도의 근대』(공저), 『한국문학 속의 중국 담론』(공저), 『아시아-태평양전쟁과 조선』(공역) 등이 있다. 문학작품, 여행기, 지리지 등을 대상으로 근대 한국인의 이동의 체험에 나타난 지리적 상상에 대해 고찰하는 것을 통해 공간적 실천 행위의 주체로서 개인의 자기 정립의 욕망에 관심을 갖고 공부하고 있다.

오이디푸스의 눈 식민지 조선문학과 동아시아의 지리적 상상

초판인쇄 2016년 1월 20일 **초판발행** 2016년 1월 30일
지은이 오태영 **펴낸이** 박성모 **펴낸곳** 소명출판 **출판등록** 제13-522호
주소 서울시 서초구 서초중앙로6길 15, 1층
전화 02-585-7840 **팩스** 02-585-7848 **전자우편** somyungbooks@daum.net **홈페이지** www.somyong.co.kr

값 32,000원
ISBN 979-11-5905-043-5 93810

오이디푸스의 눈

식민지 조선문학과 동아시아의 지리적 상상

Eyes of Oedipus
: Korean Literature and Geographical Imagination of the East Asia in Japanese Colonial Period

오태영

소명출판

책머리에

이광수의 『무정』에서 식민지 조선인 청년 이형식은 삼랑진 수해 현장에서 무지하고 미개한 조선인들의 참상을 목도한 뒤 그들에게 생활의 근거인 힘과 지식을 주기 위해서 '과학'이 필요하다고 인식한다. 그는 약하고 어리석어 보이거나 미련하고 무감각해 보이는 식민지 조선의 농민들에게 무엇보다 먼저 과학을 주어야 한다며 "과학! 과학!"이라고 부르짖는다. 삼랑진 수재민을 구제하기 위한 자선음악회를 마친 뒤 이형식은 병욱과 영채, 선형에게 자신들의 유학이 바로 이 조선인들을 문명화로 이끌기 위한 배움의 길이어야 한다는 점을 명확히 한다. 이에 청년들은 모두 자신의 역할을 다짐하면서 한 몸, 한마음이 되는 비약의 순간을 경험한다. 이처럼 각각 미국과 일본 유학길에 올랐던 식민지 조선인 청년들은 삼랑진 수해 현장에서의 구제 활동을 통해 자신들의 이동을 개인의 입신출세를 위한 것이 아닌 식민지 조선의 문명화의 사명을 수행하기 위한 것으로 의미 부여할 수 있었다. 하지만 나약하고 우유부단한 식민지 조선인 청년 이형식이 '계몽적 주체'로 자기를 정립하는 데 타자로서의 미개한 조선인들만이 필요한 것은 아니다. 무엇보다 그는 스스로 자신을 둘러싸고 있던 전근대적 가치와 질서, 상징체계들과 결별해야만 했다. 이런 점에서 그가 평양으로의 이동을 통해 과거 자신과의 결별이라는 제의의 과정을 거쳤던 것은 의미심장하다. 서양 유학을 통해 계몽적(낭만적, 민족적) 주체로 새롭게 자기를 구축하기 위해서는 영채를 비롯한 전근대적 가치와 질서로부터의 해방이 선결되어야 했고, 이형식은 평양으로의 이동이라는 공간적 실천 행위를 통해 이를 달성한 것이다. 따라서 『무정』에서 이형식의 이동의 경로는 그가 자기를 기획하고 자신의 정체성을 새롭게 정립하는 과정 그 자체를 보여준다.

염상섭의 『만세전』에서 식민지 조선인 청년 이인화는 아내가 위독하다는 전보를 받고 조선으로 향한다. 그는 조선으로의 이동 과정 속에서 식민지 조선인으로서의 자기를 발견하고, 조선의 식민지적 현실을 목도한다. 제국의 수도 도쿄에서 자기를 유폐했던 식민지 청년인 그는 시모노세키에서 관부연락선에 올라 일본인 형사의 감시의 시선에 놓이게 되고, 목욕탕에서 일본인들의 대화를 들으면서 조선인 인신매매의 참상을 알게 된다. 또한 형사의 검색에 의해 은연중에 회피하고 있었던 식민지 조선인으로서의 자기를 깨닫지 않을 수 없게 된다. 한편, 김천에서 봉건적 질서 아래 놓인 조선의 현실을 확인하고, 상경하여 탐욕과 비밀로 충만한 경성의 변화된 모습을 바라보며 환멸을 느낀다. 이제 그에게 식민지 조선은 '묘지' 그 이상도 이하도 아닌 공간으로 여겨지게 된 것이다. 따라서 이 이동의 과정에서 그는 나르시시스틱한 시각 주체로서 자기 파탄의 체험을 식민지적 현실과의 유비 관계 속에서 맛보지 않을 수 없었다. 결국 그는 제국 일본의 중앙 도쿄에서 식민지 조선으로 이동하는 과정 속에서 식민지인으로서 자기와 식민지 조선의 현실을 명확히 자각하지 않을 수 없었던 것이다. 이처럼 『만세전』은 식민지 조선인 청년의 '이동의 정치학과 시선의 윤리학'이라고 할 만한 것을 예리하게 묘파해내고 있다.

이광수의 『무정』에서의 이형식과 염상섭의 『만세전』에서의 이인화가 대표하듯이, 식민지 조선의 청년들은 '이동'이라는 공간적 실천 행위를 통해 새로운 세계를 경험하였고, 타자와 조우했으며, 자기를 정립해나갔다. 그들은 자신을 둘러싸고 있던 기존의 고유한 질서와 상징체계로부터 벗어나 근대 세계 체제와 동아시아 지역 질서의 변동 과정에 조응해 자신의 존재 방식을 모색하고 자기 존립의 근거를 마련하기 위한 끝없는 '여행'을 떠났다. 여행자로서 그들은 제국-식민지 체제의 법역(法域)을 넘나들며 새로운 공간 인식과 경계 감각을 창출했고, 그러한 과정 속에서 시각 주체로서 자신의 위상을 재구축하였다. 식민지 말이라는 제국-식민지 체제의 임계점(臨界點)에서 조선의 지식인·문학자들은 제국의 눈에 의해 보여지는 타자의 위치로부터 벗어나 식민지의 눈을 통해 보는 자로서 주체화의 길을 모색했던 것이다. 하지만 식민지인으로서의 이동이나 식민지의 눈으로 본다는 것은 그 자체로 언제나 분열증적일 수밖에 없었다. 그들은 식민지 조선인이라는 유동적인 상태에 놓여 있었고, 그런 만큼 그들의 주체화 과정은 나르시시즘적이었다.

나르시시스트로서의 그들은 세계 속에서 자신의 그림자와 조우하고, 타자를 흡수하여 자기화하였다. 하지만 바로 그 자기 확장의 기획 속에서 '순수한 자기'를 상실하고, 자기혐오에 빠지게 되는 역설적 상황에 봉착하게 마련이었다. 이 책에서 주목하고 있는 식민지 조선의 지식인·문학자들은 새로운 세계를 꿈꾸고 동아시아의 각 지역으로 이동하면서 보는 행위를 통해 끊임없이 자기를 확장하려고 했지만, 제국

-식민지 체제의 질서화된 삶 속에서 결국 그들은 자기를 상실하고 자기혐오에 빠지고 말았던 것이다. 그리고 그러한 자기혐오를 극복하기 위해 그들은 다시금 나르시시즘적인 주체화의 길을 걸었던 것이다. 하지만 불안한 상태로부터 벗어나기 위한 주체화 과정이 나르시시즘적일수록 역설적으로 그들의 시선은 분열증적이었다. 그들은 식민지의 눈으로 제국의 시선을 갖고자 욕망하거나, 제국의 시선 아래 식민지의 눈을 은폐하고자 하였다. 이 책에서 다루고 있는 식민지 말 이형식과 이인화의 후예들이 이동의 과정에서 보여준 시선과 상상력이 그러하다. 이 책의 표제를 '오이디푸스의 눈'으로 삼은 데는 식민지 조선의 지식인·문학자들(그리고 그들이 만들어낸 인물들)의 나르시시즘적이고 분열증적인 시선과 상상력을 염두에 두었기 때문이다.

이 책은 2012년 2월 제출한 박사논문 「동아시아 지역주의와 조선 로컬리티」에 학술지에 발표한 몇몇 연구논문을 더해 단행본의 형식에 맞게 체제를 바꾸고, 내용을 수정·보완한 것이다. 박사논문의 논의 내용 중 일부가 연구논문의 형식으로 학술지에 게재되었다가 이후 다른 단행본에 묶여 출간되기도 하였지만, 이 책의 구성과 체제를 감안해 여기에 가져와 새롭게 구성하였다. 박사논문 제출 이후 미진한 부분을 보완해야겠다는 생각만 되풀이해왔을 뿐 정작 그 내용에 있어서 큰 변화를 주지는 못했다. 이는 무엇보다 내가 게으른 탓이라 변명의 여지가 없다. 박사논문이 그나마 꼴을 갖출 수 있었던 것은 심사위원이셨던 류보선, 박광현, 윤대석, 차승기, 황종연 선생님의 지도와 가르침 때문이었다. 심사위원 선생님들의 지도와 가르침을 충실하게 담아

내지 못한 것은 전적으로 내 공부가 부족했기 때문이었지만, 그럼에도 선생님들의 은혜로 박사논문을 제출하고 문학연구자의 길을 걸어올 수 있었다. 한국문학 연구에 다섯 분이 아로새기고 있는 학문적 성과에 대해 굳이 여기에서 말할 필요도 없겠지만, 나는 다섯 분 선생님들의 지도로 박사학위를 받았다는 그 사실 하나만으로도 그저 감격스러울 따름이다. 머리 숙여 감사드린다. 다만 부족한 이 책이 다섯 분 선생님께 누가 되지 않기를 바랄 뿐이다.

박사논문을 제출하고 현재까지 연구자의 길을 걸어올 수 있었던 것은 여러 선생님들을 비롯해 선후배 동학분들의 가르침과 격려가 있었기 때문이다. 해서 감사드릴 분들이 너무나 많다. 대학원에서 공부하면서 박사논문의 심사위원이셨던 선생님 외에도 한만수, 김춘식, 정환국 선생님의 가르침을 받고 시야가 넓어질 수 있었다. 선생님들의 격려와 지지가 스스로를 돌아보고, 게으름을 떨칠 수 있는 계기가 되었다. 감사드린다. 대학원 재학 중 학과의 선생님들뿐만 아니라 여러 선생님들께 배울 수 있는 기회가 있었다. 그런 점에서 강진호, 김철, 서영채, 서정자, 송승철, 신형기, 심진경, 이숭원, 이혜령 선생님의 강의를 들을 수 있었던 것은 값진 경험이었다. 때때로 나는 그 분들의 '말'을 내 멋대로 흉내 내려고 했는데, 번번이 실패하고 말았다는 것을 고백하지 않을 수 없다. 그럼에도 그 분들을 통해 연구자의 냉철함과 교육자의 인자함을 함께 느낄 수 있었다. 허병식, 정종현, 박노현, 구인모, 김일환 선생님은 선배 연구자이자 형으로서 여러모로 내게 영감을 주었다. 물론 지금도 함께하고 있지만, 때때로 겁 없는 후배이자 동생으로 그들과 만났던 시간이 그리워진다. 이 분들 외에도 학교 안팎의 연구실과 술집에서 만났거나 만나고 있는 동학 분들에게 고마움을 전하고 싶다. 그들은 자신들의 의도와 무관하게 내 삶에 위로가 되었다. 함께 문학 공부를 할 수 있어서 다행이다.

이 책의 출간을 준비하면서 새삼 지도교수이신 황종연 선생님과의 인연을 떠올리지 않을 수 없었다. 1996년 학부에 입학한 첫 해 여름 시 쓰기를 작파하고 무엇을 해야 할지 방황하고 있을 때, 우연히 선생님께서 건네주신 김승옥 소설전집 한 권과 공부를 해보라는 말이 어쩌면 현재의 나를 있게 한 것인지도 모른다. 나는 선생님을 통해 문학 읽기의 즐거움과 문학 연구의 고통을 알게 되었다. '문학 이후의 문학' 시대에 문학의 종언이 도처에서 들려오고 있지만, 다른 어떤 것이 아닌 문학이 그 나름의 의미와 가치가 있다는 것을, 해서 문학을 공부하는 것이 그렇게 무모한 짓은 아니라는 것을, 나는 선생님을 통해서 믿게 되었다. 물론 나는 어리석고 어리석어서 문학 이후의 시대에 문학이 가지고 있는 의미와 가치를 잘 말하지 못한다. 해서 여전히 내가 가장 좋아하는 것은 그저 순진한 독자가 되어 문학을 읽는 것이다. 때때로 이만한 즐거움도 없다. 부족한 제자의 이 책이 한때나마 선생님께 즐거움을 드릴 수 있었으면 좋겠다.

'연세근대한국학총서'의 시리즈로 이 책이 출간되는 데에는 한수영 선생님의 관심과 배려가 큰 힘이 되었다. 대학원 재학 이후 문학을 연구하는 여러 학문 공동체에서 신진 연구자들에 대한 격려와 지원을 아끼지 않는 선생님들과 선배 연구자들을 만나는 일이 왕왕 있어 왔었지만, 한수영 선생님을 만난 것은 내게 큰 행운이었다. 갑작스러운 연락에도 환대해주시고, 내게 이 책을 발간할 수 있는 기회를 마련해주셨다. 아울러 연세대학교 원주캠퍼스 근대한국학연구소의 여러 선생님들의 배려가 미혹한 후학에게 큰 힘이 되었다는 말씀을 드리고 싶다. 앞으로 정진하는 모습으로 보답하고자 한다. 그리고 난삽한 원고를 교정해서 책으로 만들어주신 소명출판 채현아 선생님께도 감사드린다. 새삼 책 만드는 사람의 위대함을 느낄 수 있었다.

문학을 공부하거나 그 주변을 배회한 지 20여 년의 시간이 흘렀고, 그런 이유로 어느새 나는 스스로를 문학 공부하는 사람이라고 말하거나 주위사람들에게 그렇게 불리고 있다. 하지만 이 엄혹한 '파국의 시대'를 살아가면서 바로 그 문학을 공부하는 사람으로서의 불안과 우울을 가지고 있다. 특히 '세월호 참사'로 명징하게 드러난 '국가 부재'의 상태와 독재정권의 반민주적 행태, 정치권력과 야합한 탐욕스러운 재벌에 의한 사회적 불평등 심화라는 디스토피아적 현실 속에서 문학을 공부하는 사람으로서 무력감과 자책감을 쉽게 떨쳐낼 수는 없다. 에드워드 사이드는 지식인이란 세속적인 권력이나 국가로부터 자유와 정의에 대한 품격 있는 행동 표준이라는 보편적인 원칙에 기초해 정부나 기업에 쉽게 포섭되지 않고, 일상적으로 망각되거나 은폐되는 모든 것들을 대변하는 것을 자신의 존재 이유로 삼아야 한다고 말한 바 있다. 물론 나는 지식인이 아니지만, 내게 이 말의 울림은 남다르다. 그래서 나는 나에게도 에드워드 사이드가 말한 '품격 있는 행동 표준'이 있는 것일까? 자문하면서 다만 스스로를 경계할 뿐이다. 그리고 나는 그러한 스스로의 경계를 위해 다시금 문학에 기댈 수밖에 없다. 문학은 자기 부정과 위반이라는 내파(內破)의 동력으로 내 곁에 머물 것이므로.

이러한 내 삶에 손을 내밀고 기꺼이 함께하고 있는 사람이 지금 내 옆에 있는 김혜인이다. 친구이자 연인이고, 동료이자 아내인 그녀에게 무한한 감사와 미안한 마음을 전한다. 나와의 삶으로 인해 많은 것들을 포기하고 희생하고 있다. 그녀가 나에게 그런 것처럼, 나도 그녀에게 남다른 격려와 위로이고 싶다. 요즘 나는 그녀가 문학 연구자로서 비상하는 찬란한 순간에 함께 할 것을 꿈꾸고 있다. 그리고 그때 우리의 삶을 송두리째 바꿔놓은 도현이 내 옆에서 손을 잡고 그녀를 응원할 것이다. 그러기 위해서라도 내 아이와 우리의 아이들이 살아갈 세상이 조금은 나아졌으면 하는 바람이다. 그리고 그러한 세상을 만들기 위해서 미약하나마 도움이 될 수 있는 사람이고 싶다. 아울러 우리 세 사람에게 전폭적인 응원과 지지를 보내주시는 양가 부모님께도 감사의 말씀을 드린다.

해서 나의 여행은, 아니 우리의 여행은 비로소 시작이다. 나짐 히크메트(Nazim Hikmet)의 시구처럼. "어느 길로 가야 할지 더 이상 알 수 없을 때 그때가 비로소 진정한 여행의 시작이다."

2016년 1월

남산 밑자락에서

오태영

차례

/ 제1장 /

서론

식민지 말이라는 임계점에 서서

근대 전환기부터 제국-식민지 체제기와 탈식민-냉전 체제기를 거쳐 현재의 탈냉전-신자유주의 체제기에 이르기까지 동아시아 지역 질서는 끊임없이 변동해왔다. 근대 이전 청나라와 그 이웃 나라 간 조공책봉 체제와 한자문화권으로 상징되던 동아시아 지역 질서는 1894~1895년 청일전쟁과 1904~1905년 러일전쟁에서 승리한 일본이 동아시아 지역에서 패권을 장악하면서 제국-식민지 체제로 재편되었다. 이후 1931년 만주사변에 이은 1937년 중일전쟁과 1941년 아시아-태평양전쟁을 겪으면서 제국 일본을 구심점으로 하는 '대동아공영권(大東亞共榮圈)'이라는 새로운 지역 질서가 구축되었다. 그러나 제국 일본의 패전과 함께 대동아공영권은 붕괴되었고, 미국과 소련을 양 진영으로 하는 냉전 체제가 성립되면서 동아시아는 탈식민-냉전 체제로 재편된 세계 질서를 극명하게 보여주는 지역이 되었다. 그리고 1990년대 초반 냉전 체제의 붕괴 이후 현재에 이르기까지 동아시아의 각 국가들은 유럽 연합과 같은 지역 블록의 출현에 대응하여 새로운 지역 질서를 모색·구축하기 위한 지난한 길을 걸어오고 있다.

이러한 가운데 '한국'이라는 공동체, 국가, 지역 역시 그 위상(topology)에 심대한 변화를 겪어왔다. 국민국가 건설이 좌절되고, 제국-식민지 체제에 병합된 뒤 근대 한국은 제국 일본의 정치적·지리적·문화적 권역 안에서 그 위상을 강제 받게 되었다. 근대 한국의 명칭인 '조선(朝鮮)', '반도(半島)', '외지(外地)' 등의 기표와 동아시아 지역 질서의 변동 과정 속에서 근대 한국을 위치 지었던 '선만일여(鮮滿一如)', '내선일체(內鮮一體)', '일만지(日滿支)', '대동아(大東亞)' 등의 이데올로기적 기표들은 근대 한국이 제국의 권역으로부터 결코 자유로울 수 없었던 상황을 상징적으로 보여준다. 한편, 해방 이후 미소군정기와 남북한 분단의 과정을 겪으면서 민족국가 건설에 대한 열망 속에서 한국의 위상을 민족국가의 경계 내부로 정위(定位)하려는 움직임이 지속되었다. 이러한 탈식민화의 움직임과 함께 한반도를 둘러싸고 발생한 열전과 이후 전 세계적으로 냉전 체제가 고착화하는 과정 속에서 한국의 위상은 미국을 축으로 하는 일본, 타이완 등 아시아 자유주의 진영으로 흡수되어갔다.

이 책에서 주목하고자 하는 1937년 중일전쟁을 전후로 한 시기에서부터 1945년 해방까지의 '식민지 말' 동아시아 지역 질서의 변동은 한편으로는 근대 이후 제국-식민지 체제로 재편된 동아시아 지역 질서의 굴절과 변용이면서 다른 한편으로는 이후 탈식민-냉전 체제로 다시금 재편되는 세계 질서의 변화 과정을 고찰할 수 있는 '임계점(臨界點)'이다. 다시 말해, 식민지 말 동아시아 지역 질서의 변동은 제2차 세계대전을 전후로 하여 전 세계적으로 진행되었던 제국-식민지 체제에서 탈식민-냉전 체제로의 굴절과 변용을 고찰할 수 있는 지점인 것이다. 따라서 식민지 말 동아시아 지역 질서의 재편 과정 속에 나타난 식민지 조선의 위상 변동에 대한 고찰은 근대 이후 한국의 문화지정학적 위상 변동이 동아시아 지역 질서, 나아가 세계 체제의 변화와 어떠한 관련을 맺고 있는지를 확인하는 동시에 그것이 제국-식민지 체제와 민족국가들 간 헤게모니 획득의 양상과 어떻게 결부되어 있는지를 확인하는 길이 될 것이다.

> 우리가 '공간'의 문제로서 세계화의 현재를 다시 파악하고 싶다고 생각하는 것은, 무엇보다도 전지구적으로 진행되는 공간 변동의 거대한 과정을 그야말로 일상적으로 살아가는 장에서 벌어지는 갖가지 사회적 실천의 변용과 연관시켜 파악하고 싶었기 때문이다. 이런 의미에서 여기에서 말하는 공간은 일상의 온갖 의미로 차고 넘치는 생활의 터전임과 동시에 전지구적 자본이나 초국가적 권력이 작동하는 현장이기도 하다. 그러나 이 공간에는 다양한 수준에서 모순이나 어긋남, 뒤틀림과 굴절, 대항적인 관계나 상호보완적이고 대립적인 관계가 내포되어 있다. **전지구적 공간은 국민적 혹은 지방적 공간의 통합을 강제하기도 하고, 그것을 내부에서 무너뜨리기도 할 것이다. 국민적 공간은 다종다양한 지방의 공간을 더 이상 내부에 가두어둘 수 없을 것이다. 나아가 지방의 공간은 국민적 공간의 수준을 뛰어넘어 직접 전지구적 공간에 접속되어 갈 것이다.**[1]

논의의 층위가 다소 다르지만, 전지구적 공간 변동의 과정 속에서는 언제나 국민적 혹은 지방적 공간과의 "모순이나 어긋남, 뒤틀림과 굴절, 대항적인 관계나 상호보완적이고 대립적인 관계가 내포되어 있다"는 강상중과 요시미 슌야의 위의 논의를 참고한다면, 식민지 말 동아시아 지역 질서의 변동이 한편으로는 당시 세계 체제의 재편 과정과 맞물려 있을 뿐만 아니라, 다른 한편으로는 식민지 조선이라고 하는 지방적(민족적) 공간의 위상 변화 과정과 밀접하게 관련되어 있다는 것을 짐작할 수 있다. 따라서 식민지 말 근대 한국의 지식인・문학자들의 동아시아 각 지역과 조선의 지방들에 대한 공간 인식과 경계 감각을 고찰하기 위해서는 당시 복잡하게 뒤얽혀 있던 동아시아 지역주의(regionalism) 담론과 조선 로컬리티(locality) 담론을 함께 살펴보아야 할 필요가 있다.

'지방(local)'은 한 국가 내 정치・경제・문화 등이 집중되어 있는 중앙과는 다른 고장을 뜻하는 말로, 그곳은 인정, 세태, 풍속, 자연 등 어떤 고유하고 독창적인 것이라고 여겨지는 특성에 의해 하나의 인적・문화적 네트워크를 구성하고 있는 곳이다. 물론, '삼남 지방'이나 '강원도 영서 지방' 등의 표현을 통해 알 수 있듯이, 지방은 그 자체로 행정 구역상의 구분과 일치하지 않는다. 따라서 '지방성(locality)'은 이러한 지방을 지방답게 하는 특성, 자질, 인식, 범주 등을 총괄하는데, 주로 그 지방의 분위기, 색채, 민속, 정감 등과 연결된다. 이에 비해 '지역(region)'이라는 개념은 '통치하다(reign)'라는 동사형 어원에서 알 수 있

1 강상중・요시미 슌야, 임성모・김경원 역, 『세계화의 원근법－새로운 공공공간을 찾아서』, 이산, 2004, 49~50쪽. 강조－인용자.

듯이, 정치·군사적 지배나 통제의 뉘앙스를 지닌다. 지역의 전형(前形)은 라틴어 'regionem(방향, 경계, 지구(地區) 등)'으로, 그 어원은 '지도한다' 또는 '지배한다'의 의미를 갖는 라틴어 'regere'이다. 17세기 중반 이후 '지역' 개념 용례의 대부분은 그 어원이 내포하고 있는 이와 같은 의미를 바탕으로 지배 / 피지배 관계를 전제로 사용되었다.[2] 이후 지역이라는 개념은 제국주의 발흥에 따른 세계 질서의 재편 움직임과 밀접한 관련을 갖는 개념으로, 국민국가의 경계를 넘어선 정치·경제·문화적 네트워크를 의미했다.[3] 또한, 근대 세계를 서술하며 구성하는 단위인 국민국가-국가 간 체제[4]로서의 지역주의는 하나의 국가 단위를

---

2 Raymond Williams, *Keywords : A Vocabulary of culture and society*, Flamingo, 1983, pp.264~266. 한편, 레이먼드 윌리엄스는 문화적 용법에서의 '지역(의)'은 방언과 마찬가지로 '부차적인' 또는 '열등한'이라는 의미를 갖는데, 이것은 '도시의(metropolitan)' 대 '지방 특유의(provincial)'라는 중요한 문화적 구별의 방법과 겹쳐 있다고 설명하기도 한다.

3 이와 관련해 '지방'과 '지역' 개념 사이의 모호한 구분에 대한 이상봉의 논의을 참고할 수 있다. 그에 의하면, "지역(local or region)이라는 말이 비교적 가치중립적인 수평적 개념으로 사용되어지고 있다면, 지방이라는 용어는 국가 내지 중앙과의 관계에서 위계성을 내포한 주변 또는 변방이라는 의미로 주로 사용되고 있다. 하지만 이러한 구분 역시 일반화된 것은 아니며 분과학문 영역에 따라 달리 사용되어지기도 한다. 예를 들면, 지역문학에서는 지역이라는 용어를 사용하면서 이를 위계성 또는 주변성이 반영된 개념으로 받아들이는 경향이 있으며, 역사학에서는 지방사라는 용어가 지방을 폄하하는 의미로 여겨질 수 있다는 점을 경계해 의식적으로 지방사 대신 지역사라는 용어를 사용해야 한다는 일련의 경향도 나타난다. 또한, 국제정치학, 경제학 등에서는 지역(region)이라는 용어를 전체 세계의 한 부분이라는 의미에서 유럽 지역, 동아시아 지역 등과 같이 국가 단위를 넘어서는 범위를 포괄하기도 한다."(이상봉, 「인문학의 새로운 지평으로서 '로컬리티 인문학' 연구의 전망」, 『로컬리티 인문학』 창간호, 부산대 한국민족문화연구소, 2009, 48쪽)

4 마루카와 데쓰시, 백지운·윤여일 역, 『리저널리즘－동아시아의 문화지정학』, 그린비, 2008, 17쪽. 참고로 의미를 보다 명확히 하기 위해 원문을 병기해둔다. "近代的世界を敍述·構成する單位としての國民國家＝國家間システム"(丸川哲史, 『リージョナリズム』, 岩波書店, 2003, 1쪽. 방점 강조－원문) 물론, 마루카와 데쓰시는 '지역'을 정치·군사적인 관점으로만 읽는 것은 신중을 기해야 한다고 말하면서 '지역'이라는 관점을 통해 확고한 지리 공간(동시에 문화 공간)과 경계를 어떻게 확정하는가에 관심을 집중해야 한다고 말한다. 그리하여 자타를 구별하는 경계를 영원히 고정하는 것이 아니라, 경계 설정을 광의의 지적·전략적 활동의 일환으로서 논하는 것이 가능하게 된다고 주장한다.

넘어선 국가 간 연합체와 유사한 형태를 지칭하는 말이다. 중동과 동아시아, 동남아시아 등 오늘날과 같은 '지역'에 대한 이미지는 제2차 세계대전 중 정점에 달한 국제 긴장의 고조를 배경으로 20세기 중반에 형성되었으며, 당시 미국의 민족지지(民族地誌)위원회가 '세계 각 지역'에 대해 새로운 분류법을 정한 것이 전후 지역학 붐의 토대가 되었다.[5]

근대 국민국가는 국가 주권, 영토적 완결성, 국가 공동체라는 원칙에 기초해 조직되기 시작하였고, 이에 따라 일원화된 총체로서의 세계적 정치 공간은 주권을 지닌 국민국가의 영역적 단위로 구성되었다. 존 애그뉴는 이러한 국민국가와 세계적 정치 공간의 관계를 '근대의 지정학적 상상(the modern geopolitical imagination)'이라는 관점에서 논의하면서 4가지 원칙을 제시하였다. 첫째, 세계를 하나의 일체화된 총체로 인식하고, 이 일체화된 총체는 여러 개의 상이한 장소들로 구성된 위계의 층위로 나누어질 수 있다고 바라보는 세계관의 발전이다. 이러한 세계관의 발전은 세계의 정치 공간을 자민족중심주의적 시각에서 바라보고 상상하는 것을 제도화하였다. 둘째, 지정학적 존재론이 세계를 '근대적' 지역과 '낙후된' 지역으로 구분함에 따라 세계 인식의 축이 '시간에서 공간으로' 전환되었다. 그리고 이에 따라 세계 속의 장소들은 본질적이고 자연적인 것처럼 인식되어 상대적인 차이가 절대화되는 결과를 초래했다. 셋째, 세계는 공간의 블록 위에서 권력을 행사하는 국가들로 구성되어 있고, 영역적 국가는 사회의 담지체로, 외교와 국내 문제는 근본적으로 구분되어야 한다는 가정에 근거를 둔 국가중심

---

5 테사 모리스-스즈키, 임성모 역, 「반(反)-지역학」, 『변경에서 바라본 근대—아이누와 식민주의』, 산처럼, 2006, 335쪽.

적 존재론이 부상하였다. 그리고 넷째, 국가 간 체계는 '무정부적 상태(condition of anarchy)'에 의해 특징 지워지고, 지배적인 국가들이 여타 국가에 비해 빠르게 권력을 축적한다는 것이다.[6]

또한, 존 애그뉴는 이러한 '지정학적 상상'을 3시기로 구분하여 설명한다. 제1시기는 18세기 말에서 19세기 말 사이의 '문명화된 지정학(civilizational geopolitics)'으로, 이것은 세계가 하나의 문명화된 위계에 의해 조직된다고 여기면서, 가장 우월한 국가가 문명화의 임무를 지니고 미개하고 야만적인 지역을 지배해야 한다는 관점이 드러난 시기이다. 제2시기는 1875년에서 1945년 사이 제국주의 국가들이 경쟁하던 '자연화된 지정학(naturalized geopolitics)'으로, 제국주의적 영토 확장의 행위들이 자연스러운 것으로 받아들여지면서, 생물학, 지리학, 인종주의적 민속학 등과 같은 '과학'들이 제국주의적 지배와 공격적인 군사주의를 정당화하는 데 이용되었다. 제3시기는 미국과 소련 사이의 냉전적 경쟁시대의 '이데올로기적 지정학(ideological geopolitics)'으로, 세계가 서로 대립적인 블록으로 나뉘고, 이 경쟁과 대리전의 지형 사이에 제3세계가 놓여 있는 것으로 인식된다.[7] 이러한 구분법에 의하면 이 책에서 주목하고 있는 식민지 말은 '자연화된 지정학'이 우세한 시기로 규정할 수 있다. 특히, 중일전쟁과 아시아-태평양전쟁을 통해 제국 일본의 동아시아 지역으로의 본격적인 침략이 전개되고, 그에 호응해 제국 일본의

---

6 이에 대해서는 John Agnew, *Geopolitics : Re-visioning world politics*(second edition), Routledge, 2003, pp.15~83과 이를 정리한 제랄드 토알, 「지정학」, 데이비드 앳킨슨 · 피터 잭슨 · 데이비드 시블리 · 닐 워시본 편저, 이영민 · 진종헌 · 박경환 · 이무용 · 박배균 역, 『현대 문화 지리학-주요 개념의 비판적 이해』, 논형, 2011, 142~143쪽 참고.

7 John Agnew, ibid., pp.86~112.

'학지(學知)'가 침략주의의 내적 논리를 구축하고 제공했다는 점에서 그러하다. 또한, 그러한 제국발 담론 체계 안팎에서 식민지 조선의 지식인 · 문학자들이 동아시아 지역에 대한 '지리적 상상'을 보였던 것을 고려한다면, '자연화된 지정학'은 제국 일본뿐만이 아니라 식민지인의 시선을 이해하는 데도 좋은 참조가 된다. 이 책에서는 식민지 말 조선의 지식인 · 문학자들의 동아시아 지역과 조선 내 지방에 관한 공간 인식과 경계 감각을 고찰하기 그들의 지리적 상상에 개입한 제국 일본의 '학지' 또한 고려할 것이다.

제국-식민지 체제기 동아시아 지역주의 및 조선 로컬리티 담론은 1930년대 이후 본격적으로 전개되었다. 물론 '식민지 조선'이라는 표현에 이미 조선이 제국 일본과의 관계 속에서 정치적 · 지리적 · 문화적으로 위계화된 위치에 놓여 있다는 사정이 기입되어 있지만, 조선이라는 지역(또는 지방)이 본격적으로 문제가 된 것은 1930년대 이후 제국 일본의 동아시아로의 지리적 팽창 움직임 속에서였다. 만주사변기의 '오족협화(五族協和)'론, 중일전쟁기의 '동아신질서(東亞新秩序)'론, 아시아-태평양전쟁기의 '대동아공영권'론 등은 모두 제국 일본의 팽창과 함께 아시아 제 민족의 해방 · 공생을 주창한 이념이었고, 그 지리적 범위는 만주와 중국의 대륙 아시아와 타이완 · 베트남 등 동남아시아를 포함하는 '대동아'로 확대되었다. 물론 이러한 과정 속에서 아시아를 침략하고 지배 영역을 확장한 일본 제국주의가 동시에 아시아 제 민족의 해방 · 공생을 주창하는 모순적인 사태가 계속해서 발생[8]했지

8 요네타니 마사후미, 조은미 역, 『아시아 / 일본-사이(間)에서 근대의 폭력을 생각한다』, 그린비, 2010, 148쪽.

만, 식민지 조선의 지식인·문학자들에게는 '대동아'라는 지역주의의 구상 속에서 식민지 조선의 위치가 문제시되었던 것이다.

그런데 동아시아의 지역 질서가 대동아 = 제국 일본이라는 등식으로 환원되는 점을 감안한다면, 이때 지역주의는 국민국가의 경계를 넘어선 국가 간 연합체의 의미보다는 중앙으로서의 제국 일본과 각 지방 식민지 사이의 관계, 즉 로컬리티의 관계로 재편된다. 사실, '대동아'의 구상이 동아시아 제 민족의 해방·공생이 될 수 없었던 이유가 표면적으로는 지역주의를 표방하면서도 로컬리티 담론에 의해 각 식민지/국가를 지배·통치하고자 했기 때문인데, 이 경우 식민지 조선은 제국 일본과의 관계 속에서 '지역'이 아니라 '지방'으로 위치지어지게 된다. 하지만 지방이나 지역이라는 개념이 그 자체로 위계화된 관계를 드러내는 것은 아니라는 점을 간과해서는 안 된다. 그러한 개념은 지방성이나 지역주의 담론 발화자의 욕망에 의해 '중심'과 '주변'이라는 위계화된 관계로 재편된다. 즉, 중앙과 지방은 그 자체로 어떤 지리적·문화적 차이를 드러내는 것일 뿐, 그것들 사이의 관계 속에 중심과 주변이라는 위계화된 위치가 부여되는 것은 지방에 열등한 자질을 부여하거나, 그곳을 중앙에 포섭하려는 담론 발화자의 욕망에 의해서이다. 따라서 식민지 말 제국 일본의 지방으로서의 조선의 위치가 주변으로 고착화되어갔던 것은 제국 일본을 중심에 놓으려는 담론 발화자의 정치적 (무)의식의 발현에 의해서였던 것이다.[9]

9 "지리학에서는 로컬리티를 물질적·지리적 환경, 즉 장소성에 바탕을 둔 특정 영역의 경계와 공간적 특질을 밝혀내는 데 주목하는 반면, 정치학에서는 중앙 권력의 하위 단위로서의 지방, 즉 전체와 부분의 관계 또는 권력의 위계성에 무게를 두고 있고, 사회학에서는 개인 또는 공동체가 특정 공간 또는 장소와 연계해서 가지는 일종의 사회적·집단적 정체성에 좀

이 책에서는 식민지 말 근대 한국의 지식인·문학자들이 동아시아 각 지역과 조선의 지방들을 어떻게 인식하고 문학적으로 상상하고 있었는가, 즉 그들의 공간 인식과 경계 감각은 어떠했는가를 밝히기 위해 당시 동아시아 지역 질서의 재편 과정 속에서 중요한 지역으로 부상했던 제국 일본과 함께, 만주·중국 등 대륙 아시아, 남양(南洋)·타이완·베트남 등 해양 아시아 지역에 주목하는 한편, 제국의 지방으로 위치 지어졌던 식민지 조선과 함께 조선 내 각 지방, 향토(鄉土), 고도(古都) 등의 공간에 주목한다. 아르준 아파두라이에 의하면, 이미지와 상상된 것, 가상적인 것들은 전 지구적 문화 과정 안에 존재하는 비판적이고 새로운 무엇, 즉 사회적 실천으로서의 상상력으로 인도해주는 것이다. 이때 상상력이란 "조직화된 사회적 실천의 장과 일의 형식(노동이라는 의미와 문화적으로 조직화된 실천이라는 의미의 양 측면에서)이며, 행위자들(개인들)이 서 있는 지점과 전 지구적으로 규정된 가능성의 현장들 사이를 관계 짓는 협상의 형식"[10]이다. 이 책에서 주목하는 지역과 지방, 공간과 장소들은 단순히 문학작품 속에서 재현된 것이 아니라, 그러한 재현을 통해 재현 주체가 재현된 지역과 지방, 공간과 장소들을 인식하고 표상하는 것을 넘어, 하나의 관계 맺기의 체계를 생산해내는 움직임으로 연결되는 것이다. 즉, 식민지 말 문학작품, 여행기, 지리지 등에 나타난 동아시아의 각 지역과 식민지 조선의 지방들에 대한 지리적 상상은 재현 주체가 그러한 재현 대상과 자신을 결부시킨 결과이며,

---

더 많은 관심을 표명한다."(이상봉, 앞의 글, 50쪽)

10 아르준 아파두라이, 차원현·채호석·배개화 역, 『고삐 풀린 현대성』, 현실문화연구, 2004, 58쪽.

따라서 그것은 재현 주체가 스스로를 지리적, 공간적 존재로 위치시키는 것에 다름 아니다.

한편, 이 책에서 '사회적 실천으로서의 상상력'에 의해 지리적으로 상상된 동아시아의 지역과 지방, 공간과 장소들에 주목하는 한, 앙리 르페브르가 논의하고 있는 '사회적 공간'의 생산 계기들에 주목할 필요성이 있다. 앙리 르페브르는 '사회적 공간은 사회적 생산물이다'라는 것을 밝히기 위해 사회적 공간의 생산과 관련하여 3가지 개념을 제시하는데, 그것은 '공간적 실천'과 '공간 재현', 그리고 '재현 공간'이다.

a) **공간적 실천**. 하나의 사회 안에서 이루어지는 공간적 실천은 공간을 분비(分泌)한다. 공간적 실천이 변증법적 상호작용을 통해 공간을 정착시키며 예측한다. 공간적 실천은 공간을 지배하면서, 또 전유하면서, 느리지만 확실하게 공간을 생산한다. 분석 과정에서 주어진 사회의 공간적 실천은 자신의 공간을 해독함으로써 그 모습을 드러낸다.

b) **공간 재현**. 공간 재현이란 **인지된** 공간, 즉 학자들이나 계획 수립자들, 도시계획가들, 공간을 '구획 짓고' '배열하는' 기술관료들, 체험된 것과 지각된 것을 인지된 것과 동일시(숫자에 대한 현학적인 사변들, 이를테면 황금분할 수, 정수론, 비율 등이 이 같은 현상을 지속적으로 부추긴다)함으로써 과학성을 추구하는 일부 예술가들의 공간을 의미한다. 이는 주어진 사회(생산양식)에서 지배적인 공간이다. 공간의 기획은 언어적 기호, 그러니까 지적으로 연마된 기호의 체계화를 지향하게 될 것이다.

c) **재현 공간**. 재현의 공간은 공간에 따르게 마련인 이미지와 상징을 통해서 **체험된** 공간, 즉 '주민들', '사용자들', 그리고 몇몇 예술가들, **기술하는** 자, 아니

> 단지 기술한다고 생각만 하는 자들, 즉 작가들과 철학자들의 공간이다. 이 공간은 지배를 받는 공간, 즉 상상력이 변화시키고 자기 것으로 길들이려고 시도하는 공간이다. 이 공간들은 대상들을 상징적으로 이용함으로써 물리적인 공간까지도 내포한다. 따라서 재현 공간들은 비언어적인 상징과 기호들의 다소 일관성 있는 체계화를 지향한다.[11]

앙리 르페브르가 말한 공간적 실천, 공간 재현, 재현 공간은 각각 '지각된 것', '인지된 것', '체험된 것'으로서의 공간이 서로 다른 층위에서 변증법적 관계에 놓여 있음을 짐작케 한다. 그러니까 사회적 공간의 생산은 공간적 실천, 공간 재현, 재현 공간의 세 층위가 복잡하게 뒤얽혀 발생하는 것이다. 이 책에서는 식민지 말 문학작품, 여행기, 지리지 등에 나타난 동아시아의 각 지역과 식민지 조선의 지방들을 논의의 주된 대상으로 한다는 점에서, '상상력이 변화시키고 길들이려고 하는 공간'인 재현 공간에 보다 주목할 것이다. 하지만, "재현 공간은 지향적인, 상황적인, 관계적인 등 여러 가지 형용사를 거느릴 수 있다. 재현 공간이란 본질적으로 질적이고 유동적이며 움직임을 부여받았기 때문"[12]이라는 앙리 르페브르의 논의를 다시 감안한다면, 식민지 말 문화지정학적으로 유동적인 상태에 놓인 일본, 만주, 중국, 남양, 타이완, 베트남 등의 동아시아 지역과 식민지 조선의 지방, 향토, 고도 등의 공간과 장소들이 어떻게 인식 주체들에 의해 다양하고 이질적인 위상을 구축해갔는지 살피기 위해서는 이러한 공간 생산과 관련된 체제, 제

---

11 앙리 르페브르, 양영란 역, 『공간의 생산』, 에코리브르, 2011, 86~88쪽. 강조－원문.
12 위의 책, 92쪽.

도, 담론들의 역학 관계를 종합적으로 고려하여 논의를 전개해나갈 필요가 있다. 이를 위해 이 책에서는 동아시아 지역과 조선의 지방들에 대한 식민지 조선 지식인・문학자들의 인식에 영향을 주었으리라고 판단되는 정책, 제도, 담론들을 감안하여 논의를 전개해나갈 것이다.

이 책의 주된 논의 대상은 식민지 말 제국 일본의 지리적, 문화적 팽창 과정 속에서 식민지 조선의 지식인・문학자들이 생산해낸 문학작품, 여행기, 지리지 등이다. 식민지 말 조선의 지식인・문학자들은 제국의 권역이 새롭게 팽창・획정되어가는 과정 속에서 동아시아의 각 지역과 식민지 조선의 지방들로 '이동(mobility)'하였고, 그러한 이동 체험을 통해 각각의 지역과 지방에 대한 새로운 인식의 결과물들을 생산해냈을 뿐만 아니라, 그곳에 새로운 위상을 부여하기도 하였다. 그런데 당시 이들의 이동은 이전 시기의 그것과는 성격을 달리한다는 점에서 주목된다. 일본 내지로의 성지 순례나, 만주국 내 새롭게 조성된 국제 도시적 성격의 근대 도시로의 여행, 대동아공영권 구축 과정에서 새롭게 부상한 남양 지역으로의 시찰 등은 모두 1930년대 이후 제국의 지리적, 문화적 팽창의 결과 동아시아 지역 질서의 변동 과정 속에서 새롭게 위상을 부여받은 공간과 장소로의 지리적 이동이었다. 또한, 식민지 조선의 각 지방과 향토, 고도로의 여행 역시 1930년대 후반 이후 로컬리티의 담론 공간으로 새롭게 재편된 조선이라는 지역(또는 지방) 내부로의 지리적 이동이라는 점에서 이전 시기의 이동의 성격과 변별된다.

따라서 이 책에서는 식민지 말 식민지 조선인들의 이동의 문법과 회로를 확인할 수 있는 문학작품, 여행기, 지리지 등을 '여행 텍스트'[13]로 명명하여 주된 논의의 대상으로 삼을 것이다. 데이비드 하비가 "공간은 그 자체로는 절대적이지도, 상대적이지도, 관계적이지도 않지만, 상황에 따라 그중 하나가 되기도 하고 동시에 모두가 되기도 한다. 공간을 적절하게 개념화하는 문제는 인간의 실천을 통해 해결된다. (…중략…) '공간이란 무엇인가?'라는 질문은 따라서 '어떻게 상이한 인간 실천이 공간의 상이한 개념을 창출하고 또 그것을 사용하는가?'라는 질문으로 대체된다"[14]고 논의하면서 인간의 실천에 의해 창출되는 공간성에 주목하였듯이, 이 책에서는 제국의 권역 내 지리적 이동을 통해 동아시아 각 지역과 조선의 지방들에 대한 새로운 공간 인식과 경계 감각이 생산되었음에 주목하고자 한다. 따라서 기존 논의에서 주목하지 않았던 이 책의 논의 대상인 '여행 텍스트'는 제국의 지리적·문화적 확장에 따라 새롭게 발견된 공간과 장소들에 대한 식민지 조선 지식인·문학자들의 대응 양상과 재편되어가는 세계 체제와 '대동아'라는 제국 권역 안에서의 공간 인식과 경계 감각을 선명하게 보여주는 텍스트들이라고 할 수 있다. 이러한 관점에서 이 책의 논의 목적은 식민지 말 '여행 텍스트'를 검토하는 것을 통해 근대 한국의 지식인·문학자들의 동아시아에 대한 지리적 상상을 규명하고, 그러한 지리적 상상을 통한 정체성 구축 과정을 고찰하는 데 있다.

---

13 이 책에서 사용하는 '여행 텍스트(travel text)'는 식민지 말 제국의 권역 내 지리적 이동을 서사화한 소설과 여행기, 그리고 여행 체험의 산물로 판단되는 민족지지 기록물과 공간 인식과 경계 감각을 확인할 수 있는 텍스트 일반을 지칭한다. 이는 일반적으로 여행의 의미를 '관광'의 의미로 제한해서 바라보는 방식을 지양하고, 보다 확장해서 사용하고자 하기 때문이다. 또한, 여행을 '이동'의 의미로 일반화하지 않는 것은 이동이 '계층 간 이동'이나 '문화 이동' 등 사회적·문화적 층위에서 보다 광의의 의미로 사용되고 있기 때문이다.

14 David Harvey, *Social Justice and the City,* Edward Arnold, 1973, p.13.

근대 이후 여행은 공간적 실천 행위로서 지리학의 핵심 주제였고, 최초의 지리학은 여행자들의 이야기로 충만했다. 탐험 형태의 여행은 '다른 장소들'에 대한 정보를 생산하는 데 관심을 기울이는 지리학을 대표하는 지배적인 수사가 되었고, 이때 여행자들은 '주체화'되었으며, 여행자들이 접하게 되는 것들은 끊임없이 알아야 할 일련의 지식 요소로 간주되었다. 여기에서 여행이 미학적으로 여행자들을 경관과 분리시켜 그것을 시각적 소비의 대상으로 위치시키는 한편, 여행을 통해 얻은 지식이 권위를 부여받게 된다는 것을 알 수 있다. 일반적으로 여행은 관광보다 상위 범주의 개념으로 간주되는데, 여행이 미지의 세계에 참여하여 자신과 다른 생활양식과 문화를 접하고자 하는 노력으로 여겨지는 반면, 관광은 자신이 떠나온 곳과 친숙하거나 유사한 장소들을 방문하는 것으로 정의되는 경향이 있다. 하지만 여행자와 관광객 모두 그 방식은 다를지라도 그들이 접하게 되는 경관과 사람들을 미학적 즐거움의 대상으로 환원시킨다는 공통점이 있고, 종종 그 방식은 시각적 점유를 통해 이루어진다. 한편, 여행자와 관광객들의 경험을 조직하는 또 다른 측면의 원리 중 하나가 전통 및 성지 순례 행위와의 연계이다. '성스러운 여행'으로 불리는 이 행위는 비범하거나 성스러운 것을 접함으로써 자아를 변화시키거나 지식과 지위를 얻고자 하는 목적을 지닌다. 이 여행은 서로 다른 문화를 접하거나 함께 여행하는 동료 집단과 유대관계를 맺음으로써 자기 자신뿐만 아니라 타인에 대해 배운다는 점에서 고전적인 '통과의례'의 의미를 갖는다. 그런가 하면, 여행을 한다는 것은 특정 문화집단에 속하게 됨을 보여주는 신호이기도 한데, 이러한 과정은 피에르 브르디외가 말한 '문화자본'을 획득하는 과정과 중첩된다. 이처럼 여행(과 관광)은 일상의 제약으로부터의 탈출, 새로운 경험 및 태도의 형성과 관련되어 있는 공간적 실천 행위라고 할 수 있다.[15] 한편, 근대 이후 인간의 대표적인 이동의 양상을 '망명'과 '관광여행'으로 나눈 뒤, 전자가 공동체로부터의 소외, 모더니즘의 고급문화 등과 관련되어 있는 반면, 후자는 전지구적 공동체 지향, 포스트모더니즘의 소비문화 등과 관련되어 있다고 설명[16]하기도 하는데, 이 경우에도 여행(과 관광)은 기본적으로 근대의 산물이라고 할 수 있다.

제국-식민지 체제기 근대 한국인의 이동의 양상이나 공간 표상과 장소(성)에 주목한 연구는 비교적 최근에 와서 이루어지고 있다고 해도 과언이 아니다. 이동이라는 키워드를 통해 제국-식민지 체제기를 재해석하고자 한 『이동의 텍스트, 횡단하는 제국』은 학술제도, 이민사, 문화지리 등 다양한 영역을 대상으로 하여, 이동하는 문화적 주체들이 제국과 식민지 사이의 경계를 넘나들며 경험한 세계를 발견하고, 그 경험들을 근거로 새롭게 생성된 트랜스내셔널한 문화가 당시 사람들

15 데이비드 앳킨슨・피터 잭슨・데이비드 시블리・닐 워시본 편저, 앞의 책, 84~95쪽.

16 "망명과 관광여행에 대한 상식적인 정의에 의하면, 이동과 관련된 근대 이후의 경험 속에서도 이들 두 가지는 대립적인 양극을 이룬다. 즉, 망명은 어쩔 수 없게 된 것인데 비해 관광여행은 선택의 행위로서 간주된다. 망명은 출신 공동체로부터 개인이 소원된다는 의미를 갖는 반면, 관광여행은 전지구적 규모의 공동체를 지향하는 정도의 힘이 있다. 망명은 헬레니즘시대로까지 소급되는 서구문화에서 정치 구조와 문화적 아이덴티티 이야기 속에 어떤 역할을 연출한다. 관광여행은 포스트모더니즘의 선구가 된다. 소비문화와 여가, 혁신적 과학기술이 흥융해왔던 산물이기 때문이다. 문화적으로 망명은 모더니즘의 고급문화 형성에 가담하고, 관광여행은 그것과는 완전히 대극을 이루며, 상업적으로 피상적인 모든 것이 된다. 현대 구미에서 이들 두 가지의 범주 사이의 대립성이 주장되고 있는 것에 어떤 이해가 관련되어 있는가. 망명과 관광여행을 문화적 표상으로 본다면, 다양한 종류의 이동과 여행에 관련된 사회 활동의 분석은 신비화를 넘어 역사적, 문화적 그림자로 가득 찬 해석으로 점점 나아갈 수 있게 된다."(カレン・カプラン, 村山淳彦 譯, 『移動の時代』, 未來社, 2003, 63~64쪽)

에게 제국과 식민지 사이의 경계 인식을 비롯한 자기 구성을 하는 데 어떠한 영향을 끼쳤는지 밝히고 있다.[17] 그리고 경성, 평양, 경주 등 근대 이후 주요 도시의 장소성에 대해 고찰하거나, '현해탄' 등 문학 텍스트에 나타난 트랜스내셔널한 공간 표상과 '백화점', '조선호텔' 등 식민지 조선의 장소 표상에 대해 논의한 『근대 한국의 문학지리학』[18]과 역사적인 관점에서 경성 / 서울의 형성 과정을 제국-식민지 체제기 도시화의 관점에서 살펴보고, 식민도시로 발전해가는 경성의 변화 과정과 그 속에서의 삶의 양식 변화 과정을 추적한 『문화지리와 도시공간의 표상』[19] 등을 대표적인 연구 성과로 들 수 있다. 또한, 문화지리학적 관점에서 만주 지역에 주목한 『제국의 지리학, 만주라는 경계』에서는 문화론, 여행기, 음악, 라디오 등 근대 미디어를 통해 인식되고 표상된 만주의 문화에 대해 고찰하는 한편, 한국과 일본의 근대문학 텍스트에 나타난 만주 인식과 표상에 대해 논의하였다.[20] 한편, 역사학적 관점에서 근대 한국의 관광의 모습을 살펴본 『여행과 관광으로 본 근대』에서는 근대 한국의 여행과 관광의 기원 및 여행자들에 대해 소개하고, 관광 대중화 측면에서의 철도와 근대 여행의 관계, 식민지 조선의 관광 명소와 대표적인 관광 단체인 일본여행협회에 대해 서술하는 한편, 근대 한국인의 해외여행과 여행지에 대한 소개, 그리고 문학작품 속에 나타난 근대 여행 인식 등에 대해 논의하여 근대 한국의 관광 제상을

17 박광현 · 이철호 편, 『이동의 텍스트, 횡단하는 제국』, 동국대 출판부, 2011.
18 동국대 문화학술원 한국문학연구소 편, 『근대 한국의 문학지리학』, 동국대 출판부, 2011.
19 동국대 문화학술원 편, 『문화지리와 도시공간의 표상』, 동국대 출판부, 2011.
20 동국대 문화학술원 한국문학연구소 편, 『제국의 지리학, 만주라는 경계』, 동국대 출판부, 2010.

개괄적으로 고찰하였다.[21]

그런데 문화지리학적 방법론이나 관점에 입각한 이들 연구에서 식민지 말 동아시아 지역 질서와 조선의 위상 변동 과정은 아직 본격적인 고려의 대상이 되지 못했을 뿐만 아니라, 당시 한국문학을 이해하는 데 있어서도 그러한 위상 변동 과정은 주목받지 못한 형편이다. 이후 논의에서 밝히겠지만, 식민지 말 동아시아 지역 질서 재편과 조선의 위상 변동 과정은 당시 지식인·문학자들의 공간 인식과 경계 감각에 심대한 영향을 끼쳤다. 또한, 식민지 말 문학작품, 여행기, 지리지 등 여행 텍스트 역시 이러한 동아시아 지역 질서 재편과 식민지 조선의 위상 변동 과정과 밀접한 관련 속에서 생산·소비·유통된 것이었다. 특히 그것들은 제국 일본의 동아시아로의 지리적, 문화적 팽창 과정 속에서 새롭게 구축된 동아시아 지역에 관한 지리적 상상을 확인할 수 있게 한다. 그럼에도 불구하고, 지금까지 식민지 말 문학 연구는 주로 '친일문학'론과 주체 구성의 메커니즘을 밝히는 데 집중되어왔다.

주지하다시피 식민지 말 문학에 대한 가장 지속적이고도 강박적인 시선을 보여주는 명명법이 바로 '친일문학'이다. 식민지 말 문학 연구에서 '친일문학'론에 본격적인 첫 발을 내디딘 것은 임종국의 『친일문학론』에서였다. 그는 식민지 말 문학장을 둘러싼 정치적·사회적 배경, 각종 단체의 활동, 개별 작가에 대한 세밀한 검토를 통해 '국민문학'의 성격을 규명한 뒤, "가장 우수한 국민문학은 가장 우수한 매국문학이라는 공식이 성립"[22]한다고 결론 내린다. 서구적 개인주의를 비판하

---

21 국사편찬위원회 편, 『여행과 관광으로 본 근대』, 두산동아, 2008.
22 林鍾國, 『親日文學論』, 平和出版社, 1966, 465쪽.

고, 문학을 통해 내셔널리즘을 고양시켰으며, 동양으로의 복귀를 주장하는 등 당시 '국민문학'에서 나름대로 취해야 할 부분이 있다고 논의했지만, 그는 '국민문학 = 매국문학'이라는 이미 상정된 등식 속에서 식민지 말 문학을 바라보고 있었던 것이다. 임종국의 논의를 이어받은 송민호는 『일제 말 암흑기문학 연구』에서 식민지 말을 '가장 수난에 가득찬 시기'로 규정한 뒤 식민지 말 문학의 "전반적인 성격은 '內鮮一體의 皇道文學'으로서, '문학적 이념의 파탄'을 드러내 결과적으로 '민족문화 전통의 昏迷'를 가져온 '畸形的 戰時文學'으로 규정할 수 있다"[23]고 하였다. 그에 의하면, 식민지 말은 제국 일본의 탄압이 가장 격심했던 전쟁 수행을 위한 전시총동원 체제기였고, 이때 문학은 전쟁 수행의 이데올로기에 복무하는 꼭두각시가 되어 민족문화와 민족성을 말살하는 데 가담했다는 것이다. 식민지 말 문학에 대한 송민호의 이러한 인식은 식민지 말을 '공백기'로 보지 않고, 문학사 서술에 포함시켜야 한다는 문제의식에서 출발했지만, 민족성을 바탕으로 문학성을 평가하는 임종국의 『친일문학론』의 인식 구조를 반복하고 있다.

2000년대 이후 '친일문학' 논의와 관련해 여러모로 주목을 받았던 김재용의 『협력과 저항』은 식민지 말 문학을 그 이전 시기 근대문학의 결산이면서 동시에 분단 이후 전개된 문학의 출발에 놓이는 결절점이라는 측면에서 '암흑기'가 아니라고 규정하면서도, 기본적으로 임종국이나 송민호의 '친일 / 반일'의 이분법적 도식을 반복한다. 그는 "친일문학에 대한 연구는 저항과 더불어 이루어져야만 그 의미가 제대로 드러날 수 있을 것이다. 식민지 말 문학계의 협력과 저항은 명백하게 나

23 송민호, 『일제 말 암흑기문학 연구』, 새문사, 1991, 203쪽.

누어진다"[24]며 기존의 '친일 / 반일'의 구도를 '협력 / 저항'으로 변형시켜 식민지 말 문학에 적용한다. 그에 의하면 친일·협력은 두 가지 주된 계기에 의해 이루어졌는데, 그 하나는 1938년 우한삼진(武漢三鎭) 함락으로 상징되는 제국 일본의 동아시아 지역에서의 패권 장악이고, 다른 하나는 1940년 파리 함락으로 상징되는 근대 서구의 몰락이다. 그리고 이러한 역사적 사건을 목도한 식민지 말 문학자들(채만식, 서정주, 최정희, 송영 등)은 나름의 자발적인 내적 논리를 만들어 제국주의 체제에 적극적으로 협력한 것이기 때문에, 친일은 어쩔 수 없었다는 친일 옹호론은 그 근거가 없다는 것이다. 그런가 하면, 김재용은 친일 협력한 문학자들보다 저항한 문학자들이 많았다는 것이 엄연한 문학사적 사실이라며 절필과 침묵(김기림), 우회적 글쓰기(한설야), 망명(김사량) 등을 통해 저항한 문학자와 그들의 작품을 고평한다. "친일과 관련한 지독한 망각을 경계하고자"[25] 한 그의 논의가 목표하는 바는 "친일문학의 성격을 제대로 규명해 내고 이에 입각하여 **친일과 그렇지 않은 것 사이를 구분**"[26]하는 것이었다. 하지만, 그가 "대동아공영권의 전쟁 동원과 내선일체의 황국신민화라는 두 가지 입장을 글에 담아내면서 선전한 문학이 바로 친일문학이고, 이런 작품을 쓴 이들이 친일문학가"[27]라며 나름의 '친일문학'의 성격을 규정하고 있지만, 이처럼 포괄적이고 애매한 기준으로 "친일과 그렇지 않은 것 사이를 구분"하는 데는 무리가 따른다.

---

24 김재용, 『협력과 저항—식민지 말 사회와 문학』, 소명출판, 2004, 45쪽.
25 위의 책, 47쪽.
26 위의 책, 49쪽. 강조—인용자.
27 위의 책, 59쪽.

한편, 한수영은 『친일문학의 재인식』에서 사상사적 맥락에서 '역사적 행위'로서의 '친일문학'의 의미를 되물을 필요성을 제기한다.[28] 그는 임종국의 『친일문학론』 이후 2000년대에 이르기까지 '친일문학'에 대한 논의가 크게 두 가지 방향으로 전개되어왔다며, 그 하나는 보다 세밀한 '친일문학'의 기준을 제시하면서 근대문학사에서 '탈식민 주체'를 확인하려는 작업이고, 다른 하나는 '친일문학'의 문제를 '모더니티'의 자장 안에서 이해해 식민주의의 역사적 극복을 '탈근대' 논의와 결부시키려는 작업이라고 말한다. 그리고 전자의 경우 '친일문학'이라는 자의적 규정에 문제가 있고, 후자의 경우 '친일문학'을 '식민주의 일반'으로 확대해 개별적 양상과 그 의미를 간과한 채 '보편주의의 미망'에 빠질 우려가 있다고 지적한다. 그래서 이분법적인 '친일문학' 논의를 극복하기 위해 사상사적 차원에서 그것을 재해석할 필요성을 제기한 한수영은 '역사적 행위'로서의 '친일문학'의 의미를 되묻고 재구성하고 있는 것이다. 그에 의하면, 신체제기 이태준, 채만식, 박태원 등 식민지 조선인 작가들은 기존의 자신들이 가지고 있었던 반근대주의, 반자본주의, 반서구주의 사상의 가능성을 신체제 담론을 전유해 발견한 뒤 근대, 서구, 자본주의를 극복할 새로운 대안을 모색하고 있었다. 이러한 논의를 통해 한수영은 이들의 '친일문학'은 일본의 지배에 동의 또는 협력하는 '반민족적 친일'이기보다는 '반근대·반자본·반서구주의로서의 친일'이라는 성격을 갖게 되었다고 밝히고 있다. 김재용의 강박적 '구분'과 달리, 친일문학 자체의 역사적 성격을 규명하고 있는 한수영의 논의는 '친일문학' 관련 논의에서 한층 진일보한 것이라고 할

28 한수영, 『친일문학의 재인식 ― 1937~1945년간의 한국소설과 식민주의』, 소명출판, 2005.

수 있다. 그럼에도 불구하고 거기에는 식민지 말 문학을 언제든 '친일'이라는 굴레 속에 가둘 수 있는 위험이 도사리고 있다. 따라서 '친일 / 반일'을 구분하기 위한 잣대를 만들어가는 작업 못지않게 중요한 것은 '친일 / 반일', '협력 / 저항' 사이의 '착종'과 '분열' 양상에 대한 세밀한 검토를 통해 식민지 말 문학의 다양한 양상을 재조명하는 것이다.

이처럼 '친일'이라는 범주 속에서 식민지 말 문학을 바라볼 때, 그것은 언제나 고정된 주체를 상정하기 마련이다. 다시 말해, 이미 하나의 고정된 주체가 존재하고, 그러한 주체가 제국-식민지 체제에 반응하면서 친일(협력) 또는 반일(저항)의 태도를 취하게 된다는 것이다. 이 경우 고정되고 단일한 주체는 대부분 민족적 주체로 수렴되고, 그렇기 때문에 친일(협력)의 태도를 보이는 문학자들은 반민족주의자로서 낙인찍히게 되는 것이다. 하지만, 근대적 주체가 하나의 고정된 실체로서 존재하는 것이 아니라 끊임없이 유동적인 상태에 놓여 있다는 것은 두말할 필요도 없다. 따라서 식민지 말 문학을 살펴보는 데 있어 보다 관심을 기울여야 할 것은 하나의 고정된 주체가 식민지 말 제국-식민지 체제의 변화에 대응해 어떠한 태도를 보이느냐에 있는 것이 아니라, 유동적인 주체가 어떻게 자신의 정체성을 끊임없이 재구축해갔는가에 있다. 이런 점에서 기존의 '친일 / 반일'이나 '협력 / 저항'의 이분법적 도식으로부터 벗어나 식민지 말 문학과 문학자들의 정체성 구축 과정을 탐색한 논의가 비교적 최근에 이루어지고 있어 주목된다.

윤대석의 「1940년대 '국민문학' 연구」는 "1938년 말부터 1945년 해방 전까지 식민지 조선에서 생산된, 소설을 중심으로 한 문학담론을 포스트 콜로니얼리즘의 시각에서 분석하고 재배치"[29]하는 것을 목적으로 한다. 그는 식민지 말 문학에 대한 기존 연구를 크게 '친일문학'론과 '파시즘문학'론으로 나눈 뒤, 전자가 '민족적 주체'라는 고정된 본질적 개념을 설정해 근대적 주체론으로 귀결되는 반면, 후자는 근대적 주체란 정치적 · 사회적 · 역사적 담론 구성물에 불과하다는 (탈)구조주의 주체론으로 귀결된다는 점에 근본적인 차이가 있음을 지적한다. 그리고 '친일문학'론이 '민족'이라는 저항적 주체를 상정하는 데 비해, '파시즘문학'론은 '민족'이라는 주체를 삭제함으로써 저항의 가능성을 원천 봉쇄하는 오류를 범하고 있기 때문에 이러한 두 방향의 연구가 내포하고 있는 단점을 극복하기 위해 '분열된 주체'를 상정한다. 왜냐하면 식민지 지배자나 식민지인의 정체성은 하나로 고정된 것이 아니라 그 관계에 따라서 항상 변동하는 유동적이고 양가적이며 혼종적인 성격을 갖기 때문이다. 이러한 '분열된 주체'의 상정은 포스트콜로니얼 이론에서의 혼종성, 양가성, 모방, 전유 등의 개념을 염두에 두었기 때문으로 판단되는데, 윤대석은 식민지 말 문학 연구에 포스트콜로니얼 이론을 도입함으로써 "'식민지 규율권력론'에 입각한 '파시즘문학'론이나, '저항 / 협력'이라는 이분법적 틀에 의거하고 있는 '친일문학'론이 놓치고 있는, 식민지 본국에 흡수되면서도 완전히 흡수되지 않는, 식민지 담론의 미묘한 차이들을 파악할 수 있게 한다"[30]고 말한다. 식민지 말 체제, 제도, 담론 속에서 식민자나 피식민자 모두 단일하고 고정된 주체가 아니라 유동적이고 혼종적인 주체성을 띤다는 점을 감안한다면, 윤대석의 논의는 식민지 말 주체 구성 메커니즘의 한 축도를 보여준다고

29 윤대석, 「1940년대 '국민문학' 연구」, 서울대 박사논문, 2006, 1쪽.
30 위의 글, 28쪽.

할 수 있다. 이처럼 주체 구성의 양가성에 주목한 윤대석은 "당시의 담론은 동화와 이화가 뒤섞인 채로 존재했고, 이것은 개인에 따라 작품에 따라 그 농도를 달리한다고 볼 수 있다. 이것은 어느 하나로 귀속되는 것이 아니라, 해방 전까지 둘 사이에 긴장된 형태로 존재했는데, 그것이 조선의 '국민문학'의 특징이자 식민지 문학의 특징이라 할 수 있다"[31]라고 결론 내린다. 포스트콜로니얼 이론의 양가성 개념에 기반한 '분열된 주체'를 상정하고 이를 통해 식민지 말 '국민문학'의 성격을 고찰한 윤대석의 논의는 기존의 '협력 / 저항'의 도식을 넘어 개인의 내면에서 일어나는 갈등과 모순, 불안과 동요의 지점을 포착하고, 식민지 말 사회주의와 민족주의의 실천적 전망이 불가능해진 시점에서 식민주의와 자본주의를 극복할 수 있는 가능성의 근거를 모색하였다는 점에서 시사하는 바가 크다고 할 수 있다.

윤대석과 문제의식을 공유하고 있는 정종현은 『동양론과 식민지 조선문학』에서 '동양론'과 '제국적 주체성'의 관점에서 소위 '암흑기'로 표상되는 식민지 말 한국문학의 상황을 재해석하였다. 그는 근대 이후의 새로운 원리를 '동양'으로 표상되는 시공간에서 모색한 다양한 논의들을 광의의 의미에서 '동양론'으로 규정하는 한편, '식민지-제국'을 배경으로 의사-제국주체(colonizer)를 욕망하며 구성된 새로운 주체성을 '제국적 주체성'이라고 명명하여 동양론과 결부된 주체의 구성과 분열의 양상을 가장 심층적인 차원에서 보여주었다고 판단된 김남천, 이태준, 이기영, 김내성 등의 작품을 면밀히 분석한다. 그리고 이를 통해 제국주의 이데올로기로만 취급되었던 동양론의 담론적 배치 안에서 식민

31 위의 글, 195쪽.

지 지식인의 주체성 형성 과정에 내재한 제국과의 공모의 구체적인 지점과 더불어, 분열과 저항의 면모에 주목함으로써 식민지 조선 지식인의 동양론 발화가 지니는 양가성을 예리하게 포착해낸다.[32] 결국, 그의 논의는 이전까지 한국문학사에서 암묵적으로 시인되거나 동조되었던 '식민지 말 = 암흑기'라는 명명법을 해체하고, 1940년대 전반기 문학장을 새롭게 복원한 점에서 커다란 의의가 있다고 할 수 있다.

이처럼 식민지 말 한국문학에 관한 연구는 대체적으로 '친일문학'론의 연장선상에서 논의되거나, 주체 구성의 측면에서 논의되어왔다고 해도 과언이 아니다. 그런데 '친일문학'론이나 주체 구성의 논의 모두 '식민지 말'라는 특정 시기에 주목하고 있음에도 불구하고 이들 논의는 친일의 내적 논리나 주체 구성의 중요한 계기가 된 동아시아 지역 질서와 조선의 위상 변동에 대한 식민지 조선의 지식인·문학자들의 인식과 대응을 간과하고 있다. 1937년의 중일전쟁과 1941년의 아시아-태평양전쟁으로 연쇄하는 제국 일본의 동아시아 지역에서의 전쟁 수행과 지리적 팽창의 결과, 동아시아 지역 질서와 식민지 조선(인)의 위상에 변동이 발생하고 있다고 판단했던 당시 지식인·문학자들은 '친일 / 반일'의 태도를 취하거나, 변동하는 시대에 조응하는 새로운 주체를 구축하고자 하였다. 따라서 '친일문학'론이든, 주체 구성에 주목한 논의든, 식민지 말 한국문학을 이해하는 데 당시 지식인·문학자들의 동아시아 지역 질서와 조선 로컬리티를 둘러싼 공간 인식과 경계 감각을 확인하는 것은 중요하다. 특히 변동하는 동아시아 지역 질서와 재구축되는 조선의 한가운데에서 그들이 어떠한 지리적 상상을 가지고

32 정종현, 『동양론과 식민지 조선문학 - 제국적 주체를 향한 욕망과 분열』, 창비, 2011.

있었는가를 고찰하는 작업은 제국-식민지 체제의 임계점으로서의 식민지 말 조선, 조선인, 조선문화, 조선문학의 위상을 이해하기 위해 필수적이라고 할 수 있다.

이와 관련해서 차승기는 『반근대적 상상력의 임계들』에서 식민지 말 조선의 담론장에서 다양한 전통 담론들이 출현하고 논의되었던 과정을 고찰하고, 그 담론들이 전제하거나 산출해낸 세계 및 주체 인식의 구조와 성격을 역사적 맥락에서 규명하였다. 그는 식민지 말 '전통'이 특정 집단 내의 개인들을 시간-공간적인 관계 속에서 주체로 구성하는 중요한 문화적 기반으로 기능한다고 상정하고, 그 문화적 기반의 기원을 탐구함으로써 자명한 것의 역사적인 생산 과정을 비판적으로 분석하였다.[33] 그리하여 그는 '위기'와 '전환기'의 관점에서 식민지 말 전통·세계·주체를 둘러싼 담론을 재해석하여, 임계점으로서의 '식민지 말'이 지닌 특수성을 부각시킨다. "특히 중일전쟁 발발 이후의 시기는 거시적으로 볼 때 지역적인 블록화가 진행되면서 근대 세계체제에 균열이 발생하고 그 현실을 설명하는 반근대적인 (또는 탈근대적인) 역사철학적 정당성 담론들이 경쟁하던 시기였다. 또한, 식민지 / 제국 체제의 관계 변화를 볼 때 제국주의의 지정학적 배치에 의해 식민지(특히 조선)가 제국주의 전쟁을 위한 병참기지로 설정되고 식민지 인민의 신체와 정신이 동원되면서 '인간'에 대한 낯선 인식과 처리 방식이 대두하던 시기였다. 국제정치에서 생명정치에 이르기까지 의식과 행위의 현실적 지반 및 힘의 작용이 급격히 변동되던 이 시기의 역사적 특

33 차승기, 『반근대적 상상력의 임계들—식민지 조선 담론장에서의 전통·세계·주체』, 푸른역사, 2009.

징은 근대적인 시간-공간의 (무)의식을 유동화시켰다. 이 과정에서 전통 · 세계 · 주체를 새롭게 이해하고 재정립하고자 하는 시도들이 등장했던 것이다. 이른바 근대적인 자명성의 토대가 뒤흔들리는 '전환기'의 새로운 상황에서 전통 · 세계 · 주체를 말한다는 것은 근대와 반근대가 불투명하게 뒤얽혀 있는 임계점까지 사고를 이끌어간다는 것을 뜻한다."[34] 식민지 말에 이르러 지역적인 블록화가 근대 세계 체제에 균열을 일으키는 한편, 제국-식민지 체제 내 조선의 지정학적 배치에 변동이 발생했다는 이러한 지적은 식민지 말 근대 한국의 지식인 · 문학자들의 동아시아 각 지역과 식민지 조선의 지방들에 대한 공간 인식과 경계 감각을 고찰하는 데 중요한 단서를 제공한다. 특히, 그러한 공간 인식과 경계 감각이 근대의 지역적 구현인 서양과 반근대의 지역적 구현인 동양이 서로 뒤섞여 충돌하고 있는 임계점 —'전환기' 의식이나 '세계 신질서' 건설 표명 등—에 대한 성찰을 동반한다는 점에서 그러하다.

한편, 황호덕은 『제국과 벌레』에서 식민지의 일상에 균열을 일으키는 식민지 말이라는 '극한상태'를 통해 근대 국가의 질서가 움직이는 원리와 거기에서 파생되는 문제를 파악하기 위해 언어, 생명정치, 테크놀로지라는 문제계를 제시한다. 그리하여 그는 제국의 신화가 어떻게 식민지를 포섭 / 배제하는가와 함께 식민지의 신화가 제국의 신화를 초과하는 한편 제국의 신화 안에 스스로를 각인시키는지 논의한다. 그리고 언어와 민족, 언어와 국가, 공과 사의 혼연일체를 통해 상상되는 근대 국민국가의 논리가 갖는 작위성이 노출되는 상황을 살핀다.

---

34 위의 책, 29~30쪽.

또한, '살게 하는 권력'으로서의 통치성이라는 개념 위에 놓인 근대 정치의 관점에서 국가가 살아 있는 생명에게 권력을 행사하고, 앎의 생산과 지배가 살아 있는 몸의 관리와 어떻게 결부되어 있는지 밝혔다. 끝으로 식민지 말 고도국방국가 체제 또는 전시총동원 체제 하 기술 지배에 상응하는 자기 기율의 테크놀로지들이 일치되어가는 과정에 대해 논의하면서 지배 테크놀로지와 자기 테크놀로지의 동시적 구성 과정을 고찰하였다. 황호덕의 이러한 논의는 "식민지기 '한국문학'을 역사적으로 고립시키거나 특권화하지 않으면서 그것을 근대의 역사 경험 전체를 질문하는 장소"[35]로 만들었다는 점에서, 즉 그의 표현을 쓰자면 '예외적 장소'로 삼았다는 점에서 획기적이다. 이 책에서 식민지 말을 제국-식민지 체제에서 탈식민 냉전 체제로 전환되는 '임계점'으로 설정하는 데 있어 황호덕의 '예외적 장소'가 시사하는 바 또한 크다고 할 수 있다.

이 책에서는 이상의 선행 연구를 비판적으로 수용하여 식민지 말 조선의 지식인·문학자들의 동아시아 각 지역과 조선의 지방들에 관한 지리적 상상에 대해 논의를 전개할 것이다. 먼저 중일전쟁에서 아시아-태평양으로 연쇄하는 전시총동원 체제기 제국 일본과의 관계 속에서 지방의 위상을 부여받았던 식민지 조선과 그 내부의 지방들에 대한 공간 인식과 경계 감각을 살펴볼 것이다. 이어 식민지 조선인들의 이동의 회로와 양상을 감안하여 대동아공영권의 중앙으로서의 제국 일본에 대한 지리적 상상을 살펴본 뒤, 만주와 중국의 대륙 아시아 지역과 남양, 타이완, 베트남의 해양 아시아 지역에 관한 지리적 상상에 대해

35 황호덕, 『벌레와 제국—식민지 말 문학의 언어, 생명정치, 테크놀로지』, 새물결, 2011, 14쪽.

논의를 전개할 것이다. 이를 통해 제국-식민지 체제의 임계점에 선 식민지 조선의 지식인・문학자들의 식민지 조선의 위상 재정립 과정과 자기 구축의 욕망을 살펴볼 수 있을 것이다.

/ 제2장 /

제국과 지방, 그 사이의 조선 / 문학

1. 동아시아 지역주의와 조선 로컬리티

1) 제국 일본과 동아시아 지역주의

1937년 중일전쟁의 발발에 이어 1941년 아시아-태평양전쟁으로 확전한 식민지 말에는 근대의 종언이라는 위기의식에 이어 위기의 근대를 극복하려는 적극적인 움직임이 나타났다. 이때 아시아-태평양전쟁은 위기의 근대를 극복하고 '대동아공영권(大東亞共榮圈)'이라는 새로운 동아시아 지역 질서의 구축을 위한 세계사적 사건으로 여겨졌다. 물론 대동아공영권이 동아시아 제 민족의 공존공영을 목표로 하는 동아공동체를 지향하고 있었지만, 거기에는 항상 이질적인 정책적 지향이 병존하고 있었다. 즉, 제국 일본의 팽창주의를 가속화하는 지향, 자유주의적 자본주의에 내재한 파괴적 폭력성을 순화하려고 한 지향, 사회주의적 계획성을 자본주의에 도입하려는 지향, 다수의 언어와 종교, 나아가 전통을 갖고 있는 사람들 사이에 국민적 통합을 달성하려고 한 지향 등이 혼재되어 있었다.[1] 그럼에도 이러한 지향들은 익히 알려져 있듯이, 당시 '근대초극론' 담론의 자장 내부에 위치한다. 서구 추수의 근대가 파탄났다는 종언 의식이 근대 이후의 새로운 세계를 창출해내야 할 필요성으로 이어졌고, 일본의 교토학파를 비롯한 근대초극론자들은 아시아-태평양전쟁을 통해 새로운 세계의 창출이 실현 가능하다고 믿고 있었다. 이처럼 중일전쟁에서 아시아-태평양전쟁으로 연쇄하는 전시기(戰時期) 교토학파를 비롯한 근대초극론자들은 '근대의 초극'을 근대성의 동아시아적 형식을 통해 서구의 근대성을 초월하는 것이라고 믿고, 근대성의 비(非)-서구적 형식을 만들어갔던 것이다.[2]

이러한 움직임의 일단을 1942년 일본 『문학계(文學界)』 동인 심포지엄 '근대의 초극'을 통해 유추해 볼 수 있다. '근대의 초극'과 관련된 논의의 초점은 『문학계』의 고바야시 히데오[小林秀雄], 교토학파의 니시다 기타로[西田幾多郎], 일본 낭만파의 야스다 요주로[保田與重郎] 등에 의해 이미 1935년경에 완성된 형태로 제시[3]되었고, 이런 점에서 1930년대 후반에서 1940년대 전반까지의 사상적 흐름은 그 궤적을 같이 한다고 할 수 있다. 1942년 『문학계』의 '근대의 초극' 좌담회는 정치에서는 민

1 酒井直樹, 「東亞共同體論と普遍性をめぐって－主體的技術論序說」, 酒井直樹・磯前順一 編, 『「近代の超克」と京都學派－近代性・帝國・普遍性』, 以文社, 2010, 135쪽.

2 David Williams, *Defending Japan's Pacific War : The Kyoto School philosophers and post-White power*, RoutledgeCurzon, 2004, pp.29~32.

3 이에 대해서는 정종현, 『동양론과 식민지 조선문학－제국적 주체를 향한 욕망과 분열』, 창비, 2011의 제2부 1장 「'동양론'의 발생과 전개－겐요오샤에서 근대초극론까지」, 41~49쪽 참고.

주주의의 초극, 경제에서는 자본주의의 초극, 사상에서는 자유주의의 초극을 의미하는 것으로, 이는 유럽의 초극이라는 과제와 긴밀하게 연결되어 있었다.[4] 물론 전후 일본의 담론 공간에서 다케우치 요시미는 "그게(근대의 초극 좌담회-인용자) 왜 그리 위세를 떨쳤는지 의아할 만큼 사상적으로는 아무런 내용이 없다"[5]고 혹평했고, 해리 하루투니언은 "확실히 (근대의 초극-인용자) 좌담회는 서양적 오인과 초극이라는 것을 초극한다고 하는 딜레마(the dilemma of overcoming an overcoming)에 의해 발생한 하나의 환상 속에서 갇혀 있었다"[6]고 말해 그 사상적 빈약함을 지적하기도 하였다. 하지만, 당시 『문학계』 좌담회를 비롯한 근대초극의 담론 공간 속에서 일본은 타자로서 서양 제국주의의 위협에 맞서기 위해서 동아 제국이 일심단결해서 하나의 '협동체(協同體)'를 형성해야 하며, 그 협동체의 중심에 자신이 위치해야 한다는 인식을 보여주었다.[7]

---

4 히로마쓰 와타루, 김항 역, 『근대초극론』, 민음사, 2004, 65쪽.

5 다케우치 요시미, 마루카와 데쓰시 · 스즈키 마사히사 편, 윤여일 역, 『다케우치 요시미 선집 1-고뇌하는 일본』, 휴머니스트, 2011, 103쪽.

6 "확실히 (근대의 초극-인용자) 좌담회는 서양적 오인과 초극이라는 것을 초극한다고 하는 딜레마(the dilemma of overcoming an overcoming)에 의해 발생한 하나의 환상 속에서 갇혀 있었다. 하지만 그것이 과거 20년 이상 흘러가는 유성우(流星雨)와 같은 다양한 사건들의 계기를 되돌아보게 한다는 의미를 생각할 수 있게 하는 것은 중요하다. 그것은 모더니스트 제임스 조이스가 20세기 초반의 10년 동안 저술에서 역사라는 악몽을 벗어나기 위한 노력이라고 불렀던 것을 발견한 것이었다. 좌담회는 망각되어버렸던 것이나, 상실되어버렸던 것, 즉 시인 하기와라 사쿠타로[萩原朔太郎]가 '상실'이라고 표현했던 것을 회복하는 대신에 근대 속에서 시간성으로서의 옛 것을 건져내거나, 노스탤지어를 다시 세우기 위해서 일부러 대상을 상실해 그것을 '발견'해보면서, 자본주의적 근대화나 일본인에 의해 발생되고 경험된 커다란 물질적 · 정신적 변화에 관한 과거의 기억, 그리고 아직까지 예측할 수 없는 미래 일본인을 기다리고 있는 무언가를 중층 결정하는 데 머물렀다. 좌담회는 그것이 초극하려고 했던 다양한 사건의 계기를 정확하게 이야기했던 것이고, 배제하는 것을 목표로 한 역사성을 재(再)확정했던 것이다. 근대의 초극 좌담회가 겨우 도달했던 유일한 지점은 일본 그 자신이 근대에 의해서 초극되어버렸던 장소였다."(Harry Harootunian, *Overcome by Modernity : History, Culture, and Community in Interwar Japan*, Princeton University Press, 2000, p.94)

7 이와 관련해서 고야스 노부쿠니는 아시아의 맹주로서 일본을 위치 짓는 근대초극론의 이중

물론 서양 오리엔탈리즘의 구속으로부터 벗어나고자 한 근대초극론에서 '일본적 오리엔탈리즘'의 지적 지배가 아시아를 자국 본위의 '규율 = 훈련 질서의 분류체계' 속에 가둬 넣으려고 했다는 데 딜레마가 있었다. 즉, 일본은 아시아에 속하면서 아시아가 아니라는, 배치되고 모순된 위상을 추구했던 것이다.[8]

여기에서 당시 근대초극론의 전모에 대해 살펴볼 수는 없지만, 이 책의 관심사에 맞춰 근대의 지역적 구현인 서양의 초극과 동양의 부상이 세계 신질서 건설로 이어진 상황에 대해 살펴볼 필요가 있다. 대표적으로 고야마 이와오[高山岩男]는 『세계사의 철학(世界史の哲學)』에서 아시아–태평양전쟁에 의해 세계사적 전환이 일어나고 있어 근대 서양의 세계사학에 철학적 검토가 필요하다고 전제한 뒤 '특수적 세계사'라는 개념과 사상을 제창하면서 역사의 지리적 공간성의 문제, 역사적 세계의 다원성의 문제, 문화의 순환과 퇴락(頹落)의 문제, 세계사의 계보의 문제 등에 대해 논의하였다. 이때 특수적 세계사란 보편적 세계사에 대응하는 것인데, 그것은 서양사에 대응한 동양사에 다름 아니었다.[9] 그는 역사성 = 시간성의 관념을 비판하여, 세계사의 이념이 확립되기 위해서는 역사성이 단순히 시간성이 아니라 동시에 공간성을 필수 계

성에 대해 다음과 같이 논의한다. "'근대의 초극' 이론이 세계사를 고쳐 잡는다면, 그 전환을 가져온 전쟁의 의의를 일본인에게 가르친다고 해도, 착오의 감동을 이끈 것은 아니라고 할 수 있을지도 모른다. 하지만 '근대의 초극'이 동과 서라는 지정학적 대립 구도 위에 문명론적 언어와 억압과 해방이라는 정치심리학적 언어를 갖고 일본에서 아시아의 맹주라는 자부에 서서 말해지고 있을 때, 그것은 일본인의 착오의 감동을 이끈 이념이나 담론이 될 것이다. 아시아의 맹주라는 일본의 자부에 서서 '대동아전쟁'을 말하는 담론에는 '지나사변'이 드리운 그림자가 사라진다."(子安宣邦, 『「近代の超克」とは何か』, 青土社, 2008, 136~137쪽)

8 야마무로 신이찌, 임성모 역, 『여럿이며 하나인 아시아』, 창비, 2003, 158쪽.

9 이에 대해서는 高山岩男, 「序」, 『世界史の哲學』, 岩波書店, 1942 참고.

기로 한다는 점을 명확히 할 필요가 있다고 말한다. 즉, 기존의 역사철학에 존속되어왔던 세계일원론의 무의식적 전제와 역사성 = 시간성의 전제를 비판하고, 나아가 이러한 전제 위에 성립한 사상을 대신하는 새로운 세계사의 이념을 창출해야 할 시대에 직면해 있다고 말하고 있는 것이다. 그리고 이것을 상징적으로 보여주는 사건이 바로 제2차 세계대전과 아시아-태평양전쟁의 발발이라고 말하고 있다.

> 현재 세계사 상의 대동요, 세계사의 대전환이 야기하려고 하는 것은 무엇일까. 나는 그것을 유럽 세계에 대해 비(非)유럽 세계가 독립하려고 하는 추세 또는 사실이라고 생각한다. 19세기 말엽 내지 20세기 초두에 걸쳐 모든 유럽 세계에 내재화되었던 것처럼 보였던 비유럽 국가들이 우리 일본을 선두로 해서 점차 이 내재화에서 탈각하고, 거기에 초월적인 존재성을 나타내왔던 것, 그에 따라 **종래 단적으로 '세계'라고 여겨져왔던 유럽 세계가 실은 하나의 근대적 세계에 불과하다는 점이 의식되어왔고, 유럽 세계 그 자체의 근대적인 내적 질서가 내부로부터 붕괴의 시기에 이르렀다는 점을 현대의 세계사적 대전환이 나타내고 있다**고 생각한다. 이것은 비유럽 세계가 유럽 세계와 점차 대등한 존립성(存立性)을 요구해왔던 것을 의미하고, 따라서 여기에서 **근대적 세계와는 다른 질서와 구조를 갖는 현대적 세계가, 또는 진정한 의미에서의 '세계사적 세계'가 처음으로 성립의 실마리를 갖는다**는 것을 의미한다.[10]

세계사적 전환의 시기를 맞이해 유럽 세계의 근대적인 질서가 그 내부로부터 붕괴되고, 따라서 기존의 유럽 세계 = 근대적 세계와는 다른

10 위의 책, 2쪽. 방점 강조-원문. 강조-인용자.

질서와 구조를 갖는 현대적 세계를 성립해야 할 필요성이 대두하였는데, 이를 위해 고야마 이와오는 시간성이 아닌 공간성(지역성, 지리성)에 주목해야 할 필요성을 제기한다. 그리하여 그는 다음과 같이 말한다. "세계사학의 입장은 역사의 지리성과 함께 지리의 역사성을 중시하고, 양자의 종합을 통해 세계사의 발전을 고찰하지 않으면 안 된다. 무엇을 결여하든 세계사학에 정곡을 기하기 어렵다. 동시에 세계사의 건설은 마찬가지로 양자의 종합을 통해 처음으로 성립하는 것이다. 대동아 전쟁이나 이번 유럽 대전이 의도하고 또한 결과로 상정한 역사적 세계의 신질서에는 명료하게 지리성의 원리가 표현되어 있다. 그러나 이 지리성도 실은 근대 세계사의 결과로서 현대까지 이어온 역사적인 것에 지나지 않는다. 현재 거기에 변화가 일어나려 하는 것도 지리성이 단순히 자연적인 것이 아니라 동시에 역사적인 것이라는 점에 기반한다. (…중략…) 세계사는 항상 역사와 지리가 종합되는 경우에만 성립한다. 그리고 그 종합의 근저에는 그때마다 항상 역사적 세계의 내면적 요구에서 발생한 움직일 수 없는 천인합일(天人合一)이 존재한다."[11] 이처럼 기존의 근대 세계 체제를 뒷받침하는 근대성 = 시간성이 아닌 공간성에 주목했을 때, 동양 또는 아시아는 새로운 세계 질서 건설을 위해 주목해야 할 지역으로 부상하고, 근대적 세계를 초극한 현대적 세계, 진정한 의미에서의 '세계사적 세계'의 구현 공간으로 위치 지어지게 되었던 것이다.

한편, 식민지 말 근대의 초극이 공간성(지역성, 지리성)에 기반한 새로운 '세계사적 질서'의 구축으로 이어진다는 점을 감안했을 때, 제국 일

---

11 위의 책, 181～182쪽.

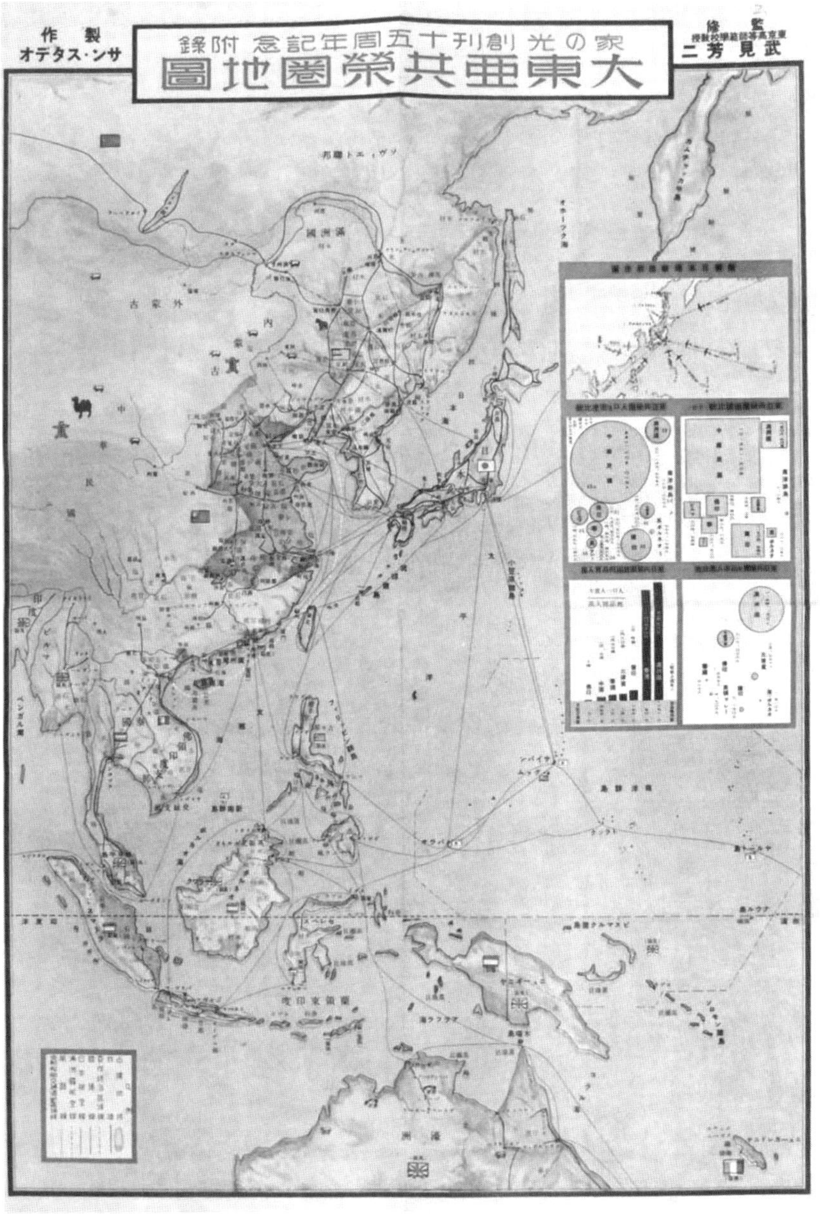

〈그림 1〉 대동아공영권 지도

본의 지정학이 지니는 역할은 의미심장하다. 왜냐하면 "전시기 일본의 지정학은 '아시아' 공간의 과학적 합리적 개념을 통해 '대동아공영권'의 공간적 이론화를 시도한 일본의 제국의 정책과학"이었으며, 이때 "지정학은 단순히 정치학적 방법론을 통해 공간을 사고하는 일시적 학문의 유행이었다기보다는 '동아협동체론'과 '대동아공영권'론으로 연쇄하는 제국일본의 동아시아담론의 지적 자양분 역할을 하였"[12]기 때문이다. 19세기 말 학문 분야로 발전한 지정학은 처음부터 외교정책과 밀접한 관련이 있었고, 군사작전을 수립하는 데 주로 이용되었다. 일본에 지정학이라는 개념이 도입된 것은 제1차 세계대전 이후였고, 1930년대 중반 이후에는 각종 미디어를 통해 국가평등관에 기초한 국제연맹 체제에 도전하고 새로운 세계 질서를 탄생시키는 데 유효한 학지라고 강조되었다. "구래(舊來)의 국제 체제라는 것은 민족주의를 하층구조로 삼고, 제국주의를 중층구조로 삼으며, 그 상층구조로서 국제연맹을 설정하는 형식을 채용해왔던 것인데, 도래할 세계 신질서의 기초는 (원문 확인 불가―인용자) 민족주의를 기저로 해서 대(大)지역주의를 확인하고, 이 대지역주의에 입각해서 새로운 구조를 확립하는 데 있"[13]는 것으로 여겨졌다. 즉, 나치스 독일이 베르사유 체제를 타파하고 유럽의 신질서를 형성해가는 과정을 일본이 국제연맹을 탈퇴한 뒤 인도양까지를 하나의 생활공간으로 하는 대동아공영권을 형성해가는 과정에 중첩시키면서 그러한 공간을 창출하기 위한 학지로서 지정학에 기

12 이석원, 「'대동아' 공간의 창출―전시기 일본의 지정학과 공간담론」, 『역사문제연구』 제19호, 역사문제연구소, 2008, 307쪽.

13 神川彦松, 「世界新秩序と大地域主義」, 『地政學』, 1942.1, 12쪽.

대를 걸고 있었던 것이다.[14]

당시 고마키 사네시게[小牧實繁], 요네쿠라 지로[米倉二郎], 노마 사부로[野間三郎] 등 교토제국대학 지리교실 관계자들은 윤리적 타당성을 지닌 지도 국가인 일본이 아사아의 질서를 마련하기 위해서는 일본만의 독자적인 지정학 창출이 필요하다고 역설하였다. 그들은 그 윤리적 타당성의 근거를 '황도(皇道)'에서 찾으면서 팔굉일우(八紘一宇)의 세계관을 담는 학지로서 황도지정학을 지향하고 있었다. 그들 황도지정학파들은 서양 제국주의 국가들의 식민지화에 의해 분할된 아시아와 태평양이라는 공간이 어떻게 왜곡된 지리 개념에 의해 성립되었는가를 논증하는 한편, 일본이 지도 국가가 되어 '태평양의 정화'를 해야만 토지와 인간이 정상적인 관계를 갖는 '본연의 모습'을 회복할 수 있다고 주장하였다. 그리고 바로 이것이 아시아–태평양전쟁의 목적이라고 설파하였다. 이런 점에서 황도지정학은 곧바로 대동아지정학으로 연결되는데, 그것은 황도지정학파들이 역사와 인종 등에 차이가 있는 남방권과 태평양권을 통합하기 위한 논거로 '지정학적 일체성'이 아닌, 대동아공영권 형성에 유용하다고 판단된 지리와 문화 및 민족의 근접성을 제창했기 때문이었다.

---

14 이와 관련해서 일본 지정학이 독일 지정학으로부터 많은 영향을 받았으리라는 것을 짐작하는 것은 어렵지 않다. 특히 하우스호퍼의 지정학에 대한 논의가 일본 학자들에게 많은 영향을 미쳤는데, 이 책의 논의와 관련해서 살펴보면, 세계의 중심이 대서양에서 태평양으로 이동했다는 인식 아래 아시아–태평양전쟁기 소위 '태평양지정학'의 중요성을 강조하기 위해서 그의 저서를 번역・소개하거나 긍정적으로 평가했다. 1942년 일본어로 번역된 『太平洋地政學』의 서문에서도 1938년에 발족한 태평양협회의 취지에 이어 "현 시국에 불가피한 자료를 제공할 뿐만 아니라, 적어도 일본민족의 숙명적 진로인 태평양의 제패와 대동아의 건설을 말하기 위해서는 반드시 읽어야할 명저"(ハウスホーファー, 佐藤莊一郎 譯, 『太平洋地政學』, 岩波書店, 1942, 3쪽)라고 소개하고 있다.

1920년 1월 일본에서는 정무국(政務局)이 폐지되고 구미국(歐米局)과 아세아국(亞細亞局)으로 분할된 뒤, 1934년 6월 구미국이 구아국(歐亞局)과 아메리카국(亞米利加局)으로 다시 분할되며, 아세아국이 동아국(東亞局)으로 대체되었다. 그리고 1940년 남양국(南洋局)이 신설되고, 1942년 11월 외무성과는 별도로 대동아성(大東亞省)이 설치되었다. 그 인사에 있어서는 1927년 9월 아리타 하치로[有田八郎]가 아세아국장으로 취임하고, 같은 정책적 지향을 갖는 시게미쓰 마모루[重光葵], 다니 마사유키[谷正之], 시라토리 도시오[白鳥敏夫] 등의 그룹이 '아시아파'라고 불리면서, 1931년부터 1942년에 걸쳐 외무성의 주류파로서 정책 전개의 중심적 역할을 담당했다. 이러한 외무성 편제의 변천을 단순한 제도적 변화에 불과하다고 간과할 수 없는 것은 구미, 아시아, 구아, 아메리카, 동아, 대동아라는 각각의 지역 단위 속에서 일본이 어떤 자세를 취하였는가, 그 모색과 대응 속에서 나타난 사상과 운동이 나타낸 궤적이 1930, 40년대 일본의 외교 정책에서 아시아주의의 형성・전개, 그리고 붕괴의 과정을 보여주기 때문이다.[15]

이러한 흐름 속에서 1941년 11월 10일 일본지정학협회(日本地政學協會)가 창립되었다. 일본지정학협회는 지정학이 "세계 신질서의 본질적 전환을 지향하는 국가 활동의 이론적 기초를 명확하게 하는 신흥과학으로 주목"[16]받고 있는 현실 속에서 동경제국대학 교수 가미카와 히코마쓰(神川彦松; 문학박사), 동경여자고등사범학교 교수 이모토 노부유키(飯本信之; 이학사), 지리역사연구회 회장 모리야 미치오(守屋美智雄; 경제

15 山室信一, 『思想課題としてのアジア』, 岩波書店, 2001, 577~597쪽.
16 「日本地政學協會發會式」, 『지정학』, 1942.1, 125쪽.

학사) 등이 주축이 되어, 해방의회(海防義會) 이사장 우에다 요시다케(上田良武; 해군 중장)를 회장으로 옹립하고 각계의 권위자 50여 명을 고문, 찬조원, 평의원으로 참여시켜 지정학 연구단체의 결성을 알린 것이었다. 일본지정학협회는 창립 취지문 격인 글에서 "종래의 지리적 견해는 세계 역사에 대한 해석을 검토하는데 주로 유럽을 중심으로 하거나 혹은 아메리카를 중심으로 논술 기술되어, 이로 인해 우리 국가의 과학적 관점이 왜곡되고, 우리 국가 본래의 과학적 실상을 현현할 수 없었던 것은 매우 유감이었다. 따라서 우리들 학도는 일본을 중심으로 한 학적 발족을 시험하는 이 자리에 엄밀한 검토를 행하는 동시에 보다 우월한 지정학 체계의 수립에 미력을 다하고, 이로써 고도국방국가의 건설에 공헌하고자 하는 것"[17]이라고 하여 유럽 중심의 세계사 이해의 관점을 일본 중심으로 전환하여 고도국방국가 건설에 이바지하고자 하는 뜻을 명확히 밝혔다. 일본지정학협회는 그 규약에서도 "본회는 지정학을 연구해 특히 일본 및 그 생활권을 중심으로 하는 육해공 사이를 지정학적으로 조사 연구해 우리 일본의 고도국방국가 건설의 국책에 기여하는 것을 목적으로 한다"[18]고 명시하였다. 그리고 이러한 목적을 달성하기 위해 ① 연구회・강연회・강습회 개최 및 연구 여행 등의 실시, ② 기관지 『지정학(地政學)』의 간행, ③'지정학'에 관한 도서 간행, ④ 그 외 이사회에서 필요하다고 인정되는 사항 등의 사업을 실행하기로 하였다.

이에 따라 1942년 1월 일본지정학협회 기관지 『지정학』이 창간되었

17 「日本地政學協會のについて」, 위의 책.

18 「日本地政學協會規約」, 위의 책, 135쪽.

는데, 회장 우에다 요시다케[上田良武]는 "신흥 과학으로서의 지정학은 기성 과학과는 학적 발전의 단계에서 두드러지게 현격함을 가지고 있다는 점을 간과할 수 없는 것"이라며, 이 기관지의 사명에 대해 다음과 같이 밝혔다. "우리 고도국방국가에 대응하는 국방과학체계 확립의 노력 자체가 커다란 학적 공헌일 뿐만 아니라, 우리 국가 독자의 체계를 확립하기 위해 정진하는 것은 이미 대동아 건설을 완수시키는 일대 원동력이라고 논정(論定)할 것이다. 그중 지정학은 국방정책과의 관련성이 밀접한 점에서 우리들은 이 학문 연구를 결코 등한시할 수 없다. 기관지 『지정학』은 이러한 연구 경과의 기록표이다."[19] 이처럼 지정학은 대동아공영권 구상과 고도국방국가 건설이라는 국책에 부응하는 새로운 과학으로 자리 매김되었던 것이다. 일본지정학협회 기관지 『지정학』에서는 새로운 학지로서의 지정학의 발달 과정 및 방법론, 지정학의 학문적 역할 등에 대해 소개하는 한편, 무엇보다 대동아공영권으로 상정되는 아시아-태평양 권역 내 각 지역의 지정학적 위상 및 역할에 대한 연구 결과물들이 게재되었다. 그리고 이러한 논의에는 일본을 중심으로 아시아 권역을 하나의 통합된 유기체로 상정하는 등 앞서 존 애그뉴가 '근대의 지정학적 상상'이라고 불렀던 것과 같은 인식이 내포되어 있었다. 또한, 제국주의 국가들이 영토를 확장하는 행위를 자연스러운 것으로 당연시하면서, 지리학·문화인류학·민속학·생물학 등과 같은 과학적 학문들이 제국주의적 지배와 파시즘적 군사주의를 정당화하는 '자연화된 지정학'의 양상을 보였다.

한편, 대동아지정학을 '대동아' 공간의 조직화나 공간 질서 재편성

19 上田良武, 「機關誌「地政學」の使命」, 위의 책, 1~2쪽.

을 위한 학지로 전환하려고 할 때 대동아공영권이라는 공간 개념은 국토계획의 대상 구획으로서 상정되었다. 1940년 7월 각의 결정에 의해 공포된 「기본국책요강」에서는 총합국력 발전을 국토계획의 목표로 삼았는데, 일본 내지를 대상으로 했던 기존의 도시계획과 공간배치계획 등을 만주와 중국은 물론, 남방권과 태평양권까지 확장해서 실시하자는 것이 주된 내용이었다. 이와 더불어 해군성 조사과가 작성한 「남방국토계획」에서는 대동아공영권으로서 혼연일체의 유기적 결합을 이뤄야 할 지역으로서 인도차이나・타이・네덜란드령 인도차이나・뉴기니・태평양 제도(諸島) 등을 '실체구역'으로 삼고, 인도・오스트레일리아 등을 장래 실체구역의 발전 목표가 되어야 할 지역으로 상정해 '외곽구역'이라고 위치시켰다. 이처럼 대동아지정학과 국토계획의 일체화가 중시되는 가운데 시국의 요청으로부터 국토계획을 국방국가 건설과 직결시키지 않으면 안 되는 상황 속에서 지정학의 초점은 국방국가의 정비로 수렴되어갔다. 요컨대 1940년을 전후해서 일본의 공간적・민족적 고유성을 갖고 제창된 황도지정학과 대동아지정학, 국방지정학 등은 공간적으로 팽창해간 제국 일본의 세계관을 표명하는 학지로서 수립되었던 것이다.[20]

이처럼 대동아공영권 구상은 민족 이론과 지정학에 입각한 지역 통합과 유럽적 근대를 '초극'할 현대의 '세계사적 세계' 건설을 표방했다.[21]

---

20 대동아공영권의 공간편성과 지정학의 역할에 대해서는 山室信一, 「國民帝國・日本の形成と空間知」, 『岩波講座 「帝國」日本の學知 第8卷 : 空間形成と世界認識』, 岩波書店, 2006, 19~76쪽 참고.

21 임성모, 「대동아공영권 구상에서의 '지역'과 '세계'」, 『세계정치』 제26집 2호, 서울대 국제문제연구소, 2005, 126쪽.

물론 대동아공영권의 공간 편성에 있어서 지정학이 마련한 논리 자체에 나타난 모순을 지적하는 것은 어려운 일이 아니다. 흥아단체(興亞團體)의 회합이나 대동아회의(大東亞會議)에서 불거진 불협화음은 교토학파 등이 표방했던 대동아공영권 구상의 취약성을 여실히 드러낼 뿐만 아니라, 대동아공영권의 윤리적 타당성으로 황도주의(皇道主義)를 제시한 것이나 국토계획의 대상으로 처음부터 자국의 영토가 아닌 타국의 영토를 상정하고 있었다는 점 등이 이를 극명하게 보여준다. 하지만 여기에서는 제국 일본의 지정학과 국토계획의 대상이 확장되어감에 따라 '대동아'가 새롭게 부상하고 조망되었다는 점에 주목하고자 한다. 즉 지정학을 바탕으로 한 대동아공영권의 공간 편성에서 동아시아 각 지역의 변화된 위상을 고찰하고자 하는 것이다.

1937년 중일전쟁 발발 이후 제국 일본의 동아시아로의 지리적 팽창 움직임 속에서 만주·중국 등의 대륙 지역과 타이완·베트남 등의 해양 지역은 전쟁 수행을 위한 중요한 지역으로 인식되었다. 물론, 기왕의 이들 지역에 대한 이미지나 표상은 서양에 의해 동양이 발견된 것과 마찬가지의 방식으로 생산·소비의 근대적 유통 시스템 속에 놓여 있었다. 하지만, 1941년 아시아-태평양전쟁 발발 전후 이들 지역은 기존의 이미지와 함께 제국 일본을 정점으로 하는 대동아공영권론의 자장 안에서 새롭게 위치 지어졌다. "대동아공영권이란 일본을 맹주로 한 만주·지나(支那)·남양(南洋) 지방을 그 범위로 한다. 일·만·지의 일체화는 이미 국내외에 명확하게 밝혔는데, **가장 복잡한 문제를 안고, 미묘한 국제관계 아래 있는 것이 남양 지방**이다. 프랑스령 인도차이나·태국·필리핀·영국령 말레이시아·네덜란드령 인도차이나·포르투

〈그림 2〉 대동아공영 파노라마 지도

갈령 티모르・파푸아에 이른 모든 지방은 중요 자원의 공급지로서, 거대한 상품시장으로서 제국의 생존과 함께 발전하는 데 절대불가결의 무대"[22]가 되었다. 이처럼 대동아공영권론에 있어서 대륙 지역 못지않게 중요한 지역으로 새롭게 부상한 곳이 바로 '남양'이었다. 1931년 만주사변과 1937년 중일전쟁 이후 제국 일본의 대륙 방면으로 팽창 정책과 이에 따른 식민지 조선의 병참기지화가 가속화되어왔다면, 식민지말 대동아공영권이라는 새로운 지역 질서의 모색 과정 속에서 중요한 지역으로 인식된 곳이 남양이었던 것이다.

구미(歐米)에서 남양(南洋) 또는 남쪽 바다[南の海]라는 말은 처음에는 태평양과 같은 의미로 사용되었다. 그리고 남양이라는 명칭은 1513년 스페인 탐험가 발보아가 중앙아메리카 산지로부터 태평양을 바라보고, 이렇게 불렀던 데서 유래한 것이라고 한다. 이후 태평양이 중앙아메리카 서쪽과 북쪽으로 확장해 나누어졌는데, 남양은 특히 적도 이남의 태평양, 즉 남태평양을 가리키는 의미로 사용되었던 적도 있다. **우리나라에서 남양이라는 말은 최초에는 지나(支那)로부터 수입되었다. 지나에서는 지나를 중심으로 해서 말레이 다도해(多島海)를 남양이라고 불렀다. 도쿠가와[德川]시대에는 지나를 따라 남양을 이해했는데, 메이지유신 후에는 태평양의 의미로 사용하기도 했다. 그러나 최근에는 일본을 중심으로 해서 그 남쪽의 해양이라는 의미로 사용되고, 나아가 남양보다는 연안 또는 해양 중의 육지에 초점을 두게 되었다.** 가장 협소한 의미에서의 남양은 동인도제도, 필리핀, 뉴기니 등을 가리키고, 이보다도 광의의 의미에서는 이 말레이제도 외 그 동쪽 해상

---

22 今井嘉一, 「大東亞共榮圈としての南洋」, 『朝鮮の教育研究』 第151號, 朝鮮初等教育研究會, 1941, 16쪽. 강조－인용자.

에 산재한 폴리네시아, 멜라네시아, 미크로네시아 등 태평양제도를 포함한다. 다시 이보다 광의의 의미에서 남양은 이 말레이제도, 태평양제도 외 프랑스령 인도차이나, 태국, 말레이반도를 포함할 뿐만 아니라 오스트레일리아, 뉴질랜드 등 소위 오스트랄라시아를 포함해 사용하기도 한다.[23]

이 남양의 사전적 정의에서 눈여겨보아야 할 것은 동아시아의 지정학적 지역 질서의 변동에 따라 남양에 대한 인식, 개념, 범주 등이 변화하고 있다는 점이다. 도쿠가와시대 중국을 통해 수입된 남양이 메이지유신 이후 태평양을 지칭하는 의미로 사용되어오다가 제국 일본의 동아시아에서의 위상 변화에 따라 일본 남쪽의 바다라는 의미를 갖게 된 과정을 설명하는 대목에는 남양 지역을 인식하는 주체—중국, 서양, 일본—의 지정학적 세계 인식의 관점이 반영되어 있다. 그리고 그것은 고스란히 (남)태평양을 둘러싼 동아시아의 지정학적 지역 질서의 변동 과정과 부합된다. 1940년대 전반『대동아전쟁사전』의 '남양' 항목에 대한 설명에 당시의 전쟁 수행을 위한 프로파간다적인 논리가 개입되었을 것을 짐작하기란 어려운 일이 아니지만, 보다 중요한 것은 지정학적 세계 인식 속에서 대동아공영권을 이해하고 이를 남양 지역과 결부시켜 파악하면서 남양의 지정학적 위상을 자리매김하고 있었다는 점이다.

이처럼 서양=근대를 초극하기 위한 움직임 속에서 새롭게 동양에 대한 관심과 탐구가 활기를 띠고, 대동아공영권 건설이라는 동아시아 지역 질서의 변동 속에서 중국, 만주 등 대륙 아시아를 넘어 남양, 타이

23 松木勇造 編,『大東亞戰爭事典』, 新興亞社, 1942, 272～273쪽. 강조－인용자.

완, 베트남 등 해양 아시아가 제국의 권역 내 중요한 지역으로 부상하게 되었다. 전후 일본의 담론 공간에서 오다기리 히데오[小田切秀雄]가 "태평양전쟁 아래서 치러진 〈근대의 초극〉 논의는 군국주의 지배체제에서 '총력전'의 일부인 '사상전'의 일익을 담당했다. 그것은 근대적·민주주의적 사상체계와 생활에서 나오는 모든 요구를 절멸하기 위한 사상적 동반자였다. (…중략…) 그때까지 일본낭만파는 '문명개화'와 관료주의를 문제 삼으며 자본주의 문명을 비판했는데, 이 논쟁이 자본주의 문명 비판을 더욱 넓은 시야로 이끌고 갔다. 나아가 생활·문명·예술의 방면에서 근대적 측면이 비뚤어진 전개를 보이고 그로 인해 약점이 노출되자 여러 각도에서 논란과 비판이 나왔는데, 〈근대의 초극〉은 사상적 동반자로서 군국주의적 천황제국가를 옹호하고 그 정당성을 이론적으로 설명했으며, 또한 전쟁체제를 용인하고 거기에 복종했다"[24]고 논하고 있듯이, 근대의 초극 논의를 비롯한 대동아공영권 담론이 제국 일본의 아시아 침략 정책에 사상적 자양분의 역할을 한 것을 묵과할 수 없다. 하지만, 한편으로 그것이 동아시아 지역 질서 구축을 통한 근대 세계 체제에 대한 대응이었다는 사실 또한 간과할 수는 없다. 요컨대 그것은 서양=근대를 넘어 새로운 아시아, 나아가 세계 신질서를 구축하려고 했던 사상적 모색이었던 것이다. 그리고 그때 제국 일본을 중앙(=중심)으로 하는 지역주의의 논리와 자장 속에서 동아시아 지역 질서는 새롭게 재편되어갔던 것이다.

식민지 말 식민지 조선의 담론장에서도 대동아공영권 건설과 관련

24 小田切秀雄, 「'近代の超克'について」, 『文學』, 1958.4(여기에서는 다케우치 요시미, 앞의 책, 110쪽에서 재인용).

된 논의는 쉽게 찾아볼 수 있다. 그리고 그것은 쉽게 짐작할 수 있다시피, 제국 일본의 담론장에서 논의되던 내용과 큰 차이를 갖는 것은 아니었다. 하지만 식민지 조선의 지식인・문학자라는 발화 주체의 욕망과 위상이 그러한 담론 구축 과정에서 여실히 드러나기도 한다. 즉, 대동아공영권 건설이라는 동아시아 지역 질서의 재편 과정 속에서 식민지 조선의 위상을 강화하기 위한 움직임을 보이고 있었던 것이다. 이에 대해서는 제3장에서 본격적으로 살펴보기로 하고, 여기에서는 『국민문학』 이데올로그들이 구상했던 '대동아문화권'에 대한 논의만을 간단하게 덧붙이고자 한다. 이를 통해 당시 식민지 조선의 담론장에서 유통되고 있던 대동아공영권이라는 동아시아 지역주의의 내적 논리의 일단을 확인할 수 있을 것이다.

1942년 1월 31일 인문사 주최로 좌담회가 개최되는데, 참석자는 경성제국대학 교수 아키바 다케시[秋葉隆]와 가라시마 다케시[辛島驍], 녹기연맹 주간 쓰다 쓰요시[津田剛], 조선총독부 편집과 모리타 고로[森田梧郎], 그리고 인문사 주간 최재서(崔載瑞)였다. 의제는 '대동아문화권'의 구상과 건설이었는데, 대동아공영권의 정치적・경제적 기초가 완성되어가고 있다는 판단 아래 문화적인 기초도 포함되어야 한다는 것이 논의의 출발점이었다. 먼저 최재서가 대동아문화권 내 민족의 종류와 그들의 문화 상태에 대해 의견을 구하자, 아키바 다케시는 '대동아문화권'이 이제부터 만들어가야 할 이상이라고 말하면서 중일전쟁 이후 '지나열'이 고조되었지만 지나의 '진정한 모습'에 대해 모르고 있고, 지나를 넘어 '대동아'가 문제시되고 있는데도 남방에 관한 지식이 일천하다고 말한다. 그러면서 남방인들과 함께 할 수 있는 문화권을 형성할 수 있는 문화정책을 수립해야 한다고 강조한다. 그런데 그는 남방 민족이 일본 민족과 인종적, 체질적으로 비슷할 뿐만 아니라 종교·풍속·습관과 같은 문화적인 측면도 유사하며, 무엇보다 벼농사를 짓는다는 점에서 신앙이나 생활에 공통점이 있다면서 이미 대동아 건설의 한 토대가 구축되어 있다고 말한다. 이처럼 남방 지역의 중요성이 부각되자 최재서와 가라시마 다케시가 대동아문화권 건설에 일만지가 중추적 위치에 있다는 것을 강조하였는데, 다만 가라시마 다케시는 남방 지역에 독립국이 있다고 해서 조선이 그것을 모방해서는 곤란하다는 점을 명확히 한다.

그런데 이러한 대동아문화권 구상의 논의와 관련해서 부각되는 것은 역시 대동아공영권의 지도 원리였다. 이에 대해서는 쓰다 쓰요시가 견해를 피력했는데, 그는 먼저 "일본의 구상에 의한 커다란 공영권과 독일의 레벤스라움(Lebensraum), 러시아의 공산주의적 건설" 등이 "종래의 앵글로색슨이 건설했던 세계 제패를 파괴하려는 것"[25]이라는 점을 인식해야 한다고 말한다. 즉, 일본, 독일, 러시아에 의해서 진행되고 있는 광역경제권의 구상과 건설이 기존의 앵글로색슨계 서양 제국주의 국가들에 의해 주도되었던 세계 체제와 질서를 무너뜨리는 세계사적 흐름이라는 것을 명확히 한 것이다. 이어 그는 대동아공영권의 원리로 '황도'를 제시하면서, 거기에는 천양무궁(天壤無窮)과 팔굉일우(八紘一宇)가 있는데 각각 구심력과 원심력으로 작용하고 있다며, 공영권 건설과 문화 건설은 표리일체의 관계에 있다고 역설한다. 다시 최재서가 논의가 블록 이론으로 정리되는 듯하다며 러시아 블록, 구주 블록 등과 대

25 「大東亞文化圈の構想」(座談會), 『國民文學』 1942.2, 40~41쪽.

동아공영권의 차이점이 무엇이냐고 묻자 쓰다 쓰요시는 다시금 황도를 거론한다. 그러면서 황도에 기초한 일본문화에 의해 동아시아 각국의 문화가 육성되는 동시에 각 지역의 특징을 생성시켜갈 것이라고 말한다.

이 좌담회에서도 대동아공영권 구상의 내적 논리로서의 지역주의에 대한 인식을 살펴볼 수 있다. 만주사변에서부터 아시아-태평양전쟁 이후까지의 시기를 대동아공영권 건설을 위한 일련의 과정으로 위치시키는 한편, 독일이나 러시아에 의해 진행되고 있는 광역 경제권의 건설 등과 유비관계 속에서 그것이 가지는 세계사적 의미를 적극적으로 드러냈다. 그것은 앞서 제국 일본의 지정학이 내세우고 있었던 서양 중심의 세계 체제에 대한 전환을 의미하는 것으로 근대 자본주의적 세계 질서를 초극한 새로운 질서와 체제를 지향하는 것이었다. 하지만 그것의 내적 원리가 천양무궁과 팔굉일우를 지니고 있는 '황도'라는 점에서 대동아공영은 결국 그것을 구성한다고 여겨지는 민족이나 국가, 지역의 블록화가 아닌 제국 일본에 의한 통합이었던 것이다. 특히 그것이 전쟁 수행의 이데올로기로 작동하면서 전쟁 그 자체를 미화했다는 점은 간과할 수 없다. 하지만 여기에서 보다 주목하고 싶었던 것은 그러한 전쟁 수행의 이데올로기로서의 대동아공영권 구상이 제국-식민지 체제 내 새로운 동아시아를 구축하기 위한 것이었고, 그것이 근대 세계 체제를 극복하거나 초극하기 위한 지역주의적 공간 인식에 기초하고 있었다는 점이다.

2) 식민지 조선과 지방의 로컬리티

식민지 말 소위 '국민문화(國民文化)'시기에는 동아시아 지역주의 담론 자장 안에서 그러한 지역주의를 구성한다고 여겨지는 각 지방의 로컬리티에 대한 논의가 활발하게 일어났다. 이러한 논의는 일본문화를 중앙으로 하여 그에 대응하는 각각의 지방문화의 위상을 재정립하는 가운데 발생하는 제국 / 식민지 사이의 문화적 헤게모니 투쟁의 한 국면을 보여준다. 제국-식민지 체제기 식민지 조선은 제국 일본과의 관계 속에서 자신의 위상을 부여받거나 구축하게 되었는데, '내선일체'나 '일만지', '대동아'라는 공간 질서의 기획과 구축 과정 속에서 식민지 조선은 동화 이데올로기의 자장 속에서 제국 일본에 포섭되거나 통합되었다. 이때 포섭과 통합을 가능하게 했던 것은 제국 일본을 중앙에 놓고, 동아시아의 각 지역과 식민지를 지방에 놓는 위계화된 구도를 상정했기 때문이었는데, 이는 근대 국민국가가 스스로의 정당성을 주장하기 위해 국민국가 경계 내부를 중앙과 지방으로 위계화하고, 지방을 중앙에 종속된 형태로 인식하게끔 하는 사유 체계로부터 출발한 것이었다. 다시 말해, 메이지유신 이래 중앙과 지방의 공간 구획과 분할을 통해 근대 국민국가의 공간 질서를 구축해갔던 근대 일본이 제국주의 국가의 길을 걸으면서 동아시아의 각 지역과 식민지를 마치 근대 국민국가 경계 내부의 지방과 마찬가지로 위치 지었던 것이다. 그리하여 식민지 말 대동아공영권 건설이라는 새로운 지역 질서의 구축 과정 속에서 동아시아의 지역과 식민지들은 블록화와 지역주의의 구도 속에서 새롭게 제국 일본의 지방으로 자리 매김되었던 것이다.

제국–식민지 체제 내 식민지 조선이 제국 일본의 지방으로서 위치 지어진다는 점을 감안했을 때, 지방으로서의 식민지 조선의 위상은 대체로 제국 일본으로부터 규정되기 마련이다. 즉, 제국 일본과 식민지 조선이 중앙과 지방의 관계로 재편된다고 했을 때, 지방으로서의 식민지 조선의 위상은 중앙으로서의 제국 일본이 자신의 위상을 재구축하거나 강화하기 위한 방편으로, 주체가 자기 기획을 위해 타자화된 대상을 필요로 하듯, 이루어진 것이다. 특히 식민지 말 중앙과 지방의 이분법적 위상이 단순히 제국과 식민지를 위계적으로 구별 짓기 위해서만이 아니라 식민지를 지방으로 규정하면서 그곳을 중앙 일본으로 통합・포섭시키기 위한 당위성을 마련하기 위한 전략에 의해 이루어졌다는 점에서 당시의 로컬리티 담론은 제국으로부터 발신된 것이었다. 물론 제국으로부터 발신된 로컬리티 담론은 식민지 지식인・문학자들에게 그대로 수용되지 않고, 수용자들의 위치와 욕망에 따라 변주되었다. 따라서, 이후 논의에서 본격적으로 살펴보겠지만, 식민지 말 로컬리티 담론 또한 식민자와 피식민자 사이의 헤게모니 획득의 한 축도를 보여준다. 이 책의 논의에 한정해서 말하자면, 제국 일본이 식민지 조선을 지방으로 위치 지으려고 하는 것과 식민지 조선이 스스로를 제국의 지방으로 위치 지으려고 한 것 사이에는 식민지 조선의 로컬리티에 대한 발화 주체의 같으면서 다른 인식과 감각이 내재되어 있었던 것이다. 여기에서는 먼저 제국 일본의 식민지 조선에 대한 로컬리티의 인식을 살펴본 뒤, 그것을 전유하여 조선의 지방성에 대해 인식한 식민지 지식인・문학자의 논의를 살펴보고자 한다.

식민지 말 '서양적인 것'의 몰락과 '동양적인 것'의 부상, 그리고 그에 호응해 '조선적인 것'에 대한 관심과 탐구의 열기 속에서 식민지 조선, 조선문화, 조선문학 등이 내지 일본에 새롭게 소개되었다. 물론 일본에서는 근대 초기부터 지속적으로 조선에 관한 관심과 탐구가 이어져 왔는데, 그것은 주로 식민지 개척과 경영을 위한 지식과 정보를 획득하는 데 주안점을 둔 것이었다. 하지만 식민지 말 조선적인 것에 대한 새로운 관심의 대두는 근대 세계 체제가 붕괴할 것이라는 진단 이후 서양적인 것을 대체해 동양적인 것 = 일본적인 것을 통해 세계 신질서를 수립하려고 한 움직임의 일환이었다. 다시 말해, 서양적인 것의 대안으로 동양적인 것이 새롭게 부상하면서 기존의 일본적인 것이 가지고 있었던 한계를 극복하기 위한 방편으로 '외지(外地)'의 식민지들로 시선을 돌려 식민지의 지방적인 것들을 통해 일본적인 것에 활력을 불어넣고자 한 결과였던 것이다. 물론 그러한 관심은 동양적인 것의 한 구성요소로서 식민지 지방으로서의 조선적인 것을 위치시키고 그것의 특수성을 인정하는 방향으로 나아가지 않았다. 다시 말해, 일본적인 것과 조선적인 것(또는 다른 지역의 것들)의 집합체로서 동양적인 것을 상정한 것은 아니었다. 무엇보다 일본은 스스로를 동양과 등치시키는 자기 규정의 전략을 통해 동양의 대표자이자 통치자라는 정당성을 확보하고자 하였고, 외지 식민지의 지방성은 내지의 중앙성의 변종으로 치부되거나 그것으로 회수되어버렸다. 그런 점에서 조선적인 것, 조선의 로컬리티, 조선색들은 대체로 내지 일본의 소비의 대상으로 여겨졌다.

이러한 정황을 확인할 수 있는 것이 모던일본사에서 1939년과 1940년 두 차례에 걸쳐 발행한 임시증간호, 즉 '조선판'이라 명명된 조선 특별호이다. 『모던일본(モダン日本)』은 1930년 10월에 창간되어 문예춘추

사에서 발간되다가 1932년 10월부터 1942년 3월까지는 모던일본사에서 발간된 월간잡지였다. 기쿠치 간[菊池寬]은 창간호에서 변화하는 현대 일본을 표현하기 위해 시대의 첨단을 보여주는 생활, 과학, 오락, 취미 등을 다루겠다고 잡지 창간의 취지를 밝혔다. 1939년 조선판은 마해송(馬海松) 개인 주도로 기획되고 출판되었는데, 그는 개성 출신으로 일본 니혼대학 예술과에서 수학했으며, 『문예춘추(文藝春秋)』의 초대 편집장을 지내기도 한 인물이었다.[26] 잡지의 「편집후기」에서 "조선반도가 군사적, 경제

〈그림 3〉 1939년『모던일본』조선판 표지

적, 문화적으로 대륙과 연결되는 거점으로서 중요성이 강조되고 조선에 대한 인식이 절대화되어, 식자는 물론 전국민의 애국적 관심이 팽배해지는 시점에서 간행되었다"[27]라고 말하거나, 가쿠치 간이 「조선판에 부치는 말」에서 "조선이라면 금강산과 기생 정도 외에는 일반에게 잘 알려져 있지 않다. 조선에도 문단이 있고 많은 작가가 있지만 아직 작품을 접한 적이 없다. 다행이 이번 증간호에 다수의 조선 작품을 소개한다는데 그것만으로도 즐거움이고 기대가 크다. // 시국 하에 의미 있는 사업이므로 마 군에게도 보람 있는 일이 되리라 생각한다"[28]

26 이에 대해서는 윤소영 · 홍선영 · 김희정 · 박미경 역, 『일본잡지 모던일본과 조선 1939 – 완역 『모던일본』 조선판 1939년』, 어문학사, 2007의 「해제」 참고.

27 위의 책, 508쪽.

28 위의 책, 106쪽.

라고 말한 것을 통해 확인할 수 있듯이, 조선판은 조선에 대한 관심과 탐구의 열기 속에서 내지 일본인에게 조선을 소개하려는 목적에 따라 기획된 것이었다.

이러한 『모던일본』 조선판의 기획 의도와 성격을 압축적으로 보여주는 것이 1939년 조선판에 실린 하마모토 히로시[濱本浩]와 가토 다케오[加藤武雄]의 두 편의 소설이다. 이 두 작품은 당시 내지 일본인들의 식민지 조선에 대한 관심과 탐구의 열기에 부응하기 위한 기획 아래 "조선을 시찰하고 조선에서 취재한 이색적인 걸작"[29]으로 평가받으면서 잡지에 수록된 것이었는데, 무엇보다 조선인에 의한 조선 소개가 아니라 일본인에 의한 조선 소개라는 점에서 차이를 지니고 있었다. 그런데 이들 두 작품은 내지 일본인의 평양 여행을 서사화하고 있다는 점에서 이채롭다고 할 수 있다. 여행이라는 행위는 여행자의 욕망을 여행지에 투사하는 것을 통해 여행지를 인식하고, 표상하며, 기억한다는 점에서 정주자의 그것과는 근본적으로 다른 행위이다. 또한, 여행 주체의 위치나 여행지의 위상에 따라 그곳은 다르게 인식되고 표상되기 마련이다. 그런데 이때의 평양은 조선을 대표하는 기표로 언표화되어 서사 속에 공간적으로 표상된다는 점에서 주목된다.

하마모토 히로시의 「여수(旅愁)」는 아내와 사별한 일본인 작가 고노가 "죽은 아내에 대한 기억이 가득한 도쿄를 떠나 새로운 풍경에 마음을 달래고, 잊으려 해도 잊혀지지 않는 마음의 상처를 치유하여 다시 새로운 생활을 시작하려는 마음"[30]에서 조선의 금강산과 경성, 평양을

29 위의 책, 508~509쪽.
30 하마모토 히로시[濱本浩], 「旅愁」, 위의 책, 56쪽.

여행하는 내용으로 이루어져 있다. 이 소설에서 평양은 일본인 고노에게 전적지(戰迹地), 색향(色鄕), 명승지(名勝地)로 인식되고 표상된다.[31] 청일전쟁에서 일본군 전승의 기념지이자 조선 기생의 본고장, 그리고 "적송의 모란대와 푸른 버드나무의 능라도가 좌우로 바라다 보였고, 정면으로 곧장 대동강이 흐르고 있"[32]는 빼어난 풍광을 간직하고 있는 곳이 평양이었던 것이다. 그런데 조선 여행이 끝날 즈음 "여기는 도쿄에서 몇백 리나 떨어져 있을까 하는 생각이 문득 들었다"[33]라는 구절을 통해 짐작할 수 있듯이, 고노는 도쿄를 중심으로 식민지 조선을 바라보고, 인식하며, 표상하고 있었다. 그것은 이 작품이 여행기의 형식을 취하고 있다는 점에서 보다 명백해진다. 그는 도쿄를 떠나 조선의 금강산과 경성, 평양을 여행하고 다시 도쿄로 돌아가는 여행자, 그 이상도 이하도 아니었던 것이다. 따라서 고노에게 조선은 잠깐 머무르는 여행지이지 정주처는 아니었고, 그의 조선에 관한 인식과 표상은 여행자의 시선(the tourist gaze)에 의해 양산되었던 것이다.[34] 그가 평양에 주목한 것 또한 전적지, 색향, 명승지 정도로 스테레오타입화되어 인식되었던 식민지 조선에 대한 시선을 명확히 보여준다. 요컨대, 식민지

---

31 "부친의 옛 참전지가 아니더라도 평양에 가보고 싶었다. 3천년 고도의 땅, 대동강과 기생도 매력적이었다. 고고학자인 친구가 지금 평양 교외에서 고구려 유적을 발굴하고 있었다. 그 현장도 보고 싶었다."(63쪽) 이러한 양상은 당시 하마모토 히로시의 「平壌の手帖」(『觀光朝鮮』 제2권 1호, 1939.12, 18~23쪽)에서도 반복적으로 나타난다. 『관광조선』이 내지 일본인들의 조선 여행안내서 격이었다는 점을 감안한다면, 1939년 『모던일본』 '조선판'과 마찬가지로 조선에 대해 소개하고, 관심을 불러일으키기 위해 평양의 명소, 고적 등을 내러티브 상에 적극적으로 활용하고 있음을 알 수 있다.

32 하마모토 히로시[濱本浩], 「旅愁」, 앞의 책, 78쪽.

33 위의 책, 87쪽.

34 '여행자의 시선(the tourist gaze)'에 대해서는 John Urry, *The Tourist Gaze*, SAGE Publications, 2002 참고.

조선은 내지 일본인 고노의 나르시시스틱한 여행자의 욕망을 충족시켜주는 대상에 다름 아니었던 것이다.

이러한 양상은 가토 다케오의 「평양」에서도 마찬가지로 나타난다. 평양을 방문한 주인공은 먼저 평양부립박물관을 찾아 박물관장 고이즈미의 안내로 낙랑고분 출토 유물의 정교함에 감탄하고, 청일전쟁 기념 전시실에서 당시의 풍속화와 사진을 관람하면서 청일전쟁이 "대륙진출을 향한 우리 민족의 첫발"[35]이었다고 회고한다. 다음 날 그는 마에다의 안내로 현무문, 을밀대, 기자묘를 둘러보고, 사토 부윤이 오마키 차야에 마련한 연회에 참석한다. 연회의 주석에서 시중을 드는 기생과 계월향 고사와 관련된 한담을 나누고, 이어 대동강에 놀잇배를 띄워 고려시대 금강사지터로 추정되는 곳에 도착한다. 그는 금강사의 당탑 배치와 구조를 야마토의 호류지[法隆寺]와 비교해서 설명하는 고이즈미 박물관장의 말을 들으면서 "사물의 눈을 꿰뚫어 보고자 하는 커다란 열의"[36]에 감복하는 동시에 성진(城津) 고주파 중공업주식회사의 전무 다카하시를 떠올린다. 다카하시는 "일개 고기잡이 항구에 지나지 않던 성진을 혼자 힘으로 북선 굴지의 대공업 도시"[37]로 만든 사람으로 그에게 여겨졌던 인물이다. 즉, 고이즈미 박물관장과 다카하시 전무는 서술자에게 시국의 요청에 부응하는 '평양의 개척자'로 인식되고 있었던 것이다. 「평양」에는 앞서 「여수」에 비해 신흥 공업도시로 변모하고 있는 평양에 대한 인식과 표상이 잘 나타나는데, 평양의 발

35 가토 다케오[加藤武雄], 「平壤」, 윤소영 · 홍선영 · 김희정 · 박미경 역, 앞의 책, 91쪽.
36 위의 책, 100쪽.
37 위의 책, 101쪽.

전사를 서술하는 일본인의 내러티브 속에서 제국 일본과 식민지 조선의 위계화된 배치는 소거되어 증발한다. 그런데 보다 흥미로운 점은 평양을 고도와 공업도시로 인식하고 표상하는 주체가 그것들을 현재의 시점에서 '먼 과거'와 '무한한 미래'로 병치시키고 있다는 점이다.

> "**조선은 불가사의한 곳**이야. 같은 땅속에 이렇게 2천 년 전의 문화가 잠들어 있고 동시에 풍부한 지하자원과 함께 무한한 미래가 묻혀 있거든."
>
> "그렇군요."
>
> "과거와 미래가 동시에 발굴되는 모습이 재미있지 않은가."
>
> (…중략…)
>
> 고이즈미 씨가 바라보는 것은 **먼 과거**이다. 거기엔 조선과 일본의 구별이 없었다. 다카하시 씨가 바라보는 것은 **무한한 미래**이다. 다카하시 씨는 자신의 눈에는 내지인도 조선인도 없다고 자기 회사에서 내선인(內鮮人)은 평등한 대우를 받는다고 했는데 내선일체가 되어 무한한 미래로 돌진하는 이가 다카하시 씨이다.[38]

인용문을 통해 확인할 수 있듯이, 내지 일본인 여행자에게 평양은 2천 년 전의 문화와 풍부한 지하자원, 그리고 무한한 미래를 상상하게 하는 곳이다. 물론 고이즈미를 통해 '먼 과거', 다카하시를 통해 '무한한 미래'를 볼 수 있었다는 서술은 식민지 말 내선일체 담론의 당위성을 확보하기 위한 수사적 전략이다. 그것은 제국 일본의 조선에 대한 식민지 지배를 합리화하기 위해 동원된 고적조사와 고대사 서술이 식

38 위의 책, 102~103쪽, 강조-인용자.

민지 말 내선일체 담론의 근거로 재소환된 것이다. 하지만 보다 주목되는 것은 식민지 조선의 평양이라는 공간을 인식한 주체가 그러한 공간 속에서 과거와 미래의 시간을 동시에 발견할 수 있었다는 점이다. 즉, 여기에서 내지 일본인 여행자에게 평양은 일본(과 조선)의 과거와 미래가 공존하는 곳이자, 통합의 시간 감각을 통해 제국주의적 욕망을 표출하기에 유력한 공간이었던 셈이다.

그런데 하마모토 히로시의 「여수」와 가토 다케오의 「평양」에서 동시에 등장하는 장소가 있어 이목을 끈다. 그곳은 대동강 모란대 근처에 있는 일본인 경영의 음식점 '오마키 차야'로 다카하마 교시[高濱虛子]의 『조선(朝鮮)』에 이미 등장하는 관광 명소이다. 여기에서 오마키 차야를 매개로 「여수」와 「평양」을 『조선』에 유비시키는 이유는 식민지 말 내지 일본인의 평양 여행의 서사 속에 나타난 평양에 관한 인식과 표상의 기원이 이미 30여 년 전에 발아하고 있었다는 점을 환기하기 위해서다. 1912년에 출간된 『조선』에서 일본인 여행자에게 평양은 처음부터 전적지, 명승지, 색향으로 인식되어 표상되고 있었다.[39] 그리고 식민지 말에 이르러 이러한 익숙한 표상의 유통 과정 속에서 평양은 내지 일본인 여행자들에게 소개되고 있었던 것이다. 이와 관련해 조선총독부가 편찬한 『조선철도여행편람(朝鮮鐵道旅行便覽)』에서의 평양 안내의 서술을 통해 그러한 표상의 유통 과정에 조선총독부를 위시

---

39 高濱虛子, 『朝鮮』, 實業之日本社, 1912. 대표적으로 "'실로 훌륭한 옛 전쟁터군요'라며 예전에 세키가하라[關ケ原]나 오케하자마[桶狹間] 등 의외로 소규모였던 데 실망한 적이 있었던 나는 이 웅대한 경치에 감동받아 나도 모르게 탄식했다"(312쪽)라고 말하거나, "하늘이 만들어준 자연의 명승지로서 이 물과 저 구릉을 함께 생각했다"(315쪽)라고 서술한 점, 그리고 "경성에도(기생이-역자) 있습니다만 기생의 본향은 평양이기 때문입니다. // 그러면 풍경뿐만 아니라 미인이라는 점에서 말해도 교토네요"(348쪽)라는 대화 등을 통해 확인할 수 있다.

로 한 식민통치 권력과 여행 산업 자본의 공모가 긴밀하게 관련되어 있음을 짐작할 수 있다.[40] 물론 이러한 표상은 내지 일본인을 위한 조선 여행안내서 뿐만 아니라, 지리풍속지에서도 재생산되고 있었다.[41]

따라서 하마모토 히로시의 「여수」와 가토 다케오의 「평양」이 새삼스럽게 식민지 조선에 관한 새로운 인식과 표상을 창출해내고 있는 것은 아니다. 그것은 이미 근대 초기부터 일본인에 의해 만들어지고 유통된 조선에 관한 인식과 표상의 방식을 고스란히 답습하고 있었던 것일 뿐이었다. 그리고 그러한 재생산의 과정 속에서 식민지 조선의 기생을 섹슈얼리티의 대상으로 타자화하면서 식민자 남성의 나르시시스틱한 욕망을 가감 없이 드러내거나, 현재의 평양에 일본(과 조선)의 과거와 미래를 병치시키면서 내선일체 담론을 역설하는 태도를 덧칠했던 것이다. 요컨대 식민지 조선은 내지 일본인 남성 작가에 의해 익숙한 방식 속에서 전적지, 색향, 명승지로 표상되면서 식민자이자 여행자의 낭만적 욕망의 전유물로 재장소화되었던 것이다. 그리고 이러

40 이 책에서 인구 8만 6천(내지인 1만 9천) 명이 거주하고 있는 평양은 경성 이북의 제1도시로서 천여(天與)의 자연 풍광(風光)을 보유하고 있고, 지하자원이 풍부해 공업지로서 전 조선에서 가장 좋은 입지 조건을 갖추고 있다고 소개된다. 또한, 단군의 도성, 기자・위만의 거점, 한무제의 낙랑군, 고구려 도성의 땅으로 역사적으로도 풍부한 풍치를 자아낼 뿐만 아니라, 임진왜란에서 청일전쟁에 이르기까지 일본군의 전승지로서 중요한 의미를 지니는 사적지로 안내되고 있다(朝鮮總督府 編, 『朝鮮鐵道旅行便覽』, 朝鮮印刷株式會社, 1923, 169~171쪽).

41 "단군 이래 기자, 고구려 등의 수도로서 이미 4천 년의 역사를 갖고, 조선 최고의 도읍이라 불리고 있는 곳이 평양이다. 특히 대동강 변의 구릉지 일대는 단지 풍광이 아름다울 뿐만 아니라, 매우 중요한 위치이기 때문에 많은 격전의 무대가 되었다. (…중략…) 하지만 우리들이 지금 보는 것처럼 평양은 조선의 공업도시로서 최근에 전개되고 있다. (…중략…) 사동(寺洞)의 무연탄전 개발이 급격하게 진보하는 동시에 평양의 대안 평지인 선교리에는 조선전기흥업주식회사나 일본제당지사와 같은 큰 공업회사가 설립되고, 거기에 수반해 이전의 황무지는 급격하게 공업지대로 변화했다."(仲摩照久 編, 「平壤府」, 『日本地理風俗大系』 第17卷, 新光社, 1930, 271~275쪽) 이 책에서 평양은 '전통의 도시'(과거)와 '공업의 도시'(현재)로 나뉘어져 설명된다.

한 재장소화가 가능했던 것은 식민지 말 제국 일본/식민지 조선으로 위계화된 중앙/지방의 이분법적 구도 속에서 식민지 조선의 로컬리티가 인식되고 있었기 때문이었던 것이다. 요컨대, 식민지 말 조선적인 것의 재발견 과정에는 제국-식민지 체제 내 유통되고 있었던 제국의 로컬로서의 식민지 조선에 대한 식민자의 응시의 시선이 착종되어 있었던 것이다. 따라서 식민지 조선의 로컬리티는 동아시아 권역의 중심을 자임한 제국 일본과의 관계망 속에서 그 의미를 새롭게 규정받게 되었다고 해도 과언이 아니다.

한편, 내지 일본인들의 조선 여행과 관광을 위해 조선과 조선문화를 소개하는 가운데 조선의 로컬리티에 대한 인식이 드러나기도 하였다. 이를 대표적으로 확인할 수 있는 것이 1939년 6월에 창간된 잡지 『관광조선(觀光朝鮮)』이다. 격월간으로 발간된 이 잡지의 편집 겸 발행인은 가토 고[加藤豪]였으며, 발행소는 일본여행협회 조선지부(日本旅行協會 朝鮮支部)였다. 또한 이 잡지는 1940년 12월 잡지의 제호를 『문화조선(文化朝鮮)』으로 바꾸어 1944년 12월까지 지속적으로 발간되었는데, 이때 편집 겸 발행인은 다케우치 신이치[武內愼一]였고, 발행소는 동아여행사 조선지부(東亞旅行社 朝鮮支部)였다. 가토 고나 다케우치 신이치에 대한 자세한 정보를 확인할 수 없었지만, 두 사람이

〈그림 4〉『관광조선』 창간호 표지

모두 조선총독부 철도국에 근무했다는 사실을 확인할 수 있다. 또한, 일본여행협회가 조선총독부 철도국 산하 기관이었다는 점을 감안한다면, 『관광조선』이나 『문화조선』의 발간에 조선총독부 철도국이 긴밀하게 관련되어 있었을 것이라고 짐작할 수 있다.

내지 일본인들의 조선 여행안내서 격이었던 만큼, 이 잡지는 조선의 각지에 대한 소개나 조선의 인정, 세태, 풍속, 자연경관, 고도(古都), 명승지, 전적지 등에 대한 안내의 글이 실려 있다. 또한, 실제 조선을 여행한 내지 일본인 문인이나 지식인들의 조선 여행 체험의 글을 싣고 있다는 점에서 이채로울 뿐만 아니라, 소설이나 수필 등의 문학작품에서 만화, 영화계 및 음악계 소식을 전하는 글까지 게재해 종합잡지로서의 면모를 갖추고 있었다는 점에서 주목된다. 잡지의 표지는 당시 '조선적인 것'의 대표적인 기표 중 하나로 유통되었던 한복을 입은 여성 사진이 주를 이루었으며, 공장 굴뚝이나 갱도 속 광부의 사진을 시각화하는 것을 통해 신흥공업도시로 발전해가고 있는 북선(北鮮) 지방을 부각시키기도 하였다. 잡지의 체제의 측면에서 살펴보면, 먼저 앞부분에 조선을 대표한다고 여겨지는 다양한 시각 이미지를 배치하여 내지 일본인 독자로 하여금 사실성과 현장감을 바탕으로 하여 조선에 대한 흥미를 유발하고 있다. 이어 조선의 각 지방을 여행한 기행문이나 시 · 소설 · 수필 등의 문학작품과 계절의 변화에 따른 조선의 관광명소를 소개하는 글 등을 집적해 싣고 있으며, 기차 노선이나 시간표, 여행 필수품 등 내지 일본인 여행객의 조선 여행에 필요한 객관적인 정보를 제시하고 있기도 하다.

식민지와 식민지 원주민에 대한 제국인들의 시선이 대체로 그러하듯, 근대 초기부터 식민지 조선(인)은 제국 일본인들의 호기심과 신기성이 착종된 시선이 응시한 대상이었다. 관광지나 여행지로서 식민지 조선을 안내하거나 소개하는 글 역시 근대 초기부터 그 수를 헤아릴 수 없을 만큼 많이 생산되었다. 물론 그것은 교통・통신의 발달, 여행 산업의 발전, 그리고 내지 일본인 인구의 조선을 위시한 대륙으로의 이동이라는 중요한 변화가 수반되었기 때문에 가능한 것이었다. 그런데 1937년 중일전쟁 발발 이후 제국 일본의 동아시아로의 지리적・문화적 팽창 과정 속에서 내지의 문학자나 문화인들에게 있어서 '외지'에 대한 새로운 관심과 탐구의 열기가 증폭되었다. 그리고 이는 '서양적인 것'의 몰락과 전체주의 체제의 발흥이라는 '사실의 세기'에 직면해서 '동양적인 것'이 부상한 맥락과 그 궤를 같이 하고 있었다. 말할 것도 없이 이러한 '동양적인 것'이 부상한 과정 속에서 '조선적인 것'에 대한 관심과 탐구 역시 활기를 띠면서 조선이 새롭게 부각되었던 것이다. 『관광조선』과 그 후신인 『문화조선』이 식민지 말 창간되어 지속적으로 발간되었던 것 또한 이러한 사정과 무관한 것은 아니었다.

주지하다시피 식민지 말 조선은 제국 일본의 동아시아로의 지리적 팽창 과정 속에서 그 지정학적 위상에 심대한 변화를 겪으며 '대륙전진병참기지'로서 위치 지어졌다. 당시 내선일체 담론 속에서 조선의 고도들은 일본과 조선의 관계를 고대사의 내러티브 속에서 증거하는 장소로 소환되었으며, 대동아공영권 담론 속에서 조선은 동아시아 공존공영을 위한 핵심적인 지역으로 자리매김되었다. 이제 조선과 조선의 각 지방은 제국-식민지 체제와 동아시아 지역 질서 아래 회수되면서 새롭게 인식되고 표상되기 시작했던 것이다. 『관광조선』과 『문화조선』

에 게재된 내지 일본인들을 위해 조선(문화)을 체험하고, 기록하고, 기억한 글 역시 이러한 담론 체계와 무관한 것은 아니었다. 다시 말해, 식민지 말 중일전쟁에서 아시아-태평양전쟁까지 지속되는 전쟁기 내지 일본인에게 관광지와 여행지로 소개되고 있는 조선(문화)에 관한 각종 기사와 문학작품 역시 제국의 지배 이데올로기의 자장으로부터 결코 자유로울 수는 없었던 것이다. 하지만 그렇다고 하더라도 식민지 말 문학자와 문화가 등 제국 일본 지식인들의 조선 인식과 표상의 결과를 확인할 수 있다는 점에서 『관광조선』과 『문화조선』은 주목을 요하는 텍스트라고 할 수 있다. 무엇보다 이 잡지를 통해 식민지 말 조선, 조선인, 조선문화를 둘러싼 제국-식민지 간 문화적 헤게모니 투쟁의 한 양상을 확인할 수 있기 때문이다.

이와 관련해서 여기에서는 대표적으로 당시 경성제국대학 교수였던 스즈키 다케오[鈴木武雄]의 「'관광' 조선과 '생활' 조선」, 일본의 비평가였던 가와카미 데쓰타로[河上徹太郎]의 「조선의 풍경」, 그리고 조선총독부 관방정보과장(官房情報課長)이었던 구라시마 이타루[倉島至]의 「조선 인식의 중점—반도 여행자를 위해」 등 세 편을 살펴보고자 한다. 스즈키 다케오의 「'관광' 조선과 '생활' 조선」은 식민지 말 동아 신질서 건설이라는 목적을 달성하기 위해 수행되고 있는 아시아-태평양전쟁을 세계사적으로 의의가 있다고 평가하면서 국책적인 견지에서 내지인의 조선 이주나 내지 자본의 조선으로의 유입의 필요성을 역설하고 있다. 그리고 대륙병참기지로서 조선이 내선일체화 속에서 제2의 내지가 되어가고 있다고 말하면서 조선의 현실적, 생활적인 면뿐만 아니라 '관광'적인 면이 내지에 소개되어야 한다고 주장한다.[42] 한편, 가와카미 데쓰타로의 「조선의 풍경」은 저자가 1941년 12월 2주 간 조선의 각지를 여행한 경험을 피력한 글이다. 그는 조선총독부, 철도국, 동아여행사 등의 지원을 받아 주을온천의 북선(北鮮) 지방, 불국사와 석굴암의 경주, 평원선(平元線) 근방의 가토 기요마사[加藤淸正] 성지(城趾) 등을 여행하면서 느낀 감상을 서술하고 있다. 그는 북선 지방의 변모된 모습을 통해 가까운 장래에 거대한 문화도시가 될 것을 확신하는 한편, 경주 일대의 풍경을 보거나 박물관을 통해 과거 신라시대의 문화의 지배력을 상상하기도 한다. 그러면서 조선의 풍경에서 '폐허의 미'를 느낄 수 있는데, 그것은 퇴폐적인 것이 아니라 풍요롭고 강경하며 아득한 아름다움을 지니고 있다고 말한다. 물론 그가 조선의 풍경 중에 가장 감동한 것은 사토 기요마사의 성지라고 말한 것을 통해 알 수 있듯이, 여행자로서의 그의 시선에는 제국주의적 감각이 결부되어 있기도 하였다.[43] 구라시마 이타루의 「조선 인식의 중점」은 내지 일본인 조선여행자를 대상으로 그들이 조선의 금강산, 기생, 온돌, 모란대 등에 눈을 돌릴 것이 아니라 전시기 일본국민으로서 세계관의 내용을 충실히 하여야 한다는 전제 아래 역사적, 정치·경제적으로 조선을 인식하는 것의 중요성을 역설하고 있다. 이 글에서 그는 유사 이래 조선과 일본의 밀접한 관계를 '혈연'과 '지연'을 근거로 들어 설명하면서 청일전쟁이나 러일전쟁이 모두 조선의 독립을 위한 것이었으며, '내선일체'는 일본사와 조선사의 발전적 결과라고 주장하였다. 또한 조선은 경제적인 면에서 '대륙전진병참기지'로서 고도국방국가 건설에 공헌하고 있

42 鈴木武雄, 「『觀光』の朝鮮と『生活』の朝鮮」, 『觀光朝鮮』, 1940.3.

43 河上徹太郎, 「朝鮮の風景」, 『文化朝鮮』, 1942.1.

고, 정치적인 면에서 대륙에 대한 '황도 선포의 기지'로서 의의를 지니고 있다고 말하기도 하였다.[44]

이 세 편의 글은 발화 주체의 위상이나 욕망에 따라 그 서술을 달리하고 있지만, 식민지 말 관광지로서의 조선과 조선문화를 소비하는 일본인의 인식과 시선을 살펴볼 수 있다는 점에서 의미가 있다. 무엇보다 식민지 조선은 내지 일본인들에게 관광지로 위치 지어지는 한편 소비의 대상으로 자리 매김되고 있었던 것이다. 그런데 이처럼 식민지 조선이 관광지로서의 소비의 대상이 될 수 있었던 것은 내지와 외지의 구분, 즉 제국과 식민지 사이의 위계관계가 그러한 내지 일본인들 스스로를 소비의 주체라는 위치에 놓을 수 있게 했다는 데 주의할 필요가 있다. 바꿔 말해, 내지 일본인들이 식민지 조선을 관광지로 인식하고, 그것을 소비의 대상으로 고착화시키는 데 제국-식민지 체제 내 내지 / 외지, 중앙 / 지방의 이분법적 역학관계가 엄존하고 있었던 것이다. 따라서 식민지 조선과 조선문화는 대체로 그들의 호기심을 자극하는 데 머무르게 되고, 조선의 고유한 특성으로서의 로컬리티는 결국 그들 시각 주체의 응시를 만족시키기 위해 배치될 수밖에 없었던 것이다. 그래서 위의 일본인 논자들은 식민지 조선을 대표한다고 여겨지는, 다시 말해 조선의 로컬리티를 자아낸다고 여겨지는 소위 '조선적인 것'을 적극적으로 내세웠던 것이다. 그리고 그러한 가운데 내지 일본인들이 조선을 단순히 관광지로서 소비할 것을 경계해 내선일체의 담론을 덧씌웠던 것이다.

이처럼 식민지 말 내지 일본의 외지 식민지에 대한 관심의 고조 속

44 倉島至, 「朝鮮認識の重點－半島旅行者のために」, 『文化朝鮮』, 1942.3.

에서 조선과 조선문화가 새롭게 소개되는 한편, 시각 주체의 소비의 대상이 되었다. 그것은 서양적인 것의 대안으로서의 동양적인 것이 부상하고, 그 속에서 일본적인 것을 재구축하기 위해 조선적인 것에 시선을 돌린 결과였다. 그리고 이때 식민지 조선과 조선문화를 대표한다고 여겨지는 조선적인 것들은 로컬리티 담론 체계 안에서 생산・소비・유통되었다. 하지만 조선적인 것의 대표적인 기표들이 대체로 내지 일본인 여행자의 식민지 조선에 대한 응시의 시선을 만족시키기 위한 것들이었다는 점에서, 다시 말해 그들의 호기심을 충족시키기 위한 대상으로 조선, 조선문화, 조선적인 것을 고착화시켰다는 점에서 조선의 로컬리티는 제국-식민지 체제의 위계화된 관계를 명확히 보여주는 것이었다. 지방 식민지 조선(문화)의 위상은 중앙 제국 일본에 의해 문화지정학적으로 부여되었던 셈이다.

한편, 제국 일본의 식민지 지방으로서 조선의 위상이 재조정되는 한편, 제국 일본의 중앙문화를 구성하는 식민지 지방문화로서 조선문화에 대한 관심이 새롭게 대두되던 상황 속에서 식민지 조선의 지식인・문학자들은 로컬리티 담론을 전유하여 조선의 각 지방에 대해 새롭게 주목하기 시작했다. 당시 식민지 조선 지식인・문학자들의 조선 내 각 지방에 대한 인식을 살펴볼 수 있는 대표적인 글이 잡지 『삼천리(三千里)』가 1940년 5월부터 9월까지 서면으로 마련한 '향토문화좌담회'이다. 이 좌담회는 "全朝鮮을 關西, 畿湖, 嶺南, 關北, 嶺東의 五地域으로 分하여, 그 地方出身의 文士諸氏로부터 鄕土文化에 對한 高見"[45]을 듣고자 기획되었는데, 설문의 내용이 주로 개인사적인 내용에 치우쳐 있어 조선문

45 「關西出身文人諸氏가 『鄕土文化』를 말하는 座談會」, 『三千里』, 1940.5, 166쪽.

화의 로컬리티에 대한 본격적인 논의를 전개하지는 못했다. 하지만 각 지방 작품의 특징을 묻는 난(欄)을 별도로 두어 해당 지방 출신 문인들을 소개하고, 그들의 작품에 나타난 향토성에 대해 간단히 언급하였다.

『삼천리』 1940년 5월호에서는 관서 지방 출신 문인을 대상으로 하였는데, 설문의 대상은 김억, 노자영, 백철, 이광수, 이석훈, 주요한, 함대훈 등이었다. 설문의 항목은 소년 시절의 로맨스, 향수와 정회(情懷), 관서 작품의 특징, 노후와 고향 산천으로 나뉘어져 있어 고향에 대한 향수와 관련된 문항이 지배적이었다. 그런데 관서 작품의 특징을 묻는 질문이 흥미롭다. "지금까지 가진 朝鮮文壇의 收穫中 關西出身의 作家가 끼친 그 작품의 特徵은 어떤 点이며 또 앞으로 平安道, 黃海道의 關西地方이 가진 獨特한 그 사투리(地方語)와 文物制度(傳統 = 習慣血統其外)에 對하여 이를 어떻게 보시며, 또 그를 文藝作品에 어떻게 살리려 用意하시렵니까."[46] 즉, 이 설문의 질문은 관서 지방 고유의 것으로 여겨지고 있는 사투리와 습관 혈통 등을 통해 관서 지방의 로컬리티를 이미 마련하고 있는 것이다. 이 질문에 김억은 "무엇보다도 地方色을 내이랴고 하면 사투리같은 것은 絶對必要하다"[47]고 호응했고, 이석훈은 "앞으로 平安道의 山水, 人文, 平安人의 長點과 短處를 그려보려는 생각도 있습니다(이런것을 地方熱이라고 誤解마십쇼. 佛蘭西의 프로방스文學, 地方主義文學을 생각해보십쇼)"[48]라며 평안도의 인문, 산수 등을 작품의 소재로 삼는 것을 지방열이라고 비판할 것이 아니라 지방주의 문학의 측면에서 바라

46 위의 글, 172~173쪽.
47 위의 글, 173쪽.
48 위의 글, 173쪽.

봐야 한다고 역설했다.

박영희, 박팔양, 방인근, 윤석중, 채만식, 유진오, 정인택, 안회남 등 기호 지방 출신 문인을 대상으로 한 1940년 6월호의 좌담회의 설문 항목 역시 동일했다. 기호 작품의 특징을 묻는 질문에 채만식은 아직 조선문학 자체가 조선적인 문학의 성격이나 생리를 갖추지 못했는데 '호남적인 것'을 묻는 것은 무의미하다고 말했지만, 박팔양은 "『사투리』(地方語)와 그 地方 特有의 文物制度, 傳統慣習 類는 그것을 살려서 文藝作品에 表現시키는 일이 眞實하고 當然한 人生觀照의 態度일것"[49]이라고 말하고, 방인근은 "畿湖 出身의 作家가 끼친 作品의 特徵은 여러 가지이겠지마는 朝鮮말의 妙味를 잘 나타내었고 朝鮮의 南國的 아름다운 情緖을 잘 表現했다고 생각합니다"[50]라고 하여 기호 출신 문인의 작품에 기호 지방의 로컬리티가 긴밀히 관련되어 있음을 드러냈다. 한편, 김동리, 엄흥섭, 이태준, 이효석, 장혁주, 정인섭을 대상으로 한 영남·영동 출신 문사의 향토문화를 묻는 1940년 7월 좌담회에서는 설문의 순서가 바뀌어 영남·영동 작품의 특징, 소년시절의 로맨스, 노후와 고향산천, 영동·영남 출신 문사와의 교우 등의 순서로 배열되었다. 영동·영남 지방 출신 문사의 작품 특징을 묻는 설문에 대한 답변 중 정인섭의 답변이 눈에 띈다. 그는 "慶州와 金海古跡이 第一 훌륭한 것이고 山은 智異山, 江은 洛東江이겠지요. 慶尙道 사투리란 것이 퍽도 效果的인 때가 있어요"라며 지방의 대표적인 도시와 고적, 산천을 거론하여 로컬리티를 확보한 뒤, "異河潤氏의 素朴한 歌謠性, 李殷相氏의 時調에

49 「『畿湖』出身文士의 『鄕土文化』를 말하는 座談會」, 『三千里』, 1940.6, 166쪽.
50 위의 글, 166쪽.

나타나는 東洋的靜影, 李相和氏의 詩에 보이는 進取的熱情 李泰俊氏의 小說에서 느끼는淸楚한 雅趣, 張赫宙氏의 寫實的 眞健性, 玄鎭健氏의 短篇技巧, 金末峯氏의 奔放한 筆致, 李孝石氏의 詩的散文 그리고 李源朝氏의 天下獨步인 高踏的隨筆柳致眞氏의 健全하고 深刻한 戱曲, 또 嚴興燮氏의 啓蒙的思念, 張德祚氏의 不絶한 努力, 金東里氏等各期新世代의 力量을 리드하고 있습니다"[51]라고 하여 마치 문인의 작품 세계를 모두 그 출신 지방의 소산인 것처럼 설명하고 있다. 이러한 경향은 김기림, 김광섭, 박계주, 이북명, 이용악, 이찬, 이헌구, 최정희, 한설야, 현경준 등 관북과 만주 출신 작가를 대상으로 한 1940년 9월 좌담회에도 그대로 이어진다. 대표적으로 한설야는 표준어인 중앙어(中央語)와는 달리 관북 지방의 언어에는 독특한 향토미가 있는데, 거기에는 순수한 중앙인(中央人)의 정조와는 다른 어떤 이단적, 북방적인 것이 있다고 말한다.

이상의 '향토문화좌담회'에서 조선 각 지방의 로컬리티는 무엇보다 언어적인 측면에서 부각되고 있지만, 그 못지않게 각 지방을 대표하는 도시나 자연 경관, 지세나 풍속 등을 들고 있다는 점도 눈여겨볼 필요가 있다. 그리고 이 좌담회에서 무엇보다도 주목되는 것은 당시 조선의 지식인들이 조선을 여러 지방으로 분할하고 각 지방의 문화가 차이를 갖는다는 데 공통된 인식을 보였다는 점에 있다. 다시 말해, 이 좌담회를 통해서 조선문화를 구성하고 있는 각 지방문화의 로컬리티에 대한 식민지 조선 지식인들의 인식이 일반화되었던 것을 확인할 수 있다. 이는 앞서 살펴보았던 최재서나 김종한의 논의를 통해서도 알 수 있듯이, 식민지 말 동아시아 지역 질서의 재편 속에서 당시 조선의 지식인

51 「『嶺南, 嶺東』 出身文士의 『鄕土文化』를 말하는 座談會」, 『三千里』, 1940.7, 149쪽.

들이 일본을 정점으로 한 중앙과 지방, 또는 지방들의 연합체로서 새로운 동양을 인식하고 그 경계 안에서 조선의 정체성을 모색하려 했던 움직임과 밀접한 관련을 갖는다. 즉, 동아시아 지역 질서의 재편 속에서 조선의 로컬리티를 인식한 것과 동시에 동일한 방식으로 조선 각 지방의 로컬리티에 대해서도 이해하기 시작했던 것이다.

『삼천리』 게재 '향토문화좌담회'와 함께 『조광(朝光)』 1940년 3월호에서 5월호까지 실린 '내 지방 현지보고'를 통해서도 식민지 말 조선의 로컬리티에 대한 인식에 대해 살펴볼 수 있다. 조광사에는 각 지방에 거주하고 있는 인사를 통해 해당 지방의 현황에 대해 소개하게 하였는데, 평양, 신의주, 개성, 청진, 인천, 원산, 부여 등 식민지 조선의 지방과 함께 만주 지역의 간도와 봉천을 다루고 있다는 점이 흥미롭다. 즉, 경성을 중앙으로 조선의 각 지방에 대한 인식을 서술하는 것을 넘어 제국 일본의 권역 내 새롭게 지방으로 편입된 만주국의 도시들을 식민지 조선인의 입장에서 지방으로 인식하고 소개하게 했다는 점이 주목되는 것이다. 무엇보다 이는 제국의 지방으로서의 식민지 조선인들이 자연스럽게 일본을 중앙에 놓고 각각의 식민지를 지방으로 인식하는 방식을 내면화하고 있다는 것을 보여주는 것인데, 거기에는 은연중에 제국 일본의 시선과 식민지 조선의 시선을 동일시하고자 하는 무의식이 엿보이기도 한다.

먼저 1940년 3월호에서는 평양, 간도, 봉천 지방에 대한 현지보고가 실렸다. 한재덕(韓載德)의 「대평양해부도(大平壤解剖圖)」는 편지글의 형식을 차용해 과거 10년 동안 변화한 평양에 대해 서술한다. 한재덕은 발전이나 비약, 약진 등의 말이 조선 각지에서 사용되고 있지만 중일전쟁을 계기로 제국 일본의 대륙전진병참기지가 된 조선의 변화상을 극명하게 보여주는 지방이 평양이라는 것을 분명히 한다. 그가 그렇게 말할 수 있었던 것은 병참기지로서의 조선의 변화를 '농업조선'에서 '공업조선'으로의 전환으로 규정했을 때, 가장 부합하는 곳이 평양이라고 여겼기 때문이었다. 그에게 평양은 전 조선에서 입지, 지하자원, 용수 등 공업도시로서의 좋은 조건을 가장 잘 구비하고 있는 곳이고, 인구의 격증과 공장의 증설 등 경기의 호황을 보인 도시였던 것이다. 물론 이러한 공업도시로의 발전 과정 속에서 빈부 격차가 커지고, 잉여노동력이 발생하는 등의 문제가 발생했지만, 그는 이러한 문제들은 보다 적극적인 공업화의 추진이나 산업발전을 통해 해결할 수 있다고 보았다. 이처럼 공업도시로서 평양을 내세웠던 한재덕은 문화도시로서 평양이 쇠락해가고 있는 것에 안타까움을 드러내는데, 그러한 과정 속에서 중앙과의 대조를 통해 지방으로서의 평양 인식을 드러내기도 하였다.[52] 그리고 최홍운(崔興雲)은 「약진간도개척촌(躍進間島開拓村)」에서 조선인의 만주 진출의 역사는 악전고투해온 피와 눈물로 점철되어 있다고 말한 뒤 간도는 만주국의 축도로서 정치, 산업, 교육, 문화 각 부분에 걸쳐 비약적 발전을 이뤘는데, 그 발전에 핵심적 역할을 조선인이 했기 때문에 간도를 자칭 '조선인의 간도'라고 부른다고 하였다. 그러면서 그는 "間島는 在滿朝鮮人의 搖籃地임은 勿論 新東亞建設에도 實踐的 出發의 嚆矢"[53]가 되었다고 의미 부여하였다. 이 지방 현지보고기

52 "音樂뿐 아니라 平壤의 獨自的文化는 모든 것이 活氣를 잃은듯하여 쓸쓸하다. 아마 文化以外의 다른 方面의 發展이 너머나 絢華하고 또 中央(京城)의 文化的活動이 脚部門을 通하여 相當히 發展하기 때문에 特히 對照的으로 그같이 느끼여지는지 알 수 없다."(韓載德, 「大平壤解剖圖」, 『朝光』, 1940.3, 129쪽)

는 간도 거주 조선인들의 요구사항을 주로 피력하고 있지만, 최흥운이 그러한 요구가 가능하다고 판단했던 것은 역시 만주 지역의 중요성, 그중에서도 간도 지방의 특수성에 기인한다. 그래서 그는 이 글의 서두에서 "東亞新秩序建設의 聖業은 그 淵源을 滿洲事變에 두고 그 據點을 滿洲國에 두니만큼 朝鮮人 大陸進出의 前哨線인 間島는 實로 意味深長한 特殊地域이다"[54]라고 전제했던 것이다. 즉, 제국 일본의 대륙 진출의 교두보로서 만주 지역의 중요성에 대한 인식을 가져와 전초지로서 간도 지방의 특수성을 부각시키고, 간도 지방을 발전시키고 있는 조선인들의 요구사항을 내세웠던 것이다. 만주사변, 만주국 건국, 중일전쟁 등 제국 일본의 일련의 대륙 진출 과정 속에서 지방의 의미를 새롭게 부여하고 있는 것은 이어지는 김석은(金奭恩)의 「奉天과 朝鮮人의 現狀」도 마찬가지이다. 김석은은 봉천이 만주국 제1도시이자 역사적으로 조선(인)과 불가분의 관계에 놓여 있는 곳이라며 고구려시대에서부터 중국 청나라를 거쳐 다시 구한말에서 만주사변 이후에 이르기까지 조선인의 만주 지역으로의 이주 내력을 언급한 뒤 조선인이 만주국 구성민족 중 제2위를 점하고 있어 "滿洲國建國精神에 있어서나 日滿不可分關係에 있어서 어느 便으로든 朝鮮人의 地位와 義務는 日滿關係의 中間에 介在해서 政治, 經濟各方面으로 날로 그 重要性이 늘어가고 있"[55]다고 하였다. 그는 봉건적 상공도시였던 봉천이 만주국 건국을 계기로 산업도시가 되었고, 다시 중일전쟁을 계기로 중공업도시가 되었다며, '동

53 崔興雲, 「躍進間島開拓村」, 『朝光』, 1940.3, 136쪽.
54 위의 글, 134쪽.
55 金奭恩, 「奉天과 朝鮮人의 現狀」, 『朝光』, 1940.3, 142쪽.

양의 맨체스터'라고 명명하기도 하였다. 제국 일본의 전쟁 수행을 위한 군수물자 생산의 중공업도시로서의 의미를 부각시키는 것을 통해 봉천의 지방적 특징을 확보하고 있는 것이다.

다음으로 같은 해 4월호에서는 식민지 조선의 신의주, 개성, 청진 등의 지방에 관한 현지보고기가 게재되었다. 심정섭(沈貞燮)의 「國境의 街 新義州의 프로필」에서는 국경지대의 기후와 함께 지리적 특징으로 비적 떼가 자주 출몰하거나 밀수가 일상화되어 있는 상황에 대해 설명하는 한편, 마찬가지의 맥락에서 이국땅을 방랑하는 '코스모폴리탄'이나 일터를 찾아 유랑하는 이주노동자들의 향수를 달래는 국경의 거리로서의 신의주 지방에 대해 소개하였다. 그리고 현동염(玄東炎)의 「商都 開城의 個性」에서는 개성이 500년의 역사를 가진 상업도시라고 소개하면서 인삼업, 토지 수확, 그리고 금융제도인 '시변(時邊)'의 수익을 통해 경제적 지반이 튼튼한 도시가 되었다고 말한다. 하지만 지리적 환경이 불리하고 인물 배출이 없다는 점이 문제인데, 그럼에도 개성 출신자들이 조선의 각 지방으로 진출하여 상업에 종사하는 등 '지방적 활동'을 활발히 하고 있다고 설명하였다. 또한, 오쾌일(吳快一)의 「大淸津의 表情과 性格」에서는 항구도시 청진에는 중심지나 번화가가 없고, 시가가 정돈되지 않아 마치 "앞에서 보면 博覽會場에 드러간 것 갓고 뒷골목으로 도라가 보면 精米所 처마 밑을 彷彿케 한다"[56]고 하였다. 그는 무역항, 어장, 상업지, 공업도시인 청진이 나남(羅南)을 합병하여 정치도시, 교육도시, 군사도시까지를 포함하는 종합도시로 일신하고 있다면서 아직 질서가 잡히지 않았지만 스스로의 질서를 구축해나갈 수 있을 것

56 吳快一, 「大淸津의 表情과 性格」, 『朝光』, 1940.4, 162쪽.

이라고 기대를 표명하기도 하였다.

이어 5월호에서는 인천, 원산, 부여 지방에 관한 현지보고기가 게재되었다. 이원창(李源昌)의 「京城의 다리목 仁川港」에서는 50여 년 전 작은 어촌에 불과했던 곳이 지금은 '경인일체(京仁一體)'의 구호 아래 현대적 대공업도시로 약진하고 있다고 말한다. 이 보고기는 인천의 주요 명소를 안내하는 내용을 주로 서술하고 있는데, 흥미로운 것은 전 세계의 주요 수도와 항구도시 사이의 도식적 관계를 가져와 인천의 위치를 설명하고 있는 부분이다. 즉, 파리와 마르세유, 로마와 밀라노, 난징과 상하이, 도쿄와 요코하마의 관계에 빗대 경성과 인천의 관계성을 부각시키고 있는데, 하지만 이원창은 경성이 파리, 로마, 난징, 도쿄 등과 같지 않기 때문에 인천 또한 마르세유, 밀라노, 상하이, 요코하마 등과 다르다고 말하고 있다. 그리고 유동민(劉東敏)의 「漁港 元山의 片貌」에서는 원산 지방이 수산업의 발달과 함께 공업도시로 건설되고 있는 전환기에 놓여 있다며 "大陸前進基地로서의 元山港의 存在는 鐵道, 海運等 地理的으로 交通網이 豁達한데다가 廣闊한 平野等其他工場地帶로서의 諸般條件이 具備書利함으로 將來에 大工場煙突이 林立하여 元山의 天空을 莊嚴하게 덮을 것을 時局下 國策的觀點으로나 企業的見地로나 諸般情勢가 可히 豫想을 許할 수 있는 것이다"[57]라고 말하였다. 끝으로 김도태(金道泰)의 「扶餘의 古蹟과 探勝 巡禮」에서는 부여의 산하가 산명수려한 것을 내세우면서 위치, 치혁(治革), 고적 및 명승지에 대해 소개하였다. 그리고 나서 부여가 "歷史的 背景이 있고 氣候가 따뜻하고 産物이 相當히 많을뿐더러 風光이 이렇든 좋은 곳"[58]이라고 설명하였다. 이

57 劉東敏, 「漁港 元山의 片貌」, 『朝光』, 1940.5, 289쪽.

처럼 이들 현지보고기는 지리적 특징뿐만 아니라 변화상을 중심으로 식민지 조선의 지방을 소개하고 있었다.

이상에서 살펴본 『조광』 게재 지방 현지보고기는 식민지 조선의 지방들에 대한 개괄적인 소개와 함께 각각의 지방을 대표한다고 여겨지는 지리적 조건이나 생활 여건, 도시의 풍광 등을 제시하고 있다. 사실 식민지 조선의 지방에 관한 이러한 서술은 식민지 말 이전 이미 다양한 미디어를 통해 생산・유통되고 있었고, 특히 그것은 중앙 경성과의 대비를 통해 지방의 로컬리티를 확보하는 방식을 취하고 있었다. 그런 점에서 지방 현지보고기는 식민지시기 지속적으로 나타났다. 제국-식민지 체제 내 중앙과 지방으로의 공간 분할과 위계화된 구도 속에서 정치, 경제, 문화가 집중되어 있는 중앙 중심의 사건이 기사화되고, 정보가 생산되었던 것과 함께 각 지방의 동향에 대한 기사나 정보가 중앙으로 발신되었던 것을 감안하면 이는 특별한 것이 아니다. 하지만 앞서 『삼천리』 게재 '향토문화좌담회'가 식민지 조선을 권역별로 새롭게 인식하고 각각의 권역 내 로컬리티를 통해 각 지방문화의 특성을 확보하고 있듯이, 이 『조광』 게재 '내 지방 현지보고' 역시 같은 맥락에 놓여 있었다고 할 수 있다. 또한, 이 '내 지방 현지보고'에서 눈에 띄는 것은 식민지 조선의 지방들만이 아닌, 비록 그곳이 역사적으로 조선과 긴밀한 관계에 놓여왔고 실제 조선인들의 이주처라고 하더라도, 만주국 내 간도와 봉천을 대상으로 하고 있다는 점이다. 그것은 1930년대 이후 제국 일본의 대륙 침략에 의해 공간적으로 재편된 지역 질서를 추인하여 제국의 지방으로 위치지어진 만주국의 도시와 지방에 대해 새롭게

58 金道泰, 「扶餘의 古蹟과 探勝 巡禮」, 『朝光』, 1940.5, 289쪽.

인식한 결과였다. 그리고 그런 점에서 그들 지방에 대한 식민지 조선인의 로컬리티 인식에는 제국주의의 시선이 내재되어 있기도 하였다.

2. 국민문학으로서의 지방문학의 (탈)경계

1) 전환기 국민문학으로서의 지방문학

식민지 말 제국-식민지 체제 내 중앙과 지방으로 위계화된 일본과 조선의 관계를 염두에 뒀을 때, 식민지 지방의 조선문화가 제국 중앙의 일본문화의 하나로 위치지어진다는 것을 확인할 수 있다. 특히 전시총동원 체제기에 접어들면서 파시즘적인 문화 정책에 의해 제국 일본의 각 지방문화와 동아시아의 각 지역문화가 소위 '국민문화'로 통합되어간 상황을 고려했을 때, 조선문화 역시 국민문화화의 길을 걷게 되었던 저간의 사정을 짐작할 수 있다. 식민지 조선문학 또한 이러한 흐름 속에서 제국 일본의 국민문학이 되기를 요구받게 되고, 식민지 조선의 문학자들은 그러한 요구에 다양한 방식으로 응답하였다. 여기에서는 지방문학으로서의 식민지 조선문학이 국민문학이 될 것을 요청받은 상황 속에서 어떻게 자신의 위상을 재정립하고 있는지, 그리고 그러한 과정 속에서 식민지 조선의 문학자들이 근대문학으로서의 조선문학이 나아가야 할 길을 어떻게 모색하고 있었는지에 대해 초점을 맞춰 논의를 전개하고자 한다. 이는 식민지 말 조선문학이 지방문학에서 국민문학으로, 다시 국민문학에서 세계문학으로 나아가고자 한 일련의 과정을 보여주는 것이기도 하다.

『국민문학(國民文學)』 창간호의 권두언 「조선문단의 혁신」에서 필자는 "『국민문학』은 조선문단의 혁신을 도모해야 할 새로운 의도와 구상 아래 출발했다"라고 밝히고 있다. 이때 새로운 의도와 구상으로 제시하고 있는 것이 "첫째 중대한 기로에 선 조선문학 속에 국민적 정열을 불어넣어 재출발시키는 것, 둘째 점점 매몰되는 예술적 가치를 국민적 양심에 의해 수호하는 것, 그리고 최후로 이 광란노도의 시대에 항상 변하지 않는 진보의 편이 되는 것"이다.[59] 일반적으로 식민지 말 '국민문학'으로서의 조선문학을 이해하는 데 '국민적 정열', '국민적 양심'에 주목하지만, 여기에서는 혁신의 대상으로서 조선문학을 '중대한 기로', '광란노도의 시대'에 위치시키고 있다는 점에 주목하고 싶다. 다시 말해, 조선문학을 혁신의 대상으로 위치시키기 위해서 당시를 '중대한 기로', '광란노도의 시대'로 시대 규정하고 있다는 점에 주의할 필요가 있는 것이다. 『국민문학』이 창간된 1941년 11월의 시점은 1937년 발발한 중일전쟁의 장기전화에 이어 1940년 신체제 선포 이후 1941년 12월 아시아–태평양전쟁 발발로 연쇄하는 전시총동원 체제기였다.

물론, 중일전쟁에서 아시아–태평양전쟁으로 이어지는 전시총동원 체제기라는 점이 '중대한 기로', '광란노도의 시대'로서의 시대 규정의 근거가 된 것만은 아니었다. 전세계적인 파시즘 체제의 강화, 자본주의 체제의 몰락 징후 속에서 식민지 말은 '전환기'로 인식되었고, 그러

59 「朝鮮文壇の革新」, 『國民文學』, 1940.11, 3쪽.

한 인식의 기저에는 세계사적으로나 동양사적으로 팽배해진 근대성 자체에 대한 불신이 자리 잡고 있었다.[60] 당시는 "정치적 영역에서의 나치즘, 파시즘 및 일본주의의 대두가 문화적인 영역에서의 자유주의, 개인주의, 합리주의에 대한 비판으로까지 확대되던 시기, 역사철학자들이 근대적 원리의 종언을 선언하면서 '현대'의 새로운 질서의 도래를 예감하던 시기, 또한 발레리의 '사실의 세기'라는 명명이 서양의 문명사적 몰락을 드러내는 징표로서 거론되며 '동양'의 세계사적 '사실'에 눈을 돌릴 것을 요구되던 시기"[61]였다. 이에 따라 이전까지의 '근대 = 서양'과는 다른 '현대 = 동양'이라는 새로운 세계사적 질서를 모색해야 한다고 역설하였고, 그러한 일환으로 제국 일본의 지식계에서는 잘 알려진 '근대의 초극' 좌담회와 '세계사적 입장과 일본' 좌담회가 개최되기도 하였다.[62] 물론 이러한 논의가 결국 아시아-태평양전쟁 수행의 제국주의 이데올로기를 제공한 혐의가 짙지만, 당시 식민지 조선의 역사철학자를 비롯한 지식인·문학자들에도 큰 영향을 미쳤고, 그러한 과정 속에서 조선문학계에서는 식민지 조선문학의 위상을 새롭게 재정립해야 한다는 목소리가 높아졌던 것이다. 조선문학 = 근대문학(서양문

---

60 대표적으로 식민지 조선의 문학자 김기림의 견해를 통해 당시 정황을 짐작할 수 있다. "事實 오늘에 와서 이 以上 우리가 「近代」 또는 그것의 地域的具現인 西洋을 追求한다는 것은 아모리보아도 우수워졌다. 「유토피아」는 뒤집어진세음이되었다. 歐羅巴自體도 또 그것을 追求하던 後列의 諸國도 지금에 와서는 同等한 空虛와 動搖와 苦憫을 가지고 「近代」의 破産이라는 意外의 局面에 召集된 세음이다."(金起林, 「朝鮮文學에의 反省－現代 朝鮮文學의 한 課題」, 『人文評論』, 1940.10, 44쪽)

61 차승기, 「'비상시(非常時)'의 문 / 법－식민지 전시(戰時) 레짐과 문학」, 『사이間SAI』 제12호, 국제한국문학문화학회, 2012, 10쪽.

62 이에 대해서는 나카무라 미츠오·니시타니 게이지 외, 이경훈·송태욱·김영심·김경원 역, 『태평양전쟁의 사상－좌담회 '근대의 초극'과 '세계사적 입장과 일본'으로 본 일본정신의 기원』, 이매진, 2007 참고.

학)은 이제 30년 동안의 과거를 반성하고 새롭게 거듭나지 않으면 안 되는 시점에 봉착했던 것이다.

이와 관련해서 『국민문학』 창간호에 실린 좌담회 「조선문단의 재출발을 말한다」는 식민지 말 조선문학의 위상 변동과 관련해서 당시 조선 문학자들 — 재조(在朝)일본인 문학자와 조선인 문학자 — 의 인식을 확인할 수 있는 흥미로운 글이다. 이 좌담회에는 경성제국대학 법문학부 교수 가라시마 다케시[辛島驍], 경성일보 학예부장 데라다 에이[寺田瑛] 등의 재조일본인과 조선문인협회 간사장 박영희, 매일신보 학예부장 백철, 평론가 이원조와 『국민문학』 편집책임자 최재서 등의 조선인이 참가하였다. 좌담회의 내용은 아시아-태평양전쟁으로 치닫는 정세 속에서 '국민문학'으로서의 조선문학의 사명과 역할, 그리고 이를 위한 조선문학의 혁신 과제 등이 주를 이루었다. 백철은 "새로운 국민문학의 목표는 개인주의적 입장을 부정하고, 전체주의적인 입장에서 국책에 부응하는 문학을 수립하는 것"[63]이라며 대동아공영권 확립에 기반한 국책문학 수립의 필요성을 역설한다. 이에 대해 가라시마 다케시는 작가가 대동아공영권 확립의 의의를 지적으로 파악하는 것에 앞서 스스로 "진실로 비상시국 하 일본신민으로서의 철저하고, 그러한 철저한 정신을 갖"[64]출 것을 요구한다. 그러니까 그는 국책문학의 생산보다 조선인 문학자의 정신적 변화를 촉구하고 있는 것이다. 이처럼 논의의 내용이 조선인 문학자의 자세나 태도에 초점이 맞춰지자, 최재서는 기존의 조선문학이 조선만의 문학으로 존재해왔지만 이제는 일본문화

63 「朝鮮文壇の再出發を語る」, 『國民文學』, 1941.11, 71쪽.
64 위의 글, 72쪽.

의 일익으로서 재출발해야 하는 시점에 놓여 있다며, '국민문학으로서의 조선문학'의 위상과 관련된 방향으로 좌담회의 논제를 전환한다. 여기에서 당시 지역주의와 로컬리티 담론에 기초한 조선문학의 위상에 관한 논의가 전개된다.

최재서는 조선만을 고립시킨 '조선적인 것'이 아니라, 넓게 일본문화 속의 일익으로서 조선적인 것을 생각할 때, 새로운 관점에서 조선적인 것이 검토되어야 한다고 문제를 제기한다. 최재서의 문제 제기에 박영희는 단지 협소한 로컬 컬러(local color)의 의미에서 조선적인 것이나 특수성을 강조하는 것은 문제가 있다며 국책문학으로서의 조선문학의 역할을 강조한다. 이에 최재서는 "여기에서 문제가 되었던 것은 금후 넓은 일본문화의 일익으로서 조선의 문학이 재출발하는 것, 그때 용어는 크게 다른 것이지만, 로컬 컬러라고 해도 나는 불만입니다. 특수성이라는 것도 그다지 적절한 말이 아니라고 생각합니다. 오히려 조선문학의 독창성이라고 할까요, 그런 면에 생각할 점이 있지 않을까 여겨집니다"[65]라고 말한다. 조선적인 것의 독창성을 강조하는 듯한 최재서의 태도에 가라시마 다케시는 박영희의 논조에 동의하여 조선적인 것의 독창성을 추구하기 전에 새로운 국민의식을 발견하는 데 매진하고, 그러한 과정 속에서 자연스럽게 조선의 독창성이 배어나온다고 역설한다. 이처럼 문화적인 면에서 조선적인 것의 독창성, 즉 조선의 로컬리티를 논의하는 데 있어서 재조일본인 문학자와 조선인 문학자 사이, 그리고 그들 각각의 내부에도 이견이 존재했다. 따라서 식민지 말 조선문학의 위상에 대해 고찰하기 위해서는 당시 식민지 조선의 문

65 위의 글, 77쪽.

화지정학적 위상 변동 과정을 적극적으로 고려해야 한다. 최근 '로컬리티'의 관점에서 식민지 말 조선문학의 위상과 관련된 논의[66]가 개진되었지만, 이러한 조선의 문화지정학적 위상 변동 과정에 대한 본격적인 고려는 이루어지지 못한 감이 있다. 여기에서는 '전환기', '임계점'으로서의 식민지 말 조선의 문화지정학적 위상 변동 과정을 염두에 두고 당시 문학자들이 조선문학의 존재 형식을 어떻게 모색하고 있었는지 살펴보고자 한다.

앞서 『국민문학』의 좌담회 「조선문단의 재출발을 말한다」에 참석한 재조일본인과 식민지 조선인 문학자들 역시 이미 제국-일본-중앙/식민지-조선-지방이라는 위계화된 위상 관계를 파악하고 있었다. 그리고 그들은 이러한 위계화된 위상 관계 속에서 조선문학을 이해하고 다시금 자리매김하고 있었던 것이다. 당시 중앙/지방의 위계화된 관계 속에서 제국-식민지 문화의 위상 재편과 관련해서는 '대정익찬회(大政翼贊會)'의 지방문화 진흥운동을 참고할 수 있다. 1940년에 출범한 대정익찬회는 새로운 일본문화 건설의 기치를 내걸면서 지방문화 진흥운동을 펼쳤는데, 기시다 구니오(岸田國士)를 수장으로 하는 대정익찬회 문화부의 기본적인 지방문화 정책은 1941년 1월에 발표되었던 '지방문화 건설의 이념과 방책'에 잘 나타나 있다. 여기에서는 지방문화 건설의 근본이념으로 '고도국방국가 완성의 불가피한 필요'로서 '문

66 가장 최근의 논의로 『한국근대문학연구』 제25호(2012.4)에 특집으로 마련된 '일제 말 한국문학의 로컬리티'를 들 수 있다. 대표적으로 김양선의 「세계성, 민족성, 지방성－식민지 말기 로컬 상상력의 층위」는 식민지 말 '로컬'에 대한 상상과 담론들이 제국과 식민지, 지방문학과 국민문학, 민족문학과 세계문학 사이에 가로놓여 있음을 논의하고 있어 이 책과 문제의식을 공유하고 있다. 하지만 김양선의 논의는 당시 '조선문학·문화'를 둘러싼 동아시아 지역 질서와 조선의 위상 변동 과정에 대한 본격적인 고려가 부족해 보인다.

화기구의 재편성'이 요청되고 있는 이때 '새로운 시대의 문화를 창조하는 유신'을 받들고 있다는 점[67]과 일본문화의 '올바른 전통'은 외래문화의 영향 하에서 발달된 '중앙문화'보다는 '지방문화'의 가운데 있으며, 그러한 지방문화의 발달 없이는 '새로운 국민문화'는 수립할 수 없다는 점이 제시된다.[68] 또한, 대정익찬회의 발족과 함께 문화부에서 그 운동에 참여했던 가미이즈미 히데노부[上泉秀信]의 『지방과 문화(地方と文化)』에도 제국의 권역 내 '지방'에 대한 인식과 지방문화 진흥운동의 당위성이 잘 피력되어 있다.[69] 이 책의 논지는 일본문화가 세계문화로 발전하기 위해서는 식민지를 포함한 지방문화가 제국 일본의 국민문화가 되어야 하며, 이것이 다시 동아문화로 나아가야 한다는 것이다. 요컨대 1940년대 초반 제국 일본의 담론 공간에서 지방문화에 대한 관심과 논의가 일어났던 것은 식민지를 포함한 지방문화를 제국 일본의 중앙문화에 포섭시키기 위한 전략적 언술이었던 것이다.

---

67 1940년 8월 '신체제운동'이 발족한 시점을 메이지유신에 빗대어 쇼와유신[昭和維新]이라고 불렀다. 메이지유신을 통해 봉건적 막부 체제를 타파하고 근대 국민국가로 발전했던 것처럼, 쇼와유신을 통해 기존의 세계 체제로부터 벗어나 생존권의 질서를 완성하고, 동아, 아메리카, 소련, 유럽 등의 공영권을 구축하여 세계 신질서를 건설하자는 논의가 활발하게 일어났다. 이에 대해서는 鷹山峻男, 「新體制・昭和維新－新日本의 出發」, 『新時代』, 1941.1, 38～49쪽 참고.

68 대정익찬회 문화부의 지방문화 정책에 관해서는 河西英通, 「第七章 翼賛運動と地方文化」, 『近代日本の地域思想』, 窓社, 1996, 320～321쪽 참고.

69 "지방문화라는 것은 향토문화나 토착문화라는 협소한 의미로 해석되고 있지만, 그 정도로 한정되지 않는다. 확실히 향토문화나 토착문화도 지방문화의 한 요소이지만, 그것을 단순히 향토라는 협소한 범위에 국한시키는 것은 실로 새로운 국민문화 건설의 전국적 운동이라는 흐름을 간과한 것이다. 즉, 지방이 토대가 되어 국내에서 다채롭고, 풍부하며, 강인한 문화가 발생하게 될 것이라는 점을 바라는 것이다. (…중략…) 지방문화의 길은 국민문화로 통하고, 국민문화가 광역 동아문화로 진전하는 것이 성과인 것이다. 세계문화의 모태인 일본문화의 창조는 이러한 단계를 밟아서 가능한 것이다."(上泉秀信, 「國民文化と地方文化」, 『地方と文化』, 高山書院, 1942, 5～16쪽)

그런데 지방문화(식민지) → 국민문화(제국 일본) → 세계문화(동아시아)의 단선적 발전 과정의 당위성을 인정한다고 하더라도, 식민지의 지방문화가 제국 일본의 중앙문화에 포섭되는 것에 대해서는 이견이 존재했다. 뿐만 아니라, 기존의 제국 일본문화 역시 중앙문화로서의 위상을 그 자체로 확보하기는커녕 식민지 지방문화와 함께 새롭게 거듭나야 할 대상으로 여겨졌다. 즉 기존의 강고한 제국 일본 / 식민지 사이의 중앙 / 지방이라는 역학 구도는 '대동아'라고 하는 새로운 세계의 구상 속에서 흔들리게 되었던 것이다. 식민지 조선의 지식인・문학자들 또한 조선문화의 국민문화화를 피력하였지만, 그것이 반드시 중앙으로서의 일본문화에 복속되는 형태는 아니었다. 그들은 '대동아'라고 하는 새로운 지역 질서의 구상 속에서 조선문화를 재위치시키려고 했고, 이때 조선문화의 '차이'는 필연적으로 강조되어야만 했다.

이런 점에서 앞서 좌담회 「조선문단의 재출발을 말한다」에서 최재서는 조선문학의 독창성을 의식적으로 강조하는 것뿐만 아니라 이론화해야 한다고까지 주장한다. 그는 조선문학의 독창성을 강조하기 위해 폴란드 출신의 영국 작가 조셉 콘라드가 영국인이 쓸 수 없는 새로운 경지를 영문학 안에서 펼쳤던 것을 예로 들기도 하는데, 결국 조선문학이 나름의 독창성을 가지고 일본문학을 포함한 국민문학의 범주 안에서 새로운 역할을 담당할 수 있다는 것이 그의 논지이다. 이와 같이 조선문학의 독창성을 강조한 최재서는 "조선문학은 규슈문학이나 도호쿠문학, 내지는 타이완문학 등이 갖는 지방적 특이성 이상의 것을 가지고 있다. 그것은 풍토적으로나 기질적으로, 결국에는 사고 형식상으로도 내지와 다를 뿐만 아니라, 장구한 독자적 문학적 전통을 함유하고 있고, 또한 현실에서도 내지와는 다른 문제와 요구를 가지고 있는 것이다. (…중략…) 언어 문제에 관해 이야기할 때, 자주 조선문학을 아일랜드문학에 비유하는 경향도 있었던 것 같으나, 그것은 위험하다. 아일랜드문학은 물론 영어를 사용하고 있지만, 정신은 처음부터 반영적(反英的)이며, 영국으로부터의 이탈에 그 목표가 있었던 것이"[70] 라고 말한다. 이처럼 최재서가 '차이'를 강박적으로 강조하는 것은 조선문학이 일본문학의 하위에 놓이는 것이 아니라 그와 동등한 위치에서 국민문학 안에 자리하기를 바랐기 때문이다.

여기에서 중요한 것이 '국민문학'에 대한 최재서의 인식이다. 그는 1940년 신체제 수립을 전후해 식민지 조선문단의 전환론이 제기되었고, 그 전환론의 결실로 1941년 『국민문학』이 창간되었으며, 이를 통해 내지에서보다 식민지 조선에서 국민문학론이 이론적으로 진일보하고 있다고 진단한다. 물론 『국민문학』 창간 1년 동안 '국민문학'에 관한 논의가 그것의 범주를 획정하는 정도에 머물렀지만, 최재서는 고도국방국가 체제 아래 문학의 책무가 국민의 통일과 사기의 고양에 있으므로 반국가적이거나 민족주의적 경향을 배격하는 '국민문학'의 입장을 명확히 해야 한다고 밝힌다. 그는 추상적이지만 '국민문학'은 "국민적 입장에 서서 국민의식을 가지고 씌어진 문학"[71]이라고 정의한 뒤, "일본 국민이라는 것을 잠시라도 잊어버리고, 조선은 조선만으로 존재한다는 착각을 일으킬 수 있는 의논이나 작품은 모두 배격"[72]하는 것

70 崔載瑞, 「朝鮮文學の現段階」, 『國民文學』, 1942.8, 14쪽.
71 崔載瑞, 『轉換期の朝鮮文學』, 人文社, 1943, 121쪽.
72 위의 책, 130쪽.

에 새로운 '국민문학'의 입장이 놓여 있다고 말한다. 그리고 이와 관련된 문제가 '향토색'의 문제, 즉 조선 로컬리티의 문제라고 말하면서 다음과 같이 논의한다.

> 조선의 작가가 작품에서 향토색을 담으려고 하는 것은 전혀 나쁜 일이 아니며 오히려 당연한 일입니다만, 이것도 지나치거나 사려 없이 행하면 잘못될 우려가 있습니다. 이후 국민문화의 입장에서 각 지방문화에 대한 특별한 주의를 기울이지 않으면 안 되고, 따라서 향토색에 대해서도 저마다 특수한 관심을 가져야 마땅하다고 믿습니다. 이런 말씀을 드리는 것은, 문화라고 하면 여기저기서 도쿄의 도회적 문화를 형식적으로 추수 모방하는데, 도쿄의 문화라는 것은 아메리카에서 더욱 조악해져버린 유럽의 퇴폐문화였던 지난날까지의 추태를 우리들은 단호히 배격하지 않으면 안 되기 때문입니다. **각 지방마다 향토에 뿌리를 내리고, 그 생활과 요구 속에서 태어난 문화가 일관된 일본정신에 의해서 통일되는 것에 이후 일본문화의 나아갈 길이 있다고 생각합니다.** 그런 의미에서 각 향토색은 지방문화의 표정으로서 의미가 있다고 생각합니다. (…중략…) 이후, 문학에서, 음악에서, 미술에서, 영화에서, 무용에서, 조선의 특색이 크게 발휘될 것입니다. 그럴 경우 향토색이나 향토애의 문제는 전체적인 일본문화와의 균형 아래 건전하게, 양식적으로 처리되기를 바랍니다.[73]

최재서는 문학작품 속에 '향토색'을 담으려고 하는 것이 자연스러운 일이며, 그것은 '지방문화의 표정'으로서 의미가 있는 것이라고 말한다. 나아가 향토색이 전체의 한 부분으로서의 지방문화를 넘어 독립된

73 위의 책, 131~133쪽. 강조－인용자.

존재로 추구되고, 이러한 경향이 문화독립주의라고 단정되어도 어쩔 수 없다고까지 말한다. 하지만 그의 논의가 결국 일본정신에 의해 각 지방문화가 통일되어 새로운 일본문화를 창출하는 것으로 귀결된다는 점에 주의할 필요가 있다. 그는 일본문화와 조선문화를 하나의 지방문화로 위치시키고, 각각의 지방문화의 통일에 의해 새로운 국민문화를 낳을 수 있다고 말하고 있지만, 이때 국민문화는 일본문화와 동일시되고 있었다. 그가 향토색과 관련해서 국민문학의 입장에 대해 논의하면서 '조선만의 조선'을 관념적으로 고립시켜 문화독립주의에 빠지는 것이 문제라고 지적한 것 역시 이러한 맥락에서였다. 물론, 당시 '국민문학'이 곧 '일본문학'이라는 이율배반적인 등식 속에서 결국 최재서의 논의 또한 일본인들의 그것과 대동소이하게 귀결될 수밖에 없었겠지만, 그럼에도 그가 새로운 시대에 조응한 신문화 건설에서 조선문학의 독창성을 강조한 것이 당시 로컬리티 담론을 전유해 조선문화의 새로운 지위를 확보하고자 한 적극적인 움직임이었다는 점을 간과할 수는 없다.

이런 점에서 '신지방주의론'을 펼친 김종한(金鍾漢)의 관점과 입장 역시 최재서의 그것과 대동소이하다고 할 수 있다. 잘 알려진 「一枝의 倫理」는 조선문화의 로컬리티 인식과 관련해서 주목할 만한 논의를 전개하고 있는 글이다. 그는 일본 국민으로서의 조선인의 존재 방식을 생각하는 동시에 국민문학으로서의 조선문학의 존재 방식을 생각한다고 하면서 "地方經濟와 地方文化에 對한 關心이 높아진 것도 事變以來의 일이지만 全體主義的인 社會機構에 있어서는 東京도 하나의 地方이라고 생각하는것이 올흘 것입니다. 라기 보담 地方이나, 中央이란 말부텀 政

治的 親疎를 附隨하야 좋지 않은듯합니다. 東京이나 京城이나 다 같은 全體에 있어서의 한 空間的 單位에 不過할 것입니다. 그 境過의 中央이라든가 全體라든가 하는 것은 國家란 觀念的인것이 아닐가 생각합니다"[74]라고 주장한다. 나아가 그는 지정학적 위치의 특수성으로 인해 조선이 많은 소재와 주제를 가질 수 있어 문화적으로 동아의 중심이 될 것이라고 역설한다. 김종한의 이러한 인식은 최재서의 견해와 마찬가지로 조선이 단순히 일본에 귀속되는 것이 아니라 '전체', '동아'라고 하는 새롭게 재편되는 동아시아 지역 질서 속에서 나름의 특수한 위치를 가져야 한다는 것을 주장한 것이다. 이러한 견해는 물론 조선의 로컬리티에 대한 인식으로부터 파생한 것인데, 그는 특히 로컬리티 담론의 이데올로기화를 경계하면서 중앙과 지방의 이분법적 구별로부터 벗어날 것을 역설하고 있는 것이다.

김종한의 이러한 인식은 『녹기(綠旗)』 1942년 4월호에 게재된 좌담회 「새로운 반도문단의 구상」을 통해서도 확인할 수 있다. 이 좌담회는 『녹기』의 발행인 데라모토 기이치[寺本喜一], 시인 쓰다 쓰요시[津田剛] 등 재조일본인과 김용제, 김종한, 이석훈, 정인택 등 조선인 문학자가 참석하여 국민문학의 이념과 지도성, 정치와 문학의 관계 설정, 일본문화와 서양문화의 차이 등에 논하는 한편, 당시 발표된 작가의 작품에 대해 비평을 가하는 자리였다. 이석훈이 노리타게 미츠오[則武三雄]가 김사량의 「물오리섬(ムルオリ島)」을 고평했다고 하자 김종한은 김사량과 장혁주가 중앙(일본)에 가서 지방(조선)의 현실에 대한 불평을 하고 있는 듯한 인상을 가지고 있다면서 "이제부터의 지방문학이라는

74 金鍾漢, 「一枝의 倫理」, 『國民文學』, 1942.3, 36쪽. 방점 강조－원문.

것은 그런 것이 아니라, 말이 개념적으로 되지만, 국민문화로서의 지방문화의 모습이라고 생각한다. 지방에 중앙을 건설하려고 하는 지방인적(地方人的)인 국민의식에서 재출발되어야 한다고 생각한다"[75]라고 말한다. 이어서 참석자들이 이국취향이나 지방색에는 반대하면서도 문학에 있어서 지방적 특수성이 있어야 한다고 논의하자, 김종한은 다시 이제까지는 자유주의적 문화 속에서 도회중심적인 지방주의에 그쳤다면, "지금부터 우리들이 예단(豫斷)하고, 구상하지 않으면 안 되는 국민문예는 국민문예로서의 지방의 모습을 생각하고, 지방에 중앙을 건설하려고 하는 지정학적인 지방인다운 국민의식에서 재출발하지 않으면 안 된다"[76]라고 역설하였다. 따라서 김종한의 신지방주의론에서 주목해야 할 것은 "신지방주의란 조선 사람의 터전에서 가장 잘 쓸 수 있는 것을 써서 일본문학에 부가될 수 있는 문학을 하는 것이다"[77]라는 지적과 달리, '일본문학'이 국민문학이라는 범주 속에서 새롭게 구성되어야 한다는 인식, 다시 말해 조선문학이 일본문학에 포섭되는 것이 아니라 조선문학과 일본문학이 새로운 국민문학을 구축해야 한다는 논리의 지점이다.

그런데 최재서와 김종한의 지방문학으로서의 조선문학에 대한 논의는 일본인 지식인들의 그것과 마찬가지로 '제국'이라고 하는 확정된 경계 속에서의 조선의 위상과 관련되어 있어 조선문학의 로컬리티에 대한 논의 자체가 제국의 경계를 넘기 어렵게 된다. 다시 말해 식민지

---

75 「新しい半島文壇の構想」, 『綠旗』, 1942.4, 78쪽.

76 위의 글, 79쪽.

77 박수연, 「신지방주의와 향토－金鍾漢에 기대어」, 『한국근대문학연구』 제25호, 한국근대문학회, 2012, 110쪽.

조선의 로컬리티를 제국 일본의 경계 안에서 파악하는 한, 조선문학의 독창성을 강조하든, 그렇지 않든, 제국의 경계 속에 포섭되고 마는 것이다. 물론 그렇다고 해서 최재서의 조선문화의 '독창성'에 대한 강박적인 강조나 김종한의 지방들 간의 연합체로서의 전체주의 체제에 대한 인식 등을 단순히 지배 담론의 재생산이라고 폄하할 수만은 없다. 비록 그것이 제국주의 담론의 자장 안에서라고 하더라도, 이들의 이러한 논의가 당시 제국 일본에 의한 동아시아의 지리적 · 문화적 재편 속에서 새로운 조선문화를 기획하고 조선문학의 새로운 위상을 정립하기 위한 노력이었음을 간과할 수는 없기 때문이다.[78] '전환기' 조선문학의 국민문학화 논의가 활발하게 전개되는 가운데, 일본인 문학자들은 지방문학으로서의 조선문학이 제국의 중앙문학에 편입되는 방식의 국민문학화를 내세웠던 반면, 최재서와 김종한 등 조선인 문학자들은 '내지'의 일본문학 또한 하나의 지방문학으로 위치시키고, 조선문학과 함께 새로운 국민문학이 되어야 한다는 주장을 통해 기존의 중앙 / 지방의 구도를 와해시키는 동시에 제국-식민지 체제 내 지방문학으로서의 조선문학의 위상을 새롭게 재정립하고자 했던 것이다.

78 이와 관련해서 서승희는 "조선 문단에 일본의 '지방 문단'이라는 지위를 부여하는 것은 언뜻 보기에 종속성을 강조하는 것처럼 보이지만, 최재서는 중앙과 지방의 관계를 일방적인 지배와 종속이 아니라 상호 조정의 관계로 설정하고 있다. 그리하여 조선 문단을 향해서는 '지방'이라는 용어에 석연치 않은 감정을 품을 필요가 없다고 역설하고, 일본문단을 향해서는 독자적 전통이 있는 조선 문단의 특수성을 인정해 달라고 요청하는 등 이중적 요구를 표명하였다"라고 논의하였다(서승희, 「최재서 비평의 문화 담론 연구」, 이화여대 박사논문, 2010, 134쪽).

2) 식민지 지방문학의 세계문학 상상

식민지 말 조선문학의 위상 변동에 관한/관련된 논의에는 앞서 살펴본 것처럼, 제국 일본의 국민문학으로서의 식민지 조선문학의 위상 재정립뿐만 아니라 '근대문학'으로서의 조선문학을 극복하는 방안에 대한 논의 역시 활발하게 전개된다. 그것은 근대 세계 체제(≒제국-식민지 체제) 아래 성립하고 발전해온 근대문학으로서의 조선문학을 넘어 새로운 세계사적 질서에 조응하는 문학으로서의 조선문학의 위상을 새롭게 구축해야 한다는 입장에서 출발한 것이었다. 또한 무엇보다 그것은 전시총동원 체제기 동아 신질서의 건설이 새로운 세계사적 질서를 수립하는 것이고, 식민지 조선, 조선문화, 조선문학은 그러한 신질서 속에서 자신의 위상을 재정립해야 할 것이 요청되었기 때문이었다. 여기에서도 제국-식민지 체제 내 지방문학으로서 조선문학이 어떻게 그러한 경계를 벗어나 새롭게 자신의 위상과 정체성을 구획하고 조정해나갈 것인가가 논의의 핵심이었다. 이와 관련해서 당시 이효석과 임화가 '세계문학' 속에서 조선문학의 위상을 재정위하려는 움직임을 보였다.

먼저 앞서 최재서나 김종한과는 달리 제국이라는 확정된 경계 내부에서 조선의 로컬리티를 인식하는 것이 아니라 추상적인 형태로나마 '세계' 속에서 조선의 로컬리티에 대해 인식했던 이효석(李孝石)의 논의가 주목된다. 그는 국민문학과 조선문학을 둘러싼 로컬리티 담론이 제국-식민지 담론장에서 활발하게 논의되고 있는 가운데, 어느 시기에서든 한 사상의 문학, 한 방향의 문학만을 설정하는 것은 문학에 대한 무지와 오만의 소치라고 비판한다. 그러면서 세계문학과 지방문학 사이에 서로 소통되는 요소가 있을 것이라며 다음과 같이 논의한다. "메주 내 나는 文學이니 빠터 내 나는 文學이니 하고 是非함가치 주제넘고 無禮한 짓이 없다. 메주를 먹는風土속에 살고있음으로 메주내 나는 文學을 나음이 當然하듯 한편, 西歐的共感 속에 呼吸하고 있는 現代人의 趣向으로써 빠터내나는 文學이 우러남도 이 또한 當然한것이 아닌가. 메주文學을쓰든 빠터文學을쓰든 같은區域같은言語의 세게에서라면 彼此에 多分의 流通되는 要素가 있을 것도 또한 사실이다."[79] 이처럼 이효석은 세계문학("빠터문학")과 지방문학("메주문학") 중 어느 것 하나를 강조하는 것에 문제가 있음을 지적하고, 각각의 문학 상호의 방향과 양식에 대해 관대하고 겸허할 필요가 있다며, 문학은 가능한 그 진폭이 넓어야 한다고 말한다. 이는 조선문학이 '국민문학 = 일본문학'으로 획일화되어가는 것에 대해 경계를 드러낸 것이자, 동시에 지방문학으로서의 조선문학을 세계문학 속에 위치시킴으로써 제국의 지방문학으로서의 식민지 조선문학의 제한된 범주를 넘어서고자 한 기획이었다. 이처럼 이효석은 식민지 말 로컬리티 담론을 전유해 조선문학을 바라보고 있었지만, 무엇보다도 그는 조선문학을 제국 일본의 지방문학으로서가 아니라 세계문학 속에서 바라보고, 위치시키고자 했던 것이다.

世界面을 그리거나 鄕土面을 그리거나 간에 文學의 優劣은 순전히 作品의 됨됨에 따라서 決定될 것은 물론이다 國民文學의 立場으로 보아도 이 두 面의 文學

79 李孝石, 「文學 振幅 擁護의 辯」, 『朝光』, 1940.1, 72쪽.

이 다 그 素性을 가추어잇는 것도 물론이다 더욱 한거름 뛰여서 優秀한 文學이 라면 그대로 바로 世界文學으로도 編入되는 것이다 **文學속에 世界的인 要素가 잇서야만 世界文學이 되는것이 아니다 人間性에 깁히 뿌리박은 國民性의 優秀한 創造라면 그대로 世界文學에 놀나운 프라스를 容易하게 되는 것이다** 포오랜드文學이나 핀랜드文學이 世界文學으로 通用되는 것은 그러한 理由로서다.[80]

위의 인용문은 이효석이 문학작품 속에서 '세계면'과 '향토면' 중 어느 것 하나를 강조하는 것이 무의미하다는 것을 주장한 내용이다. 이효석은 "인간성에 깊이 뿌리박은 국민성의 우수한 창조라면 그대로 세계문학에 놀라운 플러스를 용이하게 되는 것이"라고 말한다. 그는 "넓은 뜻으로 보면 모든 文學을 다 各其一種의 國民文學이라고 할 수가 잇다 한 國民으로서의 風土와 習俗속에 살어잇슬때 世界人으로서의 共感속에 呼吸하고 잇다고는 하드래도 스스로 所屬된 國民的地域的特質을 버서날수 업는 노릇임므로 그 文學속에는 自然다른 地域의 文學과는 區別되어야 할 素因의 內包되어잇는 까닭이다 그러나 단순한 地域的인 要素의 區別이라면 반다시 이것을 國民文學의 稱號로 부르지안"[81]아도 된다고 말한다. 즉, 이효석은 국민문학의 범주를 지역주의에서 찾는 것에 반대한다. 나아가 그는 지방색을 탐구해서 지방적인 대표작을 써야 한다는 생각에 '향토적인 것', '지방적인 것'에 몰두하는 것을 경계한다. "地方的인 것을 차즐때 作家들은 흔히 鄕土로 눈을보내 즐겨서 原始的인 것 土俗的인 것 迷俗的인 것 崇尙하고 샅샅히 들처내왓다 (…중략…)

---

80 李孝石, 「文學과 國民性 — 한 개의 文學的 覺書(4)」, 『每日新報』, 1942.3.6. 강조 — 인용자.
81 李孝石, 「文學과 國民性 — 한 개의 文學的 覺書(2)」, 『每日新報』, 1942.3.4.

물론 그런 方面도 한 번은 응당 表現을 힘닙어야 할 것은 사실이나 그것을 能事로 삼음은 도리혀 狹착한 雅量이다 古陶器와 舞技와 담배대를 문 상투쟁이의 모양을 色版으로박은 그림葉書가 순전히 外地에서 온 觀光客의 好奇心에 迎合하려는 目的에서 나온 것이라면 부지럽는 土俗的文學의 崇尙은 外地의 編輯者의 비위를 마추려는 心算의 所致로 推斷바더 도하는수업는 노릇이다"[82] 이처럼 이효석은 '지방적인 것'을 '토속적인 것'에서 찾아 외지인의 엑조티시즘을 충족시키기 위해 문학작품에서 고도기(古陶器), 무기(舞技), 담뱃대를 문 상투쟁이 등을 그려내는 것, 소위 조선의 로컬리티를 자아낸다고 여겨지는 토속적인 대상에 천착하는 것에 반대한다. 오히려 그는 '세계적인 생활 요소'가 있는 도시에 주목해야 한다고 역설한다. 그래야만 문화를 높이고 생활을 향상시킬 수 있다는 것이다. 여기에서 중요한 것은 조선문학이 지방성을 토대로 한 국민문학이 아니라 세계문학으로 나아가야 한다는 것을 역설하고 있다는 점이다. 그는 조선문학이 새삼스럽게 국민문학이 될 필요가 없으며, 이미 국민적인 요소를 가지고 있으므로 중요한 것은 어떻게 해서 세계문학으로 발전하느냐에 있다고 주장하고 있는 것이다.

따라서 이러한 논의에 기대자면, 그는 조선문학을 국민문학의 범주 속에서 위치시키고 있는 것이 아니라 국민문학을 넘어선 세계문학과 대응시키고 있는 것이다. 즉, 중앙 / 지방의 관계 속에서 조선문학의 지방성을 인식한 것이 아니라, 세계 / 조선의 관계 속에서 조선문학을 바라보고 있었던 것이다. 그의 이러한 인식은 조선문학의 지방성이 단순히 제국 문학의 중앙성을 구성하는 한 요소가 아니라 세계문학으로

82 李孝石, 「文學과 國民性 — 한 개의 文學的 覺書(4)」, 『每日新報』, 1942.3.6.

통하는 요소임을 주장한 것이라고 할 수 있다. 요컨대 이효석은 조선의 지방성을 제국 / 식민지의 관계 속에서가 아니라 세계 / 조선의 관계 속에서 파악하고 있었던 것이다. 물론 이효석 또한 '중앙-제국-일본 / 지방-식민지-조선'이라는 관계망 속에서 그 위상을 부여받고 있는 조선문학에 대해 모르지 않았을 것이다. 하지만 그는 식민지 조선을 제국 일본의 한 지방으로 위치시키기보다는 중앙 일본과 지방 조선으로 구성된 하나의 국가를 상정하고, 이 국가를 다시 세계의 지방으로 위치시키고 있는 것이다. 그리고 이 경우, 제국 일본도 식민지 조선도 세계 속의 지방이 될 수 있다. 요컨대, 이효석은 세계라는 또 다른 중앙을 설정함으로써 식민지 조선의 지방성을 제국 일본을 넘어 세계 속에서 찾고 있었던 것이다.

이효석과 다소 견해 차이가 있지만, 임화(林和) 역시 세계 / 조선의 역학 관계 속에서 조선문학의 위상에 대해 인식하고 있었다. 그는 식민지 말에 이르러 조선문학이 동경문단에 본격적으로 소개되고, 내지 문학자들로부터 관심을 끌고 있는 상황과 관련하여, 동경문단이 조선문학을 제대로 평가하기 시작했다거나 조선문학의 수준이 올라간 결과가 아니라, 중일전쟁 발발 이후 대륙 지역에 대한 관심이 고조되는 가운데 대륙 지역과의 연결 지점으로서의 조선의 중요성이 부각되었고, 그에 따라 조선문학에 대한 관심이 일어났다고 말한다. 그는 아사미 후카시[淺見淵]의 견해[83]를 가져와 중일전쟁과 제2차 세계대전의 발발

83 "일지사변(중일전쟁—인용자)과 제2차 구주대전의 발발과 함께 민족의 문제가 다시 일반의 관심을 환기하고, 그것이 계기가 되어서 지나의 현대문학과 만주 작가의 작품이 소개되었다. 그들 민족을 포섭하기 위해서, 그들 민족을 이해하려고 하는 일반의 분위기를 반영한 것이다. 이러한 흐름에 편승해 조선문단에서 현대조선작가의 작품도 소개되기 시작하였다."

과 함께 민족 문제가 다시 대두하였고, 그들 민족을 포섭하기 위해 중국문학이나 만주문학이 일본에 소개되었는데, 그러한 흐름 속에서 조선문학이나 조선의 작가가 일본에서 관심을 끌기 시작하였다고 논의한다. 그런데 임화는 내지문단에서의 조선문학에 대한 관심이 고조된 이유로 이러한 정치적 상황보다 일본문학이 침체기에 들어선 것을 가장 큰 원인으로 꼽았다. "사변이 있은 뒤 오늘날에 이르러 特히 이러한 外地文學이 注目을 끄을게 된 原因은 勿論 事變이 이제야 비로소 文化上의 問題를 提起할 段階에 達하였다는 事情도 있겠지만, 그보다도 우리의 注目할 点은 最近의 日本文學이 一種의 沈滞期에 入한대 原因이 있기도 하다."[84] 1935년 기쿠치 간[菊池寬]의 발안으로 문예춘추사(文藝春秋社)에서 아쿠타가와상[芥川賞]을 제정하고 '외지'를 대상으로 한 문학작품을 수상작으로 다수 선정한 것이 상징적으로 나타내듯, 당시 일본문단은 침체된 상황을 타개하기 위해 중국・만주 등의 대륙 지역과 조선으로 시선을 돌렸다. 그리고 그러한 가운데 앞서 살펴봤던 것처럼 1939년과 1940년 『모던일본』의 조선판이 발간되는 등 조선문학과 문화에 대한 관심과 탐구의 열기가 고조되어 소위 '조선붐'이 일어났다. 임화의 예리한 지적대로, 중일전쟁 이후 동아시아 지역 질서의 변동 과정 속에서 침체기에 빠진 자국 문학을 혁신하기 위해 일본문단 내 외지문학에 대한 관심과 탐구의 열기가 고조되었던 것이다.

그럼에도 불구하고 앞서 살펴보았던 것처럼, 제국 일본을 중앙으로 하여 식민지 지역・국가들을 지방으로 위치시키는 동아시아 지역주의

(淺見淵, 『文學と大陸』, 圖書研究社, 1942, 81～82쪽)

84 林和, 「東京文壇과 朝鮮文學」, 『人文評論』, 1940.6, 42쪽.

담론 체제 속에서 외지문학은 지방문학으로 위치 지어질 수밖에 없었다. 이는 앞서 살펴본 「조선문단의 재출발을 말한다」 좌담회에 참석한 논자들이 가지고 있는 공통된 인식이기도 하였다. 그리고 이때 식민지 지방문학은 제국 일본문학에 새로운 활력소를 불어넣는 정도로 그 위상을 부여받았다. 따라서 사정이 이러하다면, 식민지 '외지문학'은 그 자체로 독창성을 갖기보다는 제국 일본문학의 권역 안에서만 의미를 가질 수 있었다. 이러한 상황 속에서 임화는 가와카미 데쓰타로河上徹太郎의 견해를 빌려와 조선문학을 제국 일본의 지방문학이 아니라, 세계문학의 지방문학으로 위치시킨다.

> 滿洲文學이나 朝鮮文學의 擡頭는 最近 一二개月의 顯著한 傾向이다. 이것은 國策에 便乘한 것도 아니요 『엑조틔즘』도 아닌 純正한 文學的氣運이라고 나는 생각한다. 卽 그들의 作品은 各各 그 民族文學의 傳統우에서의 現代의 것이 아니고 또 日本現代文學의 植民地的出張所도 아닌 **世界文學이 이 二十世紀라는 時代에 地方的으로 開花한 近代文學의 一種이라는 것**을 똑똑히 말할 수가 있다[85]

위의 인용문은 임화가 가와카미 데쓰타로의 『문학계』 후기를 직접 인용한 것으로 보인다. 가와카미 데쓰타로가 어떠한 의도에서 이러한 후기를 쓴 것인지 확인할 수 없었지만, 여기에서 그가 『문학계』 동인 심포지움 '근대의 초극'을 주도하였다는 점을 상기할 필요가 있다. 서구 근대의 종언과 그를 대체할 새로운 세계 질서의 모색 과정 속에서 동양이 부상하였고, 동양만의 고유한 형식을 통해 근대를 초극하기 위

85 위의 글, 49쪽. 강조–인용자.

한 사상적 모색이 전개되었는데, 이에 따라 기존 세계 체제의 상징적 형식인 '근대' = '서구'는 더 이상 그 의미를 가질 수 없었다. 이런 점에서 가와카미 데쓰타로에게 '근대문학 = 서구문학' 또한 극복의 대상이었던 것이다. 그러므로 그가 조선문학의 대두가 국책에 편승한 것도 아니고, 이국취향의 산물도 아니며 민족문학의 전통 위에서 세계문학이 지방적으로 꽃피운 것이라고 한 이면에는 기존 유럽중심주의적 세계 체제로부터 벗어나 동양 중심의 새로운 세계 체제의 건설, 소위 '세계 신질서' 건설에의 욕망이 내재되어 있었다고 볼 수 있다. 즉, 그는 극복의 대상으로서 근대문학을 은폐한 채, 근대문학으로서의 조선문학을 세계문학의 지방적 형식으로 위치시키고 있는 이율배반적 태도를 보이고 있는 것이다.

임화가 이러한 가와카미 데쓰타로의 견해를 양식 있는 문학자의 그것으로 바라본 것은, 조선문학이 "일본 현대문학의 식민지적 출장소"가 아니라는 말에 공명하였다기보다는 조선문학 자체를 '세계문학 = 근대문학' 속에서 파악하고 있었기 때문으로 보인다. 왜냐하면 '세계문학 = 근대문학'의 지방적 형식으로 조선문학을 인식하는 한, 일본문학 역시 그와 동일한 위상을 부여받기 때문이다. 따라서 사정이 이러하다면 '신체제', '전시총동원 체제' 등 전시기 중앙 / 지방으로 재편된 제국-식민지 체제에서 식민지 조선문학은 제국 일본문학에 귀속되는 지방문학이 아니라 세계문학과의 관계 속에서 그 위상을 새롭게 부여받을 수 있게 되는 것이다. 요컨대 임화는 (무의식적으로) 근대초극론에 입각하여 조선문학의 위상에 대해 발화한 가와카미 데쓰타로의 견해를 전유하여 식민지 지방문학이라는 제한적이고 폐쇄적인 조선문학의 위상을 재정립하려고 했던 것이다. 또한, 그는 다음과 같이 말한다. "文化와 政治는 그것이 具體的으로 存立하기 爲해서는 個性的인 形態로 表現되지 아니할 수 없다. 質에있어 勿論 政治도 文化도 한가지로 世界的이다. 그러나 世界的이란 抽象的인 境遇이고, 구체적으로는 언제나 地方的이다. 더 現實的으로는 國家的, 或은 民族이란 것의 내용을 빌어 表現된다."[86] 문화와 정치가 구체화되는 것은 언제나 지방적이고, 또한 그것들이 현실화되는 것은 국가적이나 민족적 내용으로 표현된다는 임화의 이러한 지적을 염두에 둔다면, 그가 사용하고 있는 '지방'의 의미가 이미 '세계'로 닿고 있음을 확인할 수 있는 것이다.

이는 『문예(文藝)』 1940년 7월호에 발표한 「현대 조선문학의 환경(現代朝鮮文學の環境)」을 통해 재확인할 수 있다. 이 글의 서두에서 임화는 조선문학의 위상에 대해 논할 때 일본문학과의 차이를 기반으로 하는데, 그것은 조선문학과 일본문학이 고유의 형식과 내용을 가지고 자기의 길을 걷고 있기 때문이라고 하여 제국-중앙 / 식민지-지방의 종속적 관계로부터 조선문학을 떼어놓는다. 이후 그는 조선문학의 위상은 신문학이 출발할 때부터 이미 정해진 길을 따라 온 것이라고 논의하면서 이제부터라도 조선문학이 서구문학의 뒤를 좇아 일본문학의 견제를 받으면서 앞으로 나아가야 한다고 역설한다. 그에게 있어서 조선문학의 위상은 일본문학과의 관계 속에서 규정되는 것이 아니라 세계문

86 林和, 『文學의 論理』, 學藝社, 1940, 746~747쪽. 임화의 이러한 견해에 대해 이양숙은 세계적인 성질, 보편성을 갖는 특수한 지방으로서의 민족문화를 의미한다는 점에서 최재서가 기대고 있는 '일본주의'(동양주의) / '세계주의'의 이분법적 사고를 비판하고 있다고 논의하기도 한다. 이에 대해서는 이양숙, 「최재서 문학비평 연구」, 서울대 박사논문, 2003, 162쪽 참고.

학과의 관계 속에서 규정되고 있는 것이다. 아니, 좀 더 정확하게 말하자면 임화는 세계문학을 준거로 조선문학의 위상을 정립하고 있었던 것이다. 그는 글의 말미에서 다음과 같이 단언한다. "결국 조선문학은 우리들 생(生)의 독특한 방식의 소산이다. 사람들은 객관적으로는 같은 세계에 살고 있지만 주관적으로 다른 환경을 체험한다. // 이 체험이 소위 '우리들만의 현실'이고, 이 현실 속에서 전혀 새로운 인간이 형성되며, 그런 사람들 가운데서 또한 새로운 사고의 방식이나 정감의 독특한 양식이 생겨난다. 이것은 다름 아닌 독특한 문화이다."[87] 이처럼 임화가 조선문학의 특수성을 강조한 것은 식민지 말 제국 일본의 한 지방으로 재편된 조선과 지방문학으로서의 조선문학이라는 제한적 위상 부여에 대한 부인으로 읽을 수 있다.

따라서 임화가 이 글의 목적이 "조선문학이 내지의 독자에게 억측을 당하고 오해받는 것을 가능한 적게 하"[88]기 위한 것이었다고 밝히고 있는데, 이때의 독자는 일본 내지의 문학자라고 보아야 타당할 것이다. 사실 이 글이 실려 있는 『문예』 1940년 7월호 '조선문학특집'은 식민지 말 외지문학에 대한 관심의 고조 분위기 속에서 식민 지배자의 식민지에 대한 나르시시스틱한 호기심과 신기성의 추구가 착종되어 발현된 결과물이었다. 그런데 임화는 조선문학이 일본문학의 지방문학이 아니라 그와 대등한 관계 속에 놓인다고 말하면서 그러한 지배자의 시선에 균열을 일으키고 있는 것이다. 이는 앞서 살펴보았듯이, 이효석과 마찬가지로 조선문학(과 일본문학)의 위상을 세계문학의 지방문

87 林和, 「現代朝鮮文學の環境」, 『文藝』, 1940.7, 202쪽.
88 위의 글, 199쪽.

학으로 위치시키거나, 세계문학의 범주 속에서 파악하고 있었기 때문에 가능한 것이었다. 즉, 이효석과 임화는 당시 로컬리티 담론을 전유해 조선문학의 위상을 제국 일본문학(또는 국민문학)의 경계 밖에서 구축하고 있었던 것이다. 이제 조선문학은 제국-식민지 사이의 중앙/지방의 종속적 관계망으로부터 벗어나 조선/세계의 관계 속에서 그 위상을 부여받을 수 있게 되었던 것이다.

이상에서 살펴보았던 것처럼, 식민지 말 전시총동원 체제기 전세계적인 파시즘 체제의 강화, 자본주의 체제의 몰락 징후 속에서 세계사적으로나 동양사적으로 팽배해진 근대성 자체에 대한 불신으로 인해 '조선문학 = 근대문학(서양문학)'이라는 등식에는 균열이 발생하였고, 조선문학은 '현대 = 동양'이라는 새로운 세계사적 질서에 조응해 그 위상을 재구축해야 했다. 당시 식민지 조선의 문학자들은 제국의 문화적 권역 내에서 조선문학의 위상을 새롭게 정립하기 위해 다양한 논의들을 전개해나갔다. 제국 일본문학의 한 '지방문학'으로서 조선문학을 위치 지으려고 하거나, 조선문학이 특수한 위치에서 '국민문학'을 변혁시킬 수 있다는 논의, 그리고 제국문학의 지방문학으로 한정하지 않고 세계문학의 지방문학으로서 조선문학을 위치 짓는 등 조선문학의 위상 재정립과 관련된 논의에는 단순히 '중앙-제국-일본'과 '지방-식민지-조선'으로 수렴되지 않는 이질적이고 다양한 균열의 지점들이 존재하고 있었다. 이러한 논의는 모두 동아시아 지역 질서 재편 과정 속에서 식민지 조선문학의 위상을 새롭게 재정립하기 위한 사상적 모색이면서 동시에 제국-식민지 체제 내 문화적 헤게모니를 획득하기 위한 분투의 과정이었다.

이처럼 식민지 말 조선문학의 존재 형식에 관한 모색들이 근대성의 다양한 역사적・문화적 조건들과 형식들에 대한 극복의 움직임 — 비록 그것이 실패했다고 하더라도 — 이었다는 점에 주목할 필요가 있다. 물론 식민지 말 탈근대문학으로서의 조선문학의 존재 형식에 관한 논의가 근대성의 역사적・문화적 조건들에 대해 진지하게 성찰하고, 그것들을 극복하여 새로운 문학을 수립하는 방향으로 나아갔다고 보기는 어려울 것이다. 특히나 그것이 아시아-태평양전쟁에서의 인적・물적 동원과 마찬가지로 소위 '문예동원'의 일환으로 진행되었다는 점, 제국 일본의 동아시아 지역에서의 침략과 전쟁 행위를 새로운 동아시아 지역 질서를 수립하고 세계사적 질서를 구축하는 것으로 이해했다는 점에서는 식민지 조선문학의 국민문학화를 둘러싼 논의에는 분명히 제국주의 이데올로기를 수리하거나, 그것과 공명한 혐의가 짙다. 하지만 앞서 살펴봤던, 최재서, 김종한, 이효석, 임화 등을 비롯한 당시 문학자들이 단순히 제국주의 이데올로기에 공명하여 체제 협력적인 입장과 태도를 보였다고 단정하기에는 무리가 있다. 무엇보다 그들은 제국-식민지 체제 내 식민지 조선, 조선문화, 조선문학을 유동시키는 역사적・문화적 조건들에 민감하였고, 나름의 방식으로 기존의 근대성을 지탱하던 역사적・문화적 조건들에 대해 검토하여 조선, 조선문화, 조선문학의 위상을 새롭게 구축하려고 했던 것이다.

이때 식민지 조선문학은 '지방문학', '국민문학', '세계문학' 사이의 다중적 역학 관계 속에서 그 위상을 부여받을 수 있었다. 또한, 한편으로 그것은 당시 '지방', '국가', '지역', '세계'에 대한 (문화)지정학적 공간 인식과 경계 감각에 변화가 발생하고 있었다는 것을 보여주는 것이기도 하다. 근대 이전 동아시아 한자문화권과 왕조 국가에서의 중앙-지방 체제와 달리 '지방', '국가', '지역', '세계'의 개념들이 근대 이후에 새롭게 만들어지고, 그것들에 대한 감각이 유통된 것이라면, 한편으로는 식민지 말 근대성에 대한 회의와 의심 속에서, 다른 한편으로는 제국 일본의 전시총동원 체제 이데올로기 안에서, '지방', '국가', '지역', '세계'에 대한 인식과 감각은 변화한 것이다. 그리고 그러한 인식과 감각은 해방 이후 제국 일본의 붕괴와 민족국가 수립, 미국과 소련을 축으로 하는 동서 냉전 체제가 형성되어가던 탈식민-냉전 체제기로 접어들면서 다시 한 번 변화를 겪게 되었던 것이다. 식민지 말 조선문학의 다양한 존재 형식(을 모색한 문학자들의 논의)을 살펴봐야 할 또 다른 이유는 바로 근대 이후 한국인들의 '지방', '국가', '지역', '세계'에 대한 공간 인식과 경계 감각의 변화 지점을 확인할 수 있게 한다는 데 있다.

／제3장／

제국의 지방, 식민지 조선의 위상

1. 제국의 지방, 반근대의 시공간

1) 제국의 지방으로서 향토화된 조선

식민지 말 제국 일본의 식민지 지방으로서의 조선, 제국-식민지 체제 내 향토화되어가는 조선의 위상(topology)은 일본의 제국주의적 확장에 의해 동아시아의 지역 질서가 재편되는 가운데 이동하는 주체에 의해 식민지 조선이 새롭게 발견되고 재인식되는 과정을 통해 규정된다. 왜냐하면 지방(또는 향토)으로서의 식민지 조선의 위상은 재편된 동아시아 지역 질서 내 중앙으로서의 제국 일본의 위상과의 역학 관계 속에서 규정되기 때문이다. 지방이 지방으로서 위상을 갖기 위해서는 그곳을 지방화하는 중앙을 상정하지 않을 수 없듯이, 식민지 조선이 제국 일본의 지방이나 향토로서의 위상을 갖기 위해서는 그에 대응하는 제국, 또는 제국을 중심으로 확장해간 '대동아(大東亞)'라는 공간 질서의 재편 과정을 고려해야 한다.

일본에서 '지방'이란 용어는 메이지 초기에 보급된 region, local, district, province 등의 번역어였다. 식민지 정책학의 창시자라고 할 수 있는 니토베 이나조[新渡戶稻造]가 지향했던 식민지 정책학은 바로 메이지[明治] 중엽의 '지방학'에 대한 관심에서 비롯되었다. 근대 국민국가를 수립하기 위해서는 중앙에 직결된 지방들의 통합이 절대적 조건이었는데, 이때 '지방'이란 용어 자체가 중앙에 대한 주변이라는 배타적이고 중앙중심주의적 관점에서 고안된 것이었다. 오키나와[沖繩]나 홋카이도[北海島]가 일본의 내국 식민지였다가 지방으로 편입되었듯이, 일본의 식민지 개척과 통치는 지방 통합의 연장이라는 성격도 지니고 있었다. 이러한 맥락 속에서 식민지 조선은 제국 일본이라는 중앙에 의해 통합되어야 하는 일본 내지(內地) 밖의 지방으로 위치 지어졌던 것이다.[1]

한편, 일본에서 향토에 대한 관심과 탐구는 미나카타 구마구스[南方熊楠]와 야나기타 구니오[柳田國男]에 의해 '민속학'이 하나의 학문 영역으로 정착하면서부터 본격화되었다. 미나카타가 영국의 곰므(Gomme)에 의해 촉발된 민간전승·민화·민요·신화 등에 대한 탐구에 자극을 받아 야나기타 구니오에게 '이속학(里俗學)'에 대한 관심을 촉발하였고, 야나기타 구니오는 1913년 『향토연구(鄕土硏究)』를 발간하여 향토

1 신승모, 「제국의 정치적 자장과 '경성'의 제 위상」, 동국대 문화학술원 편, 『문화지리와 도시 공간의 표상』, 동국대 출판부, 2011, 103~104쪽.

를 연구의 대상으로 자리매김하였다. 일본의 근대화에 대한 비판적인 시각을 바탕으로 1920년대부터 1930년대에 걸쳐 민속학이 대학의 제도권 학문 영역 안으로 들어가고, 민간에서 지지를 얻는 등 '도호쿠[東北] 학풍'이 거세게 일어났다. 이러한 민속학의 열풍 속에서 이질성과 후진성을 각인당한 류큐[琉球]와 홋카이도에 대한 연구도 활발하게 진행되었다. 또한, 야나기 무네요시[柳宗悅]는 '민중적 공예'에 대한 관심을 유도하여 민예운동을 일으키면서, 다른 한편으로 '조선의 미'를 발견하였고, 곤 와지로[今和次郎]는 문화적 가치가 없다고 무시당해왔던 민가(民家)에 대한 탐구를 진행하기도 하였다.[2] 이처럼 일본에서는 1910년대 이후 야나기타 구니오를 중심으로 향토를 학문적 대상으로서 관찰하는 방법이 제창되었고, 향토에 관련된 담론이 곳곳에서 쏟아져 나왔다. 때를 같이 하여 민속학자와 지리학자들은 지방을 방문 조사하고, 그 지역에 관한 기록을 남겼다. '향토'라는 말이 '태어나 자란 토지', '후루사토(ふるさと)', '고향'이라는 의미에 덧붙여 '지방', '시골'이라는 의미를 갖게 된 것도 이러한 움직임을 반영한 것이었다.[3]

이러한 향토에 대한 관심과 탐구는 제국 일본의 각 지방을 넘어서 동아시아 식민지를 대상으로 확장하였고, 식민지 말 제국 일본의 지방으로 위치 지어진 식민지 조선 역시 그 대상으로 포섭되었다. 이때 조선문화는 중앙문화의 타자로서 열등한 것으로 여겨지는 한편, 중앙문화에 자극을 주는 지방문화로 하나의 활력소로써 기능하였다. 당시 일

2 이에 대해서는 가노 마사나오, 김석근 역, 「민속사상」, 『근대 일본사상 길잡이』, 소화, 2004, 185~206쪽 참고.

3 小畠邦江, 「昭和初期に記述された鄕土と手任事」, 「鄕土」研究會 編, 『鄕土－表象と實踐』, 嵯峨野書院, 2003, 46쪽.

본 문단에 조선 작가의 일본어 소설이 소개되었는데, 일본 문인들의 이국취향의 대상인 소위 '조선색'이 농후한 작품들이 취사선택되었다. 그리고 조선색을 잘 드러내는 소재로는 시골의 향토 풍경과 한복을 입은 조선의 여인(기생)상이 주를 이루었다. 이는 관능적이고 이국적인 지방으로 조선을 위치시키면서 그에 대한 호기심을 반영하는 한편, 후진적이고 야만적인 조선에 대한 조롱을 동시에 반영한 것이다. 여기에는 익숙한 동양에 대해서는 조롱을, 새로운 동양에 대해서는 즐거움을 드러내는 서구 오리엔탈리즘의 양가성과 같은 일본적 오리엔탈리즘의 양가성이 내포되어 있다. 다시 말해 오키나와나 홋카이도와 마찬가지로 야만의 영토로 조선을 표상하면서 거기에 경멸어린 조롱을 가하는 한편, 아직 개척되지 않고 원초적인 것이 고스란히 간직되어 있는 영토로 조선을 구획 지으면서 그곳에 대한 호기심을 드러낸 것이다. 이는 제국 일본이 식민지 조선을 원시화함으로써 스스로를 근대화되고 고도로 테크놀로지화된 위치에 올려놓는 과정의 일부[4]라고 할 수 있다. 여기에서는 이러한 점을 염두에 두고 식민지 말 일본의 제국주의적 확장에 의해 재편된 동아시아 지역 질서 속에서 지방화(향토화)된 조선의 위상에 대해 살펴보고자 한다.

이와 관련해 먼저 눈에 띄는 작품이 유진오(兪鎭午)의 「기차 안(汽車の中)」이다. 이 작품은 도쿄에 거주하고 있는 일본인 여성 미쓰코가 군대에 징집된 사촌을 방문하기 위해 경성으로 향하던 기차 안에서 조선인 청년 화가를 만나 조선에 대한 인식을 전환한다는 내용의 단편소설이다. 조선 여행이 처음인 미쓰코는 자신의 집에 자주 출입하는 이 씨를

4 레이 초우, 정재서 역, 『원시적 열정』, 이산, 2004, 42쪽.

통해 조선(인)에 대한 부정적인 선입견을 지니고 있었는데, 이러한 선입견은 부산항에 도착하여 경성행 기차로 갈아타기 위해 잔교(棧橋)를 건너는 과정에서 명확히 드러난다. "흰 조선 옷을 입은 사람들이 잠에서 아직 다 깨지 못한 듯한 발걸음으로, 느릿느릿 여기저기서 움직이고 있다. 부두 인부들의 일하는 소리까지 무언가 축 늘어진 것 같아, 태어나 지금까지 도쿄 한 복판에서 자라온 미쓰코에게는 모든 것이 꼭 고속도(高速度) 촬영기로 찍은 영화라도 보고 있는 것처럼 느껴졌다."[5] 이처럼 처음으로 대륙을 여행한다는 흥분과 낯선 곳에 대한 호기심에도 불구하고, 조선은 게으른 사람들이 사는 곳으로 미쓰코에게 여겨진다. 또한 기차로 갈아탄 뒤 바라본 차창 밖의 '너무나 특이한 조선의 풍경'[6] 역시 미쓰코에게는 거칠고 삭막하게 버려진 듯한 느낌으로 다가온다. 여기에서 미쓰코는 도쿄(일본)를 중심으로 조선의 풍경을 바라보면서, 조선을 더럽고, 거칠고, 삭막한 곳으로 여기고 있는 것이다.

그런데 기차 안에서 우연히 만난 조선인 청년 화가와 얘기를 나누면서 미쓰코의 조선에 대한 인식은 점차 변화되기 시작한다. 조선의 풍경에 이물감을 드러낸 미쓰코에게 조선인 청년은 '습관', '기후', '풍토' 등을 근거로 들어 일본과의 차이를 말한다. 이는 말할 것도 없이 조선의 로컬리티(locality)를 확보하기 위한 유력한 수단이다. 그럼에도 불구하고 문화 수준이 낮고, 경제적으로 궁핍한 현실이 현재 조선 모습의 원인이라고 말하고 있는 데서 알 수 있듯이, 조선인 청년 역시 도쿄를

5 兪鎭午, 「汽車の中」, 『國民總力』, 1941.1, 124쪽.

6 "곳곳에 산사태가 나 있는 붉은 흙의 민둥산. 바로 추수를 끝낸 후의 황량하게 공허한 들. 언덕 비탈에 무리를 지어 기둥이 웅크리고 늘어선 초가집."(위의 글, 125쪽)

중심으로 조선을 인식하고 있다는 점에서는 미쓰코와 다르지 않다. 하지만 그는 제국 / 식민지, 중앙 / 지방의 위계화된 관계를 부인하는 것이 아니라 제국의 지방으로서의 조선에 대한 올바른 인식을 요구하는 것을 통해 조선의 위상을 구축해나간다. 그는 조선인이 흰 옷을 입는 것이 문제이지만, 그것이 풍토에 적절하다고 말하는 한편, 조선의 "말을 알고 풍속과 인정을 알고 보면, 조선인은 의외로 친하기 쉽습니다. 무엇보다도 이 땅에는 옛 시대로부터 훌륭한 문화가 있었던 것입니다"[7]라고 말한다. 그러니까 조선의 인정・세태・풍속을 올바르게 인식하는 것이 중요한 것이지, 피상적으로 조선을 바라보고 더럽고, 거칠고, 삭막한 곳이라고 편견을 가져서는 안 된다는 것을 넌지시 내비치고 있는 것이다. 한편, 조선인 청년이 과거 조선문화의 훌륭함을 보여주기 위해 불국사의 스케치를 보여주자, 미쓰코는 처마가 휘어진 모양을 근거로 들어 조선의 건축이 '지나 식'이라고 말한다. 이에 조선인 청년은 미쓰코의 말을 수긍하면서도 다음과 같이 말한다.

> 내지 건축의 처마는 완전히 일직선을 이루고 있는데, 조선과 지나의 것은 곡선을 이루고 있습니다. 그 점에서 조선의 건축은 확실히 지나 식입니다. 하지만 휘어진 모양을 잘 보세요. 지나와는 역시 다릅니다. 지나의 건축은 처마 끝이 급커브를 그리며 쭉 휘어 올라가고, 귀퉁이 같은 것은 마치 소용돌이 같은 모양을 이루고 있지만, 조선 것은 그렇지 않아요. 부드러운 곡선을 그리며 실로 수수합니다. 지나의 건축은 어떻게든 거드름을 피우지만, 조선 것은 아주 겸손하고 순수합니다. 즉 조선의 건축은 이 점에서 딱 내지와 지나의 중간에 있습니다.

7 위의 글, 128쪽.

저는 이 점이 중요하다고 생각하고 있습니다. 왜냐하면 **건축뿐 아니라 모든 점에서 조선은 지나와 내지의 중간입니다. 풍습도, 문화도, 사람의 기질도 — 중간이라 하면 어중간하여 나쁜 듯 합니다. 하지만 보기에 따라 조선은 지나와 내지의 중용을 이루고 있다**고도 할 수 있어서, 오히려 장점이라고도 할 수 있다고 생각합니다. 저는 화가일 뿐이므로, 그림 이외의 것은 잘 모르지만, **지금 우리나라는 동아 신질서 건설을 위해 있는 힘을 모두 내어 싸우고 있습니다. 그리고 새로운 문화를 세우려 하고 있습니다만, 이러한 때에 조선의 특질은 반드시 무언가의 역할을 하리라고 생각합니다.**[8]

중국과 마찬가지로 처마가 곡선을 이루지만, 그것이 중국의 것을 그대로 모방한 것이 아니라 차이를 보인다는, "내지와 지나의 중간"의 것으로 조선 건축의 처마를 설명하는 조선인 청년의 말은 조선은 중국과도 다를 뿐만 아니라 일본과도 다르다는 조선만의 특수성을 피력하는 것으로 이해할 수 있다. 그런 점에서 조선의 풍습과 문화, 조선인의 기질 역시 특수한 것으로서 그 자체로 의미를 갖는 것이라고 할 수 있다. 그런데 이러한 독창성이 단순히 차이의 지표가 아니라, "조선은 지나와 내지의 중용을 이루고 있다"고 말하는 순간, 그것은 새롭게 구축된 대동아공영권(大東亞共榮圈) 내 조선의 위상과 관계된다. 즉, 조선인 청년이 말하고 있듯이, 조선은 동아 신질서 건설과 새로운 문화 구축에 있어서 일본과 중국과는 다른 조선만의 특수한 역할을 할 수 있는 위치를 부여받게 되는 것이다. 이 소설 말미에서 조선인 청년의 설명을 들은 미쓰코가 조선에 대한 올바른 인식을 해야겠다고 다짐하는 것이

8 위의 글, 128~129쪽. 강조 — 인용자.

나, 경성에 도착한 뒤 "흰옷의 사람들도, 의미를 모르는 조선어도, 이제는 결코 이상하게 느껴지지 않았다"[9]고 생각하는 미쓰코의 모습을 통해서도 대동아의 일부로서 조선의 위상 재구축의 과정을 짐작할 수 있게 한다.

식민지 말 유진오는 앞서 제2장에서 살펴보았던 것처럼 최재서나 김종한과 마찬가지로 신(新)지방주의론의 관점에서 식민지 조선/문화의 위상을 인식하고 있었다. 그 역시 조선을 제국의 지방으로 위치시키는 제국주의 지배 담론의 체계를 와해시키기보다는 그러한 담론 체계 내에서 조선의 새로운 위상을 강화해가고 있었던 것이다.[10] 「기차 안」에서 제국인의 눈에 비친 더럽고, 거칠고, 삭막한 조선은 과거의 훌륭한 문화를 간직하고 있는 곳이자 동시에 기후, 풍토, 풍습, 문화의 측면에서 일본 및 중국과 다를 뿐 아니라, 대동아공영권 건설에서 일본과 중국을 연결하는 곳으로서 위치 지어진다. 이처럼 조선은 제국의 지방으로서 위치 지어지지만, 그러한 제국의 지방으로서의 위상은 조선으로 하여금 새로운 역할과 책무를 가능케 하는 것이기도 했던 것이다. 그리고 이때 조선은 근대 이전 중국을 중심으로 한 동아시아 지역 질서로부터 벗어나 제국 일본에 의해 새롭게 건설되고 있는 동아시아

9 위의 글, 130쪽.

10 유진오는 『국민문학』 1942년 11월호에 실린 좌담회 「국민문학의 1년을 말한다」에서 지방문학으로서의 조선문학의 지위에 대한 논의와 관련하여 김종한이 "유진오 씨가 어디에선가, 내지에 없는 무언가를 창조해서 일본문화에 부가해가는 역할을 하지 않으면 안 된다는 의미의 말을 했었는데, 구체적으로 말해 어떤 것인가요?"라고 묻자 "단순히 로컬 컬러를 중심으로 해서 일본문학의 틀 밖에 서 있다고 보는 기존의 사고방식은, 앞으로는 아무래도 허용될 수 없다, 이제부터 단순한 로컬 컬러의 지방문학으로는 안 된다, 무언가 철학적인 새로움과 가치를 가진 것이지 않으면 안 된다는 의미였지요"(「國民文學の一年を語る」(座談會), 『國民文學』, 1942.11, 93쪽)라고 답하면서 신지방주의의 관점에서 조선문학의 지위를 확보하려고 하였다.

지역 질서 안에서 새롭게 그 위상을 구축하고 있다는 것을 보여준다. 즉, 한자문화권과 조공책봉 체제의 전근대적인 아시아 지역 질서를 구성하는 국가가 아니라 제국 일본의 특수한 하나의 지방으로서 자신의 위상을 공고히 해나가고 있었던 것이다.

유진오의 「기차 안」이 일본과 중국 사이의 교량 지대와 같은 공간으로서 대동아공영권 내 새로운 지방으로서 조선의 위상에 대한 인식을 보여주고 있다면, 김사량(金史良)의 「향수(鄕愁)」는 제국 일본의 확장에 따라 변화하는 식민지 조선의 위상에 대한 인식을 살펴볼 수 있는 작품이다. 이 작품은 평양에 살고 있는 이현이라는 인물이 3·1운동 직후 중국으로 망명하여 고통스러운 삶을 연명하고 있는 누나를 만나고 돌아오는 과정을 그리고 있다. 그가 베이징에 간 이유는 두 가지로 제시되어 있는데, 하나는 "다이쇼 8년 3월의 사건(1919년 3·1운동—인용자) 이래 망명 유랑의 길을 떠난 누나 부부"를 만나기 위한 것이고, 다른 하나는 "지나(支那) 고미술의 시찰"이었다.[11] 그는 노환으로 병상에 누워 있던 어머니를 찾아온 박준을 통해 누나 부부가 중국 베이징에서 살고 있다는 소식을 전해들은 뒤 딸을 만나고 싶어 하는 어머니의 소망을 대신하는 것과 함께 "누나의 가정을 새로운 생활 방식으로 구제해내고 싶"[12]다는 생각에 베이징행을 결정했다. 하지만, 거기에는 도쿄 A대학 미학 연구실의 재적생으로 "조선의 고려나 이조의 도자기와 지나의 송명(宋明)시대 그것을 비교 연구"[13]하려는 개인적 열망이 더해진 것이었

11 金史良, 「鄕愁」, 『文藝春秋』, 1941.7, 286~287쪽.
12 위의 글, 288쪽.
13 위의 글, 289쪽.

다. 그렇다면 그러한 개인적 열망을 발현케 한 여행의 가능성은 어디에서 찾을 수 있을까.

> 지금 이 광야에는 철도가 부설되었고, 만주국도 건실한 발전을 이루었으며, 나는 또 한 사람의 완전한 일본 국민으로서 베이징[北京]으로 생각을 달리면서 이 만주국을 횡단하고 있는 것이다. 북지(北支)는 이미 황군의 위력으로 평정되었고 베이징성[北京城]은 명도되고 있다. 그곳으로 멀리까지 찾아가는 나의 용건은 무엇인가, 하고 생각하면 저도 모르게 눈시울에 눈물이 맺혀오는 것을 느꼈다. 이것을 역사의 감상이라도 할 수 있을까? 그렇지만 지금 단지 그는 이 만주국에 오고 있는 백 수십만의 동포나 또는 헤아릴 수 없을 정도로 많은 지나 재주(在住) 동포가 조금이나마 오늘날처럼 동아에 여명을 비추는 건설적인 시기에 차차 생활을 향상시켜주기를 바라는 마음으로 가득했다.[14]

인용문을 통해 확인할 수 있듯이, 현의 여행이 가능하게 된 것은 동아시아 정세의 변화가 주된 계기라고 할 수 있다. 이러한 변화의 중심에는 '황군의 위력'으로 대표되는 제국 일본의 힘이 자리 잡고 있다. 1937년 중일전쟁 발발 이후 본격적으로 대륙 침략에의 길을 걸은 일본의 제국주의적 영토 확장의 결과 새로운 '동양'이 발견되었고, 이에 병행하여 식민지 조선인의 새로운 공간에 대한 인식과 확장의 경험이 가속화될 수 있었다. 이제 조선인은 "동아에 여명을 비추는 건설적인 시기"에 조응하여 조선이라는 특정 공간을 넘어 새로운 공간 속에 자신을 위치시킬 수 있게 된 것이다. 물론, 이러한 공간 확장의 경험은 스스

---

14 위의 글, 290쪽.

로를 제국적 주체로 투사하는 과정과 그 궤를 같이한다. 현이 누나와 매부에게 "갱생의 길로 나와 밝고 건강한 생활을 시작하도록 충심을 다해 호소하지 않으면 안 된다"[15]고 느낀 것 또한 제국주의적 질서에 의해 동아시아와 조선이라는 시공간이 재편되었으며, 재편된 현실에 맞는 생활을 해야 한다는 인식을 갖고 있었기 때문이다.

한편, 베이징에 도착해 누나의 참상을 목도한 뒤 그는 망연자실하다가 골동품점을 찾는다. 그가 골동품점을 찾은 이유는 조선의 옛 문화유산에 대한 강한 애착과 연구 의욕을 품고 있었기 때문이다. 그가 조선의 독자적인 문화 예술에 관심을 기울이는 것은 그것이 변화하는 시대에 직면하여 소멸되어가고 있다는 인식 때문이며, 아울러 그것의 복원을 통해 새로운 조선문화를 정립할 수 있다는 기대를 갖고 있었기 때문이다. "역사는 지금까지와 마찬가지로 주어진 궤도만을 걸어갈 것이다. 세계 또한 마찬가지로 이와 똑같이 자기의 운명을 따라 전개될 것이다. 그 안에서 유구하고 화려한 광채를 끊임없이 발휘해온 조선의 독자적인 문화 예술, 이 고귀한 것을 학문적으로 연구하고, 그리고 어떤 형태로든 발전시켜 보존하지 않으면 안 된다."[16] 주어진 궤도에 따라 흘러가는 역사 안에서 소멸되어가는 조선의 독자적인 예술을 보존시켜야 한다는 이와 같은 현의 태도는 식민지 말 김사량이 '조선적인 것'을 통해 제국 일본문화와는 다른 조선문화의 로컬리티를 확보하려는 움직임과 일정 부분 겹쳐진다. 즉, 제국 일본을 중심으로 변화하는 시대에 조응하여 조선문화를 새롭게 자리매김하고 있는 것이다.

---

15 위의 글, 303쪽.
16 위의 글, 289쪽.

현은 골동품점에서 고려시대의 청자와 조선시대의 백자를 발견한 뒤, 청자로부터 영혼이 속삭이는 소리가 들려오는 것 같다고 여기게 되며, 백자를 두드렸을 때 나는 소리가 마치 누나의 죽음과도 같은 신음 소리처럼 들린다고 생각하게 된다. 그가 청자와 백자를 통해 들은 환청은 이방에 망명해 있는 조선인들이 느끼는 애수와 향수의 목소리라고 할 수 있다. 어머니가 위독하다는 전보를 받고 그가 누나를 고향으로 데려가는 대신에 청자와 백자를 가져가면서 듣게 되는 환청과 그에 대한 응답이 이를 잘 나타낸다.

> "우리들은 쓸쓸하고 약한 것입니다. 이제까지 얼마나 억눌리고 숨이 막혔었습니까. 우리들은 역시 우아하고 순정하며 근심이 많은 반도인들의 것입니다. 어떻게든 그런 마음과 눈으로 따뜻하게 지켜봐주는 사람들이 있는 고향으로 돌아가고 싶습니다. 살려주세요. 데려가주세요."
>
> "암-, 좋고말고, 좋고말고. 데리고 돌아가고말고. 너희들은 우리들의 것이다. 우리들의 애정을 필요로 하고 있는 것은 틀림없어. 그렇고말고, 그렇고말고"라며, 현은 무엇 때문인지 또다시 흐르는 눈물을 삼키면서 소리쳤다. "나에게는 슬프게도 지금 누나와 매부를 모시고 돌아갈 힘은 없어. 오- 하지만, 나는 너희들을 내버려둘 수는 없어. 자, 지금부터 우선 너희들과 함께 돌아가는 거다, 돌아가는 거야!"[17]

청자와 백자는 현에게 있어 '조선적인 것', 즉 미적 대상으로서만 기능하지 않는다. 그것은 그 자체로 조선을 떠나 유랑하는 식민지 조선

17 위의 글, 312쪽.

인들에 대한 메타포이다. "쓸쓸하고 약한", "억눌리고 숨이 막"힌 그들은 고향으로 돌아가고자 한다. 하지만 그들은 쉽게 고향으로 돌아갈 수 없다. 매부인 윤장산의 휘하에 있다 세계정세의 변화와 동아시아의 질서가 변동하고 있다는 판단 하에 전향해 일본의 특무기관에서 활동하고 있던 옥상렬이 고향에 돌아가지 못하고 결혼한 아들 부부에게 신발을 사 보내는 장면을 통해 귀향하지 못하는 식민지 조선인 망명자들의 저간의 사정을 짐작할 수 있다. 그들은 망명의 길에 들어선 순간 이미 고향을 상실했으며, 그들에게 돌아갈 고향은 더 이상 존재하지 않는 것이다. 따라서 옥상렬은 다음과 같이 말할 수밖에 없다. "실은 나도 맹렬한 향수를 가지고 있습니다. 어떻게 변했을까, 한 번 고향에 돌아가 보고 싶습니다. 하지만 그건 평생 나에게는 불가능한 일일 것입니다."[18] 이처럼 옥상렬로 대변되는 식민지 조선인 망명자들의 향수는 조선으로 돌아갈 수 없는 데서 오는 고통, 조선이 어떻게 변했는지에 대해 알지 못하는 고통이며, 그런 점에서 그들은 오뒷세우스의 후예들이다.

「향수」에서 식민지 조선인 망명자들이 귀향하지 못한다는 설정보다 더 의미심장한 것은 그들이 고향을 그리워하면서 고통스러워하는 모습이 현에 의해 포착된다는 점이다. 말하자면, 조선인 망명자들의 향수라는 감각은 이미 제국주의적 질서에 의해 조선이 재편되는 과정을 체험한 인물인 현이라는 프리즘을 통해서만 발산이 가능한 것이다. 역사와 세계가 주어진 길과 운명에 따라 전개될 것이라는 현의 인식은 이미 제국주의적 질서 아래 식민지 조선이 놓여 있다는 것을, 그리고

18 위의 글, 310쪽.

그것은 조선이라는 시공간을 넘어 세계사적 질서라는 것을 받아들인 결과였다. 따라서 변화하는 시대에 조응하여 자기 구축의 욕망을 갖고 있는 그에게 중국으로 망명한 식민지 조선인들은 타자로서 비춰지게 되며, 그러한 타자 포섭의 논리로 고향에 대한 향수의 감각이 제시된다. 다시 말해, 그들을 조선으로 소환하기 위해 향수라는 감각을 환기시켰던 것이다.[19] 이처럼 「향수」는 한편으로는 조선이라는 경계 밖에서 망명 생활을 하고 있는 식민지 조선인들의 실향의식과 그로 인해 발생하는 향수에 대해 말하고 있지만, 그것을 현이라는 인물의 시선을 통해 드러내면서 그들을 소환의 대상으로 위치시키고 있다. 그리고 이때 '고향', '향토'로서의 조선이 다시금 부상하게 되는 것이다.

한편, 제국의 지방으로 위치 지어진 조선의 향토화 과정에서 균열을 일으키는 작품이 있어 눈에 띄는데, 그 작품은 박계주(朴啓周)의 「향토(鄕土)」이다. 이 작품은 화자가 간도에 있는 어머니를 찾아가는 열차 안에서 궁핍했던 과거를 회상하면서, 간도에 정착하기 위해 온갖 역경을 이겨내는 어머니의 모습을 형상화하고 있다. 여기에서 흥미로운 점은 어머니와 아들 사이에 고향을 바라보는 다른 관점이 내포되어 있다는 것이다. 어머니는 고향을 등지고 간도로 이주했다고 하더라도 조상 대대로 살아왔던 조선을 고향으로 여기고 있음에 비해 아들은 자신이 태

---

19 이와 관련하여 김사량에게 있어서 고향에 대한 '그리움', '비통함' 등의 감정과 공동체의 기억으로서의 '과거'에 대한 노스탤지어는 '고향', '향수'라는 말을 통해 일본인들에게 보편적인 감정으로 여겨지게 되었지만, 그가 문학작품 속에 '조선'이나 '조국'이라는 말을 쓰지 않은 것은 검열 때문이었으며, 따라서 「향수」에서 '조선' 대신에 '고향'을 사용한 것은 민족적 감정의 표현이었다는 논의가 있다(김석희, 「金史良「鄕愁」論—文學と政治の間, ナショナル・エモーション」, 『일본학보』 제69집, 한국일본학회, 2006, 223쪽). 이러한 지적에 의하면 「향수」에 나타난 식민지 조선 지식인 현은 제국에의 협력과 저항이라는 양가적 태도를 보인다고 할 수 있다.

어나 자란 간도 땅을 고향이라고 느낀다. 어머니는 돌아가야 할 근원의 장소로서 고향을 인지하는 반면, 그는 태어난 곳을 고향으로 여기는 것이다. "멀, 고향땅이라고 별 다른가요. (…중략…) 세상은 한 땅이오 한집이랍니다. 요새 팔굉일우(八紘一宇)라는 말도 있고 더욱이 선만일여(鮮滿一如)라는 말도 있는데요. 여기 간도 땅이 옛날엔 우리조선땅이였답니다. 그러니까 예두 우리 향토가 아니겠어요?"[20] 아들이 간도를 고향으로 느끼는 근저에는 '선만일여', '팔굉일우' 등 천황 통치 하 일본인으로서 제국적 질서를 받아들이고, 그러한 제국의 권역 안에서 고향을 바라보는 관점이 내포되어 있다. 다시 말해, 그는 '조선인'이나 '만주인'이 아닌 '일본인'으로서 자신의 고향을 바라보고 있는 것이다. 그러나 이러한 그의 인식은 여생이 얼마 남지 않아 죽기 전에 아버지의 유골을 조선 땅으로 모셔가려는 어머니를 생각하면서 변하게 된다. 그는 어머니와 마찬가지로 조선의 고향을 동경하게 되었음을 스스로 토로하면서 자신은 중국인이나 만주인이 아니라 조선인임을 새삼 느끼게 된다. 즉, '향토 = 고향'에서 조선인이라는 자신의 정체성을 찾고 있는 것이다. 그러나 그의 이러한 생각은 다시 한 번 변하게 되는데, 간도의 '용정'에 도착한 뒤 시가를 바라보면서 그는 "향토가 될 수 없다던 용정을 무의식중에 고향으로 여기"면서 "그렇게 무의식중에 고향으로 느껴지는 곳이 진정한 내 고향일지도 모른다"[21]고 말하게 된다. 다시금 태어난 곳 용정을 고향으로 느끼게 되면서 고향에 대한 인식과 감정이 '분열'되고 있는 것이다.

20 朴啓周, 「鄕土」, 『春秋』, 1944.3, 109~110쪽.
21 위의 글, 111쪽.

이처럼 박계주의 「향토」에는 간도에서 태어나 자란 조선인의 '고향' 인식에 분열이 발생한다. 이러한 분열은 조선인/일본인의 분열, 조선/일본의 분열을 함축한다고 할 수 있다. 이는 식민지 말 제국 일본의 지방으로서 '조선 = 향토'를 통해 새로운 조선문화를 건설하고 자신의 정체성을 확립하려 했던 조선인들이 1940년대 중반에 이르러서 조선인과 제국인 사이에서 자신의 정체성을 확립하는 데 동요를 느끼고 있었음을 암시한다. 바꾸어 말하면, 당시 식민지 조선인으로서나, 제국 일본인으로서 '향토 = 고향'을 바라보면서 자신의 정체성을 확립하는 길은 결코 쉽지 않았던 것이다. 고향이라는 시공간을 통해 자신의 정체성을 확립하는 데 있어 조상 대대로 살아왔던 '조선'을 바라보는 '조선인'과 자신이 나고 자란 곳 '간도'를 바라보는 '제국인' 사이의 동요와 균열은 식민지 조선인이 조선과 일본 중 자신을 어느 지역 경계 안에 위치시키느냐에 따라 다른 것이다. 그리고 이러한 분열의 발생은 당시 조선인의 위치가 끊임없이 유동하고 있었음을 가늠케 한다.

2) 반근대의 시공간으로서 향토

앞서 식민지 말 제국의 지방, 향토화된 조선에 대해 살펴보았는데, 당시에는 조선의 각 지방을 향토로 인식하고 표상한 작품 역시 많이 생산되었다. 이는 로컬리티 담론 체계를 통해 식민지 조선을 새롭게 인식하는 방식과 동일한 방식을 조선 내 각 지방을 그 대상으로 삼은 결과였다. 주지하다시피, 향토는 제국-식민지 체제기 '조선적인 것'의 대표적인 표상 중의 하나였다. 향토는 문학작품뿐만 아니라 조선미술 전람회 출품작을 중심으로 한 회화, 일본인을 위한 조선 관광 안내서, 우편엽서 등을 통해서 조선적인 아우라를 자아내는 대표적인 소재였다. 1930년대 후반 조선적인 것에 대한 재발견의 과정에서 '지방의 시골'이라는 향토의 일반적인 의미[22]는 문화의 각 담론에서 그 외연을 확장한다. 그리하여 향토는 '반도', '조선', '지방' 등의 의미를 갖게 되는데, 이는 독일어 하이마트(Heimät)의 역어에 가까웠다. "「하이마트」는 生土, 生鄕을 뜻한다. 卽 一國內의 一地方, 一邑落이다. 말하자면 人間의 血緣的關係(生)와 自然(土)이 가장 親密한 直接的인 呼吸을 하고 있는것이 生土요 그것이 行政上一單位를 형성코 있는것이 鄕"[23]이었다. 요컨대 향토는 혈연적 관계를 기반으로 한 국가 내의 한 지방이라고 할 수 있다. 그런데 식민지 말 일국(一國)의 범주는 식민지 조선의 경계를 넘어 설정되어 있었고, 이때의 국가는 제국 일본 또는 대동아공영권을 의미했다. 따라서 당시 향토라는 범주에는 일본의 지방으로서의 조선과 조선의 지방이라는 이중적인 의미가 중첩되어 있었던 것이다.

당시 문학작품에 재현된 향토는 주로 도시와 도시적 삶에 대한 염증을 치료하기 위한 대안 공간으로 제시되었다. 도시 그 자체는 근대화의 실험실이었으며, 도시 공간을 살아간다는 것에는 계몽의 기획과 이성의 추구를 바탕으로 자기 정체성을 보장받을 수 있다는 믿음이 기저

---

22 1928년 조선총독부에서 편찬하여 1932년과 1939년에 각각 재판(再版)과 삼판(三版)이 발행된 『朝鮮語辭典』에서 '鄕土'는 '鄕里', '鄕村'과 동의어로 '시골'을 의미했으며, 이는 1940년 문세영의 『修正增補 朝鮮語辭典』의 '鄕土'에 대한 "시골. 향촌"이라는 간결한 설명에도 반복적으로 나타난다.

23 高裕燮, 「鄕土藝術의 意義와 그 助興－特히 美術工藝 편에서」, 『三千里』, 1941.4, 217쪽.

에 놓여 있었다. 그러나 자기 기획의 공간으로서 도시가 그 의미를 상실한 후 도시 공간 속에서 당대 지식인들은 "몹이도 지저분한 거리의 산문이 전신의신경을 한데롤아 짓니기고 란도질하야놋는"[24] 혼란을 느낀다. 이효석(李孝石)의 「인간산문(人間散文)」에서 문오는 번잡한 도시를 떠나 한적한 시골 소도시로 이주하여 자신의 삶을 정리하고자 한다. 그는 근대 지식인으로서 자신의 삶을 추동해오던 과학이나 철학이 더 이상 힘을 발휘하지 못하고, 근대화의 공간인 도시의 거리가 오히려 쓰레기통 같은 '산문으로 들어찬 세상'으로 여겨진 상황 속에서 시골을 찾아 나서게 된 것이다. 도시의 산문에 염증을 느끼고 찾아온 곳은 시적인 서정의 세계, '자연'이었다. 이때의 자연은 훼손당하지 않은 전근대의 공간으로서 인위적이지 않은 본연의 것을 고스란히 간직하고 있는 공간으로 표상된다. 또한, 인간의 원초적인 욕망이 도덕적 규율에 의해 통제되지 않고 자연스럽게 표출되는 공간으로 나타난다.

> 눈에는 어느 결엔지 푸른 하날이 물들엇고 피부에는 산냄새가 배엿다. (…중략…) 두 발은 뿌리요, 두 팔은 가지다. 살을 베히면 피 대신에 나무진이 흐를듯하다. 잠잣고섯는 나무들의 주고밧는 은근한 말을 나무가지의 고개짓하는 뜻을 나무닙의 소군거리는 속심을 총중의 한포기로서 넉넉히 짐작할 수 잇다.[25]

이효석의 「산」에서 자연에 동화된 중실의 두 발은 뿌리가 되고, 두 팔은 가지가 되며, 몸속에는 피 대신에 나무진이 흐른다. 또한, 그는 나

24 李孝石, 「人間散文」, 『朝光』, 1936.7, 270쪽.
25 李孝石, 「산」, 『三千里』, 1936.1, 309쪽.

무들의 대화를 알아들을 수 있고 그들만의 풍속과 비밀을 속속들이 이해할 수 있게 된다. 자연 속에서 중실은 한 그루의 나무에 다름 아닌 것이다. 그런데 머슴살이로부터 쫓겨나 산 속에서 살아가고 있는 중실을 바라보는 서술자의 태도에는 지식인의 관점이 내포되어 있다. 즉, 자연의 품속으로 들어간 중실을 한 그루의 나무로 여기는 것은 '人爲的인 것을 떠난 野生의 健康美를 讚美'[26]하고자 한 근대 지식인의 응시가 투사되어 있는 것이다. 중실의 자연 속에서의 삶이 '야생적'이고, 그 속에 '건강미'가 깃들어 있다는 인식은 근대 지식인에 의해 새롭게 발견된 것으로, 이때의 '향토 = 시골'은 야생적 건강미를 담고 있는 공간으로 명명되었던 것이다.

물론 향토는 도시와 대비되는 공간으로서의 시골이나 지식인의 심적 위안처로서의 자연으로만 표상되지 않는다. 문학작품에 나타난 향토는 모내기에서 추수까지의 농사일과 관련된 풍속, 성황당에 산제(山祭)를 올리거나 무당을 불러 굿을 하는 민간 신앙, 아리랑으로 대표되는 민요 등 과거 조선의 전통을 간직하고 있는 공간으로 나타나기도 하였다. 이는 당시 지식인들의 글을 통해서도 확인할 수 있는데, 향토는 민간 신앙과 농촌의 세시풍속, 전통적인 가무(歌舞)와 민속놀이가 공존하는, 조선의 전통문화가 면면히 이어져 내려오고 있는 공간으로 그려졌다. 이효석의 「산협(山峽)」에서의 '남안리' 역시 같은 맥락에서 이해할 수 있다. 「산협」은 강원도 영서 지방의 산간벽지 '남안리'를 무대로 산골 사람들의 삶을 계절의 순환에 따라 묘사하고 있는 작품이다. 「산협」의 중심 서사는 재도 일가의 몰락에 그 초점이 맞춰져 있지

26 李孝石, 「健康한 生命力의 追求－卑俗하게 鑑賞함은 讀者의 허물」, 『朝鮮日報』, 1938.3.6.

만, 이 작품은 사시사철 산골 풍습의 묘사를 통해 강원도 영서지방의 향토성을 자아내고 있다는 점에서도 주목할 필요가 있다.

> 봄이되면 소곰바지의 먼 길을 떠나는 남안리 농군들이 각기 소등어리에 콩ㅅ섬을 실고 마을ㅅ길에 양양하게들 늘어서는 습관이던 것 (…중략…) 문막 나룻강ㅅ가에는 서울서 한강을 거슬러 올라온 소곰ㅅ섬이 첩첩이 쌓여서 사ㅅ골에서 나온 농군들과의 거래로 복작거리고 떠들성 했다. 대개가 콩과 교환이 되여서 이 상류지방에서 바뀌어진 산과 바다의 산물은 각기 반대의 방향으로 운반되는 것이었다.[27]

위의 인용문에는 산골에서 재배한 콩과 바다에서 난 소금과의 물물교환의 거래행위, 즉 봄철 '소금받이'의 풍속이 잘 묘사되어 있는데, 이는 소금이 나지 않는 강원도 영서 지방의 산골 고유의 풍속이라고 할 수 있다. 또한, 작품 속에 나타난 "소의 본성을 본받어 잘 낳고 잘 늘라는 뜻"으로 "외양깐에 집과 멍석을 펴고 신방"[28]을 차리는 '첫날밤의 풍습' 역시 영서 지방 고유의 것으로 보인다. 「산협」은 이 외에도 단오의 씨름대회, 칠성단에 제를 올리는 민간신앙, 사주를 풀어 길흉을 점치는 무속신앙, 겨울의 사냥법 등 산골의 토속적인 삶을 전경화하여 향토성을 확보하고 있다. 1930년대 중반 이후 이효석의 소설에는 토속적인 향토나 조선적인 미를 나타내는 재현물들이 많이 등장하였는데, "피식민자(the colonized)가 식민 담론(colonial discourse)과 공모하면서 자

---

27 李孝石, 「山峽」, 『春秋』, 1941.5, 278쪽(잡지에는 '創作 2'쪽으로 표시되어 있다).

28 위의 글, 231~231쪽.

기 안의 '타자'인 향토를 발견하는 과정과 근대 기획에 대한 회의 및 비판의 맥락에서 향토를 심미화하는 과정이 복합적으로 교호하면서"[29] '식민지 무의식의 양가성'이 형성되기도 하였다.

이처럼 식민지 말 향토는 지식인의 낭만적인 환상과 욕망에 의해 재구성되거나 현실의 외부에서 여행자의 시선에 포획된 '풍경'으로 그려졌으며, 서정적인 감흥과 동화의 대상으로 나타나거나 현실의 고통을 치유해주는 위안처로서 문학작품 속에 표상되었다. 즉, 향토는 근대 지식인의 개인적 관조의 대상으로서 새롭게 만들어졌던 것으로, "식민지 혼종의 내면을 이루는 또 하나의 환상으로 제시된 것"[30]이었다. 또한, 향토는 농촌의 세시풍속, 무속을 포함한 민간신앙, 전통적인 가무와 민속놀이가 공존하는, 조선의 전통문화가 살아 숨 쉬고 있는 공간으로 그려지기도 하였다. 요컨대 향토는 식민지 말 근대 지식인들에게 있어 자신의 정체성을 재정립하고, 조선문학의 로컬리티를 확보하기 위한 공간으로 적극 활용되었던 것이다.

한편, 시간적인 측면에서 향토는 향수의 대상으로서의 '과거', '고향'과 연결된다. 그리고 이때의 고향으로서의 향토 역시 반근대의 공간으로 드러난다. 이를 잘 보여주는 작품이 유진오(兪鎭午)의 「창랑정기(滄浪亭記)」이다. 유진오의 「창랑정기」는 화자의 창랑정에 관한 기억 서사인데, 창랑정은 화자의 삼종 증조부인 대원군 집정시대의 선전관 서강대신 김종호가 세도를 잃고 옛날 어떤 대관의 별장을 사 스스로 창랑

29 김양선, 「이효석 소설에 나타난 식민지 무의식의 한 양상－향토와 조선적인 것의 발견을 중심으로」, 『현대소설연구』 제27호, 한국현대소설학회, 2005, 207~208쪽.
30 신형기, 「이효석과 '발견된' 향토」, 『민족 이야기를 넘어서』, 삼인, 2003, 124쪽.

정이라 이르고 우울한 만년을 보내던 사택이었다. 그곳은 비록 칠십 칸이 넘는 큰 집이라고 하더라도 집주인처럼 아주 퇴락한 옛집이 되어 버렸다. 방안이 고풍스럽게 장식되어 있어 옛날의 세도를 짐작하게 하지만 교전비(轎前婢) 을순이와 함께 메를 캐다 발견한 장검이 땅에 묻혀 있었던 것처럼 창랑정은 역사의 흐름을 거스르지 못하고 점점 소멸되어간다. 즉, "누백 년 바람비 겪던 늙은 거목이 매운 겨울을 치룬 어느 봄 소리도 없이 새싹을 돋지 못하듯이 수십 년 영화를 누리던 서강대신의 집안은 나날이 변하는 세상풍파에 밀려 불과 몇해 동안에 여지없이 망해 없어지고 만 것이다."[31] 이처럼 쇠락한 창랑정은 전근대의 순환적 시간에서 근대의 직선적 시간으로의 변화를 드러내는 상징물이며, 그 속의 사람들—홍선대원군 시절의 선전관 김종호, 구한말 관비 유학생인 아버지, 그리고 머리를 깎고 양복을 입은 종근 형—역시 이와 같은 변화하는 시대의 흐름을 대변해 주고 있는 인물들이다.

> 고향을 그리는 마음이란 짭잘하고도 달콤하며 아름답고도 안타까우며 기쁘고도 설어우며 제몸속에 있는것이로되 정체를 잡을 수 없고 그러면서도 혹 우리가 무엇에 낙망하거나 실패하거나 해서 몸과 마음이 고닲은 때면은 그야말로 바닷물같이 오장륙부 속으로 저려들어와 지나간 기억을 분홍의 한빛갈로 물칠해 버리고 소년시절을 보내던 시굴집 소나무 우거진 뒷동산이며 한 글방에서 공부하고 겨울이면 같이 닭서리 해다먹던 수남이 복동이들이 그리워서 앉도 서도 못하도록 우리의 몸을 다을게 맨드는 이상한 힘을 가진 감정이다.[32]

31 兪鎭午, 「滄浪亭記」, 『兪鎭午短篇集』, 學藝社, 1939, 35쪽.
32 위의 글, 7쪽.

「창랑정기」는 향수에 대한 화자의 정의로 서두를 시작한다는 점에서 이채롭다. 이러한 향수에 대한 정의는 '창랑정의 기억'에 관한 서사가 결국 향수의 산물이라는 점을 암시한다.[33] 즉, 창랑정이라는 대상이 향수라는 감각을 생산한 것이 아니라, 역으로 향수라는 감각이 기억이라는 행위를 통해 창랑정을 복원시킨 것이다. 향수를 이야기하는데 일반적으로 동원되는 '소년 시절'과 '시골집의 풍경'에 대한 레토릭이 위의 인용문에서도 고스란히 반복된다. 향수에 대한 화자의 정의는 계속 이어져 향수는 사람의 마음을 심란케 하는 '우수의 사자(使者)'인 듯도 하고, 의지할 곳을 잃은 개인의 심정을 부드럽게 감싸주는 '거룩한 어머니의 손길' 같기도 하다면서 결국 사람에게 있어서 '향수란 최후의 도착점'이라고 말한다. 나아가 도연명의 「귀거래사」 중 "새는 날으다 고닯으면 도라올줄을 안다"라는 시구와 괴테의 「나그네의 밤 노래」 중 "모든 산봉우리에 휴식이 있느니라"는 구절을 가져와 화자가 현재 느끼고 있는 향수의 감정을 증폭시킨다. 그리하여 화자에게 있어서 향수는 사람이 항상 무언가를 그리워하면서만 존재의 의미를 느끼는 것처럼 숙명적인 것으로 다가온다.

하지만 「창랑정기」에서의 향수가 인간의 '숙명적인 것'만을 의미하지는 않는다. 화자는 "지나간 것 없어진 것에 이상한 애착을 느끼는 법"[34]이라며, 창랑정 또한 그러한 것이기 때문에 향수를 자아낸다고 말한

---

33 이와 관련해서 이기영의 『고향』을 비롯한 소위 '프롤레타리아 소설'들을 '근대적 노스탤지어의 이야기'로 읽으면서 '고향'이 노스탤지어를 낳는 것이 아니라 노스탤지어가 '고향'을 낳는다는 김철의 논의는 경청할 만하다(김철, 「프롤레타리아 소설과 노스탤지어의 시공(時空)」, 『한국문학연구』 제30집, 동국대 문화학술원 한국문학연구소, 2006, 57쪽).

34 兪鎭午, 「滄浪亭記」, 앞의 글, 35쪽.

다. 「창랑정기」에서 창랑정을 기억하는 행위, 과거 시간으로의 여행은 현재의 시간으로부터의 일탈 욕망을 의미한다. 이때의 향수는 과거를 현재, 미래와 결부시키는 특정한 방식으로 나타나며, 현재의 불확정성과 불안들을 과거의 참됨과 위안에 병치시킨다. 향수는 과거의 기억들이 제공하는 어떤 실체성에도 불구하고 과거의 산물이 아닌데, 그것은 향수를 유인(誘因)하는 원인이 현재에 있기 때문이다.[35] 「창랑정기」의 서술자는 "그리워할 고향이 없으면 아무것도 그리워 하지말고 항상 앞날만을 바라보고 나가면 그만 아니냐고 할사람이 있을는지도 모르나 사람의 마음이란 그렇게 꺽으면 부러질듯이 일상 꼿꼿하게 뻗혀만 있을수는 없는것이니 긴장의 뒤에는 반듯이 해이가 오는것이"[36]라고 말한다. 미래로 가는 질주의 '긴장' 속에 과거를 돌아보는 '해이'는 결국 근대 지식인에게 잃어버린 고향에 대해 상상하고 향수를 느끼게 하는 원동력이 되었던 것이다. 「창랑정기」에서 미래로 가는 질주의 '긴장'은 마지막 장면에 압축적으로 제시되어 있다.

창랑정이 있던 듯이 생각되는 곳에는 낯모르는 큰 공장이 있어 하늘을 찌를 듯한 굴뚝으로 검은 연기를 토하고 있었다. (…중략…)

창랑정은 추억의 나라 구름과 연기에 쌓인 꿈의 저편에만 있을수 있는 존재 였든가! 나른한 추억에 잠겼던 내 정신은 차차로 굳센 현실앞에 잠깨온다.

문득 강건너 모래밭에서 요란한 푸로페라 소리가 들린다. 건너다 보니 까맣

35 Jennifer Robertson, "It Takes a Village—Internationalization and Nostalgia in Postwar Japan", Edited by Stephen Vlastos, *Mirror of Modernity : Invented Traditions of Modern Japan*, University of California Press, 1998, p.118.

36 兪鎭午, 「滄浪亭記」, 앞의 글, 9~10쪽.

게 먼 저편에 단엽쌍발동기 최신식 여객기가 지금 하늘로 날러 올으려고 여의도 비행장을 활주중이다. 보고 있는 동안에 여객기는 땅을 떠나 오십메돌 백메돌 이백메돌 오백메돌 천메돌 처참한 폭음을 내며 떠 올라갔다. **강을 넘고 산을 넘고 국경을 넘어 단숨에 대륙의 하늘을 뭇찌르려는 전금속제(全金屬製) 최신식 여객기다.**[37]

유년의 기억을 따라 화자가 다시 창랑정을 찾았을 때 화자의 눈에 비친 것은 직선적 시간에 의해 통제되고 있는 현재의 '긴장' 속에 놓여 있는 삶이었다. 격변하는 시대의 흐름 속에서 창랑정의 '신비스럽고도 호화롭던 방 장식'과 '깊은 비밀과 숨은 이야기'를 간직하고 있을 것 같은 '장검'은 "하늘을 찌를 듯한 굴뚝으로 검은 연기를 토하고 있"는 '공장'과 "강을 넘고 산을 넘고 국경을 넘어 단숨에 대륙의 하늘을 무찌르려는 전금속제(全金屬製)" '단엽 쌍발동기 최신식 여객기'에게 그 자리를 내주었다. 시대적 흐름 속에서 고향은 상실되었고, 과거의 기억은 희미해져갔다. 때문에 "창랑정은 추억의 나라 구름과 연기에 쌓인 꿈의 저편에만 있을 수 있는 존재"였으며, "나른한 추억에 잠겼던 내 정신은 차차로 굳센 현실앞에 잠깨"어 올 수밖에 없었다. 다시 말해 고향은 환상의 형태로서만 존재할 수밖에 없었으며, 그러한 고향에 대한 향수는 미래를 향해 질주하는 시간으로 점철된 근대를 살아가는 개인들에게 심적인 일탈을 맛보게 했던 것이다.

그런데 「창랑정기」의 화자가 느끼고 있는 '긴장'의 원인은 작중에 명확하게 제시되어 있지 않다. 하지만 '창랑정'으로 대변되는 과거가 '공

37 위의 글, 39~40쪽. 강조—인용자.

장'과 '여객기' 등으로 대표되는 현재, 또는 미래에 의해 그 자리를 내주게 되었다는 인식은 한편으로 개인의 숙명적인 것이면서 동시에 사회의 숙명적인 것이 된다. 작품의 말미에 대륙을 향해 날아가는 비행기가 상징하는 것은 현재의 '긴장'이다. 이 장면은 1937년 중일전쟁 발발 이후 급변하는 식민지 조선의 현실과 무관하지 않아 보인다. 기존의 시공간을 지배하던 질서와는 다른 새로운 질서에 의해 식민지 조선의 시공간이 급속도로 재편되어가는 현실 앞에서 화자는 과거를 기억하고, 향수를 통해 현재의 삶을 과거로 투사하여 현실로부터 비껴간다. 하지만 이러한 욕망은 이율배반적으로 미래를 승인하는 결과를 낳는다. 현재의 '긴장' 속에서 과거의 '해이'를 소환하는 행위는 그 자체로 현재의 긴장을 승인하는 것이 되는데, 화자가 과거 유년기의 기억으로부터 다시 현재의 삶으로 돌아오는 순간 그 역시 현재의 삶을 수용할 수밖에 없게 되는 것이다. 이처럼 유진오의 「창랑정기」는 회상의 형식을 통해 향수에 대해 이야기하면서 그것이 단순히 개인의 감각적 차원이 아니라 당시 식민지 조선의 시공간이 변화하고 있는 현실과 긴밀한 관계를 맺고 있음을 암시한다.

이와 관련하여 식민지 말 향수의 사회적 범람이라는 현상과 관련된 서인식(徐寅植)의 논의를 참고할 수 있다. 그의 「「鄕愁」의 社會學」에 의하면, 향수는 잃어버린 사실(또는 사물)을 추억하는 행위로 인해 촉발되는 고향에 대한 페이소스라고 할 수 있다. 물론 이러한 정의는 다소 일반적인 것이지만, 서인식은 '인간적 현상'으로서의 향수와 '사회적 현상'으로서의 향수를 구별하여 논의를 전개해간다. 서인식이 말하는 '인간적 현상'으로서의 향수는 '육체적인 것'과 '정신적인 것'의 측면, 그리고 '원시고향'의 측면을 갖고 있다. 그에 의하면, 고향이란 일차적으로 인간 육체의 요람으로서의 자연적 풍토를 의미하기 때문에 향수를 느낄 때 내면에 '고토(故土)'의 풍경이 기억 표상으로 떠오르는데, 이것은 유대인이 팔레스타인을 향수의 대상으로 삼듯, 자신이 나고 자란 곳을 육체적인 고향이라고 느끼게 됨을 의미한다. 그리고 이러한 육체의 고향을 넘어 인간의 사상, 도덕, 풍속, 분위기 등을 이루는 정신적 고향의 세계가 있고, 그것이 시대 변화에 의해 무너지게 된 경우 느끼는 감정이 일종의 향수라는 것이다. 다시 말해, 학문과 예술 등 정신적 세계의 편력을 통해 만들어진 일종의 상실된 고향의 풍격(風格)이 있고, 그것을 회상할 때 향수를 느낀다는 것이다. 한편, 그는 인간적 현상으로서의 향수가 정신의 고향과 육체의 고향을 환기시키는 것 못지않게 그러한 고향 이전에 형이상학적인 원시고향이 있다고 말한다. 그의 이러한 설명은 인간의 삶이 원시고향을 떠나 이 세상을 표박(漂迫)하다가 다시 그곳으로 돌아간다는, 삶과 죽음을 통한 인간 존재의 이해 방식으로부터 비롯된 것이다. 물론 이러한 '인간성의 오리지날리티'로서의 향수에 대한 인식은 사실 특별한 것이라고 할 수 없다. 하지만 서인식이 사회적 현상으로서의 향수에 대해 논의를 전개하기에 앞서 인간적 현상으로서의 향수에 대해 논의한 것은 결국 향수라는 감정이 두 층위에서 함께 발생하고 있으며, 개인적 향수가 사회적 향수로부터 직·간접적으로 영향을 받고 있다는 것을 시사한다.

> 한 社會 한 時代에 있어서의 鄕愁가 汎濫하는 것 같은 現象은 單純한 「人間的現象」으로만 볼 것이 아니고 同時에 「社會的現象」으로 取扱하지 않으면 안 된다.

(…중략…) 鄕愁란 것이 人間心理의 一種의 不在意識의 表現이라면 現代를 싸고 도는 **鄕愁의 汎濫은 곳 現代社會의 諸條件諸情勢가 現代人間으로 하여금 一般的으로 自己場所에 대하여 離心的으로 生存하지 않으면 안 되도록 마련되었다는 것을 表現하는 것**이다. 그리고 人間의 離心的生存이란 一般的으로 한 社會의 觀念的基礎를 이루는 精神的諸風俗과 人間의 心情과의間에 어떠한 虛隙이 있는데서 생기는 것이라면 **그것은 곧 그 社會가 不安과 動搖의 階段에 到達하였다는 것을 標識하는 것**이리라.[38]

현대는 향수가 범람하는 시대이며, 그것은 그 자체로 "사회가 불안과 동요의 계단에 도달하였다는 것을 표지"한다. 향수의 발생이 근대사회를 살아가는 개인의 불안감과 밀접한 관련이 있다는 지적[39]과 근대화로 인해 발생한 시간에 대한 변화하는 경험과 태도는 가속적인 사회변화에 의해 위협을 받고 있다고 여겨지는 연속성과 전통에 대한 향수를 증가시키게 된다는 논의[40]를 감안한다면, 서인식의 이러한 사회적 현상으로서의 향수의 범람에 대한 논의는 식민지 말, 특히 1930년대 후반기를 '전형기'라는 위기의 시대로 규정하는 데서 나온 것이다. 즉, 격변하는 현실은 개인으로 하여금 불안감을 자아내고, 개인은 이러한 불안감을 해소하기 위해 과거의 시간과 장소로 회귀하려는 욕망을 드러냈던 것이다. 따라서 향수의 정서, 그 저변에는 역사의 단절이

---

38 徐寅植, 「「鄕愁」의 社會學」, 『朝光』, 1940.11, 188~189쪽. 강조-인용자.

39 內田隆三, 「「故郷」というリアリティ」, 成田龍一・藤井淑禎・安井眞奈美・內田隆三・岩田重則, 『故郷の喪失と再生』, 青弓社, 2000, 137쪽.

40 리타 펠스키, 김영찬・심진경 역, 「향수에 대하여-역사 이전의 여성」, 『근대성과 페미니즘』, 거름, 1998, 74쪽.

나 그 정체성의 훼손에 대한 근본적인 불만과 불안이 놓여 있다고 할 수 있다.[41] 서인식의 논의를 염두에 두었을 때, 유진오의 「창랑정기」의 서사는 창랑정으로 표상되는 식민지 조선의 변화상을 제시하면서 그 변화의 복판에 선 주체로 하여금 향수라는 감각을 통해 현실과 조우하게 하고 있는 것이다. 이처럼 향수의 대상으로서의 향토는 식민지 말 조선의 시공간적 변화 과정 속에서 새롭게 인식되었던 것이다.

2. 고도의 (재)발견, 문화접경지대의 창출

1) 고도 여행과 조선미의 (재)발견

식민지 말 제국 일본과 식민지 조선의 연환 속에서 '조선적인 것'에 대한 관심과 탐구가 활기를 띠었다. 물론 근대 초기를 전후한 시기부터 조선적인 것에 대한 관심과 탐구는 지속되어왔지만, 식민지 말에 이르러 그것은 '서양적인 것'의 몰락 징후 속에서 '동양적인 것'이 발견되고, 동시에 '일본적인 것'이 부상한 과정과 밀접한 관련을 맺고 있었다. 이처럼 당시 '조선적인 것'의 부상은 근대성의 가치 전도 현상과 밀접한 관련이 있었다. 문화에 있어서 보편주의 이념의 동요와 함께 일

41 변정화, 「귀향의 사회학－유진오의 「滄浪亭記」 연구」, 『현대소설연구』 제9호, 한국현대소설학회, 1998, 196쪽.

본 군국주의의 대두에 따른 식민지 상황의 변화를 수락하면서 출발한 저널리즘 주도의 고전부흥운동은 기존의 국학자뿐만 아니라 당대의 비평가, 철학자 등 지식인들의 폭넓은 참여 속에서 문학사의 전통 지향적 조류 가운데 가장 큰 물결을 이루었다.[42] 이러한 고전부흥운동이 기존의 '조선적인 것'에 대한 고유성, 독자성, 특수성을 최고의 범주로 설정하는 민족주의적 요소를 계승하고 있었음은 부인할 수 없는 사실이지만, 이 시기에 이르러서는 탈민족주의적인 색채를 띠고 전개되었으며, 여기에는 근대의 종언이라는 위기의식이 투영되어 있었다. 고전부흥운동의 문학적 전통주의는 이후 1939년 2월에 창간된 『문장(文章)』지의 출현으로 표면화된다. 『문장』은 한국 고전문학 유산의 발굴・정리, 국어학・국문학・미술사학 분야에 대한 학술활동 지원, 이병기를 주축으로 한 시조부흥운동의 계승 등을 바탕으로 전통주의적 태도를 고수해갔다. 주 편집자인 이병기, 정지용, 이태준 역시 근대문화에 대한 회의와 환멸을 바탕으로 사대부 지향성의 상고주의적 태도를 보였으며, 자신들의 작품 속에서 반근대의 표상으로 산수, 골동, 농토 등을 강조하였다.[43]

조선적인 것에 대한 관심과 탐구의 열기는 다양한 방식으로 표출되었는데, 그중 눈에 띄는 현상은 식민지 조선의 고도(古都) '평양', '경주', '부여'에 대한 새로운 인식과 표상의 결과물들이 각종 미디어를 통해 생산, 소비, 유통되었다는 점이다.[44] 식민지 조선의 옛 왕조의 도시들은

42 이에 대해서는 황종연, 「1930년대 고전부흥운동의 문학사적 의의」, 동국대 한국문학연구소 편, 『한국문학과 근대성의 형성』, 아세아문화사, 2001, 335~394쪽 참고.

43 『文章』지의 전통주의에 대해서는 황종연, 「한국문학의 근대와 반근대-1930년대 후반기 문학의 전통주의 연구」, 동국대 박사논문, 1991 참고.

명승지나 고적, 한복을 입은 기생과 마찬가지로 그 자체로 조선의 대표적인 기표가 되었는데, 거기에는 식민지 조선의 지방성과 함께 새롭게 재편된 동아시아 지역의 역사와 문화의 원형을 간직하고 있는 곳이라는 의미가 중첩되어 있었다. 특히, 제국 일본의 동아시아 지역 질서의 재편 과정 속에서 식민지 조선의 고도들은 한일관계를 역사적으로 증거하는 현장으로 소환되기도 하였다. 물론 근대 이래 식민지 조선의 고도에 대한 학문적 관심과 탐구는 지속되어왔고, 그것은 제국 일본의 식민 지배의 정당성을 확보하기 위한 역사적 증거를 확보하고자 한 기획인 동시에 식민지 조선인들의 민족의식의 각성과 발달로 연결되는 것이기도 하였다. 여기에서는 이러한 상황에 주목하면서 식민지 말 조선의 고도를 인식하고 표상한 식민 / 피식민, 여행자 / 정주자 주체의 욕망을 고찰하고, 그러한 욕망의 발현 속에서 재(再)장소화된 고도에 대해 논의하고자 한다.

여행자의 관점에서 식민지 조선 지식인의 고도 평양에 관한 인식을 살펴볼 수 있는 대표적인 작품으로 먼저 이태준(李泰俊)의 「패강냉(浿江冷)」을 들 수 있다. 이태준의 「패강냉」에서 소설가 현은 평양 소재 고등보통학교에서 조선어와 한문을 가르치는 친구 박의 편지를 받고 10여 년 만에 경성에서 평양으로 간다. 그는 정거장에 마중 나온 박을 보고 "이 시대전체에서 긴치않게 여기는, 찌싯찌싯 붙어있는 존재 같았다"[45] 고 느끼면서 자신과 자신의 작품 또한 그러하다는 생각에 할 말을 잃

44 이와 관련해 '고도 경주'에 대한 인식과 표상은 황종연 편, 『신라의 발견』, 동국대 출판부, 2008을, '고도 부여'에 대한 인식과 표상은 허병식, 「폐허의 고도와 창조된 신도(神都)」, 『한국문학연구』 제36집, 동국대 문화학술원 한국문학연구소, 2009, 79~105쪽을 참고할 수 있다.

45 李泰俊, 「浿江冷」, 『三千里文學』, 1938. 1, 22쪽.

〈그림 5〉『관광조선』 내 평양 소개

어 저녁에 다시 만나기로 하고 홀로 모란봉으로 향한다. 모란봉으로 향하는 차 안에서 그는 경찰서 건물이 새롭게 세워진 것과 평양 여자들의 머릿수건이 보이지 않는 것에 서글퍼한다. 이후 현은 차에서 내려 을밀대로 향하던 중 비행장 경계 보초병을 보고 발걸음을 돌려 강가의 놀잇배를 불러 타고 약속 장소인 동일관에 이르러 박과 함께 온 부회의원이자 실업가인 김을 만난다. 기생을 동석시킨 주석에서 현은 12년 전 호감을 가졌던 기생 영월을 떠올리고 그녀를 부른다. 주석이 무르익으면서 생활개선운동의 일환으로 머릿수건 착용이 금지된 것과 관련하여 현과 김이 언쟁을 벌이자, 취흥을 깨지 않기 위해 영월이 장구를 치며 노래를 부른다. 노래가 끝나자 김이 유성기를 틀어 춤을 추면서 현에게도 권하자 현은 경멸하는 태도를 보이고, 이제부터 실속을 차리라는 김의 말에 다시 싸움이 일어나게 된다. 싸움을 말리기 위해 박이 현을 데리고 밖으로 나가고, 현은 강가에 서서 "서리를 밟거던 그뒤에 어름이 올것을 각오하란"[46] 의미의 『주역』의 '이상견빙지(履霜堅冰至)' 구절을 되뇐다.

「패강냉」에서 현은 부벽루의 기둥과 처마를 보면서 왕조 조선의 문물다운 우직한 순정을 느끼고, 대동강변의 구릉을 바라보면서 "자못 유구한맛이 난다"[47]고 생각한다. 이태준의 분신 격인 현의 시선을 통해 확인할 수 있듯이, "이태준의 애정어린 시선은 주로 고도, 사찰, 농촌, 자연 등 시대의 변화를 견디며 남아 있거나 아니면 아예 변화를 타지 않는 것들에 머문다. 그리고 그것들이 빚어내는 낯익은 풍경은 근대 도시와는 대조적으로 확실성과 구체성이 충만한, 인지 가능한 공간으로 부각된다. (…중략…) 이태준의 신변담이 지니고 있는 여러 특징들 중에서 과거의 유물에 대한 강렬한 애착만큼 그 신변담의 반시대적 취향을 분명하게 증거하는 것도 없"[48]는 것이다. 그런데 현은 대동강변을 바라보다 부여에 가서 낙화암과 백마강을 보았던 때를 떠올리며, "조선 자연은 왜 이다지 슬퍼 보힐가?"[49]라고 한탄한다. 그의 이러한 탄식은 10여 년 만에 찾은 평양의 변화된 모습에 대한 상념, 이제는 사라

---

46 위의 글, 30쪽.

47 위의 글, 21쪽.

48 황종연, 「반근대(反近代)의 정신－식민지시대 이태준의 단편소설에 관한 고찰」, 『비루한 것의 카니발』, 문학동네, 2001, 434～436쪽. 황종연은 이태준의 「패강냉」에서의 부벽루 경치가 근대 도시 평양에 이방(異邦)처럼 남아 있는 '이조(李朝)'의 풍경이자 이태준 신변담의 풍경이라고 논하고 있다.

49 李泰俊, 앞의 글, 21쪽.

진 과거 평양에 대한 애도의 표현이라고 할 수 있다.

> 현은 평양여자들의 머리수건이 늘 보기 좋았다. 현은 단순하면서도 흰 호접과 같이 살아 보혓고, 장미처럼 자연스런 무게로 한 송이 얹힌 당기는, 그들의 악센트 명랑한 사투리와 함께 「피앙내인」들만이 가질 수 있는 독특한 아름다움이었다. 그런 아름다움을 제고장에 와서도 구경하지 못하는 것은, **평양은 또 한 가지 의미에서 폐허(廢墟)라는 서글픔을 주는 것이였다.**[50]

이처럼 식민지 조선인 현에게 "자못 유구한맛"이 나는 평양은 폐허의 공간으로 여겨진다. 왜냐하면 "악센트 명랑한 사투리와 함께 「피앙내인」들만이 가질 수 있는 독특한 아름다움"의 상징물인 머릿수건이 사라지고, 기생의 노래와 춤은 유성기의 재즈음악과 댄스에 자리를 내주었기 때문이다. 다시 말해, 평양에서 현은 사라지는 조선의 기표, 즉 사라진 평양 여자의 머릿수건, 사라진 조선 기생의 모습을 보며 비애를 느끼게 되는 것이다.[51] 이러한 '소멸되는 것'들에 대한 애착[52]은 이태준의 작품 속에서 다양한 형태로 나타났다. 그런데 「패강냉」에서 현이 머릿수건이 없어진 것과 관련해 고유한 것으로 여겨지는 문화를 천대하는 경세가 김의 태도를 경멸하는 것을 민족주의적 의식의 발로라고 단정할 수만은 없다. 작가 이태준의 분신 격에 해당하는 현의 '고유

---

50 위의 글, 23쪽. 강조-인용자.

51 박진숙, 「식민지 근대의 심상지리와 『문장』파 기행문학의 조선표상」, 민족문학사연구소 기초학문연구단, 『'조선적인 것'의 형성과 근대문화담론』, 소명출판, 2007, 89쪽.

52 '소멸되는 것'들에 대한 담론에 관해서는 Marilyn Ivy, *DISCOURSES OF THE VANISHING*, The university of Chicago Press, 1995 참조.

한 문화'에 대한 애착은 미적 대상물에 대한 심미주의적 태도의 발현일 뿐만 아니라, 그러한 심미주의적 태도는 '동양적인 것' 속에서 '조선적인 것'에 대한 관심과 탐구가 새롭게 부상한 당시의 제국주의적 담론과 밀접한 관련을 갖기 때문이다.[53]

그렇다면 보다 관심을 가져야 할 것은 현재의 평양에서 과거의 평양을 소환하는 현의 행위에 있다. 경찰서와 비행장으로 상징되는, 식민 권력에 의해 변동하고 있는 평양을 '폐허'로 인식하는 행위는 폐허 이전의 평양을 상정했을 때 비로소 가능하다. 따라서 폐허 이전의 '유구한 맛'이 나는 곳으로 평양을 인식하는 행위는 노스탤지어적 시간관념에 의해서 추동된 것이다. 다시 말해 그는 도달할 수 없는 곳에 대한 욕망을 분절화된 근대적 시간 감각을 통해 추인하고 있는 것이다. 따라서 식민지 조선인 현에게 평양은 노스탤지어적 시간관념에 의해 새롭게 심미화된 대상으로 위치 지어진 것이다. 그것은 현재에 과거를 소환하는 피식민 주체의 시대착오적인 욕망의 일단이라고 할 수 있지만, 그러한 욕망이 가능했던 것은 여행이라는 행위가 증폭시키는 현재(경성)에서 과거(평양)로의 이동 가능성에 다름 아니다. 이처럼 이태준의 「패강냉」은 노스탤지어적 시간관념을 통해 식민 권력에 의해 변동하고 있는 고도 평양을 폐허로 인식하는 피식민 조선인 여행자의 시선을

53 이와 관련해서 "이태준이 심미화하고 있는 '평양', 비애의 대상으로서의 조선과 그 문화의 사라짐에 대한 분노 등은 조선인 이태준만의 것이 아니라 당대의 많은 일본인들에게서도 동일한 발상을 볼 수 있는 것이다. (…중략…) 이태준의 「패강냉」이 조선어 금지의 당국의 정책과 조선의 문화적 로컬리티가 사라져 가는 당대의 상황에 대해 비판하고 있는 텍스트라는 사실은 분명한 것이지만, 그가 재현해 내고 있는 '조선'의 기표들이 제국의 지방으로서의 '평양' 혹은 '조선'을 심미화하는 방식으로부터 자유롭지 못했다는 것 또한 사실이다"는 정종현의 논의를 참고할 수 있다(정종현, 「한국 근대소설과 '평양'이라는 로컬리티」, 『사이間SAI』 제4호, 국제한국문학문화학회, 2008, 117쪽).

〈그림 6〉『관광조선』 내 경주 소개

여실히 보여주고 있는 것이다.

한편, 여행자의 관점에서 고도 경주에 대한 인식을 드러내고 있는 작품이 잘 알려진 이태준(李泰俊)의 「석양(夕陽)」이다. 작중의 주인공 소설가 매헌의 경주 여행 목적은 "한때나마 번루(煩累)를 떠나본다는, 최소한도의 단순을 생활해본다는, 또는 고독에 환원(還元)해 본다는"[54] 것이었다. 즉 그는 근대 도시 경성의 일상생활에 지친 피로감을 달래기 위해 경주로 향했던 것이다. 경주에 도착한 매헌은 먼저 박물관을 찾아 봉덕사(奉德寺)종을 관람하면서, 그것이 "웅대와 섬세가 완전히 합일된것"[55]이라며 감격스러워한 뒤 박물관을 나와 근처의 고완품점(古

54 李泰俊, 「夕陽」, 『國民文學』, 1942.2, 78~79쪽.
55 위의 글, 80쪽.

翫品店)에 들른다. 그가 고완품점을 지나치지 못한 것은 '호고벽(好古癖)' 때문이었는데, 이 '호고벽'은 이태준의 『무서록(無序錄)』을 통해 확인할 수 있는 그의 고완품에 대한 애착과 관련된다. 매헌은 고완품점을 나와 오릉(五陵)으로 향하는데, 고완품점에서 보았던 타옥을 다시 만나게 되고, 그녀에게 이끌려 소나무에 올라 오릉의 '초현실적인 기이한 풍경'[56]에 도취된다. 오릉의 풍경에 도취된 그는 타옥의 말처럼, 그것을 '니힐'이라는 형용사로밖에 표현할 수 없다며 허무감을 드러내는 한편, 그 오릉의 신비한 곡선들이 선사하는 안식을 만끽한다. 이후 매헌은 강변에서 수영하는 타옥의 모습에 자연 그대로의 천진난만함을 느껴 자신의 늙음을 탄식하기도 하지만, 다음날 타옥과 함께 불국사에 들러 청운교와 백운교, 다보탑과 석가탑을 둘러본 뒤 호텔 전망대에서 영지(影池)를 바라보면서 오릉에서와 마찬가지의 니힐을 떠올린다.

매헌이 경주에 도착한 뒤 그의 여행 경로는 박물관－고완품점－첨성대－석빙고－반월성－계림－오릉－불국사이다. 호고벽으로 인해 고완품점에 들른 것을 제외한다면, 사실 이 여행의 경로는 매헌에 의해 새롭게 만들어진 것이라기보다 이미 당시의 관광안내서나 여행기 등을 통해 경주 여행의 경로로 정착된 것이었다. 그러니까 매헌은 근대 이후 관광지로 새롭게 조성된 경주 여행에 나섰던 것이다. 그런데 근대 여행자의 시선이 향한 곳은 과거 신라의 고도 경주의 유물들이었다. 박물관의 봉덕사종에서 오릉을 거쳐 불국사의 다리와 탑에 이르기

56 "볼스록 그윽함에 사모치게한다. 능이라기엔 너머나 소박한 그냥 흙의 모음이다. 무덤이라기엔 선에 너머나 애착이 간다. 무지개가 솟듯 따에서 일어 따으로 가 잠긴 선들이면서 무궁한 공간으로 흘러간 맛이다."(위의 글, 82쪽)

까지 그것들은 마치 경주 자체를 신라의 고완품점으로 만들고 있는 셈이다. 바꿔 말해, 고도로서의 경주는 관광지로 새롭게 개발되는 과정 속에서 만들어진 것이라고 해도 과언이 아니다. 그리고 이때의 관광지는 식민지 조선인뿐만 아니라 제국 일본인에게도 조선의 고도로 소개되었고, 한일 고대사의 교류 증거를 간직하고 있는 곳으로 식민지 말 내선일체의 유력한 장소로 재장소화되었던 것이다.[57] 그런데 매헌이 다보탑과 석가탑을 바라보면서 "탑이란, 사람이 쳐다볼 수 있는 미술품으로는 최고의 형식일거라 했다. 공간과 입체의 조화, 어느 희랍(希臘)의인체(人體)가 이처럼 자연스럽고 장엄하랴"[58]라며 감탄해마지 않는데, 다보탑과 석가탑을 희랍의 인체에 비유해 사고하고 있는 것은 앞서 오릉의 곡선미에 도취된 것과 마찬가지로 조선미를 곡선미로부터 찾는 것이고, 잘 알려져 있다시피 이는 야나기 무네요시[柳宗悅]가 조선미를 규정한 것과 닮아 있다. 즉, 식민지 조선인의 고도 경주에 대한 인식에는 이미 제국 일본인에 의해 새롭게 발굴되고 전파된 경주에 대한 인식이 내재되어 있었던 것이다.

---

57 이와 관련해서 최재서의 「부싯돌(燧石)」 역시 내선일체의 이데올로기 공간으로서의 고도 경주에 대한 인식을 보여준다. 전 조선 13반 '학도 선배단'의 일원으로 경상북도 일대에 파견되었던 서술자는 포항 발 경주행 기차에서 만난 노인의 이야기를 들으면서 『불국사고금창기(佛國寺古今創記)』의 내용에 비추어 불국사 창건에 대해 공상하는 한편, 차창 밖으로 지나가는 경주의 풍경을 나라[奈良]의 그것과 비교한다. 그러면서 경주와 나라, "이렇게 나라의 수도[國の都]라는 것이 고대의 두 민족에게 있어서, 그 명칭에서도 관념에서도 또 이상에서도 공통되어 있다고 하는 것은 무언가 커다란 의미를 갖는 것으로서, 나는 두 곳을 방문할 때마다 항상 깊은 사색에 이끌리는 것이다"(崔載瑞, 「燧石」, 『國民文學』, 1944.1, 112쪽)며 감회에 젖는다. 그가 경주와 나라를 유비관계에 놓고 생각한 것은 육군특별지원병제도의 공표로 조선인이 일본인과 마찬가지로 일본군이 되는 것을 통해 제국의 국민이 될 수 있다고 믿었기 때문이었다.

58 李泰俊, 「夕陽」, 앞의 글, 92쪽.

〈그림 7〉『관광조선』 내 신라제 소개

경주 여행을 마치고 경성으로 돌아온 매헌은 경주가 아닌 타옥을 그리워하다 이듬해 봄 다시 경주로 향한다. 경주의 여행 경로와 여행지에서의 감상 역시 이전과 다르지 않았는데, 이번 여행에서 그는 타옥과 함께 석굴암을 찾는다. 일본인의 고적 조사와 발굴에 의해 조성된 석굴암은 매헌에게 "자연과는 사귀지 않은 오로지 인조미(人造美)의 전당"[59]으로 여겨지고, 예술의 황홀경에 도취된 그는 타옥을 십일면관음 앞에 세워 '숭고한 영원의 여성'으로 인식한다. 이태준의 「석양」에서 흥미로운 점은 바로 여기에 있다. "야나기가 선의 미를 비애의 미라고 풀이하면서 조선인의 불우한 역사와 연관시킨 반면, 이태준은 매헌으

59 위의 글, 97쪽.

로 하여금 오릉과 영지에서 조선인 특유의 고난보다도 인생 보편의 허무를 떠올리게 한다. 매헌의 미적 감각은 그 계통을 따지자면 무상(無常)의 경험을 중시한 아시아 종교와 예술의 전통을 따르고 있"[60]었던 것이다. 경성에서의 일상생활에 지친 소설가 매헌이 자신의 피로감을 달래기 위해 찾은 고도, 신라 왕조의 유물들이 곳곳에 즐비해 있는 고도 경주는 매헌으로 하여금 숭고미에 압도되게 한다. 물론 그러한 숭고미 역시 제국 일본의 고적 조사와 발굴 사업에 의해 새롭게 구축되고 만들어진 것이었지만, 여기에 매헌은 '타옥'이라는 여성을 중첩시켜 고도 경주를 여성성의 공간으로 재구축하고 있었던 것이다.

> 반짝이는 모새위우에 푸른 먼 산을 배경으로 한순간 상큼 서보는 나체, 그 **신비한 곡선들의 오릉 속에서 뛰여나온 요정(妖精)**이 아니고 무엇이랴![61]

> 매헌은 사흘동안, **타옥은 이조백자(李朝白磁)와 같은 여자**라 생각하였다. 화려한 그릇들은 낯을 자리를 다투는 것이요 주인이 눈을 주지 않을가 새우는 것이요 보면 볼수록 소란스럽고 피로하여지는 것이다. 이조백자는 모도가 그와 딴쪽이다. 바쁜 때는 없는 듯 보히지 않으니 고요한 때는 바로 옆에서 기다리고 있었다. 고요히 위로와 안식을 부며 싫여지는 날이 없는 영원의 그릇이다.[62]

'오릉 속에서 뛰어나온 요정', '이조백자와 같은 여자' 타옥은 고완품

60 황종연, 「아이덴티티의 장소로서의 경주」, 『한국문학연구』 제39집, 동국대 문화학술원 한국문학연구소, 2010, 81쪽.

61 李泰俊, 「夕陽」, 앞의 글, 86쪽. 강조－인용자.

62 위의 글, 98쪽. 강조－인용자.

점에서 처음 만났을 때부터 매헌의 이목을 끌었다. 뿐만 아니라 소나무 위에 올라 바라본 오릉의 풍경을 '니힐'한 것으로 규정하고, 불국사의 유물들의 아름다움을 매헌에게 만끽할 수 있게 해주었다. 그래서 매헌은 경주 여행을 마치고 돌아온 뒤에도 경주가 아닌 타옥을 그리워하게 되었던 것이다. 하지만 위의 인용문을 통해 확인할 수 있듯이, 타옥은 그 자체로 고도 경주를 상징하는 존재라고 할 수 있다. 즉, 타옥은 고도 경주의 각종 유물들이 발휘하는 숭고미를 갖고 있었던 것이다. 이는 매헌이 십일면관음상 옆에 타옥을 세워두고 마치 고도의 유물을 만지듯 그녀의 손을 쓰다듬으면서 '숭고한 영원의 여성'으로 그녀를 규정하는 곳에서 절정에 다다른다. 따라서 타옥이 곧 경주를 상징한다고 할 수 있다면, 경주는 숭고함을 간직한 조선미를 통해 재발견된 고도로서 위치 지어질 뿐만 아니라 그러한 조선미와 관련된 여성성의 공간으로서 식민지 조선인 남성의 시선에 의해 재장소화되었던 것이다.

한편, 식민지 말 문학작품에서 평양과 경주에 비해 고도로서의 부여에 대한 인식과 표상은 쉽게 찾아볼 수 없다. 이는 평양과 경주에 비해 부여가 고적 조사나 유물 발굴, 관광지로서의 조성 사업 등에 있어서 상대적으로 비중이 적었기 때문이었으며, 무엇보다 역사적 유물이나 자연 경관 등과 결부지어 그곳을 '폐허'로서 인식하고 있었기 때문이었다. 근대 초기부터 평양과 경주가 일본인과 조선인에 의해 고도로서 인식되고 표상되었던 것에 비해 부여는 잊혀진 폐허의 땅이었던 것이다. 물론 1915년 발족된 부여고적보존회가 1929년 재단법인으로 변경된 이후 각종 미디어를 통해 소개된 부여는 평양이나 경주에 필적하는 유서 깊은 도시로 재조명받기 시작하였고, 식민 정책에 의해 부여는

〈그림 8〉『관광조선』 내 부여 소개

내선일체라는 당대의 국책에 부응하는 장소로 소환되었다.[63] 그럼에도 잊혀진 폐허의 땅으로서 부여는 1939년 조선총독부에 의해 기원 2600년 기념사업의 일환으로 부여신궁 건립계획이 발표된 이래 1940년대 초반 부여신궁 조영공사를 통해 새롭게 고도로서 인식되고 표상되었으며, 그곳은 부여신궁 조영을 통해 내선일체의 성지로서 새롭게 자리매김해가기 시작했다. 1941년 2월 8일 부여신궁 조영 근로봉사대 30여 명이 부여로 향했는데, 그들은 조선문인협회, 조선영화인협회, 조선연극협회, 조선연예협회, 담우회(談友會) 등 문화 단체의 대표들로 이광수, 김동환, 안석주, 이석훈, 안종화, 백철, 유치진 등이었다. 그들의 근로봉사에는 충청남도 토목과장 히구치[樋口正名], 부여군수 에모토[江本鍾元], 부여경찰서장 등 지방 관료와 함께 부여사적현창회(扶餘史蹟顯彰會) 간부들이 현지에서 가담하여 부여신궁의 조영이 과거 백제와 일본 사이의 문화·정치·군사상 긴밀한 연결을 회복하여 내선일체의 결실을 맺는 것이라고 의미화하였다.[64] 그러니까 백제의 옛 수도 부여는 내선일체의 상징적인 장소로서 부여신궁의 조영 공사에 의해 비로소 고도로서 새롭게 발견되고 인식되기 시작했던 것이다.[65]

63 이에 대해서는 허병식, 앞의 글, 79~105쪽 참고.

64 이에 대해서는 勝山雅夫, 「聖秋를 두르고」, 『新時代』, 1941.3 참고.

65 이와 관련해서 김동인의 『白馬江』(『每日新報』, 1941.7.24~1942.1.30)은 한일 고대사에서 내선 교류의 서사를 펼쳐보이는 가운데 '내선일체'의 장소로서 백제와 부여를 부각시키고 있다. "백여 년 전부터 크다라(백제-인용자)의 문화가 끈힘업시 야마도로 건너가서 야마도에서 새로 생기는 문화는 지금쩟 야마도의 말-언어로는 업던 것이라, 자연 그것을 가저오고 가르키는 사람(크다랏사람)의 말을 그대로 쓰게가 되엇다 이리하여 야마도의 언어에는 크다랏말 그대로, 혹은 와전된 것이, 적지 안헛고, 문화, 학술, 기예방면의 용어는 거지반이 크다라 게통의 말이엇고, 상류사회에서는 크다라의 스승에게 학문을 배우기 위하여 크다랏말을 힘써 배우고 쓰고 하엿다"(『每日新報』, 1941.9.23) "첫째로 혈통으로 보아서 우리 부여씨(백제 왕실)의 혈통에 저 나라 피가 얼마나 만히 석기엇습니까 우에다 우에로서 이가치 피가

『신시대(新時代)』 1941년 3월호에는 이 부여신궁 조영공사에 근로봉사한 문화 단체 대표자들의 근로봉사기가 실려 있다. 대표적으로 조선문인협회의 박영희는 자신들의 근로봉사의 땀방울을 "이 聖域扶餘에 뿌리고 감은, 一千四百餘年前에 이땅에 피었던 內鮮一體의 燦爛한 文化 그대로를 復興시키고자 하는 꾸밈없는 野心을 神에게 祈願하는까닭"[66]이라 하였고, 조선연극협회의 유치진은 "洛花岩, 泗沘水, 皐蘭寺 …… 눈앞에 어른거리는 古蹟에의 追慕가 한층 새롭습니다. 內鮮一體의 聖地로 크로스・업된 扶餘의 今日, 내일이면 神都로의 丹粧이 될 이곳의 모습이 어서어서 보고 싶었습니다"[67]라고 하였다. 또한, 조선영화인협회의 안전영은 근로봉사의 경험을 통해 "內鮮一體가 하루바삐 이루어질 것에 앞장서서 일해야 할 것과 그래서 우리들 皇國臣民들이 聖旨를 받들어 大東亞의 建設에 邁進해야 할 것을 거듭 깨달았습니다"[68]라고 하였는데, 이들의 근로봉사기를 통해 부여신궁 조영을 통한 고도 부여의 건설이 한편으로는 과거 내선일체의 상징적인 장소를 구축하는 것임과 동시에 당시 대동아 건설의 역사적 과제로 확장되고 있음을 확인할 수 있다. 백제의 고도 부여가 신도로서 새롭게 탄생하고 있는 것에 대한 감격은 같은 호에 실린 이석훈(李石薰)의 「부여기행(扶餘紀行)」을 통

얽힌만치, 아레 백성으로도 우리나라 백성이 얼마나 만히 저나라에 건너가서 잡거해 살며 저나라 백성은 또 얼마나 우리나라에 건너와 잡거해 삽니까 잡거해 살면서 혼인하고 자손이 생기고-이러틋 서로 피가 교류되기 七八백년에 먼저 생긴 자손들은 각각 사는 나라의 백성으로 화하고 지금에 와서 내백성 네백성을 서로 가릴수가 도저히 업게 되지 안엇습니까 우에와 아래가 한결까지 어느 족속인지 구별치 못할 종족들이 다만 나라를 각각 달리하기 때문에 내나라 네나라 구별할는뿐, 본시로 말하자면 형아 아우야 하고 지낼 새올시다."(『每日新報』, 1941.10.14)

66 芳村香道, 「꾸밈없는 野心」, 『新時代』, 1941.3, 252쪽.

67 柳致眞, 「아름다운 神都」, 『新時代』, 1941.3, 253쪽.

68 安田榮, 「神域에서 받자온 그 크신 뜻」, 『新時代』, 1941.3, 255쪽.

해서도 확인할 수 있다. 이석훈은 이 기행문에서 부여신궁 조영의 의미를 밝히고, 백제의 과거사를 간략히 서술한 뒤, 부소산과 사비루, 낙화암을 둘러본 감회를 서술하고 있다.

> 樓閣에 올라 欄干에 기대어서, 뒤로 흐르는 白馬江을 바라다 보았다. 嗚呼! 그 刹那의 나의 感動을 무엇으로 表現하리오? 높고, 깨끗하고, 神秘하기까지한, 이 場面의 숨소리조차 거칠어지는 感動! 나는 위대한 詩人이 못됨을 오직 恨嘆할 뿐이다.[69]

과거 학자와 기술자 등 백제인들이 일본으로 건너가 아스카문화(飛鳥文化)를 꽃피우는 토대가 되었고, 일본인들의 군사적 원조를 통해 신라와 당나라의 침략을 막기에 힘썼던 내선일체의 발상지로서 부여에 대한 역사적 인식을 가지고 있었던 이석훈은 사비루에 올라 백마강을 바라보면서 감격에 겨워하는 한편, 자신의 감격을 표현할 길이 없어 시인이 되지 못함을 한탄할 뿐이라고 토로한다. 이처럼 부여는 부여신궁 조영공사를 통해 신도로 거듭나게 되고, 그러한 과정 속에서 고도로서 새롭게 인식되고 표상되기 시작했던 것이다. 부여신궁 조영공사에 근로봉사대로 다녀온 식민지 조선의 문학자들은 신도로서 새롭게 조성되어가는 고도 부여와 관련된 문학작품을 발표했는데, 이광수와 주요한은 『신시대』 1941년 7월호에 각각 「扶餘行」, 「부여의 꿈」이라는 시를 발표[70]했고, 이석훈은 『문장』 1941년 4월호에 「泗沘樓의 달밤」이

69 李石薰, 「夫餘紀行」, 『新時代』, 1941.3, 260쪽.

70 참고로 이광수의 「부여행」 전문은 다음과 같다. "扶蘇山 올라서서 錦江을 굽어보니 / 天政臺

라는 희곡을 발표했다. 또한, 같은 해 국민총력조선연맹과 조선총독부의 후원 아래 〈부여회상곡(扶餘回想曲)〉이라는 국민무용이 기획되었는데, 이 공연은 백제의 역사 속에서 내선일체의 기원을 찾아내려는 서사 구조와 화려한 스펙터클, 전통무용과 현대무용의 결합, 대규모 합창 등으로 구성되었다.[71] 이처럼, 앞서 이태준의 「패강냉」에서의 평양과 「석양」에서의 경주와는 달리, 고도로서의 부여의 표상은 제국 일본에 의해 신도로 새롭게 구축되어가던 과정 속에서 만들어진 것이었다. 그리고 식민지 조선의 지식인들은 이 신도 조영 공사에 근로보국대로 참여함으로써 고도로서 부여를 인식하기 시작했던 것이다.

2) 문화 접경지대의 창출과 장소애

식민지 조선 고도로의 여행을 통해 '폐허'와 '비애'의 감각을 느끼고 조선미를 발견한 것과는 달리, 조선의 고도를 삶의 장소로서 동일시하면서 그곳에 애착을 드러내는 제국 일본인과 식민지 조선인의 욕망, 그리고 그들 욕망의 발현을 통해 문화 접경지대(contact-zone)로서 고도가 재장소화되는 작품으로 이효석(李孝石)의 「은은한 빛(ほのかな光)」을 들 수 있다. 이 작품은 일본의 문예잡지 『문예(文藝)』 1940년 7월호의

나린물이 落花岩을 씻어돈다, / 半月城 여름비 개여 풀이 더욱 푸르더라. // 千年이 꿈이런들 옛서울을 못보아도 / 瓦片에 새킨蓮꽃 그날솜씨 완연하다. / 그文化 日本에 피어서 오늘 다시 보니라. // 神宮 參道의 흙을 파서 날르올세 / 扶蘇山 꾀꼬리 소리울어 보내더라, / 손들어 땀을 씻으며 귀기울여 듣노라."(春園, 「扶餘行」, 『新時代』, 1941.7, 188~189쪽)

71 이에 대해서는 문경연, 「식민지 말기 '부여'표상과 정치의 미학화－이석훈과 조택원을 중심으로」, 『한국극예술연구』 제33집, 한국극예술학회, 2011, 193쪽 참고.

'조선문학특집(朝鮮文學特輯)'에 수록되었다.[72] 『문예』 편집자는 조선문학의 내지 소개가 조금씩 이루어지고 있는 것이 우연한 것이 아니라, 조선문학이 그동안 일군의 훌륭한 작가를 양산해왔고, 내지의 문화인들이 관심을 가지지 않았던 조선에 주목했기 때문이라고 말한다. 하지만 무엇보다 '조선문학특집'이 가능할 수 있었던 것은 중일전쟁 이후 내지와 외지를 불문하고 일본이 하나의 국민적 감정에 휩싸이고 있었기 때문이라고 편집자는 밝히고 있다.[73] 시국과의 관련성을 차치하고서라도, 내지 문단의 외지문학에 대한 관심의 증대 속에서 『문예』지에 마련된 '조선문학특집'의 글들은 말할 것도 없이 일차적으로 내지 문인들의 호기심의 산물이다. 하야시 후사오(林房雄)는 「조선의 정신(朝鮮の精神)」에서 1939년 가을 조선을 여행한 경험을 피력하면서 "조선에서는 경주의 석불과 이왕직의 아악(雅樂)과 금강산 외에는 볼만한 것이 없다고 생각되었다"라며 그 이유로 자신이 "조선문학의 존재를 알지 못했기 때문"이라고 말한다.[74] 그러면서 그는 이제 조선문학을 통해 조선의 정신을 알 수 있고, 그것은 "건강하고, 순수하며, 풍부하고, 고귀했다"[75]고 서술한다. 이러한 하야시 후사오의 서술은 표면상 조선문학 또는 조선의 정신에 대한 내지 일본인 작가의 호의적 태도를 드러낸

72 조선문학이 본격적으로 일본의 잡지에서 특집의 형식으로 다루어진 것은 『문예』의 '조선문학특집'이 처음이었다. 물론 이 특집은 조선인의 황민화 과정 속에서 제국 일본의 지방으로 위치 지어진 조선이라는 제국주의의 확장 정책에 문화적으로 동원된 것으로 볼 수 있지만, 한편으로는 식민지 본국과 식민지 간 문화 교류의 측면으로서의 의미를 갖는다. 이에 대해서는 윤대석, 「식민지인의 두 가지 모방 양식－식민주의를 넘어서는 두 가지 방식」, 『식민지 국민문학론』, 역락, 2006, 87～116쪽 참조.

73 「編輯後記」, 『文藝』, 1940.7, 248쪽.

74 林房雄, 「朝鮮の精神」, 『文藝』, 1940.7, 194～200쪽.

75 위의 글, 194쪽.

것이라고 할 수 있다. 하지만 이러한 서술은 역설적이게도 그 이면에 조선의 정신이 불건강하고, 비순수하며, 빈곤할 뿐만 아니라 비천하다는 서술자의 인식이 이미 자리 잡고 있었다는 점을 방증하는 것이기도 하다. 즉, 조선(문화, 정신)은 경주의 석불, 이왕직의 아악, 금강산으로 대표되듯, 내지 문인들의 호기심을 충족시키기 위한 대상이었던 것이지, 그 자체로 성립되는 하나의 독창적이고 자립적인 주체나 단일 문화가 아니었던 것이다. 따라서 '조선문학특집'은 당시 외지문학에 대한 관심의 고조 분위기 속에서 식민 지배자의 식민지에 대한 나르시시스틱한 호기심과 신기성의 추구가 착종되어 발현된 결과물이라고 할 수 있다.

물론, 그렇다고 하더라도 조선의 작가와 비평가가 내지 문단의 호기심을 충족시키는 데 급급했을 것이라고 단정하는 것 또한 성급하다. 이런 점에서 같은 특집에 실린 임화(林和)의 「현대조선문학의 환경(現代朝鮮文學の環境)」에 대해 살펴볼 필요가 있다. 이 글에서 그는 "생활의 지리정신상(地理精神上)의 풍토"의 차이를 부각시키면서 문학의 특수성을 강조한다. 나아가 "고유한 환경 가운데 고유한 문학이 발생하는 것"은 당연한 것으로 "결국 조선문학은 우리들 삶의 독특한 방법의 소산이다. 사람들은 객관적으로는 동일한 세계에 살고 있어도 주관적으로는 다른 환경을 체험한다"라고 말하기에 이른다.[76] 물론 그가 조선문학의 특수성을 강조한 것은 앞서 제2장에서 논의한 것처럼, 식민지 말 제국 일본의 한 지방으로 재편된 조선과 지방문화로서의 조선문화에 대한 인식이 있었기 때문에 가능한 것이었다. 하지만 그는 조선문화의

---

76 林和, 「現代朝鮮文學の環境」, 『文藝』, 1940.7, 202쪽.

위치를 제국 일본의 경계 내부에 한정하지 않고, 그 경계를 넘어 위치짓고 있기도 하였다. 결국 그의 이러한 태도는 조선(문화)의 지방성 담론을 전유하여 식민지주의에 균열을 가할 수 있는 탈식민주의의 전략으로 이어질 가능성을 내포하고 있는 것이기도 했던 것이다. 이처럼 제국 일본의 문인들과 식민지 조선 문인들의 조선문화(또는 문학)를 둘러싼 헤게모니 획득의 쟁투를 보인 '조선문학특집'에 이효석의 일본어 소설 「은은한 빛」이 실렸던 것이다.

이효석의 「은은한 빛」이 고구려시대의 고도(古刀)를 둘러싼 사건을 전개하고 있는 작품이라는 점에서 먼저 눈에 띄는 인물은 평양부립박물관장 호리이다. 역사상 왕조의 유물인 고도는 그것을 발굴하고, 평가하고, 전시하는 자, 즉 박물관장에 의해 일차적으로 그 의미를 획득한다. 물론, 지방 박물관은 제국의 시선에 의한 조선 내 지방(역사)의 발견이라는 거시적 시각에서 바라보아야 하지만, 토착화된 식민들과 조선인 토착 유지들이 주로 활동했던 지방고적회가 중심이 되어 시작되었던 사업이라는 점에서 그것은 토착 식민들이 조선이라는 장소와 역사에 어떻게 동일화를 꾀하면서 새롭게 자신들의 정체성을 모색하려 했는지와도 밀접한 연관성을 지니고 있는 것이다.[77] 평양부립박물관의 시초는 평양중학교 역사표본실에 민간 수집가의 소장품을 진열·관람하게 한 것이었는데, 쇼와[昭和] 초기에는 신설된 도서관 2층에 잠정적으로 진열실을 마련하였다가 민관 유지의 지원을 받아 당시 일본 고고학의 거두인 구로이타 가쓰미[黑板勝美], 하마다 고사쿠[浜田耕作]의

77 박광현, 「식민지 조선과 박물관의 정치학－재조선(在朝鮮) 식민 사회의 형성 과정과 관련하여」, 『日本學硏究』 제27집, 단국대 일본학연구소, 2009, 76쪽.

조언을 얻어 평양명승구적보존회 사업의 일환으로 추진되었다. 평양부립박물관은 1933년 7월 평양 모란대에 기공하여 8월 9일 준공, 10월 7일 우가키 가즈시게[宇垣一成] 총독 임석 하 개관식이 거행된 뒤 평양부에 기부되어 10월부터 개관하였다. 설계는 평안남도 건축기사였던 아즈마[東] 건축기사가 담당했는데, 그는 도쿄제국호텔, 나라호텔, 나라역 등의 건축 양식을 참조하여 서양 건축 양식에 일본풍[和風]을 가미하여 박물관을 지었다.[78] 박물관의 진열품은 주로 낙랑과 고구려시대의 유물이었고, 여기에 신라와 고려시대의 것을 더해 700여 점에 이르렀다.[79] 본관의 진열실은 총 7실로 나누어져 있었으며, 별관에 고분관이 있었다. 제1실부터 제6실까지는 유사 이전, 낙랑시대, 고구려시대의 유물이 주로 전시되어 있었고, 제7실은 청일전쟁기념실로 히로시마 대본영 사진, 현무문 현액(懸額), 청일전쟁 시 평양 부근 전투 사진 및 신문, 포탄, 소총탄 등이 전시되어 있었다. 별관에 마련된 고분관은 1931년 가을 조선고적연구회가 발굴한 남정리 제116호분 일대 목곽과 1934년 가을 발굴된 장진리 제40호분 전곽(塼槨)을 목곽분으로 옮겨놓아 일반인이 관람할 수 있도록 한 것이었다.[80] 이러한 박물관의 유물

---

78 小泉顯夫, 『朝鮮古代遺跡の遍歴ー發掘調査三十年の回想』, 大興出版, 1986, 370~371쪽.

79 "평양은 기원전 108년부터 서기 313년까지 한사군의 주군(主郡)인 낙랑군의 소재지였고, 또한 서기 427년부터 668년까지 고구려의 수도였던 곳으로, 당시 이미 상당한 고도의 문화를 가졌던 반도 최고의 문명발상지이다. 본 박물관은 1928년 8월 이래 동(同)부립도서관과 동일 건물 내 진열실을 마련해 개관했는데, 1932년에 이르러 평양명승구적보존회의 사업으로 내선 독지가의 기여금을 통해 관(館)의 신축을 기획하고, 같은 해 7월 모란대 을밀대 남쪽 지점에 기공하여, 1933년 9월 준공한 뒤 보존회에 의해 부(府)에 기부되어 10월 7일부터 개관했던 것이 현재의 박물관이다. 본관의 진열품은 금석병용(金石併用)시대, 낙랑시대, 고구려시대의 유물을 주로 하고, 신라 및 고려시대의 것도 약간 더해 합계 700여 점에 달해, 반도 고대문화를 아는 데 특색 있는 박물관이다."(北條亮英, 『朝鮮大觀』, 朝鮮文化普及會, 1938, 816쪽)

80 「朝鮮の博物館と陳列品」, 『朝鮮』, 1938.6, 100~101쪽.

배치는 관람자들의 시선을 재편하는 과정과 밀접히 관련되어 있을 뿐만 아니라, 앞서 살펴본 제국 일본의 식민지 지배 이데올로기를 충실히 재현한 것이기도 했다. 말할 것도 없이, "수집에서 전시에 이르는 일련의 과정 그 자체가 권력을 체현하는 것이며, 식민지주의적인 지배 / 피지배의 관계 안에서 박물관은 지배자에게 좋은 도구가 될 수 있는"[81] 것이다.

작중의 호리는 당시 평양부립박물관장이었던 고이즈미 아키오[小泉顯夫]를 모델로 한 인물이다. 고이즈미 아키오는 하마다 고사쿠에게 고고학을 배웠고, 조선에 건너와 조선총독부박물관 촉탁으로 근무하면서 서관총 발굴 등 조선 고고학 연구에 종사하였으며, 1934년 6월 평양부립박물관장에 취임하여 해방 이전까지 근무하다 1946년 8월 귀환하였다.[82] 고이즈미 아키오와 관련해서 흥미로운 사건은 작품 속에서도 나타나 있는 '왕관기생사건'이다. 이 사건은 1935년 9월 10일 제1회 고적애호일(古蹟愛護日)을 맞아 평양박물관에서 서봉총(瑞鳳冢) 출토 신라 금관을 경성박물관으로부터 빌려 특별 전시한 뒤 반환하기 전날 주석에서 평양기생권번의 기생 차릉파(車綾波)에게 그것을 씌워 사진을 촬영하였는데, 그 사진이 유출되어 왕조 유물의 경시 풍조에 대한 비판이 거세게 일면서 사회적 파문을 일으켰던 사건이었다.[83] 하지만 이효석의 「은은한 빛」에서 고이즈미 아키오의 모델 격인 호리는 단순히 부정적 인물로만 그려지고 있지 않은데, 그것은 그가 내지 일본인 여행

81 가네코 아쓰시, 박광현 외역, 『박물관의 정치학』, 논형, 2009, 13쪽.

82 고이즈미 아키오[小泉顯夫]에 관해서는 최석영, 『한국박물관 역사 100년－진단&대안』, 민속원, 2008, 85・87・154쪽 참고.

83 「金冠の波紋 博物館の失態? 國寶を妓生の玩弄物に 平壤で問題激化す」, 『釜山日報』, 1936.6.29.

자와는 다른 관점과 입장에서 평양을 바라보고 있다는 데서 기인한다.

> 내가 이곳에 온 지 이십 년, 머지않아 뼈도 이 땅에 묻히게 되겠지만, 조그마한 박물관을 가지고 주야로 진력해봤는데, 생각만큼의 성적은 거두지 못했소. 낙랑 고분의 모형을 만들어본 것이, 별것은 아니지만, 업적이라고 한다면 할 수 있을까, 나머진 보는 바대로 빈약한 것이어서, 참 부끄러운 이야기요. **다만 조선을 사랑하는 마음만은 남들에게 뒤지지 않는다고 생각하오. 토지에 대한 커다란 애정 없이는, 이런 수수한 일을 할 수 있는 건 아니라고. 그 점은 다소 자부하고 있을 뿐**인데, 특히 무엇보다도 박물관을 충실하게 해나가고 싶은 바람 외에는 솔직히 아무것도 없소.[84]

그는 조선에 온 지 20여 년이 지나 머지않아 자신도 조선 땅에 묻히겠지만 박물관 경영에 최선을 다해왔음에도 그 동안의 업적이 보잘 것 없다고 말한다. 그러면서도 그는 "조선을 사랑하는 마음만은 남들에게 뒤지지 않는다고 생각하오. 토지에 대한 커다란 애정 없이는, 이런 수수한 일을 할 수 있는 건 아니라고, 그 점은 다소 자부하고 있을 뿐"이라고 강변한다. 이때 '토지에 대한 커다란 애정'은 내지 일본인과는 다른 조선을 거점으로 한 재조일본인의 입장을 드러내는 표현이다. 즉, 호리 박물관장은 평양을 통해 조선과 자신의 일체화를 꾀하면서 내지의 일본인들과는 다른 자신만의 정체성을 창출하고 있는 것이다. 따라서 그가 "요즘에는 조선 음식도 점점 없어지네, 어디를 가도 순수성을 상실하고 있거든. (…중략…) 음식만이 아니라, 없어진다면, 건축도 복장도

---

84 李孝石, 「ほのかな光」, 『文藝』, 1940.7, 95~96쪽. 강조-인용자.

그러한데"[85]라고 말하면서 조선다운 음식, 건축, 복장 등 조선문화가 사라져가고 있는 것에 대해 안타까워하는 태도 역시 식민자의 자기 과시의 퍼포먼스로만 볼 것이 아니라 재조일본인의 정치적 무의식이 표출된 것이라고 보아야 할 것이다. 그것은 조선의 젊은이들이 "자기의 것은 아무 것도 모르면서 흉내 내는 데 열중하고 있다. 가난함 속에서 자라왔기 때문에 무리도 아니지만, 자신의 장점만은 확실히 분별해야지요"[86]라고 말하는 것과 마찬가지로 조선문화에 정통하다고 자부하고 있는 재조일본인의 발화인 것이다. 또한 그것은 내지 일본인에 비해 자신을 비롯한 재조일본인들이 조선문화에 대해 잘 알고 있을 뿐만 아니라 조선 사회와의 네트워크 형성을 통해 조선에 대한 새로운 인식과 표상을 만들어낼 수 있다는 우월감이 내재되어 있는 발화이기도 하다.

조선인 욱에게도 호리 관장은 단순히 돈으로 고도를 매수하려는 야욕을 가진 인물이나 왕관기생사건에서처럼 왕조의 유물을 천시하여 그것을 사적으로 소유하려는 인물로만 여겨지지 않는다. 욱은 유물을 발굴하면 호리 관장을 찾아가 감정을 부탁하는데, 이는 고고학자로서 호리 관장의 전문성을 인정하는 것일 뿐만 아니라 자신의 유물 발굴 행위의 최종 승인자로서 그를 위치시키는 것이다. 다시 말해, 욱은 호리 관장으로부터 자기 행위의 근거를 확보하고 있는 셈이다. 이런 점에서 욱이 호리 관장의 '토지에 대한 커다란 애정'을 거짓 없는 심정이라고 여기는 것 또한 같은 맥락에서 이해할 수 있다. 호리 관장은 일본인 식민자라기보다는 평양(조선)에 대한 애정을 가지고 있는 사람이라

---

85 위의 글, 94쪽.
86 위의 글, 95쪽.

는 측면에서 욱에게 평가받고 인정받고 있는 것이다. 말할 것도 없이 이러한 상황은 호리 관장이 조선사회와의 인적·학적 네트워크에 깊숙이 관여하고 있는 재조일본인이기 때문에 가능한 것이었다. 이처럼 이효석의 「은은한 빛」에서 재조일본인 호리 관장은 제국 여행자의 관점이 아닌 식민 정주자의 관점에 의해서 평양을 인식하고 표상하는 가운데 자신의 정체성을 확보하고 있었다.

호리 관장이 식민 정주자의 관점에 의해 평양을 인식하고 표상했다면, 피식민 정주자의 관점과 태도는 욱을 통해 확인할 수 있다. 평양 "대성산 기슭의 그 일대는 고구려시대의 궁전이나 불사의 터로, 종래에도 자주 불상이나 고물 등이 발굴되어 표적이 되었던"[87] 곳으로 "흙 속에서 발굴된 그들 고대의 정물은 제각각 옛날의 의지를 가지고 있는 것처럼"[88] 욱에게 여겨진다. 「은은한 빛」에서 조선인 욱은 강서고분벽화를 모사하거나 고적을 수집하는 등 골동 취미를 가지고 있는 인물이다. 작중에는 그의 학력이나 이력에 관한 어떠한 설명도 제시되어 있지 않을 뿐만 아니라, 그가 골동 취미를 가지게 된 원인에 대해서도 구체적으로 명시되어 있지 않다. 하지만 골동품 판매점 고려당의 주인인 그는 호리 박물관장과는 다른 측면에서 고적을 발굴하고, 전시하여 판매하는 사람이다. 욱이 자신이 발굴한 골동품을 박물관장을 통해 감정받는다든지, 박물관 소장품과 비교해서 자신의 골동품에 가치를 부여한다든지 하는 행위를 통해 그의 고적에 대한 '광적인 흥분과 감격'이 단순히 취미의 차원에서만 설명될 수 없다는 것을 알 수 있다. 그것은

87 위의 글, 92쪽.
88 위의 글, 88쪽.

무엇보다도 고적의 발굴과 전시의 장(場)인 박물관이라는 식민 제도 및 기관과 관련되어 있는 조선인의 욕망, 위치 등을 고려해야 하기 때문이다. 다시 말해, 고적이나 유물이 발굴자(농민)↔판매상(욱)↔박물관장(호리)의 중층적 관계 속에서, 한편으로는 자본의 힘에 의해, 다른 한편으로는 식민 지배의 권력에 의해 이동하고 있었던 맥락을 간과할 수는 없기 때문이다.

따라서 욱이 스스로를 하찮은 장사치라고 명명하면서도 고도에 대해서만은 장사치가 아니라고 말한 것에 좀 더 주목해 그의 평양에 관한 인식과 표상을 살펴볼 필요가 있다. 고도를 돈으로 매입하려는 호리 관장과의 일을 들은 친구 백빙서가 고도를 보기 위해 찾아와 욱의 편집광은 그 자체만으로도 충분히 골동적 가치가 있다고 야유하면서 "우리의 장점을 발견하게 해준 것은 정직하게 말해 그들인지도 모르네. 적어도 타인의 풍부함이 우리에게 반성을 환기해주었다고 말할 수 있지 않을까"[89]라고 말한다. 일본의 풍부함이 조선의 장점을 발견하게 해주었다는 백빙서의 말은 평양의 고적이나 유물의 발견이 일본인에 의해 가능했다는 식민주의적 태도로 볼 수 있다. 욱은 이러한 말에 대해 다음과 같이 반박한다.

> 파렴치한 소리도 작작 하게. 우리의 장점이란 본래 우리에게 있는 거야. 남들에게 배워서야 겨우 알게 된다면, 그런 건 없어도 좋아. 치즈와 된장, 어느 게 자네의 입맛에 맞던가? 만주 등지를 일주일 넘게 여행하고 집에 돌아왔을 때 무엇이 제일 맛있던가? 조선 된장과 김치 아니었나? 그런 걸 누구한테 배운단 것인

89 위의 글, 97쪽.

가? **체질의 문제네. 풍토의 문제야. 그것마저 외면하는, 자네들의 그 천박한 모방주의만큼 같잖고 경멸할 만한 건 없다네.**[90]

욱은 친구 백빙서가 일본인을 통해 조선미를 발견하게 될 수 있었다는 말을 '천박한 모방주의'로 경멸하면서 '체질'과 '풍토'를 근거로 들어 "우리들의 장점이란 본래 우리에게 있는 거야"라고 강변한다. 체질과 풍토는 당시 내선일체 담론의 유력한 근거 가운데 하나였는데, 욱은 그것을 전유함으로써 조선문화의 독창성을 확보하고 있는 것이다. 타자의 시선에 의해 발견된 조선문화가 아니라, 주체 스스로 조선문화 고유의 독창성을 강조하는 것은 그 자체로 지배담론의 포섭 전략을 부인하는 행위이다. 이처럼 「은은한 빛」은 지배 담론의 문법을 전략적으로 모방함으로써 제국 / 식민지, 일본 / 조선, 중앙 / 지방이라는 이분법적 인식 자체를 희미하게 할 가능성을 가지고 있었다. 그것은 식민 권력의 모방적이고 나르시시즘적인 요구를 동요시키는 한편, 권력의 시선 위에 피차별자의 응시를 되돌리는 전복의 전략이다.[91] 조선(문화)의 정체성을 새롭게 구축하고 확보하기 위한 "가장 영리하고 효과적인 행동은 상이한 규칙들을 채택하여 식민 지배자의 의표를 찌르고, (…중략…) 그의 이데올로기의 다른 부분들을 불러내거나 접목시킴으로써 식민 지배자를 교란시키는 것"[92]이다. 즉, 식민 담론의 편집증적인 요구를 해체하고, 단일문화주의 기획을 산포시키는 전략 속에서 새롭

90 위의 글, 97쪽. 강조-인용자.

91 Homi K. Bhabha, *The Location of Culture*, Routledge, 1994, p.112.

92 로버트J. C. 영, 김택현 역, 『포스트식민주의 또는 트리컨티넨탈리즘』, 박종철출판사, 2005, 603쪽.

게 조선(문화)의 정체성을 구축해나갈 수 있었던 것이다.

그런데 천박한 모방주의를 경멸하고 체질과 풍토를 근거로 조선문화의 독창성을 확보하고자 한 욱이 고도에 대한 광기 어린 집착을 보이고 있었다는 것은 무엇을 의미하는 것일까? 아버지가 호리 관장에게 몰래 넘긴 고도를 되찾아와 청류정 난간에 기대어 2천 년 전 고구려시대의 사람들 또한 강가에 서서 변함없는 강물을 보았을 것이라는 시대 착오에 빠진 욱이 평양에 살고 있는 "수십 만 창생의 삶은 나의 손아귀에 잡혀 있다는 터무니없는 환각"[93]을 느끼거나, 고도를 휘둘러 길가의 풀을 베면서 미친 사람처럼 웃는 것 등은 단순히 호리 관장에게 고도를 넘겨주지 않았기 때문에 발생하는 우월감이나 자족감이 아니다. "녹슨 청록의 고색은 저녁 어스름 속에 녹아들고, 금빛 칼자루가 달빛에 은은하게 빛난"[94] 고구려시대의 고도가 독창적인 조선문화를 상징하는 것이라면, 욱의 광기는 식민자에 의해 발굴되고 전시된 조선문화가 아니라 피식민자 조선인에 의해 발견된 조선문화에 대한 애착의 발로라고 볼 수 있을 것이다. 하지만 조선문화가 제국 일본의 지방문화로 새롭게 재편되어 포섭되어가는 상황 속에서 욱의 이러한 광기는 식민지 조선의 고도 평양을 장소화하려는 피식민 조선인의 분열된 무의식의 일단을 표출한 것이라고도 할 수 있다. 다시 말해 식민지 조선문화가 면면이 이어져 내려오고 있는 장소로 평양을 장소화하려는 피식민 정주자의 욕망이 제국주의 담론의 자장 속으로 함몰되어갈 때, 그러한 욕망이 광기라는 극단적인 형태로 표출되었던 것이다. 결국, 그

93 李孝石, 「ほのかな光」, 앞의 글, 105쪽.

94 위의 글, 106쪽.

의 광기는 식민주의 담론의 모방을 통한 부인 전략으로는 결코 조선문화의 독창성을 확보할 수 없을지도 모른다는 불안감의 표출에 다름 아니었던 것이다.

이상에서 살펴본 호리 박물관장의 '토지에 대한 애정'이나 욱의 '광적인 흥분과 감격'은 모두 평양에 대한 '장소애(場所愛)'와 관련된다. 그리스어로 '장소'를 뜻하는 'topos'와 '병적 애호'를 뜻하는 'philia'의 합성어인 '토포필리아(topophilia)'는 인간과 장소 사이의 정서적 유대 및 결속을 뜻하는 개념이다. 이-푸 투안은 물리적 환경과 결부된 인간의 정서적 관계를 정의하기 위해 토포필리아라는 신조어를 만들어 사용했는데, 그는 인간이 환경에 대응하는 방식을 시각적 · 심미적 평가에서부터 신체적 접촉에 이르기까지 광범위하게 논의하면서 건강이나 친밀함, 과거에 대한 자각 등이 토포필리아와 관련되어 있다고 주장했다. 동시에 그는 특히 고향, 기억의 장소, 삶의 터전에 대한 인간의 장소 감각을 토포필리아의 관점에서 강조했다.[95] 하지만 토포필리아는 단순히 어떤 공간에 대한 특별한 애착을 가리키는 개념이 아니다. 그것은 인간을 둘러싼 자연적(물리적 · 지리적), 인공적(건축적 · 사회학적) 환경을 '장소(place)'로 만들고자 하는 인간 본연의 성향을 의미한다.[96] 다

---

95 "'토포필리아(topophilia)'란 단어는 신조어로, 물질적 환경과 인간과의 모든 정서적 관계를 포함하는 것처럼 넓게 정의할 수 있다는 점에서 편리한 단어이다. 환경과의 이러한 정서적인 관계는 그 강렬함도 미묘함도 표현양식도 매우 다양하다. 환경에 대한 반응은 우선 무엇보다 심미적인 것인지도 모른다. 그리고 그것은 또한 인간이 조망해서 손에 들어오는 무상한 기쁨이기 때문에, 동일하게 무상하지만, 훨씬 열렬한, 돌연 계시적으로 나타난 미적 감각으로까지 다양하게 이어질 수 있다. 그 반응은 공기나 물, 흙의 감촉에서 기인하는 기쁨처럼, 촉각적인 것인지도 모른다. (…중략…) 그곳이 고향이거나 기억의 장소이거나 생계를 세우는 수단이라는 이유 때문에 인간이 장소에 대해서 갖는 감각이다."(Yi-Fu Tuan, *Topophilia : A Study of Environmental Perception, Attitudes, and Values,* Colombia University Press, 1990, pp.92~93)

96 박정수, 「허윤석 소설의 토포필리아－그 반근대적 장소애의 포스트 식민성에 대해」, 『한국

시 말해, 인간이 자신의 주변 세계를 안전과 안정의 감각과 결부된 거주 가능한 장소로 구조화하는 본능적인 성향을 가리키는 것이 토포필리아인 것이다. 따라서 토포필리아는 공간을 장소로 구조화하는 '장소화' 매커니즘으로 이해할 수 있다.

호리 관장과 욱의 평양 토포필리아는 평양이라는 공간을 정주자로서 자신의 '삶의 장소'로 위치시키면서 거기에 애착을 보인다는 점에서 여타 일본인이나 조선인의 그것과는 차이가 있다. 삶의 장소로서의 터전은 단순한 물리적 대상이나 지도상의 좌표가 아닌 의미론의 대상이자 능동적으로 작용하는 동태로 스스로 말하는 기호론의 체계이기도 하다.[97] 호리 관장이 자신이 죽어서 평양에 묻히고 싶다고 말할 정도로 강렬했던 '토지에 대한 커다란 애정'이나 고도에 대한 광적인 흥분과 감격으로 표출되는 욱의 '토지에 대한 커다란 애정'은 모두 평양을 자신들의 삶의 장소로 위치시키고 거기에 애착을 드러낸 것이다. 이러한 애착은 일본인 / 조선인, 식민자 / 피식민자, 박물관장 / 골동품상 등 민족적 · 정치적 · 사회적으로 위계화된 그들의 관계를 드러내는 기표들보다 '평양인'으로서 자신들의 정체성을 정립하는 데 있어서 가장 유력한 동력이었다. 또한, 그들이 박물관장이나 골동품상이라는 것을 통해 확인할 수 있듯이, 그들의 평양 토포필리아가 고적이나 고물에 대한 남다른 애착과 관련된다는 점을 간과해서는 안 된다.[98] 그것은

문학이론과 비평』 제20집, 한국문학이론과 비평학회, 2003, 92쪽.

97 김열규, 「Topophilia－토포스를 위한 새로운 토폴로지와 시학을 위해서」, 『한국문학이론과 비평』 제20집, 한국문학이론과 비평학회, 2003, 9～10쪽.

98 고적이나 고물에 대한 남다른 애착을 '죽은 자에 대한 사랑'을 뜻하는 '네크로필리아(necrophilia)'의 일종으로 생각할 수 있다. 에리히 프롬은 네크로필리아가 성교를 목적으로 여자의 시체를 가지려는 욕망 또는 죽은 자와 함께 있으려고 하는 병적 욕망을 가리킨다고 말하

평양 토포필리아의 근원이 고적이나 고물을 통한 고도 평양의 장소성에 기반하고 있음을 방증하는 것이기 때문이다. 요컨대, 호리 관장과 욱의 평양 토포필리아는 '은은하게 빛나는' 고구려시대의 고도가 상징하는 것처럼 '고도'로서의 평양에 부여된 새로운 장소성에 기반하고 있었던 것이다.

3. 아시아-태평양전쟁과 조선의 지정학적 위상

1) 아시아-태평양전쟁과 국민문학 이데올로그

식민지 말 제국 일본의 지방으로 위치 지어졌던 식민지 조선의 위상과 로컬리티 담론 체계 속 식민지 조선의 지방과 고도에 대한 문학적 인식과 표상에 대해 살펴보았지만, 무엇보다 당시 조선의 위상 변동 과정에 심대한 영향을 끼친 것은 제국 일본의 동아시아 지역으로의 제

면서 다음과 같이 논의한다. "죽음을 사랑하는 정위를 가진 사람은 살아 있지 않은 모든 것, 다시 말해 죽어 있는 모든 것, 곧 시체, 부패, 배설물, 오물에 집착하고 매혹당하는 사람들이다"(59쪽), "죽음을 사랑하는 사람은 과거에 살 뿐 결코 미래에 살지 않는다. 그들의 감정은 본질적으로 감상적이다."(60쪽)(에리히 프롬, 황문수 역, 『인간의 마음』, 문예출판사, 2002) 「은은한 빛」에서 욱의 고도에 대한 광기에 가까운 집착뿐만 아니라, 그가 고대의 정물이 제각각 옛날 그대로의 의지를 지니고 있다고 여기거나, 고려당의 조용한 벽 속에서 영혼의 숨소리를 듣는 듯 착각하는 것, 그리고 한증막을 원시적 풍습으로 여기면서 살인적 고행 속에서 속세가 이미 망각의 피안으로 사라져 안 보이게 되었다고 느끼는 것 등을 네크로필리아의 측면에서 논의할 수 있을 것이다.

국주의적 확장에 따른 지역 질서의 변동이었다. 그리고 이러한 제국주의적 확장이 침략 전쟁의 형태로 발현되었다는 점에서 중일전쟁과 아시아-태평양전쟁은 동아시아 지역 질서의 재편 과정에서 핵심적인 역사적 사건이었다. 따라서 20세기 중반 이후 한국인에게 기억되고 추체험되는 대표적인 전쟁은 1950년 6월 25일에 발발한 한국전쟁이지만, 1937년의 중일전쟁에 이은 1941년의 아시아-태평양전쟁은 근대 한국인이 체험한 전쟁일 뿐만 아니라 근대 한국의 위상에 심대한 변화를 가져온 전쟁이었다. 식민지인으로서의 근대 한국인의 자기규정과 제국-식민지 체제 속 식민지 조선의 위상 변화 과정 속에서 이들 전쟁은 단순히 국외에서 발생한 제국의 전쟁이 아니라, 당시를 살아갔던 식민지 조선인들에게 '지금-현재'를 되비추는 거울이기도 했던 것이다.

당시 이 전쟁은 제국 일본을 중심으로 한 동아시아 지역에서 '대동아전쟁(大東亞戰爭)'이라고 불렸다. 이는 1941년 12월 12일 "대(對)영미전의 호칭은 대동아 신질서 건설에 철석같은 결의를 갖고 매진하는 대동아 지역의 안정 세력으로서의 제국의 대(大)이상을 천명하고 즉시 헤아려 결정하는 것을 표현하기 위해 '대동아전쟁'이라는 것"[99]으로 삼았기 때문이었다. 이러한 '대동아전쟁'이라는 명명법에는 '천황(天皇)'을 중심으로 내지(內地)-동아-대동아로 동심원적으로 확장한 제국 일본의 지정학적 인식이 반영되어 있었다. 이미 1940년 7월 26일 각의에서 결정된 '기본국책요강(基本國策要綱)'의 근본 방침에서 "황국(皇國)의 국시(國是)는 팔굉(八紘)을 일우(一宇)하는 조국의 대(大)정신에 기초하여 세계평화의 확립을 이끄는 것을 근본으로 삼아 먼저 황국의 핵심인 일만

99 成田龍一, 『「戰爭經驗」の戰後事－語られた體驗 / 證言 / 記憶』, 岩波書店, 2010, 42쪽.

지(日滿支)의 강고한 결합을 근간으로 하는 대동아 신질서를 건설하는 데 있다"[100]라고 밝히고 있듯이, 제국 일본은 천황의 내지를 구심점으로 일만지의 동아, 나아가 남양(南洋) 제 지역을 포괄하는 대동아로의 지리적 팽창 정책을 펼쳐가고 있었다.

제국 일본의 패전 후 '대동아전쟁'은 '태평양전쟁(the Pacific War)'이라는 용어로 대체되었다. 미국은 제2차 세계대전의 전장(戰場)을 태평양 전장과 유럽 전장으로 나누면서 제2차 세계대전을 'War in Europe'과 'the Pacific War'로 구분하였는데, '대동아전쟁'을 대체한 '태평양전쟁'이라는 명명법은 바로 이 'the Pacific War'를 따른 것이었다. 따라서 '태평양전쟁'이라는 명칭에는 미국 중심적인 역사관이 반영되어 있다. 이 책에서 1941년 12월 8일 발발한 전쟁을 '아시아-태평양전쟁'으로 명명하는 것은 이 전쟁을 비롯한 제2차 세계대전이 자본주의 제국들 간의 식민지 쟁탈 전쟁, 피압박 민족의 반제민족해방전쟁, 자본주의 대 공산주의 간의 전쟁, 파시즘 대 범민주세력(자유민주주의+인민민주주의) 간의 전쟁, 서로 다른 문명권들 간의 전쟁이라는 복합적 성격을 지니고 있었다는 점을 감안했기 때문이다.[101]

그런데 아시아-태평양전쟁 발발 이후 1940년대 전반 각종 신문과 잡지에서 전쟁의 목적과 의의, 전황(戰況) 관련 기사가 봇물처럼 쏟아졌던 것[102]에 비해 이 전쟁을 구체적으로 재현하거나 서사화한 문학작

---

100 「基本國策要綱」, 1940.7.28. 여기에서는 外務省 編, 『日本外交年表竝主要文書』, 原書房, 1966, 436~437쪽 참고.

101 '아시아-태평양전쟁' 명명법과 관련된 논의로 김명섭의 「아시아-태평양전쟁과 한국의 주권회복」(『정신문화연구』 제28권 제4호, 한국학중앙연구원, 2005, 5~36쪽)과 「전쟁명명의 정치학-"아시아・태평양전쟁"과 "6・25전쟁"」(『韓國政治外交史論叢』 제30집 2호, 한국정치외교사학회, 2009, 71~98쪽) 참고.

품을 찾아보기는 쉽지 않다. 이에 비해 일본의 경우, 전쟁 발발과 동시에 전과(戰果)에 관한 기사가 넘쳐난 것 못지않게 문학작품 속에서 1941년 12월 8일의 대영미전(對英美戰) 돌입을 중요한 사건으로 부각시켰다. 일례로 1942년에 발표된 다자이 오사무[太宰治]의 「12월 8일」에서는 진주만 공격에 관한 대본영 발표의 라디오 방송을 들으면서 "그것을 들은 뒤 나라는 인간은 진실로 변해버렸다. 강한 광선을 받아 몸이 투명하게 되는 것처럼 느끼고" "일본도 오늘 아침부터 다른 일본이 되었던 것"이라고 의미를 부여하고 있다.[103] 이런 점에서 아시아-태평양전쟁 발발에 대한 식민지 조선 지식인의 '감격'을 보여준 이석훈(李石薰)의 「고요한 폭풍(静かな嵐)」과 당시 식민지 조선사회의 풍경을 그려낸 이무영(李無影)의 『청기와집(青瓦の家)』은 이채롭다.

〈그림 9〉 진주만 공습(대동아전쟁 기념보국 엽서)

102 이에 대해서는 1941년 12월 9일자 『매일신보(每日新報)』 지상을 확인하는 것만으로도 충분하다. 일본 천황의 선전 조서(詔書)를 비롯해 조선총독부 관료, 군인, 경제계 인사들의 전쟁에 임하는 자세와 각오, 그리고 진주만 공습에 이은 말레이반도, 일본군의 홍콩 진격에 따른 전황과 전과의 기사들이 즐비하다.

103 成田龍一, 앞의 책, 39쪽.

갑작스러운 12월 8일의 아침이었다!

박은 이날 아침의 일을 영원히 잊을 수 없을 것이다. (…중략…)

하와이, 진주만 공격!

적에게 막대한 피해를 가함!

놀라운 보도였다. 박의 가슴은 이상하게 뛰었다.

"그 먼 하와이까지 가서 물리쳤구나."

박은 **믿을 수 없는 기적 같다**는 어조로 중얼거렸다, 전신에 이상하게 피가 몰리는 것을 느꼈다. 그때 박의 기분을 뭐라고 형용하면 좋을까, 뭐라고 말할 수 없는 강한 감동에 가슴이 두근거렸다.[104]

제국은 일어나야 할 때 일어났다. 신문은 12월 8일 새벽, 서태평양에서 미영군과 전투 상태에 돌입한다는 뜻을 발표, 라디오는 소리 높여 전 국민을 향해 격문을 띄웠다.

은인(隱忍)의 제국, 마침내 일어선 것이다. (…중략…)

해성은 초조한 하룻밤이 지나자, 곧장 첫 열차로 시가지로 나갔다. 시가지에서도 지나사변이 발발했을 때와는 비교도 되지 않을 정도의 긴장이 넘쳤다. 눈에 띄는 곳곳에는 어제 아침 이래 전승의 뉴스가 덕지덕지 붙어 있었다.

완전히 빛의 빠르기다. 하와이, 싱가포르를 기습하는가 싶더니, 벌써 말레이반도에 상륙해 있다. 황푸강[黃浦江]의 영국 함대는 불을 뿜고, 미국 함대는 항복했다. 그런가 하면, 태평양 상의 미군용선에 어뢰가 날아들었다. **그것은 마치**

104 牧洋, 「静かな嵐」, 『静かな嵐』, 毎日新報社, 1943, 94~95쪽. 이석훈의 「고요한 폭풍」은 총 3부로 이루어져 있는데, 1부는 『국민문학』 1941년 11월호에, 2부는 『국민문학』 1942년 6월호에, 3부는 『녹기』 1942년 11월호에 게재되었다. 강조－인용자.

한 장의 세계지도를 펼쳐놓고 곳곳을 점화하고 있는 것과 같았다. 이러한 대규모적인 작전이 완전히 동일한 순간에 이루어지다니? 특보 뉴스를 쓸 겨를조차 없는 이 신속함![105]

인용문 중 위의 「고요한 폭풍」은 조선문인협회가 경부, 경의, 호남, 함경 등 조선의 각 지방으로 문인들을 파견하여 개최한 문예강연회에 참석한 소설가 박태민의 '전향' 과정을 서사화하고 있는 작품이다. 한때 동반자 작가라는 평가를 받았던 박태민은 1937년 중일전쟁 이후 혼란스러운 식민지 조선의 시세 속에서 자신의 존재를 발견하지 못하여 고뇌하고 있다가 문예강연회에 참여하게 된다. 그는 문예강연회 강연자로서의 경험을 "낡은 것에서 새로운 것으로 전환하려는 이 시대의 격렬한 소용돌이 한가운데"[106]로 뛰어든 "조선의 지식인이 대중 앞에서 하나의 역사적 방향 전환을 선언한 것이며, 이를 통해 자기 자신의 껍질을 벗은 것은 중대한 의의가 있었다"[107]고 생각하고 있는 인물이다. 그러니까 문예강연회의 참석 경험을 통해 과거의 자신을 버리고 소위 '일본주의'를 승인하고 받아들여 새로운 자기를 구축해나갔던 것이다. 그러한 그에게 1941년 12월 8일 하와이 진주만 폭격 소식은 하나의 커다란 역사적 사실로, 자신의 변화를 뒷받침하는 근거가 될 수 있었다. 따라서 박태민이 "뭐라고 할 수 없는 강한 감동에 가슴이 두근거렸"던

105 李無影, 『靑瓦の家』, 新太陽社, 1943, 338~339쪽. 이무영의 『청기와집』은 1942년 9월 8일부터 1943년 2월 7일까지 『부산일보』에 연재되었다가 1943년 9월 신태양사에서 단행본으로 출간된 일본어 장편소설이다.

106 牧洋, 앞의 책, 63쪽.

107 위의 책, 78쪽.

것은 자신의 변화를 역사적 사건이 증명하고 있다는 데서 온 희열감의 표출에 다름 아니었던 것이다.

한편, 아래의 인용문은 이무영의 『청기와집』으로, 중국에 대한 사대사상을 가지고 있는 고루한 조부, 미국식 사고에 물들어 있는 무기력한 부친, 그리고 전쟁을 계기로 구습을 타파하고 국가에 봉공하려는 손자 등 삼대를 중심으로 한 경성 청기와집 사람들의 변화 과정을 그리고 있다. 인용문에는 1941년 12월 8일 아시아-태평양전쟁 발발 직후 식민지 조선의 풍경이 잘 그려져 있는데, 전쟁 발발과 동시에 신문과 라디오, 거리의 벽보에 이르기까지 각종 전황과 승전 소식이 식민지 조선의 경성에서 시골의 소읍까지 넘쳐났다. 또한, "빛의 빠르기"로 승전 소식이 전해지는 가운데 식민지 조선인들은 극도의 긴장감에 놓여 있었다. 1937년 중일전쟁 발발 이후 대륙전진병참기지로서 재편된 조선, 그리고 국가총동원 체제 아래 전시기를 살아가던 조선인들의 삶은 아시아-태평양전쟁의 발발로 인해 또 다른 전환의 국면을 맞이하고 있었던 것이다.

중일전쟁에서 아시아-태평양전쟁으로 이어지는 식민지 말 동아시아 지역 질서의 변동 과정 속에서 소심하고 허영심이 많은 조선 지식인의 변화를 역설하거나, 중국에 대한 사대사상이나 영미식 개인주의를 타파하고 일본주의를 고양시키는 것으로 위의 두 작품의 서사가 전개되고 있는 것은 새삼스러운 일이 아니다. 하지만 1940년대 전반 식민지 조선의 지식인들이 과연 아시아-태평양전쟁을 어떻게 바라보고 있었는지는 여전히 의문으로 남는다. 설령, 그들이 제국주의 이데올로기의 자장을 벗어날 수 없었다고 하더라도, 아시아-태평양전쟁의 발발을 통해 변동하는 식민지 조선의 위상을 어떻게 재정립하고, 식민지 조선의 지식인으로서의 자기규정을 어떻게 도모했는지 살펴보아야 할 필요가 있다. 이는 아시아–태평양전쟁을 제국 일본의 동아시아 침략 전쟁으로 규정하고, 식민지 조선인의 전쟁 동원을 민족수난사의 입장에서 재(再)서술하는 것을 넘어 1940년대 전반 식민지 조선 지식인들의 행위와 욕망을 파악하기 위해서 긴요한 일이다.

물론 식민지 말 동아시아 지역 질서 내 조선의 위상 변동 과정에 주목한 연구는 계속해서 진행되어오고 있다.[108] 특히 일본 정부의 '신체제' 정책에 대한 조선총독부의 대응 과정을 고찰하는 것을 통해 병참기지정책의 성격과 조선총독부 경제지배시스템의 특질을 규명하는 가운데 조선총독부가 국토계발 계획의 논리를 통해 '대륙전진병참기지'인 조선의 지역적 중요성을 강조하는 한편, '경제 신체제'가 요구하는 경제 재편성의 요체가 이러한 지역적 중요성에 기초한 자원 개발·생산력 확충에 있다는 것을 주장함으로써 병참기지 정책의 국책적 의의와 당위성을 각인시키려고 했다는 논의[109]는 아시아–태평양전쟁 발발

---

108 대표적으로 근대 이후 제국 일본의 전쟁 수행이 절대주의 천황제의 공간적 확대였다는 논의(정창석, 「절대주의 천황제의 공간적 확대」, 『日本文化學報』 第37輯, 한국일본문화학회, 2008, 275~297쪽)나, 중일전쟁기 동아신질서와 아시아–태평양전쟁기 대동아공영권 구상 사이에 연속과 단절이 존재하는데, 대동아공영권 구상은 민족이론과 지정학에 입각한 지역통합과 유럽적 근대를 초극할 현대의 '세계사적 세계' 건설을 표방했다는 논의(임성모, 「대동아공영권 구상에서의 '지역'과 '세계'」, 『세계정치』 제26집 2호, 서울대 국제문제연구소, 2005, 101~133쪽), 나아가 전시기 일본의 지정학이 '아시아' 공간의 과학적 합리적 개념을 통해 대동아공영권의 공간적 이론을 시도한 일종의 제국의 정책 과학이었고, 이때 지정학은 '동아협동체론'과 '대동아공영권론'으로 연쇄하는 제국 일본의 동아시아 담론의 지적 자양분 역할을 했다는 논의(이석원, 「'대동아'공간의 창출—전시기 일본의 지정학과 공간담론」, 『역사문제연구』 제19호, 역사문제연구소, 2008, 271~311쪽) 등을 들 수 있다.

109 이에 대해서는 방기중, 「1940년 전후 조선총독부의 '신체제' 인식과 병참기지화정책—총독부 경제시스템의 특질과 관련하여」, 『東方學志』 제138호, 연세대 국학연구원, 2007, 97~152쪽 참고.

이후 경제적 측면에서의 식민지 조선의 위상 변동 과정을 고찰하는 데 많은 참조점을 제공한다. 여기에서는 이와 같은 선행 연구의 성과를 수용하는 한편, 아시아-태평양전쟁 이후 식민지 조선을 거점으로 동아시아 지역 질서와 조선의 위상을 재정립하려고 했던 식민지 조선 지식인의 행위와 그 속에 내재된 욕망의 일단을 고찰하고자 한다. 즉, 이 책에서는 제국의 정책 전개 과정이나 제국 일본인 지식인들로부터 발신된 담론과 그 담론을 전유한 조선인 지식인들의 담론 사이의 동화나 균열의 지점을 고찰하기보다는 '조선'이라는 인식틀을 통해 아시아-태평양전쟁과 연동하는 동아시아 지역 질서 재편 과정을 인식한 식민지 조선 담론 공간 내 지식인들의 논의에 주목하고자 하는 것이다. 이를 위해 주목하고자 하는 텍스트가 『대동아전쟁과 반도(大東亞戰爭と半島)』이다.

인문사 편집부에서 편하여 1942년 8월 출간한 『대동아전쟁과 반도』는 아시아-태평양전쟁 발발 이후 식민지 조선의 위상 문제를 이 전쟁과 결부시켜 논의한 저서 중 가장 이른 시기에 발간된 단행본으로서 의미를 갖는다. 이 단행본의 발간 의도는 국민총력조선연맹 사무국 총장 하다 쥬이치[波田重一]의 서문을 통해 쉽게 확인 할 수 있다. "대동아의 새로운 창조이자, 아울러 세계사의 대혁신인 이번 대동아전쟁의 목적과 그 웅혼(雄渾)한 의의를 천명하고, 이를 잘 국민에게 투철케 하는 일은 당장 시급한 급무이다. 이에 상기 목적에 부합해서 인문사에서 군관민 각계의 권위자가 서술한 귀중한 소견을 수록해 상재한 것은 실로 시의를 얻은 것이라 하겠고, 감히 서문을 적어 일반에게 추장(推奬)하는 바이다."[110] 하다 쥬이치의 서문에 의하면, 『대동아전쟁과 반도』

의 발간 이유는 아시아-태평양전쟁의 목적과 의의를 국민들에게 알리기 위한 것이었다. 그런데 굳이 이 책이 아니라고 하더라도 당시 아시아-태평양전쟁의 목적과 의의는 각종 신문과 잡지 기사, 라디오, 전쟁선전영화 등 다양한 미디어를 통해 넘쳐나고 있었다. 따라서 『대동아전쟁과 반도』만의 특장을 살펴보기 위해서는 인문사 편집부가 선정한 "군관민 각계 권위자"가 누구이고, 그들이 어떤 내용의 글을 싣고 있는지 살펴볼 필요가 있다.

『대동아전쟁과 반도』의 집필진들은 군인, 조선총독부 관료, 언론계 및 경제계 인사, 경성제국대학 교수 등 각 분야의 전문가들이었다. 이 책의 집필진들은 식민지 조선의 담론 공간 내 일본인과 조선인들이었는데, 일본인의 경우 조선에서 거주하고 있던 재조일본인이라는 점에서 주목을 요한다. 왜냐하면, 아시아-태평양전쟁과 조선의 위상 문제를 논의하는 데 식민 모국인 내지 일본의 지식인들과 달리 당시 조선에 거주하고 있었던 재조일본인 지식인들은 '조선'을 거점으로 자신들의 입론을 세우고, 이를 바탕으로 소위 '조선 전문가'로서 자신의 입지를 강화해가고 있었기 때문이다. 이런 점에서 이 책의 저자 중 특히 눈에 띄는 것은 경성제국대학 교수들이다. 1940년대 전반기에는 경성제국대학 출신자들이 이미 정치·사회·문화적으로 활발하게 활동하던 시기였고, 식민지 조선에서 재생산된 경성제국대학 출신의 일본인 지식인들은 자신들의 아이덴티티를 드러내는 데 있어서 과거 '이식'을 통해 식민지 조선으로 건너온 내지의 일본인 지식인들과는 차이를 보였던 점[111]에서 '국민문학' 이데올로그로서 경성제국대학 교수들의 역할

110 波田重一, 「序」, 人文社編輯部 編, 『大東亞戰爭と半島』, 人文社, 1942, 1쪽.

은 의미심장하다. 그들은 조선과의 동일시(identify)를 통해 새로운 조선 건설의 패러다임을 주창한 지식인들이었던 것이다.

한편, 매일신보 주필인 서춘과 농업경제학자인 인정식, 그리고 조선총독부 척무과장 정용신(창씨명 : 青山信介) 등 조선인 3명의 글을 포함시킨 것은 단순히 구색을 맞추기 위해서라기보다는 아시아-태평양전쟁과 조선을 결부시켜 논의하는 데 조선인 지식인의 논의가 필요하다는 인문사 편집부의 판단에 의한 것으로 보인다. 특히 인문사 편집 주간이 최재서였다는 점을 감안한다면, 식민지 조선을 축으로 아시아-태평양전쟁에 대한 새로운 담론을 생산하는 담론장에서 조선인 논자를 적극적으로 가담시켰을 가능성이 크다. 『대동아전쟁과 반도』의 조선인 집필진들인 언론인과 농업경제학자, 조선총독부 관료 등은 『국민문학』 측의 문학자들을 제외하면, 당시 변동하는 조선의 위상에 대해 논의하는 데 필수적인 최소한의 논자들이었던 셈이다.

따라서 『대동아전쟁과 반도』의 집필진 선정에 있어서 『국민문학』과 인문사 편집부에 대한 고려는 필수적이다. 1940년 8월 경 『동아일보』와 『조선일보』가 폐간되고, 경무 당국의 주도에 의해 잡지 『문장』과 『인문평론』이 통합되어 1941년 11월 『국민문학』이 창간된다. 당시 반도 유일의 문화잡지를 표방한 『국민문학』의 성격은 편집요강을 통해 간취할 수 있는데, 『국민문학』의 편집 주간이었던 최재서는 ① 국체 개념의 명징, ② 국민의식의 앙양, ③ 국민사기의 진흥, ④ 국책에의 협력, ⑤ 지도적 문화이론의 수립, ⑥ 내선문화의 종합, ⑦ 국민문화의 건설 등 7

111 박광현, 「'국민문학'의 기획과 전망-잡지 『국민문학』의 창간 1년을 중심으로」, 『배달말』 제37호, 배달말학회, 2005, 335쪽.

가지를 제시한다.[112] 여기에서 『국민문학』의 전체상을 조망하는 것은 어렵지만, 이 편집요강을 통해 대강을 유추해본다면, 1940년 이후 전개된 신체제기 기존의 민족주의와 사회주의, 나아가 개인주의 및 자유주의적 사상을 타파하고 새롭게 국민의식을 함양하는 한편, 이를 위해 내선문화를 종합하여 새로운 국민문화를 건설하는 것을 목표로 하고 있었다는 것을 알 수 있다. 물론 이는 식민지 말 조선인의 황국신민화 정책과 밀접한 관련을 갖는 것이지만, 국민문학 이데올로그들은 제국주의 이데올로기의 자장 안팎에서 요동하는 식민지 조선의 위상과 조선인의 정체성을 새롭게 재구축해나갔다. 그리고 이러한 움직임은 신체제기 동아시아 지역 질서 재편 과정 속에서 제국 일본의 한 지역이자 지방으로서 식민지 조선(인)의 위상을 재정립하려는 움직임과 연동하는 것이었다. 앞서 살펴보았듯이, 당시 최재서와 김종한 등 국민문학 이데올로그들이 '신지방주의론'을 펼친 것 역시 이러한 맥락에 놓인 것이었다.

한편, 1940년대 전반기 '국민문학'이나 '국민문화' 담론 형성과 관련

---

112 각 항목에 대한 구체적인 설명은 다음과 같다. ① 국체 개념의 명징 : 국체에 반하는 민족주의적·사회주의적 경향을 배격하는 것은 물론, 국체 관념을 명징하지 않게 하는 개인주의적·자유주의적 경향을 절대 배제한다. ② 국민의식의 앙양 : 조선 문화인 전체가 항상 국민의식을 가지고 사물을 생각하고 쓰도록 유도한다. 특히 번성해가는 국민적 정열을 그 주제에 끌어들이도록 유의한다. ③ 국민사기의 진흥 : 신체제 하 국민생활에 상응하지 않는 비애, 우울, 회의, 반항, 음탕 등의 퇴폐적 기분을 일소할 것. ④ 국책에의 협력 : 종래의 불철저한 태도를 일소해 적극적으로 난국 극복에 정신(挺身)한다. 특히 당국이 수립한 문화정책에 대해서는 전면적으로 지지 협력하고, 그것이 각각의 작품을 통해 구체화될 수 있도록 노력한다. ⑤ 지도적 문화이론의 수립 : 변혁기를 맞이한 문화계에 지도적 원리가 되어야 할 문화이론을 하루 빨리 수립할 것. ⑥ 내선문화의 종합 : 내선일체의 실질적 내용이 될 내선문화의 종합과 신문화 창조를 위해 모든 지능을 동원함. ⑦ 국민문화의 건설 : 대체로 웅혼(雄渾), 명랑, 활달한 국민문화 건설을 최후의 목표로 한다. 崔載瑞, 「朝鮮文學の現段階」, 『國民文學』 제2권 제8호, 1942.10, 12쪽.

하여 『국민문학』의 성격을 집약적으로 보여주는 것으로 '좌담회'를 들 수 있다. 『국민문학』은 '국민문화'의 이념을 효과적으로 정착시키고 전개해나가기 위해 여러 가지 기획을 마련했는데, 그중 좌담회는 가장 지속적이고 효과적인 문화 선전의 장치였다. 『국민문화』 좌담회는 직접적인 대중교화보다는 이념 창출에 역점을 두었는데, 이러한 성격은 좌담회 참석자들이 문학자들은 물론 조선총독부 관리, 경성제국대학 교수진, 군 관계자들이었다는 점을 통해 간취할 수 있다. 다시 말해, 『국민문학』 좌담회는 제국 일본의 정책과 학지(學知), 그리고 문화가 교차하면서 국민문화의 상을 구축해나갔던 공론장이라고 할 수 있다.[113] 그리고 이 『국민문학』 좌담회는 제국발 담론을 그대로 수신하여 재발신하는 것이 아니라, 좌담회라는 형식을 전유함으로써 양가적이고 분열적 담론 공간을 새롭게 창출해냈다. 즉, 식민지 말 제국 일본과 식민지 조선의 관계가 식민 / 피식민의 관계에서 제국 / 지방의 관계로 재편되는 상황 속에서 제국발 담론과 연동하는 한편 그것에 균열을 내는 공론장을 만들어냈던 것이다.[114] 따라서 이 『국민문학』 좌담회는 변동하는 동아시아 지역 질서 속에서 식민자인 재조일본인들의 불안과 피식민자인 식민지 조선인들의 분열이 민감하게 교차하여 발생한 동화와 이화를 둘러싼 갈등이 끊임없이 지속되는 장이기도 했던 것이다.

아시아-태평양전쟁 발발과 관련된 『국민문학』 주최의 대표적인 좌담회는 1941년 12월 15일 반도호텔에서 열린 '일미(日米) 개전과 동양의

113 서승희, 「1940년대 '국민문학'과 좌담회의 문화정치」, 『현대소설연구』 제43호, 한국현대소설학회, 2010, 42~43쪽.

114 이에 대해서는 신지영, 「『국민문학』 좌담회의 양가성과 발화게임」, 『민족문학사연구』 제40호, 민족문학사학회, 2009, 276~307쪽 참고.

장래' 좌담회이다. 전쟁 발발 직후 마련된 이 좌담회에는 해군대좌 구로키 고이치[黑木剛一], 조선총독부 정보과장 구라시마 이타루[倉島至], 경성제국대학 법문학부 교수 스즈키 다케오[鈴木武雄], 경무국 보안과장 후루카와 가네히데[古川兼秀] 등 일본인과 삼천리사 사장 김동완, 기독교 조선감리교회 조선본부 주사 심명섭, 보성전문학교 법과 과장 유진오, 인문사 편집 주간 최재서 등 조선인이 참석했다. 좌담회 참석자들은 대체적으로 1941년 12월 8일 진주만 공습의 전과에 한층 고무되어 있었다. 감격과 환희에 찬 이 좌담회에서는 적국인 미국에 대한 비판이 주를 이루었는데, "아메리카의 사상적 약점이라든지 육해군의 약점, 혹은 지리적 약점, 또한 국방 자체에도 상당한 결함이 있다. 노동쟁의도 매우 많다. 민족 분리의 위험성도 있다. 국가라는 것을 생각하기 전에 먼저 개인의 생활을 중시한다"[115]고 미국 사회 전반의 병폐를 지적하였다. 그 뒤 전국(戰局)의 귀추가 어떻게 결론날 것인지에 대해 논의하면서 장기전으로 가더라도 일본의 전쟁 승리는 당연한 것인데, 그것은 미국이 '이기심이 강한 민족'으로 인해 '애국심 없는 경제'에 빠져 장기전을 수행할 능력이 없기 때문이라고 말한다. 특히 이 좌담회 참석자들은 1941년 12월 8일을 기점으로 사고의 전환이 필요하고, 고도국방국가 체제를 강화해야 한다고 역설하였다. 이는 전쟁 수행을 통해 대동아공영권을 건설하여 경제적으로 동아 제 민족이 공존공영하는 것뿐만 아니라 그 동안의 서양식 사고의 청산, 동양문화의 새로운 건설 등 대동아전쟁의 성격을 경제전(經濟戰)에서 나아가 사상전(思想戰)이나 문화전(文化戰)으로 규정한 것이었다. 그리고 그 과정 속에서 전쟁

115 「座談會 日米開戰と東洋の將來」, 『國民文學』 제2권 제1호, 1942.1, 9쪽.

수행의 주체로서 일본(인)의 '국체정신'과 '과학정신'의 우수성을 내세우는 것으로 좌담회를 마무리하였다.

물론 이 좌담회 외에도 아시아-태평양전쟁 발발 직후 각종 미디어에서 마련한 좌담회가 연이어 개최되었다. 하지만, 1940년대 전반 내내 군인, 조선총독부 관료, 경성제국대학 교수, 문학자 등 식민지 조선의 지식인들을 총망라하여 지속적으로 좌담회를 개최한 것은 『국민문학』과 인문사 측이 유일하다고 해도 과언이 아니다. 이는 그만큼 『국민문학』과 인문사가 조선총독부와 군부, 경성제국대학과 각종 미디어 등의 '문화자본'을 선점하고 있었다[116]는 것을 방증하는 것이다. 따라서 인문사 편집부가 『대동아전쟁과 반도』를 출간한 것 역시 같은 맥락에서 고려해야 할 필요가 있다. 1940년대 전반기 재조일본인 지식인들과 식민지 조선인 지식인들 간의 동화와 이화의 장으로서의 『국민문학』, 그리고 국민문학 이데올로그들이 식민지 조선을 거점으로 새로운 아시아를 상상하고, 식민지 조선(인)의 위상을 재구축하려고 했다는 점은 『대동아전쟁과 반도』에도 고스란히 스며들어 있었던 것이다.

116 김윤식은 P. 부르디외의 '문화자본' 개념을 빌려와 최재서가 『국민문학』을 주재할 수 있었던 데 경성제국대학 법문학부라는 아카데미즘의 도움을 받았다고 논의하였는데, 이 글에서는 이러한 관점을 확장해 1940년대 전반 『국민문학』이 지속적으로 담론을 생산할 수 있었던 것이 조선총독부, 군부, 경성제국대학 등으로부터 '문화자본'을 수혈받았기 때문이라고 판단했다. 이와 관련해서 김윤식, 「한국 근대문학사의 시선에서 본 『국민문학』-최재서와 사토 기요시 교수」, 『서강인문논총』 제24집, 서강대 인문과학연구소, 2008, 5~28쪽 참고.

2) 대동아공영권 건설과 병참기지로서의 조선

『대동아전쟁과 반도』에 수록된 글 중 아시아-태평양전쟁의 목적과 의의를 밝힌 대표적인 글이 오쿠다이라 다케히코[奧平武彦]의 「대동아전쟁의 큰 목적과 그 성격(大東亞戰爭の大目的とその性格)」이다. 동경제국대학 정치과 출신으로 1926년 8월 경성제국대학 조교수로 발령받아 부임한 뒤 법문학부에서 외교사 강좌 담임으로 재직[117]했던 오쿠다이라 다케히코는 자신의 전공 분야인 정치외교사적 관점에서 아시아-태평양전쟁의 성격을 규명한다. 그는

〈그림 10〉 미국과 영국 함대 격파(『신시대』 만화)

이 전쟁의 성격을 크게 세 가지로 밝히고 있는데, ① 세계 신질서를 건설하기 위해 전 세계를 무대로 세계열강 모두가 참전하는 전쟁, ② 앵글로색슨 민족의 유물지상주의와 금권주의에 대한 황도주의 이념의 항쟁, ③ 파괴하는 한편 건설하는 전쟁 등이 그것이다. ①과 관련해서는 아시아-태평양전쟁을 일본과 미국·영국 사이의 양자 간의 지엽적

117 오쿠다이라 다케히코의 이력에 대해서는 정준영, 「경성제국대학과 식민지 헤게모니」, 서울대 사회학과 박사논문, 2009, 250쪽 참고.

인 전쟁으로 파악하는 것을 지양하고, 구래의 질서를 고수하는 국가들(미국, 영국)과 새로운 질서를 수립하려는 국가들(일본, 독일, 이탈리아) 사이의 전쟁으로 확장시켜 제2차 세계대전이라는 세계사적 흐름 속에서 아시아-태평양전쟁의 성격을 규정하려 한 것이다. 그리고 ②와 관련해서는 영국과 미국이 제국주의 침략전쟁에 의해 아시아의 약소민족을 탄압한 것이 물질적 이욕 때문이라고 비판하면서 대동아 제 민족의 공존공영을 도모하는 아시아-태평양전쟁은 사상적으로 그 성격을 달리한다고 강조한다. 끝으로 ③과 관련해서는 전쟁이 장기전화될 것에 대비해서 미국과 영국이 동남아시아로부터 획득하고 있는 전쟁물자와 자원을 봉쇄하고, 그것을 대동아공영권 내 자급자족시킴으로써 고도국방국가를 건설해야 한다고 역설한다. 이처럼 오쿠다이라 다케히코는 제2차 세계대전이라는 세계사적 흐름, 아시아 약소민족의 서양 열강으로부터의 해방이라는 도의적 명분, 대동아공영권 건설의 당위성 등을 근거로 아시아-태평양전쟁의 성격을 규정하고 있었던 것이다.[118] 물론 이는 제국 일본의 동아시아로의 침략 전쟁을 은폐하는 기만적 술책이지만, 당시 동아시아 지역 질서를 새롭게 구축하려는 움직임을 뒷받침하는 논리이기도 했다. 이런 점에서 『대동아전쟁과 반도』의 집필진들이 구상하고 있었던 '대동아공영권'에 대해 보다 구체적으로

---

118 이와 관련해서 중앙공론사의 요청에 의해 1942년 3월 4일 개최된 「동아공영권의 윤리성과 역사성」 좌담회에 참석한 고사카 마사아키[高坂正顯], 니시타니 게이지[西谷啓治], 고야마 이와오[高山岩男], 스즈키 시게타카[鈴木成高] 등 교토학파 철학자들은 대동아전쟁이 '동양의 도덕'과 '서양의 도덕' 사이의 싸움인데, 일본이 동아에서 지도성을 갖는 것은 세계사적 사명을 자각하고 있기 때문이라고 말한다. 다시 말해, 세계사적 전환기에 일본이 세계사적 사명을 자각할 수 있는 소위 '모랄리세 에네르기'를 갖고 있기 때문에 동아에서 지도적 위치를 차지할 수 있다고 역설하고 있는 것이다. 高坂正顯・西谷啓治・高山岩男・鈴木成高, 『世界史的立場と日本』, 中央公論社, 1943, 133~264쪽.

살펴볼 필요가 있다.

앞서 오쿠다이라 다케히코는 '대동아'가 단순한 지리적 명사가 아니라, 그것은 하나의 권역을 가리키고, 그곳에서 건설될 새로운 질서와 불가분의 관계에 놓여 있다고 설명한다. 그러면서 "대동아공영권은 그 웅대한 건설 방침과 함께 이에 포섭되어야 할 제 지역이 드러나는 것이어서, 동아 대륙뿐만 아니라 남양 제 지역, 호주를 포함한 대양주에 이르는 일대 광역한 것임이 분명해졌다. 저 말레이, 자바, 수마트라, 호주, 이른바 아시아 호주 지중해라 불리는 수역을 '대동아해(大東亞海)' 즉 대동아의 내해(內海)로 삼고, 서남태평양의 주변, 여러 도서(島嶼) 전역이 대동아권에 들어오는 것이다. 그리고 대동아공영권의 서쪽은 그 권역에 미얀마뿐 아니라 인도까지도 포함하지 않으면 안 된다"[119]고 말한다. 또한, 아시아가 하나의 권역을 이룰 수 있는 것은 역사적 · 지리적 · 경제적 · 문화적 유대관계를 갖고 있기 때문이라고 논의한다. 이는 세계 체제를 각각의 권역별로 나누어 사고하는 지역주의적 관점에 따른 것으로, 일본이 맹주가 되어 아시아를 하나의 지역체로 성립시키는 것은 서양으로부터 동양을 해방시키는 것임과 동시에 아시아 제 민족의 공존공영의 자급자족적 체제를 완성시켜 아시아 나아가 세계 체제에 새로운 지역 질서를 구축할 수 있다는 것이다.

이처럼 아시아-태평양전쟁 발발 이후 동아시아 지역 질서가 급속하게 재편되어가는 가운데 식민지 조선의 지식인들은 기존의 식민지 조선의 위상을 재확인하여 강화하거나 새롭게 정립할 필요가 있었다. 그리고 거기에는 제국 일본의 아시아로의 지리적 팽창의 결과 식민지 조

119 奧平武彦, 「大東亞戰爭の大目的とその性格」, 人文社編輯部 編, 앞의 책, 50~51쪽.

선의 위상이 위축될 수 있다는 불안감이 내재되어 있기도 했다. 다시 말해, 아시아-태평양전쟁 발발 이후 해양 아시아나 남양의 여러 지역에 대한 관심이 새롭게 대두하고, 특히 그곳이 전쟁 수행을 위한 자원의 공급지로서 중요한 지역으로 급부상하면서 기존의 대륙전진병참기지로서의 조선의 위상이 위축될 수 있다는 불안감이 대동아공영권 내 조선의 위상을 새롭게 구축할 필요로 이어졌던 것이다. 특히, 식민지 조선을 거점으로 자신들의 입론을 펼쳐오던 지식인들은 누구보다 발 빠르게 이 작업을 수행해야만 했다.

먼저 스즈키 다케오[鈴木武雄][120]는 「병참기지로서의 반도(兵站基地としての半島)」에서 아시아-태평양전쟁 발발 이후의 전과를 통해 확인할 수 있듯이, 대동아공영권 건설은 엄연한 현실이라고 말한 뒤, 대동아공영권 건설이 동아 제 민족의 연합 또는 연맹과 같은 동아연맹론적 성격을 갖는 것이 아니라고 말한다. 그러면서 대동아공영권 건설의 중심적 주체는 일본이 되어야 하고, 그 주축은 일만지(日滿支)의 호조연환(互助連環) 관계여야 한다고 말한다. 즉 스즈키 다케오는 제국 일본을 중핵에 놓고, 그를 둘러싼 일만지를 연결하는 하나의 원, 그리고 다시 이 원을 둘러싼 아시아의 다른 지역들 간의 연합체로 구성된 대동아공영권을 상정하고 있었던 것이다. 그래서 그는 아시아-태평양전쟁 발발 이후 남양에 대한 새로운 관심이 일어났다고 하더라고 대동아공영권 건설에서 핵심은 일만지의 호조연환 관계에 있다고 말할 수 있었던 것이

120 스즈키 다케오는 동경제국대학 법학부 정치학과 출신으로 1928년 경성제국대학 조교수로 발령받아 법문학부에서 경제학 제2강좌를 담당하면서 1945년 8월까지 재직했다. 이에 대해서는 정준영, 앞의 글, 252쪽 참고.

다. 그리고 그는 이 일만지 호조연환의 심부에 '내선일체(內鮮一體)'가 엄존하고 있다는 것을 상기시키면서, "만주사변, 지나사변, 나아가 대동아전쟁으로 발전해서 연이어 공영권이 확대되어가더라도, 아니 확대되어갈수록 더욱 이 중핵적 유대는 강인해져야만 하는 것"[121]이라고 강변한다. 요컨대, 스즈키 다케오는 대동아공영권 건설의 핵심적인 동력을 일만지의 호조연환의 관계에서 찾으면서, 그러한 관계를 가능케 하는 것으로서 '내선일체'를 들고 있는 것이다. 주지하다시피 내선일체 담론은 식민지 조선인을 제국 일본의 황국신민으로 만드는 동화 이데올로기였고, 그것은 중일전쟁이 발발하면서 대륙전진병참기지로서의 조선의 위상 재편과 식민지 조선인의 전쟁 동원이라는 실질적 목적 아래 수행된 정책이기도 했다. 따라서 스즈키 다케오가 이 내선일체 담론을 대동아공영권 건설의 이념적 기반으로 가져온 것은 그만큼 대동아공영권 내 조선의 위상을 높이기 위한 전략적 선택이었다고 할 수 있다.

반도 2,400만 동포야말로 대동아전쟁 하 아시아 민족 해방운동의 지도자이고 주체일 영예를 지니고 있고, 결코 지나인이나 태국인이나 말레이시아인이나 필리핀인처럼 해방되어야 할 객체는 아니다. 이것은 대다수의 반도 동포에 대해서는 이제 와서 말할 필요도 없지만, 아시아 민족 해방의 기운이 팽배해져 고양되고 있는 이때, 일부 소수의 편협한 민족사상의 소유자가 이 해방운동의 방향을 잘못 잡아서 조선 및 조선 동포의 아시아에서의 높은 위치를 부정하고, 스스로를 굳이 피압박 민족이라 간주하고서 반도를 일본 제국주의의 식민지에서 해방하는 일이 반도 대중의 행복이라고 잘못 믿는 자가 아주 없지는 않기 때문에

121 鈴木武雄, 「兵站基地としての半島」, 人文社編輯部 編, 앞의 책, 86쪽.

하는 충고이다. 또한 그와 함께 아무런 깊은 성찰 없이, 단지 조선을 식민지라 부르면서 거리낌 없어 하는 일부 경솔한 내지인에 대한 충언에 다름 아니다.[122]

스즈키 다케오가 대동아공영권 내 조선의 위상을 높이 평가한 것은 아시아-태평양전쟁이 영미 제국주의 세력으로부터 아시아 민족의 해방 전쟁인데, 조선은 영미의 식민지적 지배를 받지 않았을 뿐만 아니라, 중국이나 태국처럼 반(半)식민지의 상태에 처한 적도 없었고, 한일병합 이후 내선일체의 길을 충실히 걸어와 일본과 함께 아시아 해방운동의 주체가 될 수 있다고 여겼기 때문이다. 따라서 그가 아시아-태평양전쟁 수행 주체로 조선을 위치시킨 것은 단순히 전쟁 동원의 기만적 술책이라기보다는, 전쟁을 수행하는 데 있어서 그만큼 조선의 역할이 중대하다는 것을 염두에 두었기 때문이라고 할 수 있다. 그리고 전쟁 수행에서 그가 특히 주목했던 것은 경제력과 관련된 부분이었는데, 그는 대동아공영권에서 조선 경제가 큰 비중을 차지하고 있다고 지적하거나, 대동아공영권을 유지・발전시켜나가기 위해서 조선 공업의 중공업화와 전조선의 공업지대화를 이루어내야 한다고 강조했다. 즉, 1937년 중일전쟁 이후 대륙전진병참기지로서의 조선의 위상이 대동아공영권을 건설하기 위해 한층 강화될 필요가 있다고 역설하고 있는 것이다. 그런데 여기에서 눈여겨보아야 할 것은 그의 이러한 발화가 식민지 조선인과 내지 일본인 모두를 향하고 있다는 점이다. 그는 "반도를 일본 제국주의의 식민지에서 해방하는 일이 반도 대중의 행복이라고 잘못 믿는 자"와 "조선을 식민지라 부르면서 거리낌 없어 하는 일부 경솔한 내지

122 위의 책, 88쪽.

인” 모두를 상대화하여 자신의 입론을 펼쳐나가면서 재조일본인 지식인으로서의 자신의 발화 위치를 적극적으로 드러내고 있었던 것이다.

스즈키 다케오와 마찬가지로 조선은행 조사과에 근무하고 있었던 가와이 아키타케[川合彰武] 역시 「조선 공업의 현 정세(朝鮮工業の現情勢)」에서 경제적 측면에서 대동아공영권 내 조선의 중요성을 피력하고 있다. 그는 앞서 오쿠다이라 다케히코가 논의한 것처럼, 대동아공영권의 이론적 근거가 광역 경제의 원리에 기초를 두고 있는데, 그것은 자급자족 체제 사상을 중핵으로 삼고 지연과 혈연의 결합을 필연적 논리 근거로 삼는다고 서두를 뗀다. 그러면서 대동아공영권의 하부조직으로 '북방권(北方圈)'과 '남방권(南方圈)'을 들고, 각각이 '생존권'과 '보급권'으로서 차이를 갖는다고 말한다. 그리고 이 북방권에서 조선의 지위가 '대륙전진병참기지'에서 '제국전진병참기지'로 바뀌어가고 있다고 말한다. "대동아공영권에서 조선의 경제적 지위는 북방권의 제국전진병참기지로서 규정된 것인데, 그것은 종래 이해되어왔던 대륙전진병참기지적 성질과는 다른 것이어서, 대동아전쟁과 남방권의 공영권 편입을 계기로 조선의 경제적 지위는 새로운 의의와 성격을 부여받았다고 보아야 할 것이다."[123] 그에 의하면, 중일전쟁 이후 대륙전진병참기지로서의 조선의 위상은 대륙에서의 제국의 영토적 전진 거점, 공업화에 따른 공업품의 대륙 공급 시장, 제국의 곡창 등에서 그 근거를 찾았는데, 아시아-태평양전쟁 발발 이후 조선은 중공업화를 중심으로 한 국방경제의 강화에서 그 존립 근거를 찾아야 하고, 이것이 제국전진병참기지로 조선의 위상을 재편하기에 이르렀다는 것이다. 즉, 가와이 아키

123 川合彰武, 「朝鮮工業の現情勢」, 위의 책, 133~134쪽.

타케는 전쟁 수행을 위한 공업 부문의 비약적인 생산력 증가를 통해 조선의 위상을 재정립해야 한다고 역설하고 있는 것이다.

한편, 스즈키 다케오나 가와이 아키타케 등 재조일본인 지식인 못지 않게 식민지 조선인 지식인 역시 대동아공영권 내 조선의 위상 재구축과 관련된 논의를 전개한다. 먼저 매일신보 주필인 서춘(徐椿)은 「대동아공영권에서의 반도의 지위와 사명(大東亞共榮圈に於ける半島の地位と使命)」에서 1894년의 청일전쟁에서부터 1941년 아시아-태평양전쟁에 이르기까지 제국 일본이 발전·팽창해오는 데 조선이 수행했던 역할의 중요성을 부각시키고, 아시아-태평양전쟁 발발 이후 변화되어야 할 조선의 위상에 대해 논의한다. 그는 청일전쟁과 러일전쟁에서 일본의 승리로 인해 일본과 조선이 국방상 일체화가 되었고, 이러한 일체화 과정 속에서 일진회를 비롯한 조선인의 협력이 중요한 역할을 했다고 말한다. 물론 그는 제국 일본의 발전이 조선인만의 힘으로 이루어진 것은 아니라고 선을 긋고 있지만, 아시아의 다른 어떤 민족보다 빨리 조선인이 제국의 신민이 되어 협력했고, 그것이 제국의 발전에 큰 역할을 했다는 점을 강조한다. 그리하여 그는 다음과 같이 말할 수 있었다.

> 요컨대 일청·일러 양 전쟁은 일본이 자기 자신을 팽창·발전시키고, 국방상 조선 및 조선인을 구해 아시아의 제 민족을 각성시킨 획기적인 전쟁이었다. 이렇게 해서 집약적 시대는 가고 다시 활약 시대에 들어섰다. 1931년 9월의 만주사변은 그 발족이었는데, 이때 조선은 문자 그대로 병참선이 되고, 병참기지가 되었다. 당시 만주에 거주하는 백 만의 조선인이 황군의 만주에서의 군사 행동에 얼마나 도움이 되었는가라는 사실은 이미 일반이 인정하는 바이다.

> 1937년 7월부터의 지나사변은 만주사변의 계속이고, 작년 12월 8일부터의 대동아전쟁은 그 또한 연속이다. 이 12년 동안 조선이 일본 제국의 영토로서 행한 역할, 조선인이 일본 제국의 신민으로서 다한 임무 및 역할은 아마도 상상 이상의 것이었고, 필설로는 나타낼 수 없는 숱한 것이 있다.[124]

위의 인용문을 통해 확인할 수 있듯이, 서춘은 전쟁을 통한 일본의 제국주의적 팽창 과정 속에서 조선과 조선인이 지속적으로 중요한 역할을 담당했다는 것을 강조한다. 그리하여 그는 이제 아시아-태평양전쟁 발발 이후 조선인이 지원병에 지원하거나 국방헌금을 내는 한편, 직역봉공(職域奉公)을 다해 황국신민으로서 사명을 완수하고 있다며, 일본이 남쪽의 태평양 방면에 진력하는 동안 조선이 북쪽의 대륙 방면을 지키는 임무를 수행할 수 있다고 말하기에 이른다. 그는 어느 순간 식민지 조선인이 아닌 또 다른 제국 일본인으로서 대동아공영권 건설과 아시아-태평양전쟁 수행 주체로서 조선과 조선인을 위치 짓고 있는 것이다. 끝으로 그는 대동아공영권이 확립되어가는 가운데 조선은 대동아공영권 내 '공장'으로 변할 것이라며 논의를 마무리하는데, 그 근거로 일본의 국토계획과 자원 및 설비, 그리고 노동력 등을 제시하고 있다. 이 글에서 동아시아 지역 질서 변동 과정 속에서 흔들리는 조선의 위상에 대한 식민지 조선 지식인의 불안감을 읽어내기란 요원한 일이지만, 서춘은 과거 일본의 제국주의적 팽창의 역사에서 조선과 조선인이 얼마나 기여했는지를 환기시키는 서술 전략을 통해 새롭게 구축되는 대동아공영권 내 조선의 위상을 강화해나가고 있었던 것이다.

---

124 徐椿, 「大東亞共榮圈に於ける半島の地位と使命」, 위의 책, 80쪽.

또한, 인정식(印貞植)은 「동아공영권의 식량문제와 반도의 농업(東亞共榮圈の食糧問題と半島の農業)」에서 동양의 식량문제와 관련된 식민지 조선 농업의 지위와 역할에 대해 고찰한다. 그는 지세(地勢)나 기후, 풍토 등 자연적 조건을 바탕으로 동양을 3지대로 나눈 뒤, 식량문제와 관련해서 중요한 지역은 중국의 화히허(淮河)강과 조선의 압록강을 잇는 가상선 이남 지역의 습윤 지대라고 말한다. 그런데 동양을 3지대로 나누고, 습윤 지대의 특징을 벼농사로 규정한 것은 1935년 와쓰지 데쓰로[和辻哲郎]가 『풍토(風土)』에서 풍토의 세 가지 유형을 몬순, 사막, 목장으로 나누고, 몬순적 풍토의 특수 형태로 중국과 일본에 대해 고찰한 것과 닮아 있다. 와쓰지 데쓰로는 "풍토적 성격을 갖지 않는 역사적 형상물도 없으며 또한 역사적 성격을 갖지 않는 풍토적 형상도 없다. 때문에 우리들은 역사적 형상물 안에서 풍토를 발견할 수 있을 뿐만 아니라, 풍토적 형상 안에서 역사를 볼 수도 있다"[125]고 논의하면서 풍토적 특성에 기반해 '동양'을 구상하였다. 이후 그의 풍토론은 대동아공영권 구축의 이념적 근거 중 하나로 활용되었는데, 비록 인정식이 와쓰지 데쓰로의 풍토론에 직접적인 영향을 받은 것은 아니라고 할지라도, 인정식 역시 그와 유사한 풍토론적 사고에 기반해 동양을 구상하고 있었던 것이다.

인정식은 이 습윤 지대의 특징으로 벼농사, 우경(牛耕), 몬순기후를 거론하면서 대동아공영권 내 식량문제의 초점에 벼농사가 놓여 있음을 명확히 한다. 이어 아시아-태평양전쟁 발발 이후 식량증산의 확충에 따라 일본 국내의 수요와 공급 사이의 불균형이 심해져 조선, 타이

125 和辻哲郎, 『風土－人間學的考察』, 岩波書店, 1979, 142쪽.

완, 만주 등 외지를 비롯해 남양 지역으로부터 쌀을 수입해야 하는 형편이라고 말한다. 그런데 만주나 중국은 다른 작물에 비해 쌀 생산력이 극도로 떨어질 뿐만 아니라, 일본인의 이주나 군대의 이동에 의해 오히려 그 수요가 증가하고 있는 상황이고, 남양의 경우에는 쌀 생산량은 많으나 전시 상황하 해상 수송상의 어려움이 있어 쌀을 수입하기 곤란하기 때문에 타이완과 조선이 중요한 역할을 할 수밖에 없다고 지적한다. 하지만 타이완의 경우 조선의 쌀 생산량의 반 정도에 불과하기 때문에 결국 중요한 곳은 조선이 된다고 말한다. 그러니까 인정식은 대동아공영권 내 식량문제를 해결하기 위해서는 권역 내에서 쌀을 자급자족할 수 있어야 하는데, 만주나 중국은 생산력 측면에서, 남양은 수송 측면에서, 그리고 타이완은 생산량 측면에서 조선에 비해 열등한 위치에 놓이기 때문에 조선이 결정권을 쥐고 있다고 말하고 있는 것이다.

그런데 그의 글에서 흥미로운 대목은 조선에서 쌀을 증산하기 위해서는 적정 소작료의 재정·실시, 농업의 유축화(有畜化), 개량농구화, 협동작업화 등을 도모해야 하며, 특히 "적정 소작료를 즉시 실시하고, 지주로 하여금 생산에 적극적으로 협력하게 하는 것은 증산을 위해 불가결한 조건이다"[126]라고 강조한 것이다. 즉, 여기에서 눈여겨보아야 할 것은 인정식이 식량 증산의 필요성을 역설하는 과정에서 식민지 조선의 농업 경작 환경을 개선하려고 했다는 점이다. 그가 마르크스주의 농업경제학자였다는 점을 감안한다면, 인정식은 제국이 요청하는 식량 증산에 부응하는 한편, 지주의 소작인에 대한 착취와 횡포를 적정

126 印貞植, 「東亜共榮圏の食糧問題と半島の農業」, 人文社編輯部 編, 앞의 책, 129쪽.

소작료 실시를 통해 해소하려고 했던 것이다. 이처럼 인정식은 몬순기후, 습윤 지대 등 풍토적 특성에 기반하여 '동양'을 구상하고, 이로부터 건설될 대동아공영권 내 식량문제에 대해 논의하는 가운데 쌀의 생산에 초점을 맞춰 조선 농업의 위상을 강화시키는 한편, 조선 농업 생산구조의 구태를 개선하려고 했던 것이다.

이상에서 살펴보았던 것처럼, 서춘과 인정식 등 『대동아전쟁과 반도』의 조선인 논자들이 아시아-태평양전쟁과 조선의 위상 문제에 대해 논의하는 담론장에서 제국주의 담론에 균열을 낼 수 있는 새로운 담론을 주창한 것은 아니었다. 어쩌면 조선의 위상을 새롭게 강화하려고 한 그들의 논의 역시 제국주의 담론의 자장에 흡수되어버릴 수밖에 없었는지도 모른다. 하지만 식민지 조선인 지식인들은 동아시아 지역 질서 변동 과정 속에서 흔들리는 조선의 위상을 제국주의적 질서 안에서 확정해가는 한편, 조선(인)의 위상을 제국-식민지 체제가 아닌 중앙과 지방, 나아가 동아시아 지역 질서의 한 지역으로서 제고하려고 분투했다. 그리고 그것은 타자의 위치를 벗어나 주체의 위치에 서고자 한 식민지 지식인의 욕망의 회로의 한 단면을 극명하게 보여주는 것이었다.

/ 제4장 /

제국의 중앙 일본, 통합되는 아시아

1. 제국의 중앙, 상경의 심상지리

1) 내선일체의 역설적 공간 위계화

근대 이후 제국 일본은 아시아이자 아시아가 아닌 이중의 위상을 구축해왔다. 서양을 타자로 상정하면서 일본은 아시아의 맹주임을 자처하는 동시에 아시아로서 자신의 위상을 구축해가는 한편, 서구 열강으로부터의 아시아의 해방, 아시아의 공존공영(共存共榮)이라는 슬로건 아래에서는 아시아를 구성하는 한 국가로서의 위상을 제고해왔다. 제국의 침략과 아시아의 공존공영이라는 모순되고 착종된 이데올로기 속에서 근대 이후 제국 일본은 아시아이면서 아시아가 아닌 위상을 만들어갔던 것이다. 이러한 이중의 위상 속에서 제국 일본은 아시아의 중앙이자 제국의 심연으로서 자기를 구축해갔으며, 이때 조선을 비롯한 식민지들은 주변부화되어 제국의 지방으로 위치 지어졌다. 홋카이도[北海道]나 오키나와[沖縄]를 비롯한 내지(內地) 식민지와 타이완이나 조선 등의 외지(外地) 식민지는 중앙 일본의 지방으로서 그 위상에 심대한 재편을 겪게 되었던 것이다. 이러한 지정학적 재편 움직임 속에서 식민지 말 '내지(內地)'와 '조선(朝鮮)'이 일체가 되어야 한다는 내선일체론(內鮮一體論)은 제국-식민지 체제 내 중앙으로서의 제국 일본과 지방으로서의 식민지 조선 사이의 위계화된 관계를 상징적으로 드러낸다.

잘 알려져 있다시피, 식민지 조선의 통치이념으로 내선일체론이 본격적으로 개진된 것은 1936년 8월 5일 미나미 지로[南次郎]가 조선총독으로 부임하면서부터였다. 그는 조선총독에 부임한 이후 "몸(形)도 마음(心)도 피(血)도 육체(肉)도 모두가 일체가 되지 않으면 안 된다. (…중략…) 내선(內鮮)은 융합이 아니고, 악수가 아니며, 몸과 마음이 모두 참된 일체가 되지 않으면 안 된다"[1]고 역설하였다. 그리고 1937년 중일전쟁이 발발한 뒤 대륙전진병참기지로서 식민지 조선의 위상이 재편되면서 내선일체론은 그러한 대륙전진병참기지의 정신적 기반을 뒷받침하는 이념이자 식민 통치의 정책으로 활용되었다. 일반적으로 미나미 지로의 내선일체론은 전대(前代) 조선총독인 우가키 가즈시게[宇垣一成]의 '내선융화론(內鮮融和論)'을 계승한 것으로 이해된다.[2] 다시 말해,

1 朝鮮總督府, 『朝鮮に於ける國民精神總動員』, 朝鮮總督府, 1940, 101쪽.

2 우가키 가즈시게의 내선융화론은 그가 1927년 4월부터 10월까지 사이토 마코토[齊藤實] 총독을 대신해 조선총독의 업무를 보았던 때와 1931년 6월 정식으로 조선총독에 부임했을 때에 차이를 보인다. 1927년에는 "조선인을 강제로 일본인으로 만드는 것이 아니라, 양자가 서로 채장포단(採長補短 : 남의 장점을 본받아 자기의 단점을 보완함 – 인용자)의 태도로 접촉하여 일선일가(日鮮一家)를 기약하는 것이다"(宇垣一成, 『宇垣一成日記』 Ⅰ, みすず書房,

내선일체론의 원형이 내선융화론에 있기 때문에 내선융화론의 연장 선상에서 내선일체론을 파악해야 한다[3]는 것이다. 한편, 조선총독부의 내선일체 정책을 이론적으로 뒷받침하는 동시에 운동으로 전개시킨 민간단체가 잘 알려진 녹기연맹(綠旗聯盟)이다. 녹기연맹의 모태는 일본의 국가주의적 불교 단체인 국주회(國柱會)였는데, 1924년 경성제국대학 예과 화학교수로 부임한 쓰다 사카에[津田榮]의 주도로 조선에서 침체된 국주회는 부흥의 전기를 맞이하게 된다. 그는 1928년 경성제국대학 멤버를 중심으로 묘관동인(妙觀同人)을 만들고, 1931년 이를 개편하여 녹기동인회(綠旗同人會)로 재출발시켰다. 이 단체는 표면적으로 종교 수양을 목적으로 내세우고 있었지만, 그러한 종교 수양은 국가주의적 이념의 학습과 체계화에 다름 아니었다.[4] 이후 일련주의(日蓮主義) 진영의 연대를 통해 1933년 2월 사회교화단체를 표방한 녹기연맹이 결성되었다. 녹기연맹은 1936년부터 잡지 『녹기(綠旗)』를 발행하는 한편 '녹의 생활운동'을 제창했는데, 그것은 일본 고유의 국체정신(國體精神)에 기초하여 동서양의 문화를 종합하고 이후 아시아와 세계를 지

1968, 571쪽), "내선(內鮮) 간에는 이후 노력해 속히 융합혼일체(融合渾一體)가 된 신(新)일본민족이 나오지 않으면 안 된다"(같은 책, 590쪽)며 일정 부분 조선인을 인정하는 듯한 제스처를 보이면서 온건한 융화론을 내세웠던 반면, 1931년 이후에는 "조선인의 참된 행복은 참된 일본인이 되는 것에 의해서, 또 장래에 공존공영하는 것에 의해서만 달성될 수 있는 일"(宇垣一成, 『宇垣一成日記』 II, みすず書房, 1970, 972쪽)이라며 조선인이 일방적으로 일본인이 될 것을 역설하였다. 그의 내선융화론이 변화된 것은 1930년대 전반 사회주의자들의 일본 통치에 대한 저항과 경제적으로 피폐한 조선인들이 거기에 동조하고 있는 상황 판단에 따른 것이었다.

3 이상의 우가키 가즈시게의 '내선융화'론과 미나미 지로의 '내선일체'론의 관계에 대해서는 崔由利, 『日帝 末期 植民地 支配政策研究』, 國學資料院, 1997, 17~34쪽을 참고하여 정리하였다.

4 녹기의 '녹(綠)'은 사회주의・공산주의의 '적(赤)', 무정부주의의 '흑(黑)', 그리고 서양주의의 '백(白)'에 대항하는 일본주의의 표상으로 내세워진 것이었다.

도할 일본인의 생활을 창조하고자 하는 신생활의 원리로 설파되었다.[5] 이 녹기연맹은 식민지 조선의 내선일체운동에서 조선총독부를 중심으로 한 통치 권력에 이론적 방향을 제시하거나, 통치 권력에 의해 입안·추진된 정책을 수행하면서 이를 더욱 구체화시켰다는 점에서 내선일체운동과는 불가분의 관계에 놓여 있는 단체였다고 할 수 있다.[6]

이처럼 내선일체 담론은 식민지 조선인을 제국 일본의 황국신민으로 만드는 동화 이데올로기였고, 그것은 중일전쟁이 발발하면서 대륙전진병참기지로서 재편된 조선의 지정학적 위상과 조선인의 전쟁 동원이라는 실질적 목적 아래 수행된 정책이기도 했다. 물론, 황민화정책의 일환으로서의 내선일체론은 식민지 조선인들에게 내선 간 차별의 철폐라는 일종의 환상을 꿈꾸게 한 것이기도 했다. 『조선인의 나아갈 길(朝鮮人の進むべき道)』의 저자이자, 녹기연맹에서 주도적인 역할을 한 현영섭(玄永燮)을 비롯한 이광수 등 조선인 내선일체론자들에게 내선일체론은 '차별로부터의 탈출'이라는 논리[7]를 가능케 하는 것이기도 했던 것이다. 하지만 비록 내선일체론이 식민지 조선인들로 하여금 자신들의 차별적 위치를 벗어날 수 있을 것이라는 환상을 강화하는 측면이 있다고 하더라도 그것이 "내선융화나 내선평등처럼 상대적 관계가

5 이와 관련하여 녹기연맹의 주간이었던 쓰다 쓰요시[津田剛]는 내선일체의 기본이념을 설명하는 가운데 다음과 같이 말한다. "참된 내선일체는 내선이 함께 일체가 된 것이 실로 기쁨을 증가하고, 영구히 그것이 하나가 되어 후퇴하지 않는 것이며, 그 자체가 세계문화의 움직임에서 보아 필연적이고, 또한 그것이 세계문화에 공헌하는 것이지 않으면 안 된다. 그것은 실로 일본 국체정신의 참된 파악에 의해서만 모두 해명할 수 있는 것이다."(津田剛, 『今日の朝鮮問題講座(1) 內鮮一體の基本理念』, 綠旗聯盟, 1939, 42~43쪽)

6 이에 대해서는 이승엽, 「내선일체운동과 녹기연맹」, 『역사비평』 제50호, 역사비평사, 2000, 200~216쪽 참고.

7 이에 대해서는 미야다 세쓰코[宮田節子], 李熒娘 譯, 『朝鮮民衆과 「皇民化」 政策』, 一潮閣, 1997, 159~189쪽 참고.

아니라, 일본국체를 바탕으로 한 유기적 내면적 일체론"[8]이라는 점을 간과할 수는 없다. 특히, 중일전쟁 이후 전쟁 기간 동안 조선인이 일본 인구의 외부자에서 내부자로 전환되고, 조선인 집단이 생명 권력과 통치성의 논리 아래 관리되기 시작했다는 점, 또한 조선인을 내부자로 만들기 위해 이전의 인종차별을 부인하고, 조선인에 대한 인식을 변화시킬 필요가 대두했을 때, '내선일체'의 논리가 강조되었다는 점[9]에서 '차별로부터의 탈출'이라는 욕망의 회로는 결국 황민화의 길로 수렴될 수밖에 없었던 것이다.

이러한 내선일체론을 서사화한 작품 중 이 책에서 주목하고자 하는 작품이 김성민(金聖珉)의 『녹기연맹(綠旗聯盟)』이다.[10] 물론 이 작품 외에도 이광수의 소설을 비롯해 내선일체론을 서사화한 작품은 많이 있다. 하지만 이 작품은 소위 '국책문학'의 성격을 명확히 하고 있음에도 불구하고 그러한 국책적 성격을 희석화시키거나, 무화시키고 있는 서사가 전개되고 있다는 점에서 주목된다. 다시 말해, 내선일체 담론의

---

8 綠旗聯盟 編, 『今日の朝鮮問題講座(4) 朝鮮思想界概觀』, 綠旗聯盟, 1939, 28쪽.

9 Takashi Fujitani, *RACE FOR EMPIRE : Koreans as Japanese and Japanese as Americans during World War Ⅱ*, University of California Press, 2011, pp.39~40.

10 김성민의 본명은 김만익(金萬益)으로, 그는 1916년 평양에서 태어나 평양고등보통학교를 중퇴한 뒤 일본으로 건너가지만 뜻을 펼치지 못하고 평양으로 돌아온다. 이후 1년 여 조선영화 제작에 관여하다가, 1936년에는 평안북도 만포선(滿浦線) 북신현역(北新峴驛) 역무원으로 근무하였다. 조선문단에 거의 알려지지 않은 그가 일본문단에 처음 등장한 것은 오사카마이니치[大阪每日]신문사가 현상공모한 제1회 지바 가메오[千葉龜雄]상(장편대중문학 부문)에 「반도의 예술가들(半島の藝術家たち)」이 1등으로 입선하면서부터였다. 그의 작품의 주된 특징은 내선결혼과 연애를 꿈꾸는 인물이 많이 등장한다는 것인데, 그것은 내선결혼을 하고 싶은 작가 자신의 동경이 크게 반영되어 있는 것으로 여겨지기도 한다. 또한, 시국적인 내용에도 불구하고 남녀의 연애와 결혼, 도회적 취미, 예술에 대한 동경, 철저한 서양적 취미 등 통속성으로 흐르고 있다는 점을 한 특징으로 들 수 있다. 이에 대해서는 南富鎭, 「金聖珉 『綠旗聯盟』 解說 風俗と國策としての內鮮結婚」(金聖珉, 『日本植民地文學精選集 朝鮮編 10 : 綠旗聯盟』, ゆまに書店, 2001) 참조.

서사화 과정 속에 나타난 모순과 균열의 양상을 가장 잘 보여주는 작품이라는 점에서 김성민의 『녹기연맹』에 주목할 필요가 있는 것이다. 여기에서는 김성민의 『녹기연맹』의 서사를 도쿄 / 경성으로 상징되는 내선 공간의 위계화 측면에서 분석하는 것을 통해 식민지 말 내선일체 담론의 서사화 과정 속에 나타난 모순과 균열의 지점들을 살펴보고자 한다. 즉, 내선일체 이데올로기를 공간적 위계화로 서사화한 『녹기연맹』의 서사를 고찰함으로써 식민지 말 중앙 도쿄와 지방 경성 사이의 위계화된 공간 분할의 양상을 규명하고자 하는 것이다.

국책문학이라는 집필 의도에 맞게 『녹기연맹』은 일본인 고마쓰바라 집안과 조선인 남 씨 집안의 자녀들을 중심으로 한 내선 연애와 결혼이 사건의 중심을 이루고 있는 작품이다. 일본 육군사관학교 생도인 남명철과 그의 친구이자 역시 육군사관학교 생도인 고마쓰바라 야스시게의 여동생 야스코, 그리고 명철의 여동생 명희와 야스시게의 형 야스마사 사이의 내선 연애와 결혼이 서사의 주축을 이루고 있는 것이다. 당시 정책적으로 장려되고 있었던 내선결혼은 역설적이게도 제국 일본인과 식민지 조선인 사이의 위계화된 관계를 와해할 가능성을 갖는 것으로 여겨질 수 있었다. 내선결혼은 제국 / 식민지라는 정치적 측면과 일본인 / 조선인이라는 민족적 측면, 남성 / 여성이라는 젠더적 측면에서 명확하게 위계화된 관계를 동시에 희석화시킬 수 있었던 것이다. 하지만 『녹기연맹』에 나타난 조선인 남성과 일본인 여성, 일본인 남성과 조선인 여성 사이의 연애와 결혼의 서사는 오히려 그러한 위계관계를 재확인하고, 고착화하는 방향으로 나아간다.

여기에서 흥미로운 점은 일본인 여성과의 결혼을 자신의 불안정한 위치를 공고히 하기 위한 선택으로 여기고 있는 조선인 남성의 욕망이다.[11] 명철이 육군사관학교에 들어가 군인이 되는 것을 조선인으로서의 정체성을 탈각하기 위한 방편으로 이해할 수 있다면, 내지인 여성을 아내로 맞아들이려는 행위 역시 조선인이라는 차별적 지위로부터 탈출하기 위한 것에 다름 아니다.[12] 하지만 야스코로부터 청혼을 거절당한 후 그는 오히려 자기혐오에 빠진다. 그는 야스코와의 결혼이 실패로 돌아간 뒤, 스스로 '거지 근성'을 드러냈을 뿐이라고 자기 자신을 냉소한다. 야스코에게 구애하는 자신의 욕망을 거지근성이라고 명명하는 행위는 내선결혼을 통해 일본인 / 조선인의 위계화된 관계를 와해하기 위한 시도가 결코 달성될 수 없다는 것을 의미한다. 이처럼 내선일체의 실천 방편으로 상정된 내선결혼은 남녀 간의 사랑과 신뢰를 통해 달성 가능한 것처럼 여겨지지만, 이때의 사랑과 신뢰는 결국 제국 일본인과 식민지 조선인이라는 정치적・민족적 위계 관계 앞에 그 의미를 상실하게 된다.

---

11 이와 관련해서 남부진(南富鎭)은 내선연애와 내선결혼 과정에 나타난 일본인 여성에 대한 조선인 남성의 동경을 제국-식민지 체제기 조선인 남성의 '대중적인 욕망'의 측면에서 논의하기도 한다. "일본 여성에 대한 동경과 정열은 제국-식민지 체제기의 가장 대중적인 욕망이고, 그러한 대중성은 제국-식민지 체제기 사상사나 정신사에서 중요한 측면이다. 제국-식민지 체제기 일본 여성에 대한 동경을 띤 소설이 많이 씌어졌던 것은 제국-식민지 체제기의 정신사와 깊은 관련이 있다. 단지 국책적인 강요에 의해서 내선연애를 묘사한 것이 아니라, 일본 여성에 대한 동경은 국책 이전에 대중적인 욕망으로서 식민지에 흘러넘치고 있었던 것이다. 국민문학이 창도(唱導)되었던 때 이 테마가 분출했던 것은 일본 여성에 대한 욕망이 갖는 대중적인 통속성이 이미 폭넓게 충만해 있었기 때문인 것이다."(南富鎭, 『文學の植民地主義－近代朝鮮の風景と記憶』, 世界思想社, 2006, 34쪽)

12 이와 관련해서 "식민지 남성은 여성을 타자화함으로써 제국주의-식민 관계에서 상실된 자기 정체성을 회복하려 한다. 이 과정에서 식민지 여성은 민족적・성적으로 이중의 식민화 상태에 놓이게 되는 것"(김양선, 『근대문학의 탈식민성과 젠더정치학』, 역락, 2009, 168쪽)이라는 지적을 참고할 만하다.

한편, 명철의 야스코와의 결혼 실패가 내선일체라는 제국발 구심력의 자장 속에 자신의 욕망을 투사했던 식민지 조선인 남성의 좌절된 욕망의 회로를 보여주는 것이라면, 명희와 야스마사의 결혼 역시 비록 그것이 이루어졌다고 하더라도 다른 측면에서 내선일체의 불가능성을 보여준다. 명희는 명철과 야스코 사이의 결혼문제를 해결하기 위해 고마쓰바라 집안을 방문했다가 평소 호감을 가지고 있었던 야스마사와 우발적으로 성관계를 갖게 된다. 야스마사는 고마쓰바라 집안의 장남인데, 실업가 집안의 딸에게 실연당한 후 세상사에 흥미를 잃고 무위도식하고 있는 인물이다. 『녹기연맹』에서 그는 무능력하고, 병약하기까지 한 인물로 그려지고 있다. 그러한 그가 여동생의 결혼 문제로 찾아온 명희와 갑작스러운 성관계를 갖게 되고, 명희가 임신한 사실을 알게 된 뒤 책임감을 느껴 집을 나와 명희와 결혼생활을 시작하게 된 것이다. 하지만 야스마사의 아버지는 명희를 가족으로 인정하지 않으면서 다음과 같이 말한다. "조선총독부의 시바타 씨가 언젠가 내게 내선결혼을 권유했던 적이 있지만, 만약 지금의 내 입장에 자기가 처한다면 다를 게 없을 거야." // (…중략…) // "대체로 서양문화라고 하는 것은 수준이 고르고, 풍속습관이 매우 비슷해. 그래서 독일 남자와 이탈리아 여자가 결혼해도, 또 프랑스 여자와 헝가리 남자가 결혼해도 부자연스럽지 않지. 하지만, 일본은 아직 그렇지는 않아."[13] 야스마사의 아버지는 서양의 경우 문화 수준과 풍속 습관이 비슷해 독일 남자와 이탈리아 여자, 프랑스 여자와 헝가리 남자가 결혼해도 전혀 부자연스럽지 않지만, 일본과 조선은 경우가 다르다고 생각하고 있는 인물

13 金聖珉,『綠旗聯盟』, 羽田書店, 1940, 140~141쪽.

이다. 정책적으로 내선결혼이 장려되고 있는 분위기 속에서도 에도[江戶] 토박이 고마쓰바라 집안에 불순한 조선인 여성은 입적될 수 없는 것이다. 내선결혼을 적극적으로 장려하고 있는 조선총독부의 시바타를 거론하면서까지 내선결혼이 불가하다고 말하고 있는 일본인 상류층의 입장에서 조선인 여성을 며느리로 맞아들이는 것은 일본인으로서 지켜야 할 "선조 대대의 중요한 가계도"[14]를 오염시키는 것이기 때문이다.

이처럼 "올바른 이해와 애정"[15]을 바탕으로 한 듯 보이는 내선결혼을 통한 내선일체의 환상은 역설적으로 일본인 / 조선인의 위계화된 관계와 제국-식민지 체제라는 현실을 부각시킬 뿐이었다. 그런데 여기에서 주목해야 할 것은 조선인 남성과 일본인 여성과의 내선결혼이 파탄난 반면, 일본인 남성과 조선인 여성의 그것은 제한적이나마 이루어졌다는 것이다. 이것은 제국 / 식민지, 일본인 / 조선인 사이의 젠더적 위계관계를 상징적으로 보여주는 것으로 이해할 수 있다. 다시 말해 조선인 남성의 경우, 남성 / 여성의 젠더적 위계관계가 제국-식민지 체제로 회수되면서 자신의 욕망이 달성 불가능하게 되는 반면, 비록 나약하고 무능한 일본인 남성이라고 하더라도 제국 / 식민지, 남성 / 여성의 이중적 위계관계의 상위에 놓인 일본인 남성은 내선결혼을 통해 다시금 자신의 위치를 공고히 할 수 있었던 것이다. 따라서 김성민의 『녹기연맹』의 서사는 내선결혼의 가능성을 말하고 있음에도 불구하고 오히려 그것은 일본인과 조선인 사이의 정치적·젠더적 위계

14 위의 책, 162쪽.
15 위의 책, 156쪽.

관계를 고착화하는 결과를 낳고 있는 것이다.

이러한 내선일체의 균열 지점은 내 / 선 공간의 이질성, 도쿄 / 경성의 공간 위계화를 통해서 명확하게 드러난다. 1930년대 이래 전시 체제는 도시에도 커다란 영향을 끼쳤는데, 이때 도시문제는 개별 도시 단위가 아니라 국가적 시각에서 해결한다는 관점이 마련되었고, 이에 따라 1940년 국토계획이 제안되었다. 국토계획은 기획원, 내무성이 중심이 되어 전국 계획과 지역 계획을 유기적으로 통합하여 산업 입지와 교통 체계를 종합적으로 입안하는 취지를 지닌 것으로, 이로써 도시는 국가에 의해 만들어지고, 변화되며, 서로 관련을 맺게 되었다. 1935년을 전후한 시기부터 도시 공간의 지리적 전개에는 세 가지 중요한 관점이 반영되었는데, 그것은 방공(防空)이라는 측면에서 도시의 편성, 도시 배치의 결절점으로서의 수도(首都)의 부상, 그리고 해외 식민지와 점령지 도시와의 관련성이 강화된 것이다. 이에 따라 1943년 기획원에서 작성한 국토계획의 「중앙계획 초안 및 동(同) 요강」에서 '수도'는 '황거(皇居)' 외 정부관청, 각종 통제기관, 교통기관, 생활필수품 배급기관 및 외국공사관을 갖춘 공간으로 정의되었고, 자주 '황도(皇都)'라고 표현되었는데, 대도시일 뿐만 아니라 '신국(神國) 일본의 수도', '대동아 지도국의 수도'로서 상징적 의미를 부여받았다. 그리고 식민지 도시는 종주국과 피식민지국 민족의 거주 공간이 분리·분할되고, 도시 시설의 배치, 특히 행정기관과 군사시설의 위치가 종주국의 의향에 따라 결정되는 특징을 띠었다. 만주의 하얼빈과 관동주(關東州)의 다롄[大連]의 도시계획의 경우, 일본이 제멋대로 선을 긋는 과정에 다름 아니었고, 조선의 경우에는 예전부터 이어져오던 도시 네트워크를 무시한 도시 건설이 진행되었다.[16] 이처럼 전시총동원 체제 하 국토계획에 의해 새롭게 건설되고, 변형되며, 의미 부여된 도시들 사이에서 제국 일본의 수도 도쿄와 식민지 조선의 경성 역시 그 관계에 새로운 지정학적 위상을 지니게 되었던 것이다. 『내선일체』 서사 구조에서도 이러한 도쿄 / 경성의 위계화된 관계를 살펴볼 수 있다.

이 작품은 '현해탄을 건너다(玄海を越ゆ)'의 전반부와 '아시아의 백성(亞細亞の民)'의 후반부로 나뉘고, 전반부는 도쿄, 후반부는 경성을 주무대로 사건을 전개하고 있다. 흥미로운 것은 내선일체의 강조에도 불구하고 도쿄와 경성, '내 / 선' 공간의 이질성이 두드러지게 부각되고 있다는 점이다. 도쿄라는 공간은 조선인에게 그들의 민족적 정체성을 은폐(또는 소거)할 것을 강제한다. 하지만 그것은 실현 불가능한 일이다. 조선인이 도쿄에서 스스로 자신의 정체성을 은폐하려고 하면 할수록 '조선인'이라는 민족적 정체성은 오히려 부각된다. 단적으로 말해, 도쿄는 일본인의 자기 정체성 구축을 위한 공간이지 조선인의 자기 정체성 구축을 위한 공간은 아니었던 것이다. 그리하여 조선인이 도쿄라는 공간을 자기 장소화하려고 하면 할수록 조선인은 도쿄라는 공간으로부터 배제되게 된다. 요컨대, 제국의 심연, 상경(上京)의 심상지리 도쿄는 공간 분할과 질서 수립, 그리고 장소 확정이라는 측면에서 노모스(Nomos)[17]로 가시화되었던 것이다.

---

16 나리타 류이치, 서민교 역, 『근대 도시공간의 문화경험－도시공간으로 보는 일본근대사』, 뿌리와이파리, 2011, 56～59쪽.

17 "그 이후에 나오는 모든 규준의 기초가 되는 최초의 측량(Messung), 최초의 공간분할과 분배로서의 최초의 육지취득(Landnahme), 원초적 분할(Ur-Teilung)과 원초적 분배(Ur-Verteilung)에 해당하는 그리스어가 노모스(Nomos)이다. // 노모스라는 말은 그 근원적이며 공간적인 의미에서 이해할 때, 기초를 형성하며 장소확정과 질서를 그 속에서 통일시키는 과정

『녹기연맹』의 서두에는 명수와 명희가 이사한 집을 명철과 함께 방문한 야스시게가 명희의 조선 옷차림을 보고 멋지다며 평상시에는 어째서 입지 않느냐고 묻는 장면이 있다. 야스시게의 질문에 명희는 눈에 띄어 어쩔 수 없었다고 대답하는데, 이것은 시선에 의한 차별화를 의미한다. 조선 옷이 조선인이라는 민족적 기표로 받아들여지는 도쿄에서의 '차별적 시선'은 이어지는 명희의 일화에서 보다 부각된다. "한 번 이 차림(조선 옷-인용자)으로 백화점에 물건을 사러 간 적이 있어요. 오빠와 같이 갔었는데, 그때 오빠는 일본 옷을 입었어요. 그런데 저는 일본어로 말하고, 오빠는 조선어로 말했어요. 그랬더니 판매원들이 어찌나 묘한 얼굴들을 하던지."[18] 일본 옷을 입고 조선어를 사용한 명수와 조선 옷을 입고 일본어를 사용한 명희는 일본인과 조선인 사이의 민족적·문화적·언어적 차이를 교란시키고 있는데, 이는 야스시게의 "좋은 취미는 아니군요"[19]라는 말에서처럼, 일본인에게는 하나의 위협으로 간주된다. 그리하여 일본인-일본 옷-일본어 / 조선인-조선 옷-조선어라는 견고하게 위계화된 구별의 지표를 희석시킬 수 있는 조선인의 동화 욕망은 일본인의 배제의 전략 앞에 차단될 수밖에 없는 것이다.

일본인의 배제의 전략 앞에서 조선인의 동화 욕망이 차단되는 것은 야스마사와 결혼한 명희가 취직을 하기 위해 소가와(相川) 부인양품점에서 면접을 볼 때, 양품점 주인이 가게에서 일하게 된다면 일본식으

을 인식하도록 만드는 데 가장 적합한 말이다."(칼 슈미트, 최재훈 역, 『大地의 노모스』, 민음사, 1995, 47쪽)

18 金聖珉, 『綠旗聯盟』, 앞의 책, 38쪽.

19 위의 책, 38쪽.

로 성(姓)을 바꿔 부르는 것이 어떻겠냐는 질문에 당황스러워 하는 장면을 통해서도 확인할 수 있다. 명희는 일본어로 글을 쓸 때 마치 일본인인 것처럼 스스로 아키코[明子]로 자처했음에도 불구하고 양품점 주인이 미나미[南]로 성을 바꾸는 것이 어떻겠냐는 질문에 혼란스러워한다. 일본식으로 성을 바꿔 부르는 것을 일종의 편의로 생각하고 있었던 명희에게 조선인이라는 정체성이 거부되거나 삭제되어야 마땅한 것이 되고 있는 상황에서 그녀는 망각하고 있었던 조선인으로서의 자신의 위치를 깨닫게 되었던 것이다.

> 뭐라 표현할 수 없는 혼란 속에서 명희는 자기 입장의 공허함을 비로소 깨달았다. 수많은 이력서를 보냈는데도 되돌아온 이유가 이제야 처음으로 수긍되었던 것이다. 그렇다면 저 마담의 부드러운 미소에는 조롱이, 친절한 눈길에는 냉랭함이 담겨 있었던 것일까. **진심으로 자기가 사랑하고 있는 도쿄! 엄마와 같은 애정으로 품어주고 있다고 믿어왔던 도쿄! 그들과 자기 사이에 서로 떨어져 있는 모든 것을 명희는 가까스로 이해했다. 그들의 애정 어린 비호(庇護) 속에는 결국 그만큼의 경멸이 들어 있었던 것이다.**[20]

명수와 함께 도쿄에 유학을 와 음악공부를 하고 있던 명희는 조선인이라는 이유로 특별히 불편을 겪거나, 차별 대우를 받은 경험이 없었다. 그러다가 야스마사와 결혼한 뒤 함께 여행을 하던 중 조선인이라는 이유로 일본인 종업원으로부터 식사 수발을 거절당하고, 취직을 위해 면접을 보면서 조선식 성을 일본식으로 고쳐 부를 것을 요구받으면

20 위의 책, 194~195쪽. 강조–인용자.

서 자신의 위치를 새삼 자각하게 된다. 제국의 중앙 도쿄에서 자신이 그동안 망각하고 있었던 식민지 조선인 여성으로 살아가는 것이, 나아가 그러한 자신의 정체성을 탈각하는 것이 얼마나 지난한 것인가를 몸소 깨닫게 되었던 것이다. 이후 명희는 프롤라인이라는 찻집에 취직해 미와코[美和子]라는 가명을 쓰고, 경성에 부임한 명철을 배웅할 때도 기모노를 입는다. '애정' 속에서 '경멸'을 느낄 수밖에 없는 식민지 조선인의 위치가 물론 도쿄에서만 재확인되는 것은 아닐 것이다. 하지만 도쿄는 명희가 끊임없이 조선인임을 자각하지 않을 수 없는 공간이자, 결코 일본인으로 동화될 수 없는 공간이었던 것이다.

이러한 상황은 명철의 경우 더욱 극명하게 나타난다. 그는 육군사관학교 제병연합 방공훈련에서 일사병으로 쓰러진 뒤, 자신에 대한 일본인 생도들의 편견을 바로잡아줄 기회를 상실했다며 고통스러워한다. 그는 자신의 잘못이 개인이 아닌 조선인 전체의 그것으로 비춰지는 것에 불안을 느끼고 있었던 것이다. 그리하여 그는 사카키바라가 할복이라도 해서 용기를 보이라고 하자 "너희들은 남명철이 천성적으로 겁쟁이일 것이라고 예상한다. 하지만 나는 너희들과 마찬가지로 군인정신에 있어서는 전혀 손색없다고 자부한다"[21]고 말하며 할복하려고 한다. 이는 그가 조선인이라는 이유만으로 치욕을 당했다고 생각했기 때문이다. "잘하든 못하든 쉽게 눈에 띄"[22]는 존재인 조선인이 그러한 시선을 회피하기 위해 군인이라는 가면을 썼지만, 그 가면 속의 얼굴은 언제나 드러나게 되고 말았던 것이다.[23]

21 위의 책, 67쪽.
22 위의 책, 69쪽.

함께 총을 들고 언젠가는 전장에서 목숨을 걸고 싸워야 할 전우 사이에서조차 여전히 집요하게 달라붙어 있는 이 의심은 무엇일까. 육신처럼 가까운 존재라고 생각되다가도 일순간 이해 불가능한 심연의 바닥으로 떨어져가는 두 사람 사이의 벽은 —민족성의 숙명적 차이 때문일까. 개인적 편견이 심하기 때문일까. 아니면 서로 애정이 부족한 탓일까. —명철은 고통스러운 감정의 찌꺼기를 곱씹으면서 잠시 자기혐오에 빠져들었다. 항상 두려워 경계했던 이러한 순간을 야스시게와의 사이에서조차 경험하게 되어버린 것이 쓸쓸하기도 했다.[24]

명철은 자신이 군인이 되고자 하는 것이 단지 겉치레에 불과하다는 일본인 생도들의 비난을 '군인정신'을 내세워 무마하려고 한다. 하지만 조선인이라는 이유로 더욱 냉소를 받게 되고, 이에 야스시게는 사카키바라를 비롯한 일본인 생도들이 조선인인 명철이 육군사관학교에 입교한 경위를 모르기 때문에 오해하고 있다며 위로한다. 그러면서 자신 역시 명철의 과거와 현재를 알 뿐 그 중간은 알지 못한다고 말한다. 이에 명철은 피를 나눈 형제처럼 지내왔던 야스시게와의 사이에서조차 "민족성의 숙명적 차이"를 느낄 수밖에 없었고, 결국 자기혐오에 빠지게 되었던 것이다. 야스코와의 결혼이 파탄난 것과 마찬가지로 조선인으로서 일본인과의 민족적 차이를 실감하지 않을 수 없는 명철.

---

23 '부적'이라는 그리스어에서 유래한 '가면'이라는 말은 유혹으로부터 보호해주는 기능과 사악한 눈의 영향력을 빨아들이는 기능을 가진 물건을 가리키는 말이었다. 즉, 가면의 형상들은 "사악한 타자를 물리치기 위한 것"이었다(다리안 리더, 박소현 역, 『'모나리자' 훔치기—왜, 예술은 우리를 눈멀게 하는가?』, 새물결, 2010, 91~100쪽 참고). 가면 쓰기의 측면에서 명철이 일본군이 되고자 한 욕망을 이해한다면, 그것은 제국 일본인의 차별적 시선을 회피하기 위한 식민지 조선인의 전략이라고 할 수 있다. 물론 그러한 전략은 실패로 돌아간다.

24 金聖珉, 『綠旗聯盟』, 앞의 책, 70~71쪽.

군인이라는 가면을 통해 끊임없이 "두려워 경계했던" 조선인이라는 위치를 벗어나려고 했던 명철의 욕망은 제국-식민지 체제 내 불평등한 관계에 의해 좌절되거나 부인되었던 것이다.

따라서 육군 소위로 임관하여 경성에 부임한 뒤 형 명엽을 만난 그가 "도쿄는 저를 이해해주지 않았지만, 경성은 저를 이해해줄 겁니다"[25]라고 말하는 것은 어찌 보면 당연한 귀결이라고 할 수 있다. 명철은 조선인으로서 자신의 존재를 부인하지 않아도 되는 공간으로 경성을 상정하고 있었던 것이다. 하지만 그렇다고 해서 경성이라는 공간에서 명철의 욕망이 달성되는 것은 아니다. 비록 경성이 내선일체가 점차 충실해져가는 느낌이 드는 도시로 변화해가고 있다고 하더라도 그곳은 남 씨 일족의 소위 '친족회의'를 통해 확인할 수 있는 것처럼 여전히 완고하고 구태의연한 조선을 상징한다. 따라서 일본군 장교가 된 명철에게 경성은 도쿄만큼이나 이질적인 공간이다. 명엽의 말처럼 명철이 집에서 통근을 하게 된다면, 일본군 군복을 입은 조선인이 조선인 가옥에서 나와 지저분한 조선인 거리를 지나 잘 정돈된 일본인 거리를 거쳐 부대에 도착해 근무하고, 저녁에 퇴근하면 그 반대의 상황이 벌어지게 된다. 통근을 하게 되면 "이 놀라운 양극단을 매일 두 번씩 비약하는 영광을 갖게 될 것"[26]이라는 형의 말을 단순히 비아냥거림으로 치부할 수 없는 것이 경성에서의, 나아가 식민지 조선에서의 명철의 위치이다. 그러니까 그는 조선인이자 동시에 일본인인 '내선인(內鮮人)'이 되는 순간, 조선인도 일본인도 아닌 존재가 되어버리고 마는 것이다.

25 위의 책, 255쪽.
26 위의 책, 273쪽.

경성(조선, 식민지)을 떠나 도쿄(일본, 제국)로 이동하여 자신의 욕망을 발현하고자 했던 명철은 그러한 자신의 욕망이 좌절되자 경성으로 되돌아오지 않을 수 없었고, 경성에 돌아온 뒤에는 일본인을 지휘하는 일본군 장교라는 가면을 쓰고 조선인으로서의 자신의 정체성을 회피하는 전략 속에서 자신의 정체성을 주조해나가고 있었다. 하지만 명엽이 말한 일본 속담에 빗대어서 표현하자면, 어떻게 하더라도 "우물 안 개구리는 넓은 바다를 모르"[27]게 된다. 다시 말해, 일본군이 되는 것을 통해 '넓은 바다'로 나아가고자 한 명철은 결코 '우물 안 개구리'의 처지를 벗어날 수 없었던 것이다. 요컨대 일본군 장교라는 가면을 쓰더라도 결코 조선인이라는 민족적 정체성을 소거할 수 없을 뿐만 아니라, 조선을 넘어 일본, 나아가 아시아라는 공간 속에서 자신의 정체성을 재구축하기에는 스스로 상정하고 있었던 '내선인'이라는 위상은 언제나 불안한 상태에 놓여 있었던 것이다.

이처럼 김성민의 『녹기연맹』은 식민지 말 내선일체 담론을 서사화하고 있음에도 불구하고 역설적으로 내선일체의 불가능성을 보여준다. 물론, 이 소설에서는 내선일체화 과정 속에서 식민지 조선인의 욕망을 새롭게 증폭시킬 수 있는 계기로서 중일전쟁에 역사적 · 정치적 의미를 부여하는 한편, 그러한 서사화 과정 속에 "'내선일체'론이 요구하는 '황국신민의 의무'를 과도하게 받아들여 '제국 국민의 권리'까지 나아가고, '동아신질서' 건설에의 '동원'을 과도하게 받아들여 '참여'까지 나아감으로써 궁극적으로 식민지를 초과하여 제국 / 식민지의 차별 구조를 변형시키고자 하는 전략"[28]과 유사한 전략이 개입되어 있기도

27 위의 책, 411쪽.

하다. 요컨대 내선일체 담론을 서사화한 『녹기연맹』은 동화에의 욕망이 균열을 낳고, 그 균열의 지점을 '과잉 전략'으로 봉합하고자 한 식민지 조선인의 욕망의 회로를 여실히 보여주고 있다. 이때 내 / 선의 이질성, 도쿄 / 경성의 공간 위계화는 동화에의 욕망을 추인하는 동시에 그것에 균열을 발생시키는 제국-식민지 체제 자체를 상징적으로 보여준다. 그리고 내선일체 이데올로기를 서사화한 『녹기연맹』이 도쿄 / 경성으로 상징되는 내지 / 조선의 공간적 위계화를 보여주고 있다는 점에서 역설적으로 내선일체 이데올로기의 폭력성이 노출되고 있는 것이다.

2) 중앙에의 동경, 상경의 심상지리

개항 이후 1910년대까지 식민지 조선 지식인들의 일본 및 도쿄 인식의 기저에는 문명과 야만, 제국과 식민지라는 이분법이 강하게 깔려 있었다. 이러한 이분법적 인식이 당시 조선 유학생들의 자 / 타 인식에 강력한 힘을 발휘하기도 하였는데, 1920년대 초반에 이르기까지 일본 및 도쿄행의 중요한 목적과 성격은 대체적으로 문명의 학습 혹은 그에 종속된 유람의 형태로 수렴되었다. 하지만 1920년대 이후 도쿄 여행의 중심점은 선진적인 근대 문명의 학습에서 근대 도시문화의 체험으로 옮겨가게 되는데, 이는 무엇보다 도쿄라는 도시 공간의 변화 자체로부

28 차승기, 「추상과 과잉 – 중일전쟁기 제국 / 식민지의 사상연쇄와 담론정치학」, 『상허학보』 제21집, 상허학회, 2007, 284쪽.

터 기인한다. 도쿄는 1923년 간토대지진[關東大地震] 이후 근대적 대도시로 재편되면서 '모던 라이프'의 중심 공간으로 부상하고, 조선 지식인들의 도쿄 체험 역시 백화점, 댄스홀, 카페 등의 대중적인 소비문화 공간 속에서 주로 이루어졌다. 도쿄를 여행하는 조선의 지식인들은 도시가 제공하는 볼거리에 매료되고, 도시 그 자체를 감상하고 관찰하는 태도를 취하게 된 것이다. 이 시기 조선 지식인들의 도쿄 여행기에서 도시의 이미지가 중요한 비중을 차지한 것은 바로 이 때문이었다. 그리고 이때 제국 일본과 식민지 조선이라는 단일한 이항대립적 관계에 균열이 발생한다. 당시 여행기에서 조선 지식인들은 피식민 주체, 소비문화 주체, 인터내셔널한 주체로서의 분열 의식을 복합적으로 드러냈는데, 이는 문화 공간으로서의 도쿄의 의미가 다층적으로 분화되는 양상과 깊이 관련된 것이었다. 요컨대 도쿄의 근대 도시적 특성으로 인해 그곳을 대하는 태도 혹은 시선은 제국과 식민지의 단일성을 벗어나 복잡한 양상을 띠게 되었던 것이다.[29] 그럼에도 불구하고 근대 이후 도쿄는 지속적으로 식민지 조선의 지식인·문학자들에게 상경의 심상지리 속에서 인식되었고, 그것은 식민지 조선의 지방에서 제국의 지방 도시이자 식민지 조선의 중앙인 경성을 거쳐 제국의 중앙인 도쿄로 나아가는 단선적 회로로 일반화되었다. 따라서 여기에서는 이러한 상경의 심상지리가 식민지 말 문학작품 속에서 서사화되는 과정을 고찰하는 것을 통해 제국-도쿄-중앙 / 식민지-경성-지방의 공간 인식과 경계 감각에 대해 살펴보고자 한다.

29 이에 대해서는 우미영, 「식민지 지식인의 여행과 제국의 도시 '도쿄'－1925～1936」, 『한국언어문화』 제43집, 한국언어문화학회, 2010, 81～110쪽 참고.

식민지 말 도쿄와 경성이 제국의 권역 내 중앙과 지방이라는 위계화된 공간으로 재편됨과 동시에 식민지 조선의 중앙으로서의 경성과 각 지방 사이의 역학 관계 역시 재편된다. 물론, 경성은 근대 이전 왕조 조선시대부터 정치·경제·문화의 중심지였다. 하지만 그곳이 근대 이후 식민지 근대 도시화 과정을 거쳐 식민지 말 동아시아 지역 질서 재편 과정에서 새롭게 위상을 부여받았다는 점을 간과할 수는 없다. 식민지 말 중앙으로서의 경성에 관한 인식을 조선 내 지방과의 역학 관계 속에서 명확하게 보여주는 작품으로 1941년 『매일신보(每日新報)』에 연재된 이태준(李泰俊)의 『사상의 월야』를 들 수 있다. 이 작품은 기왕에 작가 이태준의 자전적 소설이자 자기-서사(self-narratives)의 측면에서 논의되어왔으며, 특히 입신출세담으로 읽혀왔다. 그리고 이러한 입신출세의 욕망을 강화시키는 기제로 작가의 고아의식이 그 저변에 깔려 있다는 점이 부각되었다. 여기에서는 송빈의 입신출세 욕망에 따른 그의 거주와 이동, 즉 여행의 경로가 식민지 조선의 지방에서 중앙 경성으로, 다시 제국 일본의 지방 경성에서 중앙 도쿄로 옮겨가고 있는 상황에 주목해 논의를 전개해나가고자 한다.[30]

따라서 송빈의 거주와 이동의 경로에 대해 먼저 살펴볼 필요가 있다. 송빈은 "서울의 완미한 세력권에서 멀리떠러저 잇는 서북간도일대

30 이와 관련해서 배기미인 벽촌에서 태어나 서울에서 학업을 쌓고 동경으로 나아가는 송빈의 여정을 프랑코 모레티가 제시한 유럽 교양소설의 세 가지 공간들 — 고향마을(village), 지방(province), 자본주의적 도시(capital city) — 과 중첩시키면서 "송빈이 겪는 이러한 성장의 여정은 그가 무엇보다도 변화와 유동성, 불안성을 특성으로 하는 근대성의 소용돌이 한 가운데 서 있다는 것을 적핍하게 보여주고 있다. 길 위에서 자라나고 길 위에서 자아를 발견하는 그의 여로는 그 자체로 모더니티의 조건을 이룬다"(허병식, 「한국 근대소설과 교양의 이념」, 동국대 박사논문, 2005, 143쪽)라는 논의는 주목을 요한다.

(西北間島一帶) 중심으로 거기널려잇는 조선사람들을 모아가지고 일본의 유신과 상응하는 이곳유신을 일으킬 큰뜻"[31]을 품은 아버지를 따라 해삼위(海蔘威) 해안에 있는 조그만 어촌으로 이주해 유년기를 보낸다. 하지만 아버지가 꿈을 이루지 못하고 죽자, 남은 가족과 함께 고향으로 향하던 중 웅기만(雄基湾) 포구 배기미[梨津]로 이주하여 생활한다. 그러나 어머니마저 죽고, 배기미에 일본 우선(郵船)회사의 항로가 열려 더 이상 장사를 할 수 없게 되었을 때 아버지의 고향 철원으로부터 당숙이 찾아와 송빈 일가는 철원의 용담으로 다시 이주한다. 송빈은 이곳에서 봉명학교(鳳鳴學校)를 다니게 되면서 근대식 교육제도를 처음으로 접하게 되고, 오문천 선생을 통해 이토 히로부미[伊藤博文]의 것으로 여겨지는 한시 구절을 접한 뒤 학문으로 성공해 입신출세하겠다는 의지를 갖기 시작한다. 이후 그는 봉명학교를 졸업하고 읍내에 있는 간이 농업학교로 진학하지만, "사나이로나선 한번 큰일에 뜻을 세울것이요 뜻을 세운바엔 뼈 무칠곳을 가릴바 아니거든 하믈며 나가튼 거칠것업는 몸이 무엇때문에 용담이나 농업학교에 찌싯 찌싯 부터배길것인가!"[32]라며 서울(경성)로 갈 것을 결심한 뒤 공부 밑천을 마련하기 위해 배기미로 향한다. 배기미로 향하던 중 송빈은 굶주림을 견디다 못해 무전취식을 하게 되고, 곤경에 처한 자신의 처지를 구해준 김상훈을 따라 물산객주의 사환 노릇을 하면서 원산에서 살게 된다. 이후 그는 학문에의 의지를 갖고 원산을 떠나 온갖 신고를 겪으면서 안동(安東), 순천(順天) 등을 거쳐 서울에 도착하게 된다.

31 李泰俊, 「思想의 月夜(4)」, 『每日新報』, 1941.3.7.
32 李泰俊, 「思想의 月夜(32)」, 『每日新報』, 1941.4.10.

송빈이 서울로 유학가기까지의 그의 이동 경로는 대체적으로 북선(北鮮) 지방이었는데, 그곳은 고통과 시련의 장소로서 송빈으로 하여금 입신출세의 욕망을 강화시키는 기제로 작동한다. 즉, 북선 지방은 고통과 시련의 극복을 통해 도달해야 할 곳으로 경성을 부각시키는 한편, 경성에 들어서기 위한 통과제의의 공간으로 기능하는 것이다. 이에 비해 서울은 북선의 각 지방을 전전하던 송빈에게 자신의 입신출세의 욕망을 실현할 수 있는 공간으로 인식된다. 그가 용담을 떠나면서 "서울! 정서방까지도 서울로 공부오슈 하던서울! 오선생도 용담학교서 일 년만 더 잇다가는 그여히 가야겟다는 서울! 상급학교가 얼마든지 잇고 훌륭한 사람들이 얼마든지 잇고 예로부터 송아지는 나흐면 시굴로 보내고 사람의 자식은 나흐면 서울로 보내랏다는 서울!"[33]이라고 혼잣말하고 있듯이, 서울은 그에게 낭만적 동경의 대상이 되고 있었던 것이다. 이러한 동경은 그가 원산 물산객주에서 사환 노릇을 하면서 방학이 끝난 뒤 서울로 상경하던 보성중학교 학생의 교모를 몰래 써보는 행위로 드러난다. 이때의 보성중학교의 교모는 마치 자신의 입신출세 욕망을 달성한 듯한 환상을 증폭시키는 매개물이었던 것이다.

그러나 경성에서의 생활 역시 고난과 시련의 연속이었으며, 그는 고학생으로서 힘겨운 나날을 보내게 된다. 송빈은 보결시험에 합격해 휘문고보 2학년에 편입하게 되지만 경제적 궁핍으로 인해 학비를 조달하기에 급급했고, 학교생활에도 잘 적응하지 못하게 된다. 또한, 연모의 대상이었던 은주와의 사랑을 확인한 뒤 행복한 나날을 보내는 듯하지만 그녀가 결국 다른 남자와 결혼하게 되자 그의 상실감은 극에

---

33 위의 글.

〈그림 11〉『관광조선』 내 경성 소개

달하게 된다. 입신출세와 낭만적 사랑의 완성지라고 여겨졌던 경성이 이제 북선 지방을 전전하며 겪었던 시련과 고통 못지않게 상실감을 주는 장소로 송빈에게 다가오게 된다. 그리고 이러한 상실감 속에서 '경성 = 중앙 = 입신출세'의 등식에 균열이 가해지기 시작한다. 따라서 좌절과 상실감에 빠져 있던 송빈에게는 자신의 입신출세를 가능케 할 새로운 공간이 필요하게 되는데, 그곳이 바로 도쿄이다.

> 송빈이는 전에 서울 청년회관에서 여름마다 동경류학생들의 강연과 음악을 듯던 생각이 낫다 그들이 모다 이배를 타고 이현해탄을 건너다녔거니! **그들에게 몸**

매나는 검은세루의 대학교복을 주고 그들에게 시대를 투시하는 날카로운 눈과 정렬에 찬 주먹으로 연단을 치는 사상을 주는데가 동경이거니 생각하니 송빈이는 미국보다도 우선 동경이 태평양보다도 우선 이 현해탄을 건너는 것만도 여간 큰 감격이 아니다[34]

경성을 떠나 일본으로의 유학길에 오른 송빈은 자신의 지연된 욕망을 달성할 수 있는 곳으로 도쿄를 재(再)상정한다. 그에게 도쿄는 맵시나는 대학의 교복과 시대를 투시하는 냉철한 시선, 그리고 정열에 찬 사상을 주는 곳으로 다가온다.[35] 북선 지방을 전전하다 상경하였지만 결코 달성되지 못했던 욕망이 도쿄에서는 실현가능한 것처럼 여겨진 것이다. 물론 도쿄에 관한 그의 인식은 보성중학교 학생의 교모를 통해 경성에 관한 막연한 동경을 품었던 것처럼 피상적이다. 비록 그에게 강연회나 음악회에서 본 도쿄 유학생들이 "시대를 투시하는 날카로운 눈과 정렬에 찬 주먹"을 소유하고 있는 것처럼 여겨졌다고 할지라도, 그들은 송빈의 욕망을 증폭시키는 매개자에 다름 아닐 뿐, 그들을 통해 송빈이 도쿄 자체를 새롭게 인식할 수 있는 것은 아니다. 따라서 송빈에게 도쿄는 경성이 그러했던 것처럼, 성공을 가능케 할 수 있으

34 李泰俊, 「思想의 月夜(89)」, 『每日新報』, 1941.6.22. 강조-인용자.

35 이와 관련해서 장혁주를 비롯해 "조선인 일본어 작가에 의한 도쿄 중심의 심상지도(心象地圖)에는 (…중략…) '문화의 중심지' 동경과 지방으로서의 조선이라는 문화지정학적인 역학이 온존하고 있었던 것이다"는 나카네 다카유키의 논의를 참고할 수 있다(中根隆行, 「第7章 地方として朝鮮, 上京する作家」, 『〈朝鮮〉表象の文化誌』, 新曜社, 2004, 230쪽). 장혁주는 「離京の悲しみ」(『文化通信』, 1935.5)에서 "나는 2월 중순 상경해서 약 1개월 동안 도쿄에 있었다. 언제나 그랬지만, 이번에도 나는 돌아오고 싶지 않았다. 문화의 중심지에서 떠나고 싶지 않았기 때문이다. (…중략…) 나를 태운 기차가 시나가와[品川]를 지나 요코하마[橫浜]를 떠나가 나는 잠시 자신을 낙오자처럼 서글프게 여겼다. 1년의 반이라도 도쿄에서 지낼 수 있다면, 하고 나는 생각하는 것이다"(22~23쪽)라고 하여 상경의 심상지리로서 도쿄에 대한 동경을 드러내고 있다.

리라는 막연한 동경을 투사할 수 있는 미지의 공간이었던 셈이다. 그런데 새로운 입신출세의 땅으로 상정한 도쿄에서 그가 '과학'을 발견하게 되는 것은 의미심장하다. 경성에서와 마찬가지로 고학생활을 하다 미국인 '뻬닝호프'의 후원 하에 도쿄에서 소설가에 대한 꿈을 키우던 송빈은 "과학이다! 과학이다! 현대인이 안신입명할 길은 오직 과학의 길이다!"[36]라고 깨닫게 된다. 이제까지 입신출세의 욕망을 실현하기 위해 끊임없이 이동의 과정에 있었던 그가 도쿄에서 자신의 입신출세의 명확한 방법으로 과학을 발견한 것이다. 식민지 조선의 중앙이 아닌 제국 일본의 중앙에서 한 개인이 자신의 욕망을 실현할 수 있는 방법을 발견할 수 있다는 설정은 그 자체로 제국-식민지 체제에서의 도쿄와 경성의 위계화된 관계를 암시한다.

이를 보다 구체적으로 살펴보기 위해 이태준의 『별은 窓마다』로 시선을 돌려보자. 『신시대(新時代)』 1942년 1월부터 1943년 6월까지 연재된 이태준의 『별은 창마다』는 도쿄와 경성을 배경으로 '구니다찌[國立]' 고등음악학원 유학생 한정은과 고등공업학교 유학생 어하영의 연애담을 중심으로 사건을 전개하고 있는 작품이다. 부잣집 딸인 정은과 세도가 몰락한 집안의 고아나 다름없는 하영 간의 사랑은 결국 이루어지지 못하지만, 그들이 동업자적 관계에 이르는 데 있어 도시 건설이라는 매개항이 있다는 것은 의미심장하다. 그리고 그러한 도시 건설에의 꿈을 품을 수 있는 장소가 도쿄였다는 것 역시 주목할 만하다.

고등공업학교의 고학생인 하영은 정은의 아버지가 운영하는 한성피혁의 도쿄지점장 윤정홍의 배려로 일을 하면서 생계를 이어가는 한편,

---

36 李泰俊, 「思想의 月夜(95)」, 『每日新報』, 1941.7.1.

건축학을 공부한다. 이후 하영은 구역소 시구정리 공사 채용시험에 합격되어 토목기술자로 근무하게 된다. 그는 정은에게 자신의 꿈이라며 도시 모형을 만들어 보여주면서 "삼분지일은 현재 동경에 있는 집들이구, 삼분지이쯤은 내 창작들이지오"[37]라고 말한다. 하영은 도쿄에서 유학하면서 각처의 건축물이나 가옥 등을 본 뒤 도시 건설의 꿈을 키우고 있었던 것이다. 그런데 "서울, 시굴헐것 없이 조선동네들이란, 조선의 가옥들이란 이다지나 비문화적이였든가 하는 환멸 밖엔"[38] 주지 않는다고 말하는 것을 통해 확인할 수 있듯이, 그의 도시 건설의 계획에서 조선의 건축이나 가옥은 고려의 대상이 되지 않는다. 그리고 이는 서양문명에 중독된 조선에 대한 개탄으로부터 기인한다. 서양문명이 먼저 들어온 일본의 경우, 페인트를 칠해 "나무맛이 나게 잘 살린데 특증과미"[39]가 있는 일본 건물이 훼손되었으나 그 잘못을 깨닫고 법령 등을 통해 바로잡고 있는 현실인데, 조선의 건축은 그러지 못하다는 것이 하영의 인식이다. 그러면서 그는 "서울서도 예전집들 말이지, 시멘트가 나구, 타일이 나구, 빼끼니, 라-구니허는 따위가 드러와서부턴 집 본새들을 버린거요"[40]라고 말하면서 척박한 조선의 건축문화에 대해 개탄한다. 그에게 있어 문화도시 도쿄의 건축물에 비해 경성의 건축물은 보잘 것 없거나 하찮은 것이라고 여겨진다. 그런데 문제는 그의 도시 건설 계획이 "가장, 국가적이요, 가장 생산적이요, 가장 실제적이면서 아름다운 집이요 동네이길"[41] 바라는 그의 이상의 실현이라는 점이다.

37 李泰俊, 「별은 窓마다」, 『新時代』, 1943.1, 168쪽.
38 위의 글, 170쪽.
39 위의 글, 171쪽.
40 위의 글, 171쪽.

처음에는 현실적으로 존재해 있는 소위 동서 절충식의 집들을 참고해보았다. 거이가 편리한 점보다 이중생활의 불편이 많었다. 절충을 요구함은 재래의 인습을 애끼고, 편함에 끌리는 것인데, 그 편함이란 대개가 소비생활자의 소극성이였다. 나중에 하영은, 집을 생활에 맞도록 지을것이 아니라, 집을 가장 능률적이게 지어놓고 생활을 거기 맞도록 개혁할 필요를 깨닫게 된 것이다. 결국 재래의 살림사리를 전혀 무시하고, 가장, 간편한, 가장 일하기 좋은, 가장 견고한, 한번 불이 나도 치명적으로 타버리지 않게, 폭탄을 맞아도 가급적으로 중요부분을 견디여나가게, 처음 짓는 사람은 부담이 과중하드라도, 국가적으로 보아 영구한 좋은 집이 되게, 외양도 미려하여 그 집 사람, 그 동네사람들의 정서교육이 집에서들부터 되도록, 그런 안표를 두고, 농가와 도회의 집을 여러가지 설계한 것이다.[42]

위의 인용문을 통해 확인할 수 있듯이, 하영이 꿈꾸고 있는 도시는 단순한 문화도시가 아니다. 그것은 가장 간편하고 일하기 좋은, 즉 효율성을 극대화한 생활개선운동의 장이자, 불이나 전화(戰禍)에도 견딜 수 있는 내구성이 높은 방공도시이다. 이 작품이 발표된 시기가 아시아-태평양전쟁 발발 이후 전시총동원 체제가 보다 강고해지는 시기였다는 점, 그리고 이후 하영이 식민지 계획도시 만주의 신징 도시계획과에 부임해 일을 한다는 점을 감안했을 때, 그의 "국가적 문화운동의 일익으로 아름다운 동리, 튼튼한동리, 능률적인동리, 문화동리건설"[43]

41 위의 글, 173쪽.
42 위의 글, 172쪽.
43 李泰俊, 「별은 窓마다」, 『新時代』, 1943.6, 161쪽.

에 대한 의지가 제국의 도시 건설 계획과 밀접한 관련을 갖는다는 것을 알 수 있다. 그런데 앞서 『사상의 월야』에서 송빈이 도쿄에서 과학을 발견하게 된 것과 마찬가지로 『별은 창마다』에서의 하영 역시 제국의 중앙인 도쿄에서 건축 기술을 획득해 그것을 식민지 각 도시를 건설하는 데 활용하고자 했다는 점에 주목할 필요가 있다. 1940년대 초반 식민지 / 제국의 담론장에서는 기술, 자연과학, 과학교육 등에 대한 논의들이 눈에 띄게 출현하고 있었는데, 이는 같은 시기 제국-식민지 체제가 전시총동원 체제의 구축 방향으로 재편되면서 기술의 동원이 이루어지는 과정과 맞물려 나타난 현상이었다.[44] 하영의 도시 건설에의 의지 역시 이러한 과학의 힘을 자각한 주체가 자신의 이상을 표출한 것이었던 셈이다. 그리고 이때 제국의 중앙 도쿄는 식민지인들로 하여금 그러한 과학의 힘을 자각할 수 있는 공간으로 부상한다. 요컨대 식민지 지식인들은 제국의 권역 내 지방에서 중앙으로의 이동 체험을 통해서야(또는 제국의 중앙을 통과해야) 자신의 욕망을 발현할 수 있었던 것이다.

이상에서 살펴본 개인들의 상경의 심상지리를 통해 확인할 수 있듯이, 식민지 말 제국-식민지 체제 내 도쿄와 경성은 중앙과 지방이라는 이중적으로 위계화된 관계 속에 놓여 있었다. 식민지 조선의 중앙이자 동시에 제국 일본의 지방으로서 경성은 개인의 욕망을 발현할 수 있는 장소였을 뿐만 아니라, 그러한 개인의 욕망이 제국주의 질서 하에서 고양될 수 있는 가능성을 제시한 장소이기도 했다. 입신출세의 욕망을 가진 송빈이 향학열에 불타 갖은 신고를 겪으면서도 이르고자 했던 곳

44 차승기, 「전시체제기 기술적 이성 비판」, 『상허학보』 23집, 상허학회, 2008, 16쪽.

인 도쿄, 그리고 도쿄에서 건축 기술을 획득한 하영이 그러한 기술을 바탕으로 문화도시를 건설하고자 했던 경성, 식민지 말 도쿄와 경성은 주체의 욕망에 의해 끊임없이 재장소화되어가고 있었던 것이다. 그리고 그러한 주체의 욕망은 제국의 권역 내 새롭게 중앙과 지방으로 배치된 도시, 지방의 역학 관계와 밀접한 관련을 갖는다. 식민지 조선의 각 지방들과 경성, 그리고 제국의 각 지방으로서의 식민지 도시들과 도쿄의 위계화된 공간 역학 구조는 제국-식민지 체제 내 이동하는 주체의 욕망을 새롭게 구축하고 강화하는 한편, 그러한 욕망을 제국적 질서 내부로 회수하는 구심력을 발휘하고 있었던 것이다.

2. 통합되는 아시아, 대동아의 성지

1) 아시아 통합의 구심점으로서 일본

식민지 말 제국 일본은 새롭게 건설될 대동아공영권(大東亞共榮圈)의 중앙으로서 그 위상을 구축해갔다. 그런데 서양 제국주의 세력에 대항하는 동양의 구심점으로서 일본의 위상과 그러한 일본을 중심으로 한 아시아 국가들의 연대와 통합의 당위성은 1930년대 이후 세계 체제와 동아시아 지역 질서의 변동 과정 속에서 새롭게 구축된 것이었다.[45]

45 이에 대해서는 김경일, 『제국의 시대와 동아시아 연대』, 창비, 2011 참고.

〈그림 12〉 영미에 앞선 일본(『신시대』 만화)

1931년 만주사변을 계기로 본격적인 대륙 침략의 길을 걸은 일본은 1933년 국제연맹을 탈퇴한 뒤 독일, 이탈리아 등과 연대하여 영국과 미국을 축으로 하는 기존의 세계 체제와 다른 새로운 세계 질서를 모색하는 한편, 서양 제국주의 세력에 의해 아시아가 침략받기 이전부터 동아시아 국가들 간 우호적 협력 관계가 형성되고 있었다는 담론 유포를 통해 아시아 통합의 당위성을 역설하였다. 다시 말해, 서양 제국주의 세력에 의해 식민지화되어 분열된 아시아를 아시아인들의 손으로 회복해야 한다는 당위성이 식민지 말 대동아공영권 구축의 논리로 작동하고 있었던 것이다. 그리고 이때 일본은 메이지유신 이래 아시아-태평양전쟁기까지 지속적으로 서양 제국주의에 대항하여 아시아의 해방과 공존공영을 위해 분투한 최후의 보루이자 지도 국가로서의 위치에 스스로를 놓게 된다.

이런 점에서 조용만(趙容萬)의 「배 안(船の中)」은 갑신정변 당시 일본과 조선 사이의 우호적 협력 관계를 환기시키는 서사 전략을 통해 식민지 말 동아시아 지역 질서 내 일본의 지정학적 위상을 강화하고 있

는 작품으로 읽을 수 있다. 이 소설은 김옥균, 박영효를 중심으로 한 개화파가 갑신정변에 실패하자 일본 공사 다케조에 신이치로[竹添進一郎]의 도움으로 인천항에 정박 중인 치도세마루[千歲丸]에 올라 일본으로 망명하는 하루 동안의 사건을 서사화하고 있다. 이 소설에서 개화파의 갑신정변은 노쇠하고 무력한 청나라 사대당이 국정을 전횡하고, 폭학(暴虐)을 일삼아 백성이 도탄에 빠져 있어 국정을 쇄신하는 개화 정책을 펼쳐 국가를 구하기 위한 것으로 그려진다. 그리고 조선의 개화파가 정권을 잡는 데 "메이지유신 후의 청신 발랄한 일본 조야(朝野)의 원조"[46]가 뒷받침되고 있음이 강조된다. 갑신정변이 삼일천하로 끝나고 치도세마루로 피신한 김옥균이 배 안에서 꾼 꿈 역시 개화파의 갑신정변에 일본의 적극적인 원조가 있었음을 암시한다. 김옥균의 꿈은 과거 임오군란의 봉기를 사과하기 위해 수신사의 일원으로 일본에 간 박영효와 김옥균이 외무경 이노우에 가오루[井上馨]의 소개로 후쿠자와 유키치[福澤諭吉]와 시부자와 에이치[澁澤榮一]를 만나 그들로부터 조선의 국정 개혁 필요성을 전해들은 장면으로 이루어져 있다. 그들은 김옥균 일행을 초대해 "세계의 대세를 설명하고, 동양 영원의 평화와 행복은 일본과 조선이 긴밀한 제휴를 통해 나아감으로써 비로소 얻을 수 있음을 역설"[47]한다. 여기에서 후쿠자와 유키치나 시부자와 에이치 등 일본인 지식인과 관료는 조선의 개화파에게 세계정세와 동양의 평화를 가르치는 스승의 위치에 서게 되고, 김옥균 일행은 그들의 가르침을 받고 세계정세와 동양의 상황을 깨닫는 제자의 위치에 서게 된다. 즉,

46 趙容萬, 「船の中」, 『國民文學』, 1942.7, 121쪽.
47 위의 글, 123쪽.

근대 초기 조선의 지식인들이 조선을 둘러싼 동아시아, 세계정세를 파악하고, 조선의 근대화 개혁 과정을 실행하는 데 일본인 지식인과 관료의 영향력이 지대했음을 보여주고 있는 것이다.

그런데 치도세마루에 숨어든 개화파 일당을 체포하기 위해 당시 청나라에서 초빙되어온 재정 고문 묄렌도르프가 군대를 이끌고 개화파 일당을 추격해 와 다케조에 공사에게 압박을 가하고, 다케조에 공사는 외교 분쟁을 염려해 개화파 일당이 하선해줄 것을 요구한다. 배에서 하선할 경우 죽음을 피할 수 없었던 개화파 일당은 생사의 기로에 서게 되고, 이에 김옥균이 자신이 모든 책임을 지고 홀로 하선하겠다고 말한다. 여기에서 개화파의 수장 격인 김옥균의 영웅적 면모가 부각된다. 그는 배에서 내려 목숨을 잃는 것은 아깝지 않지만 이대로 죽으면 "누란의 위기에 처한 국가"와 "도탄에 고통스러워하는 민중"[48]을 구할 수 없다며 자신이 홀로 하선해 책임을 질 테니 나머지 일행에게 일본으로 망명해 다시 힘을 길러줄 것을 당부한다. 하지만 개화파 일당은 김옥균의 희생을 받아들일 수 없다고 말하고, 이때 서재필이 치외법권 구역인 치도세마루의 행정권이 선장에게 있다며 선장을 만나 묄렌도르프를 위시한 조선 군대로부터 보호해줄 것을 부탁하자는 의견을 제시한다. 개화파와 만난 선장은 다케조에 공사의 처신에 분개하는 한편 자신이 묄렌도르프와 담판을 지어 개화파를 일본에 망명시켜 주겠다고 약속한 뒤 그들을 피신시킨다. 이후 선장의 노력으로 배가 출항하고 개화파 일행은 무사히 일본 망명길에 오르게 된다. 이 소설에서 죽음을 무릅쓰고자 한 김옥균의 영웅적 면모가 부각되는 것 못지않게 큰

48 위의 글, 129쪽.

비중을 차지하고 있는 인물이 바로 이 치도세마루의 선장 쓰지 가쓰슈로이다. 그는 메이지유신의 숨은 지사의 아들로, 조선이 미몽에서 하루 빨리 깨어나야 한다며 개화파의 국정 개혁 운동을 적극적으로 지지한다.

"선장님 덕분에 우리 개혁당이 구원받았을 뿐만 아니라, 조선이 이윽고 구원될 것입니다. 당신은 조선의 은인입니다. 이 은혜를 결코 잊지 않겠습니다."

박영효는 저도 모르게 손을 내밀어 선장의 손을 힘차게 잡았다. 눈물이 넘쳐흐를 것 같았다.

"아닙니다. 아닙니다. 몸을 소중히 하시고 도쿄에 가셔서 크게 일해 주십시오. 조선은 일본과 손을 잡고 나아가지 않으면 안 됩니다."[49]

개화파를 지지하고 일본으로의 망명길에 오를 수 있도록 도움을 준 선장의 태도에 감격한 박영효는 그를 '조선의 은인'으로까지 칭송하고, 선장은 조선과 일본의 우호적 협력 관계를 다시 한 번 강조한다. 개화파의 개혁 운동에 원동력을 제공한 후쿠자와 유키치와 시부자와 에이치 못지않게 치도세마루의 선장 쓰지 가쓰슈로는 개혁 운동에 실패한 개화파가 다시금 도쿄에서 실력을 길러 조선을 개혁할 수 있도록 돕는 조력자로 그려지고 있는 것이다. 조선의 구원자로서의 일본인이라는 표상은 일본 제국주의 침략의 역사적 맥락을 소거한 채 조선의 근대화 개혁 과정에 기여한 일본, 그리고 근대 초기부터 지속적으로 우호적 협력 관계를 유지해온 한일 관계의 긴밀성을 상징적으로 보여준다.

---

49 위의 글, 134쪽.

이처럼 조용만의 「배 안」의 서사는 갑신정변을 일으킨 개화파의 망명 과정을 서사화하는 것을 통해 김옥균의 영웅적 면모를 부각시키는 동시에 일본인 후원자와 조력자의 도움이 지대했음을 강조하고 있다. 물론 이 소설을 식민지 말 김옥균 추앙의 문화사적 맥락에서 읽을 수도 있다. 김기진이 "오늘날의 東亞新秩序建設의 聖戰과 이에先驅하여 五十五年前에 東洋經營의 大志를 품고 一身을 犧牲한 志士들 가운데서도 特히 金玉均先生과 같은 人物은 歷史가운대서 뚜렷하게 그 前面에 나타나는 存在인 同時에 오늘의 歷史가 當面한 局面과 끈흘래야 끈흘 수 없는 關係에있다"[50]고 전제한 뒤, 수신사로 일본을 방문하고 돌아온 김옥균이 고종에게 올린 '흥아제일편(興亞第一篇)'이라는 논책(論策)의 골자가 "東洋三國이 서로 싸우지 말고 相互提携하여 歐米列强의 侵入을 防禦함에 있어서 비로소 亞細亞는 隆興할 것이라는 精神"[51]에 있다며 그를 대(大)아세아주의자로서 추앙하고 있듯이, 당시 김옥균은 문학작품과 영화를 통해 '아시아주의자'의 선구자로서 여겨지고 있었다.[52]

---

50 八峰, 「大亞細亞主義와 金玉均先生」, 『朝光』, 1941.11, 65쪽.

51 위의 글, 66쪽.

52 1930년대 이후 김옥균 서사의 확장에 대해서 이희환은 "김옥균의 추종자를 자처하는 金振九는 일본에서 古筠會의 활동을 마치고 귀국하여 여러 편의 전기물과 함께 희곡 『大舞臺의 崩壞』(1929)을 발표하고, 각지를 돌아다니며, 강연 활동까지 전개하였다. 한편 김옥균 서사는 영화로도 제작되었는데, 나운규 감독이 각본과 편집을 맡아서 〈開化黨異聞〉이라는 제목으로 1932년에 상영하기도 하였다. 1936년에는 김기진의 장편 『심야의 태양』이 『동아일보』에 연재되었는데, 『청년 김옥균』이라는 제목으로 출간되어 위인 김옥균의 대중화에 크게 기여하였다. 팔봉 김기진은 1940년대 들어 김옥균을 '대아시아주의자'로 추켜세우기 시작하였다. 김기진을 비롯하여 기쿠치 겐죠[菊池謙讓] 등에 의해 김옥균은 일제의 '대동아공영권론'의 선구자로 추켜세워지면서 또 한 번 주목의 대상이 되었다. 박영호의 희곡 〈김옥균의 死〉(『조광』, 1944.3~5)와 南川博의 일본어소설 「金玉均の死」(『國民文學』, 1944.3) 등은 바로 이를 대변하고자 했던 국민문학 작품"이었다고 논의한다. 이에 대해서는 이희환, 「동아시아에 떠도는 김옥균 서사－김옥균 연구의 서설」, 『한국문화』 제44집, 서울대 규장각 한국학연구원, 2008, 96~97쪽 참고.

제국-식민지 체제기 김옥균에 대한 추앙과 위인 교육은 지속적으로 이루어졌는데, 문명개화주의와 실력양성론에 기반을 둔 민족주의 우파 계열에서는 친일파로서의 김옥균상을 불식시키고 문명개화의 선각자로 그를 부활시키려 했고, 아시아주의에 기반한 겐요샤[玄洋社] 출신의 일본인과 조선인 계열에서는 김옥균을 '동양평화의 희생자'로 기려 청일전쟁과 한일병합을 정당화하고자 하였다. 이러한 두 계열의 활동은 1930년대 이후 추앙운동에서 벗어나 김옥균의 사상을 창도·보급하는 차원으로 확대되었는데, 민족주의 우파의 경우 문명개화 논리에 입각하여 김옥균의 사상과 갑신정변을 '배청독립(排淸獨立)', '개화진취(開化進取)'로 요약하였고, 일본과 조선의 아시아주의자들은 '고균회(古筠會)'를 조직하여 김옥균의 사상을 '삼국평화론(三國平和論)'으로 위치시켜 아시아주의를 선전하였다. 이러한 두 계열의 논리가 식민지 말 대동아공영권 논리 속으로 포섭되면서 김옥균의 사상을 '삼화주의(三和主義)'로 집약하여 대아세아주의, 대동아공영권 건설로 연결시켰던 것이다.[53] 그리고 대동아공영권 건설을 위한 동아시아 지역, 국가 간 통합이 절실히 요청되고 있는 시점에서 근대 초기 동양 3국의 제휴·연대를 주장했다고 여겨진 조선의 개화파 지식인 김옥균을 다시금 호명해냈던 것이다.

그런데 1942년의 시점에서 이 「배 안」의 서사가 발휘하는 이데올로기적 효과를 단순히 근대 초기부터 일본인과 조선인 사이에 긴밀한 협

53 이에 대해서는 김태웅, 「日帝强占期 金玉均 推仰과 偉人敎育」, 『歷史敎育』 제74집, 역사교육연구회, 2000과 김태웅, 「일제 강점기 김진구(金振九)의 활동과 내선일체론」, 『역사연구』 제13호, 역사학연구소, 2003 참고.

력이 이루어졌다는 사실을 재인식하게 하거나, 과거 역사적 사건을 부각시키는 것을 통해 당시 내선일체(內鮮一體) 담론의 서사화 전략이 표출되었다는 것, 나아가 아시아 지역주의 담론 공간 안에서 김옥균이라는 상징적 인물을 호명한 것으로만 이해할 수는 없다. 메이지유신 이래 동양의 평화를 위해 노력해온 일본이 이제 쇼와유신[昭和維新]을 통해 새로운 아시아를 건설하려고 하는 시점에서 갑신정변이라는 조선인 개화파의 개혁 운동을 환기시키는 서사 전략은 식민지 조선의 근대화 움직임의 초석에 일본의 원조가 있었음을 강조하는 것이고, 이는 곧바로 대동아공영권 건설의 핵심적 주체로서 일본의 위상을 강화하는 방편이 된다. 다시 말해, 「배 안」의 서사는 갑신정변이라는 역사적 사건에서 일본 측의 역할을 강조하는 것을 통해 1940년대 전반기 동아시아 지역 질서 재편 과정에서 일본의 역할과 책무, 그 중요성을 피력하고 있는 것이다. 이런 점에서 개화파가 망명하는 곳이 일본의 도쿄라는 것 또한 의미심장하다. 일찍이 도쿄에서 세계정세와 동양의 정치적 상황을 배우고 돌아온 뒤 조선을 개혁하는 근대화에 앞장섰던 개화파들이 갑신정변 실패 후 다시금 일본으로 향하는 것은 식민지 조선 지식인의 근대화 운동의 정신적 회로가 제국 일본으로 수렴되고 있음을 시사하는 것이다. 그리고 조용만이 「배 안」을 통해 그들의 망명 과정을 서사화하고 있는 것은 파탄났다고 여겨진 근대 이후 새로운 시대에 조응하여 동아시아에서 신질서를 구축해야 하는 식민지 말에도 역시 제국 일본이 지도적 위치에 놓여 있어야 함을 은연중에 암시하고 있는 것으로 이해할 수 있다. 따라서 이러한 서사적 전략을 통해 동아시아의 각 국가들이 제국의 심연, 일본을 축으로 통합되어야 하는 당위성이 마련될 수 있었던 것이다.

한편, 1937년 중일전쟁 발발 이후 제국 일본의 동아시아로의 지리적 팽창 과정 속에서 포섭해야 할 대표적인 국가는 중국이었다. 왜냐하면 이미 제국 일본의 식민지가 된 조선이나 타이완, 괴뢰정부인 만주국과는 달리 중국은 서양 제국주의 세력에 의해 반(半)식민지의 상태에 처해 있었고, 항일 세력의 항전에 의해 중일전쟁이 장기전으로 이어지고 있었기 때문이다. 또한 1941년 12월 아시아-태평양전쟁이 발발하면서 제국 일본은 대륙에서의 전쟁 수행을 위한 군사적 거점을 마련해야 했고, 이를 위해 대륙에서의 저항 세력을 일소하고 장기전에 대비해야만 했다. 이러한 상황 속에서 서양의 반식민지 상태에 놓인 중국을 대동아공영권 내로 통합시킬 필요성이 제기되었던 것이다. 이와 관련해서 흥미로운 서사를 전개하고 있는 작품이 이광수(李光洙)의 일본어 소설 「대동아(大東亞)」이다. 이 소설은 전쟁을 통한 동아시아 지역 질서의 재편 과정 속에서 제국 일본의 정치적, 문화적 위상을 강화하기 위해 대동아공영권의 정점에 제국 일본을 위치시키려는 프로파간다적인 작품으로 읽을 수 있다. 「대동아」에서 중국인 청년 범우생은 교분이 있던 일본인 가케이 교수에게 중국을 침략한 기존 서양 제국주의 국가들이 얼마나 믿을 수 없었던가를 환기시키면서 일본 제국주의에 대한 자신의 의심을 드러낸다. 그러자 가케이 교수는 다시 다음과 같이 말한다.

> 일본과 영미를 하나로 보는 것이 근본적인 착오네. 그들과 일본은 근본이념에 차이가 있네. 일본에도 여러 가지 결점이 있을 것이네. 하지만 일본이라는 나라의 성격은 거짓이 있을 수 없는 나라라는 것이네. 한 사람 한 사람의 일본인

도 거짓말을 할 수 없는 사람들이네. 일본은 천황이 다스리시는 나라이므로 국가로서는 내국민에 대해서도, 외국들에 대해서도 거짓말을 한다는 것은 있을 수 없네. 따라서 일본 국민은 절대적으로 국가를 믿고 있네. 만일 한 번이라도 국가가 거짓말을 한다면, 국민은 국가를 믿지 않을 것이네. 그런데 일본은 건국 이래 만세일계(萬世一系)의 천황에 의해 통치되고 있으므로, 일찍이 한 번도 국가가 국민에게 거짓말을 한 적이 없다네. 그것이 일본의 국체가 만방에서 으뜸인 점이고, 일본 국민의 애국심이 강한 이유이기도 하네. 따라서 일본 국민은 고노에 3원칙을 그대로 믿고 있는 것이네. 더욱이 고노에 성명은 어전회의(御前會議)를 통과한 것이므로, 더욱 더 절대불변이라고 할 수 있네.[54]

가케이 교수는 일본은 '만세일계'의 천황이 통치하고 있고, 그런 만큼 일본의 '국체(國體)'가 세계에서 가장 우수하다고 말하면서 진실한 나라임을 역설하고 있다. 그리고 이에 대한 근거로 '고노에 3원칙'을 제시하고 있다. 고노에 3원칙은 고노에 후미마로[近衛文麿] 내각의 중일전쟁 처리에 관한 입장을 밝힌 것이었다. 중일전쟁 발발 이후 1938년 1월 제국 일본의 대본영과 정부 수뇌부가 참석한 어전회의에서 전쟁 강경론이 득세하고, 군부가 주도하던 국가 총동원법이 통과되는 등 전쟁 수행을 위한 국가 체제가 갖춰지게 되었다. 하지만 고노에 내각은 중일전쟁 처리와 관련해 그것의 확대를 억지하는 입장을 취했는데, 같은 해 12월 장제스[蔣介石]와 대립하던 왕징웨이[汪精衛]가 일본으로 탈출하자, 이에 맞춰 '선린우호', '공동방공', '경제제휴' 등 고노에 3원칙을 발표하였던 것이다. 위의 인용문에서 가케이 교수가 이 고노에 3원칙을

54 香山光郎, 「大東亞」, 『綠旗』, 1943. 12, 81~82쪽.

거론한 것은 제국 일본이 기존의 서양 제국주의 세력의 중국 침략과 달리 우호적인 제휴의 상대로 중국을 대하고 있었다는 점을 내세우기 위한 것이었다. 하지만 전쟁 강경론에 밀려 1939년 1월 고노에 내각이 총사퇴하였지만, 그의 뒤를 이었던 내각들이 연이어 실각한 뒤 1940년 7월 22일 제2차 고노에 내각이 재출범하게 되는데, 고노에 후미마로는 신체제운동을 전개하면서 대정익찬회(大政翼贊會)를 구성하였다. 그리고 이 2차 고노에 내각은 제국 일본의 남방 진출과 대(對)영미 전쟁 불사의 강경한 입장을 취하고 있었다. 이런 점에서 가케이 교수의 말은 제국 일본의 침략 전쟁을 은폐하기 위한 수사에 불과하였다.

가케이 교수의 확신에 찬 설명에 범우생은 이론적 논리가 아닌 그 표정의 성실함에 감동하게 되고, 그와 일본의 '진실성'을 의심하지 않게 된다. 범우생이 이해하는 듯한 태도를 보이자 가케이 교수는 원래 예(禮)를 숭상했던 아시아인은 예로 돌아가야 하고, 그러한 예를 통해 일본을 인식하면 일본의 진의를 이해할 수 있을 것이라고 말한다. 그리고 아시아의 제 민족이 극기복례의 자기 수련을 통해 아시아의 운명공동체를 번영시키고, 서양 제국주의와 같은 이욕의 세계를 타파하고 예의 세계를 세우는 것이 곧 대동아공영권 건설이라고 강변하기에 이른다. 예를 통해 아시아 국가들 간 공존공영의 운명공동체를 회복하자는 가케이 교수의 논리의 저변에는 서양 제국주의 세력의 동양 침략으로 인해 예의 세계가 파탄난 것이므로 이를 회복해야 하고, 그를 위해서는 아시아에서 유일한 예의 나라 일본의 도덕성을 믿고 일본에 의지해야 한다는 것이다.

이러한 가케이 교수의 말을 통해 일본의 모습을 확실히 알게 되었다고 믿은 범우생은 많은 중국인이 일본을 오해하고 있다며 일본과의 전쟁에 참전할지 알 수 없지만, 중국으로 돌아가 가케이 교수로부터 배운 바를 실행하고 싶다고 말한다. 그는 도쿄를 떠나면서 연정을 품고 있던 가케이 교수의 딸 아카미에게 중국과 일본이 적이 되어 싸우고 있는 것이 괴롭다며 자신은 중국 국민으로서의 의무를 다하기 위해 돌아가는 것이라고 설명한 뒤, "아시아는 하나입니다. 어떤 곡절이 있더라도 그것은 일시적인 것이며, 결국 아시아는 하나가 된다. 그것이 아시아 제 민족의 운명이"[55]라는 것을 믿는다며, 전쟁에서 살아남는다면 도쿄로 돌아오겠다고 약속한 뒤 떠난다. 이후 5년여의 시간이 흐르는 동안 왕자오밍[汪兆明]의 남경 정부가 세워지고, 아시아-태평양전쟁이 발발하여 말레이시아나 서남태평양에서 일본군의 전과(戰果)가 전해지는 데도 범우생에게는 연락이 없었지만, 아카미는 그를 믿고 기다린다. 그러던 어느 날 범우생으로부터 도쿄에 도착한다는 전보를 받고, 아카미는 "일본의 성실함은 결국 범우생이라는 한 청년의 마음을 얻었다. 그것은 이윽고 10억 아시아의 마음을 얻는 첫걸음이 될 것이리라"[56]며 기뻐한다.

그런데 이광수는 왜 「대동아」라는 소설을 통해 제국 일본과 중국의 위계화된 관계를 환기시키면서 중국(인)의 일본(인)으로의 포섭을 말하고 있는 것일까? 다시 말해, 식민지 조선의 지식인이자 문학자인 이광수가 굳이 제국 일본의 입장에 서서 중국(인)의 협력(또는 동화)을 피력하고 있는 것일까? 사실 이 소설의 서사 전략은 바로 이 지점에서 찾아

55 위의 글, 76쪽.
56 위의 글, 85쪽.

야 할지도 모른다.[57] 당시 일본으로의 철저한 동화를 꿈꿨던 이광수는 일본인보다도 더 일본인의 입장에 서서 중국(인)의 일본으로의 동화를 역설함으로써 식민지 조선인이라는 제한적 지위를 벗어나 제국 일본인으로 거듭나고자 했던 것인지도 모른다. 조선과 일본은 이미 내선일체를 달성한 상태이고, 그렇다고 한다면 일본인이 된(되었다고 여긴) 조선인의 위치에서 오히려 일본인보다 더 일본인다운 목소리를 내는 것이야말로 '일본인으로서의 조선인'의 위상을 공고히 하고, 새롭게 건설될 대동아공영권 내 조선(인)의 위상을 강화하는 방편이 될 수 있었던 것이기 때문이다. 요컨대 이광수는 「대동아」에서 동아시아 지역 질서 내 제국 일본의 위상을 강화하는 서사 전략을 통해 일본인이 되어야 할 식민지 조선인의 위치를 마련하고 있었던 것이다.

그런데 여기에서 곤혹스러운 것은 도덕주의자이면서 민족주의자였던 이광수가 다른 조선인은 물론 어떤 일본인보다 더 일본적이었고, 어떤 이데올로그보다 더 이데올로기적이었다는 점이다. 식민지 말 소위 '친일 행적'과 관련해서 그가 보여준 행위는 단순한 가장이나 위악의 수준을 넘어 신념으로까지 나아간 것으로 보인다. 이는 절대적 기표, 주인 기표의 자리에 민족이라는 단어를 올려놓고, 실력 양성을 통한 민족의 아름다운 미래라는 환상을 그 주변에 배치해둔 이광수가 그러한 환상이 사라진 뒤, 민족이라는 기표를 대체하는 자리에 대동아의

---

57 이와 관련해 이경훈은 「대동아」가 "춘원과 동일화된 가께이박사라는 내선일체적 꼭두각시에게 설득된 우생이라는 어리석은 대동아공영적 꼭두각시의 이야기"라고 논의하면서 중국인 청년에게 대동아공영의 이상을 가르치는 춘원이 이미 '내선일체' 및 '황민화' 과정을 완수한 '천황의 적자'나 '대동아 건설의 운전자'로서 위치하고 있다고 말한다(이경훈, 『이광수의 친일문학 연구』, 태학사, 1998, 319~331쪽 참고).

기표를 놓고, 그와 함께 오는 새로운 세계에 대한 환상을 꿈꾸었기 때문으로 보인다. 물론 이는 그가 근대적 윤리의 한계 지점에 도달한 주체였다는 점에 기인한다. 이광수는 도덕적 자기완성이라는 윤리를 민족이라는 정치적 가치에 종속시켜, 윤리와 정치를 하나의 담론 속에 동서케 하였다. 하지만 대동아공영권이라는 논리 구조 속에 민족적 실체로서 조선이 존재할 수 없게 되자, 윤리와 정치의 역전이 시작된다. 민족이 사라지는 순간 윤리는 스스로를 전면화하고 전일화함으로써 정치를 전복해버린 것이다. 따라서 진정으로 민족의 이익을 추구하는 길은 자기 민족만의 배타적 이익 속에서가 아니라, 오히려 자기 민족의 이익을 좀 더 큰 단위인 공동의 이익 속에서 사유함으로써 완성되는데, 그것은 곧 현실적 민족주의가 죽음을 맞이하는 순간이기도 하다. 그리고 더 나아가 이러한 논리는 자기 민족의 존재를 부정하는 것, 민족을 배신하는 것이야말로 민족주의의 완성태일 수 있다는 역설에 이르는 길이다. 이광수는 자기 민족을 포기하고 나서야 비로소 일본을 상대로 도덕적 우위에 설 수 있었던 것이다.[58]

따라서 이광수가 「대동아」에서 일본인보다 더 일본인다운 목소리를 냈던 것, 대동아공영권 건설 과정에서 중국의 일본으로의 통합을 역설했던 것은 바로 이러한 지점에서 이해해야 할 필요가 있다. 그는 스스로 일본인의 위치에서 발화하는 것을 통해, 다시 말해 조선 민족을 부정하고 포기하는 한편, 그 자리에 대동아공영권을 놓음으로써 역설적으로 민족의 이익을 도모했던 것이다. 그러니까 그가 대동아의 구

58 이에 대해서는 서영채, 「이광수, 근대성의 윤리」, 『한국근대문학연구』 제19호, 한국근대문학회, 2009, 147~180쪽 참고.

심점으로 제국 일본을 현창(顯彰)하면서 아시아의 각 지역과 국가들을 통합해나갈 수 있었던 지도국가로서의 일본의 위상을 마련했던 것은 기실 민족주의 논리 자체에서 발생하는 몰윤리성을 보여주고 있는 것이라고 해도 과언이 아니다. 그리고 이러한 논리 구조 속에서 제국 일본은 새롭게 건설된 대동아공영권의 중핵이자 아시아 통합의 구심점으로의 위상을 공고히 해나갈 수 있게 되었던 것이다. 여기에서 아시아가 곧 일본이라는 역설의 지점이 발생하게 된 것이다.

2) 대동아 성지 순례와 일본인-되기

아시아 각 지역과 국가들을 통합하는 새로운 아시아, 대동아공영권 건설의 구심점으로서 일본의 위상이 강화되는 가운데, 식민지 말 제국의 중앙 일본은 천황의 나라, 대동아의 '성지(聖地)'로 재인식되어 서사화된다. 당시 내지 성지 순례(巡禮) 여행은 황민화 과정의 일환으로 기획되었는데, 식민지 조선의 시국대응전선사상보국연맹(時局對應全鮮思想報國聯盟)은 1940년 5월 연맹 본부의 상임간사였던 김두정(金斗禎)과 보성전문학교 교수 장덕수(張德秀)를 중심으로 경성, 평양, 대구, 광주 등 각 지부에서 3명씩을 선발하여 21명의 성지 순례단을 조직하여 성지 순례 및 신사 참배 여행을 떠났다.[59] 이 연맹은 출범 이후 각 지방 연맹원들로 하여금 일본정신 체득을 촉진시키기 위해 궁성요배 및 내

59 이에 대해서는 「思想聯盟聖地巡禮團 三日間參禪 大本山總持寺에서」, 『每日新報』, 1940.5.10 참고.

〈그림 13〉 메이지신궁 신고와 본전

지 주요 신궁 및 신사 참배 여행을 떠났는데, 김두정의 『반도 황민생활 이야기(半島皇民生活物語)』에도 이러한 정황이 잘 서술되어 있다. 김두정은 1940년 '황기(皇紀) 2600년'을 맞아 내지 성지 순례 여행을 떠나는 것을 "무한한 영광으로 감사하면서 팔굉일우의 구현에 매진하는 신병(神兵)과 성민(聖民)의 본연성(本然性)으로 돌아가 광휘의 세계사적 창조의 한 분야에 봉공의 적성을 다짐하면서, 궁성요배를 비롯해 내지의 주요 신궁과 신사를 참배하고 황국 일본의 대표적 각 도시의 문물 일체를 시찰"[60]했다고 서술한다. 그들의 내지 성지 순례 여정은 고베[神戸]에서 교토, 나고야[名古屋]를 거쳐 도쿄로 이어졌으며, 순례의 장소는 모모야마고료[桃山御陵], 이세신궁[伊勢神宮], 고타이신궁[皇大神宮], 야쓰타신궁[熱田神宮], 메이지신궁[明治神宮],[61] 미나토가와신사[湊川神社],

60 金子斗禎, 『半島皇民生活物語』, 朝鮮思想國防協會, 1943, 100쪽.

61 1920년 11월 11일 메이지신궁 조영국(造營局)에 의해 내원(內苑)이 건설되고, 1926년 10월 23일 메이지신궁 봉찬회(奉讚會)에 의해 외원(外苑)이 봉헌되어 완공된 메이지신궁은 "근대 일본의 '국가주의적 영광'을 메이지천황의 '개인적 영광'으로 기억하고 기념하는 공간을 넘어서, 천황의 신격화를 통한 '국체' 관념의 절대화 = '황도주의 · 일본정신주의'를 이념으로 하는 쇼와파시즘에 의한 국민동원의 공간으로 활용되기 시작"하였다(이에 대해서는 박삼헌, 「근대일본 '국체(國體)' 관념의 공간화 – 도쿄의 메이지신궁[明治神宮]을 중심으로」, 『인천학연구』 제11호, 인천대 인천학연구원, 2009, 33~58쪽 참고). 식민지 말 내지 성지 순례 여

노기신사[乃木神社], 야스쿠니신사[靖國神社] 등 내지의 주요 왕릉과 신궁, 그리고 신사였다. 또한, 황민화의 일환으로 진행되었던 그들의 내지 성지 순례 여행은 한편으로는 동조동근론을 바탕으로 한 내선일체의 확인을 통해 대동아공영권 내 다른 민족보다 우위에 있는 조선인의 지위를 확보하는 것이기도 했다. 김두정은 내지 성지 순례 여행을 통해 내선일체를 확인할 수 있었다며 "내선일체론을 지나인의 동아협동체론이라든가 만주인의 민족협화론과 같이 말하는 자가 있다면 그야말로 가소로운 존재이다. 동문동조(同文同祖)로서 같은 운명 아래 동일한 현실생활을 하는 내선동포가 완전히 결합해 동일한 단위 속에서 일체가 되어 대동아공영권의 중핵체(中核體)로서 참가하는 것은 당연한 일이며, 여기에는 아무런 이론이 있을 리 없다"[62]고 하여 대동아공영권 건설 주체로서 일본인과 조선인을 동등한 지위에 놓고자 하였다. 요컨대, 식민지 조선인의 황민화 프로젝트로 진행되었던 내지 성시 순례 여행에서 내선일체를 확인하는 것을 통해 (중국인이나 만주인과는 다른) 조선인의 지위를 격상시키고자 했던 것이다.

이처럼 제국의 지방, 식민지 조선인들의 내지 성지 순례는 조선인이라는 자신의 정체성을 탈각하고, 제국의 신민, 일본인-되기의 새로운 정체성 획득의 과정과 중첩된다. 이 점에서 주목되는 작품이 이석훈(李石薰)의 「동으로의 여행(東への旅)」이다. 이 소설은 『녹기(綠旗)』 1942년 5월호에 게재된 것인데, 이석훈은 1941년 11월 내지 성지 순례 여행을 떠난 바 있었다. 당시 그의 성지 순례의 기록을 모두 확인할 수는 없었

행에서 메이지신궁이 포함되었던 것도 이러한 맥락에서였다.

62 金子斗禎, 앞의 책, 104쪽.

지만, 그는 나라[奈良]의 호류지[法隆寺]와 가시하라신궁[橿原神宮], 가스가신사[春日神社], 도다이지[東大寺] 등을 참배한 기록에서 "內地의 傳統을 알고 內地의 文化를 理解하기 爲해서는 반드시 奈良을 한 번 볼 必要가있음을 알었습니다 日本의傳統을, 그대로 가지고 있는 唯一한地方인까닭이외다"[63]라고 적었다. 내지 성지 순례 여행의 시기와 경로 등을 미루어봤을 때, 1942년 5월에 발표된 「동으로의 여행」은 1941년 11월 자신의 순례 여행 경험을 바탕으로 하여 씌어진 것이라고 짐작할 수 있다. 이 소설에서 주인공 박철은 경성에서 내선일체 운동에 가담하고 있었지만, 아직 확고한 신념을 가지고 있지는 못한 인물로 등장한다. 그는 일행과 함께 일본 성지 순례 길에 들어선 뒤, 시모노세키에서 산요센[山陽線]을 타고 차창 밖의 농촌 풍경을 보면서 그곳에 살고 싶다고 느끼거나, 나라의 가스가신사의 폭포를 보면서 죽고 싶다고 생각하는 등 여행자로서의 낭만적 감상에 젖어 있다가 이세의 고타이신궁에서 참배한 뒤 일본주의에 대한 신념을 갖게 된다.

그러나 이세(伊勢)의 고타이신궁[皇大神宮]에서 참배한 뒤, 후타미가우라[二見浦]의 해변 여관에서 하룻밤 조용히 생각하는 사이에 철은 방황의 구름을 걷어내고 밝은 신념으로 한 걸음 비약하는 자신을 느꼈다. 그것은 요컨대 솔직한 직감에서 온 일본에 대한 신념으로, 설명하기는 어려운 것이었다. 말하자면 **나이쿠[內宮]의 저 비할 바 없는 신성함은 일본 국체의 존엄함을 뒷받침하는 것**이고, 모든 신역(神域)과 산하(山河)가 그렇지만, **한 점 어둠이 없는 밝은 처녀의 피부와**

63 李石薰, 「聖地參拜通信」, 『朝光』, 1942. 1, 116쪽. 이 글의 말미에 "十一月十九日밤奈良에서"라고 적혀 있어 이석훈이 1941년 11월 19일을 전후해 내지 성지 순례 여행에 나선 것으로 보인다.

같이 깨끗하고 아름다운 국토는 유구한 3천 년 동안 한 번도 외적에게 짓밟히지 않은 고귀한 역사의 상징처럼 철에게는 느껴졌다.[64]

스스로 설명할 수 없지만, 이세의 고타이신궁 참배 경험은 박철로 하여금 일본에 대한 새로운 신념을 갖게 한다. 아무런 이성적 판단이나 사상에 대한 투철한 신념 없었던 그는 마치 신의 계시를 받은 듯한 비약의 순간을 맞이하게 되는 것이다. 이때 일본은 "처녀의 피부와 같이 깨끗하고 아름다운 국토", "유구한 3천 년 동안 한 번도 외적에게 짓밟히지 않은 고귀한 역사의 상징"이 된다. 그래서 박철은 이러한 일본이라면, 식민지 조선인인 자신을 온전히 맡길 수 있고, 일본 또한 자신을 '진짜 동포'로서 맞아줄 것이라고 믿게 된다. 식민지 조선인 박철에게 일본은 신의 영토, 고귀한 역사의 상징적인 장소로서 새롭게 인식되고 있는 것이며, 또한 그곳은 어떤 비약의 세계로 다가온 것이다. 그런데 박철의 내지 성지 순례 여행이 이러한 비약의 순간만을 위한 것은 아니었다.

일본 성지 순례에 나선 박철은 이후 나고야를 거쳐 도쿄에 도착한 뒤 궁성(宮城)에 요배하고, 메이지신궁과 야스쿠니신사에 참배한 뒤 10년 전 학창 시절에 신세를 진 오모리[大森]의 고미야마 미망인 집을 방문한다. 그런데 그가 고미야마 미망인의 집을 방문한 것은 그녀의 딸 루미를 만날 수 있지 않을까 하는 바람에서였다. 10여 년 전, 도쿄 유학 시절 박철은 고미야마 집안에 기거하면서 루미와 교제하게 되고, 방학이 되어 북선(北鮮)의 고향에 돌아가서도 매주 그녀에게 편지를 보내면

---

64 牧洋, 「東への旅」, 『静かな嵐』, 毎日新報社, 1943, 155쪽. 강조—인용자.

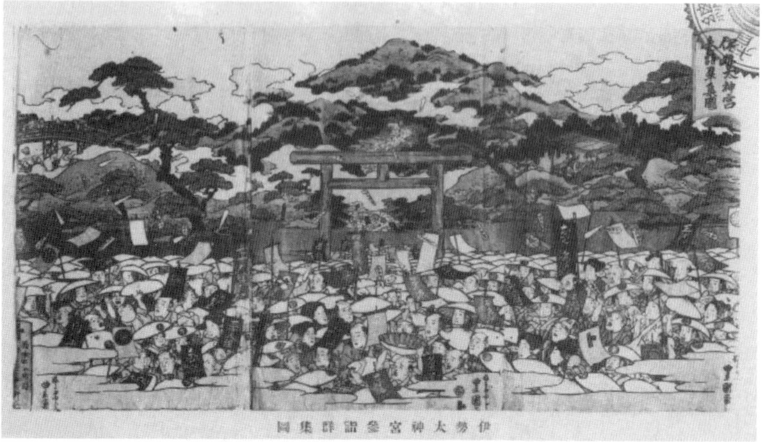

〈그림 14〉 이세신궁

서 교분을 쌓다가 그들은 연인 관계로 발전하게 된다. 하지만 루미는 왼쪽 다리를 약간 저는 자신을 불완전한 여성이라 생각했고, 박철 또한 조선인으로서의 자신은 부족한 사람이라고 느껴 결국 두 사람은 헤어지게 된다. 10여 년이 지난 현재 도도[東都] 화단에서 후타미 시즈코라는 이름으로 활약하고 있는 루미를 다시 만난 박철은 아직까지 결혼하지 않은 그녀와 재작년 이혼한 자신이 '이상한 인연'이라고 말한 뒤 헤어진다. 그리고 도쿄를 떠나 경성으로 돌아오는 길에 교토에서 모모야마고료에 참배하고, 주요 명소를 돌아본 뒤 일본이 완전히 마음에 들고, 그러한 일본에 루미가 살고 있다는 생각에 행복감에 빠져든다. 그는 10여 년 전 불완전한 사람, 식민지 조선인이 아니라, 자신을 품어준 천황의 나라에서 자신 또한 일본인이 될 수 있다고 생각하고 있는 것이다. "아아! 나는 일본이 좋다. 나는 일본인이 될 거야. 이 아름다운 국토, 아름다운 사람, 풍요로운 생활, 누가 뭐라고 해도 나는 일본인이 될 거야!"[65]라며 경성으로 돌아오는 길에 감격에 겨워 눈물까지 흘렸던 박철은 이제 루미에게 청혼 편지를 써 보내기에 이른다. “만약 당신이 옛날 애정 그대로라면, 나와 결혼해주지 않겠습니까. 그 당시 나는 반도인이라는 숙명을 뛰어넘을 수가 없다고 생각하고 있었습니다. 하지만 이번 여행으로 완전히 일본인이 되는 것이 곧 행복이라는 신념을 굳혔습니다.”[66] 10여 년 전 “반도인이라는 숙명을 뛰어넘을 수가 없”었던 박철은 일본 성지 순례를 통해 그러한 숙명을 극복하고 일본인이 될 수 있다고, 그리하여 10여 년 전에는 이룰 수 없었던 일본인 여성과의 결혼을 달성할 수 있다고 여기게 되었던 것이다.

이처럼 이석훈의 「동으로의 여행」은 내지 성지 순례의 서사와 조선인 남성과 일본인 여성 사이의 내선연애(또는 내선결혼) 서사를 중첩시키면서 순례의 체험을 통해 일본인으로 자신의 정체성을 재정립하려고 한 식민지 조선 남성의 욕망을 드러낸다. 식민지 조선의 내선일체 운동에 가담하고 있었지만, 일본주의에 대한 신념이 부족했던 식민지 조선 남성이 일본주의에 동화되고, 스스로를 일본인으로서 갱신하는 데 일본의 성지는 중요한 공간으로 부상한다. 그곳은 신의 영토이자 천황의 나라이며, 유사 이래 외세의 침입을 받지 않은 처녀지와 같은 순결한 장소로 인식되고 있었던 것이다. 그리고 이때 이 성스러운 일본은 ‘반도인’이라는 불완전한 존재를 완전한 존재로 거듭나게 해주는 성스러운 제의(祭儀)의 공간으로 기능하고 있었다.[67] 물론, 이 작품에

65 위의 글, 163쪽.

66 위의 글, 165쪽.

67 이와 관련해서 장혁주의 「巡禮」(『每日新報』, 1943.9.7~22)의 서사 역시 신사 참배의 경험을 통해 황국신민으로 거듭나는 과정을 보여주고 있다. 「순례」는 재일조선인 이와모토가 일본인과 달리 자신이 군인이 될 수 없는 것에 낙담하다가 “「고마」신사에 참배햇슬때 자기의 조상은 「야마도」 민족과 가튼 사람이엇다는데 자신을 가진것”(1943.9.21)을 계기로 지원

구체적으로 서사화되지 않았지만, 한편으로 일본은 남성성이 거세된 식민지 조선인 남성이 일본인-되기의 제의적 과정을 통해 상실한 남성성을 회복할 수 있는 가능성의 장소로 인식되기도 한다. 이는 흥미롭게도 박철이 "밝은 처녀의 피부와 같이 깨끗하고 아름다운 국토" 즉, 순결한 여성성의 공간으로 일본을 인식하고 있는 것을 통해서도 간취할 수 있다.[68]

한편, 천황의 나라, 대동아의 성지로서의 일본에 대한 인식과 표상은 이광수(李光洙)의 「삼경인상기(三京印象記)」에 보다 극명하게 드러난다. 이 글은 제1회 대동아문학자회의에 참석했던 이광수가 도쿄, 나라,

병 훈련소에서 훌륭한 군인이 되어가고 있는 것을 시찰한 서술자가 이와모토와 같은 감격을 느끼기 위해 내지 순례 중 고마신사에 참배하는 내용으로 이루어져 있다. 그는 고마신사에 이르러 "일족(一族) 一천七백九十七인을 이끌고 「고마」왕 약광이 여기까지 다다랏슬때의 심경을 생각하고 「몸무덴노오」(文武天皇) 어대(御代)에 왕성(王姓)을 밧자온 기쁨에 감읍(感泣)하고 있는 모양을 맘속으로 헤아려보"(1943.9.22)게 된다. 이처럼 조선인 지원병제도 공표 이후 군인이 되는 것을 통해 황국의 신민화 과정의 서사를 보여주고 있는 이 「순례」에서 고마신사는 동조동근론을 기반으로 한 내선일체의 상징처이자, 식민지 말 조선인들로 하여금 제국 일본의 국민이 될 수 있다는 환상을 증폭시키는 장소였다.

68 내지 일본의 성지 순례의 이동 서사와는 차이가 있지만, 이석훈의 「고요한 폭풍」 역시 문예강연회 참석이라는 이동하는 주체의 정체성 구축 과정을 보여주고 있다. 이 작품은 조선문인협회가 경부, 경의, 호남, 함경 등 조선의 각 지방으로 문인들을 파견하여 개최한 문예강연회에 참석한 소설가 박태민의 '전향' 과정을 서사화하고 있는 작품이다. 한때 동반자 작가라는 평가를 받았던 박태민은 1937년 중일전쟁 이후 혼란스러운 식민지 조선의 시세 속에서 자신의 존재를 발견하지 못하여 고뇌하고 있다가 문예강연회에 참여하게 된다. 그는 문예강연회 강연자로서의 경험을 "낡은 것에서 새로운 것으로 전환하려는 이 시대의 격렬한 소용돌이 한가운데"(63쪽)로 뛰어든 "조선의 지식인이 대중 앞에서 하나의 역사적 방향 전환을 선언한 것이며, 이를 통해 자기 자신의 껍질을 벗은 것은 중대한 의의가 있었다"(78쪽)고 생각하고 있는 인물이다. 그러니까 문예강연회의 참석 경험을 통해 과거의 자신을 버리고 소위 '일본주의'를 승인하고 받아들여 새로운 자기를 구축해나갔던 것이다(牧洋, 「静かな嵐」, 『静かな嵐』, 毎日新報社, 1943). 이석훈의 「고요한 폭풍」은 총 3부로 이루어져 있는데, 1부는 『국민문학』 1941년 11월호에, 2부는 『국민문학』 1942년 6월호에, 3부는 『녹기』 1942년 11월호에 게재되었다. 이석훈의 「동으로의 여행」과 「고요한 폭풍」은 식민지 말 제국적 질서 아래 새롭게 가능해진 여행의 체험을 통해 식민지 조선인 지식인의 자기 정체성 구축 과정을 보여주고 있다는 점에서 주목된다.

교토 등 일본의 고도(古都)를 순례한 체험을 여행기의 형식으로 서술한 것이다. 제1회 대동아문학자회의는 1942년 11월 3일 도쿄 제국극장에서 개최되었는데, 주요 의제는 대동아 정신의 수립, 대동아 정신의 강화 보급, 문학을 통한 민족 및 국가 간 사상문화의 융합을 도모하는 방법, 문학을 통한 대동아전쟁 완수의 방도 등이었다. 의장 기쿠치 간[菊池寬], 부의장 가와카미 데쓰타로[河上徹太郎], 사회자 도가와 사다오[戶川貞雄], 위원장 구메 마사오[久米正雄] 외 내지 일본인 47명과 이광수를 비롯하여 유진오(兪鎭午), 박영희(朴英熙), 데라다 에이[寺田瑛], 가라시마 다케시[辛島驍] 등 조선 측 대표 5명, 西川滿, 龍瑛宗, 濱田隼雄, 長文環 등 타이완 대표 4명, 古丁, 바이코프, 爵青, 小松, 吳瑛, 山田淸三郎 등 만주국 대표 6명, 그리고 錢稻孫, 張我軍, 沈啓无, 尤炳圻, 周化人, 許錫慶, 丁雨林, 潘序祖, 草野心平, 周毓英, 柳雨生, 龔持平 등 12명의 중국 대표와 恭布札布, 小池秋羊, 和政華 등 3명의 몽고 대표가 참석하였다.[69] 실제 대동아문학자회의는 11월 3일부터 5일까지 2박 3일 동안 진행되었지만, 회의에 참석했던 각 지역 대표자들은 일본인 문학자들의 안내로 도쿄, 나라, 교토의 성지를 순례하였다.

이광수의 「삼경인상기」에도 이러한 상황이 잘 묘사되어 있다. "이번 대동아문학자대회에 참가하여 몇 가지 귀한 감격과 체험을 할 수 있었다"[70]는 문장으로 시작하는 이 글은 1942년 11월 1일 도쿄에 도착해서 같은 달 12일 교토를 떠나기까지의 일본 고도 순례기의 형식으로 씌어

---

69 이에 대해서는 대동아문학자회의 특집호로 꾸며진 『文藝』, 1942.12, 2~66쪽 참고.

70 李光洙, 「三京印象記」, 『文學界』, 1943.1. 여기에서는 김윤식 편역, 「삼경인상기(三京印象記)」, 『이광수의 일어 창작 및 산문선』, 역락, 2007, 117쪽.

있다. 11월 1일 도쿄에 도착한 이광수는 도쿄가 제2의 고향이라며 친밀감을 드러내면서도, 이번 도쿄 방문이 새롭다고 말하는데, 그것은 자신의 심경뿐만 아니라 도쿄가 변했기 때문이라고 말한다. 그러면서 다음과 같이 새롭게 변화된 도쿄에 대한 인식을 드러낸다. "도쿄는 시방 일본뿐 아니라 아시아 대동아공영권의 수도다. 천황의 권위는 대동아 전역에 빛을 입히고 있다. 도쿄의 정치력, 문화력은 아시아 민족들의 정치와 문화의 원천이며 원동력임을 그 누가 부정하랴."[71] 그러니까 1906년 처음 유학생 신분으로 도쿄에 와 근대 문물과 사상을 접했던 도쿄는 이제 대동아공영권의 수도로 바뀌었고, 그 구심점에 천황의 권위가 발휘되고 있는 것이다. 아시아-태평양전쟁이 발발한 지 1년 정도 경과한 뒤 제국의 심연, 도쿄는 대동아공영권의 중앙으로 확고부동하게 자리매김되었던 것이다. 이는 도쿄에 도착한 이광수가 일행과 함께 천황이 있는 황궁 입구의 다리에서 궁성 요배를 하고 감격스러워한 것이나, 2일 아침 야스쿠니신사에 참배한 뒤 메이지신궁 국민연성대회(國民鍊成大會)에 참석해 '일억일심(一億一心)'을 가슴으로 느꼈다는 회고로 이어진다. 이후 이광수는 3일부터 5일까지 제1회 대동아문학자회의 석상에 참석하고, 6일 해군 항공대가 있는 가스미가우라[霞浦]와 소년 항공대 훈련소가 있는 스치우라[土浦]를 견학한다. 이어서 그는 도쿄를 떠나는 8일 문부성 미술전람회인 분텐[文殿]을 관람하고 박물관을 둘러본 뒤 노가쿠[能樂] 〈도모에[巴]〉를 감상하면서 일본정신과 불교의 융합을 맛보았다고 적고 있다.

이후 이광수는 일행과 함께 9일 저녁 나라의 우지야마다[宇治山田]에

71 위의 글, 117쪽.

도착한다. 다음날 아침 그는 아침 햇빛에 비친 산과 숲만으로도 "신화시대의 모습"[72]을 떠올리고, 일본 천황의 조상에게 제사를 지내는 '대신궁[大神宮]'에 첫 참배하기 위해 몸과 마음을 정결히 한다. 나이쿠[內宮] 참배 후 나카노시마[中之島] 공회당에서 열린 다니자키 준이치로[谷崎潤一郎]의 강연을 들은 이광수는 저녁에 가와카미 데쓰타로가 마련한 주석에 참석하게 되는데, 하야시 후사오[林房雄]가 계속해서 술을 권하자, 자신이 나라시대 일본에 건너간 백제의 승려 혜자(惠慈)나 고구려 승려 담징(曇徵)의 수행원일 수도 있었다며, 이미 일본 내지의 문인들과 옛 인연이 있었던 것은 아닐까 생각하면서 나라시대가 한없이 그립다고 토로한다. 여기에서 흥미로운 것은 대동아문학자대회의 일환으로 내지 일본인 문인들과 주석에서의 만남을 고대 나라시대 고구려나 백제와 일본의 교류로 환원시키고 있는 점이다. 이는 말할 것도 없이 일본과 조선 고대사의 밀접한 관계를 강조하는 것을 통해 '내선일체' 이념을 표출한 것이라고 할 수 있다. 그리고 이때 일본의 고도 나라는 식민지 / 제국 일본의 고도로서 일본의 종교·예술의 기원과 맞닿은 '대동아'의 성지이면서 동시에 고대 한반도와 직접적인 교류의 증거를 보존하고 있는 '내선일체'의 성지이기도 하다. 즉 나라는, 한편으로 '내지'의 입장에서는 국민국가적 동일성의 본질적 연원으로 소급해갈 수 있는 한계지점이면서, 다른 한편으로 '식민지 / 제국'의 입장에서는 작게는 식민지, 넓게는 '대동아'와 연결되면서 국민-국가 이전의 광역적 네트워크의 존재를 상기시키는 증거였던 것이다.[73]

---

72 위의 글, 128쪽.

73 차승기, 「제국의 고도古都, 초월의 기술」, 『상허학보』 제29집, 상허학회, 2010, 93~94쪽.

다음날 이광수는 일행과 함께 일본 천황의 시조로 여겨지고 있는 진무천황을 모신 가시하라신궁[橿原神宮] 참배 길에 올라 호류지[法隆寺]에 도착한다. 호류지에 도착한 뒤 그는 특별히 조선인으로서 그곳을 세운 쇼토쿠 태자[聖德太子]를 사모한다고 말하면서, 그 이유로 쇼토쿠 태자에게 법화경을 진상하고 강독한 사람이 고구려 승려 혜자 대사이고, 불상과 불당을 만든 사람이 백제 승려 혜총 대사이며, 호류지 법당 벽화를 그린 이가 담징이기 때문이라고 그 이유를 든다. 이러한 서술은 "일본에 불법의 기초를 다진 대성업"[74]에 과거 조선에서 건너간 고구려와 백제의 승려가 참여했다는 점을 강조한 것으로 보인다. 그래서 그는 사람들이 예술적으로만 호류지를 존중하고 있지만, 자신은 그 이상의 것을 느낀다고 말하면서 다음과 같이 적고 있다.

> 그것은 쇼토쿠 태자의 정신에 대한 감화이다. 태자는 진리와 자비, 그리고 애국의 정신의 권화로서 드러났다. 법화경에 들어 있는 불법의 정신을 태자는 그대로 일본국에 실현코자 했다. 일본이야말로 대승의 땅이라 믿었다. 이로써 일본을 진리의 나라로서 자비의 나라로서, 그리고 이 이상을 실현하기 위해서는 일본인 각각이 대아대용(大我大勇)에 죽고 사는 나라로 만들고자 했던 것이다.[75]

진리와 자비, 애국의 정신이 관통하는 법화경의 세계, 그 세계를 일본에 실현한 쇼토쿠 태자, 그리고 그 쇼토쿠 태자에게 법화경의 세계를 전해준 고구려와 백제의 승려. 이광수는 호류지를 통해 나라시대의

---

74 李光洙, 「三京印象記」, 앞의 글, 134쪽.
75 위의 글, 134쪽.

'불법의 정신'을 현재로 가져와 일본을 진리의 나라, 자비의 나라로 만들고 있는 것이다. 그리고 그의 이러한 초월적 시간 감각은 현재 진행되고 있는 아시아-태평양전쟁으로 이어진다. 즉, 아시아-태평양전쟁은 "아시아 10억의 백성에게 황도의 빛을 입히기 위한 전쟁이며 이것은 일본의 보살행이 아니면 안 되리라고. 신명을 아끼지 않는(不惜身命) 황군 장병은 법(法)을 위한 불석신명이라고."[76] 요컨대, 나라시대 쇼토쿠 태자가 호류지를 세우면서 일본에 펼쳤던 불법의 세계가 이제 아시아-태평양전쟁에서 황군의 전쟁 수행을 통해 아시아 제 민족·제 국가로까지 퍼져나가고 있다고 이광수는 말하고 있는 것이다. 따라서 사정이 이러하다면, 제국 일본의 고도 나라는 앞서 이광수가 「삼경인상기」의 서두에서 "도쿄는 시방 일본뿐 아니라 아시아 대동아공영권의 수도다. 천황의 권위는 대동아 전역에 빛을 입히고 있다"고 단언했던 것처럼, 천황의 나라, 대동아의 성지로 그 위상을 재확인 받고 강화해 갈 수 있게 된 것이다.

「삼경인상기」에는 이후 12일 이광수 일행이 교토에 도착해 헤이안[平安]시대 천황의 거소였던 고쇼[御所]를 배관하고, 아라시야마[嵐山] 기슭에서 뱃놀이를 한 뒤 기온(祇園)에서 무희의 춤을 본 체험이 기록되어 있다. 도쿄나 나라에 비해 교토의 인상기는 상대적으로 간략하게 서술되어 있지만, 이광수는 이를 다음과 같이 서술하는 방식으로 보완하고 있다. "나는 교토 인상기로 이 이상 더 말할 수 없다. 다만 내가 역사, 민족, 특히 언어에 의해 일본과 조선 양민족은 혈통에 있어서도, 신앙에 있어서도 같은 조상 같은 뿌리이며, 일본어도 조선어도 조금만

76 위의 글, 136쪽.

노력하면 공통시대의 어근을 이를 수 있다는 사실을 말함에 족하다."[77] 즉, 이광수는 다시 한 번 일본과 조선 사이의 '내선일체'를 강조하고 있는 것이다.

그런데 여기에서 문제 삼아야 할 것은 대동아문학자대회에 참석한 이광수가 조선으로 돌아가는 길에 들른 도쿄, 나라, 교토 등 소위 삼경(三京)의 성지 순례 체험을 인상기의 형식으로 서술하면서 말하고자 한 것이 과연 무엇일까 하는 점이다. 대동아문학자대회에서 이광수는 일본 측 가운데 조선 측 대표 문학자로 분류되어 있었다. 그런데 일본, 타이완, 만주국, 중화민국, 몽고의 문학자 대표들이 참석한 대동아문학자대회에서 '조선'이라는 지역(또는 지방)은 삭제된 상태였다. 이를 단순히 이미 내선일체의 논리 속에서 일본과 조선은 일체가 되었기 때문에 조선의 기표가 탈각된 것이라고 단정할 수는 없다. 당시 식민지 조선은 '내지'의 대타항으로서 '외지', '반도' 등으로 위치 지어지고 있었고, 조선인 또한 제국 일본의 국민으로서 일본인인 것처럼 말해지고 있었지만, 말할 것도 없이 제국 일본(인)과 식민지 조선(인)은 일체가 될 수는 없었다. 따라서 「삼경인상기」에서 이광수가 가와카미 데쓰타로가 마련한 주석에서 일본인 문학자들로부터 진의를 의심받고 있었던 것처럼 기술하고 있다는 점에 주목할 필요가 있다. 그는 의심받는 존재로서의 자신, 즉 일본인 문학자들로부터 타자화되고 있는 식민지 조선의 문학자라는 자신의 위계화된 위치로부터 벗어나고 싶었던 것이다.[78]

---

77 위의 글, 142쪽.

78 이와 관련해서 신지영은 대동아문학자대회라는 조선인이 '부재'하거나 오직 '중계지'로서만 있을 수 있는 시공간에서 이광수가 제국의 문법과 주어를 완벽하게 수행함으로써 천황의 적자이자 일본을 초월한 아시아인으로서 발언한다고 논의하면서, 그러한 이광수의 행동과

그리하여 철저한 내선일체론자였던 이광수는 일본을 법화경의 세계로 표상하면서 그러한 세계 구축에 과거 조선에서 건너간 고구려와 백제 승려의 기여를 지속적으로 강조하는 방식을 통해 식민지 조선인 문학자라는 자신의 타자화되고 위계화된 위치를 벗어나려고 했던 것이다. 나아가 일본인 문학자, 지식인들에 의해 대동아문학자대회에 조선측 대표로 호명된 자신의 열등한 위치를 호류지와 도다이지 창건에 결정적인 역할을 한 과거 조선의 승려들과의 동일시 전략을 통해 전복하자 했던 것이다.[79] 따라서 이광수가 천황의 나라, 대동아의 성지로서 일본을 표상한 근저에는 제국에의 동화 욕망의 균열 지점을 봉합하려는 의식이 잠재되어 있었을 뿐만 아니라, 그러한 동화 과정에서 일본의 지식인·문학자들로부터 타자화된 존재가 아닌 주체의 자리에 서고자 했던 욕망이 표출된 것이었다.

한편, 이광수의 「삼경인상기」의 서술 내용을 식민지 말 조선인의 '일본인-되기'의 측면에서 살펴볼 수 있다. 앞서 이석훈의 「동으로의 여행」 서사가 내지 성지 순례 여행을 통한 일본인 되기의 과정을 보여

감상들이 내선일체나 대동아공영권, 황국신민화 등과 같은 기호들을 너무 액면 그대로 수행함으로써, 오히려 과장된 연기처럼 보이기도 한다고 논의한다(신지영, 「'대동아 문학자대회'라는 문법, 그 변형과 잔여들－타자는 타자와 만날 수 있는가?」, 『한국문학연구』 제40집, 동국대 문화학술원 한국문학연구소, 2011, 71쪽).

79 이와 관련해서 김윤식은 "제1회 대동아 문학자대회에 볼모로 잡혀 온, 그러니까 덫에 걸린 조선 문학자 이광수는 실상 쇼토쿠 태자[聖德太子]가 호류지[法隆寺]를 짓기 위해 혹은 최대의 사찰 도다이지[東大寺]를 세우기 위해 일본국가가 초빙한 백제의 행기(行基)이거나 혜자(惠慈) 대사에 다름 아니었던 것이다. 이 도도한 우월감 앞에 여지없이 무너진 쪽은 가와카미이자 일본 문학자 전부인 까닭이다. 나아가 이러한 이광수의 '행자'적 행위란 조선문학자의 해방뿐 아니라, 함께 덫에 걸린 북지 대표 錢陶孫, 만주국의 H. 바이코프, 古丁, 몽골의 恭佈札布, 중지 대표 周化人 등을 해방조차 시킨 것이 아닐 수 없다"고 논의한다. 김윤식, 『식민지 말기 한국 작가의 일본어 글쓰기론』, 서울대 출판부, 2003, 363쪽.

주고 있는 것처럼, 이광수의 「삼경인상기」 역시 같은 맥락에서 파악할 수 있다. 식민지 말 '일본인-되기'의 프로젝트를 선전한 문학작품들은 당시 제국발 권위주의적 담론과 작가 자신의 내적 설득의 담론을 의미 있게 병존시키지 못했는데, 이는 당시 작가들이 '일본인-되기'의 프로젝트를 치밀하게 내면화한 상태가 아니었음을 방증하는 것이다. 대동아문학자대회 석상에서 이광수가 일본인보다 더 일본인인 것처럼 발화했던 것과 「삼경인상기」에서의 서술 내용을 근거로 그가 '일본인-되기'의 프로젝트를 내면화했다고 볼 수는 없다. 그는 당시 '내선일체', '대동아공영권' 등의 이데올로기가 제국주의자들의 이해타산에 의한 것임을 분명히 알고 있었으며, 자신 또한 자신만의 이상과 이해타산 때문에 거기에 동조하고 있다는 점을 숨기지 않는다.[80] 따라서 이광수가 '일본인-되기' 프로젝트를 강하게 밀고나간 것은 자기의 이상과 민족적 이해를 관철시키기 위한 나름의 방편이었던 것이다. 하지만 이러

80 이와 관련해서 이광수는 「동포에게 보낸다(同胞に寄す)」(『京城日報』, 1940.10.1~9)에서 '그대'(일본인)에게 보내는 '나'의 편지글 형식을 통해 일본인과 조선인의 대등한 위치를 피력하거나, 조선인의 적극적인 협력이 없으면 제국 일본에 의해 추진되고 있는 대동아 신질서 건설이 불가능하다고까지 말하고 있다. "그대와 나란 혈통에서 보아도 종형제(사촌) 동지라네. 그밖은 아니라네. 그러기에 나는 혈통과 문화 쪽에서 보아 같은 신의 후손이며 같은 천황의 신민으로 되기에 하등의 무리도 없다고 여긴다네. (…중략…) 조선이 제국의 병참기지로 되기 위해서는 조선인의 충성이 제일 요건이라는 뜻이다. 가정하기에도 매우 불길한 것이지만 어느 때 이천 삼백 만이나 되는 조선인이 악한 뜻을 품었다고 가정해 보시라. 그리하여 그것이 일으키는 비상시라고 상상해보라. 그렇게 되면 병참기지란 어떻게 되는 것인가. 논할 것도 없는 일이 아니겠는가. (…중략…) 그 다음에 그대여. 더욱더욱 큰일로서 국가가 조선인의 충성에 기댈 바가 있다는 점이라네. 그것은 인물자원이다. 다른 방향은 잠시 덮어두고 국방에 있어 인적 자원을 조선인에 기대지 않고 그만일까. 국경은 사변전의 수십 배에 늘어져 있지 않은가. 만주국만이 아니다. 신생한 지나(중국)까지 방위해야 할 임무를 띠고 있지 않은가. 그런데 적국일 개연성이 있는 상대국의 수는 보라. 위기는 날로 심각해지고 있지 않은가. 그러기에 일본은 시방 점점 병력을 필요로 하고 있으리라. 그러나 이번 사변관계로 지금으로부터 20년 후의 장정 수는 줄어들 형편이다. 구구하게 말할 필요가 없다네. 조선인은 일본의 국방력 삼분지 일을 맡을 필요가 있다네."(김윤식 편역, 앞의 책, 163~165쪽)

한 모험은 실패를 맛보지 않을 수 없는데, 그것은 식민제국이라는 초자아와 식민지 민중이라는 초자아 사이에 이광수가 놓여 있었기 때문이다. 그는 식민제국이라는 초자아를 이용하여 식민지 민중을 개조시키려 하거나, 식민지 민중의 염원을 대변하여 식민제국의 초자아를 전복시키려 했지만, 식민지 민중과 식민지배자들은 결코 자신들의 실존을 포기하지 않았던 것이다.[81] 따라서 이광수를 비롯한 식민지 말 문학작품에 나타난 '일본인-되기' 프로젝트는 미완의 상태로 끊임없이 지속될 수밖에 없었던 것이다.

하지만 그럼에도 불구하고 제국의 중앙 일본은 천황의 나라, 대동아의 성지로 표상되면서 식민지 조선인들에게 자신의 차별적 지위를 탈각하기 위한 제의의 공간으로 다가왔다. 요컨대, 제국 일본의 성지 순례라는 이동의 형식 속에서 인식되고 표상된 제국 일본은 식민지 조선인들로 하여금 새로운 정체성 구축의 내적 논리를 가능케 하는 공간이었던 것이다. 물론 그러한 이동의 과정이 제국 일본의 침략주의적 이데올로기 속에 자기를 투신하는 것이라는 점에서 식민지인으로서의 자기 망각을 동반하는 것이자, 일본인-되기라는 환상이 결코 달성될 수 없다는 점에서 끊임없이 식민지 조선인의 욕망의 회로를 제국 일본으로 견인하게 하는 모순적 사태를 낳았던 것이기도 하였다. 하지만 제국 일본의 소위 '성지'들은 불안하거나 유동적인 식민지 조선인들의 지위나 정체성을 제국적 질서 아래 새롭게 조정하여 강화할 수 있는 장소들로 식민지 조선인들에게 인식되고, 체험되고, 상상되었다. 그리

81 이에 대해서는 류보선, 「일본인-되기의 양면성」, 한국현대문학회 2007년 동계 학술발표회 자료집, 2007, 43~47쪽 참고.

고 그러한 가운데 제국 일본은 아시아 통합의 구심점이자 대동아공영권의 중핵으로서의 자신의 위상을 보다 강고하게 구축해나갈 수 있었던 것이다.

/ 제5장 /

대륙 아시아, 제국의 신생하는 영토

1. 왕도낙토 만주의 균열, 세계도시의 환상

1) 제국의 수용소, 왕도낙토의 공간 균열

근대 초기부터 1920년대까지 만주는 주로 민족의 시원이 깃들여 있는 성소이면서 동시에 조선 이주민의 정착지로 인식되었다. 다시 말해 만주는 조선 고대사 서술의 맥락에서 민족 기원의 영지였고, 근대 초기부터 지속된 조선 이주민의 개척지였던 것이다. 1930년대에 접어들어서도 만주는 대체로 조선인 이주 개척민의 이주처로서 조선인에 의해 개척되어야 할 불모의 땅으로 인식되었다. 하지만 만주국 건국 이후 그곳은 고난과 역경을 극복하고 황폐한 토지를 개척하는 조선인의 불굴의 의지가 깃들여 있는 대지이면서 동시에 식민지 조선 지식인이 제국적 주체로 자신을 현시할 수 있는 욕망의 공간으로 그 의미가 확장된다. 다시 말해 이 시기 만주는 조선을 떠난 유랑 조선인의 정주처인 동시에 이기영(李箕永)의 『大地의 아들』(『조선일보』, 1939.10.12~1940.6.1), 『신개지(新開地)』(三文社, 1938), 『처녀지(處女地)』(三中堂書店, 1944) 등의 서사가 보여주고 있듯이, 식민지 조선 남성 지식인이 미개하고 무지한 만주인을 계몽시켜 제국 내 질서로 포섭하는 주체로 자기를 구축할 수 있는 욕망의 발현처였던 것이다. 요컨대 만주는 식민지 조선의 지식인이 보편 주체로 전신할 가능성이 새롭게 펼쳐진 신생의 땅이었다. 만주라는 '처녀지'는 이기영의 『처녀지』에서처럼 과거의 사회주의 운동가나 아편중독자 등을 제국의 이상을 실현시키는 주체로 갱생시키는 땅이자 서양의 물질문명을 비판하고 구원할 수 있는 야생과 원시적 생명력을 가진 공간이었다.[1] 그리고 이때 만주는 제국 일본에 의해 성립된 괴뢰정부 만주국의 건국이념인 오족협화(五族協和)의 이데올로기 공간이자, 동아시아 제 민족이 공존공영할 수 있다고 선전된 왕도낙토(王道樂土)의 이상 공간이었다.[2]

이처럼 만주는 제국 일본의 식민지나 괴뢰정부가 아니라 서구의 제국주의적 지배를 배제하고 아시아에 이상 국가를 건설하는 운동의 장

---

1 정종현, 『동양론과 식민지 조선문학 – 제국적 주체를 향한 욕망과 분열』, 창비, 2011, 236~237쪽.

2 이와 관련해서 차성연은 식민지 말 장편소설에 나타난 만주 재현 양상을 검토한 뒤 다음과 같이 결론 내린다. "한국 근대소설에 나타난 만주의 의미는 식민지의 외부이면서 조선의 연장인 '사건적 장소'이며, 이주 조선인의 정주에의 욕망과 식민지 조선인의 근대 초극에의 전망을 시연해볼 수 있는 가능성의 공간이다. 소설의 주체는 비(非)주권적 존재이면서 주권을 지향하는, 비(非)초극적 식민지인이면서 초극을 지향하는 분열된 정체성으로 인해 갱생되고자 하며 만주는 그러한 갱생의 공간, 새로운 주체성 정립의 공간으로 표상된다."(차성연, 「한국 근대문학의 만주 재현 양상 연구 – 일제 말기 장편소설을 중심으로」, 경희대 박사논문, 2010, 169쪽)

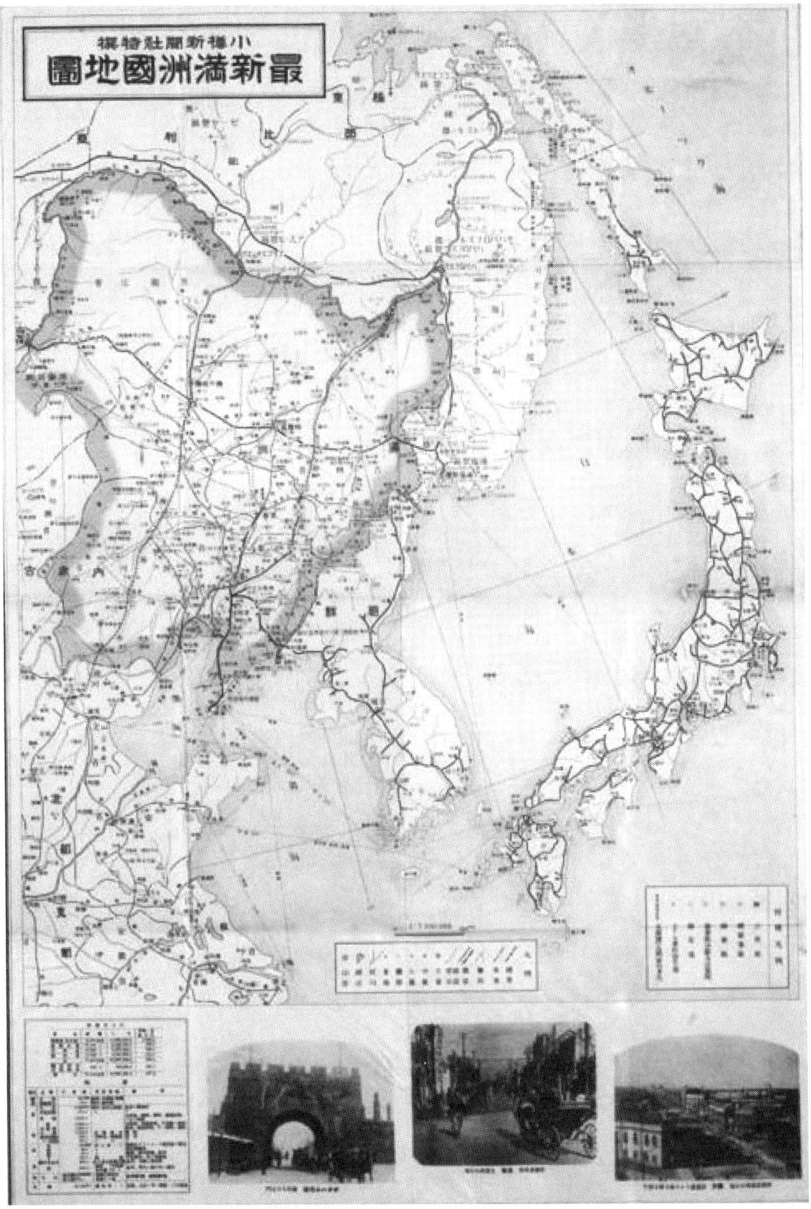

〈그림 15〉 최신 만주국 지도

이었고, 만주국 건설은 일종의 유토피아 실현의 시도로 여겨졌다. 일본의 경우, 오족협화의 슬로건이 상징적으로 보여주듯 다민족의 공존공영을 지향한 만주국이 다른 식민지와 질적으로 다르다는 인식이 팽배했는데, 그것은 식민 통치의 지도자들뿐만 아니라, 현(縣)의 참사관을 만났던 사람들이나 이민과 만몽개척 청소년의용대 등 어떤 형태로든 만주국의 형성과 운영에 참가했던 모든 일본인들이 어느 정도 공유했던 감정이었다.[3] 식민지 말 조선인들에게 있어서도 만주는 오족협화와 왕도낙토의 이상향으로 인식되었다. 일례로 1938년 이후 매년 1만 호 5만여 명의 조선인을 만주로 이주시키는 계획을 "만주국과 관동군이 五족협화의 리상을 실현하는 한 큰 토대로서 조선인에게도 만주짱을 개척하도록 문호개방(門戶開放)의 원측을 실현한 것"[4]이라고 기사화한 글이나, 1937년 4월 경성에 개관한 경성주재만주국총영사관(京城駐在滿洲國總領事館)을 방문한 조광사의 기자가 "王道樂土와 五族協和를 最高理想으로 東亞大局에 있어서 嚴然히 그 存在意義를 갖고 크다란 任務를 遂行하고있는 滿洲國"[5]에 대해 묻기 위해 만주국 명예총영사인 박영철을 만나 인터뷰 한 글을 통해서도 오족협화와 왕도낙토의 이상 공간으로서의 만주 인식을 간취할 수 있다.

물론 오족협화나 왕도낙토의 이상 공간으로서의 만주 지역 인식은 제국 일본에 의한 만주 개척과 이주민 정책에서 보다 선명하게 드러난다. "만주국은 왕도낙토의 도의(道義)국가 건설을 대(大)이상으로 삼고,

3 야마무로 신이치, 윤대석 역, 『키메라—만주국의 초상』, 소명출판, 2009, 34~37쪽.
4 「集團과 分散式으로 每年五萬名식 移住」, 『每日新報』, 1938.8.10.
5 本誌特派記者, 「滿洲國總領事館 王道樂土·五族協和의 理想鄕」, 『朝光』, 1938.10, 86쪽.

그 이상을 실현하는 데 처음부터 각종의 방책이 있는 것이지만, 그중 근간을 이루는 것은 실로 일본정신을 체득한 일본인 다수를 만주에 영주 정착시켜 그들을 중핵으로 삼아 여러 민족의 협화를 도모함에 있다. 만주국이 그 건국이상 실현을 위한 중요 국책으로서 개척 정책을 채택한 이유도 또한 여기에 있는 것이어서 제국 정부에서도 만주국의 신속한 생산 발전을 이루고, 1936년 소위 10대 국책의 하나로서 '20개년 100만 호 계획'이라는 대량 개척민 송출계획을 수립하였는데, 1937년부터 20년에 걸쳐 만주국의 인구를 5천만 명으로 상정하고, 그 인구의 10% 즉 5백만 명, 백만 호의 일본 내지인 개척민을 1937년 이후 20년 동안 이주시켜 만주국을 확고부동하게 함과 아울러 궁핍한 일본 내지 농촌의 갱생을 도모했던 것이다. (…중략…) 이러한 일본 내지에서의 개척 정책의 진보에 대해 조선에서도 조선 내 인구 대책 상 적극적으로 반도인을 만주로 이주 정착시키려고 하고 있다."[6] 이처럼 만주는 주로 이주 개척민에 의해 건설될 왕도낙토의 이상 공간으로 인식되고 있었던 것이다. 당시 이상 공간으로서의 만주에 대한 인식은 식민지 조선의 신문, 잡지의 기사를 비롯한 대중 미디어와 문학작품 속에서도 쉽게 발견할 수 있다.[7] 여기에서는 오족협화와 왕도낙토의 이데올로기

---

6 青山信介, 「半島人海外進出の現在及將來」, 人文社編輯部 編, 『大東亞戰爭と半島』, 人文社, 1942, 169~170쪽. 아오야마 신스케[青山信介]의 본명은 정용신(鄭用信)으로, 조선총독부 척무과장을 역임했다.

7 이와 관련해서 1943년 신징 소재 만선학해사(滿鮮學海社)에서 발행한 『半島史話와 樂土滿洲』의 말미에 실린 윤해영(尹海榮)의 시 「樂土滿洲」를 참고삼아 병기해둔다. "一. 五色旗 너울너울 樂土滿洲 부른다 / 百萬의 拓士들이 너도나도 모였네 / 우리는 이나라의 福을받은 百姓들 / 希望이 넘치누나 넓은땅에 살으리 // 二. 松花江 千里언덕 아지랑이 杏花村 / 江南의 제비들도 봄을따라 왔는데 / 우리는 이나라의 흙을맡은 일꾼들 / 荒蕪地 언덕우에 힘찬광이 두르자 // 三. 끝없는 地平線에 五穀金波 굼실렁 / 노래가 들리누나 아리랑도 興겨워 / 우리는 이나라에 터를닦는 先驅者 / 한千年 歲月後에 榮華萬世 빛나리"

공간으로서의 만주 지역에 대해 서사화한 문학작품을 논의의 대상으로 삼아 그러한 이데올로기의 공간적 구현과 함께 그러한 공간 인식 내부의 균열이 발생하는 지점을 고찰하고자 한다.

이와 관련해 이기영의 생산문학과 동궤에 놓이지만, 식민지 조선인이 아니라 제국 일본인의 만주로의 이동 체험을 통해 그가 제국적 주체로서 전신해가는 과정을 보여주는 작품으로 한설야(韓雪野)의 『대륙(大陸)』을 들 수 있다. 이 소설은 만주 삼도구(三道溝)의 토산자(土山子)를 중심으로 과거 사회주의자였다가 전향한 오야마 히로시와 하야시 가츠오 등이 사금 채굴 작업장을 건설해가는 대륙 개척과 경영의 서사를 담아내고 있다. 그리고 이러한 서사에 일본인 오야마 히로시와 만주인 조마려 사이의 연애담을 중첩시키고 있다. 물론, 오야마 히로시와 조마려 사이의 연애담은 만주국의 건국이념인 오족협화를 서사화한 것으로 볼 수 있지만, 그들의 연애가 시련을 겪는 과정 속에서 오야마 히로시 스스로 민족적 우월감을 지니고 있는 일본인과 자신을 비판적으로 인식하게 되는 장면은 민족 협화의 공간으로서의 만주에 균열을 발생시키는 지점이기도 하다. "인간의 마음과 마음이 융합하는 사랑의 과정에 있어서까지도 민족이라는 관념이 뿌리 깊고 심각하게 작용한다는 것을 그는 처음으로 육신을 통해 알았다. // 그것은 그녀는 알고 있어도 오야마에게는 알리고 싶지 않았다고 했던 그녀의 말도 하나의 움직일 수 없는 진리라고 생각되었다. 일본인은 민족적 우월감 아래 당연한 인간적 사고를 쉽게 잊어버린다. 오야마 히로시 자신도 그들 중 하나였다."[8] 즉, 오족협화의 신생 공간으로서의 만주에서 제국 일본

8 韓雪野, 「大陸」(제9회), 『國民新報』, 1939.7.30.

인 남성과 만주인 여성의 위계화된 관계가 일본인의 민족적 차별에 있음을 자각하게 되었던 것이다. 그래서 오야마 히로시는 조마려에게 자신들의 결합을 '사랑 이상의 것'으로 만들지 않으면 안 된다고 역설하는데, 이때 '사랑 이상의 것'을 가능케 하는 공간으로서 만주(또는 대륙)의 위상이 다시금 부각된다.

> "유키코 뿐만이 아니라 원래 대륙이 우리들에게 유익했다고 하는 것은 강한 지리(地利)에만 있는 것이 아니다. 오히려 그것보다 **나는 일본인의 성격 개조에 있어서 새로운 무대로서, 도장으로서, 대륙을 예찬하고 싶어. 확실히 시대는 새로운 성격을 요구한다. 우리들은 여기에 오면 어느 곳보다 일본인이라고 하는 것을 확실하게 보게 되는데, 확실히 대개조가 필요하다.** 호흡이 너무 작고 선이 너무 얇아."
>
> "맞아. 우물 안에 있으면 언제까지나 바깥세상을 모르는 것인데, 우리들 대학 시절에는 자네 동급생들까지 우리들을 만주 고로라고 불러 이단자―아니 심한 녀석은 이국인 취급을 했어. 맹자의 설을 빌려 말하면 남만격설(南蠻鴃舌) 보듯 했지. 우리 만주에서 온 사람들은 말이야."
>
> "자네, 오늘날에도 섬나라 쇼비니스트들은 그래."
>
> "그러나 **앞으로의 시대를 짊어질 신일본의 성격은 대륙을 바탕으로 형성되어야 할 필요가 있어.**"[9]

위의 인용문을 통해 확인할 수 있듯이, 한설야의 『대륙』에서 만주라는 공간은 제국 일본인이 스스로 우물 안 개구리의 위치에서 벗어나 자신을 바라볼 수 있는 곳이고, 동시에 기존의 자기 자신의 성격을 개조해

9 韓雪野, 「大陸」(제17회), 『國民新報』, 1939.9.24. 강조―인용자.

야 할 필요성을 인식할 수 있는 곳이다. 물론, 그와 같은 일본인의 정체성 재구축이 시대적 요청에 의한 것이라는 점에서 그것은 결국 제국적 질서로 회수되어버리고 말지만, 제국 일본에 의해 새롭게 개척되고 건설된 만주라는 공간이 원주민이나 식민지 유민들에게만 정체성의 재구축을 요청하는 공간이 아니라 제국 일본인에게도 동일한 방식으로 정체성의 재구축을 요청하고 있다는 것은 오족협화의 이데올로기 공간으로서의 만주가 제국의 권역 내에서 그러한 담론 발신자로서의 제국인과 수신자로서의 원주민 및 이주민 모두에게 되돌아가고 있는 상황을 여실히 보여주고 있는 것이다. 그럼에도 불구하고 한설야의 『대륙』은 이기영의 생산문학과 마찬가지로 만주로의 이동을 통해 제국적 주체로 자신의 정체성을 재구축하려는 남성 지식인의 욕망을 보여주고 있다.

그런데 『대륙』의 서사를 이처럼 제국적 주체로의 정체성 재구축 과정으로만 파악한다면 만주 개척과 경영에 노동력을 제공하는 원주민과 이주민들의 존재를 간과해버리게 된다. 『대륙』에서 하야시 가츠오는 토적과 비적이 끊임없이 궐기하는 전쟁터와 같은 만주 내 두도구 피난민 수용소에 수용되어 있는 피난민을 토산자로 데려가 황무지를 개척하게 하려고 한다. 이 피난민 수용소는 만주 각지에 걸쳐 분포되어 있고, 그곳에는 수십 만 명이 넘는 유민들이 살고 있다. 제국 일본의 침략에 반발하는 중국 항일 투쟁 세력 및 각종 토착 세력과의 전쟁이 지속되고 있는 상황에서 목숨에 위협을 받고 살 곳이 없어 유랑하는 사람들, 그리고 그들을 새로운 개척과 경영에 복무하게 하기 위해서 집단부락을 건설해 강제 정착시키는 상황을 염두에 둔다면, 만주는 왕도낙토이기는커녕 통제와 착취, 죽음의 공포를 느낄 수밖에 없는 지옥과도 같은 공간으로 다가온다. 그러니까 만주는 고난과 역경을 극복하고 황폐한 만주의 농토를 개척하는 조선인의 불굴의 의지가 깃들여 있는 대지나 식민지 조선 지식인이 제국적 주체로 자신을 현시할 수 있는 욕망의 공간을 넘어 언제든 죽음에 직면할 수 있는 '어둠'의 땅이었던 것이다.

따라서 만주가 왕도낙토의 이상 공간이 되기 위해서는 무엇보다 제국적 질서의 경계 밖에 있는 자들을 제국적 질서 내부로 포섭해야만 한다. 이러한 측면에서 현경준(玄卿駿)의 『마음의 琴線』의 서사는 왕도낙토의 이상 공간과 그러한 공간 균열의 양상을 동시에 보여주고 있다. 이 소설은 사상범, 아편 밀매자, 금제품(禁制品) 밀수업자 등을 감시·처벌하여 제국의 신민으로 거듭나게 하는 과정 속에서 발생하는 균열의 지점을 명확하게 보여주는 작품이다. 아니 보다 구체적으로 말하자면, 결코 제국의 신민이 될 수 없는, 제국적 질서를 끊임없이 부인하는 제국 내 잉여자들의 모습을 보여주는 작품이라고 할 수 있다. 이 작품은 작자의 서문을 통해 확인할 수 있듯이, 현경준이 만주국 금연총국(禁煙總局)의 위촉을 받아 쓴 작품으로 "新興滿洲國에서는 그들의 그 過去에 着眼하고 단 한사람만이라도 좋다 한사람이라도 完全히 蘇生식혀서 國家의構成分子로 맨들수가 있다면 이 얼마나 뜻깊은 일이랴? 하고 이를 악물고 달려들엇다. 王道樂土를 建設하려는 滿洲國이 아니고는 生覺도 할 수 없는 일이다"[10]며 만주국의 왕도낙토 건설 이상을 천명하고 있다. 하지만 『마음의 금선』 서사에서 만주국 내 5개소의 집단부락에 수용된 조선인들의 척박한 삶과 끊임없이 그 집단부락을 탈출하려는 그들의 욕망은 역설적으로 왕도낙토의 건설 이상이 제국의

10 玄卿駿, 「序」, 『마음의 琴線』, 弘文書館, 1943, 1쪽.

식민지 통치를 위한 공허한 이데올로기일 뿐임을 보여준다.[11]

실제 제국 일본의 만주국 통치 정책을 서사화한 것으로 보이는 『마음의 금선』에서는 1936년 11월 만주국 내 치외법권 철폐 직후 영사관(領事館)과 경찰서의 협조 아래 5개소 집단부락이 건설된다. 이 집단부락에는 "극도로 락오된 폐인들과 극단의 리긔주의의 전형(典型)인 부정업자들과 량심과 의리는 벌서 한 옛날에 매장하여 버린 사긔, 도박, 횡령범 등"[12]의 범죄자와 그들의 가족들이 수용된다. 이러한 집단부락 건설의 취지는 보도소 소장의 연설처럼, "빗두루 인생의 행로에서 탈선하여 나간 여러분을 다시금 인도하여 바른길루 들게하려는것이 그 제일본의라는것"[13]이다. 그리고 이것은 "왕도락토(王道樂土)를 건설하려는 도의(道義)국가가 아니고는 꿈에도 상상할 수 없는"[14] 일이 된다. 그러니까 만주에서의 왕도낙토의 건설 —5개소의 집단부락 조성 —사기, 도박, 횡령범 등의 범죄자 수용 등 일련의 과정은 모두 도의국가로

---

11 현경준의 『마음의 금선』 내 집단부락과는 성격을 다소 달리하지만, 다음의 논의를 통해 당시 만주국 내 설치된 집단부락의 성격을 확인할 수 있다. "집단부락이란 치안 불량 지구에 분산된 주거지를 한 장소에 강제적으로 이주시킴으로써, 주민이 '비적'과 내통하여 식량이나 무기탄약, 정보를 제공하는 루트를 끊고, 더불어 토벌대의 거점으로 삼기 위해 건설한 것이다. 이것은 당연히 무주지대의 설정과 집가공작에 의해 진행되었는데, 집단부락은 외호(外壕)로 둘러싸인 가운데 높이 3미터 전후의 토담을 쌓고 네 귀퉁이에 망루와 포대를 설치하여 네 개의 문으로 출입하도록 만들어졌다. 그리고 12세 이상의 주민에게는 지문채취를 한 뒤, 주거증, 통행 허가증, 구매휴대물품 허가증의 소지를 강제했다. 부락 내에는 경찰 파출소나 촌공서가 설치되어 10인 이상의 무장경관이 감시를 담당하고 있었다. 나아가 청장년 남녀로 자위단을 편성하여 군사훈련 외에 도로・통신 시설 공사장으로 내몰았다. 또한 '통비(通匪)'자에 대한 밀고가 장려되고 상금제도도 마련되었다. 이것이 정부가 '왕도소사회'라고 부른 집단부락의 실태인데, 집단부락이란 요새 내지 병영 그 자체였다."(야마무로 신이치, 앞의 책, 279쪽)

12 玄卿駿, 앞의 책, 35쪽.

13 위의 책, 23쪽.

14 위의 책, 23쪽.

서의 제국 일본의 선의에서 출발한 것이 된다. 하지만 여기에는 1937년 발발한 중일전쟁의 장기화에 대한 대비와 대륙에서의 제국주의 침략의 거점을 확보하기 위한 제국 일본의 정책이 동반되어 있다는 것을 쉽게 짐작할 수 있다. 무엇보다 치외법권이 철폐되면서 형식상 독립국이었던 만주국에 대한 제국 일본의 정치적·군사적 개입이 본격화되었고, 이에 따라 제국적 질서에 균열을 발생시키는 존재로 여겨졌던 범죄자들에 대한 감시와 처벌 또한 강화될 수밖에 없었다. 『마음의 금선』에서 만주국 내 5개소 집단부락에 수용된 자들은 사기, 도박, 횡령범이라기보다는 사상범, 아편 밀매자, 금제품 밀수업자 등이었고, 이들은 언제든 제국의 정치적·경제적·행정적 질서를 와해할 수 있는 자들이라는 점이 이를 방증한다.

> 그야 물론 우리는 이 사회에서 인간의 취급을 받지 못하는 락오의 무리인 것민은 사실이다. 그러기 땜에 우리는 사회의 온갖 박해라던지 조소에는 벙어리 노릇을 하여왔고 귀먹어리 노릇을 하여왔고 천치의 노릇을 하여오며 산송장의생활을 하여온 것이 아니냐? (…중략…) 너같은 놈은 지도는커녕 도리혀 우리들의 근성을 빗두러지게만 할 놈이라구 ……. 대체 네가 우리들을 알기를 어떻게 아느냐? 아편쟁이는 밸이 없다드냐? 아직은 피두 잇구 눈물두 있구 신경두 잇는 놈이다. 너 같은 놈의 주먹에 그저 죽어주오하고 매맞을 놈은 아니다[15]

위의 인용문은 부락 건설 후 최초의 탈주 사건이 발생한 뒤 불시 일제 검색을 통해 검거된 마약중독자 명우가 자신을 구타한 자위단 단장

15 위의 책, 20~21쪽.

세준에게 항의하는 말이다. 이 집단부락은 보도소 소장의 지도 아래 부락민들 중 범죄자의 가족들로 구성된 자위단이 있어 자체적으로 감시하는 판옵티콘(panopticon)과 같은 체계를 갖추고 있고, 부락의 현황이나 범죄 사실을 성공서(省公署)와 현공서(縣公署)에 정기적으로 보고할 뿐만 아니라 범죄 행위 발생 시 범법자를 경찰서로 송치하는 등 제국의 법 체제와 경찰 권력에 의해 운용되고 있다. 작품의 서두에서 성룡과 문삼의 탈주 사건의 원인을 파악하기 위해 실시된 불시 일제 검색에서 체포된 명우, 인규, 규선 등에 대한 처리 과정에서 자위단 단장의 폭력 행사에 대한 명우의 반발은 자신들이 집단부락 내, 나아가 제국 체제 안에서 어떠한 존재로 살아갈 수밖에 없었는지를 여실히 보여준다. '벙어리', '귀머거리', '천치'의 노릇을 할 수밖에 없고, '산송장'의 생활을 영위할 수밖에 없었던 그들이야말로 왕도낙토의 허상을 상징하는 존재들이었던 것이다.

그런데 『마음의 금선』에는 이러한 낙오자들을 개심시켜 새로운 인간으로 만들기 위해 헌신하고 있는 인물로 보도소 소장이 등장한다. 물론 그는 이 소설에서 제국 일본의 황민화 정책을 웅변하는 대변자에 불과하지만, 그가 명우를 비롯한 지식인 수용자들을 대하는 태도는 상당히 흥미롭다. 아편중독자나 밀수업자 등에 대한 단호한 처벌과는 달리 이들 지식인을 대하는 보도소 소장의 태도는 이중적이다. 그는 과거의 지식인들이었던 그들을 어떻게 해서라도 개심시키기 위해 보도소 소장으로서 자신이 하는 일에 추호도 다른 뜻은 없으며, 다만 그들을 위해 헌신하고 있음을 감정에 호소하는 한편, 그들을 경찰 권력에 의해서만 단죄하지 않고 인간적으로 설득하려는 모습을 보여준다. 이에 명우는 감명을 받아 새로운 사람으로 거듭날 것을 약속하기에 이른다. 하지만 여기에서 중요한 것은 과거 지식인들이었던 범죄자들을 개도시키려고 하는 보도소 소장의 노력이 그만큼 그들이 제국적 질서를 위협할 수 있는 존재라고 여겨지고 있다는 것을 보여준다는 점이다.

미술학교 2학년까지 다니고 미술전람회에 입선한 경험이 있었던 명우와 전문학교 영문과를 나와 소학교 교원이었던 인규는 첫사랑에 실패한 뒤 모든 꿈을 상실하고, 만주에 흘러들어 아편중독자가 된 인물이다. 명우는 고향에 홀로 있는 어머니에 대해 안타까운 감정을 가지고 있지만, 과거를 잊기 위해 아편에 중독되었고, 인규는 자살한 첫사랑을 기억하기 위해서 아편에 중독된 인물이다. 한편, 이들과 달리 작중에 그 정보가 많이 제시되어 있지 않지만, 규선은 과거 정치운동가로서 이력을 갖고 있는 인물로 등장한다. 이 작품에서 흥미로운 것은 개심하려고 하는 명우가 인규와 규선을 설득하는 과정과 그럼에도 불구하고 그들이 아편을 끊지 못한다는 점이다. 명우는 보도소 소장이 세우려는 학교에 과거 교원이었던 인규가 교사가 되어줄 것을 부탁하지만 인규는 이를 거절하고, 과거 정치운동가였던 규선으로 하여금 새로운 길을 걸을 것을 역설한다. 하지만 이 역시 쉽게 이루어지지 않는다. 그런데 이때 명우가 과거 꿈을 상실하고 마약에 중독된 것이 역사의 흐름 속에서 자신들의 피동적·무의식적 태도에 문제가 있었음을 토로하는 장면은 주목을 요한다.

> 우리들은 과거에 있어서 너무 피동적이였다구 나는 절실히 생각네 피동적이였기에 그에서 비저진 슬픈 전설은 필연적으로 비력사적이고 비현실 적이었다

구 생각네 (…중략…) **과도기의 거세인 물결에 있어서도 확호한 신념과 냉정한 비판력을 웨 일는단 말인가? 모두가 피동적이었든 탓이 아닌가? 그 어리석었든 피동적 시대를 겨을르게 회상하며 자아를 망각하고 시대의 흐름을 무시한다는건 이 얼마나 어리석은 수작인가?** 진실로 자네의 잊허진 세월을 다시금 찾어야하며 나는 내 일생을 받쳐서라두 있는 힘을 죄다 써볼 작정이네 만약에 이것을 진부하다면 아니 거부할 용긔를 가젓다면 자네는 이 앞에 흘러가는 저 강물에 빠저 죽어보게[16]

역사의 흐름을 제대로 파악하지 못하고 확고한 신념과 냉정한 비판력을 상실한 지식인, 그래서 피동적으로 시세에 이끌렸고, 이제는 그러한 때를 회상하며 자아를 망각할 뿐인 지식인, 명우가 자신을 포함해 만주의 집단부락에까지 들어온 지식인들을 향해 가하고 있는 비판은 말할 것도 없이 식민지 지식인들에 대한 '전향'을 요구했던 당시의 정책 당국, 지식계의 목소리와 다르지 않다. 특히 위의 명우의 발언이 과거 이상주의자였던 정치운동가 규선을 향한 발화라는 것은 의미심장하다. 왜냐하면 이 '시대의 흐름'을 단순히 역사적 변동의 과정으로만 바라볼 수는 없기 때문이다. 그것은 작품 속에 명시되어 있지 않지만, 이 집단부락이 상징하는 것처럼 제국 일본에 의해 새롭게 건설되고 있는 대동아공영권과 동아 신질서, 나아가 세계 신질서 구축을 위한 제국 일본의 팽창 과정 그 자체라고 보아도 무방한 것이다. 그러니까 이들이 타락할 수밖에 없었던 이유는 제국 일본에 의해 새롭게 재편되고 건설되어가던 동아시아 지역 질서 ―만주국으로 상징되는 오족협화와 왕도낙토의 건설 ―를 무시하고 자아를 망각했기 때문인 것

16 위의 책, 168~169쪽. 강조-인용자.

이다.

하지만 명우의 이와 같은 변화에 대한 역설이 결국 규선과 인규를 변화시키지 못한다는 점에서 만주국 정책 당국의 이데올로기를 서사화한 이 작품이 지니고 있는 서사의 균열 지점이 노출된다. 아편 밀매를 위해 명보를 책동해 그의 딸 순녀를 만인에게 팔아넘기려다 명우에게 발각된 득수가 경찰서로 끌려간 뒤 규선은 그의 뒤를 이어 아편 밀매를 하다 발각되자 성오, 병철과 함께 집단부락에서 도주한다. 하지만 겹겹이 산으로 둘러싸여 있는 집단부락의 근처를 벗어나지 못하고 성오가 아사한 뒤 죽음의 문턱에서 자위단에 발견되어 목숨을 구한 규선과 병철은 경찰서로 송치된다. 한편, 인규 역시 보도소 소장에게 감화된 명우에게 개과천선을 한 속물이 되었다며 자신은 “그저 혼돈된 세계에 침전되려는 그 용망 밖에는 없다. // 즉 균등(均等)으로 지속되는 만성의 쾌락에서 얻는 무상의 질서와 조화를 바라는 그것 밖에는 없다. // (…중략…) // 그리고 근원적으로 환원(還元)된 인간의 본성이 있고 고난(苦難)에서의 해탈(解脫)이 있다”[17]고 말한다. 이처럼 마약중독자로서의 규선과 인규는 제국적 질서를 거부하거나 부인하는 존재로 계속해서 남아 있게 되는 것이다.

이상에서 살펴보았던 것처럼, 현경준의 『마음의 금선』 서사는 만주국 내 건설된 집단부락에 수용된 마약중독자 식민지 조선 지식인들의 욕망의 회로를 펼치면서 그들이 결코 제국적 질서 내부로 회수될 수 없는 상황을 잘 보여준다. 이 소설은 집단부락을 건설해 사상범, 아편 밀매자, 금제품 밀수업자 등을 개도하려는 정책이 그들을 제국 일본의

17 위의 책, 205~206쪽.

신민으로 만드는 제국 일본의 침략주의 정책에 다름 아니었다는 점을 보여줄 뿐만 아니라, 집단부락 건설로 상징되는 도의국가 제국 일본의 왕도낙토의 이상이 만주국, 나아가 제국의 권역 자체를 하나의 수용소로 만들고 있음을 보여준다. 갱생을 목적으로 범법자와 마약중독자들을 집단부락에 수용하여 교화시킨다는 이 서사는 만주국의 국민 만들기 프로젝트 구상을 함축하고 있지만, 제도적 규율과 '건강한' 이데올로기가 '불건강한' 개인의 정신과 육체를 개조할 수 있다는 계발의 기획이 일사분란하게 성공하는 것은 아님을 동시에 보여준다. 만주국 건국이념인 '왕도낙토' 이데올로기와 보도소 소장이나 명우 등 희생정신으로 무장한 교화주의자들의 계몽주의는 가난과 범죄, 아편중독의 세계에서 소멸해갔던 당시 유맹들에게 하나의 '진실'로 다가올 수도 있었지만, 감시와 처벌의 병영국가 시스템으로 그들을 갱생하여 '자율적 주체'를 탄생시킨다는 것은 분명 '거짓'일 수밖에 없다. 따라서 규선과 인규 등이 보여준 것처럼, '거짓 이데올로기'로의 동원을 거부하는 자멸은 그 자체로 저항의 지표일 수 있고, 이 지점에서 만주국 재현 서사가 처한 딜레마의 극점이 노출된다.[18] 현경준의 『마음의 금선』 서사는 끊임없이 제국의 권역으로부터 탈주하려는 식민지 조선 지식인들의 욕망과 행위를 보여줌으로써 집단부락으로 상징되는 제국의 수용소로서 만주라는 공간이 자기 모순적으로 기능하고 있었음을 드러낸다. 그리고 이 지점에서 왕도낙토의 이상 공간은 그 내부로부터 붕괴되고 있었던 것이다.

---

18 이에 대해서는 서은주, 「만주국 재현 서사의 딜레마, 혹은 해석의 난경—현경준의 소설을 중심으로」, 『한국근대문학연구』 제22호, 한국근대문학회, 2010, 231~263쪽 참고.

2) 세계도시 여행과 경계 넘기의 환상

1932년 만주국 건국 이후 식민지 말 제국의 확장에 의해 새롭게 형성된 만주의 근대 도시들은 제국적 비전이 충만한 도시로 인식되었고, 그곳은 제국의 경계를 넘어 세계를 꿈꾸게 하는 환상의 공간으로 여겨지기도 하였다. 1934년 다롄-하얼빈 간 특급 열차가 개통되자 만주는 스펙터클한 이국적 공간과 풍경을 여행하는 일종의 구경거리로 변형되고, 이때 만주 여행은 다양한 이국적인 일상세계를 구경하는 근대성의 지표로 선망되었다. 만주 여행의 경유지인 뤼순(旅順), 다롄은 러일전쟁의 역사적인 장소로 러시아로 대표되는 서양 제국주의 세력을 물리친 제국 일본의 군국주의의 힘을 확인하는 장소였고, 봉천(奉天)은 옛 청나라의 풍물을 구경할 수 있는 곳이었다. 또한, 근대적 계획도시로 건설된 수도 신징은 만주국의 발전을 상징하는 곳이었고, 하얼빈은 서구의 도시적 풍물과 생활상을 목도할 수 있는 장소였다.[19]

앞서 살펴보았듯이, 만주국은 민족협화의 이데올로기를 내건 실험국가였고, 이 이데올로기는 만주국이 각 민족 간 조화=협화를 통해 '구미적' 민족 모순을 배제하고 수평적 평등을 실현한다고 하는 국가 구성의 기본원리로 표방되었다. 하얼빈은 만주국의 3대 도시 중 이러한 민족협화 이데올로기가 최고로 확장된 공간이다. 19세기 말 제정 러시아에 의해 건설된 뒤, 볼셰비키혁명 이후 반(反)볼셰비키적 백계(白系)러시아인의 최대 근거지이기도 했던 하얼빈은 일본인·조선인·한족·

19 이에 대해서는 진영복, 「일제 말기 만주 여행서사와 주체 구성 방식」, 『대중서사연구』 제23호, 대중서사학회, 2010, 35~36쪽 참고.

〈그림 16〉 오족협화(만주국 건국 10주년 기념우표)

만주족・몽고인의 다섯 민족에 러시아 민족까지 포함하는 소위 '6족협화'의 장이었던 것이다. 그리고 하얼빈은 북만주 경제 중심지인 동시에 '국방국가'를 자임했던 만주국의 전략적 요충지였고, 대소(對蘇) 전략 상 중요한 인적 자원이었던 러시아인을 포괄하는 민족협화 구현의 공간으로서 대외적 선전의 가치가 높았다. 그 가치는 곧 하얼빈의 '국제성'에서 만주국의 '세계성' 혹은 '모범성'으로 이어지게 마련이었다. 즉, 하얼빈은 '동양의 모스크바' 혹은 '동양의 파리'라고 상징되는 '국제도시'로서 만주국 전체의 국제성을 표상하는 도시공간이었던 셈이다.[20]

만주에 새롭게 건설된 세계도시 하얼빈으로의 여행을 통해 제국/세계의 공간 감각과 경계 인식을 보여준 식민지 말 대표적인 작품이 이효석(李孝石)의 『화분(花粉)』과 『벽공무한(碧空無限)』이다. 이효석의 『화분』 마지막 장면에는 현마 일가의 몰락 과정을 지켜본 죽석과 만태 부부가 그러한 몰락의 과정을 맞이하지 않고 조선을 떠난 미란과 영훈에 대해 "지금쯤은 할빈서 두사람이 활개를펴구 거리를 휘젔구다니렸다"[21]

20 김경일・윤휘탁・이동진・임성모, 『동아시아의 민족이산과 도시－20세기 전반 만주의 조선인』, 역사비평사, 2004, 278쪽.

21 李孝石, 『花粉』, 人文社, 1939, 306쪽.

고 말하는 장면이 제시되어 있다. 이 장면에 주목하자면, 이 작품은 미란과 영훈이 하얼빈으로 떠나기까지의 과정을 서술하고 있다고 할 수 있다. 물론 이 작품을 섹슈얼리티의 서사로 읽는 유력한 관점[22]이 있지만, 여기에서의 관심사는 식민지 조선을 떠나 세계적 도시의 면모를 갖추고 있다고 여겨지는 만주의 하얼빈으로 향하는 식민지 조선인의 여행의 행위에 있다.

이런 점에서 『화분』에서 주목되는 인물은 영훈이다. 그는 미란이 현마와 함께 동경에 가 "해외에서 음악수업을 마치고 가제 돌아온 천재소녀의 피아노"[23] 음악회에서 받은 감동으로 피아노를 사기 위해 악기점에 들렀다 만난 인물이다. 작중에 그에 대한 정보는 많이 제시되어 있지 않은데, 그는 학교에서 음악 수업을 하는 음악교사이면서 음악학원격인 사설 연구소를 운영하는 피아니스트이다. 동경의 악기점에서 그를 처음 만났을 때, 미란은 천재 소녀와 같은 위압감을 그에게서 느끼게 되고, 그를 '군중'이 아닌 '천재'로 인식하게 된다. 귀국 후 미란이 라디오에서 쇼팽의 〈환상즉흥곡〉 연주를 듣고, 그 연주자인 영훈을 자신의 음악선생으로 삼으면서 두 사람은 사제관계가 된다. 영훈이라는 식민지 조선의 남성 지식인이 음악가라는 설정은 자못 흥미로운데, 그것은 소위 그의 '구라파주의자'로서의 면모를 한층 부각시키기 때문이다.

그의 구라파주의는 곧 세계주의로 통하는 것이어서 그 입장에서 볼 때 지방주

22 이에 대해서는 심진경의 「남성주체의 예술적 욕망과 승화된 여성－『화분』」, 『한국문학과 섹슈얼리티』, 소명출판, 2006, 153～188쪽과 이혜령의 「두 개의 성적 위계질서－이효석의 『화분』론」, 『한국소설과 골상학적 타자들』, 소명출판, 2007, 142～161쪽을 참고할 수 있다.

23 李孝石, 앞의 책, 80쪽.

의 같이 깨지 않은 감상은 없다는 것이다. 진리나 가난한 것이나 아름다운 것은 공통되는 것이어서 부분이 없고 구역이 없다. 이곳의 가난한 사람과 저곳의 가난한 사람과의 사이는 이곳의 가난한 사람과 가난하지 않은 사람과의 사이보다는 도리어 가깝듯이 아름다운 것도 아름다운 것끼리 구역을 넘어서 친밀한 감동을 주고받는다. 이곳의 추한 것과 저곳의 아름다운 것을 대할 때 추한것 보다는 아름다운 것에서 같은 혈연과 풍속을 느끼는 것은 자연스런 일이다. **같은 진리를 생각하고 같은 사상을 호흡하고 같은 아름다운 것에 감동하는 오늘의 우리는 한구석에 숨어사는 것이 아니오 전세계속에 살고 있는 것이다. 동양에 살고 있어도 구라파에서 호흡하고 있는 것이며 구라파에 살어도 동양에 와있는 셈이다.** 영훈의 구라파주의는 이런 점에서 시작된 것이었다. 음악의 교양이 그런 생각을 한층 절실하게 해주었는지도 모른다. 음악의 세상에서같이 지방의 구별이 없고 모든 것이 한 세계속에 조화되고 같은 감동으로 물들어지는 것은 없다.[24]

인용문은 영훈과 그의 제자 격인 가야의 대화를 엿들으면서 미란이 영훈에 대해 인식하고 있는 부분인데, 이것은 고스란히 영훈이라고 하는 인물이 가지고 있는 욕망을 드러낸다. 그는 '지방주의'를 배격하고 '세계주의'를 옹호하는 인물로, '아름다운 것'은 인류 공통의 보편적인 것이기 때문에 그것을 숭상하는 데 있어서는 서양과 동양은 구별되지 않을 뿐만 아니라 "부분이 없고 구역이 없다"고 주장한다. 그리하여 그는 아름다운 것에 감동하는 자신이 세계의 '한 구석'에 살고 있는 것이 아니라 '전 세계 속'에 살고 있는 것이라고 말한다. 이와 같은 그의 말은 미적인 것에 대한 추구를 통해 조선이라고 하는 지방의 경계를 넘

24 위의 책, 156~157쪽. 강조-인용자.

어 세계로 나아갈 수 있다는 욕망에 다름 아니다. 영훈이 미적인 것을 통해 같은 혈연과 풍속을 느끼는 것은 자연스러운 일이라고 말하는 것은 제국-식민지 사이의 위계화된 관계를 고착화시키는 기제들 — 혈연과 풍속 — 을 무화(無化)시키는 전략이며, 동시에 그것은 제국적 경계 안에서 자신의 욕망을 펼쳐나가는 식민지 조선 지식인이 그러한 경계를 넘어설 수 있는 기획을 꿈꿀 수 있게 하는 환상을 강화시키는 유력한 기제가 된다. 따라서 영훈이 지방의 구별이 없는 한 세계 속의 조화로운 삶을 열망하여 음악(예술)을 선택했다는 것은 의미심장하다.

그런데 한편으로 그의 이러한 인식이 식민지 조선(지방)에 대한 환멸로부터 기인한다는 점을 간과해서는 안 된다. 그의 구라파주의적인 태도에 대해 가야가 조선의 자연과 풍속, 사람이 아름답지 않느냐고 질문하자 그는 "빈민굴 같은속에 아름다운것이 있으면 얼마나 있겠"[25]냐고 대답한다. 그러면서 고려나 신라시대에는 아름다운 것이 있을 수 있었겠지만, 과거 천 년여 동안 흰옷을 입고 흙벽 속에 갇혀 살았기 때문에 아름다운 것을 생각할 여지가 없었다고 말한다. 그가 스스로를 가난한 사람이라고 말한 것은 '풍성한 곳'으로서의 서양에 대비적으로 '빈민굴'로서의 조선을 위치시키고 있기 때문이다. 같은 맥락에서 영훈의 구라파주의에 동조하는 미란 역시 그의 미적인 것에 대한 인식의 정도와는 무관하게 서구 추수의 삶의 태도 그 자체에 매력을 느끼게 되는 것이다.

서구(세계)가 조선(지방)에 비해 문화적으로 우월하다는 영훈의 피상적 인식의 수준은 차치하고서라도, 그가 "꿈속에서 아름다운 것을 생각하면서 살"[26]게 하는, 다시 말해 그의 욕망을 강화시키는 것이 식민지

25 위의 책, 158쪽.

조선이나 제국 일본의 지리적·문화적 경계 내에서가 아니라 그 경계 밖에 위치한다는 점은 새삼 강조될 필요가 있다. 왜냐하면 제국적 경계를 넘어선 곳에서 자신의 욕망을 실현하고자 하는 식민지 조선 지식인의 행위는 그 자체로 '경계'에 대한 의문을 제기함으로써 확정된 경계를 넘어서기 위한 기획이 되기 때문이다. 따라서 서사의 말미에서 그가 미란과 함께 하얼빈으로 향한 것은 자연스러운 전개라고 할 수 있다. 죽석과 만태 부부의 별장에 피서를 갔다가 술에 취한 현마에게 겁탈을 당한 미란은 영훈의 연구소에 숨어 종적을 감추었다가 피서지에서 돌아온 영훈과 함께 사랑을 확인한 뒤 구라파행을 계획한다. "조촐하고 검소한 두 사람의 사랑이 원하는 것은 창조적인 것의 생산이요 예술의 완성이었다. 그것을 생각할 때 영훈에게 오는 문제는 구라파행의 계획이었다. 「아름다운것」의 창조를 위한 여행의 일건이었다."[27] 서사 전개를 통해 미란과 영훈의 구라파행이 일신상의 변동으로 인해 촉발된 것이라는 점을 짐작하기 어렵지 않지만, 그것은 애초부터 영훈이 취하려고 했던 '아름다운 것'을 창조하기 위한 여행으로 변모한다. 그런데 여기서 그들의 여행이 목적지인 서양으로 곧바로 향하지 않고, 하얼빈을 경유하는 점, 나아가 『화분』의 서사에서 서구나 하얼빈에서의 그들의 삶이 직접적으로 그려지지 않고 죽석과 만태 부부에 의해 그들이 하얼빈에서 자신들의 뜻을 펼치고 있을 것이라는 추측이 서술되고 있는 점 등은 모두 '하얼빈'을 서양과 같은 곳으로 인식하고 있었기 때문에 가능한 것이다.

26 위의 책, 159쪽.
27 위의 책, 271쪽.

여행의 계획속에 적힌 첫 번의 중요한 도회는 할빈이었다. **동경보다 할빈을 골은것은 그곳에 음악의 명인들이 많고 구라파음악의 전통이 알뜰히 살아있다는 까닭이었다.** (…중략…) 백화점에 들어가면 두 사람은 아래층 튜어리스트·뷰우로에서 사무원들을 앞에 놓고 어느때까지나 속닥질이었다. 책상위에는 두터운 유리 아래로 넓은 세계지도가 깔려있어서 미란은 실음없이 그것을 들여다보며 철도를 타고 도회에서 도회를 더듬으면서 가슴속에 꿈이 화려하게 피여올랐다. 유리속에는 미란의 얼굴과 철을 가라입은 지튼 색저고리가 비춰어서 그 자기자태에 황홀해지며 **세계가 자기의 차지인양 목소리를 높여서 행복을 사람들에게 자랑하고 싶었다.**[28]

영훈과 미란이 하얼빈행을 결정한 것은 그곳이 "구라파 음악의 전통이 알뜰히 살아 있"는 곳이라고 여겼기 때문이다. 물론 피아노 연주 실력을 향상시키기 위해 일차적인 목적지로 하얼빈을 정한 것이지만, 이때 하얼빈은 그들의 욕망이 실현 불가능한 '빈민굴'과도 같은 식민지 조선이 아니라 욕망을 강화하고 실현할 수 있는 듯한 환상을 제공하는 공간으로 나타난다.[29] 백화점 여행사에서 세계지도를 바라보면서 황홀경에 빠진 미란이 마치 세계가 자신의 것인 양 착각을 일으키는 것이 이를 잘 방증한다. 또한, "할빈만 가면 구라파는 다간 셈 인정으로

---

28 위의 책, 272~273쪽. 강조-인용자.

29 이와 관련해서 방민호는 이효석의 『화분』, 『벽공무한』, 「합이빈」 등의 작품에 나타난 '하얼빈'이라는 공간에 주목하면서 이-푸 투안의 공간과 장소 개념을 빌려와 ""하얼빈"은 관습적 제도적 욕망과 밝은 사고법을 표상하는 장소로서의 "푸른 집"으로부터 낯설고 모험적이지만 새롭고 진정한 자아의 가능성을 표상하는 '공간'의 의미를 갖는다"고 논의한다. 이에 대해서는 방민호, 「이효석과 하얼빈」, 『현대소설연구』 제35호, 한국현대소설학회, 2007, 52쪽 참고.

풍속으로 음악으로 풍경으로 하나하나 이국적인 정서를 자아내지않는것이 없"[30]다는 여행사 직원의 설명에 미란과 영훈의 마음이 설레는 것도 마찬가지이다. 이것은 하얼빈이 '구라파'와 별반 다르지 않다는 인식이 이미 그들에게 있었다는 것을 의미할 뿐만 아니라, 그들이 하얼빈을 '지방'의 도시가 아니라 '세계' 도시로 인식하고 동경하고 있음을 나타낸다.

이처럼 이효석의 『화분』의 서사를 미란과 영훈의 이동의 과정으로 읽는다면, 그러한 과정을 식민지 조선이라는 '지방'을 벗어나 '세계'를 지향하는 식민지 조선 지식인의 욕망의 표출로 이해할 수 있다. 비록 그들이 피상적으로 서구에 대해 인식하고 있고, 특히 미적인 것과 관련해서 서구문화와 조선문화에 대해 몰이해하고 있다고 하더라도, 자신들의 욕망을 펼칠 수 있는 장소로 서양을 상정하고 있다는 것은 의미심장하다. 조선 / 하얼빈, 제국 내 지방 / 제국 밖 세계라는 이분법적 인식 체계는 물론 그 자체로 식민지 조선 지식인이라는 그들의 기표를 탈각시키는 것은 아니지만, 서구라는 '세계'에 대한 지향을 통해 식민지 조선인(또는 제국의 일본인)이라는 자신들의 정체성을 새롭게 구축하려 했다는 점에서, 또한 제국의 지리적 · 문화적 경계를 넘어선 '세계' 속에 자신들을 위치시키려 했다는 점에서, 『화분』에서의 미란과 영훈의 여행이라는 공간적 실천 행위는 '지방'을 벗어나 '세계'로 나아가려는 식민지 조선 지식인의 욕망을 잘 보여준다.

여러모로 『화분』의 서사를 계승하고 있는 듯한 인상을 주는 『벽공무한』은 식민지 조선의 '경성'과 만주 '하얼빈'을 주 무대로 해서 펼쳐

---

30 李孝石, 앞의 책, 274쪽.

지는 사건을 서술하고 있는 작품이다. 도쿄의 극단이나 무용단이 조선에서 공연할 수 있도록 교섭하는 등 소위 '문화사업'에 종사하는 천일마는 현대일보사의 사절로 하얼빈교향악단을 초빙하기 위해 하얼빈으로 향한다. 그는 신징행 열차를 타고 경성역을 떠나는 자신을 배웅하기 위해 나온 친구들에게 "다시 돌아 올때 내 얼굴이 변해 있을지두 모르리"[31]라고 말한다. 이 말은 하얼빈교향악단을 초빙하기 위해 떠나는 여행이 지금까지와는 다른 새로운 느낌을 갖게 한다는 점을 드러낸 것인데, 이에 호응해 친구들은 그를 환송하면서 "사내 대장부가 세계지도두 갈아칠하거니"[32]라며 용기를 북돋아준다. 『벽공무한』 첫 부분의 이 경성역 환송 장면은 일마가 하얼빈에서의 여행을 마치고 돌아왔을 때 그의 변화된 모습을 미리 암시하고 있다. 즉, 하얼빈이라는 공간 체험, 특히 식민지 도시 경성에 비해 문화적으로 우월하다고 여겨지며 세계도시의 면모를 지니고 있는 하얼빈으로의 여행이 그를 변화시킬 것이라는 점을 예비하고 있는 것이다. 이는 일마를 떠나보낸 뒤 '실락원'에 모인 능보, 종세, 훈이 자신들의 처지가 행복하지 않다며 "거지가 왕되는 경우만을 생각 하"[33]자고 하는 것과는 대비적이다. 즉, 의사, 신문기자, 소설가 등 식민지 조선의 지식인들인 그들은 스스로를 '돼지'나 '거지'로 인식하고 있고, 경성이라는 공간 속에서 '변화'를 꿈꾸고 있지만, 그러한 변화를 이룰 수 없는 인물들로 일마와는 대비적으로 그려지고 있는 것이다.

---

31 李孝石, 『碧空無限』, 博文書館, 1941, 14쪽.

32 위의 책, 14쪽.

33 위의 책, 62쪽.

신징을 거쳐 하얼빈에 도착한 뒤 일마는 거리의 풍경과 사람들의 복색을 보면서 하얼빈을 "구라파의 한구퉁"[34]으로 여기고 외국에 온 듯한 느낌에 설렌다. 그의 이러한 모습을 보면서 하얼빈에 살고 있는 친구 벽수가 '구라파 취미'라고 말하지만, 그는 자신이 올 곳에 왔다는 점을 강조한다. 즉, 단순히 취미의 차원에서가 아니라 자신에게는 하얼빈이라는 공간이 적합하다고 강조하고 있는 것이다. 이후 일마는 카바레 '모스코빠'에 가 댄서로 일하고 있는 러시아 여성 나아자를 만난 뒤 영어와 러시아어로 대화를 나누면서 스스로 '국제인의 자격'이 있다고 생각하게 된다. 이처럼 일마는 하얼빈에 들어선 순간 식민지 조선인이라는 정체성을 탈각한 것처럼 보이는데, 이는 그가 나아자와 함께 영화 〈파리의 뒷골목〉을 본 뒤 나누는 대화를 통해 명확하게 확인할 수 있다.

"국경이 없다는것이 얼마나 아름다운 생각이요. 야박스런 세상에서"

"그래요. 나두 그렇게 생각해요"

"사랑으로 밖엔 국경을 물리칠 수가 있소―아라비아청년이 파리소녀보다 못할것두 없구 파리소녀가 아라비아청년보다 날것두 없구, 두 사람에겐 파차가 똑 같은 구별 없는 사람이 아니겠소. 그런 아름다운 세상이 또 있겠소"

"제 눈에두 사람은 다 같이 일반으로 뵈여요. **구라파사람이나, 동양사람이나, 개인개인 다 제 나름이지 전체로 났구 못한게 없는것 같어요**"

"각 사람이 편견을 버리구 그렇게 너그러운 생각을 가진다면, 세상은 얼마나 아름다워지겠수"[35]

---

34 위의 책, 66쪽.

35 위의 책, 114~115쪽. 강조―인용자.

사랑하는 남녀 사이의 감상적인 대화의 한 장면이지만, 이 대화 속에는 식민지 조선 남성과 러시아 여성 각자의 내밀한 욕망이 내포되어 있다. 그들은 〈파리의 뒷골목〉이라는 제목 자체에 흥미를 갖게 되어 영화를 본 것이었고, 영화에 배경으로 나오는 파리의 뒷골목을 통해 이국정서를 느껴 "지나쳐 화려하지 않은 조촐한 그 모든 생활의 규모가 그대로 바로 할빈에서 볼 수 있는 그것이었"[36]던 데 친밀감을 가진 것이었는데, 특히 일마는 아라비아 청년과 파리 소녀의 '비현실적인 듯' 보이는 사랑이 이루어진 것에 흥분하고 있었다. 그리하여 영화 속의 등장인물과 자신들을 등치시키면서 자신의 욕망 또한 이루어질 수 있을 것이라는 환상을 맛보았던 것이다. 그리고 그러한 자신들의 욕망이 이루어질 수 있는 공간은 식민지 조선의 경계를 넘어선 세계, '하얼빈'이기에 가능하다고 믿게 된 것이다. 국경이 없는 아름다운 세계, 서양 사람과 동양 사람의 구별이 존재하지 않는 아름다운 곳이 바로 하얼빈이라고 여기고 있었던 것이다.

『벽공무한』에서 하얼빈의 국제도시적 면모[37]는 계속해서 강조된다. 외국인이 경영하는 치우린[秋林]백화점은 점원이 전부 외국인일 뿐만 아니라 곳곳에서 러시아어와 영어가 들려 언어의 혼란을 일으킬 정도

36 위의 책, 110쪽.

37 하얼빈은 중동철도의 기점으로 러시아 만주지배의 거점도시이자 '동양의 모스크바'로 건설된 계획도시였다. 또한 20세기 전반 러시아, 영국, 미국, 일본 등 제국주의 열강의 각축전이 펼쳐진 무대로서의 하얼빈은 이른바 '국제도시'로서 '동양의 파리'라는 별명으로 불리기도 했다. 하지만 국제도시라는 하얼빈의 닉네임에는 두 가지 의미, 즉 만주국의 공식 이데올로기인 '민족협화(民族協和, racial harmony)'를 확장시킨 도시, '5족협화'가 아니라 러시아인을 추가한 '6족협화'의 도시라고 하는 빛과 함께 러시아인을 전폭적으로 활용한 '국방국가'의 중추도시, 정보・첩보・모략의 도시라는 그림자의 의미가 중첩되어 있었다. 이에 대해서는 김경일・윤휘탁・이동진・임성모, 앞의 책, 273~333쪽 참고.

였고, 진열된 물품은 "구라파적인 은은한 윤택과 탐탁한 맛"이 드러나 그 자체로 "구라파 문명의 조그만 진렬장"[38]으로 여겨진다. 또한, 경마장은 하얼빈의 거리와 마찬가지로 각국의 사람들이 다 모여 있는 "국적과 인종의 진열장"[39]으로 나타난다. 이러한 표현은 소비와 오락문화의 장(場)으로서의 하얼빈의 국제도시적 면모를 부각시킨 것인데, 그것은 그 자체로 매혹의 대상으로 일마에게 다가온다. 그리고 이때 매혹의 도시로서의 하얼빈은 일마로 하여금 식민지 조선에서는 이룰 수 없었던 욕망을 가능하게 하는 듯한 곳으로 나타난다. 채표(복권)의 1등 당첨이라든가 경마장에서의 배당액을 모두 차지하게 되는 등의 '행운' 속에서 일마는 식민지 조선인이라는 자신의 위치를 자연스럽게 망각해가는 것이다.

하지만 『벽공무한』에서 하얼빈이라는 '세계'가 일마의 욕망을 강화하는 기제로만 작동하는 것은 아니다. 경마장에서 돌아온 뒤 그는 벽수와 에미랴를 불러 나아자와 함께 만찬회를 여는 등 행복감에 도취되고, 나아자로부터 자신에 대한 사랑을 확인한 뒤 함께 조선으로 돌아갈 것을 계획한다. 하지만 그녀가 조선으로 떠나기 전 어머니의 무덤을 찾겠다고 하여 함께 갔다가 만난 이봐놉에 대한 이야기를 듣고 자기 자신을 돌아보게 된다. 음악가인 그가 일자리를 구하지 못해 거지 노릇이나 할 수밖에 없다고 말한 사정을 나아자로부터 듣고 공연히 우울해진 일마에게 하얼빈 "거리의 풍경이 어제와는 판이한 인상으로 눈에 어리우기 시작"[40]한다. 그리하여 일마는 거리에는 가난한 사람, 불

38 李孝石, 『碧空無限』, 앞의 책, 143쪽.
39 위의 책, 147쪽.

행한 사람이 즐비하고 인간은 고귀하기는커녕 미천한 존재라고 생각하면서 인간의 대부분은 물 "위에 떠서 할 일없이 떠돌고 헤매"이는 쭉정이라고까지 여기게 된다. 이제 하얼빈의 매혹적인 국제도시의 면모는 "국제적 쭉젱이의 진렬장"[41]으로 바뀌게 되고, 그 속에서 자신 또한 부유하는 존재로서의 쭉정이가 되는 것이다.

> 쭉젱이는 이뿐일까. 허름하게 채리고 무엇을 하러인지 분주하게 포도를 지내는 무수한 사람들—또한 쭉젱이들이다. 묘지에서 만난 이봐놉도 쭉젱이요, 병든 에미랴도 쭉젱이다. 그리고 나아자—그는 쭉젱이가 아니든가. 그 역 쭉젱이에 틀림없는 것이다.
>
> '그럼 나는 대체 무엇일까'
>
> 일마는 자기 또한 하나의 쭉젱이임을 알았다. 뜬돈 일만 오천원이 생겼대야 기실 쭉젱이 밖에는 안되는 것이다. 쭉젱이끼리이기 때문에 나아자와도 결합이 되었다. 쭉젱이는 쭉젱이끼리 한계급이다. 나아자나 자기의 그 어느 한편이 쭉젱이가 아니었던들 오늘의 결합은 없었을 것이다.[42]

차라리 거지가 되는 것이 낫겠다고 말하는 음악가 이봐놉, 아편에 중독되어 있는 에미랴, 카바레의 무용수 나아자, 하얼빈교향악단을 초청하기 위해 온 문화사업 종사자 일마, 그리고 이 모든 쭉정이들로 넘쳐나는 하얼빈. 그곳은 비루한 인간들이 정처 없이 떠도는 곳으로 개

---

40 李孝石, 『碧空無限』, 앞의 책, 189～190쪽.
41 위의 책, 191쪽.
42 위의 책, 192～193쪽.

인들이 자신들의 정체성을 재정립하기에는 불안하고 유동적인 공간으로 변화되어 나타난다. 따라서 사정이 이렇다면, 일마에게 하얼빈은 식민지 조선의 경성과 다르지 않다. 그곳은 일마가 나아자와 함께 조선으로 돌아온 뒤 조선의 가옥을 보며 얘기를 나누다 추한 것에는 환멸을 느낀다며 "조선은 전체가 한 커다란 빈민굴"[43]이라고 말하는 것과 같은 곳이다. 따라서 조선 / 하얼빈, 지방 / 세계의 이분법적 구별은 소거되는 것처럼 보인다. 빈민굴로서의 조선을 벗어나서 세계도시의 하얼빈으로 향했지만, 그곳 또한 식민지 조선과 별반 다르지 않다고 인식하는 순간, 자신의 소위 '구라파주의'가 얼마나 피상적이었느냐를 깨닫는 순간에 일마는 조선으로 돌아올 수밖에 없었던 것이다. 다시 말해, 자신의 욕망을 실현시켜 줄 수 있는 곳이라고 믿었던 세계(하얼빈)가 자신의 욕망을 거세했던 지방(조선)과 다르지 않았을 때, 그리하여 세계 속에서도 자신의 욕망을 실현할 수 없다는 것을 깨달았을 때, 일마는 조선으로 돌아올 수밖에 없는 것이다.[44]

조선으로 돌아온 뒤 일마는 식민지 조선의 경계를 벗어나 세계 속에서 꿈꾸었던 자신의 욕망을 그 경계 안에서 새롭게 발현하게 되는데, 그것은 나아자와의 결혼이라는 형태로 나타난다. 물론 나아자와의 결혼 역시 구라파주의자로서의 그의 서양 숭배적 태도와 관련되어 있다.

---

43 위의 책, 261쪽.

44 이런 점에서 일마가 친구 벽수의 숙부인 한운산이 갱단에 의해 납치되었다는 소식을 듣고 다시 하얼빈으로 가 그곳을 새롭게 인식하는 장면은 인상적이다. 그는 하얼빈이 '향수의 도시'만이 아니라, '공포의 도시', '전율의 도시'라는 것을 새롭게 깨달았다고 말하는 한편, 나아자의 친구인 아편중독자 에미랴의 곤궁한 생활을 목도하면서 "거리의 장님 음악가와 꽃장수와 거지를 보고 느낀 비애"(위의 책, 365쪽), 즉 '쭉정이의 비애'를 다시 느끼게 된다. 이러한 장면을 통해 이미 하얼빈이라고 하는 '세계'에 대한 일마의 동경의 시선이 변화되었다는 것을 알 수 있다.

그것은 조선옷을 입은 러시아 여성 나아자가 조선적인 기호를 덧씌운 서양인이라는, 러시아인도 아니고 서양인도 아닌 혼종적인 상태에 놓이게 되는 점, 그리고 그러한 나아자가 식민지 조선 남성 지식인들의 시선에 의해 포획된다는 점에서 일마로 대표되는 그들의 욕망은 거세되지 않고 변형되어 은폐된 형태로 지속되는 것이다. 조선음식을 먹는 나아자의 모습을 자연스럽게 여기면서 "머리카락이 검던 붉던 말소리가 달르던 같던 차려진 생활의 잔치앞에서는 피차가 같은 것이며 부자연할것은 없는것"[45]이라는 일마 친구들의 인식이 일마의 그것과 별반 다르지 않다면, 나아자를 응시하는 그들의 시선은 구라파주의자로서의 자신의 욕망이 좌절되었을 때, 그 좌절된 욕망의 대리물로서 나아자를 위치시키고, 그 대리물에 자신의 욕망을 투사하는 일마의 행위와도 같은 것이다.

이처럼 『벽공무한』을 식민지 조선 남성 지식인의 욕망의 서사로 이해한다면, 그것은 『화분』에서 '조선에서 세계로' 지향을 지니고 있던 식민지 조선 지식인이 다시 '세계에서 조선으로' 돌아온 과정을 그리고 있는 작품으로 읽을 수 있다. 빈민굴과 같은 식민지 조선이 아니라 세계 속에서 새롭게 자신의 정체성을 구축하고자 욕망을 발현했던 소위 '구라파주의자'인 그가 경성 / 하얼빈, 지방 / 세계라는 자신이 설정했던 지리적 · 문화적 경계의 동요 속에서 조선으로 되돌아와 그 속에서 자신의 욕망을 펼쳤던 것이다. 그리하여 그는 "결국 나는 꿈을 가장 가까운 곳에서 잡구 말었네. 꿈이라는게 멀구 높게 가지면 가질수록에 더욱 한이 없는 것이거든, 눈앞에 꿈이나 만리밖 꿈이나 잡아보면 마

---

45 위의 책, 470쪽.

찬가지 일것이구, 아무 꿈이나 한가지를 잡아서 그속에서 맘을 안정하게 잡는것두 필요한 일일것 같어서"[46]라고 말하는 능보와 마찬가지로 다시 지방 조선 속으로 침잠하게 되는 것이다. 요컨대, 『벽공무한』은 『화분』에서 나타난 '세계'에 대한 식민지 조선 지식인의 동경의 시선이 교정되어 '지방' 조선으로 되돌아갈 수밖에 없는 상황을 여실히 보여주고 있는 것이다.

『화분』의 영훈과 『벽공무한』의 일마라는 소위 '구라파주의자' 식민지 조선 지식인의 여행이라는 행위 속에 나타난 욕망을 통해 조선 / 세계에 대한 지리적 · 문화적 경계 인식을 살펴보았다. 그런데 그들이 세계(하얼빈)에 대조적으로 조선을 '빈민굴'이라고 명명했던 것은 문화적으로 척박하다고 여겨지는 식민지 조선의 상황에 대한 냉소일 뿐, 사실 그들의 관심사는 '조선(문화)'이 아니었다. 그것은 무엇보다도 '제국'이라는 경계에 대한 그들의 감각과 관련되는데, 영훈과 일마는 식민지 조선인으로서나 제국의 일본인으로서 자신들의 정체성을 정립하고자 하지 않았기 때문에 제국을 넘어 세계를 상상할 수 있었던 것이다. 즉, 그들은 심미적 차원에서의 다문화적 · 통국가적 세계인이 되는 데 몰두하고 있었던 것이다. 하지만 그들이 '미적인 것'에 대한 추구를 통해 지역과 민족의 경계를 넘어설 수 있을 것이라는 환상을 가지고 있었다고 하더라도 '식민지 조선인'이라는 그들의 정체성이 소거되는 것은 아니다. 다시 말해 예술이라고 하는 인류 보편의 문화에 기대어 자신들의 욕망을 발현했다고 해서 그들이 곧바로 세계인이 될 수 있는 것은 아니다. 또한, 서구 세계에 대한 동경을 바탕으로 세계도시의 면모를

46 위의 책, 486쪽.

갖추고 있다고 여겨졌던 하얼빈으로 향했지만, 하얼빈이라고 하는 '세계'가 이미 '제국'의 경계 내 위치하고 있었다는 점은 그들이 상정한 '세계'가 불안정하다는 것, 그리고 그러한 세계 속에서 식민지 조선인이라는 정체성을 탈각하는 것이 결코 쉽지 않은 일이라는 것을 말해준다. '세계' 속에 식민지적 요소와 제국적 요소가 이미 공존하고 있는 『화분』과 『벽공무한』의 서사는 그처럼 식민지 조선 지식인이 제국의 경계를 넘어 자신의 정체성을 기획하고 정립하는 것이 요원하다는 것을 역설적으로 보여주고 있는 것이다.

이런 점에서 두 작품의 서사 속에 나타난 식민지 조선 지식인의 행위, 조선에서 세계로 향했다가 다시 세계에서 조선으로 되돌아오는 과정이 '여행'이라는 것은 의미심장하다. 여행의 동기로서의 심리학적인 호기심과 신기성에 대한 추구는 그러한 욕구가 사회적·문화적으로 허용되고 활용되는 보다 넓은 맥락에서 고려했을 때, 현재 거주하는 곳이 아닌 다른 곳에만 존재하고 있다는 '차이'를 기반으로 한다. 또한 이때의 여행은 특정한 사회-공간 병합을 강조할 뿐만 아니라 근대성의 맥락에서 문화적·사회적으로 수용 가능한 '차이에 대한 찬양'을 북돋운다.[47] 이처럼 여행이라는 행위는 차이에 대한 인식을 통해 문화지리적 자기 존재의 기반을 떠나 새로운 곳에서의 경험과 인식을 통해 자신의 정체성을 재정립하는 과정이라고 할 수 있다. 이효석 또한 "여행지에서 보고, 듣고, 생각한 것은 그대로 생활의 진폭을 넓히고, 사상의 씨앗이 되는 것"이며, 개인의 "수많은 꿈 가운데 하나를 어느 정도 실현하게"[48] 한다고 말한다.[49]

47 닝 왕, 이진형·최석호 역, 『관광과 근대성-사회학적 분석』, 일신사, 2004, 186~189쪽.

〈그림 17〉 대륙에의 최첩경로(『신시대』 광고)

그런데 『화분』에서의 '튜어리스트·뿌우로' 즉, 일본여행협회가 1930년대 이후 여행객 수가 급증함에 따라 조선에 지점을 두어 일본, 만주, 서구 지역의 승차권과 침대권, 배표 등을 발매하고 여행상해보험을 취급한 것이나, 『벽공무한』에서 일마가 신징을 거쳐 하얼빈으로 간 것이 만주국 경영의 추축인 만철에 의해 이루어졌다는 점[50]을 고려한다면, 식민지 조선인이 여행할 수 있는 물적 기반과 상징적 체계가 제국 일본의 식민주의적 정책으로부터 파생되었다는 것을 알 수 있다. 따라서 『화분』과 『벽공무한』의 서사에 나타난 식민지 조선 지식인의 여행이라는 행위, 나아가 이효석의 서구 지향적 태도 등은 모두 제국 일본에 의해 새롭게 재편된 동아시아의 지역 질서에 의해 가능하게 된 것이라고 할 수 있다. 즉, 그들로 하여금 하얼빈으로 상징되는 '세계'를 발견하고, 욕망하며, 세계라는 공간 체험을 가능하게 한 것(나아가 강화시킨 것)은 모두 제국 일본의 지리적·문화적 확장의 결과였던 것이다.

---

48 李孝石, 「冬の旅」, 『朝光』, 1942.3, 183쪽.

49 이와 관련해서 이효석은 가는 곳마다 인간의 비천함을 실감하게 하는 여행은 즐거운 동시에 슬픈 것이지만, 인간이 아무리 천하고 추해도 문학은 그것을 아름답게 보여주는 마력을 가졌다며, "旅行의 感激이 小說속에서는 더욱 커지고 旅行의 幻滅이 小說속에서는 緩和되고 덜어진다"(李孝石, 「文學 振幅 擁護의 辯」, 『朝光』, 1940.1, 71쪽)고 말한다.

50 이와 관련해서 『벽공무한』의 대륙적 상상력과 서사가 '만철의 운행'과 결부되어 있다는 이경훈의 지적은 참고할 만하다. 이경훈, 「하르빈의 푸른 하늘－「벽공무한」과 대동아공영」, 김철·신형기 외, 『문학 속의 파시즘』, 삼인, 2001, 190~231쪽.

2. 소환되는 전장, 폐허와 신생의 중국

1) 중화 세계의 해체와 지나의 천시

근대 이전 조공책봉 체제를 통해 청나라를 중심으로 통합되었던 동아시아 지역 질서는 서양 제국주의 세력의 동양 진출 및 청일전쟁과 러일전쟁에서의 일본 승리로 재편되어갔다. 유교적 질서와 한자문화권이 지배하던 자리는 제국적 질서와 근대적 문물로 대체되었다. 특히 20세기 초반 동아시아 지역 질서가 제국-식민지 체제로 재편되어감에 따라 중국은 제국 일본 주도의 새로운 지역 질서 속으로 포섭되어갔다. 청나라의 몰락 이후 근대 국민국가의 모색이 좌절되고, 서양 제국주의 세력에 의해 반(半)식민지 상태에 처해 있었던 중국은 한편으로는 제국 일본의 정치적・지리적・문화적 권역 안에서 그 위상을 강제 받게 되었던 것이다. 이후 1945년 제국 일본의 패전과 함께 동아시아 식민지 국가들의 해방 및 신생 독립 국가 건설의 움직임 속에서 중국 또한 1949년 10월 1일 중화인민공화국 성립을 선포했다. 서양 제국주의 세력과 뒤를 이어 제국 일본의 동아시아 지역으로의 제국주의적 확장 속에서 중국은 다양한 지정학적 위상을 부여받았지만, 동아시아 지역 질서의 변동 과정 속에서는 주로 제국 일본과 반식민지 중국 간 정치 체제 구축을 둘러싼 헤게모니 투쟁의 양상을 보였다. 특히, 1931년 만주사변을 일으켜 중국 동북 지역 일대를 점령한 일본이 1932년 괴뢰정부인 만주국을 건국하고, 1937년 중일전쟁을 일으켜 본격적인 대륙 침략의 길을 걸으면서 중국은 제국-식민지 체제의 판도에 직간접적으로 편입될 수밖에 없었다. 하지만 중일전쟁의 장기전화에 따라 중국 동북 지역과 내륙 지역을 중심으로 항전을 계속하면서 중국은 제국-식민지 체제의 그늘 속에서도 스스로 반제, 반일의 국가(또는 지역)로서의 위상을 구축하기도 하였다.

대내적 관점에서 바라보자면, 중국의 위상 변화에 심대한 영향을 끼친 사건은 1912년 중화민국 임시정부의 수립과 1949년 중화인민공화국 성립이라는 정치체(政治體)의 변동이라고 할 수 있다. 1912년 쑨원[孫文]은 "만주 전제 정부를 정복하여 중화민국을 강고히 하고 민생의 행복을 도모하여 국민의 공의(公意)를 따른다. 그렇게 함으로써 나라에 충성하고 대중을 위해 복무한다"라고 선언하였는데, 이는 청나라의 몰락과 근대 국민국가로서의 중화민국 임시정부 수립을 상징적으로 보여준 것이었다.[51] 또한 1949년 중국의 독립과 민주, 평화, 통일, 부강을 목표로 인민민주주의 국가 수립을 선언한 것은 제국주의와 봉건주의를 청산하고 새로운 국가를 건설하자는 신민주주의 혁명의 기치를 내건 중화인민공화국 성립을 단적으로 보여준 것이었다.[52] 하지만 중국의 위상 변화에는 아편전쟁·청일전쟁·중일전쟁 등 제국주의 세력의 중국 진출과 충돌, 러일전쟁, 아시아-태평양전쟁 등 동아시아 지역 질서의 변동 과정에 막대한 영향력을 끼친 동양사적, 세계사적 사건이 가로놓여져 있었다.

---

51 가와시마 신, 천성림 역, 『중국근현대사 2-근대국가의 모색 1894~1925』, 삼천리, 2013, 172쪽.

52 구보 도루, 강진아 역, 『중국근현대사 4-사회주의를 향한 도전 1945~1971』, 삼천리, 2013, 61쪽.

근대 초기 한국인의 중국 지역에 관한 인식에 근대 일본의 중국 지역에 관한 인식과 표상의 결과물들이 중요한 영향을 끼쳤음은 쉽게 짐작할 수 있다. 따라서 근대 일본의 중국 인식에 관해 먼저 살펴볼 필요가 있다. 근대 일본의 중국 인식의 기원은 막부(幕府) 말기 해외 파견 사절단들에 의한 중국 표상을 통해 확인할 수 있는데, 이때에는 아편전쟁 이후 서구 열강과 중국의 정치적 · 군사적 역학 관계 속에서 근대 자본주의 발달에 대한 '경탄'의 시선이 주를 이루었다. 물론, 이 시기에는 '중화(中華)'에 대한 경외가 완전히 사라지지 않았는데, 한자문화권과 유교 질서를 중심으로 한 중국 인식을 바탕으로 '늙은 대국'에 대해 무시할 수는 없었기 때문이었다. 하지만 청일전쟁에서 일본이 승리한 뒤, 일본 자국 내 내셔널리즘의 고양을 배경으로 '차별적'인 중국상이 등장하게 되었는데, 그것은 산만하고 나태하며, 불결하다는 국가상(또는 국민상)으로 점철되었다.[53]

메이지[明治]시기 이래 일본인의 중국 인식의 핵심에는 '고루한 나라'와 '국민국가 형성 능력의 결여'로 대표되는 천시의 시선이 자리 잡고 있었다. 서구 열강의 아시아 진출에 위기감을 느낀 일본은 서양 제국주의 세력을 차단하는 방어벽으로 중국을 설정하고, 중국과 제휴해 서양 제국주의 세력에 맞서고자 하는 연대를 모색하면서, 일본 자신이 '부국강병'을 목표로 문명개화 정책을 추진했던 것처럼, 중국 또한 전통적인 유교적 규범의 세계로부터 벗어나 근대 서양문명의 가치와 원리를 수용할 것이라고 기대했다. 하지만 조선의 개혁을 둘러싸고 일본

53 류젠후이, 「모멸, 취미, 그리고 동경에서 위협으로－근대일본 지식인의 중국 표상」, 『일본비평』 제6호, 서울대 일본연구소, 2012, 52～53쪽.

과 중국이 상호 대립했을 때 청나라가 책봉 체제를 고집하는 등 전통적인 유교의 가치 체계를 고수하자 '고루한 나라'라고 천시하였다. 이러한 천시의 시선은 메이지 초기, 특히 로쿠메이칸[鹿鳴館]시대의 서구풍 모방의 풍조가 만연했던 사회 현실과 무관하지 않았다. 하지만 그러한 가운데서도 1860년대 들어서면서 청나라가 군사 부문에 한정해서 서양 과학기술의 도입을 시작하는 등 '중체서용론(中體西用論)'이라고 불렸던 움직임을 보이자 일정 부분 자주성을 지니고 있다고 평가하기도 하였다. 여기에는 일본의 무분별한 서양 모방 풍조에 대한 비판의식이 어느 정도 작용하고 있었다. 이처럼 메이지 초기 일본의 중국인식에는 중국을 '고루한 나라'로 천시하는 한편, 아시아 국가로서 서구 열강에 함께 대응한다는 연대 의식이 그 핵심에 놓여 있었다. 하지만 청일전쟁에서 일본이 승리하자 이와 같은 이중적 중국 인식의 모순은 일거에 사라지고, 중국은 근대국가 형성 능력이 결여되어 있다는 천시의 시선이 강고하게 굳어지게 되었다. 청일전쟁에서 패배한 중국은 대외적으로 서구 열강에 의해 분할의 위기를 겪었고, 대내적으로는 광서제(光緒帝)를 옹립한 캉유웨이[康有爲], 량치차오[梁啓超]의 변법유신운동(變法維新運動)과 서태후(西太后)의 '무술정변(戊戌政變)' 등 불안정한 정세가 지속되어 일본인들에게 근대 국민국가 형성의 능력이 결여되어 있다고 비판받으면서 천시의 대상으로 위치 지어졌던 것이다.[54]

확실히 메이지유신[明治維新]은 일본의 중국 인식에 커다란 전환점을 마련했다. 근대 이전까지 '조공과 외경의 나라', '동경과 모범의 나라',

54 松本三之介, 『近代日本の中國認識－德川期儒學から東亞協同體論まで』, 以文社, 2011, 289~294쪽.

'선진과 친애의 나라' 등 동경과 수용의 대상으로 인식되고 표상되었던 중국은 19세기 중엽 이후 유럽 문명을 추종한 일본인들에 의해 반개화의 지역으로 폄하되었다. 익히 알려진 후쿠자와 유키치[福澤諭吉]의 『문명론의 개략』(1875)에서 중국(인)은 '완고하고 고루한' 대상으로 여겨졌는데, 이는 중국과의 대비를 통해 자유로운 기풍과 사상이 풍부한 일본(인)의 정체성을 재구축하기 위한 타자화 전략이었다.[55] 이와 관련해 메이지유신 이후 일본에서 중국을 '지나(支那)'라고 천칭한 것은 상징적인 의미를 지닌다. '지나'라는 말은 과거 중국의 육조시대 승려들이 불교의 본토인 인도와 떨어진 중국을 지칭할 때 사용한 말이었는데, 메이지유신 이후 근대 일본에서는 그 의미가 변모했다. 당시 "국학자들(國學者)들은 '중국'이라는 용어에 담긴 야만・문명, 혹은 내부・외부라는 의미에서 일본을 분리하기 위해 '지나'를 사용했다. (…중략…) 그리고 20세기 초 일본에서 '지나'는 근대 아시아 국가인 일본과 대비하여 과거에 빠져 어려움을 겪고 있는 중국을 가리키는 말로 출현했다."[56]

"지나(支那)는 현재 국명을 청국(China Kwoh)이라고 부른다. 이것은 지금으로부터 250년 전 건설된 왕조의 명칭이다. 자국인은 중국(Chung Kwoh) 혹은 중화(Chung-Howa)라고 부르거나 단순히 화(華)라고도 부른다. 이것은 무엇보다도 자국을 세계 중심으로 삼아 좋은 국가(佳國)라고 한 자존적 명칭이다. 또한, 이 국가는 과거 이래로 혁명이 매우 많아 그 주권자의 성이 바뀔 때마다 국호를 고쳤기 때문에 통칭할 수 있는

---

55 양일모, 「'사상'을 찾아가는 여정－일본의 중국 인식과 중국학」, 『일본비평』 제6호, 서울대 일본연구소, 2012, 28~29쪽.

56 스테판 다나카, 박영재・함동주 역, 『일본 동양학의 구조』, 문학과지성사, 2004, 18쪽.

국명이 필요했다. 지나제국(支那帝國, Chinese Empire)이란 외국에서의 호칭으로 때때로 많이 사용되었다. 지나(China)란 명칭은 지금으로부터 약 1850년 전 과거 진(秦)나라 때 시황(始皇)의 용기와 계략을 원근에 선전할 때부터 사용되었고, 진의 명칭은 마침내 영구의 명칭이 되었다. 따라서 구주인은 최근까지 지나를 동방 아세아의 대부분을 통칭하는 호칭으로 사용하였다."[57] 일본은 중화주의를 부정하는 뜻에서 '지나'를 사용하면서 이것이 영어 'China'의 음역 표기임을 강조하였는데, 1911년 신해혁명으로 중화민국이란 국호가 등장했을 때 이를 거부한 것은 이러한 맥락에서였다. 1913년 10월 6일 일본 정부는 중화민국을 '지나공화국'이란 명칭으로 승인하였지만 일반적으로 '공화국'을 떼어내고 '지나'라고만 불렀는데, 이는 중화주의의 부정과 황실 중심의 일본과 충돌할 소지가 있는 공화정체의 국가에 대한 거부감이 표현된 것으로 이해할 수 있다.[58] 이후 20세기 전반 내내 일본은 중국을 천칭해 '지나'라고 불렀다.

이처럼 근대 일본의 중국 인식의 기저에는 서구 열강의 존재가 어떠한 형태로든 그러한 인식을 규정하는 요인으로 작동하고 있었다. 메이지 초기 중국을 '고루'한 나라로서 천시했던 것은 서양 근대문명이 가져온 가치관을 전제로 했기 때문이었고, 반면 중국을 연대의 대상으로 여겼던 것도 서구 열강의 동아시아로의 세력 증대를 저지하려고 한 의도에서 발생한 것이었다. 즉, 중국을 경멸의 눈으로 바라보든, 제휴의

---

57 矢津昌永, 『高等地理 淸國地誌』, 丸善株式會社, 1905, 1쪽.

58 유용태, 『환호 속의 경종－동아시아 역사인식과 역사교육의 성찰』, 휴머니스트, 2006, 173~174쪽.

상대로 삼아 그곳의 국력 강화를 기대하든, 이 시기 일본의 중국 인식에는 서구 선진제국을 중심으로 한 국제 질서 속에서 어떻게 일본의 독립을 확보할 것인가라는 점이 그 근원적 동기로서 존재하였고, 그것이 당시 중국 인식에 현실적인 의미를 부여하고 있었다.[59] 또한, 일본의 중국 인식은 일본의 독자적 사유 과정 속에서 발생한 것이라기보다는 상호 간의 조건에 의해 변화하는 상관적 함수였다고 할 수 있는데, 이때 핵심적인 조건은 근대 민족국가 건설 과정 속에서 발생한 역사적 요소와 자본주의적 세계 체제가 가속화되어가는 현실 속에서 야기되는 동아시아 지역 질서의 패권 문제와 밀접한 관련을 지니고 있었다.[60] 이런 점에서 20세기 초 일본이 자신이 중심이 된 동아시아 지역 질서를 표상하기 위해 과거 중국을 중심으로 한 중화 세계의 질서에서 '천하(天下)' 개념이 갖고 있던 중심적 위치를 대체해 '제국' 개념을 전면에 내세운 것 또한 의미심장하다. 중국의 '천하' 표상은 주변 약소민족 국가들에 대해 '조공책봉 체제'라는 공식 위계를 부과하면서도 주변부 정치체의 내적 자율성을 인정하는 위계 질서였던 반면, 일본의 '제국' 표상은 주변부 정치체에 대한 군사적 점령을 통해 그 내적 정치적 자율성을 부정하고, 주변부에 대한 군사적 팽창과 경제적 지배를 추구하는 것이었다.[61] 따라서 동아시아 지역 질서를 표상하는 개념이 '천하'에서 '제국'으로 바뀌었다는 것은 동아시아 지역 질서가 중국 중심에서 일본

---

59 松本三之介, 앞의 책, 307~308쪽.

60 양일모, 앞의 글, 26쪽.

61 이에 대해서는 이삼성, 「제국과 식민지에서의 '제국'—20세기 전반기 일본과 한국에서 '제국'의 개념적 기능과 인식」, 『國際政治論叢』 제52집 제4호, 한국국제정치학회, 2012, 7~40쪽 참조.

중심으로의 전환하였다는 것을 상징적으로 나타내는 것이다.

한편, 한국인의 중국에 대한 전통적인 인식에 균열이 발생하기 시작한 것은 19세기 말에 이르러서였다. 소위 '서세동점(西勢東漸)'의 시기로 명명되듯, 서양 제국주의 세력의 동아시아 진출에 의한 충격과 근대 국민국가 수립의 모색이 중첩되는 이 시기 중국 인식 변화의 한 양상은 '개화파', 그중에서도 김옥균(金玉均)의 중국 인식을 통해 확인할 수 있다. 당시 청나라는 서양 열강과의 관계를 근대적 조약 관계로 전환하면서도 조선에 대한 조공 관계를 계속해서 강요하였고, 자국의 안보 및 외교적 이익을 수호하기 위해 조선의 내정외교에 대한 간섭을 한층 더 강화하였다. 이에 김옥균을 비롯한 개화파들은 이른바 '개화(開化)'를 단순히 서구 문명의 수용으로 한정하지 않고, 청나라로부터의 독립이라는 점을 명확히 하였다. 그런데 김옥균의 경우, 1882년 방일 기간 동안 주일공사 및 청나라 사람들과 널리 접촉해 동북아 정세 및 세계 정세에 대해 논의하였고, 특히 근대화의 필요성 및 서세동점의 세계적 변화에 따른 동북아 3국 연합의 필요성에 인식을 같이하였다. 이런 점에서 당시 개화파들에게 중국은 '개화'를 위해 극복해야 할 '과거'이자 동시에 바로 그러한 개화를 위해 연대해야 할 '현재'의 대상이기도 하였다. 하지만 1882년 임오군란을 계기로 동아시아 국가들 간 연대 구상은 그 힘을 잃고, 조선에서 청나라 세력을 추출하는 것을 통해 자주와 자강을 실현하겠다는 급격한 반청독립(反淸獨立)의 사상이 부각되었다. 그럼에도 불구하고 국내 정치의 개혁과 근대화 추진 과정 속에서 한중 양국의 연대 구상은 김옥균의 '삼화주의(三和主義)'와 같은 형태로 이어지기도 하였다.[62] 물론, 김옥균을 비롯한 개화파들의 중국 인식을 근대 초기 한국 지식인들의 중국 인식으로 일반화할 수 없다. 하지만 여기에서 김옥균의 중국 인식을 대표적으로 거론한 것은 전통적인 한중 관계에 균열이 발생하는 과정 속에서 한·중·일 3국의 새로운 연대를 모색하는 당시 조선 지식인의 중국 인식에 나타난 착잡함을 상징적으로 보여주고 있다고 판단했기 때문이다.

1840년 발발한 아편전쟁에서 청나라가 패하고 난징조약(南京條約)을 계기로 기존의 동아시아 지역 질서는 붕괴되어갔으며, 중국과 그 이웃 나라들은 서구 열강이 주도하는 세계 질서 안으로 편입되어갔다. 조공책봉 체제에 묶어 있었던 한중 관계가 청일전쟁으로 와해되고, 한청통상조약체결을 거쳐 을사조약으로 대한제국의 외교권이 상실되는 1905년 무렵에 이르면서 과거 '속방(屬邦)'이었던 한국은 중국에 의해 '자주의 국(國)'에서 '평행의 국(國)'으로 인식되었다.[63] 이어 1910년 한일병합이라는 역사적 사건을 통해 오랫동안 지속되어오던 한중 관계는 근본적으로 그 성격과 형태를 바꾸게 되었다. 또한, 동아시아 지역의 패권이 중국에서 일본으로 넘어가면서 제국-식민지 체제기 한국인들은 '반식민지' 상황에 놓인 동병상련의 이웃 나라로 중국을 바라보는 한편, 열강의 중국 침략에 공분하면서 20세기 전반 반외세투쟁과 국민혁명운동 등에 깊은 관심으로 갖기도 하였다.[64] 이와 관련해 1910년대 유교 지식인의 중국 인식을 덧붙일 수 있다. 한국의 대표적인 유교 지

62 이에 대해서는 권혁수, 「金玉均과 中國－對中國認識의 時期的 變化를 中心으로」, 『정신문화연구』 제23권 제3호, 2000, 155～176쪽 참조.

63 이에 대해서는 이은자, 「韓·中 近代 外交의 실험, 1985～1905年」, 『中國近現代史研究』 제58집, 중국근현대사학회, 2013, 1～25쪽.

64 이에 대해서는 김진호, 「근·현대 한국인의 중국 인식(認識)과 중국인의 한국 인식 변화」, 『中國文化研究』 제8집, 중국문화학회, 2006, 373～398쪽 참조.

식인이었던 유인석(柳麟錫)은 『우주문답(宇宙問答)』에서 중국에서 유교적인 중화제국이 부활해 전통적인 한중 관계를 회복하는 것을 통해 일본이 패퇴하고 조선이 독립할 것이라는 염원을 드러냈고, 박은식(朴殷植)은 『한국통사(韓國通史)』에서 한중 양국의 자강을 기원하는 연대의식을 보였으며, 이병헌(李炳憲)은 『중화유기(中華遊記)』에서 유교 전통과 서양의 근대 문명이 공존하는 중국의 이중성을 설명했다. 이들 유교 지식인들의 중국에 대한 인식의 결과물들은 1910년 대한제국의 멸망과 1912년 청나라의 멸망이라는 왕정(王政)의 붕괴로 '역사적 동시성의 감각'에 의해 근대 한국의 중국 인식에 커다란 변화가 발생했음을 상징적으로 보여주는 것이다.[65]

> 前에는 熱睡하더니 方今에는 覺醒하야오난 獅子라하난 支那帝國 아시아大陸의 中・東兩部를 거의 다 占據한 世界上第四되난 大國이라. (…중략…) 支那人에는 한 큰 病痛이 잇스니 곳 自尊自大하난것과 是古非今하난것이라 果然말이지 **古代의 文化와 制度로 말하면 四五千年舊國의 갑으로 멀니 泰西列邦을 凌駕하얏슬뿐아니라 오히려 놉히 超過하얏스나 그러나 오날의 形便은 彼此가 顚倒된것**을 웃지한단 말이오. 사람과 나라란 것은 지나간 쉼을 가지고 살고 다사려가난 것이아니오 홀노 當場에도 잇고 將來에도 잇슬 進步란것을 가지고 살고 다사려가난것이니 萬一 사람에 貴賤의 別이 잇다하면 맛당히 進步를 알고 모름으로 써 난홀것이오 **나라에 華夷의 別리 잇다하면 쏘한 進步의 잇고 업슴으로 써 난홀지니 이 理致로 써 말하면 昔日의 支那는 華라할지라도 今日의 支那는 夷오 昔日의 西人**

65 이에 대해서는 노관범, 「1910년대 한국 유교지식인의 중국 인식—柳麟錫, 朴殷植, 李炳憲을 중심으로」, 『民族文化』 제40집, 한국고전번역원, 2012, 7~39쪽 참조.

은 夷라할지라도 今日의 西人은 華ㅡ니 萬一 이分別 저分別 아니하고 唐虞의 治隆과 周漢의 文明이 잇다고 當場은 개똥만도 못하고 안저서 前에 싸늠江畔에 野牧을하고 스위덴峽壁에 穴處를 하얏다고 번연히 夜光珠보담도 明輝하고 金剛石보담도 燦爛한 눈이 부신 文明進步를 보면서도 그를 夷狄의 族屬이라하고 그를 獸畜의 化生이라하니 이싸위가 禍를 밧고 이싸위가 害를 보지아니하면 누가 當하리오 이에 그들이 四千年넘어 써 오던 香筆을 들고 「微管仲吾其被髮左衽」을 敷衍하난동안에 저 碧眼兒들은 바루 筆管아래 그의冊床머리에서 새로 샛퍼러케 磨出한 銃刀을 들고 禹城九州을 瓜分하려하기를 몃번이나하다가 多幸히 世界의 公議에 免하얏스니 일른바 帝國으로 恥辱이 여긔서 더 甚한者ㅡ 어대 잇겟소. 그러나 天運이 循環하면 無往不復이라 이에 그의 **頑固로 腦髓集成함**에도 新學이 浸染될 餘地가 생기고 暇遊가 痼結한 手足에도 新事爲를 營作할 苗勇이 나서 外人에게 讓與하얏던 利權을 回收하난 熱은 極度까지 오르고 官長에게 受來하던 壓制를 反抗하난 運動도 또한 盡頭까지 이르러 **自由를 차져야 하고 自强을 하여야 한다**하난 소리가 崑崙山風에 音波가 갈사록 넓어지며 敎養의 道를 革新한다 商工의 業을 擴張한다 이것을 한다 저것을 한다하야 깁흔 잠을 비로소 깨여가고 또 여러가지로 支那의 新施設에 妨害를 더하던 西太后도 이믜 죽엇슨즉 次次로 여러方面에 活氣가 생길 나라는 이나라라하던 世界視線의 焦點이 되엿나니 우리 新大韓少年도 이나라가 發展하야감에 對하야 또한 多大한 關繫가 잇슴을 恒常 遺忘치말어 注意를 부즈런히할것이오[66]

위의 인용문은 최남선이 『소년(少年)』에 연재한 「해상대한사(海上大韓史)」 중 중국 지역에 관해 서술한 부분이다. 근대 전환기 근대적 주권

66 公六, 「海上大韓史(四)」, 『少年』, 1909.2, 12~14쪽. 강조-인용자.

국가의 국경을 획정하는 문제와 신문 등의 근대 미디어, 그리고 '지리'라는 근대적 학지(學知)의 세 층위의 결합은 근대 이전 중세적 질서에 놓여 있었던 영토를 근대 국민국가의 국토라는 공간으로 변용시키는데 중요한 계기를 마련했다. 최남선 역시 대한제국이라는 공간이 계속해서 유동적인 위기 상황에 처하자, 그것을 극복하기 위한 기획으로 '지리'를 제시한 것이다.[67] 『소년』은 바로 그러한 기획의 핵심적인 산물이었다. 이에 따라 최남선은 반도의 역사적・지리적 성격을 강조함과 동시에 '소년'층에게 바다를 통한 개척정신을 함양하기 위해 「해상대한사」를 연재했는데, 구한말의 이러한 바다 이미지는 근대적 지리지식의 학습과 해상 모험심을 고취시키는 것을 넘어 앵글로 색슨(영국 및 미국)과 일본, 문명개화의 상징으로서의 새로운 것을 나타낸 것이었다. 또한, 이러한 바다의 이미지는 오래된 것으로서의 비판과 극복의 대상이 되는 중국적 질서를 상징하는 대륙의 이미지와는 대별되는 것이기도 하였다.[68] 위의 인용문에서도 과거의 문화와 제도를 기준으로 했을 때에는 중국이 서양을 압도하였지만 이제 그것이 전도되었고, 특히 '문명 진보'를 척도로 삼았을 때 서양이 중국을 앞서고 있음을 개탄하고 있다. 여기에서도 근대적 문명개화를 기준으로 서양 / 중국을 대별해서 인식하고 있음이 드러나고 있는 것이다. 그래서 중국이 발전하기 위해서는 "자유를 찾아야 하고 자강을 해야 한다"고 역설했던 것인데, 한편으로 최남선은 중국의 발전 과정을 단순히 중국 국내 문제로 한정하지 않고 조선의 현실과 연동해 인식하고 있었다. 그의 이러한

67 이종호, 「최남선의 지리(학)적 기획과 표상」, 『상허학보』 제22집, 상허학회, 2008, 275~303쪽.
68 류시현, 『최남선 연구－제국의 '근대'와 식민지의 '문화'』, 역사비평사, 2009, 81~82쪽.

인식은 앞서 살펴봤던 것처럼, '완고한 나라'로서의 중국에는 천시의 시선을 보내는 한편, 문명개화를 통해 근대 국민국가로의 발전 가능성을 염두에 둔 것이다.

물론 이는 최남선만의 특별한 중국 인식이라고 볼 수는 없다. 『한성순보(漢城旬報)』, 『독립신문(獨立新聞)』, 『대한매일신보(大韓每日申報)』 등 개화기 신문에 표상된 중국은 대체로 국력이 쇠퇴해감에도 개화를 서두르지 않는 나라로 그려졌다. 당시 신문에 나타난 중국 인식은 크게, '천한 청', '동양평화의 일원으로서의 중국', '개혁 모델로서의 중국' 등으로 압축되는데, 앞서 살펴본 근대 일본의 중국 인식과 일정 부분 그 궤를 같이하는 것이자, 동시에 사회진화론에 기초한 한국 내부의 개혁론이 그 밑바탕을 이루고 있는 것이었다.[69] 중국이 청일전쟁에서 패배하자 진화론적 문명관에 입각하여 청나라는 문명화에 실패하였을 뿐만 아니라 조선의 문명개화에도 방해가 되는 부정의 대상으로 여겨졌다. 하지만 중국에 망명한 독립운동가들은 '신해혁명(辛亥革命)'을 통해 중국이 강성해지면, 그러한 중국의 힘을 빌려 장차 조선의 독립과 혁명을 이루어낼 수 있다는 기대감을 드러냈는데, 이는 '동병상린의 대상'이자 '연대와 협력의 대상'으로서 중국을 인식하고 있었던 것을 의미한다.[70] 이처럼 근대 초기 한국의 중국 인식은 메이지시기 이후 일

---

69 백영서, 「대한제국기 한국언론의 중국인식」, 『동아시아의 귀환－중국의 근대성을 묻는다』, 창비, 2000, 166～198쪽.

70 정문상, 「근현대 한국인의 중국 인식의 궤적」, 『한국근대문학연구』 제25호, 한국근대문학회, 2012, 203～231쪽. 정문상은 이 글에서 "한국인의 근대적 중국인식의 형성과 그 변용을 추적함에 있어 동아시아 국제질서의 변동과 그와 연동된 한중관계에 주목할 필요가 있다. 근대적 중국 인식이 본격적으로 표출된 것은 전통적인 동아시아 국제질서의 변동을 가져온 청일전쟁을 배경으로 하였으며, 한국인의 중국 인식의 유형이 다양하게 표출된 것은 한국과 중국이 일본제국주의에 대한 공동투쟁의 필요성이 제기된 일제강점기를 배경으로 하였

본의 중국 인식이 그러했던 것처럼, 문명개화의 척도를 기준으로 하여 반개(反開)한 나라로 여겼는데, 무엇보다 그것은 사회진화론의 관점에서 여전히 유교적 질서로부터 벗어나지 못하고 있는 중국에 대한 비판 의식에 바탕을 둔 것이었다. 하지만 이와 동시에 1910년 한일병합에 의해 조선이 제국 일본의 식민지가 되자, 서양 제국주의 세력에 의해 반식민지 상태에 처해 있던 중국을 제국-식민지 관계망 속에서 연대의 대상으로 위치 짓기도 하였다. 이와 같은 근대 초기 한국의 중국 인식은 중국 국내의 정치체의 변화 과정과 함께, 그러한 변화를 추동했던 서양 제국주의 세력과 제국 일본의 동아시아 지역으로의 진출에 따른 동아시아 지역 질서의 변동 과정, 나아가 제국-식민지 체제로 재편되어가던 세계사적 질서 구축 과정을 염두에 둔 것이었다.

2) 전쟁의 폐허와 신생하는 영토

제국-식민지 체제기 근대 한국의 지식인·문학자들의 중국 지역[71]

다"라고 하여 근대 한국인의 중국 지역에 관한 인식이 제국-식민지 체제기 동아시아 지역 질서의 변동 과정과 밀접하게 관련을 맺고 있음을 전제한 필자와 기본적인 문제의식을 공유하고 있다. 하지만, 제국-식민지 체제기 '부정과 경계의 대상', '연대와 협력의 대상', '한국 사회의 변혁의 모델' 등 다층적 중국 인식에 대한 그의 논의는 1920년대까지로 한정되어 있어, 그러한 인식이 1930년대 특히 제국 일본의 동아시아로의 지리적·문화적 팽창 과정 속에서 어떻게 연속 / 단절되고 있는지에 대해서는 해명하지 못하고 있다.

71 여기에서 논의의 대상으로 삼는 '중국' 지역은 1930년대 후반 이후 제국 일본의 지정학적 동아시아 재편 과정 속에서 식민지 조선인 문학자 및 지식인들에 의해 인식되고 표상된 곳으로 한정한다. 따라서 여기에서의 논의에서는 중국 동북 지역과 간도 지방, 만주국(및 주요 도시들)에 관한 인식은 제외한다. 무엇보다 이는 당시 동아시아 지역 질서의 변동 과정 속에서 '중국'과 '만주국'의 위상 차이를 염두에 둔 것이다. 제국 일본의 괴뢰정부라고 하더라도

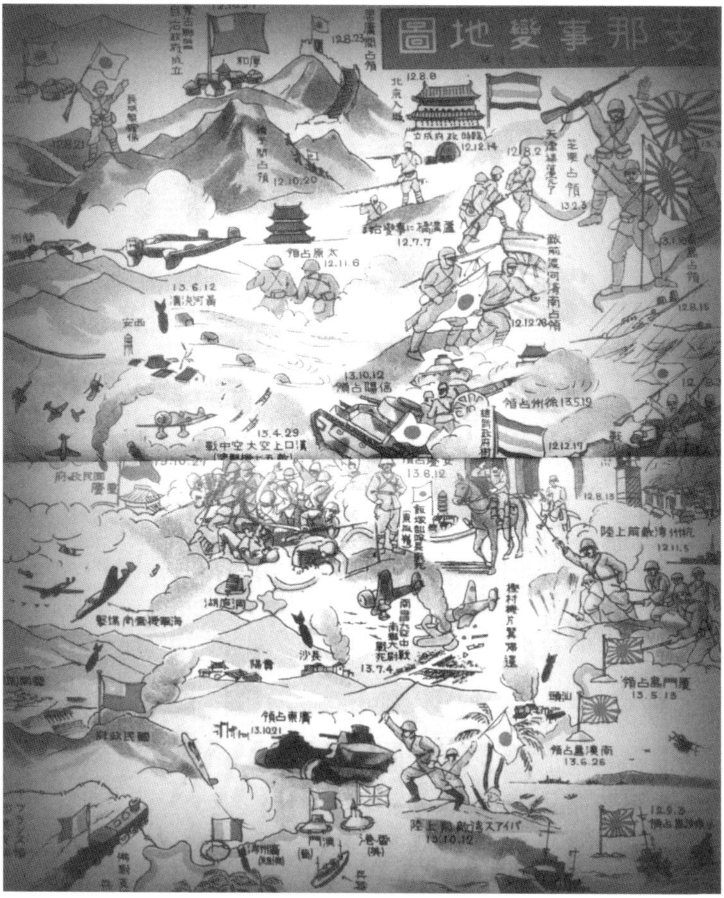

〈그림 18〉 중일전쟁 지도

인식에 심대한 영향을 끼친 사건은 1937년 발발한 중일전쟁이었다. 1931년 만주사변과 1932년 만주국의 건국 등 중국 동북 지역을 중심으로 제국 일본의 세력 확장이 지속되고 있었지만, 중국 전 대륙을 대상

만주국은 중국과 다른 정치적 질서와 법체계를 지니고 있었고, 만주국이라는 지역은 동아시아 제 민족이 공존공영할 오족협화(五族協和)의 이데올로기적 공간으로, 중국과는 이질적인 곳으로 여겨졌다. 물론 이외에도 중국과 만주국은 제국-식민지 체제 내 인종적・지역적・문화적으로 구획된 곳이었고, 특히 제국 일본을 정점에 놓는 동아시아의 지정학적 구도 속에서 그 위상에 심대한 차이를 갖는 지역이었다.

으로 한 제국 일본의 침탈이 본격적으로 전개된 것은 바로 이 중일전쟁을 계기로 한 것이었다. 당시 '지나사변(支那事變)'이라고 불렀던 중일전쟁의 발발은 중국 대륙을 전장(戰場)으로 인식하게 했고, 이에 따라 식민지 조선은 제국 일본의 대륙전진병참기지로서 위치 지어지게 되었다. 중국 지역을 전장으로 바라보는 한 그곳은 '전선(戰線) / 총후(銃後)'라는 지정학적 구도 속에 편입되게 마련이었고, 총후의 식민지 조선인에게는 '지금-이곳'과는 다른 곳이면서 동시에 '지금-이곳'의 삶의 방식을 결정한다는 점에서 같은 곳이었다. 즉, 제국 일본 주도의 전쟁수행 논리 속에서 '전선 / 총후'라는 지정학적 구도는 '전장'으로 통합되었던 것이다. 어찌 되었든, 중국이 전장으로 인식되는 한 그곳은 죽음에의 공포가 만연한 토포포비아(topophobia)의 장소가 된다. 따라서 그곳으로의 이동은 전장이라는 특수성으로 인해 극히 제한적일 뿐만 아니라, 이동자에게도 혐오나 부인과 같은 공포감을 자아내는 장소로서 배척의 대상이 된다. 하지만 그렇다고 해서 중국으로의 이동이 엄격히 통제되었던 것은 아니었다. 다만 이전 시기까지의 이동의 형태와는 다른 유형의 이동이 부각되었는데, 그것이 여기에서 주목하는 전선 시찰이다. 다시 말해, 1920년대 만선사관(滿鮮史觀)에 영향을 받은 일본과 조선 지식인들이 만주와 조선의 지리, 역사에 많은 관심으로 가지고 만주 일대를 비롯하여 중국 지역을 여행한 뒤 기행문을 남겼던 것[72]과는 달리 1930년대 후반 이후 중국 지역으로의 이동은 주로 전선 시찰의 형식으로 구현되었던 것이다.

---

72 김경남, 「1920년대 전반기 『동아일보』 소재 기행 담론과 기행문」, 『韓民族語文學』 제63집, 한민족어문학회, 2013, 266쪽.

여행이라는 이동의 체험을 통해 식민지 조선인 문학자의 중국 지역에 관한 인식을 살펴볼 수 있는 대표적인 기행문으로 박영희(朴英熙)의 『전선기행(戰線紀行)』을 들 수 있다. 1937년 중일전쟁 발발 이후 식민지 조선의 각종 문화 단체, 언론사 주최의 전선 시찰단이 조직되어 조선총독부 및 군부의 지원 아래 중국의 전선 지역에 파견되어 각종 시찰의 기록을 남긴 것은 주지의 사실이지만, 박영희의 이 기행문은 전선 일대를 시찰하고 문학적으로 재현하는 것을 통해 총후의 조선인을 황국신민화하는 사상전의 출발을 알리는 신호탄이었다. 1939년 4월 15일 황군위문조선문단사절의 파견은 총후의 총력전 체제에서 '사상전=문학전'을 펼치는 중요한 계기였으며, 총후 조선 민중들로 하여금 간접적으로나마 전쟁을 체험하는 기반이 되었다. 또한, 히노 아시헤이[火野葦平]의 『보리와 병정』 번역을 필두로 당시 조선문단에 촉발된 전쟁문학이라는 새로운 장르의 탄생을 가능케 한 것이기도 하였다.[73] 박영희는 『전선기행』의 서문에서 시찰의 목적으로 두 가지를 제시하였는데, "하나는 現地에서 苦勞하며 忠勇을 다하는 皇軍을 위문하는 것이며, 둘째로는 文學의 새로운 現實性을 把握하러 함이다. 當面한 國民文學의 길로, 沈滯된 朝鮮文學의 復興을 꾀하는것"[74]이라고 밝히고 있다. 하지만 후자의 침체된 조선문학의 부흥을 모색하기 위한 목적은 이 기행문의 서술 내용에서는 전무하다고 해도 과언이 아닐 정도로 보이지 않으며, 전선 시찰 및 부대 위문, 그리고 시찰지로서 중국 지역 및 중국인에

73 이승원, 「전장의 시뮬라르크-박영희의 전선기행을 중심으로」, 『정신문화연구』 제30권 제4호, 한국학중앙연구원, 2007, 223~249쪽.

74 朴英熙, 「自序」, 『戰線紀行』, 博文書館, 1939, 2쪽.

관한 인식을 피력하는 데 몰두하고 있을 뿐이다.

이 시찰에 참여한 사람은 김동인(金東仁)・임학수(林學洙)・박영희 등 문학자 3명이었고, 이들의 여행 일정은 1939년 4월 15일부터 5월 13일까지였다. 여행의 경로는 기차로 경성(京城)을 출발하여 베이징[北京], 스자좡[石家莊], 린펀[臨汾] 등을 거쳐 최종 목적지인 산시성[山西省] 윈청[運城][75]에 도착한 뒤, 그곳에서 5일 동안 보낸 뒤 다시 베이징을 거쳐 경성으로 돌아온 것이었다. 이 기행문은 시간적인 순서에 따라 여정과 견문, 여행지에 대한 감상을 서술하는 일반적인 형식을 취하지 않고, 귀로의 기차 안에서 만난 조선인 여성에게 자신이 여행지에서 보고 듣고 겪은 내용을 이야기하는 형식으로 이루어져 있어 서사적 성격을 강화하고 있다는 특징을 보인다. 다시 말해, 이야기로서의 성격을 강화하여 독자로 하여금 흥미를 유발하는 한편, 가독성을 높이고 있는 것이다. 이처럼 이 기행문이 조선총독부에 제출하는 시찰 보고서였음에도 불구하고 서사성에 바탕을 둔 이야기 형식을 취한 것은, 조선인 독자를 대상으로 하여 중일전쟁 발발 이후의 전황(戰況)을 알리고 전적(戰績)을 현창하여 제국 일본의 전쟁 수행의 당위성과 그 의의를 밝히는 한편, 전시총동원 체제기 식민지 조선인의 전쟁 수행을 위한 동원의 효과를 자아내고자 한 서사적 전략을 발휘한 것으로 이해할 수 있다. 하지만, 이러한 서사 전략 못지않게 주목해야 할 것은 식민지 조선인 문학자의 중국 지역 및 중국인에 대한 응시의 시선에 있다.

---

75 "北京서 漢口가는 鐵道로 나려오다가, 河北省의 西南端에 있는 石家莊驛에서 方向을 바꾸어, 山西省을 넘어서 오다가, 太原서 蒲州가는, 所謂 同蒲線 鐵道를 다시 타게되면 河北省 아조 西南端으로 運城이라는데가 있다."(위의 책, 158쪽)

『전선기행』에서 박영희의 중국인에 대한 응시의 시선을 명확히 확인할 수 있는 장면은 일본인, 조선인, 중국인이 동승한 기차 안의 풍경 속에서 일본인과 중국인을 대비하여 그리고 있는 부분에 있다. "내 옆에도 中國人이 앉았다. 이상한 냄새를 피우고 있다. (…중략…) 그리고 내 앞에 우리軍人이 한사람 앉았었다. (…중략…) 그의 말하는것이나, 行動하는것이, 그沈着하고, 鄭重한것만 보드라도 四十은 되어 보인다."[76] 단편적인 서술이지만, 이 서술은 불결한 중국인에 대비적으로 언행이 침착하고 정중한 일본군의 면모를 강조하기 위한 것이다. 여기에는 문명 / 야만의 이분법적 구별을 통해 일본인과 중국인을 인식하고 있음이 드러난다. 그런데 여기에서 중요한 것은 중국인에 대한 관찰자로서의 박영희의 인식이 피상적 수준에 머무르고 있다기보다는 이미 중국인을 하위의 열등한 존재로 규정한 상태에서 그들에 대해 바라보고 있다는 점에 있다. 이는 식민지 조선인 남성 지식인의 중국인에 관한 인식의 회로가 제국 일본인의 그것을 거쳐 이루어지고 있음을 짐작케 하는 것이기도 하다. 다시 말해, 식민지 조선인이 중국인에 대해 인식한다는 것은 제국 일본의 학문 지식, 신문・잡지 등의 미디어에서 미개하고 열등한 종족으로서의 중국인 표상이라는 필터를 거친 뒤에 가능해졌다는 것, 그리하여 중국인은 인종적으로 하위에 놓인 상태에서만 포착된다는 점이다. 따라서 중국인은 일본인에 의해 선도되고 교화되어야 할 타율적 존재로 여겨진다. 물론, 이때 중국인은 조선인이라는 주체의 응시의 대상으로서만 위치지어질 수밖에 없는 것이다. 또한, 조선인 응시 주체와 중국인 응시 대상 사이의 위계화된 관계

76 위의 책, 68쪽.

성은 제국 일본 / 반식민지 중국이라는 동아시아 지역 질서 내 위계화된 구도에 기초하고 있다는 점이 드러난다.

이처럼 식민지 조선인 문학자의 중국(인) 인식에 있어 주체화(=타자화)의 과정은 필연적인 것이라고 여길 수 있지만, 이러한 주체의 시선이 제국 일본의 그것과 닮아 있다는 점에 유의할 필요가 있다. 단적으로 말해 조선(인)과 중국(인)은 직접적으로 대면한 것이 아니라, 언제나 제국(의 담론)이라는 매개자를 거쳐야 했던 것이다. 이와 관련하여 이유 없이 기차가 정차하자 적군에 의해 기습을 받을까 염려하는 일본인, 조선인과는 달리 별다른 걱정 없이 잠을 자고 있는 중국인을 보고 '유장(悠長)한 민족'이라고 명명한 뒤, 베이징에서 중국인을 보고 "모든 것이느리고, 게으른것 같았다. 그대신 여간것에 성내지 아니하고, 조고만데 怒하지 아니한다. 느린것은 마음에 아니맞지만, 怒 하거나, 발끈하고 성내지 않는것은 좋다. 어느때나 柔順한 것 같다"[77]고 서술한 부분에 관심을 기울일 필요가 있다. 박영희는 중국인의 민족성을 느리고 게으른 반면 유순하다고 평가하고 있지만, 이는 중국인과의 직접적 대면을 통해 얻어낸 결과가 아니라 그들을 피상적으로 관찰하여 도달한 결론이다. 그런데 중국인의 민족성에 대한 이러한 인식은 당시 제국 일본의 중국 대륙으로의 제국주의적 팽창 과정 속에서 일본인은 대륙적 기질을 가져야 한다는 당위론적 명제와 관련되어 있다. 당시 섬나라 국민인 일본인이 대륙으로 진출하여 새로운 아시아를 건설하기 위해서는 대륙의 중국인처럼 광활한 포부를 가져야 한다고 강조되었는데, 다만 이 경우에도 태만하고 무책임한 중국인의 모습을 경계하였

77 위의 책, 97쪽.

다. 대륙적 기질이라는 민족성의 차이를 바탕으로 중국은 일본이나 조선과는 다른 곳으로 여겨지고 있었던 것이다.

> 共産主義는 自己의 民族을 滅亡케 하며, 世界를 또한 塗炭가운데로 모라 넣어서, 結局은 蘇聯의 走狗가 되고 마는것 以外에는, 아무것도 없다. 中國은 이러한 危機一髮에 서서 헐떡이였던 것이다. 만일 中國이 完全히 毒牙에 걸리게 되면 東洋은 문득 破滅의 구렁텅이로 들어갈 것이다. 이제 우리 日本은 世界의 强國으로서, 또한 東洋平和의 擔當者로서, 破滅로 들어가는 中國을 어찌 傍觀하고 있으랴! 이에 義憤과 正義의 총검을 들지 아니하면 아니되었다. 그러나 中國의 爲政者는 迷夢에서 깨지못하였다. 그러므로 **이번 事變은 支那를 膺懲하는 同時에 또한 世界를 膺懲하는것이다.**[78]

한편, 중국과 동아시아의 다른 지역과의 '차이'는 무엇보다도 전장이라는 데 기인한다. "電車, 馬車, 추럭, 砲隊, 軍人의 行進, 飛行機소리에, 하늘과 거리는 발끈 뒤집혔다. 옆에서 말소리가 잘 들리지 않는다. 그대로 黃塵은 세상 만난 듯이 일어난다."[79] 총후의 조선과 달리 중국 산시성 일대는 전선 지대로, 언제든 전쟁이 일어날 수 있는 곳이자 도처에서 생명의 위험을 느낄 수 있는 곳이다. 또한 이 기행문에서 반복적으로 '황진'에 휩싸인 시가와 거리가 묘사되고 있듯이, 그곳은 한치 앞도 알 수 없는 곳이기도 하다. 전장의 긴장감과 전쟁 상황을 생생하게 전달해야 하는 '보고문학'으로서의 기행문의 이러한 서술은 현실감

78 위의 책, 120쪽. 강조-인용자.
79 위의 책, 166쪽.

을 자아내면서 이데올로기 동원의 수사적 전략이 될 수 있다.[80] 그런데 박영희의 이와 같은 전장으로서의 중국 지역에 대한 인식의 기저에는 공포의 감각이 도사리고 있는 것이 아니라, 제국 일본군에 의해 새롭게 건설될 중국과 동아시아의 역동적 움직임에 대한 감탄이 자리 잡고 있다. 그리고 그것은 전쟁 수행의 당위성으로 연결된다. 당시 중일전쟁의 역사적 당위성을 서양 제국주의 세력으로부터의 중국 해방과 동아 신질서 건설에서 찾았던 제국 일본의 중국 침략에 대한 기만적 담론이 여기에서도 고스란히 반복되고 있다. 이 글이 조선총독부의 지원 아래 이루어진 전선 시찰의 기록이라는 점에서 위의 인용문과 같은 서술이 보이는 것은 자연스러운 것이라고 할 수 있지만, 중요한 것은 이미 식민지 조선인 문학자의 인식 속에서 중국은 서양 제국주의 세력에 의해 반식민지가 된 지역이자, 새로운 아시아를 건설하기 위해서 반드시 제국 일본에 의해 미몽에서 깨어나야 할 지역으로 인식되고 있다는 점이다. 따라서 사정이 이러하다면, 이 기행문은 제국의 전쟁 수행 이데올로기를 재생산하는 데 기여할 뿐 이동의 체험을 통해 중국 지역과 중국인에 대한 새로운 인식을 보여준다고 할 수는 없을 것이다. 바꿔 말해, 중국 지역은 제국 일본의 전쟁 수행의 당위성을 확보하기 위한 장소로 소환되어 위치 지어지고 있었던 것이고, '폭지응징(暴支膺懲)'의 수사학적 대상으로만 여겨졌던 것이다.

1937년 중일전쟁 발발 이후 중국 지역의 전선 시찰은 문학자들에 의해서만 이루어진 것은 아니었다. 이를 단적으로 확인할 수 있는 것이

80 한민주, 「식민지 말기 전선 기행문에 나타난 재현의 정치학」, 『한국문학연구』 제33집, 동국대 문화학술원 한국문학연구소, 2007, 363쪽.

1939년 1월 5일부터 2월 9일까지 『매일신보』에 연재된 중지(中支) 및 타이완 시찰단의 여행의 기록이다. 매일신보사와 일본여행협회 조선지부가 공동 주최한 이 시찰단의 파견 목적은 크게 두 가지였는데, 하나는 중지 및 타이완 지역의 산업 현장을 시찰하는 것이었고, 다른 하나는 중일전쟁의 확전에 따라 전선에 진군한 군인을 위문하는 것이었다. 시찰단 파견 기간은 1939년 1월 19일부터 2월 9일까지였고, 여행지는 상하이[上海], 난징[南京], 항저우[抗州], 쑤저우[蘇州], 푸저우[福州] 등의 중지 일대와 지룽[基隆], 타이베이[臺北], 타이중[臺中], 타이난[臺南], 가오슝[高雄] 등 타이완[臺灣] 지역, 그리고 귀로에 들른 일본의 나가사키[長崎], 구마모토[熊本], 벳부[別府], 아소화산[阿蘇火山] 등이었다. 김한규(金漢奎)를 단장으로 한 총 42명의 시찰단은 산업 현장, 군부대, 전적지 등을 둘러보았으며, 1월 22일부터 27일까지 체재한 중국에서는 군부대 위문 및 전적지 탐방, 재중국 조선인 주최의 만찬회 참석, 명승지 견학 등의 일정을 보냈다. 이 시찰단의 여행 기록에는 앞서 박영희의 『전선기행』처럼 중국 지역에 관한 지식과 정보가 거의 눈에 띄지 않고, 여정만이 간략하게 서술되어 있을 뿐이다. 무엇보다 이것은 시찰단원의 여행의 기록이 아니라, 시찰단을 취재한 기자의 목소리를 담아내고 있기 때문인데, 그럼에도 이 시찰의 기록에는 미미하나마 식민지 말 중국 지역에 관한 인식이 단편적으로 서술되어 있다. "상해! 상해!라면 동양의 국제도시로서 번화하기 역시동양제일이다 그리고 세계각국 민족이 이곳에 모혀서 서로 리권(利權)을 위하야 격렬한 생존경쟁을 하는 곳이니 이에따라 문화는 발달될때로 발달되야 전쟁전의 인구는 二백七十만으로 그중외국인이 一百二十만이나잇섯다 사변이 생긴 지금은 황군의 손으로 치안을 확보하야 명랑한 상해 건설을 위하야 매진하고 잇는 곳이다. (…중략…) 남경은 장개석[蔣介石]이가 대본영을 설치하고 항전을 꿈꾸던 곳으로 양자강을 오락가락하는 상선과 교통이 번잡한 중원(中原)의 수도이다."[81] 당시 국제도시로서의 상하이와 1937년 제2차 국공합작을 통해 항일전선을 구축했던 장제스의 항일 근거지인 난징에 대한 이와 같은 언급을 통해 식민지 말 조선인들의 중국 지역 인식을 일반화할 수는 없지만, 무엇보다 중국이 중일전쟁 이후 '전장'이라는 공간으로 인식되고 있음을 재확인할 수 있다.

그런데 중국을 전장이라는 공간으로 인식하는 것은 몰락 / 재생, 폐허 / 신생의 이분법적 관점으로 중국과 일본을 바라보게 한다. 이와 관련해서 1939년 4월부터 12월까지 『시조(時兆)』에 연재된 김창집(金昌集)의 「남양여행기(南洋旅行記)」 중 상하이에 대한 인식이 드러난 부분을 참고할 수 있다. 김창집에게 영국 · 미국 · 프랑스 등의 조계(租界)가 있는 반식민지 중국의 근대도시 상하이는 제국 일본의 중앙 도쿄에 비해 그 규모는 웅장하지만, 명랑함과 화려함은 찾아볼 수 없는 곳으로 여겨진다. 그는 상하이를 여행하면서 "거리는 좁고 建物은 높아 우중충한 空氣가 흘러 도무지 明朗한 氣分을 언을 수 없다. 東京 같은 都市에 比하면 얼마나 混雜하고 陰鬱한 도시인지 알 수 없다"[82]라고 말한다. 아시아에서 상하이가 이미 무역 · 운수 · 관광을 목적으로 만들어진 해운 항로를 연결하는 도시 네트워크의 중추가 되고, 특히 1930년대에는 중국과 세계의 다른 곳을 연결하는 문화 중재자로서 '동양의 파리'라고

81 『每日新報』, 1939.1.19.
82 金昌集, 「南洋旅行記(3)」, 『時兆』, 1939.6, 33쪽.

불렸던 점[83]을 감안한다면, 김창집이 상하이를 '무질서 상태'로 규정한 것은 의미심장하다. 그것은 도쿄를 기준으로 삼아 상하이의 근대 도시적 발전 상태를 평가 절하하는 것일 뿐만 아니라, 무질서에서 질서로 나아가야 한다는 당위성을 설파하기 위한 포석이기 때문이다. 그가 상하이의 자베이[閘北] 부근의 전적지를 둘러보고 "쓸쓸한 破滅의 자최이면서도 新東亞의 永遠한 建設을 約束하는 듯한 光景"[84]을 느꼈듯이, 상하이는 신동아 건설을 통해 무질서(구미 세력에 의한 반식민지)에서 질서(해방)의 상태로 혁신해야 하는 곳이며, 따라서 새로운 질서의 건설을 위해서라면 기존의 무질서는 마땅히 파괴되어야 한다는 당위성을 갖게 되는 것이다. 그리고 이때 새로운 질서를 건설하는 주체는 바로 제국 일본이 된다는 논리가 마련되는 것이다.

이상에서 살펴보았듯이, 식민지 말 특히 1937년 중일전쟁 발발 이후 식민지 조선의 지식인・문학자들에게 중국 지역은 주로 전장으로 인식되었다. 당시 식민지 조선의 각종 문화 단체, 언론사 주최의 전선 시찰단이 조직되어 조선총독부 및 군부의 지원 아래 중국 전선 지역을 시찰하였고, 그곳에 대한 인식을 중심으로 각종 전황을 보고하고 전적을 현창하는 보고문 및 시찰기를 생산하였다. 이 보고문 및 시찰기에 표상된 중국 지역은 서양 / 동양, 일본 / 중국 사이의 세계사적, 동양사적 전환을 가져오는 전쟁터로 점철되었다. 이런 점에서 중일전쟁은 서양 제국주의 세력에 의해 반식민지 상태에 놓인 중국과 동아시아를 침략하여

83 리어우판, 장동천 외역, 『상하이 모던－새로운 중국 도시 문화의 만개, 1930～1945』, 고려대 출판부, 2007, 496쪽.

84 金昌集, 「南洋旅行記(3)」, 앞의 글, 33쪽.

식민지화하고 있는 서양 제국주의 세력을 동시에 응징하고, 동아 제민족이 공존공영할 수 있는 새로운 지역 질서를 구축한다는 전쟁 수행의 이데올로기에 의해 그 역사적 정당성을 부여받았다. 그리고 이러한 이데올로기 속에서 제국 일본과 반식민지 중국은 식민지 조선의 지식인·문학자들에게 몰락 / 재생, 폐허 / 신생의 이분법적 구도 속에 배치되어 인식되었다. 이제 중국은 제국 일본에 의해 서양 제국주의 세력으로부터 해방되어 새로운 아시아의 일원으로 거듭나야만 했던 것이다.

그런데 앞서 살펴본 전선 시찰기와는 달리 식민지 말 문학작품에서 중국 지역에 관한 인식을 살펴보는 것은 제한적이다. 이전 시기까지 문학작품 특히 소설에서 상하이를 중심으로 한 중국 지역 인식을 단편적으로나마 지속적으로 확인할 수 있는 것과는 확실히 차이가 있다.[85] 무엇보다 그것은 중일전쟁의 장기전화에 이은 1941년 아시아-태평양 전쟁의 발발에 따라 태평양 전역으로 전선이 확대되었고, 중국을 중심으로 한 대륙 지역에 비해 필리핀, 말레이시아 등을 비롯한 남양(南洋) 지역의 지정학적 중요성이 보다 부각되었기 때문이다. 다시 말해 '대동아공영권'의 경계 자체가 동남아시아를 비롯해 오스트레일리아 지

85 이와 관련해 정호웅은 김광주, 심훈, 유진오, 이광수, 주요섭, 최독견, 한용운 등 중국 상하이를 무대로 한 한국 현대소설을 '상하이소설(Sanghai novel)'로 명명한 뒤 그 특징을 다음과 같이 정리하였다. ① 상하이 공간과 식민지 조선사회의 동일시, ② 타자인 중국에 대한 대타자 의식 결여, ③ 혁명적 정치성과 낭만적 사랑의 의식화, ④ 선악인과론과 역사의 진보에 대한 믿음. 정호웅은 이러한 특징이 모두 상하이라는 공간의 특성으로부터 비롯된 것임을 강조하였다(정호웅, 「한국 현대소설과 상해」, 『한국언어문화』 제36집, 한국언어문화학회, 2008, 286쪽). 한편, 심훈의 중국 체험과 그에 기초한 소설 『동방의 애인』을 분석한 한기형은 심훈에게 중국이 사회주의적 근대의 기원적 공간이었지만, 새로운 가치와 그 주역을 잉태하는 시공으로서의 중국의 서사적 역할은 의도적으로 제한되었다고 논의하였다(이에 대해서는 한기형, 「서사의 로칼리티, 소실된 동아시아-심훈의 중국체험과 『동방의 애인』」, 『大東文化硏究』 제63집, 성균관대 동아시아학술원, 2008, 425~447쪽 참조).

역으로까지 확장되면서 태평양을 중심으로 한 '해양 아시아'로 시선이 옮겨진 뒤 중국을 중심으로 한 대륙 지역에 대한 인식과 표상의 결과물들은 상대적으로 줄어들게 되었던 것이다. 하지만 그렇다고 해서 중국 지역에 관한 관심이 현저히 약화되었던 것은 아니고, 1938년 이후 매년 7월 중일전쟁을 기념하는 행사가 진행되는 동시에 중국 지역에 관한 인식과 표상의 결과물들이 지속적으로 생산·유통되었다. 이러한 가운데 당시 문학작품에서도 비록 그 수가 많지는 않지만, 중국 지역에 관한 인식을 찾아볼 수 있다. 이와 관련해 식민지 말 동아시아 지역 질서의 변동 과정 속에서 중국과 조선의 위상 변동 과정에 대한 인식을 간접적으로나마 살펴볼 수 있는 작품으로 제3장에서 논의했던 김사량(金史良)의 「향수(鄕愁)」를 다시 들 수 있다.

이 작품은 평양에 살고 있는 이현이라는 인물이 3·1운동 직후 중국으로 망명하여 고통스러운 삶을 연명하고 있는 누나를 만나고 돌아오는 과정을 그리고 있는 여행 서사이다. 평양을 출발한 이현은 안동(安東)-봉천(奉天)을 연결하는 철도를 경유해 베이징으로 향하는 차창 밖의 광야를 바라보면서 과거 고구려시대 병사의 함성소리와 말 울음소리가 들려오는 듯한 느낌을 갖는다. 그리고 과거 명나라나 청나라에 대한 사대주의적 태도와 함께 한일병합 직전 대한제국의 청나라, 러시아, 미국, 일본 등 외세 의존적 태도에 대해 비판적 인식을 보인다. 그러면서 현재의 자신은 완전한 일본 국민으로서 만주국을 횡단해 베이징으로 향하고 있다고 말하는데, 여기에 덧붙여 서술자는 "북지(北支)는 이미 황군의 위력으로 평정되었고 베이징성[北京城]은 명도되고 있다. (…중략…) 지금 단지 그는 이 만주국에 오고 있는 수십 수백만의 동포나 또는 헤아릴 수 없을 정도로 많은 지나 재주(在住) 동포가 조금이나마 오늘날처럼 동아에 여명을 비추는 건설적인 시기에 차차 생활을 향상시켜주기를 바라는 마음으로 가득했다"[86]라고 서술한다. 즉, 주인공 이현과 서술자는 베이징으로 향하는 길에 과거부터 현재까지 중국을 중심으로 한 아시아 정세의 변화를 염두에 두면서 그것을 역사의 필연적 과정으로 이해하는 한편, 현재 제국 일본에 의한 중국 침략을 '동아에 여명을 비추는 건설'로 승인하고 있는 것이다. 이는 가야가 이현과 함께 북해공원(北海公園)에 가 과거 청나라시대 황족이나 신하들의 고급 주택가였던 금원(禁苑) 성안이 서양인들의 조계로 분할되고, 조선인인 자신들까지 드나들 수 있는 곳이 됐다는 말을 통해서도 다시금 확인할 수 있다. 즉, 이 작품에서 중국은 서양 제국주의 세력 및 제국 일본으로 상징되는 '역사의 힘' 앞에 과거 청나라시대까지의 영광을 잃고 쇠락해가는 한편 쇄신해가고 있는 곳으로 인식되고 있는 것이다. 이런 점에서 그의 여행의 목적이 중국으로 망명한 누나 부부를 갱생의 길로 인도하는 것, "먼 지나의 하늘 아래, 누추한 지역에 파묻혀 고통에 번민하고 있는 누나와 매형을 구해 내고 싶었던 것"[87]이라는 점은 의미심장하다. 식민지 조선인들의 망명지였던 중국은 가야가 거주하고 있는 음습한 아편굴처럼 병든 곳으로, 과거 사회주의 사상에 기초한 사회 변혁의 움직임을 더 이상 찾아볼 수 없는 폐허의 지옥과도 같은 곳으로 여겨지기 때문이다. 그래서 전향한 조선인 사회주의자 옥상렬은 중일전쟁이 빨리 끝나는 것이 중국과 만주에 살고 있는 수백 만 조

86 金史良, 「鄕愁」, 『文藝春秋』, 1941.7, 290쪽.
87 위의 글, 305쪽.

선인 동포가 행복에 이르는 길이며, 그를 위해서 무엇보다도 '중국 대륙의 명랑화'가 이루어져야 한다고 역설했던 것이다.

이처럼 김사량의 「향수」는 제국적 질서에 의해 변화하고 있는 동아시아 정세를 추인하는 한편, 중국으로 망명한 조선인 사회주의자들의 몰락상과 그들의 귀환 불가능성을 서사화하고 있다. 누나 부부와 옥상렬로 대표되는 사회주의자들의 몰락과 조선으로의 귀환 불가능성은 제국-식민지 체제 하 조선, 중국, 나아가 동아시아 지역 질서가 변동하고 있다는 것을 피력한 것이며, 그런 점에서 식민지 조선인의 망명지로서 중국은 갱생되고 쇄신되어야 할 곳으로 여겨진다. 아편 매음굴과 같은 음험한 곳에서 아편중독자가 되어 쇠멸해가고 있는 누나가 상징하고 있듯이, 과거 조선인 사회주의자들의 망명지이자 은신처로 여겨졌던 중국은 청산되어야 할 어떤 곳이다. 특히 이 소설에서 이현이 만주국에 비추어 중국에 대해 인식하고 있었다는 점에서 과거(중국)로부터 미래(만주국)로 나아가야 한다는 인식은 결국 제국 일본에 의한 동아시아 지역 질서의 재편 과정 속에서 중국이 갱신되어져야 할 지역으로 인식되고 있음을 확인케 한다. 식민지 말 한국 문학작품에서 만주국의 신징이나 하얼빈이 신흥하는 공간으로 부각된 반면, 「향수」에서 베이징은 몰락과 갱생의 대상으로 위치 지어지고 있었던 것이다. 요컨대, 김사량의 「향수」의 서사는 동아시아 지역 질서의 변동 과정 속에서 새롭게 거듭나야 할 대상으로서 '아편굴'과 같은 지역으로서의 중국에 대한 인식을 보여주고 있는 것이다.

한편, 1937년 중일전쟁 발발 이후 제국 일본 주도의 대동아공영권 건설 과정 속에서 포섭되어야 할 대상으로서의 중국(인)에 대한 인식을

〈그림 19〉 일만화 협조

살펴볼 수 있는 작품이 앞서 제4장에서도 언급한 이광수의 「대동아」이다. 이 작품은 표면적으로 중국인과 일본인 사이의 우호적 교우 관계를 서사화하고 있다. 세인트 존슨 대학의 중국사와 중국문학 교수 범학명은 상하이 동아동문서원(東亞同文書院)의 일본인 교수 가케이 가즈오의 저서에 심취해 그가 중국인의 마음을 진정으로 아는 사람이라고 격찬하면서 중국에서는 자취를 감춘 예(禮)가 일본에서는 번창하고 있다고 하여 중국 학계로부터 배척당한다. 그럼에도 그는 양심적인 학자로서 자신의 신념을 지키고 가케이 교수와 친교를 맺어 일본의 역사와 문학을 공부하고자 한다. 이에 두 사람은 교분을 쌓아가게 되고, 두 사람의 개인적인 교류는 양가 집안의 친교로까지 확장된다. 그런데 중일전쟁이 발발하고 그 전화(戰禍)가 상하이까지 임박해 오자 가케이 교수 집안은 도쿄로 돌아가게 되는데, 떠나기 전날 밤 범학명 교수가 가케이 교수를 찾아온다. 범학명 교수는 양국 간 평화의 날이 오겠지만, 그것은 많은 피를 흘린 뒤일 것이고 중국인의 한 사람으로서 누구에게 책임이 있다고 말하지 않겠다며 결국 자기 자신이 나쁜 것이라고 가케이 교수에게 사과한다. 범학명 교수의 태도에 감동한 가케이 교수는 자신들은 학자로서 영원한 진리에 산다며 시세에 휘둘리지 말자고 화답한다. 이어 "저는 아시아가 하나가 될 것을 굳게 믿습니다. 당신도 위대한 손중산(孫中山) 선생과 똑같이 이 점에서 저에게 공명하고 계십니다. 우리들은 이 아시아의 마음, 아시아의 혼을 질식시키지 않도록 최선의 노력을 다 합시다. 저는 일본인 속에, 당신은 중화인 속에, 이 마음을 확실히 심읍시다"[88]라며 아시아의 마음과 혼을 잃지 않는 것을 통해 아시아가 하나가 될 것이라고 역설한다. 이에 법학명은 "우리들 중화인이 일본을 올바르게 인식하는 곳에 아시아가 모든 불행으로부터 벗어나는 길이 있다고 믿"[89]는다며, 자신의 아들 범우생을 도쿄로 데려가줄 것을 부탁한다.

가케이 교수와 함께 도쿄에 온 범우생은 도쿄제국대학 청강생으로 일본문학과 일본사 강의를 들으면서 생활하지만, 난징[南京]에 이어 한커우[漢口]가 함락되 는 등 중국 국내 정세가 위태로워지자 우울한 나날을 보낸다. 이에 가케이 집안 사람들은 범우생을 다정하게 대하고 배려하면서 편하게 지내라고 하지만, 그는 자신이 불편한 것이 일본식 예의에 익숙하지 않아서라고 에둘러 말한다. 가케이 교수는 중국과 일본의 예의가 근본적으로 다르지 않고, 중요한 것은 그것이 진실된 것이냐 아니냐의 여부라며 중국이라는 나라에 진실함이 있는지 범우생에게 묻는다. 범우생은 중국의 거짓이나 이기주의, 사대주의와 권모술수 등을 증오하는 한편 일본의 정직함을 부러워하고 있었지만, 자신의 조국이 일본에 비해 초라한 상태에 놓여 있기 때문에 오히려 애국심을 갖고 있었던 인물이다. 그러던 차에 가케이 교수의 이러한 질문을 받고 자신의 생각을 솔직하게 말할 수 없어 괴로워하게 된다.

---

88 香山光郎, 「大東亞」, 『綠旗』, 1943.12, 78쪽.

89 위의 글, 79쪽.

범군. 자네의 기분은 잘 알고 있네. 단지 내가 자네에게 말하려는 것은 일본인에게도, 자네들의 지나인에게도, 해당되는 것이네. 아니 아시아의 모든 민족이 그 동종성(同種性), 그 형제성(兄弟性)에 눈뜨고, 특히 그 공동운명성이라고나 할까, 순치보거(脣齒輔車)[90]라는 말도 맞지 않네. 그 이상이기 때문이네. 일본 없이는 지나가 없으며, 아시아가 영국과 미국의 것이 되면 일본도 없는 것이네. **아시아의 제 민족이 하나로 뭉치지 않고서는 영미의 독이빨로부터 자기를 해방하여, 빛나는 아시아인의 아시아를 현현할 수 없는 것이네.** 장개석이 일본을 넘어뜨림으로써 지나를 완성하려고 하는 것은 착각이네. 얼마나 불행한 착각일까. 범군, 일본과 자네 조국은 화합하면 일어서고, 싸우면 쓰러지는 상관성이 있는 관계이네. 이를 가령 공동운명성이라고 이름 붙여보세. 운명공동체라고 하는 편이 더 적절할 지도 모르겠네. 일본이 자네 조국의 영토를 빼앗고, 자네 조국을 넘어뜨려서, 일본만 일어서겠다는 야심이 없다는 것은 명백하네. 자네는 고노에 성명(近衛聲明)을 알고 있지 않은가.[91]

중일전쟁의 확전에 따라 중국 대륙이 점차 침탈되고 있는 상황에서 일본인 가케이 교수는 이 전쟁이 중국의 영토를 빼앗으려는 침략 전쟁이 아니라 영국과 미국 등 서양 제국주의 세력으로부터 중국을 구하기 위한 것이라고 역설한다. 그러면서 아시아의 모든 민족은 그 '동종성'과 '형제성'에 눈뜨고 운명공동체로서 서로 도와야 한다고 말한다. 제국 일본의 침략 전쟁은 어느새 서양 제국주의 세력으로부터 중국의 해

---

90 입술과 이, 수레의 덧방나무와 바퀴처럼 따로 떨어지거나 협력하지 않으면 일이 성취하기 어려운 관계를 이르는 말이다.

91 香山光郎, 앞의 글, 81쪽. 강조―인용자.

방 전쟁으로 바뀌고 있을 뿐만 아니라, 그것이 '아시아인의 아시아'를 현현하는 길로 이어지고 있다. 이는 쑨원[孫文]의 '대아시아주의'의 논리에 기대 중일전쟁 이후 동아 신질서 건설을 표방한 제국 일본의 전쟁 수행의 당위성을 확보한 것이었다.[92] 하지만 「대동아」에서 가케이 교수의 전쟁 미화 논리는 당시 중일전쟁에서 아시아-태평양전쟁에 이르기까지 일본인 정책가, 군인, 문학자와 문화인 등 전 분야의 지식인들에 의해 설파되었던 허울 좋은 이념이었을 뿐이었다. 당시 중일전쟁에 이어 발발한 아시아-태평양전쟁은 제2차 세계대전이라는 세계사적 흐름, 아시아 약소민족의 서양 열강으로부터의 해방이라는 도의적 명분, 대동아공영권 건설의 당위성 등을 근거로 하여 규정되고 있었다. 물론 이는 제국 일본의 동아시아로의 침략 전쟁을 은폐하는 기만적 술책이었다.

이처럼 이광수의 「대동아」는 적대 관계에 있는 일본인과 중국인 집안 사이의 교분을 통해 서로가 서로를 이해해가는 과정을 보여주고 있다. 그런데 이 소설에서 간과해서는 안 될 것은 그러한 동화가 중국과 일본의 대등한 관계를 전제로 한 것이 아니라 중국의 일본으로의 일방

---

92 이와 관련해서 흥미로운 작품이 박태원의 「亞細亞의 黎明」(『朝光』, 1941.2)이다. 이 소설은 1938년 3월 말부터 4월 초에 걸쳐 열린 국민당 임시 당대회에서 총재 장제스[蔣介石]에 이어 부총재에 선출된 왕징웨이[汪精衛]가 일본과의 항전 체제를 구축한 장제스에 반기를 들고 "화평구국운동(和平救國運動)"(같은 글, 323쪽)을 펼치기 위해 충칭[重慶]을 떠나 쿤밍[昆明]을 거쳐 하노이[河內]로 탈출한 뒤 난징[南京]에 도착하기까지의 지난한 과정을 서사화하고 있다. 이 소설에는 일본과의 화평을 주장하는 왕징웨이의 장황한 연설조의 목소리가 담겨 있는 한편, 그를 암살하려는 장제스 일파의 암약이 그려지고 있다. 박태원의 「아세아의 여명」에 대한 본격적인 논의는 이루어지지 않았지만, 정현숙의 「박태원 소설에 나타난 신체제 수용 양상」(『구보학보』 제1집, 구보학회, 2006, 172~187쪽)을 참고할 수 있고, 쑨원과 왕징웨이의 (대)아시아주의가 피력된 글은 최원식 · 백영서 편, 『동아시아인의 '동양' 인식—19~20세기』(문학과지성사, 1997)를 통해 확인할 수 있다.

적 동화, 또는 포섭을 전제로 하고 있다는 점이다. 다시 말해, 이 소설에서는 서양 제국주의에 의해 반식민지 상태에 처한 중국이 과거 동양의 '예(禮)의 세계'를 상실하고, 서양식 교지(巧智)와 이욕(利慾)의 사상에 빠져 타락해 있으니, 그렇지 않은 일본 속으로 포섭되어야만 구제될 수 있다는 논리가 그 저변에 깔려 있는 것이다. 이는 새로운 아시아의 건설, 대동아공영권 구축을 위해 중국 스스로 혁신해야 한다는 것, 즉 일본화되어야 한다는 것을 암시하고 있는 것이다. 나아가 이 소설은 중국을 비롯한 대동아공영권 내 각 지역(또는 국가)이 대등한 관계를 갖는 것이 아니라, 일본을 그 핵심에 위치시키고 여타 지역(또는 국가)이 일본을 떠받드는 일종의 위계화된 관계를 상징적으로 암시하고 있는 것이다. 요컨대 새롭게 구축될 동아시아 지역 질서는 동아연맹론적 성격을 갖는 것이 아니라, 제국 일본을 중심으로 동심원적으로 확장해간 대동아공영권의 성격을 갖게 되는 것이다. 이때 중국은 동양의 정신을 상실하고 서양화되어 있다는 천시의 대상을 넘어 새로운 아시아 건설을 위해 제국 일본과 연대해야 할 대상으로 위치 지어지는 것이다.

김사량의 「향수」와 이광수의 「대동아」에 나타난 식민지 조선의 지식인·문학자들의 중국 지역에 관한 인식에 대해 살펴보았는데, 그것은 앞서 언급했듯이 폐허로서의 중국이 제국 일본에 의해 신생한다는 이분법적 구도를 보인다. 폐허로서의 중국의 이미지에는 미국과 영국을 중심으로 한 서양 제국주의 세력에 대한 적대적 관점이 내포되어 있고, 신생하는 중국의 이미지에는 대동아공영권이라는 동아시아 지역 질서를 새롭게 구축해가고 있는 제국 일본의 힘이 강조되어 있다. 물론, 서양과 일본이 다르다는 점을 부각시키기 위해 침략이 아닌 해방을 전면에 내세우고 있다. 즉, 여기에는 서양 제국주의 세력에 의해 아시아가 침탈되고 분할되었으니, 제국 일본 주도로 본연의 통합된 아시아를 회복해야 한다는 논리가 마련되어 있는 것이다. 하지만 이는 중국을 지나로 천시하면서 연대하고자 했던 모순적 태도가 말해주고 있듯이, 제국주의적 침략을 은폐하기 위한 수단에 불과했다. 그런데 여기에서 보다 주목되는 것은 중국에 대한 천시와 연대의 이중적 태도가 아니라, 바로 그러한 인식과 태도를 가능하게 하는 것이 서양/동양이라는 분할된 공간 인식으로부터 나왔다는 점이다. 즉, 서양 제국주의 세력에 의해 폐허가 된 반식민지 중국과 제국 일본에 의해 새로운 동아 신질서를 구축하는 국가로서의 중국이라는 몰락과 재생의 이미지는 중국을 '귀축영미(鬼畜英美)'의 식민지로 위치시키느냐, 아시아 해방을 위한 대륙 국가로 규정하느냐에 따라 달라진다. 이런 점에서 식민지 말 중국은 천시의 대상이면서 연대의 대상이라는 모순적 위상을 갖는 지역으로 식민지 조선의 지식인·문학자들에게 인식되고 상상되었던 것이다.

/ 제6장 /

해양 아시아, 확장하는 대동아공영권

1. 남양의 재발견, 동양 실지의 회복

1) 상하의 땅, 남양의 재발견

근대 이후 한국인에게 남양(南洋)은 매혹과 공포의 양가적 대상으로 인식되었다. 염상섭(廉想涉)의 「標本室의 靑개고리」에서 "「어대던지 가야하겟다. 世界의씃까지. 無限에. 永遠히. 발씃자라는데까지. …… 無人島! 西伯利亞의 荒凉한 벌판! 몸에서 기름이 부지직부지직타는 南洋! …… 아-아.」 // 나는 그림葉書에서 본 鬱鬱한 森林, 椰子樹밋혜 안즌 裸體의 蠻人을 생각하고 痛快한듯이 억개를 으쓱하야 보앗다"[1]는 구절을 통해 확인할 수 있듯이, 낭만적 동경의 여행지이자 야만의 영토로 인

1 廉想涉, 「標本室의靑개고리」, 『牽牛花』, 博文書館, 1924, 134~135쪽.

식된 것이 전자에 해당한다면, 안회남(安懷南)의 『불』에서 "그가 남양(南洋)으로 떠나갔다는 말은, 풍편으로 들려 왔으나, 사년 동안 이내 일자의 소식도 없어서, 사람들은 모두 그가 분명히 죽었다고 단정을 하던차, 바로 닷새 전에 돌아 왔다는 것이다"[2]라는 구절이 보여주듯이, 보국대(報國隊)에 강제 징집되어 징용을 가게 된 죽음의 땅, 전쟁터로 인식된 것이 후자에 해당한다. 그런가 하면, 불가해한 곳, 미지의 영토라는 점에 기인하는 남양에 대한 호기심과 두려움이 착종되어 나타난 특별한 예로는 계용묵(桂鎔默)의 「인두지주(人頭蜘蛛)」에서 "남양인도산(南洋印度産)사람거미—사람대가리에 거미몸둥이란 이상한 즘성"[3]을 산업박람회에서 구경거리로 전락시키는 장면을 들 수 있다. 소설의 서사와는 무관하게 남양은 '인두지주'가 있을 법한 기괴한 땅으로 인식되어 표상되고 있는 것이다.

그런데 1941년 12월 아시아-태평양전쟁 발발 이전 식민지 조선인의 남양 체험의 기록을 찾아보기란 쉬운 일이 아니다. 이는 무엇보다 남양으로 이주하거나 그곳을 여행한 조선인이 많지 않았다는 점에서 그 원인을 찾을 수 있다. 물론 근대 초기 남양으로 이주하거나 여행한 조선인이 전혀 없었던 것은 아니다. 1910년대 조선인들 중 일부는 정치적 망명이나 독립운동 자금을 마련하기 위해 중국을 거쳐 남양으로 이주하여 정착하기도 하였다.[4] 그럼에도 불구하고 『삼천리(三千里)』 1934년 8월호에서 "比島에 단녀온이에 金東成, 鄭仁果, 安島山, 等 諸氏有하

2 安懷南, 『불』, 乙酉文化社, 1946, 69쪽.
3 桂鎔默, 「人頭蜘蛛」, 『朝鮮之光』, 1928.2, 141쪽.
4 이에 대해서는 윤대영, 「1910년대 한인 청년들의 南洋行과 南洋 인식—鄭元澤의 『志山外遊日誌』를 중심으로」, 『지역과 역사』 제29호, 부경역사연구소, 2011, 359~386쪽 참고.

것만 一片의 紀行文 씨친것조차 업고, 南洋羣島에 갓다온 이에 洪命憙, 鄭寅普, 鄭錫泰等 諸氏잇건만 그亦 産業學術의 調査는 고사하고 오히려 一片의回想記조차 업고, 印度를通過한이에 金性洙氏等이 有하건만간 듸 會見記는고사하고 印度寫眞한장 世上에 보임이업고 예루살넴에 洪秉璇, 金活蘭 等諸氏 단녀왓건만 聖地巡禮記의 一片조차씨친것이 업다. 大體 卿等은 무얼하려 갓다왓노"[5]라는 서술을 통해 짐작할 수 있듯이, 1930년대 중반까지 식민지 조선의 지식인・문학자들에게 남양 지역은 아직 본격적인 관심과 탐구의 대상이 되지 못했을 뿐만 아니라, 남양 지역에 대한 인식과 표상을 살펴볼 수 있는 기록 역시 미미했다.

제국-식민지 체제 초기부터 제국 일본의 정책적 차원이나 민간의 자발적 차원에서 만주를 비롯한 중국 대륙 방면으로의 조선인의 이주가 지속되었던 데 비해, 남양 지역은 조선인의 이주처로 인식되지 않았고, 실제 남양에 이주한 조선인도 거의 존재하지 않았다. 그리고 만철 등의 교통수단의 발달에 따라 만주 여행이 보다 편리해진 반면, 남양으로의 이동이 바다의 해상 항로를 이용해야 한다는 점을 감안한다면, 그것은 극히 제한적일 수밖에 없었다. 또한, 만주를 비롯한 대륙은 식민지 조선인들에게 과거 역사상 조선인이 거주했던 역사적인 영토로 '지금-이곳'과 결부된 지역이었지만, 남양은 '지금-이곳'과는 동떨어진 미지의 세계였다. 앞서 『표본실의 청개구리』에서 남양이 시베리아의 황량한 벌판과 동일하게 여겨지고 있었던 것이 이를 방증한다. 뿐만 아니라, 근대 이후 동아시아에서 조선의 지정학적 위상은 대륙의 중국 방면과 해양의 일본 방면의 매개자로서 반도라는 위치가 갖는 특

5 「三千里春秋」, 『三千里』, 1934.8, 45쪽.

수성을 기반으로 하여 구축되었다. 동남아시아나 태평양 해역이라는 새로운 지역 체제 속에서 식민지 조선의 위상을 사유하기 위해서는 그러한 지역에 대한 인식의 결과물들이 식민지 조선의 담론장에서 유통된 뒤에나 가능한 것이었다. 그러니까 근대 이후 식민지 조선인에게 남양은 실제의 이주처나 여행지이기보다는 '지금-이곳'의 식민지적 현실과는 멀리 떨어져 있는 상상의 장소였던 셈이고, 남양 지역에 대한 본격적인 관심과 탐구는 식민지 말에 이르러서야 가능했던 것이다.

이런 점에서 1939년 4월부터 12월까지 『시조(時兆)』에 연재된 김창집(金昌集)의 「남양여행기(南洋旅行記)」에 나타난 남양 여행의 기록은 이채롭다.[6] 먼저 남양까지의 여정을 살펴보면, 김창집은 제칠일안식일예수재림교 교회 원동지회(遠東支會) 총회 및 원동출판부 회의에 조선인 대표로 참석하기 위해 일행과 함께 1939년 1월 8일 기차로 경성역을 출발하여 부산을 거쳐 배편으로 다음 날인 9일 오전 7시 반경 일본 시모노세키에 도착한다. 다시 기차로 갈아타고 시모노세키를 떠나 10일 아침 7시경 도쿄에 도착하여 시내를 유람한다. 1월 12일 아침 기차에 몸을 싣고 도쿄를 떠나 교토, 오사카를 거쳐 고베 부두에 도착한 뒤 런던행 영국 기선 "『칼테지』호"에 승선한다. 이후 13일 7시에 출범(出帆)해 15일 아침 중국 상하이에 도착하여 양수푸[楊樹浦]에 있는 교회 지나 본부를 방문하고, 교전지대 및 전적지를 둘러본다. 다음날 상하이

6 『時兆』는 제칠일안식일예수재림교 한국연합회 기관지로, 그 창간은 1910년 10월 20일 『세텬ᄉᆞ의 긔별 三天使寄別』인데, 1916년 7월 『時兆月報』로 개제되고 다시 1923년 9월 5일 『時兆』로 개제되었다가 1941년 4월 통권 제367호로 폐간되었다. 김창집(1902~1966)은 『시조』 편집국장을 거쳐 사장에 취임했으며, 해방 후 1947년 3월 5일에 창립된 대한출판문화협회의 초대에서부터 10대에 걸쳐 회장을 역임했다. 이에 대해서는 최덕교 편저, 『한국잡지백년』 1, 현암사, 2004, 512~516쪽 참고.

주요 시가(市街), 대상점(大商店), 자베이[閘北] 부근의 전적지를 돌아보고, 17일 오전 다시 배에 올라 20일 오전 8시 홍콩 "『까오룬[九龍半島]』부두"에 정박하여 시내 관광 및 홍콩호텔의 음식을 맛보고, 야경을 즐기다 21일 홍콩을 떠나 25일 최종 목적지인 싱가포르에 도착한다. 김창집의 여행 경로를 정리하면, 경성→부산→시모노세키→도쿄→고베→상하이→홍콩→싱가포르이며, 싱가포르에서 체재한 기간을 제외한 총 여행 기간은 1월 8일부터 25일까지로 약 18일이 걸렸다. 그리고 영국 여객선을 배편으로 이용하는 것을 통해 확인할 수 있듯이, 1939년 1월의 시점에서는 미국과 함께 소위 '귀축(鬼畜)'으로 적대시되던 영국은 아직 전면전의 대상이 되지 않았음을 짐작할 수 있다.

그런데 이 여행기에 나타난 일본, 중국, 홍콩, 싱가포르 등의 동아시아 지역과 도시들은 단순한 여정지가 아니다. 그곳은 식민지 조선 지식인에 의해 문명 / 야만, 제국 / 식민지의 이분법적 인식체계 속에서 재배치되어 위계화된다. 따라서 각각의 지역에 대한 인식과 표상에 대해 보다 면밀히 살펴볼 필요가 있다. 일본 도쿄에 도착한 김창집은 금일회관(金日會館) 내 '천상의(天象儀)'를 통해 천체의 운행, 남극 천공(天空)의 동태, 기타 성좌(星座)들의 위치, 9대 유성의 운행 상태 등을 보고 우주의 질서를 현시하는 '과학적 관물(觀物)'에 경탄한다. 또한, 시내의 현대적 건축물과 특색 있는 명물을 구경하는 가운데 도쿄의 풍정(風情)에 흠뻑 취할 수 있었다고 토로한다. 그에게 도쿄는 "깨끗하고 秩序 整然한 아름다운 文化都市"[7]로 다가왔던 것이다. 한편, 김창집에게 영국·미국·프랑스 등의 조계(租界)가 있는 반(半)식민지 중국의 근대 도시

7 金昌集, 「南洋旅行記(1)」, 『時兆』, 1939.4, 34쪽.

상하이는 도쿄에 비해서 규모는 웅장하지만, 명랑함과 화려함은 찾아볼 수 없는 곳으로 여겨진다. 앞서 제5장에서 살펴보았다시피, 그는 상하이를 '무질서 상태'로 규정한다. 그것은 도쿄를 기준으로 삼아 상하이의 근대 도시적 발전 상태를 평가 절하하는 것일 뿐만 아니라, 무질서에서 질서로 나아가야 한다는 당위성을 설파하기 위한 포석이기 때문이다. 그런데 '생지옥', '타락하고 추악한 암흑'인 중국이 "『소돔』城"과 같이 불에 타 소멸될 시기가 도래했다는 인식을 한 김창집이 홍콩으로 향하면서 중국과 중국인에 대한 자신의 그러한 인식에 대해 회의적인 태도를 보이고 있어 흥미롭다. 그것은 무엇보다 타락하고 추악한 암흑으로 중국을 바라본 자신의 시선이 식민지 조선인인 자신과 조선에도 향할 수 있는 불안감에서 오는 심리적 동요의 표출이다.

> 나는 支那人을 보던 눈으로 나를 보려고 했고 또 우리 朝鮮사람을 보려고 했다. 나는 너무 傲慢한 態度로 다른 사람을 보지 아니했나, 다른 사람을 보는 눈으로 나를 보아야 할것이 아닌가, 우리는 너나할것 없이 너무 다른 사람의 不足함을 보지 아니하는가, 다른 사람의 초라한 꼴을 볼때 내꼴을 돌이켜 보아야하고 다른 사람의 허물을 볼때 내 허물을 보아야하지 아니할가, 또 우리는 知識이나 文化程度나 經濟形便을 보는것보다도 그 마음을 보고 그 生涯를 보고 道德을 보아야할것이 아닌가.[8]

타자를 바라보던 주체가 자신 또한 타자가 될 수 있다는 것을 인지하는 순간 그 시선은 균열을 일으킨다. 김창집이 상하이로 대표되는 중

8 金昌集, 「南洋旅行記(4)」, 『時兆』, 1939.7, 31쪽.

국을 '무질서 상태'로 규정한 것은 그 자체로 중국을 규정 가능한 대상으로 위치 짓고, 자신을 규정의 주체로 자리매김하는 것이지만, 자신 또한 누군가에 의해 그러한 규정의 대상이 될 수 있다는 데서 불안감이 발생한다. 그것은 무엇보다 그의 '여행자 시선(tourist gaze)'[9]에 제국주의적 관점이 내포되어 있다는 것, 특히 도쿄라는 제국의 중심을 경유해 그러한 관점이 양산되었다고 하더라도, 그 역시 식민지 조선인이라는 자신의 정체성을 쉽게 회피할 수 없음에서 오는 심리적 동요이다. 따라서 그가 자신의 불안감을 해소하기 위한 방편으로 타자를 보는 눈으로 자신을 돌아보아야 한다고 말하는 것은 당연하다. 그것은 식민지 조선인이라는 시각 주체의 유동적(가변적) 위치에 대한 최소한의 자기 방어인 셈이다.

하지만 김창집의 이러한 불안감은 여행의 최종 목적지인 싱가포르에 가까워지면서 사라진다. 그는 1월 20일 홍콩에 도착해 "異國風情을 담뿍실은 낫선 樣式의 건물", "南國 情調 무르닉은 푸른 山麓과 山脈"을 대하면서 "비로소 外國에 왔다는 感想"[10]을 느낀다고 토로한다. 여기에서 흥미로운 것은 김창집이 조선을 출발한 뒤 일본을 경유하여 중국을 여행할 때까지는 이국에 왔다는 감각을 갖지 않았다는 점이다. 식민지 조선인인 그가 일본은 차치하고서라도 중국을 '외국'으로 여기지 않았던 것은 중일전쟁 이후 중국이 점차 제국의 권역으로 포섭되어가고 있

9 이에 대해서는 John Urry, *The Tourist Gaze*, SAGE Publications, 2002 참고. 존 어리는 '여행자의 시선'을 낭만적 시선과 집단적 시선으로 나누는데, 전자는 여행자의 시선으로 현장과 직접적으로 접촉하기 위해 방문지와의 사적인 만남을 추구하는 반면, 후자는 방문의 집단적 성격을 찬미하며, 방문자와 환경 사이보다는 방문자들 간의 즐거움과 활동에 중심을 둔다는 점에 차이가 있다고 설명한다.

10 金昌集, 「南洋旅行記(4)」, 앞의 글, 32쪽.

다는 것을 당연시했기 때문인데, 그의 인식 속에서 중국이 이미 제국 일본의 영토로 자리 잡고 있었음을 짐작케 한다. 반면, 그에게 홍콩과 싱가포르 등 남양 지역은 아직 제국 일본의 영토가 아닌 외국으로 인식되고 있었다. 따라서 중국과 중국인을 바라본 시선에 대한 자기비판과 그로 인한 불안감은 남양이라는 이국을 목도하는 순간에야 비로소 사라질 수 있었다. 그는 어느새 이국의 풍경과 정취를 만끽하는 제국주의적 질서 하 문명인 여행자로 다시 돌아왔던 것이다. 그리하여 그는 홍콩 시내를 관광하고, 홍콩호텔의 산해진미를 맛보며, 홍콩의 야경에 심취하게 된다. "아아, 恍惚한 夜景! 얼마나 燦爛하고 아름다운 光景인지! 香港島 全山에 金色, 青色 寶石가루를 뿌린듯, 香港島는 없어지고 하늘의 별나라가 臨下한듯 電灯불빛이라고 하기는 너무도 아름다운 光景이었다."[11] 이처럼 그는 이국정취의 황홀경에 도취된 '여행자'의 자리를 자연스럽게 회복할 수 있었던 것이다.

이후 1939년 1월 25일 싱가포르에 도착한 김창집은 "시언하게 웃둑 へ선 椰子樹나무, 입사귀 척척 느러진 『빠나나』나무, 庭園에 滿發한 아름다운 꽃들, 果然 南洋의 情調 무르닉은 色다른 風致가 展開"[12]되는 '상하(常夏)의 땅' 남양을 호기심 어린 시선으로 바라본다. 이 여행기에는 교회 원동지회 총회 및 원동출판부 회의에 조선인 대표로 참석한 여행의 목적보다는 여행지인 싱가포르에 대한 여정과 감상이 주를 이루고 있다. 또한 김창집은 여행기에서 싱가포르가 영국의 식민지가 된 경위를 설명한 뒤, 현재 동서양 교통의 중심지로서 싱가포르가 갖는 의미

11 위의 글, 34쪽.
12 金昌集, 「南洋旅行記(5)」, 『時兆』, 1939.7, 32쪽.

를 논한다. 이어 싱가포르의 인구, 언어, 기후, 풍토, 각종 기관, 학교시설, 문화시설 등에 대해 간단하게 언급한 뒤 천연자원의 생산 현황을 비롯한 경제계 동향에 대해 화교의 활동을 중심으로 설명한다.

그런데 이 기행문에는 이러한 남양에 대한 객관적인 정보뿐만 아니라 글쓴이의 여행자로서의 호기심이 잘 반영되어 있다. 그것은 무엇보다 그가 "겹겹히 둘러싸고『카메라』·活寫機를 든 사람들"[13]과 마찬가지로 '구경꾼'이었기 때문이다. 따라서 그가 인도교 대사원의 내부를 바라보면서 "奇怪한 建物 構造, 현란한 色彩, 어둡고 침침한 雰圍氣, 이상한 祭壇 이러한 것들은 우리의 好奇心을 끌대로 끌었다"[14]고 말한 것처럼, 그에게 있어서 남양은 구경꾼의 호기심을 충족시키는 대상에 불과했던 것이다. 물론, 김창집의 이러한 구경꾼으로서의 호기심 어린 시선에는 그러한 대상을 무지와 미신의 결과물이라는, 즉 야만의 상태로 규정하려는 욕망이 작동하고 있다. 그것은 앞서 살펴보았듯이, 문화도시 도쿄에 대한 동경 어린 시선과는 이질적인 것일 뿐만 아니라, 동시에 그러한 동경 어린 시선으로부터 만들어진 것이다. 그가 말레이 토인 부락을 방문한 뒤 이국정조를 가장 강렬하게 느꼈다고 말하는 것은 문화도시와는 가장 대척적인 곳으로 그곳을 인식하고 있었기 때문이며, 이는 문명 / 야만의 이분법적 인식 체계 속에서 남양을 바라보고 있었음을 여실히 드러내는 것이다. 하지만 여행지로서의 남양은 김창집에게 '야만의 땅'이자 동시에 '신비의 땅'이기도 했다. "椰子樹 그늘 아래 고이 깃들인 南洋의 情調에 마음을 빼앗기었던 나는『떼크』를 떠

13 金昌集,「南洋旅行記(7)」,『時兆』, 1939.11, 31쪽.
14 위의 글, 33쪽.

날 줄 모르고 우두머니 서서 漸漸 멀어지는 『싱가폴』을 지키고 있었다"[15]고 그가 싱가포르를 떠나는 것을 못내 아쉬워했던 것은 이방의 영토로부터 다시 식민지 조선의 현실로 돌아갈 수밖에 없는 심정을 은연중에 노출한 것이었다. '상하의 땅' 남양으로의 여행은 미지의 세계에 대한 동경과 호기심을 증폭시키기에 충분했고, 그로 인해 낯설고 이질적인 공간에서 그는 자신의 이국취향을 극대화할 수 있었던 것이다.[16]

김창집의 이 글은 『대동아(大東亞)』 1942년 3월호에 「憧憬의 常夏樂土 南方旅行記」라는 제목으로 다시 게재된다. 『시조』에 연재됐던 내용을 요약해서 싣고 있는 이 글의 내용은 앞서 살펴본 여행기 내용과 대동소이하지만, 아시아–태평양전쟁이 발발한 뒤 이듬해인 1942년 2월 제국 일본에 의해 싱가포르 함락[17] 소식이 전해진 데 고무되어 삼천리사가 김창집에게 원고를 청탁한 데 응한 결과였기 때문에 "敵英米의 손아

15 金昌集, 「南洋旅行記(8)」, 『時兆』, 1939.12, 31쪽.

16 이와 관련해 『大東亞』 1942년 3월호 '南方으로 보내는 꿈'에 「꿈은 南域으로」라는 최정희의 글을 같은 맥락에서 이해할 수 있다. 물론, 1939년 2월과 1942년 3월은 시간적인 격차뿐만 아니라, '싱가포르 함락'이라는 '대동아' 공간의 재편 과정을 고려해야 한다. 최정희 글의 부분을 인용하면 다음과 같다. "우리 그리(南方－인용자)가서 꽃과 꽃사이로 들낙 날락하며, 숨박꼭질 하자쿠나. 이마쌀 한번 찌푸리는 일없이 왼통 世上이 꽃인양, 살아보자쿠나. // 새노래에 밝아진 힌낮이 다시 별빛에 검어가는 밤이면 房안엔 土耳其의 촉대에 초ㅅ불이 傳說을 이애기하고, 椰子나무 그늘에는 土人의男女들이 춤과 노래와 빤죠에 興이 겨웁다한다. 우리도 그리가서 永遠히 滅하지않는 太陽의 노래를 불러봄이 어떠냐. 분명 우리의 노래는 그들과 話唱이될것이리라."(170쪽)

17 당시 싱가포르 함락이 세계사적 의의를 갖는 역사적 사건이라는 담론이 생산·유포되었다. 이때의 세계사적 의의는 대동아공영권 확립의 초석을 놓음과 동시에 미국과 영국의 제국주의적 패권을 몰락시켜 동양 민족이 서양으로부터 해방될 수 있다는 점에 기반하고 있었다. 이와 관련해서 朴克采, 「新嘉坡 陷落의 世界史的 意義」, 『春秋』, 1942.3, 27~34쪽 참고. 이 박극채의 글 외에 『춘추』 1942년 3월호는 '싱가포르 함락 특집호'로, 유명한, 김효록, 전승범, 전용순, 이상훈의 남양에 관한 설문 내용을 담은 「南方進出의 諸問題」, 남태평양의 도서에 대한 간단한 설명인 「太平洋의 主要 島嶼誌」, 그리고 김억, 김용제, 노천명의 싱가포르 함락 기념시를 모은 「新嘉坡陷落祝詩」 등이 실려 있다.

귀에서 解放되어 新秩序가 着々 建設되는 大東亞의 품에 돌아"[18]온 남양에 대한 기억의 결과물이라는 점에서 앞선 여행기와 차이를 보인다. 즉, 이제 '남양'은 식민지 조선인의 이국취향을 자극하는 여행지로서의 의미보다는 '대동아공영권'의 완성지로서 현실의 공간으로 새롭게 인식되기 시작한 것이다.

한편, 김창집의 「남양여행기」에 나타난 것처럼 식민지 말 조선 지식인의 남양 여행 체험의 기록을 세밀하게 기술하고 있지는 않지만, 남양으로의 이동 경험을 회고하는 형식을 통해 남양 지역에 대한 인식을 살펴볼 수 있는 것이 『조광』 1942년 4월호에 게재된 좌담회 「南方共榮圈의 風俗文化를 말함」이다. 이 좌담회는 조광사 측 기자가 "大東亞戰爭의 赫赫한 戰果로 말미아마 南洋一帶는 共榮圈內로 들어오게 되었습니다. 이와같이 南方에 있어 빛나는 戰果를 거두고있는 이때 南洋方面에 단여 오신 여러분에게 英 米 和 蘭等 諸國이 이곳을 侵略하든 經緯라든지 그곳의 風俗, 文化 같은것을 말슴 들어서 讀者에게紹介하는 것도 興味 있을것 같습니다"[19]라고 밝히고 있듯이, 아시아-태평양전쟁 발발 이후 대동아공영권 내 새롭게 편입된 남양 지역의 풍속과 문화를 소개하는 데 그 목적이 있었다. 좌담회 참석자는 앞서 김창집을 비롯해 필리핀, 말레이시아, 호주 등 남양 지역에 체재하거나 여행한 경험이 있었던 최정익(崔正益), 오영섭(吳永燮), 이여식(李呂植), 손광선자(孫光善子) 등이었다. 최정익이 "濠洲를 다니는동안 제가 느낀 것은 東洋에 그럴뜻 좋은 땅을 두어두고 英人에게 그것을 매끼고 우리는 無關心했

18 金森茂原(舊名 金昌集), 「憧憬의 常夏樂土 南方旅行記」, 『大東亞』, 1942.3, 132쪽.
19 「南方共榮圈의 風俗文化를 말함」, 『朝光』, 1942.4, 106쪽.

든것이 도리혀 부끄러운생각이들드군요"[20]라고 했듯이, 좌담회 참석자들은 대체적으로 남양 지역을 식민지화한 서양 제국주의 세력에 반감을 나타내는 것과 동시에, 그동안 남양 지역에 관심을 기울이지 못한 것에 안타까움을 드러낸다. 그런데 그들의 이러한 태도 속에서 남양 지역은 어느새 문화적·풍토적 친연성을 기반으로 '동양' 내부로 들어오고, 동양인의 영토로 위치 지어진다. 하지만 남양 지역과 인종들에 대한 좌담회 참석자들의 인식은 앞서 김창집의 기행문과 마찬가지로 호기심과 신기성을 추구하는 데 몰두하고 있었고, 문명인의 시선으로 그것들을 타자화하는 데 머물렀다. 오영섭이 필리핀 마닐라를 "樂土라면 樂土라고도 할까 먹을것이 豊富해서 生存競爭이라곤 없는데로 보입니다. 뭣한말로 마음이울쩍할때는 예라!그리로가서 椰子나무밑에 누어 편이잠이나자고낙시질이나하면서 한편생사랐으면하는생각도듭니다"[21]라고 했듯이, 남양 지역은 문명인의 시선에 포착된 야만의 영토이자 이국취향의 대상이었던 것이다.

그런데 이러한 식민지 조선 지식인의 남양 인식이 그들 스스로 비판하고 있는 근대 서양인에 의한 남양 인식과 별반 다르지 않다는 데 인식 주체로서 식민지 조선 지식인의 모순이 발생한다. 다시 말해 좌담회 참석자들은 미개하고 열등한 곳으로 남양을 인식하고 타자화시켜 식민지화의 정당성을 확보했던 서양 제국주의 세력의 논리를 자각하지 못한 상태에서 재생산하고 있었던 것이다. 이 경우 서양/동양의 대립 구도에 기반한 동아시아 지역 질서 구축의 논리는 동양 내부로부

20 위의 글, 111쪽.
21 위의 글, 117쪽.

터 균열을 일으킬 수밖에 없게 된다. 서양 제국주의 세력으로부터 해방되어 공존공영해야 할 동아시아의 각 지역은 위계화된 문화지정학적 인식 구도 속에서 언제든 내파될 가능성을 내재하고 있었던 것이다. 이처럼 대동아공영권 내 새로운 지역으로 부상한 남양에 대한 관심과 탐구 속에서 남양 지역과 인종은 동양(인) 내부의 위계 관계 속에서 주변과 하위에 놓이게 되었던 것이고, 그들을 주변과 하위에 위치시켰던 논리가 비난의 대상이었던 서양 제국주의 세력의 그것과 동일하다는 것을 식민지 조선의 지식인들은 너무나 자연스럽게 망각하고 있었던 것이다. 이 자연스러운 망각이 가능했던 것은 대동아공영권이라는 새로운 동아시아 지역 질서 구축 과정에서 조선과 조선인의 위상을 강화하기 위해 다른 지역과 인종을 타자화시키는 식민지 조선 지식인들의 식민주의적 무의식이 작용했기 때문이라고 할 수 있다.

2) 전쟁 수행과 동양 실지의 회복

해방 이후 한국에서 남양은 주로 '전장(戰場)'으로 인식되고, 표상되고, 기억되었다. 단편적인 예이지만, 앞서 안회남의 『불』에서의 남양 인식이 그러하였고, 아시아-태평양전쟁에 학병으로 동원되었던 조선인들의 해방 후 수기집(手記集)에서 기억되고 있는 남양[22] 또한 그러하다. 말할 것도 없이 이는 남양이 아시아-태평양전쟁의 격전지였다는

22 이에 대해서는 1・20同志會文化部 編, 「南方編」, 『靑春挽章－太平洋戰爭에 끌려갔던 學兵手記集』, 1・20同志會中央本部, 1972, 723~760쪽 참고.

점에서 기인한다. 그런데 1941년 12월 아시아-태평양전쟁이 발발하기 이전부터 남양은 이미 전쟁터로 인식되고 표상되었다. 이를 확인할 수 있는 대표적인 작품이 일본군 항공대 소속의 일본인이 적군인 미군기와의 공중전에서 영웅적 분전을 떨치고 장쾌한 승리를 거둔다는 내용의 소설 「太平洋의 독수리」이다.

전장의 상황을 묘사하고 있는 이 소설의 이야기는 그 자체로 낯선 것에 대한 호기심을 유발하는 한편, 전장과 일상, 전선(戰線)과 후방(後方)의 미묘한 중첩을 발생시킨다. 그 한 예로 주인공 하나다가 "총후(銃後)에서는 국민들이 조금만 더 이 곤경을 참어준다면 머지않아 적의 주력을 무찔러 없애고 엄연한 전승(戰勝)의 사실(事實)을 가지고 그대들에게 보답할 것이"[23]라고 말하는 장면을 들 수 있다. 이 장면은 전선에 나가 목숨을 걸고 적과 싸우는 군인의 목소리를 통해 후방에서 일상생활을 하는 사람들에게 암묵적인 규율 권력을 작동시킨다. 즉, 소위 총후 국민에게 '봉공(奉公)'의 감각을 조장하고 있는 것이다. 또한 이 소설은 후방에서 직접적인 전장 체험을 할 수 없는 사람들에게 이야기를 통해 전장이 지금 이곳과 동떨어진 곳이 아니라, '실감'의 차원에서 개인의 감각에 육박하게 하는 '전장의 일상화'라는 교란 효과를 발휘한다.[24] 그런데 이 장에서의 관심사는 여기에 머무르지 않는다. 여기에서는 「태평양의 독수리」에 나타난 전장이 '남양'이라는 데 주목하고자 한다.

---

23 安田敏, 「(未來戰爭小說)太平洋의 독수리」, 『新時代』, 1941.2, 122쪽. 이 소설의 서두에는 다음과 같은 편집자의 논평이 적혀 있다. "이一篇은 假想小說이다. 그러나 帝國航空隊는, 이와 같은 忠烈勇敢한 精神으로 뭉치고 당치어있는 것이다. 壯烈한 一對百五十의 大空中戰! 將來할 世界를 바라볼 때, 그 누가 實戰이 아니라고 할 것이랴."

24 '전장의 일상화'에 대해서는 도미야마 이치로, 임성모 역, 『전장의 기억』, 이산, 2002 참고.

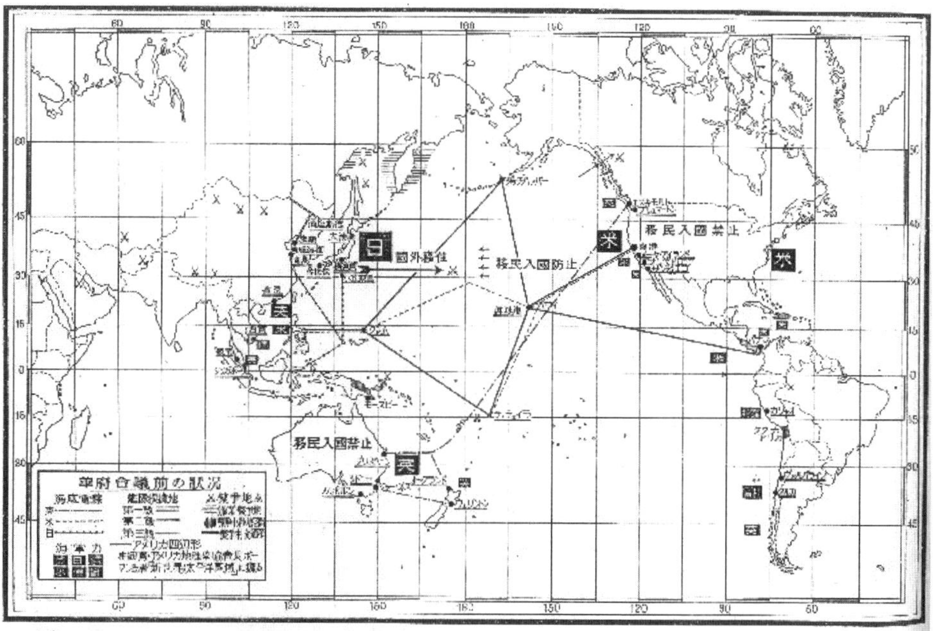

(圖表)九 (ウオシントン會議の狀況による) 太平洋の國防地政學的略圖

〈그림 20〉 태평양의 국방지정학적 약도

일껀 우리나라가 보호하고 있는 남양권(南洋圈)을 그눔들 손에 매껴 뒀단 대동아공영권의 건설이 깨지는게 아닌가. 거길 뺐겨 보게, 석유두 고무두 전연 일본엔 안들어오게 되지 않나. 아니 그런것 버덤두 남양권의 여러 민족들이 다시 백인들의 노예가 된다면 머지 않아 우리 일본민족두 참패를 당허구 말것일세. **그러니까 문제는 남방권에만 국한된것이 아니란 말야. 대동아에서 일본이 맹주의 자리를 빼앗기게 되면 동양민족은 멸망하는 날일세**—그러니까 절대루 질수 없는 일이지 질수없어.[25]

25 安田敏, 앞의 글, 118쪽. 강조—인용자.

위의 인용문에 나타난 논리에 의하면, 남양권에서 적국 미군과의 전쟁에서 패할 경우 대동아공영권의 붕괴, 석유·고무 등 천연자원의 상실, 동양 민족의 멸망이라는 절체절명의 위기에 봉착하게 된다. 따라서 남양권에서의 전쟁은 '노예'가 아닌 '주인'의 지위를 유지하기 위해 반드시 승리해야 하는 전쟁이 된다. 그런데 왜 전장으로서 중요한 의미를 갖는 지역이 '남양'인가? 그에 대한 답은 이미 인용문에 제시되어 있는데, 남양은 대동아공영권 건설의 완성지이자 자원의 보고로서, 일본이 동양에서 맹주의 지위를 누리기 위해 반드시 점령해야 하는 곳이기 때문이다.

「태평양의 독수리」에서 대동아공영권 건설에 있어서 남양 지역의 지정학적 중요성이 부각되고 있다면, 정인택(鄭人澤)의 「붕익(鵬翼)」은 전장 그 자체로서의 '남양'을 보여준다. 물론 이 소설에는 전장으로서의 남양 지역에 관한 직접적인 인식과 표상이 드러나지는 않는다. 하지만 반도 출신 다케야마 중위가 전투기를 조종하는 일본군 장교가 되어 격전지인 남양에서 누구보다도 높은 전과를 올리고, 목숨을 버려가면서까지 적에게 항전하다 자결해 원주민들로부터 '신군(神軍)'으로 숭상받기에 이르렀다는 서사는 제국 일본의 군인이 되는 것을 통해 식민지 조선인이라는 위계화된 위치로부터 벗어날 수 있는 환상을 꿈꾸게 한다. "자아 인젠 죽을 때가 왔다 남부끄러운 주검을 말아라 皇國의 臣民다웁게 日本의 軍人다웁게 네 최후를 찬란하게 장식해서 이 고장 原住民들의 머리속에 깊은 印象을 남겨 놓아라, 그뿐이냐 너는 半島 청소년의 선각자로서 가장 軍人다운 주검을 하게 되었다. 네 뒤에서 徵兵制를 목표로 수없는 半島 청소년이 軍門을 향하야 달리고 있다는 것을 최후의 一瞬까지도 잊지를 말아라."[26] 그러니까 전장으로서의 남양은 조선인이 제국 일본의 군인으로서 숭고하게 죽을 수 있는 어떤 비장함의 세계로 다가왔던 것이다.

「태평양의 독수리」와 「붕익」이 아시아-태평양전쟁의 격전지로서 남양에 대한 인식을 보여주고 있다면, 그러한 인식이 후방에서 일상생활을 영위하고 있는 조선인에게 남양 지역에 대한 관심을 새롭게 불러일으키고 있는 소설이 최병일(崔秉一)의 「어떤 저녁(或る晩)」이다. 최병일의 「어떤 저녁」은 근무를 마치고 귀가한 주인공 준이 신문 1면 기사인 「황군 네덜란드령 동인도 적전에 상륙(皇軍蘭印に敵前上陸)」을 보고 소년 시절 품었던 남양에 대한 동경을 회상하는 내용의 단편소설이다. 이 소설에서 준은 1941년 12월 8일 아시아-태평양전쟁 발발 이후 전국(戰局)의 상황을 전하는 신문을 찾아 읽거나 뉴스 영화를 보면서 감동을 받는다. 그는 전시 체제의 일상생활 속에서 전황의 소식에 주의를 기울이고, 특히 보르네오에서 일본군이 적전에 상륙했다는 뉴스를 접한 뒤에는 과거 소년 시절 남양에 대해 품었던 동경과 아련한 꿈을 상기한다. 그가 소년 시절 남양에 갈 것을 꿈꾸게 된 것은 소학교 졸업 후 자신이 살던 작은 시골 마을에서 백화점을 경영하는 T라는 내지 일본인을 알게 되면서부터였다. T는 인도네시아 자바섬에 체재하다 귀국한 자로, 남양의 풍경, 풍물, 사람들에 대해 이것저것 이야기하면서 준으로 하여금 남양행을 꿈꾸도록 부추긴다. 감성이 풍부했던 준은 남양에 대한 상상을 부풀리면서 보르네오에 갈 것을 꿈꾸고, 남양과 관련된 여러 자료들을 모으면서 이국취미에 젖는다. 그러면서 자신이 그

26 鄭人澤, 「鵬翼」, 『朝光』, 1944.6, 36~37쪽.

시절 스크랩해두었던 수첩을 기억해내고는 옷장 속에서 '나의 생활(僕の生活)'이라고 씌어 있는 묵은 수첩을 찾아낸다. 1928년 6월 19일이라는 날짜가 기입된 이 수첩은 당시 남양에 관한 기사, 사진을 스크랩하고 자신의 남양에서의 생활 계획을 세세하게 써둔 기록이었데, 그는 이 수첩을 다시 읽어가면서 다음과 같은 감회에 젖는다.

> 그때 비경(秘境)처럼 여겨지던 남양, 생활권 밖에 가로놓여 있던 남양과 눈부신 각광을 받으며 부상하고 있는 지금의 남양을 비교해볼 때, 속된 말로 하자면 새삼 정말로 격세지감을 금할 길이 없다. 그리고 국위의 발전이라는 것이 하나의 말로서가 아니라, 몸으로 뼈저리게 느껴진 듯한 기분이었다.[27]

1928년의 시점에서 비경처럼 여겨져 자신의 생활권 밖에 놓여 있다고 여겼던 남양이 아시아-태평양전쟁 발발 이후 황군의 진주에 의해 제국 일본의 통치권 내로 들어오고, 이것이 다시 식민지 조선인의 인식 속에서 자신의 일상생활과 연결되고 있는 것이다. 소년 시절 "그는 그때까지도 세계지도에 흥미를 느껴, 특히 미개한 중앙아시아, 아프리카, 남양 등의 지도를 펼쳐 즐겁게 이국의 모양을 그렸다. 이유를 알 수 없었지만 그는 형의 서가에서 톨스토이의 『로빈슨』,[28] 스위프트의 『걸리버 여행기』를 꺼내 탐독했다. 『로빈슨』의 모험심과 『걸리버 여행기』의 호기심에 감동했던 참에 그의 머릿속에 남양이 완전히 채색되어버렸다."[29] 이처럼 소년 시절 그에게 남양은 모험심과 호기심을 자

27 崔秉一, 「或ろ晩」, 『東洋之光』, 1943. 1, 110쪽.
28 다니엘 디포의 『로빈슨 크루소』인 듯—인용자.

극하는 미지의 영토였던 것인데, 1943년의 시점에서 신문과 영화 등 미디어를 통해 제국의 영토로 포섭되어가는 남양 지역은 어느새 '우리'의 영토로 위치 지어지고 있었던 것이다. 이는 그가 아내에게 수첩을 보여주며 남양의 풍물을 설명하던 중 "정말 우리 남양의 과일이야말로 실로 세계적이야"[30]라고 말하는 것을 통해 다시금 확인할 수 있다.

이처럼 아시아-태평양전쟁 발발과 대동아공영권 구축 과정 속에서 남양 지역이 새롭게 부상한 가운데 『춘추(春秋)』 1943년 9월호 말미에는 편집후기와 함께 『최신남양독본(最新南洋讀本)』에 대한 간단한 광고의 글이 다음과 같이 게재되어 있다. "大豪華版, 南洋 智識의 叢書 出來, 附錄 南洋畵報 世界의 寶庫인 南洋을 몰으고서는 現下의 世界를 論할 資格이 없을 만큼 되어 있다. 南洋을 안다는 것은 一種의 常識에 그치지 않고 現代人이 반다시 가져야 할 武器인 것이다. 本書는 只今까지 出版된 南洋紹介書의 各 長點을 收錄했다고 할 수 있는 綜合書다. 本社가 責任지고 本誌 讀者諸氏에 선물하는 本書를 모름직이 愛讀하기 바란다."[31] 이 광고에 의하면, 남양 지역을 모르면 세계에 대해 논의할 수 없을 정도로 그곳이 세계 인식에서 중요한 지역으로 부상하고 있다는 것을 알 수 있다. 1940년대 전반기 남양에 관한 기사가 폭발적으로 각 미디어에 게재된 점을 감안한다면, 사실 우에노[上野寅洙][32]의 『최신남양독본』은 특별하다고 할 수 없을지도 모른다. 이 책이 출간되기 전 이미 남양에 대한 정보와 이미지는 다양한 매체를 통해 범람하고 있었기 때문이

---

29 崔秉一, 앞의 글, 108쪽.

30 위의 글, 111쪽.

31 「最新南洋讀本」(광고 글), 『春秋』, 1943.9, 176쪽.

32 이름이 '寅洙'인 조선인의 창씨로 보이나, 누구인지는 확인할 수 없었다.

다. 하지만 이 책은 당시 남양에 관해 조선어로 씌어진 유일한 '종합서'(단행본)라는 의미를 갖는다. 즉, 이 책은 언어의 측면에서 조선어 독자를 염두에 둔 것일 뿐만 아니라, 편찬자가 '정수'라고 여기거나 '모범'이 될 만하다고 판단된 내용을 엮는다는 의미에서의 '독본(讀本)'의 형식[33]을 지향하고 있었다는 점에서 주목을 요한다.

이 책에는 목차에 앞서 남양 관련 사진들, 위의 광고 글에서 밝히고 있는 바 '남양화보'가 실려 있다.[34] 총 26장의 사진에 대한 25개의 제목과 설명은 이 책 내용의 대강을 짐작할 수 있을 정도로 남양 지역의 인종, 의식주 관련 풍습, 자연 풍경, 종교 유적, 그리고 도시 풍경을 시각적으로 보여준다. 이러한 사진들은 그 자체로 독자로 하여금 낯설고 신기한 것에 대한 호기심을 유발하는 한편, 사실적 재현을 통해 생생한 현장감을 자아낸다. 사진을 찍는다는 것이 대상 그 자체에 관심을 기울이는 행위이자 그 피사체를 흥미롭게 만들어주는 무엇인가와 공모하는 행위라는 점, 사진작가가 뛰어난 여행자이자 원주민을 찾아가

---

33 '독본(讀本)'에 대해서는 구자황, 「근대 독본의 성격과 위상(2)」, 『상허학보』 제20집, 상허학회, 2007, 198쪽 참고.

34 다소 장황하지만, 각 사진의 제목이나 설명을 나열하면 다음과 같다. '南洋의 歡喜', '리바島住民의 스포츠를 兼한 珍妙한 舞踊', '馬來에 있는 印度人 勞動者', '보르네오島 타이族의 酋長의 妻', '쟈바의 水田', '쟈바의 舞姬', '쟈바의 婦人', '바타비야市街 一部', '比律賓의 다바오에 있는 모르族의 집', '英領馬來의 사카이族은 새와 같이 나무 우에서 산다', '스마트라의 민카바우族의 집은 宮家와 같다', '손가락으로 食事하는 佛印 라오스族', '一夫多妻의 比島 모로族. 男便을 둘러싸고 있는 十四名의 안해', '아직도 古風 그대로 남어 있는 安南王의 行列', '馬來의 고무林에서 作業하는 光景', '스마트라의 「데리-」 煙草工場', '佛印 山地에 살고 있는 모이族인데 內地人의 「훈도시」와 같은 것을 둘르고 있다', '파프아族', '泰國에서 古來로부터 傳해오고 現在도 盛行하는 舞踊', '마닐라市 鳥瞰 : 左上은 마닐라 港 棧橋 中央廣場은 루네타公園', '스라바야市 中央廣場과 小型馬車', '緬甸 브로브도-르의 佛蹟', '緬甸 사가인 寺院의 內部', '原住人 中의 美人은 바리島에 많이 있다고 한다', '緬甸의 女子는 목이 길수록 美人이라고 함으로 어마어마한 首輪으로 목을 느리랴고 애를 쓴다' 등.

그들의 이국적 풍습과 낯선 행위를 보고 와서 이야기해주는 인류학자 같은 존재라는 점, 사진이 더 이상 실재하지 않는 과거를 상상적으로 소유할 수 있도록 해주고, 사람들이 잘 알지도 못하는 공간까지 갈 수 있도록 해주었을 뿐만 아니라, 이국적인 것을 친숙한 것으로 변화시키면서 전 세계를 평가의 대상으로 만들어버린다는 점[35]을 감안한다면, 이 책의 시각적 이미지들은 남양이 미지의 대상이 아니라, 포획 가능하고 재현 가능한 대상이 되고 있음을 역설적으로 말해준다. 그리고 그것은 식민지 조선인에게 남양이 대동아공영권이라는 담론 상의 층위에서 발생한 추상적인 지역이 아니라, '지금-이곳'에서 언제든지 시각적으로 표상 가능한 구체적인 재현물이 된다는 것을 의미한다.

이 책의 본문에서는 이러한 사진과 마찬가지로 남양 지역의 인종, 기후, 풍토, 자연 풍경, 종교, 자원, 경제 현황 및 프랑스령 인도차이나, 태국, 말레이, 싱가포르, 네덜란드령 인도, 필리핀 등 각지에 대해 구체적으로 설명하고 있다.[36] 물론 이 책만이 이러한 구성을 취하고 있는 것은 아니다. 동아경제조사국(東亞經濟調査局)에서 편찬해 도서(島嶼) 편과 대륙 편 2권으로 개조사(改造社)에서 1936년과 1937년에 출간한 『남양독본(南洋讀本)』[37]을 비롯한 당시의 남양 관련 저서들은 대체로 이와 유

---

35 이에 대해서는 수전 손택, 이재원 역, 『사진에 관하여』, 이후, 2007을 참고.

36 이 책의 목차를 일별하면, 「史劇・太平洋」, 「南洋의 自然」, 「南洋아세아住民」, 「華僑」, 「宗敎・風習」, 「白英米蘭의 侵略史」, 「食糧資源은 어떠한가」, 「農林資源의 富庫」, 「無盡藏인 地下資源」, 「列國의 投資」, 「安南의 舊地 佛領印度支那」, 「新興하는 泰國」, 「佛塔의 나라 비르마」, 「新生 馬來와 싱가폴」, 「世界의 寶庫－東印度, 蘭印」, 「比律賓의 今昔」 등 총 16장으로 구성되어 있다.

37 東亞經濟調査局, 『南洋讀本(上卷島嶼篇)』, 改造社, 1936. / 東亞經濟調査局, 『南洋讀本(下卷大陸篇)』, 改造社, 1937. 이 책은 '자연', '주민', '역사', '정치', '재정', '산업', '교통', '상업・외국무역', '화폐・금융', '사회' 등 10개 항목을 기준으로 네덜란드령 동인도, 사라와크왕국・영국령 보르네오・필리핀(이상 상권), 프랑스령 인도차이나, 태국[暹羅], 영국령 말레이(이상 하

사한 구성 체제를 취하고 있었다. 즉, 『최신남양독본』은 기존의 남양에 관한 서적의 구성 체제를 따르고 있었는데, 그것은 이미 구축된 남양에 관한 지적 담론을 재생산하는 기능을 충실히 수행한 것이었다. 그리고 동시에 그것은, 단적인 예로 위의 『남양독본』이 타이완총독부관방조사과(臺灣總督府官房調查課)가 편한 『남양연감(南洋年鑑)』을 주로 참고해 편찬되었던 것처럼, 제국 일본의 새로운 식민지 남양에 대한 조사와 개척・경영에 복무하는 지적 이데올로기의 산물이었던 것이다.

그런 점에서 남양에 관한 기존 저서와는 달리 『최신남양독본』만의 독특한 구성으로 보이는 첫 장 「사극・태평양」은 이채롭다. 여기에서는 태평양이 어떻게 만들어졌는지에 대한 기원과 넓이, 깊이 등의 과학적 지식에 근거해 태평양에 대해 경이로운 어조로 서술하고, 스페인의 발보아에 의해 '태평양'이 발견된 과정을 서술하면서 유사 이래 태평양에 세 번의 큰 역사적 변동이 있었다고 말한다. 그 역사적 사건은 "첫번 것은 先住民族들의 時代 두 번째 幕은 白人들이 橫行하던 時代. 그리고 세번째 劇은 亞細亞 사람들의 손으로 本來의 太平洋이 建設되는 時代"[38]로 규정된다. 즉, 선주민들이 살던 시대에 태평양은 평화와 건강과 행복의 터전이었는데, 마젤란이 찾아온 1520년부터 400여 년 동안 포르투갈, 스페인, 네덜란드, 영국, 미국 등 구미 열강의 침략으로 인해 식민지가 되었고, 이제 '황군'의 진군에 의해 영미 세력을 추출하여 '대륙 아세아'와 '해양 아세아'가 하나가 되어 '대동아공영권'을 완성할 수 있게 되었다는 것이다. 이러한 서술에서 흥미로운 것은 역사상

권)에 대해 설명하고 있다.

38 上野寅洙, 『最新南洋讀本』, 朝鮮春秋社, 1943, 4쪽.

의 태평양 주인이 선주민 →구미 열강 →아시아인으로 바뀌면서 상실된 땅을 회복할 수 있다고 강변하고 있다는 점이다. 여기에서 구미 열강과 마찬가지로 남양을 식민지화하려는 제국 일본은 어느새 공존공영의 아시아 국가 가운데 하나로 위치 지어진다. 이처럼 제국 일본이 스스로를 아시아 속에 위치시키는 전략 속에는 아시아이면서 아시아가 아닌 이중의 경계 설정을 통해 동아 맹주의 위상을 확보하려는 지배 담론의 욕망이 은폐되어 있다.

> 白人의 膨脹은 世界制覇權의 軍旗를 내세우고 前進을 繼續하여 그 발걸음은 四百年間 조곰도 느춤이 없다. 白人은 이미 아프리카를 分割하고 褐色아세아를 支配하고있다. 남은 것은 從來에 白人의 손을 대이지 않은 有色人의 世界卽東洋黃色人의 支配이다. 白人은 本能的으로 自己의 膨脹은 無制限으로 繼續하는 것이라 믿고 있다. 이제 이 計劃이 歷史의 順路를 따라가는 날에는 白人은 아프리카大陸과 同樣으로 아세아 大陸도 分割해서 紀元二千年에는 完全히 全世界의 主人이 될 수 있을 것이다.[39]

가상의 서양인의 목소리를 통해 그들이 남양으로 진출하여 식민지를 경영하려는 야욕을 갖고 있음을 폭로하는 위의 인용문은 그 자체로 지중해 중심의 세계 체제[40]로부터 태평양 중심의 세계 체제로의 전환, 그리고 그로 인해 서양과 동양이 새로운 지정학적 관계 속에서 재배치

---

39 위의 책, 56쪽.
40 지중해 중심의 세계 체제에 대한 논의로는 페르낭 브로델, 강주헌 역, 『지중해의 기억』, 한길사, 2006을 참고할 수 있다.

되는 저간의 상황을 짐작케 한다. 그런데 「英米蘭의 侵略史」장에서 서양인의 발화를 통해 스스로 그들의 침략과 지배의 욕망을 여과 없이 시인하는 듯한 위와 같은 서술 방식은 마치 타자의 목소리를 염두에 둔 것처럼 보이지만, 사실 그것은 서양인의 가면을 쓴 동양인의 목소리, 다시 말해 제국 일본의 지배 담론의 목소리에 지나지 않는다. 서양이라는 공공의 적을 상정하고, 그로부터 '동양'을 해방해서 공존공영의 낙토를 완성하기 위해서 정복자로 하여금 스스로 자신의 야욕을 노출시키게 해 그 욕망에 균열을 발생시킬 필요가 있었던 것이다.

〈그림 21〉 제국 일본의 싱가포르 함락

『최신남양독본』의 서술 구조상에는 이처럼 서양의 침략에 의해 상실된 남양을 (제국 일본을 지도국가로 삼아) 아시아인의 힘으로 회복해야 한다는 논리가 일관되고 있다. 그리고 그러한 논리 속에는 "南洋을 支配하는 者는 世界를 支配하느니라"[41]는 남양 지역의 정치·경제·군사상의 중요성에 대한 공통된 인식이 자리 잡고 있다. 일례로 이 책의 내용 중 많은 부분을 차지하는 내용은 '무진장(無盡藏)'의 천연자원의 보고로서 남양에 관한 것이며, 그것은 남양의 경제적 실권을

41 上野寅洙, 앞의 책, 12쪽.

가지고 있는 '화교'를 포섭하려는 전략과도 연결된다. 즉, 대동아공영권 건설을 위해 아시아인인 화교 역시 적극 협조해줄 것을 요청하고 있는 것이다. 요컨대, 아시아의 실지 회복이라는 당위성 속에서 인종적 · 젠더적 · 민족적 위계관계는 소거되고 아시아라는 지역주의 논리에 모든 것이 회수되어갔던 것이다.

물론 앞서 화보나 목차를 통해 확인할 수 있듯이, 이 책은 민족지(民族誌; ethnography)의 서술 방식을 충실히 보여준다. "오스트로네시아族(馬來族)", "오스트로아세아族"(몬 · 크멜族), "泰族", "安南族, 西藏비르마族" 등의 인종, 원시종교, 회교(回敎), 불교 등의 종교, 벼농사를 중심으로 한 풍속, 수상 가옥의 형태, 진기한 동 · 식물의 분포 등 현지조사를 통한 생활양식 전반을 체계적으로 기술하는 민족지의 형식을 잘 따르고 있다. 하지만 이러한 기술 곳곳에 미개하고 비문명화된 지역으로서의 남양 지역에 관한 인식이 드러난다. 그것은 문명화된 제국 일본으로의 통합의 필연성을 강조하려는 전형적인 식민주의 이데올로기를 보여주는 것[42]이지만, 1941년 아시아-태평양전쟁 발발 이후 새롭게 부상한 남양이라는 지역에 대한 상상력을 촉발한다. 다시 말해, 앞서 김창집의 기행문에 나타난 '남양'이 미지의 땅에 대한 이국취향의 상상력을 작동시켰던 것과 마찬가지의 방식으로 이 『최신남양독본』 역시 변동하는 아시아의 정세에 맞춰 새로운 아시아, 그리고 그 속에서의 지역질서 재편이라는 지정학적 상상력을 가능케 한 것이다.

이처럼 아시아-태평양전쟁 발발 전후 '상하의 땅' 남양은 식민지 조선 지식인들에게 미지의 세계에 대한 동경과 호기심을 증폭시키면서

42 권명아, 『역사적 파시즘－제국의 판타지와 젠더 정치』, 책세상, 2005, 397쪽.

낯설고 이질적인 공간에 대한 이국취향을 자극하는 동시에 대동아공영권의 한 지역으로 포섭되면서 정치・경제・군사상 중요한 지역이라는 지정학적 인식의 대상이 되었다. 이는 1930년대 후반 이후 남양에 관한 담론 체계의 생산, 각종 이미지의 범람 등 '남양의 재발견'이라 부를 수 있을 만한 시대적 현상 속에서 가능한 것이었다. 물론 그것은 제국 일본의 동아시아로의 지리적 팽창의 과정 속에서 양산된 것이었다. 일본이 20세기 초반부터 이른바 옥시덴탈한 주체로 변함으로써 조선 및 중국에 관한 지식과 표상을 생산해왔던 점, 청일전쟁의 승리 후 여러 신문이나 여행기, 학술서 등의 매체들에서 근대주의적 척도에 따라 조선인과 중국인을 자신보다 열등한 존재로 인식하면서 또 한편으로는 그와 배리되는 전략적 담론을 생산해왔던 점[43]을 감안한다면, 남양에 관한 지식과 표상 또한 그러한 제국 일본의 주체의 시선 속에서 만들어진 것이었다. 따라서 남양에 관한 지정학적 학문 지식 체계가 존재하지 않았던 식민지 조선에서 이와 같은 지식과 표상을 받아들이고, 그것들을 재생산하는 과정에서 식민지 조선 지식인으로서의 무의식적 욕망이 표출되었다고 할 수 있다. 거기에는 앞서 서양의 가면을 쓴 제국 일본의 목소리를 흉내 내고 있는 조선인 서술자를 통해 짐작할 수 있듯이, "'대동아공영권'이라는 새로운 아시아 블록에서 제2인자로서의 우월한 지위를 점하려는, 식민지인의 분열적인 욕망이 자리 잡고 있었"[44]다. 물론 이러한 욕망은 남양만이 아니라, 만주를 비롯한 다른

43 마루카와 데쓰시, 백지운・운여일 역, 『리저널리즘—동아시아의 문화지정학』, 그린비, 2008, 47쪽.

44 권명아, 앞의 책, 350쪽.

동아시아 지역에 대한 인식 속에서도 내재되어 있는 것이다. 하지만 식민지 말 대동아공영권 건설 과정에서 남양이 새롭게 부상했다는 점을 감안한다면, 식민지 조선의 위상을 새롭게 강화하는 데 있어 가장 유력한 대상 역시 남양일 수밖에 없었던 것이다.

앞서 살펴봤던 김창집의 「남양여행기」나 우에노의 『최신남양독본』 등 남양 기행문과 민족지에 서술된 '남양'에 대한 인식들은 바로 이러한 지정학적 세계 인식을 식민지 조선 지식인이 전유한 결과물이었던 것이다. 하지만 지정학적 세계 인식이 세계에 대한 새로운 표상 체계를 낳는 것 못지않게 역으로 그러한 표상들이 새로운 지정학적 인식을 발생시킬 수 있다는 점 또한 고려해야 한다. 「남양여행기」와 『최신남양독본』에 나타난 남양에 대한 지식과 이미지들은 「어떤 저녁」에서와 마찬가지로 마치 남양 지도를 보고 있는 것과 동일한 방식으로 남양이라는 새로운 지역을 상상할 수 있게 한다. 남양이라는 지역을 중심으로 대서양에서 태평양 중심으로 동양과 서양의 지정학적 위상을 재편하고, 그러한 동양 속에서 식민지 조선을 새롭게 상상적으로 자리매김할 수 있었던 것이다. 이러한 지정학적 상상은 제국 내 한 지방으로서의 조선, '식민지 조선'이라는 제한적·폐쇄적 공간 인식과 경계 감각을 넘어 조선을 동양, 세계 속에 새롭게 위치시킬 수 있는 공간 인식과 경계 감각을 가능케 하는 것이다. 대동아공영권론의 이데올로기와 밀접한 관련을 갖는 일본의 지정학이 새로운 대상으로 포섭한 남양에 대한 식민지 조선인 지식인들의 호기심 어린 시선들은 이런 점에서 식민지 말 새롭게 창출된 '지정학적 상상물(geopolitical imaginary)'이었던 것이다.

2. 타이완 여행, 식민지 조선의 거울

1) 시찰의 형식과 민족지적 서술 공간

한국인의 타이완 인식의 변화는 대체적으로 동아시아 냉전 질서의 구축과 균열이라는 국제관계의 변동과 그에 연동된 양국 관계를 일정하게 반영한 것이었다. 냉전 질서가 구축되면서 분단국이자 반공국가로서의 위상이 강조된 1950~1960년대에는 '반공 우방'과 '근대화 모델'이라는 인식이 지배적이었고, 냉전 질서에 균열이 발생하기 시작한 1970년대에는 '약소국으로서의 동병상련의 대상'이자 '자립과 자강 의지가 넘치는 중소기업 강소국'이라는 인식이 팽배했다. 또한 동아시아 국가들이 탈냉전의 흐름을 본격적으로 겪기 시작한 1980년대 이후에는 '양안 관계 개선을 주도해가는 민주국가'라는 인식이 사회적으로 유통되었다.[45] 이처럼 한국인의 타이완 인식은 주로 1950년대 이후 동아시아 냉전 질서를 축으로 해서 발생하고 변화했지만, 이러한 인식의 변화 이전에 타이완과 한국은 제국-식민지 체제기 제국 일본의 식민지였고, 그런 점에서 근대 이후 한국인들의 타이완 인식은 동아시아 지역 질서의 변동 과정 속에서 다양하게 이루어졌을 것으로 짐작할 수 있다. 따라서 냉전 질서 구축 이전 근대 한국인의 타이완 인식을 고찰하는 것은 한편으로는 제국-식민지 체제기 근대 한국인의 자타 인식,

45 정문상, 「냉전기 한국인의 대만인식－일간지의 대만 관계 기사 분석을 중심으로」, 『中國近現代史硏究』 第58輯, 중국근현대사학회, 2013, 99쪽.

특히 식민지인으로서의 여타 식민지 지역과 문화, 식민지인에 대한 인식의 회로를 확인하는 길이며, 다른 한편으로는 냉전 체제 이후 동아시아 지역 질서 변동 과정 속에서의 타이완 인식의 굴절과 변형 양상을 확인할 수 있는 하나의 기원을 탐색하는 작업이 될 수 있을 것이다.

남도어족(南島語族)의 영토였던 타이완은 16세기 항해 중이었던 포르투갈인들에 의해 '아름다운 섬(Ilha Formosa)'이라 불렸다. 이후 네덜란드는 1602년 연합동인도공사(聯合東印度公司)를 세워 중국과의 무역을 위해 중국 연해에 배를 정박할 수 있는 무역 근거지와 중간 기착 항구를 건설하고자 중국령 펑후[澎湖]를 점령하였지만, 1624년 중국이 군대를 파견하자 화해 협상 끝에 철수한 뒤 타이완을 점령하였다. 그들은 현재의 타이난[台南] 안핑[安平] 일대에 근거지를 마련하고 성채를 축조한 뒤 그곳을 'Tayouna'이라 불렀는데, Tayouna는 한자로 '대원(大員)' 또는 '대만(台灣)'으로 표기되었고, 그것이 나중에 타이완 섬 전체를 부르는 명칭이 되었다. 네덜란드는 타이완을 점령한 후, 한인과 일본인의 이주를 장려하여 쌀과 사탕수수 재배에 종사하도록 하였고, 이에 따라 타이완 내 한인사회가 본격적으로 형성되기 시작하였다. 1662년 정성공(鄭成功)은 타이완에서 네덜란드인을 쫓아내고 그곳을 반청복명(反淸復明)의 기지로 만들었으며, 그의 아들 정경(鄭經)과 손자 정극상(鄭克塽)이 그 뒤를 이어 1683년 청나라에 패할 때까지 타이완을 다스렸다. 1684년 청의 판도에 편입된 타이완은 1895년까지 200여 년간 청나라의 지배를 받아 한인을 중심으로 한 다족군(多族群)·다언어(多言語) 사회를 형성했다. 이후 1894년 청일전쟁에서 중국이 패한 뒤, 1895년 체결된 시모노세키조약으로 타이완은 일본에 할양되었고, 1945년 8월 제

국 일본의 패전과 함께 해방을 맞이하게 되었다.[46]

현재까지 알려진 한국인 최초의 타이완 이동은 1727년 해난사고를 당해 표류하던 중 타이완에 도착해 그곳에 머물다 조선으로 돌아온 기록을 통해 확인할 수 있다. 그 후 1877년까지 15회에 걸쳐 총 170명의 표류민이 타이완을 거쳐 왔는데, 그들의 이동 경로는 대체로 타이베이[臺北]－아모이[厦門]－푸저우[福州]－베이징[北京]－의주[義州]였다. 이처럼 근대 이전 타이완과 조선은 주로 청나라를 매개로 연결되어 있었다.[47] 이와 관련해서 1729년 제주도 거주 조선인 30여 명이 해상에서 표류하다 타이완에 체재한 뒤 중국을 거쳐 돌아온 일이 있었는데, 정운경(鄭運經)의 『탐라문견록(耽羅聞見錄)』에는 부(府)의 아전 송완(宋完)과 상인 윤도성(尹道成)의 타이완 표류기가 기록되어 있다. 이 책에서 송완은 타이완의 지형과 가옥에 대한 인상을 간단히 피력하였고, 윤도성은 기후와 풍토, 벼와 사탕수수 등 농작물에 대한 개황, 그리고 명나라와 청나라 정권 교체기의 정황에 대해 비교적 자세히 회고하였다.[48] 이 기록에 한

46 주완요, 손준식·신미정 역, 『대만－아름다운 섬 슬픈 역사』, 신구문화사, 2003, 58~125쪽.

47 백영서, 「우리에게 대만은 무엇인가－다시 보는 한국-대만 관계」, 최원식·백영서 편, 『대만을 보는 눈－한국-대만, 공생의 길을 찾아서』, 창비, 2012, 23쪽.

48 "들판은 비옥하여 한구석도 모래밭과 자갈땅이 없었다. 길 왼쪽에는 큰 산이 한 일 자로 하늘까지 걸쳐 있었다. 날씨는 따뜻했고, 땅에서 올라오는 기운은 습기가 많았다. 여염집은 모두 2층의 다락집이었다. 네 계절 언제나 다락 위에서 산다. 방은 모두 갈대와 대나무로 시렁을 짰다."(정운경, 정민 역, 『탐라문견록, 바다 밖의 넓은 세상』, 휴머니스트, 2008, 74쪽) "대저 대만 땅은 기후가 몹시 더워서 11월인데도 사람들은 홑옷만 입는다. 하지만 여름에도 더 더워지지는 않는다. 4~5월에 벼를 뿌려 가을이 되어 수확하는 것을 추미(秋米)라 한다. 9~10월에 또 씨를 뿌려서 겨우내 길러 3~4월에 수확하는 것은 계미(季米)라고 부른다. 누에는 치지 않고 목면(木棉)이 있을 뿐이다. // 사탕수수가 아주 많으며, 줄기와 잎이 사탕 같다. (…중략…) 차관(差官) 뇌신(賴信)이 말해주었다. 대만은 남해 가운데 있는 하나의 큰 섬으로, 둘레가 1,000여 리나 된다. 근세까지만 해도 명나라 제도를 그대로 지켰으나, 강희(康熙) 을해년(1695, 숙종 21)간에 복건(福建)의 군대를 크게 일으켜 와서 공격하므로 항복했다." (같은 책, 68~69쪽)

정하자면, 근대 이전 청나라를 통해 매개된 타이완은 표류 조선인에게 미지의 영토, 인심을 알 수 없는 '이역(異域)'의 땅으로 여겨지고 있었다.

그런데 근대 이후 한국인의 타이완 여행이나 타이완 인식에 관한 기록은 쉽게 찾아볼 수 없다. 무엇보다 그것은 실제 타이완에 이주하거나 여행한 조선인이 적었을 뿐만 아니라, 제국-식민지 체제 내 조선인의 인식의 회로가 근대화를 선취한 서양이나 제국 일본을 향하고 있었기 때문이었다. 하지만 뒤에 자세히 살펴보겠지만, 근대 초기부터 제국-식민지 체제가 붕괴될 때까지 조선인의 타이완 여행의 기록은 간헐적이지만 지속적으로 생산되었고, 조선인의 타이완 이주 역시 계속해서 증가하였다. 그럼에도 기존 연구에서는 근대 한국인의 타이완으로의 이동과 타이완 지역 인식에 관해 그다지 주목하지 않았다.[49] 근대 한국인의 타이완 인식과 관련해서는 제국-식민지 체제기 신문기사를 비교·검토한 손준식과 정혜경의 연구가 대표적이다. 『조선일보』와 『동아일보』의 타이완 관련 기사 수를 비교·검토한 손준식에 의하면, 두 신문 모두 정치·경제 분야에 기사가 집중되어 있고, 식민통치·체제와 관련된 단순 보도가 많으며, 타이완을 '상하의 남국, 생번이 사는 야만의 땅'으로 묘사하고 있다.[50] 또한, 이들 두 신문과 함께

49 이와 관련하여 해방 이후 한국의 대만사 연구 성과를 집적하여 정리하는 한편, 최근 한국의 대만사 관련 연구 환경 및 외재적 연구 동기를 개괄적으로 보여준 文明基의 「한국의 대만사 연구, 1945~2012」(『中國近現代史研究』 第57輯, 중국근현대사학회, 2013, 237~271쪽) 논의를 통해 역사학 분야에서 지금까지 이루어진 연구의 흐름을 확인할 수 있다.

50 "『조선일보』와 『동아일보』의 대만 관련 기사 수를 비교한 결과, 사회·문화 분야에 비해 정치·경제 분야에 기사가 집중되어 있고 민족운동에 비해 식민통치·체제와 관련된 단순 보도가 많으며 미곡과 대만은행 관련 기사가 많은 점에서 두 신문이 비슷하지만, 『조선일보』가 좌파계열의 민족운동과 대만은행 파산사태를 중시한 데 반해 『동아일보』는 자치운동과 교육·체육에 비중을 두고 있는 점에서 일본의 식민 통치에 대한 두 신문의 태도와 항일노선의 차이를 엿볼 수 있었다. // 한편 대만은 바나나를 연상케 하는 상하의 남국, 생번이 사

『매일신보』를 검토한 정혜경에 의하면, 1920년대 타이완 관련 기사는 제국 일본의 식민 통치의 성과를 전시하거나, 미곡 통제를 중심으로 한 경제 분야에 관심을 두는 한편, 조선과 마찬가지로 독립을 쟁취해야 하는 식민지로 인식하였고, 1930년대에는 경제 관련 기사의 비중이 늘면서 타이완과 조선, 관동주 등 제국과의 연관성을 강조하는 경향을 보였다.[51] 하지만 근대 한국인의 타이완 인식에 관해 고찰하기 위해서는 무엇보다도 실제로 타이완 지역을 여행한 조선인들의 기록을 살펴볼 필요가 있다. 다시 말해 그들이 어떠한 경로로 타이완을 여행하고, 여행지에서 무엇을 보고 들었으며, 그곳에 대해 식민지 조선인으로서 어떻게 인식하고 있었는지를 확인하기 위해서는 여행의 기록에 주목할 필요가 있는 것이다. 여기에서는 이러한 점에 착안해 먼저 타이완 시찰기를 대상으로 논의를 전개하고자 한다.

1916년 4월 한성은행 전무취체역(專務取締役) 한상룡(韓相龍)은 도쿄에서 개최되는 전국수형교환소대회(全國手形交換所大會)에 참석한 뒤 타이완 권업공진회(勸業共進會) 시찰 차 타이완으로의 여행길에 오른다. 여행의 일정은 4월 5일부터 5월 8일까지였으며, 여행의 경로는 경성－부산－시모노세키[下關]－도쿄[東京]－교토[京都]－오사카[大阪]－타이완－시모노세키－부산－경성이었다. 타이완 체재 기간은 4월 25일부터

는 야만의 땅 내지 허생의 이상국으로 묘사되었고, 경제면에서는 경쟁과 협력의 대상으로 평가되었다. 아울러 일제의 식민지라는 동병상련의 처지에 동정을 표하면서도 모종의 우월감을 갖는 일견 모순되어 보이는 인식을 드러낸다."(손준식, 「식민지조선의 대만 인식－『조선일보』와 『동아일보』를 중심으로」, 최원식·백영서 편, 『대만을 보는 눈－한국－대만, 공생의 길을 찾아서』, 창비, 2012, 203~204쪽)

51 정혜경, 「植民地 時期 朝鮮 社會의 外地 認識－臺灣과 南洋群島 新聞記事 論調 分析」, 『韓日民族問題硏究』 제22호, 한일민족문제학회, 2012, 43~98쪽.

5월 3일까지였고, 지룽[基隆]에 도착한 뒤 타이베이[臺北], 다거우[打狗](가오슝[高雄]), 타이난[臺南], 자이[嘉義], 타이중[臺中], 타오위안[桃園] 등을 여행하였다. 그는 25일 오후 타이베이에 도착하여 안도 사다미[安東貞美] 총독과 시모무라[下村] 민정장관을 만난 것을 시작으로 타이완 각 은행 지점, 타이완 상공은행, 타이완 제당(製糖)회사 및 제미(製米)회사를 방문하는 한편, 타이난여자공학교, 타이난제일공학교, 공립 타이중중학교 등 교육시설을 시찰하였으며, 시장, 시가, 공원, 신사 등을 둘러보았다. 그의 여행 목적이 타이완 권업공진회 시찰이었음을 감안하면, 경제 시설 시찰에 주안점을 둔 것이나 타이완 전도실업대회(全島實業大會)에 참석한 것은 자연스러운 일이지만, 동시에 생번(生蕃)가옥, 번도(蕃徒)교육소를 방문한 것은 한편으로 문명개량화되어가는 타이완을 확인하기 위해서였다. 한상룡은 5월 8일 타이완에서 돌아온 뒤 당시 한성은행장인 이완용(李完用) 앞으로 일본어 시찰기를 작성해 보고했는데, 이것이 1916년 7월에 발간된 보고서 『내지급대만시찰기(內地及臺灣視察記)』이다.

이 보고서는 앞부분의 전국수형교환소조합은행연합회기사(全國手形交換所組合銀行聯合會記事), 연합간친회(聯合懇親會) 및 내지경제계개관(內地經濟界概觀)을 제외한 대부분이 타이완 시찰기로 이루어져 있다. 그런데 이 시찰기의 구성이 일반적인 여행기의 기술과는 달리 민족지(ethnography)의 서술을 전범으로 삼고 있다는 점은 주목된다. 이 책의 대부분을 차지하고 있는 '타이완시찰기(臺灣視察記)'는 풍속·인정 일반, 지세 및 면적, 인구, 기후, 연혁, 통치기관 및 행정구역, 항만 및 철도, 산업, 전기, 우편, 전신 및 전화, 도로 및 가교, 위생, 교육, 경찰, 사법 및 감옥 등의 세부 항목으로 나뉘어 설명되어 있다. 물론 '시찰'이라는 행위 자체가 현지를 답사한 뒤 그곳에 대한 지식·정보를 정리하여 보고한다는 측면에서 민족지의 서술 형태를 띠는 것이 특별하지 않다고 여길 수도 있다. 하지만 시찰자인 한상룡이 일본제국의회 귀족원 의원, 충추원 참의 등을 역임한 조선총독부의 통치 권력에 기생한 기업인이자, 그가 타이완을 시찰한 것이 조선과 타이완의 발전상을 비교해 보라는 데라우치 마사타케[寺內正毅]의 권고에 따른 것이었다는 점[52]을 감안한다면, 이 시찰기가 식민지 타이완에 대한 제국 일본의 지식 생산과 밀접하게 관련되어 있다는 것을 알 수 있다. 이런 점에서 한상룡의 타이완에 대한 인식이 보다 적극적으로 드러난 부분에 주목할 필요가 있다.

> 내가 타이완에 체재한 일수는 겨우 1주일 간의 짧은 기간이었고, 타이완의 관문인 지룽항에서 철로로 사탕의 산지로 이름 높은 아후청(阿猴廳)에 이르는 연선을 시찰한 데 불과해서 두루 답사할 여유와 기회를 갖지 못했다. 타이완 체재 중 명사의 초대회에 참석하여 화제의 순서에 따라 우리 조선을 널리 소개하는 데 노력함으로써 조사의 목적을 달성할 수 있었다. 무엇보다 타이완 현지를 답사하면서 감탄했던 것은 곳곳의 산물이 풍부하고 상인과 농민의 활동이 근면한 상황과 가옥 건축이 즐비하고 굉장한 점, 촌락에 이르러서도 벽돌집이 높고 커서 재력의 정도가 높음을 알 수 있었던 것이다. 그러한 재력을 쌓게 하는 산업 발달의 원인은 천여의 물산이 무한하고, 또한 수확이 용이한 데서 찾을 수 있지만, 행정 당국자가 예의 산업의 발달을 장려하고, 만물의 사물을 열어 천하의 사

52 민족문제연구소, 『친일문제연구총서 인명편 3 — 친일인명사전』, 민족문제연구소, 2009, 849~850쪽.

무를 성취하는[開物成務] 결실을 거둬 이용후생에 노력한 결과이다. 그럼에도 타이완 주민은 조선인처럼 게을러서 퇴영적이지 않고, 일반적으로 근검에 힘쓰는 미풍이 풍부하며, 인내력과 저축심이 강한 것은 그렇다 치더라도 또한 재산을 늘리는 힘을 증진하였다.[53]

한상룡은 타이완 현지를 시찰하면서 자원의 풍부함과 타이완인의 근면성실함을 높이 평가하는 한편, 행정 당국에 의한 산업 발달의 장려, 이용후생의 노력 등을 부각시키고 있다. 그러면서 그는 조선인은 게으르고 퇴영적이라고 폄훼하고 있는데, 이는 다음과 같은 서술을 통해서도 확인된다. "현재의 조선인은 생활 정도가 낮은 것에 만족한 무리들로 구습을 고수하고 타성에 젖어 고치려 하지 않는 것은 개탄을 금치 못할 바이다. 나는 타이완 주민의 활동력과 그 생활의 향상을 목도하여 한층 그러한 느낌을 깊이 느끼게 되었다."[54] 1916년의 시점은 조선이 식민지가 된 지 6년이 경과한 때로, 1895년 타이완이 일본에 할양된 뒤 20여 년 동안 각종 식민 정책과 제도들이 실시된 것과 비교하면 상대적으로 짧은 기간이다. 따라서 조선과 타이완의 발전상을 비교해보라는 조선총독의 지시를 받고 타이완을 시찰한 한상룡에게 타이완은 식민지 조선보다 먼저 근대화가 진행된 곳으로서, 제국 일본에 의한 식민지 발전상을 가늠할 수 있는 하나의 모델로 기능하게 된다. 근대 전환기 이래 조선의 지식인들이 근대화의 공간으로서 서양이나 일본에 주목했던 것과 달리 한상룡은 제국 일본에 의해 근대화되어가

53 韓相龍, 『內地及臺灣視察記』, 朝鮮總督府, 1916, 83쪽.
54 위의 책, 84쪽.

고 있는 타이완에 주목한 것인데, 여기에는 같은 식민지로서 제국 일본과의 관계에 대한 인식은 소거된 채, 문명개화의 발전상에 초점을 맞춰 식민지 조선의 근대화에 대한 당위성을 부각시키기 위한 근거로 타이완이 제시되고 있을 뿐이다.

또한, 그가 조선총독부를 비롯한 제국주의 권력에 기생하고 있는 기업가라는 점에서 그는 식민지 조선인이 아닌 제국 일본인의 시선으로 타이완을 바라보고 있으며, 시찰자로서 자신 역시 그러한 시선의 권력을 획득한 주체로 위치시키고 있다. 그가 조선인을 게으르고 나태하며 구습을 고수하고 타성에 젖어 있다고 비난했던 것은 사실 타이완 시찰이라는 여행을 통해 얻어낸 결론이라기보다는 식민자의 시선과 욕망을 체화한 식민지 조선인의 그것에 지나지 않을 뿐이다. 그럼에도 그가 제국-식민지 체제 하 타이완의 발전상을 부각시키면서 다른 한편으로 조선인을 문제 삼는다는 것은, 이 시찰기가 보고서의 형태로 조선총독부에 보고된다는 공적 행위로서 뿐만 아니라, 조선총독부의 정책과 시정을 현창하기 위한 하나의 전략적 서술이라는 점을 말해준다. 요컨대 『내지급대만시찰기』에 드러난 한상룡의 타이완 시찰 소감은 타이완처럼 조선이 제국 일본의 시혜를 받아 발전해야 한다는 점을 강조하기 위한 것이지 여행지에 대한 여행자의 개인적이고 주관적인 감상의 서술이 아닌 것이다. 이런 점에서 그의 여행 경로가 제국의 중앙인 일본을 거쳐 식민지 타이완으로 향했다는 점 역시 주의를 요한다. 제국-식민지 체제 내 중앙 / 지방으로 위계화된 관계망에 놓인 일본 / 타이완의 지정학적 구도는 식민지 조선인 여행자의 타이완 지역 인식에도 일정 부분 영향을 미칠 수밖에 없었다. 다시 말해 제국적 질서에 의해 재편되고 운용되고 있는 타이완에 대한 인식은 제국의 중앙을 경유해 그곳을 기준으로 해서 이루어졌던 것이다.

한편, 1922년 1월 경성일보사 주최로 타이완 시찰단이 조직되어 총 16명이 타이완으로 향했는데, 그들 중에는 중추원 참의 및 도지사를 지낸 바 있는 박영철(朴榮喆)이 참가했다. 박영철 일행의 여행 일정은 1월 3일부터 17일까지 15일 동안이었고, 타이완에 체재한 기간은 같은 달 7일부터 13일까지의 1주일 간이었다. 그들은 경성을 출발하여 부산항에서 배편으로 일본 모지[門司]항으로 간 뒤, 그곳에서 배를 갈아타고 타이완 지룽항에 도착하여 타이완 곳곳을 시찰한 뒤 같은 경로로 돌아왔다. 앞서 한상룡과 마찬가지로 박영철은 타이완 체재 기간 동안 지룽─타이베이─가오슝─핑둥[屛東]─타이난─자이 등의 지방을 여행하면서 타이완총독부를 비롯한 행정관청에서 관리들을 만나 산업 관련 현안을 논의하였고, 타이완제당회사, 일본제당회사, 제국제당회사 등 제당회사와 비료제조회사, 수리조합, 전력회사, 은행 등 경제계 시설을 둘러보았으며, 남녀공학교 및 고등보통학교 등 교육 시설을 시찰하는 한편, 신사와 전임 타이완총독 아카시 모토지로[明石元二郎]의 묘지에 참배하는 등 바쁜 일정을 보냈다. 박영철은 이와 같은 타이완 시찰의 여정과 견문을 한문으로 된 기행문으로 남겼는데, 그것이 『아주기행(亞洲紀行)』 중편에 실린 「대만(臺灣)」이라는 제목의 글이다.

박영철은 조선의 백두산, 지리산, 금강산, 한라산 등을 등정하였고, 일본과 중국 내륙, 만주와 몽고, 블라디보스토크를 순방하여 각각의 기행문을 남겼으며, 1928년에는 러시아와 독일, 영국과 프랑스 등 10여 개 국가를 유람하고 기행시를 남기기도 하였다. 이들 기행문들은 시간적인 순서에 따라 여정과 견문을 기술하고 마지막에 저자의 생각과 느낌을 시로 압축하고 있어 전통적인 연행록의 양식에서 많이 보이는 편년체에 가사체를 결합시킨 서술 방식을 취하고 있다.[55] 이러한 서술 방식은 『아주기행』에서도 나타나는데, 박영철은 타이완 여정과 함께 각 지방에 대해 간략하게 서술한 뒤, 위치·기후·인구, 연혁, 행정구획, 당국 시설, 생활 정도, 산업, 번인(蕃人) 항목을 따로 두어 설명하였으며, 마지막 부분에 '귀로음일(歸路吟一)'이라는 제목 아래 한 편의 한시를 적어 두었다. 『아주기행』 내 타이완 시찰의 기록 역시 앞서 한상룡의 『내지급대만시찰기』와 마찬가지로 민족지적 기록물에서 흔히 보이는 인정, 세태, 풍속, 지리 등에 관한 객관적인 정보나 지식을 제공하는 한편, 산업 방면에 초점을 맞추고 있지만, 은연중에 타이완총독부를 중심으로 한 제국 일본의 통치 권력에 의한 타이완의 발전상을 서술하고 있다. 다만, 박영철은 한상룡처럼 직접적으로 시정 당국의 업적을 거론하고 있지는 않은데, 무엇보다 그것은 한상룡의 시찰기가 보고서의 형식을 취한 반면, 박영철의 시찰기는 사적인 기행 문집에 수록되어 있기 때문으로 보인다. 박영철의 시찰 기록에도 여행자로서의 주관적인 감상은 배제되어 있는데, 다만 마지막에 실린 한시에서 "만리 외로운 나그네 바다 가운데 들어서니 / 타이완 봄빛 항상 같구나 / 하늘은 사사로이 덮어줌이 없고 / 화육(化育)이 모두 비와 이슬의 공으로 적시네"[56]라며 여행자의 소회를 노래하고 있을 뿐이다.[57] 하지만

55 구사회, 「多山 朴榮喆의 『아주기행』과 문학적 형상화」, 『溫知論叢』 第25輯, 온지학회, 2010, 163~189쪽.

56 萬里孤蓬入海中 臺灣春色四時同 天公自是無私覆 化育俱霑雨露功(朴榮喆, 『亞洲紀行』, 奬學社, 1925, 55쪽).

이 한시를 통해 타이완 지역에 대한 박영철의 특별한 인식이 드러났다고는 할 수 없고, 다만 여행을 마치고 돌아가는 여행자의 심회가 토로되어 있음을 확인할 수 있을 뿐이다.

다른 한편, 1926년 1월 최철악(崔哲岳)은 관명(官命)을 받고 약 두 달 반 동안 타이완, 홍콩, 필리핀, 중국 등을 시찰한 뒤 그 기록을 『臺灣, 香港, 比律賓, 支那 漫遊記』로 남겼다. 1월 6일 여행을 출발한 최철악은 나남, 청진, 원산, 경성, 부산을 거쳐 일본 모지항에서 출항하여 22일 타이완 지룽항에 도착한 뒤, 타이베이, 타이중, 자이, 타이난, 가오슝, 핑둥 지방을 시찰한 뒤 12일 간의 타이완 체재를 뒤로 하고 2월 2일 지룽항을 떠나 중국 샤먼[廈門]으로 향했다. 그는 타이완에 도착한 뒤 곧바로 타이완총독부의 안내에 따라 타이완신사에 참배하였고, 이어 주청(州廳), 시역소(市役所), 총독부를 방문해 문교과장으로부터 각종 현황에 관한 설명을 들었다. 이후 앞서 한상룡이나 박영철과 마찬가지로 행정관청, 교육기관, 각종 산업 시설 및 문화시설 등을 둘러보는 한편, 생번 거주지를 직접 방문하기도 하였다. 이 시찰기는 날짜와 요일을 명시한 뒤 여정을 기록하는 일기의 형식을 취하고 있는데, 흥미로운 것은 그러한 일기의 내용이 여정에 따른 개인적인 감상의 기록이 아니라 타이완 각 지방에 대한 정보를 집적해 싣고 있다는 점에 있다.[58] 이는 이 책

57 이 한시는 『다산시고』에 '視察臺灣'이라는 제목으로 다시 실렸다. 또한, 박영철은 '臺灣上明石總督墓'라는 제목의 한시 한 수를 같이 남겼는데, 전문은 다음과 같다. "산 고개에 해는 져 충혼비에 고개 숙이니 / 한양에서의 사령관 시절 떠오르네. / 봄풀은 해마다 피고 지는데 끝없이 한탄하는 것은 / 장군의 웅대한 지략을 모두 펴지 못함이라.(峴山落日吊忠碑回憶漢陽司令時春草年年無限恨將軍雄略未全施)"(朴榮喆, 『多山詩稾』, 朱白印刷所, 1939, 58쪽) 이 시는 박영철이 타이완 여행 중 타이완 7대 총독(재임기간 : 1918.6~1919.10)인 아카시 모토지로[明石元二郎]의 묘를 찾아 참배한 소회를 노래한 것으로, 박영철은 아카시 모토지로가 헌병사령관으로 재직했을 때 그의 휘하에서 장교 생활을 한 바 있었다.

의 기록이 개인의 여행기가 아니라, 말 그대로 타이완 지역에 관한 시찰의 정보를 제공하고 있다는 점에서 공적 기록물의 역할을 갖는다는 점을 보여준다. 당시 최철악은 함경북도 용계(龍溪)보통학교 훈도(訓導)로 재직 중이었는데, 그를 비롯한 20여 명의 조선인이 시찰에 참가하였지만, 그들의 여행지에 대한 개인적 감상은 이 책의 서술에는 배제되어 있고, 타이완 지역의 정치, 경제, 사회, 문화 현황에 대한 개괄적 소개만이 나열되어 있을 뿐이다. 이를 통해 이 시찰기가 여행의 개인적 체험을 기록한 것이라기보다는 타이완 지역에 관한 정보를 재생산하고 있다는 점을 짐작할 수 있다. 최철악은 이 책의 출간과 관련하여 "본서는 여행 중 도착한 곳, 많은 선진 제씨의 안내서 및 각 관위(官衛), 학교, 기타 단체 등의 책 등에 힘입은 바 많다"[59]고 밝히고 있는데, 이는 이 책이 시찰 여행에서 돌아온 뒤 각종 관련 자료를 참고하여 사후에 작성되었음을 짐작케 하는 대목이다.

따라서 사정이 이러하다면, 식민지 조선인의 타이완 시찰기의 생산 조건에 대해 재고할 필요가 있다. 무엇보다 그것은 타이완 여행이라는 공간적 실천 행위를 통해 생산된 것이 아니라, 그러한 과정의 외피를 입고 있을 뿐 결국은 이미 생산・유통된 제국 일본의 식민지 타이완에 대한 지식과 정보를 재생산하고 있었다는 점을 확인시켜줄 뿐이다. 이는 조선인의 타이완 여행이라는 행위가 총독부를 중심으로 한 관 주도의 시찰이라는 형식으로 구현되었다는 점과 밀접한 관련이 있을 뿐만

58 예컨대 1월 23일의 기록에는 ① 사범학교, ② 제이고등여학교, ③ 제일중학교, ④ 상품진열장, ⑤ 식물원, ⑥ 타이베이공원, ⑦ 박물관의 항목으로 그 내용이 구분되어 있을 뿐만 아니라, 각 항목에 관련된 각종 통계 자료와 현장 사진이 첨부되어 있다.

59 崔哲岳, 『臺灣, 香港, 比律賓, 支那 漫遊記』, 朝鮮總督府, 1927, 2쪽.

아니라, 그들의 시찰기가 기존의 타이완 지역에 관한 지식과 정보를 제공하고 있는 자료, 특히 제국 일본의 식민주의 권력에 의해 만들어지고 유통된 자료를 참고로 해 작성되었다는 점을 다시금 부각시키다. 쉽게 짐작할 수 있지만, 식민지 조선인에 의한 타이완 관련 지식과 정보가 생산되기 전 이미 제국 일본에 의해 타이완에 관한 지식과 정보는 방대하게 수집되었고, 이는 식민지 개척과 경영, 제국 일본의 동아시아로의 팽창 정책의 자양분 역할을 하기도 했다. "동양인의 동양에서의 활동의 근본을 명확히 하기 위해서는 역사적 관습의 조사라는 것이 식민지 정책에 특히 필요하다"고 단언했던 고토 신페이[後藤新平]가 착수한 만주 구관조사(舊慣調査)를 비롯해 식민지 지역에 대한 구관조사는 토지제도나 경제활동을 대상으로 하였을 뿐만 아니라, 민족학・민속학적 또는 인류학적 관심에 기반한 조사나 기관에 의해서도 다수 이루어졌다. 익히 알려진 야나기타 구니오[柳田國男]의 '민간전승의 모임' 멤버에 의해 타이완이나 만주에서 민속조사의 활동이 이루어진 것 또한 같은 맥락에서였다.[60]

〈그림 22〉 일본의 타이완 풍속도(1717)

여기에서 제국 일본에 의한 타이완 조사 기록을 일일이 열거할 수 없지만, 도쿄평화박람회 내 타이완관(東京平和博覽會內臺灣館)에서 타이완의 토지, 기후, 호구, 교통, 위생, 교육재정, 수리 및 산업 등을 소개하기 위해 1922년 편찬한 『臺灣案內』나 자국민의 식민지 지역으로의 이식민(移植民)을 장려하고 산업을 진흥시키기 위해 홋카이도, 후루사토, 타이완, 조선, 관동주, 남양 등 위임통치지(委任統治地) 개척을 제창한 가토[加藤知正]가 1928년 편찬한 『北海道・樺太・臺灣・朝鮮・關東州・南洋 新地理集成』의 구성 항목과 서술 내용이 앞서 살펴본 식민지 조선인의 시찰기의 구성 항목과 서술 내용과 대동소이하다는 점을 일례로 제시할 수 있다. 요컨대, 식민지 조선인의 타이완 시찰기는 제국 일본의 타이완 지역에 관한 지식과 정보를 집적해 싣고 있는 민족지적 기록물과 지리지 등을 전범으로 삼아 작성되었던 것이다.

이처럼 타이완 시찰기는 식민지 조선인이 타이완 지역에 관한 객관적인 정보와 지식을 제공하고 있다는 특징을 갖는다. 그리고 그것은 주로 현지를 답사・조사하고, 그곳에 관한 지식과 정보를 집적하는 민족지적 기록물의 전범을 따르고 있다. 그런데 식민지 조선인이 시찰 주체가 될 수 있었던 근본적인 이유는 조선총독부와 타이완총독부로 상징되는 제국주의 권력의 자장 내부에 자신을 위치시켰기 때문이었다. 앞서 시찰자 모두 어떤 식으로든 식민 권력과 직・간접적으로 관련을 맺고 있었다는 것을 확인할 수 있었다. 물론 한상룡의 경우처럼, 제국 일본에 의한 식민지 타이완의 발전상을 피력하면서 식민지 조선

60 末廣昭, 「他者理解としての「學知」と「調査」」, 『岩波講座 「帝國」日本の學知 第6卷 : 地域研究としてのアジア』, 岩波書店, 2006, 6쪽.

의 ‘식민지 근대화’의 당위성을 은연중에 피력하는 경우도 있지만, 기본적으로 시찰이라는 여행의 행위 속에서 타이완은 제국의 통치 질서 아래에서만 인식될 수밖에 없게 된다. 앞서 시찰기의 일정을 확인해보면, 그것이 주최 측에 의해 치밀하게 계획되어 있을 뿐만 아니라, 타이완 총독부를 비롯한 통치 권력과 긴밀히 연결되어 있음을 쉽게 확인할 수 있다. 요컨대, 보는 자와 보여지는 대상이 명확히 구분되어 있고, 특히 그것이 제국-식민지 체제 내 위계화된 관계 속에서 배치되어 있다는 점에서, 식민지 조선인의 타이완 시찰기는 제국 일본인의 그것과 대동소이하게 귀결될 수밖에 없는 것이다. 이런 점에서 시찰이라는 제한적, 폐쇄적 여행의 행위를 기초로 한 식민지 조선인의 타이완 지역 인식은 지극히 한정적일 수밖에 없게 된다. 그리고 이 경우, 여행자로서 여행지에 대한 인식과 감정은 자연스럽게 배제될 수밖에 없게 된다. 시찰이라는 여행의 형식 속에서 식민지 조선인의 여행자로서의 ‘자기’ 주조는 불가능했던 것이고, 식민 권력의 시선을 투사하여 현지에 대한 정보를 생산하는 ‘보고자’의 위치에 머물게 되었던 것이다.

〈그림 23〉 타이완 총독부 청사 및 타이베이 박물관

2) 여행자 시선과 식민지인의 분열

1920년대에 이르기까지 식민지 조선인의 타이완 이주 및 여행이 활발하게 이루어지지는 않았고, 이런 점에서 타이완 지역에 관한 인식의 결과물들이 다수 생산되었던 것은 아니었다. 하지만, 시찰이라는 직접적인 이동의 체험이나 제국 일본에 의해 작성되고 유포된 타이완 관련 민족지적 기록물과 지리지 등을 통해 식민지 조선인들은 타이완 지역에 관해 보다 본격적으로 이해하기 시작하였다. 그리하여 식민지 조선인에게 타이완은 천연자원이 풍부하고 지리적 위치가 중요한 까닭에 근세 이후 제국 열강이 점령하기 위해 분투한 곳으로, 17세기 이래 서양 제국 열강에서부터 중국과 일본의 힘의 각축장으로 이해되었다. 시모노세키조약에 따라 일본이 점유한 이후에는 "土地의 所有가 整理되고 企業의 發達, 貨幣制와 金融機關의 發達等 現在 朝鮮이 經驗하고잇는 資本化의 過程을 臺灣은 이時期에 이미 經過"하였고, "臺灣占有의 目的中 軍事的 그것보다 産業的 그것이 今日에 잇어서 一層 重要"하게 되었다.[61] 즉 초기 지정학적 위치의 중요성으로 인해 군사적 목적에 의해 위상을 부여받았던 타이완은 점유 기간이 경과함에 따라 점차 천연자원을 바탕으로 한 산업적 목적에 의해 그 위상을 부여받고 있었던 것이고, 1930년대 이후 제국 일본의 동아시아 지역으로의 지리적 팽창의 과정 속에서 병참기지화되어가던 식민지 조선의 위상을 염두에 두었을 때, 그곳은 제국의 판도 안에서 식민지들의 위상 재정립 문제를 둘러싸고 새롭게 인식될 수 있는 지역이었다. 이런 점에서 1930년대 이

61 黃崗, 「臺灣의 過去와 現在 그 政治的, 産業的 地位」, 『東光』 第17號, 1931.1, 16~17쪽.

후 타이완 여행의 기록에 나타난 타이완은 앞서 1920년대까지의 그것들과는 달리 식민지 조선과 비교의 대상으로서 위치 지어져 인식되는 경향이 강했다.

먼저 박유진(朴有鎭)의 「대만기행(臺灣紀行)」이 1930년 2월 15일부터 3월 20일까지 총 20회에 걸쳐 『조선일보(朝鮮日報)』에 연재되어 있어 시선을 끈다. 박유진이 어떠한 의도와 목적을 가지고 타이완 여행길에 올랐는지 명확히 확인할 수 없으나, 그는 "우리와 環境을 가티한곳으로는 멀리 英國의 愛耳蘭과 印度를 보앗고 先者보담 더욱 갓가웁고 또全然同一한 勢力의 미테잇는 臺灣을 못본 것이 遺憾이엇든것을 또 이번이 길에 나선 口實의 하나로 들고저 하나이다"[62]라고 하여 조선과 마찬가지로 제국 일본의 식민지인 타이완을 살펴보려는 것이 여행의 목적 중 하나임을 피력하였다. 이 기행문에는 타이완 여행의 일정과 경로 등이 명시적으로 드러나 있지는 않지만, 타이완에서 기행문을 작성해 발신하고 있는 정황을 통해, 기행문이 연재되기 직전이나 연재 중에 그가 타이완을 여행하고 있었음을 알 수 있다. 여행을 떠나기 전 박유진이 타이완 지역에 대해 가지고 있었던 이미지는 정치적으로 문제가 있지만 자연풍경이 아름다운 상하(常夏)의 나라라는 정도였다. 해서 그는 "基隆에 入港하게 될때에는 山과 들에 오히려 蒼蒼한 草木이 잇고 紅白의 쏫조차 드문드문 피어 잇는것을 보고 果然常夏의 國인 이쌍의 光景이 隆冬冱寒에 積雪을 보면서 써나온 나그내에게는 異樣의 異國情操를 닐으키더이다"[63]라고 말했던 것이다. 그에게 타이완은 엄동설한인

62 朴有鎭, 「臺灣紀行」, 『朝鮮日報』, 1930.2.15.
63 위의 글.

조선과는 다른 이국정조를 자아내는 상하의 땅이었던 것이다. 이 기행문에서 여행자로서 여행지에 대한 낭만적 시선은 지룽에서 타이난으로 이동 후 타이난 지방에 대한 다음과 같은 서술 속에서 보다 적극적으로 드러난다. "當地는 臺南으로 바로 熱帶圈에 든곳이라 街路와 山地에는 椰子樹와 芭蕉덤블로 本國에서는 볼 수 업는 情趣에 詩想이 업는 나로서도 다만 連續한 무슨 情緖에 얼키우게 합니다 晝間은 海水浴에 축축한 짬을 씨치고 夜間에는 線香을 피워 蚊群을 쪼츠면서 靑紗帳속에서 納凉하면서 잠드는 別天地입니다 이 조흔 光景과 情緖를 描寫할 겨을이 업스니 遺憾이 오며 例에 依하야 이고장 社會事情이나 紹介하기로 합니다."[64] 타이난 지방의 열대 기후와 풍경은 조선에서는 볼 수 없었던 이국적인 것이고, 그곳에서 박유진은 여행자로서 낭만적 이국정취에 흠뻑 젖어 시흥을 느끼고 있었던 것이다.

하지만 이 기행문에서 여행지의 풍경에 대한 묘사와 여행자로서의 여행지에 대한 인상과 감정은 더 이상 구체적으로 서술되지 않는다. 무엇보다 그것은 박유진의 기행문 또한 타이완 지역에 관한 지식과 정보를 집적해 전달하는 데 초점을 맞추고 있었기 때문이다. 그는 먼저 동아시아 지역 내 타이완의 지정학적 위치에 대해 설명한 뒤, 언어, 기후, 생활상태, 의식주, 행정기관, 산업, 주요 산물, 교육제도 등에 대해 상술하였다. 그리고 이에 이어 지룽, 타이베이, 가오슝, 핑둥의 순서로 타이완 각 지방의 인정, 세태, 풍속, 지리 등에 대해 소개하였다. 그런데 그는 앞서 시찰기에서처럼 현지조사에 기초해 지식과 정보를 획득한 것이 아니었다. 그는 "短時日에 實地調査는 不能한 것이 遺憾"이라면

64 朴有鎭, 「臺灣紀行」, 『朝鮮日報』, 1930.2.23.

서 자신이 기행문에 서술한 타이완 지역에 대한 지식과 정보가 "日本人의손에서된參考書에 根據한것"임을 밝히고 있다.[65] 타이완 점령 후 제국 일본에 의한 지리 조사 및 구관 조사[66]가 지속적으로 이루어지는 한편, 식민지 경영을 위해 타이완총독부를 위시한 식민 권력 기관에 의해 타이완에 대한 지식과 정보가 생산되어 제국 일본으로 발신되었던 것을 감안했을 때, 식민지 조선인의 타이완 지역에 관한 인식과 표상의 결과물들은 제국 일본의 그것을 바탕으로 재생산되었을 가능성이 농후하다. 다시 말해, 식민지 조선인의 타이완 인식은 제국 일본인의 타이완 인식을 받아들이고 재생산한 결과였던 것이다.

이런 점에서 박유진의 「대만기행」에서 주목되는 부분은 타이완을 조선에 빗대어 이해하거나 설명하고 있는 부분이다. 일본의 정치가가 조선에서 시행하는 정책 중 언어 보급에 전력하는 것이 타이완에서 하던 것을 그대로 답습한 것이라거나, 중앙 관청 및 지방 행정기관이 조선과 유사하다는 것, 다산 장려 및 남아 선호 등이 조선의 풍습과 유사하다고 서술하는 것 등이 굳이 찾자면 식민지 조선인의 관점에 의한 타이완 인식의 한 단면을 보여주는 것이라고 할 수 있다. 또한, 이와 관련하여 타이완 거주 조선인의 현황 및 조선-타이완 간 무역 현황에 대해 설명하고 있는 부분이 제국 일본의 타이완 인식과 차이를 보이는 지점

---

65 朴有鎭, 「臺灣紀行」, 『朝鮮日報』, 1930.2.26.

66 대표적으로 中村道太郎 編, 『改訂版 日本地理風俗大系 : 北海道・樺太・臺灣』(誠文堂新光社, 1936)을 들 수 있다. 이 책은 제국 일본 내지의 각 지방과 동아시아 권역 내 식민지에 대한 방대한 지리 풍속 조사 결과를 집적해 싣고 있는데, 타이완 편은 '지리적 특징', '동식물', '연혁', '인문(人文)', '한계본도인(漢系本島人) 풍속', '번지(蕃地)와 번족(蕃族)' 항목을 두어 설명하는 한편, '新竹州', '臺中州', '臺南州', '高雄州', '彭湖廳', '花蓮港・臺東' 등 타이완 각 지방의 인정, 세태, 풍속, 지리 등에 대해 기록하였다.

이라고 할 수 있다. 박유진에 의하면, 1928년 말 현재 타이완 거주 조선인은 286명으로 그들 중 65명의 창기(娼妓)를 제외하면 모두 노동자이다. 또한 조선과 타이완 간 무역 현황과 관련하여, 조선에서 타이완에 보내는 물품은 멸치와 인삼이 약간 있을 뿐이고, 타이완에서 조선에 보내는 물품은 쌀, 석유, 과일 등이 인천항과 부산항을 통해 수입된다. 하지만 박유진의 「대만기행」에서 서술되고 있듯이, 1920년대까지 식민지 조선과 타인완은 경제면에서 활발한 교류가 있었던 것도 아니고, 다수의 조선인이 타이완에 이주하여 정착한 것도 아니었다. 이런 점에서 「대만기행」은 앞서 살펴보았던 타이완 지역에 대한 각종 정보와 지식을 제공하는 시찰기의 형식과 내용에서 크게 벗어나지 못하고 있었다.

반면, 1931년 8월 2일부터 14일까지 『매일신보(每日申報)』에 총 10회에 걸쳐 연재된 김혁묵(金赫默)의 「대만기행(臺灣紀行)」은 동일한 시기에 타이완을 여행한 기록임에도 여행자로서의 시선이 보다 적극적으로 드러나 있다. 김혁묵의 타이완 여행 및 체재 기간은 명확하지 않으나, 그는 1930년 3월 17일 지룽항에 도착하여 타이베이-타이난-핑둥-자이-타이중의 순서로 타이완 지방을 둘러보았다. 그 역시 앞서 한상룡, 박영철, 최철악, 박유진과 마찬가지로 여행 일정의 대부분을 타이완총독부 관료를 접견하거나 경제 및 산업 관련 시설 시찰, 명승지를 탐방하는 데 할애했다. 하지만 앞서의 시찰기나 기행문처럼, 민족지적 기록물에서 보이는 지식과 정보를 상세하게 제공하고 있지는 않다. 물론, 상대적으로 기행문의 분량이 적은 것을 그 원인으로 꼽을 수도 있겠지만, 김혁묵의 「대만기행」은 타이완 지역에 대한 지식과 정보 제공의 측면보다는 여행자로서의 자신의 감정을 피력하는 데 초점을 맞추고 있다.

秋風嶺의 雪景을 본지가 멧칠이 못되얏는데 基隆野原에는 處女의 입살보다도 곱고 붉은 佛桑花가 쌩긋〈이 웃고 잇다 이 고흔 天地에 사람을 잡아먹는다는 十五萬의 蕃族이잇는 가십흔 생각까지 드럿섯다![67]

머리에 새날개를 꼿고 몸에는 울긋불긋한 옷을 썰치고 기름지게 검은 몸을 龍眼肉이 욱어진 나무그늘가튼데 수히는 蕃人의 點景은 참으로 一片의 南쪽나라의 아름다운 詩를 읽는듯한 늣김이 업지못하얏다[68]

沿線의 眺望은 그야말노 말이나 붓으로는 一一히 形容키도 어려울만치 곱고 아름답다 어느한아가 그림써리 안 될게 업스며 어느 風致 하나가 詩趣를 써지안는것이 잇스으랴 山陽線海岸이 좃코 京元線峽谷이 좃타하나 엇지 臺灣의 勝景의 萬一을 當할 수 잇으랴 하늘은 말게개이고 나무에는 열매가 욱어젓스며 물은 가득차고 水牛는 논두에서 벗을 부르니 그 平和한 벗! 브드러운 情趣는 참아 한 번 보고 지내치 앗가웟다[69]

위의 첫 번째 인용문은 타이완 지룽항에 도착하여 조선의 늦겨울 풍경과 대비되는 상하의 풍경에 대해 서술한 것이고, 두 번째 인용문은 타이베이의 번족(蕃族) 마을을 찾아 그 정취를 노래한 것이며, 세 번째 인용문은 기차로 타이난으로 향하는 가운데 차창 밖 연선의 풍경을 일본 산요센[山陽線] 해안 풍경이나 조선 경원선(京元線) 협곡 풍경에 비교

67 金林默, 「臺灣紀行」, 『每日申報』, 1931.8.2.
68 金林默, 「臺灣紀行」, 『每日申報』, 1931.8.5.
69 金林默, 「臺灣紀行」, 『每日申報』, 1931.8.7.

해 그 목가적 아름다움에 감탄하고 있는 것이다. 이처럼 김혁묵의 「대만기행」은 여행자로서 여행지에 대한 낭만적 동경의 시선을 잘 피력하고 있다. 이런 점에서 이 기행문에서 흥미로운 부분은 김혁묵이 타이완의 문화시설에 대해 주목하고 있다는 것인데, 그는 산업 관련 시설 외에 타이완의 영화 극장, 연극 극단, 유행가, 기생들에 대해 관심을 가지고 소개하고 있다. 총 10회 연재 중 절반에 가까운 내용이 타이완 문화 및 문화시설에 대한 소개로 이루어져 있으며, 유행가 가사 등을 직접 채록하고 있다는 점에서 여타 여행의 기록과는 차이를 갖는다. 문화 및 문화시설에 대한 관심은 제국 일본에 의한 정치적, 경제적 발전상의 부각과는 다른 측면에서 타이완인에 대한 이해를 낳는 것이었고, 이런 점에서 그는 원주민의 생활상과 그들의 구습, 재래 문화에 대해 적극적으로 관심을 표명하면서 자신의 주관적 감정을 드러낼 수 있었던 것이다. 따라서 그에게 타이완은 여행자로서 자신의 낭만적 동경의 감정을 고취시키기 위한 곳이기도 했던 셈이다.

그럼에도 불구하고 김혁묵은 식민지 조선인이라는 자신의 정체성을 여행자의 그것으로 덧칠한 것은 아니었고, 끊임없이 조선인임을 의식하지 않을 수 없었다. 특히 현지 거주민으로부터 타이완 체재 조선인의 생활상에 대해 들었을 때 그는 조선인으로서 자기 자신에 대해 무의식적으로나마 자각하지 않을 수 없었다. 이 기행문에 의하면, 1930년 당시 타이완 거주 조선인은 약 1,400명 정도로 대개는 인삼 행상을 하고 있었고, 그중 200여 명 남짓의 여자들은 유곽에 팔려 타이완인을 상대로 매춘업에 종사하고 있었다.[70] 조선인이 언제부터 타이완

70 1930년대 중・후반 타이완 상주 인구 통계표.

에 건너 간 것인지 명확하지 않으나 그 시점은 대략 1870년 무렵 이후부터인 것으로 추정된다. 초기에는 서선(西鮮) 지방의 인삼 행상인들이 중국을 통해 들어와 예의와 신뢰를 지켜 곳곳에서 타이완들로부터 호감을 샀는데, 1910년대 중반 이후 남선(南鮮) 지방의 조선인들이 일본을 거쳐 타이완에 건너간 뒤 다양한 직종에 종사했지만 대체로 인심이 각박하고 도덕을 상실해 비난을 받고 있었다. 특히, 조선 여성의 이주와 함께 매춘업이 성행해 1920년 무렵 타이완 거주 조선인의 "生活은 困難, 事業은 衰退, 思想은 腐敗, 行爲는 卑劣"하다는 평가를 받고 있었다.[71] 김혁묵이 타이완을 여행했던 1930년에도 조선인의 생활상에 큰 변화가 있었던 것은 아니었고, 몇몇 성공한 자를 제외하면 대부분의 조선인들은 "女子는 娼婦로 팔니고 男子는 行商이 잇슬뿐"[72]이었다. 김혁묵은 기행문에서 이들에 대한 안타까움을 나타내기도 하였다.

이처럼 1930년대 초반의 타이완 기행문은 1920년대까지의 시찰기에서 보이는 민족지적 서술의 방식을 일정 부분 답습하여 타이완 지역에 관한 각종 지식과 정보를 제공하고 있었지만, 거기에는 여행지에 대한 여행자로서의 낭만적 시선 또한 내재되어 있었다. 물론 여행을 가능케 한 물적 조건이 타이완총독부를 위시한 식민 권력에 있었기 때

연도	總數	內地人	本島人	朝鮮人	中華民國人	其他 外國人
1935	5,315,642	269,798	499,0131	1,604	53,900	209
1936	5,451,863	282,012	510,8914	1,694	59,015	228
1937	5,609,042	299,280	526,1404	1,985	46,196	177
1938	5,746,959	308,845	539,2806	1,903	43,239	166
1939	5,895,864	323,148	552,4990	2,260	45,300	166

*비고: 臺灣總督官房企劃部 編, 『昭和十四年末 臺灣常主戶口統計』, 臺灣總督官房企劃部, 1940에 의함.

71 朴潤元, 「臺灣에서 生活하는 우리 兄弟의 商況」, 『開闢』, 1921.7, 75~78쪽.

72 金赫默, 「臺灣紀行」, 『每日申報』, 1931.8.8.

문에 식민지 조선인이 여행이라는 공간적 실천 행위를 통해 여행자로서 자기 정체성을 구축하는 과정을 적극적으로 보여준 것은 아니었다. 하지만 이국의 낯선 인종을 만나거나 풍경을 바라보면서 그것들에 대해 여행자로서의 엑조티시즘적 시선을 드러냈고, 그것은 보고를 목적으로 하는 시찰의 주체와는 다른 시각 주체를 가능케 하는 것이기도 했다. 또한 시찰기가 조사·보고를 목적으로 하는 공적 성격을 갖는 한편, 기행문은 개인적인 여행의 체험을 서술한다는 점에서 사적 기록물의 성격을 갖는 것이었다.

1931년 만주사변에 이은 1937년 중일전쟁의 발발 이후 식민지 조선인의 시선은 주로 만주 지역을 비롯한 대륙으로 향하게 되었다. 그리하여 1941년 아시아-태평양전쟁 발발 이후 제국 일본에 의해 1942년 필리핀이 함락되면서 '남양'이 새롭게 재발견되기 전까지 타이완 지역에 대한 관심은 상대적으로 약화되었다. 따라서 식민지 말 타이완 지역을 여행하거나 그곳을 인식한 식민지 조선인의 기록은 이전 시기보다 더욱 희박한데, 앞서 살펴보았던 『매일신보』 1939년 1월 5일부터 2월 9일까지 중지(中支) 및 타이완 시찰단의 여행의 기록이 연재되어 있어 눈길을 끈다. 시찰단 파견 기간은 1939년 1월 19일부터 2월 9일까지였고, 여행지는 중지 일대와 지룽, 타이베이, 타이중, 타이난, 가오슝 등 타이완 지역, 그리고 귀로에 들른 일본 등이었다. 김한규를 단장으로 하는 42명의 시찰단은 산업 현장, 군부대, 전적지 등을 둘러보았으며, 1월 29일부터 2월 5일까지 체류한 타이완에서는 타이완총독부 관계자의 안내로 타이완신사에 참배하거나 상업회의소 간담회에 참석하였으며, 시내 명소 및 시장, 박물관, 식물원 등을 구경하였다. 이 시찰단의 여행 기록에는 앞의 시찰기나 기행문에서처럼 타이완 지역에 관한 지식과 정보가 거의 눈에 띄지 않고, 여정만이 간략하게 서술되어 있을 뿐이다. 따라서 이 여행의 기록을 통해 식민지 말 조선인의 타이완 인식을 살펴보는 것은 매우 제한적인데, 다만 전시총동원 체제기 전쟁 물자 생산을 위한 원료 공급지로서의 타이완의 중요성과 전선의 확대에 따른 군사 거점으로서의 타이완 지역의 지정학적 중요성에 대한 인식을 미약하나마 유추할 수 있을 뿐이다.

한편, 『삼천리(三千里)』 1942년 1월호에는 타이완과 중지 일대를 여행하고 돌아온 이승우(李升雨; 창씨명 梧村升雨)의 여행기가 일본어로 게재되어 있다. 당시 중추원 참의를 역임하고 있었던 이승우는 타이완의 산업현황 시찰 및 재 중국 조선인 생활현황 및 산업상황 시찰, 그리고 황군 위문을 목적으로 한 달 반 동안의 여행길에 올랐다. 그의 여행 경로와 세세한 일정은 생략되어 있고, 황군 위문과 관련된 구체적인 내용 역시 보이지 않지만, 타이완 각지를 여행하면서 조선과의 비교를 통해 그곳의 특징을 서술하고 있다. 그는 먼저 타이완의 기후가 조선과 전혀 다름을 강조하면서 그 인상을 피력하는 방식으로 여행기를 시작하여, 미곡과 사탕수수의 대부분이 일본으로 수출되고 있다면서 "조선과 마찬가지로 우리나라의 병참기지인 타이완의 쌀 수출은 특별히 눈여겨보아야 할 것"[73]이라고 강조한다. 그는 식량자원의 공급지로서 타이완의 중요성을 강조하고 있는데, 이는 중일전쟁에 이어 아시아-태평양전쟁을 수행하고 있는 제국 일본의 식민지 병참기지로서의 타

73 梧村升雨, 「臺灣と中支旅行記——ヶ月半の各地の旅を終へて」, 『三千里』 제14권 제1호, 1942.1, 71쪽.

이완의 역할과 위상을 염두에 둔 서술이라고 할 수 있다. 특히, 그는 타이베이의 태평정(太平町)이 조선 경성의 종로와 비슷하다면서도 오히려 종로보다 번화한 곳이라고 하거나, 타이완 하층계급과 중류계급의 생활은 조선의 그것과 차이가 난다고 밝히거나, 교육의 보급상황과 관련해 일본어 발음이 조선인보다 열악해 명료하지 않다고 지적하는 등 주로 조선과의 비교를 통해 타이완에 대한 인식을 드러내는 한편, 은연중에 타이완 또는 타이완인의 열등한 부분을 피력하고 있다. 이는 앞서 다른 여행기에서와 마찬가지로 제국의 권역 내 같은 식민지로서 조선과 타이완을 견주어서 인식하는 한편, 식민지 말 대동아공영권이라는 새로운 지역 질서의 재편성 과정에서 식민지 조선의 위상을 강화하기 위한 전략적 서술이라고 할 수 있다. 다시 말해, 식민지 말 동아시아 지역 질서의 재편 과정 속에서 전쟁 수행을 위한 자원의 보고나 군사상 거점으로 새롭게 부상한 남양 지역의 일부로서 타이완의 중요성을 부각시키면서도 조선의 위상을 강화시키는 분열적 시선을 보여주고 있는 것이다. 이는 식민지 조선인의 시각과 제국의 입장에서 타이완을 평가하는 이중적 시선의 교차의 지점이라고 할 수 있다.[74] 제국 일본의 입장과 관점에서 타이완 지역의 중요성을 충분히 인정하면서도 다른 한편으로는 그와는 다른 조선의 위상을 강화시키는 서술 전략이 이 여행기에는 내재되어 있는 것이다.

이처럼 1937년 중일전쟁 발발 이후 식민지 말 타이완 기행문을 통해 확인할 수 있듯이, 제국 일본의 전쟁 수행 과정 속에서 병참기지로 위

74 홍순애, 「일제 말기 기행문의 제국담론의 미학화와 그 분열」, 『語文硏究』 제41권 제1호, 한국어문교육연구회, 2013, 205~229쪽.

치 지어진 식민지 조선의 위상을 염두에 두고 타이완의 위상과 비교하여 그곳을 인식하고 있었다. 그리고 그러한 인식 속에서 타이완이 전쟁 수행을 위해 중요한 지역임을 인정하고는 있었지만, 그것이 식민지 조선의 위상을 저해시키는 것이 아니라 다른 측면에서 강화시키는 비교의 대상으로 위치되어지고 있었다는 점을 확인할 수 있었다. 당시 조선이 대륙 진출을 위한 교두보 역할을 하고 있었던 반면, 타이완은 해양 진출의 거점이었다는 점, 아시아 지역을 대륙 아시아와 해양 아시아로 나눠 지정학적 지역 질서를 구축하고 있었던 제국 일본의 대아시아 전략을 염두에 둔다면, 타이완과 조선은 전쟁 수행을 위해 중요한 지역으로 새롭게 부상하고 있었던 것이다.

제국-식민지 체제기 시찰기와 기행문에 나타난 타이완 인식을 한 마디로 정리하는 것은 단순화의 위험이 있지만, 대체로 타이완은 제국 일본에 의해 경제적 근대화를 선취한 곳이자 여행자의 낭만적 동경을 자극하는 '상하의 땅'으로 여겨졌다. 물론 거기에는 인종과 민족, 문명과 문화를 기준으로 아시아 지역 내 개별성을 구분하려는 지향,[75] 다시 말해 제국-식민지 체제가 만들어낸 시각 주체의 위계화된 시선이 엄존하고 있었다. 하지만, 그렇다고 해서 식민지 조선인이 제국 일본인과 동일한 시각 주체가 될 수 있었던 것은 아니었다. 그들의 여행이 타이완총독부를 중심으로 한 제국의 통치 권역의 내부에서 이루어진 것이라는 것을 감안했을 때, 그것이 시찰이든, 그렇지 않든, 그들의 타이완 인식에는 언제나 제약이 따르기 마련이었다. 따라서 경제적 근대화 측면에서 타이완총독부가 소호조 보호 정책을 통해 타이완 농민들의

75 야마무로 신이치, 정실비 역, 『사상과제로서의 아시아, 그 이후』, 제이앤씨, 2012, 39~42쪽.

저항을 최소화한 것이라든가, 러일전쟁 이후 일본 자본의 침투·지배의 심화에 따른 타이완 경제의 상품화가 가속화된 정황에 대해 조선인 여행자들은 알 수 없었다.[76] 또한, 식민지 조선인의 낭만적 환상을 자극했던 상하의 땅으로서의 타이완, 특히 타이베이의 풍경이 서양문명을 받아들이는 한편, '외지(外地)'의 경험을 응용하여 타이완 거주 일본인들로 하여금 모국 일본에 대한 노스탤지어를 자아내기 위해 시가지 정비와 식수 사업을 통해 조성된 것이었다는 점[77]은 인식되지 않았다. 요컨대, 식민지 조선인의 타이완 여행이 제국주의 권력에 의해 가능했던 만큼 그것은 언제나 그러한 권력이 펼쳐 보여주는 타이완만을 대상으로 할 수밖에 없었던 것이다.

여기에서 제국-식민지 체제기 식민지 조선인의 여행기에 나타난 타이완 지역 인식을 고찰한 것은 한편으로는 식민지 조선인의 자기 인식의 한 축을 확인하기 위한 것이기도 하다. 타자의 대상화를 통한 자기 정체성 확립의 과정을 염두에 뒀을 때, 식민지 조선인의 타이완 인식은 결국 자기 주조의 궤적을 보여주는 것이기 때문이다. 물론 앞선 논의의 과정을 통해 드러났다시피, 식민지 조선인이 타이완 지역에 대한 인식과 이해를 바탕으로 조선인으로서 자신의 정체성을 재구축한 것은 아니었다. 하지만 동아시아의 각국과 각 지역은 제국 일본이 패망하기 이전에 제국-식민지 체제(중국의 경우에는 반식민지)에 놓여 있었고, 그 시대 특유의 모더니티를 나타내면서 자기 자신만의 모더니티를 추

76 커즈밍, 문명기 역, 『식민지 시대 대만은 발전했는가－쌀과 설탕의 상극, 1895～1945』, 일조각, 2008, 61～124쪽.

77 顔杏如, 「植民地都市台北における日本人の生活文化－「空間」と「時間」における移植, 變容」, 東京大學大學院 博士論文, 2009, 177쪽.

구해왔다고 할 수 있다. 그 가운데 타이완은 동아시아의 다른 국가나 지역과 비교해 많은 차이를 각인해오면서도 스스로의 역사적 아이덴티티를 찾아왔다는 점에서는 다르지 않다.[78] 즉, 제국 일본을 중심으로 한 제국-식민지 체제에서 한국과 타이완은 '식민 아시아'의 패러다임을 다르면서 같게 통과해왔던 것이다. 그런 점에서 타이완은 식민지 조선의 거울로서 위치 지어졌던 셈이다.

3. 제국의 시선, 베트남의 지정학적 상상

1) 대동아의 전략적 중개지로서의 불인

근대 이전부터 한국과 베트남은 중국을 중심으로 한 조공책봉 체제와 한자문화권을 기초로 동아시아 지역 질서를 구성하는 국가로 위치하고 있었다. 물론, 근대 이전 베트남과 조선의 공식적인 교류는 거의 없었고, 청나라에서 베트남 사신들과 접촉한 조선 지식인들이 간접적인 방식으로 베트남에 대해 인식하는 정도에 머물렀다. 조선에서 베트남에 관심을 보이기 시작한 것은 18세기 후반 베트남에서 정변이 발생하면서부터였는데, 이때에도 베트남 사신을 통해 직접적으로 베트남에 관한 정보를 입수한 경우는 거의 없었고, 주로 청나라 지식인들에

---

78 丸川哲史,『臺灣ナショナリズム 東アジア近代のアポリア』, 講談社, 2010, 211쪽.

의해 정리된 자료에 의존하는 형편이었다. 따라서 이 역시 대부분 피상적인 인식 수준에 그쳤고, 당시 조선의 지식인들이 베트남 정세에 대해 정확한 판단을 가지고 있었던 것은 아니었다.[79] 그런데 19세기에 접어들면서 베트남 인식에 변화가 발생했는데, 응우옌 왕조 성립 이후 조선에서의 베트남 인식은 조선 후기 사회를 비판하는 하나의 기준으로 작용하였다. 또한, 19세기 후반 베트남의 식민지화에 대한 조선의 위기의식은 베트남 재인식에 결정적인 계기를 마련하였고, 이에 따라 1880년대부터 각종 미디어에서의 '월류(越流)' 전파 노력은 프랑스의 베트남 침략 상황과 의병 항쟁을 전달하는 데 초점을 맞췄다. 그리고 러일전쟁 이후 베트남의 식민지 상황이 한국의 현실과 미래를 바라보는 척도가 되어 '보호국 안남(安南)'의 식민지화의 원인에 대한 규명이 다각도로 이루어졌다. 특히, 한일병합 이후 국외를 중심으로 전개된 '베트남 알리기'는 당시 침체기에 빠져 있던 한국의 독립운동과 혁명운동을 쇄신하기 위한 일환이었다고 할 수 있다.[80]

제국-식민지 체제기 조선인들이 가졌던 베트남에 대한 이미지는 대체로 '동병상련(同病相憐)'이라는 단어로 표현할 수 있다. 당시 신문・잡지 등의 미디어에서 프랑스의 베트남 식민통치 상황을 비교적 자세히 묘사하였는데, 프랑스의 식민정책이 베트남의 농업 중심 사회구조를 공업발전 정책으로 개편함으로써 경제 수탈의 효과를 극대화하려고 하였으며, 이로 인해 농민・노동자 계급의 억압과 희생이 초래되었다

79 이에 대해서는 노대환, 「18~19세기 조선 지식인의 베트남 인식」, 『朝鮮時代史學報』 제58권, 조선시대사학회, 2011, 139~169쪽 참고.
80 이에 대해서는 尹大榮, 「19세기 후반~20세기 초, 한국의 베트남 재인식 과정과 그 성격」, 『東洋史學研究』 제112집, 동양사학회, 2010, 191~221쪽 참고.

고 설명하였다. 또한, 베트남의 반프랑스 독립운동에 관한 서술에서는 1930년 2월에 발생한 베트남 사병들의 무장봉기[泰院起義]를 중점적으로 소개하였는데, 합법운동으로 위장해 무장봉기를 준비해온 '베트남 민족독립당'의 존재는 당시 식민지 조선 사회의 반향과 관심을 촉발시키는 계기가 되기도 하였다.[81] 이처럼 제국-식민지 체제기 조선인들의 베트남 인식은 제국 일본의 식민지였던 조선과 프랑스의 식민지였던 베트남을 유비관계에 놓고 사유하는 방식을 취했다. 그런데 쉽게 짐작할 수 있듯이, 식민지 지배당국과 피식민자 조선인의 베트남 담론은 명확한 차이를 가지고 있었다. 제국 일본의 식민주의를 후발 정보통제형 식민주의로 보고, 당시 베트남 담론을 이러한 후발 정보통제형 식민주의에서 나타나는 헤게모니 투쟁의 한 가지 지표로 상정한 정근식에 의하면, 조선인은 기존의 명칭인 '안남(安南)'을 그대로 사용하였지만, 지배 당국은 프랑스의 지배를 인정하는 관점에서 '불령인도지나(佛領印度支那)'라는 명칭을 사용하였고, 조선인은 식민지 주민의 고통을 나타내기 위해 '안남미(安南米)'를 사용했던 반면, 지배 당국은 베트남의 '풍부한 자원'을 강조하였으며, 1930년을 전후한 시기 조선인은 '베트남 민족해방론'이나 '약소민조론'을 통해 자신의 의사를 우회적으로 표현하려고 했던 반면, 조선총독부 검열 당국은 이를 강력히 억압하였다. 이러한 담론 투쟁과 갈등 양상은 1937년 중일전쟁 이후 현격하게 바뀌었

81 이에 대해서는 韓相禱, 「일제 침략기 한국인의 베트남 인식과 연대의식 – 식민지 상황 인식과 반일의식을 중심으로」, 『歷史學報』 第201輯, 역사학회, 2009, 125~164쪽 참고. 한편, 이 글에서 한상도는 중국 대륙을 무대로 활동했던 독립운동세력이 베트남 및 베트남 독립운동세력을 '동아시아 반제·반파시즘 국제연대'의 동맹 대상으로 여기는 한편, 1940년 9월 일본군의 베트남 진주 이후 일본이라는 공동의 적을 매개로 한 조선과 베트남 간 연대의식의 표출이 한층 강화되었음을 논의하기도 하였다.

는데, 역설적이게도 조선인의 프랑스 식민주의에 대한 비판이 장려되었다.[82] 이는 이전까지의 식민주의에 대한 일반적 비판이 서양 제국주의 세력의 아시아 지배에 대한 비판으로 바뀌었기 때문이었다.

여기에서는 제국-식민지 체제 내 담론 형성과 전유 양상을 염두에 두면서 당시 식민지 조선 지식인들의 베트남 지역에 관한 지정학적 상상에 관해 고찰하고자 한다. 식민지 말에는 중일전쟁의 장기화와 아시아-태평양전쟁의 발발에 따라 동아시아 지역 질서를 새롭게 구축하려는 움직임이 활발하게 일어났고, 이에 따라 동남아시아 지역에 관한 관심과 탐구의 열기가 고조되었다. 특히, 제국 일본의 서양 제국주의 세력(주로 미국과 영국)에 대항한 전쟁 수행을 위해 인적·물적 동원과 동아시아 국가들 간의 연대의 필요성이 역설되면서 동아시아 지역과 각 국가들은 기존의 위상으로부터 벗어나 새로운 지정학적 위상을 재정립할 것을 요청받았다. 뒤에 살펴보겠지만, 베트남 역시 아시아를 침략하여 식민지화한 서양 제국주의 세력 중 하나인 프랑스의 식민지로부터 벗어나 제국 일본 주도의 아시아 해방을 위해 연대·협력해야 할 대상으로 여겨졌다. 서양/동양, 제국/식민지라는 이분법적 인식틀 속에서 '서양 제국'의 '동양 식민지'인 베트남은 자연스럽게 대동아공영권과 세계 신질서 속으로 포섭되어갔던 것이다.

식민지 말 조선 지식인들의 베트남 지역에 관한 지정학적 인식을 살펴볼 때, 앞서 서론에서 살펴본 존 애그뉴의 분류에 따라 그것이 '자연화된 지정학'[83]의 특징을 보이는 것으로 이해할 수 있다. 소위 과학으

82 이에 대해서는 정근식, 「검열에서 선전으로-일제하 조선에서의 베트남담론의 추이」, 『사회와 역사』 제80집, 한국사회사학회, 2008, 71~107쪽 참고.

로 여겨지는 학문들이 제국 일본의 아시아 침략에 학문적 토대를 제공한 것, 특히 그것이 지정학적 세계 이해와 밀접하게 결부되어 있었기 때문이다. 또한, 1937년 중일전쟁과 1941년 아시아-태평양전쟁의 발발 이후 아시아-태평양 권역이 전장으로 통합되고, 그러한 전장을 공간적 단위로 파악하는 데 있어 서양 / 동양, 제국 / 식민지의 이분법적 인식틀이 작동하고 있었다는 점에 주목할 필요가 있다. 그리고 이러한 인식틀이 당시 제국 일본의 지식계로부터 생산된 대동아공영권 건설 및 남양 담론으로부터 파생된 것 또한 주지의 사실이다. 여기에서는 이러한 관점을 바탕으로 제국 일본과 식민지 조선 지식인들의 베트남 지역에 관한 인식을 살펴보는 것을 통해 제국-식민지 체제의 지정학적 상상에 대해 논의하고자 한다.

제국-식민지 체제 내 대동아공영권 구상 및 남양 담론의 전개 과정 속에서 제국 일본의 지정학은 중요한 학문적 자양분을 제공했다. 앞서 제2장에서 살펴보았던 것처럼, 제1차 세계대전 이후 일본에 지정학이라는 학문이 도입된 이래 1930년대 중반 이후에는 기존의 서양 중심주의적인 세계 체제를 극복하고 새로운 세계 질서를 탄생시키는 데 지정학이 유효한 학지로 동원되었다. 특히 1940년을 전후해 제국 일본의 공간적 · 민족적 고유성을 갖고 제창된 지정학은 동아시아 지역으로 팽창해간 제국 일본의 세계관을 표명하는 학지로 정립되었다. 당시 지정학의 과제는 생활공간으로서의 지정학적 유형 또는 칼 하우스호퍼의 소위 공간 형상을 연구해서 국가 정책의 이념을 정립하는 것이었다. 특히, 공간 편제의 기초 이념인 공간의 의의를 검토할 뿐만 아니라,

---

83 John Agnew, *Geopolitics : Re-visioning world politics*(second edition), Routledge, 2003, pp.86～112.

지정학적 유형화의 방법을 적용해 공간 편제와 결부된 인구 분포 및 생활공간을 검토하는 것이었다.[84]

여기에서는 프랑스령 인도차이나(이하 불인)의 지정학적 위상에 관해 논의한 아키보 이치로[秋保一郎]의 「불령인도지나의 지정학적 관점(佛領印度支那の地政學的觀點)」에 관해서만 간단하게 언급하고자 한다. 아키보 이치로는 지리적 형세, 거주 지역, 문화 및 산업 중심지 등을 중심으로 불인 지역의 지정학적 특성을 설명[85]하고 있는데, 민족적・문화적 차이에 기초한 영토 문제에 대해 논의하면서 특히 프랑스 점령 이후 불인 지역이 남북, 동서로 분할된 양상에 주목하고 있다. 그는 안남산맥이라든가 메콩 삼각주와 송코이 삼각주 등 자연지리적 조건과 제약에 의해 불인(안남권)이 분할되었다는 인식을 가지고 있었지만, 프랑스 점령 이후 경제적・문화적 차이를 근거로 불인이 나누어졌다는 점

84 江澤讓爾, 『地政學概論』, 日本評論社, 1943, 117~119쪽.

85 "불령인도지나의 지리적 형세는 메콩 삼각주와 송코이 삼각주를 남북으로 끌어안고, 안남산맥은 이 남북을 나누는 경계가 된다. 하지만 정치적으로 안남 민족은 동해안선을 따라 메콩 하구(남 코진차이나[南交趾支那])까지 지배하고, 미얀마[緬甸], 타이, 쿠메르(Khmer; 캄보디아)의 인도문화권을 서쪽으로 바라보는 위치이기 때문에, 대체로 중앙 산악지대를 경계로 동(東)불인과 서(西)불인의 구역을 인정하는 것이다. // 불령인도지나의 동부는, 북부도 남부도 중부도 모두 안남인의 거주 지대이다. 지금 그 인구 분포를 조사하면, 북부(통킹) 700만, 남부(코진차이나) 370만, 중부(안남 본국) 520만으로, 노동인구에 관해서는 통킹에서 인구과잉을 보이고, 코진차이나에서는 약간 부족함을 보인다. 또한 안남인 문화의 초점은 오히려 안남 정치세력의 중심에 존재하고, 코진차이나는 안남의 변경지대이며, 메콩문화는 캄보디아에서 대표된다. 다만 캄보디아의 쇠약과 프랑스인 진입 후 메콩 삼각주는 산업의 중심부로서 새로운 코진차이나의 중요성에서 말하자면, 불령인도지나의 주요 문제는 사이공 및 통킹의 남북 양두(兩頭)를 어떻게 조정할 것인가에 있다. 그럼에도 주민 문제로서는 무엇보다도 안남권에 속하는 문제, 즉 남(南)안남과 북(北)안남의 문제가 된다. 그리고 이 남북 문제 외 동부에서의 고유한 안남 국민운동과 서부에서 일어난 타이의 국토 주장의 두 개의 민족 문제가 존재하고, 문화적으로도 지나계와 인도계가 동서로 구획되어, 이것들이 불인의 현저한 지정학적 특질을 나타내고 있다."(秋保一郎, 「佛領印度支那の地政學的觀點」, 『地政學』, 1942.3, 273~274쪽)

을 부각시키고 있는 것이다. 물론 그렇다고 해서 프랑스의 불인 점령에 대해 비판적인 태도를 취한 것은 아니었고, 다만 불인의 민족적·문화적 차이와 갈등을 지정학적 특질로 규정할 뿐이었다. 단적인 예이지만, 이처럼 대동아 권역 내 각 지역에 관한 지정학적 위상과 성격을 규명하는 학문적 논의가 계속되었다. 물론, 이러한 학문적 논의가 아시아-태평양전쟁 발발 이후 제국 일본의 아시아 지역으로의 제국주의적 침략의 핵심적인 논거로 작용한 것은 주지의 사실이다.

한편, 제국 일본의 베트남 인식에 초점을 맞추자면, 1940년 9월 일본군의 불인 북부 진입 및 1941년 4월 인도차이나 남부 점령을 전후한 시기 제국 일본의 학문지식계에서도 불인에 관한 다양한 학문적 관심과 탐구의 결과물들이 생산되었다. 이러한 결과물 중 일본인도지나협회(日本印度支那協會)에서 편찬한 『불령인도지나개관(佛領印度支那概觀)』을 대표적으로 거론할 수 있다. 이 책의 서문에서 일본인도지나협회 회장 이노우에 교시로(井上匡四郎)는 대동아공영권 형성 상 불인이 중요한 지위를 점하고 있어, 일본과 불인 사이의 경제적·문화적 제휴를 촉진하고, 대동아공영권 확립에 기여하고자 국민 일반에게 불인에 관한 지식을 철저하게 보급시키기 위해 이 책을 발간하였다고 밝히고 있다. 특히, 불인에 관한 조사 연구서가 다수 출판되었지만 일반 국민에게는 적합하지 않아, 다수의 도표 및 사진을 삽입해 불인의 전모를 쉽고 정확하게 해설하려고 한다고 하였다.[86] 이 책은 주민·통치·산업·교통·무역 등의 장을 두어 불인에 관한 개괄적인 설명을 전개하고 있는데, 당시까지의 풍속지 및 지리지의 일반적인 구성 방식과 큰 차이를 보이는

86 井上匡四郎, 「序」, 日本印度支那協會 編, 『佛領印度支那概觀』, 日本印度支那協會, 1940.

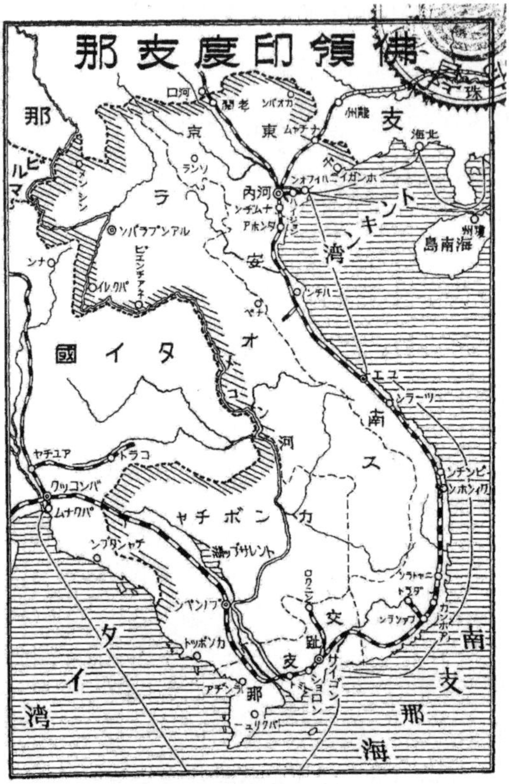

〈그림 24〉 불령인도지나 지도

것은 아니었다. 대표적으로 「총설」에서의 불인에 대한 서술[87]을 통해 확인할 수 있듯이, 여타 동아시아 지역에 관한 제국일본의 풍속지 및 지리지의 서술 전범을 따랐을 뿐만 아니라, 그 내용 또한 기존의 불인에 관한 연구서의 내용과 대동소이했다. 이런 점에서 주목되는 부분은 일본과 불인과의 관계에 대해 서술한 부분이다.

이 책에서 일본과 불인과의 관계에 대한 서술은 과거에서부터 현재에 이르기까지 지속적인 교류가 이루어져왔다

87 "프랑스령 인도차이나는 아시아 동남부, 인도양과 남지나해 사이에 돌출한 광대한 반도의 동반부를 점하고 있다. 인도와 지나 사이에 개재하고, 그 지리적 · 인문적 · 경제적 환경이 이 2대국에 유사하기 때문에 인도지나라고 부르고 있다. (…중략…) // 프랑스가 구세동점(歐勢東漸)의 시류에 편승해 이 영토 공략에 착수했던 것은 18세기 말 경인데, 오늘날의 연방제도를 수립했던 것은 지금으로부터 겨우 50년 전인 1887년이었다. // 오늘날, 프랑스령 인도차이나 전 지역은 4보호령(통킹, 안남, 라오스, 캄보디아)과 1식민지(코친차이나[交趾支那])의 5지방으로 구성되고, 그 법적 구성도 역시 복잡하다. // 이 나라가 지세에 따라 획연(劃然)되고 분할되어 있는 사실과 평이한 교통수단을 결여하고 있는 사정 때문에 각 지방은 다소간 자족자급하고, 지방적 분할은 일반적 이해보다도 중요성을 갖고 있다. 사실, 그 이름이 나타내는 것처럼, 이 영토의 동부에는 북방보다 남방에 걸쳐 해안에 연해 있어 지나문화의 영향이 넓고, 서부 및 동남부에는 인도문화의 영향이 잔존하며, 이 영토에 한 가지 색의 인도지나 민족 · 역사 · 문화라고 부르는 것은 존재하지 않는 것이다."(위의 책, 1~5쪽)

는 점에 방점을 두고 있다. 먼저 아베 노 나카마로[安部仲麻呂]가 당나라의 안남도호(安南都護)로 현재의 하노이에 부임해 통킹과 북부 안남 일대를 통치했음을 서술한 뒤, 헤이안[平安]시대 헤이제이천황[平城天皇]의 셋째 아들 다카오카친황[高岳親王]이 구법(求法)을 위해 인도로 가던 중 라오스[羅越國]에 이른 적이 있었다고 적었다. 이어 서양 제국주의 세력의 아시아 진출 초기에 일본인의 남양 진출 또한 활발해져 안남, 캄보디아에 일본정(日本町)이 건설되었으며, 당시 슈인센[朱印船]이 일본과 불인 사이에 왕래했고, 통상 무역 및 용병이 파견되었다는 점을 밝혔다. 그리고 일본이 쇄국의 문을 열고 나왔을 때 불인은 이미 프랑스 본국중심주의 정책에 의해 경영되고 있어 일본인의 접근이 어려웠지만, 러일전쟁에서 일본이 승리하자 프랑스 지배에 불만을 갖고 있었던 안남인들이 일본에 의탁해 독립자영(獨立自營)의 길을 찾으려 하였다는 점을 거론하였다. 또한 1907년 일불협약이 성립되어 일본과 프랑스 사이에 통상무역이 이루어졌지만, 서술자는 이를 프랑스 본국중심주의의 식민지 무역정책이었을 뿐이라고 일갈했다.[88] 이처럼 이 책에서는 과거부터 현재에 이르기까지 역사적 인물과 사건을 중심으로 일본과 불인의 관계에 대해 서술하고 있다.

그런데 이와 같은 양국(또는 양 지역)의 역사적 관계의 긴밀성에 대한 강조는 중일전쟁 이후 서양 / 동양의 대립 구도, 보다 직접적으로 말하자면, 미영과 일본 사이의 적대적 관계를 축으로 하는 구도 속에서 불인의 지정학적 중요성에 대한 서술로 바뀌게 된다. 서술자는 유럽에서 독일이 급부상함에 따라 미국과 영국은 베르사유 체제를 유지해 독일

88 위의 책, 117~121쪽.

을 압박하고자 하였고, 프랑스 또한 여기에 가담하는 한편, 극동 정책에 있어서도 기존의 비교적 우호적인 대일(對日) 태도를 바꿔 미영과 보조를 맞춰 자신의 식민지를 안정적으로 경영하고자 하였다고 서술하였다. 또한, 제2차 세계대전이 발발하고 네덜란드령 동인도 귀속 문제를 둘러싸고 전쟁이 극동으로 파급될 위험에 처하자 프랑스가 불인 방비에 한층 심혈을 기울이게 되었다고 설명하였다. 하지만 무엇보다 중일전쟁 장기화에 따른 장제스[蔣介石]의 저항과 미영의 원조에 대한 비판적 인식이 불인과 프랑스에 대한 서술의 핵심에 놓이게 된다. 중일전쟁 이후 미영과 함께 장제스를 원조하는 무기 및 군수물자 제공을 위한 '원장(援蔣) 루트'의 거점으로서 불인을 이해하는 한편, 1939년 2월 일본군의 하이난다오[海南島] 점령에 대응해 프랑스군이 국방을 강화하였다고 밝힌 점을 통해 이를 확인할 수 있다. 이 책에서는 중일전쟁 이후 전황에 대한 설명과 함께 원장 루트에 대해 지도로 시각화해 제시하면서까지 구체적으로 논의한 뒤, 일본이 프랑스에 장제스 지원 행위를 중단해 줄 것을 수차례 경고한 것과 결국 프랑스 측에서 일본 측의 요구를 수용한 과정을 상세히 전달하고 있다. 이러한 서술 내용을 통해 이 원장 루트의 전략기지로서 불인 지역의 중요성이 부각되고 있음을 알 수 있다. 끝으로 서술자는 일본군의 불인 진주의 의의를 다음과 같이 밝히고 있다. "당시 일본 프랑스 양 정부의 공동성명에 있는 바처럼, 일본의 대중국(對支) 작전 수행을 위해 불인 측이 군사상 편의를 제공해서, 일본은 이후 남지(南支) 작전을 불인에까지 연장할 수 있었기 때문에, 중일전쟁 해결을 위해서 이것이 중대한 의의를 갖는 것은 물론, 일본은 이 사이에 영국과 미국의 각종 방해공작이 있었음에도 불

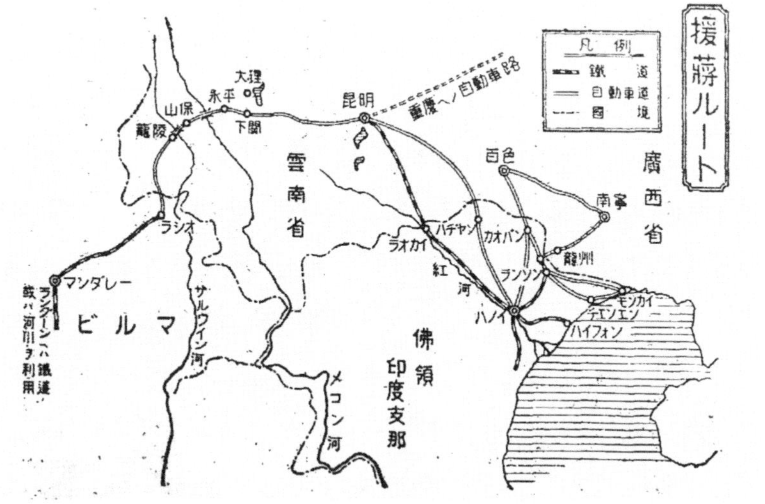

〈그림 25〉 원장(援蔣) 루트

구하고 기존의 방침을 고수해 이후의 대외 태도를 명백하게 하는 획기적 의의가 있었다."[89] 즉 일본군의 불인 진주를 통한 원장 루트의 차단으로 중일전쟁의 장기전화를 해소하고, 미영과의 적대 관계를 명확히 했다는 점을 밝히고 있는 것이다. 이처럼 1940년 시점에서 불인 지역은 항일항전 세력인 장제스에 대한 서양의 원조를 차단할 수 있는 요충지이자 동시에 남양 진출의 교두보 확보를 위한 군사적 거점으로 인식되고 있었다.

그런데 아시아-태평양전쟁 발발 이후 불인 지역은 대동아공영권에 포섭되어야 할 대표적인 지역 중 하나로 인식되었고, 특히 남양 지역에 대한 제국 일본의 인식과 표상의 결과물을 통해 확인할 수 있듯이 주로 전쟁 수행을 위한 각종 자원의 공급지로서 위치되었다. 즉, 미국

---

89 위의 책, 129쪽.

과 영국을 중심으로 한 서양 제국주의 세력의 식민지, 점령지로서 원료 및 자원 공급지이자 동아시아 공략의 군사적 거점이었던 남양 지역이 제국 일본의 자원 공급지이자 군사적 거점으로 바뀌고 있었던 것이다. 이런 점에서 제국주의 세력에 의한 남양 지역의 침략과 지배라는 본질적인 정치적 조건이 바뀌는 것은 아니었지만, 제국 일본 측에서는 그것이 서양 제국주의 세력으로부터의 아시아 국가들의 해방이자 동시에 아시아 제민족과 국가들이 공존공영할 수 있는 새로운 동아시아 지역 질서, 나아가 세계 체제를 구축하는 것이라고 선전하였다. 하지만 그것은 제국 일본의 동남아시아 지역으로의 제국주의적 침략을 은폐하기 위한 기만적 담론일 뿐이었다. 1940년 일본군의 불인 북부 지역 진주에 이어 1941년 남부 지역으로의 진주는 독소 개전이라는 '호기'가 결정적 수단이 되어, 우선 외교적 교섭을 하면서 필요한 경우에는 무력을 사용했던 방침 즉, '남방시책 촉진에 관한 건'이 대본영정부 연락회의 결정을 거쳐 천황에게 보고・승인받았기 때문이었다. 이어 어전회의 결정 '정세의 추이에 따른 제국 국책요강'에 의해 남방 진출을 위해서는 "대영미전을 알린다"고 하는 국책이 결정되었다.[90] 즉, 일본군의 불인 진주는 영미와의 전쟁 수행을 위한 제국주의적 침략이었을 뿐이었다. 어찌 되었든, 중국 대륙에서의 중일전쟁이 장기화되어가는 한편, 아시아-태평양전쟁의 전장이 태평양 전역으로 확대되어가면서, 식민지 조선 및 타이완의 인적・물적 동원 못지않게 남양 지역의 군사적・경제적 중요성이 부각되었고, 이러한 점에서 불인 지역의 위상도 새롭게 조정・강화되었다.

90 中野聰, 『南方アジア占領と日本人ー帝國・日本の解體』, 岩波書店, 2012, 48쪽.

안남인은 오랫동안 한족 국가에 예속되어 있었는데, 당나라 말 독립하고, 명나라에 정복되었으며, 원나라에 의해 안남국이 통일되었지만, 그 후 프랑스의 침략에 의해 그 보호국이 되었다. 안남인의 문화는 지나의 영향을 받아 다른 민족에 비해 그 정도도 높고, 그들은 민족적 각성을 지니고 프랑스 제국주의의 지배에 반항해 독립운동을 일으켰다. 마침내 대동아전쟁 완수 후, 적당한 시기에 안남국이 자주독립을 수행하는 것은 아시아 부흥의 대업에서 생각해도 당연한 사실이다. 현재의 프랑스령 인도차이나는 직접 식민지인 코친차이나와 통킹・안남・캄보디아・라오스의 4보호령으로 이루어져, 프랑스 대통령이 임명한 총독에 의해 통치되고 있다. 그런데 프랑스령 인도차이나는 순연한 농업국으로서, 그 자원개발도 기형적인데, 쌀・고무 등 농산물과 석탄・석(錫)・아연 등의 광산물이 풍부해 적지적업의 개발을 한다면, **안남・통킹・코친차이나・캄보디아를 포함한 영역에서 대체로 경제적으로 대동아공영권의 일환으로서 독립국을 형성할 수 있을 것이다.**[91]

태국의 동쪽으로 펼쳐진 풍요로운 농업지대, 그것이 메콩 평야이다. 그리고 그 중심지를 이루고 있는 것이 사이공이다. 사이공은 하항(河港)으로서 인도차이나 반도의 가장 좋은 조건, 상하이에 비해 열등하지 않는 우월한 호조건을 구비하고, 그 위치는 이른바 남양권의 중심을 담당하는 것이다. 고래로 동아 세력의 남해 경영에 있어서 기지를 항상 이 부근에서 구했다. 이번 대동아전쟁의 전략적 거점이 되었던 것 또한 당연하다. 가까이 캄란(Cam Ranh) 만의 군항을 옹호하고, 황국 일본의 남양 통치에 정치적 군사적 요지가 된 것이다.

91 田中直吉, 「第七章 大東亞共榮圈の政治的構想」, 田村德治 編, 『大東亞共榮圈建設の基礎理論』, 立命館 出版部, 1943, 414~415쪽. 강조-인용자.

메콩 평야의 북쪽으로 이어지고, 동쪽의 남지나해에 닿은 것, 그것이 통킹과 안남이다. 쌀농사를 하고, 인구의 응집이 현저하며, 양질의 철 · 석탄 그 외 유용한 광물을 생산해 **우리 일본 및 지나 방면에서 남방으로의 중개기지로서 중요한 의의를 갖는 것이다.**[92]

위의 인용문은 근대 이전부터 현재에 이르기까지 베트남의 지리적 · 문화적 위상이 중국과 프랑스의 통치 체제로 인해 변화되어왔음을 피력하는 가운데, 이후에는 대동아공영권에 포섭되는 독립국으로서의 위상을 정립할 수 있을 것이라는 점을 서술한 내용이다. 당시 지리지 · 풍속지 · 민족지 등에서 전근대 중국을 중심으로 한 조공책봉 체제, 근대 서양 제국주의 세력을 중심으로 한 제국-식민지 체제에 의해 남양 지역 내 각 국가의 지리적 · 문화적 위상에 변동을 겪어왔던 과정을 서술한 뒤, 아시아-태평양전쟁을 통해 대동아공영권이라는 새로운 지역 질서를 구축해가면서 남양 지역의 각 국가가 다시금 새롭게 자신의 위상을 재조정할 것이라는, 그리고 그때의 위상은 아시아 지역으로서 상실된 본연의 모습을 회복하는 방향으로 이어질 것이라는 서술 방식은 하나의 레토릭이라고 불러도 좋을 만큼 일반적이었다. 위의 인용문에서도 이러한 레토릭은 반복되고 있다. 또한, 무진장의 천연자원의 보고로서의 남양 인식이 보편화되어 있었던 만큼, 위의 인용문에서도 안남 또는 불인 지역은 농산물과 광산물 등 식량자원과 천연자원을 바탕으로 대동아공영권 형성에 있어 중요한 경제적 위상을 부여받고 있다. 즉, 경제적 공동체 단위로서의 아시아 지역 질서 구축에 있어 안남,

92 小牧實繁, 『世界新秩序建設と地政學』, 旺文社, 1944, 123~124쪽. 강조-인용자.

불인 지역의 위상을 강조하고 있는 것이다.

나아가 경제적 측면에서의 자원 공급지로서의 역할 뿐만 아니라 제국 일본의 남양 통치의 군사적 요충지로서 중요성을 제시하였다. 물론 남양 통치의 군사적 요충지로서의 중요성은 대동아공영권 건설의 중개지로서의 위상과 직접적으로 연결된다. "여기에서 문제의 중심은 동아공영권에 포섭되어야 할 필리핀·네덜란드령 인도·영국령 말레이에 대한 프랑스령 인도지나의 전략적 지위에 있다. 우리 고도국방국가의 건설에는 석유·석 및 고무와 같은 중요 자원을 포장하는 네덜란드령 인도와 영국령 말레이를 공영권 내로 포섭할 필요가 있는데, 이를 위해서는 이들 제 영토의 중간에 위치하고, 또 이미 거기에 발자취를 남긴 불인이 중요한 전진기지가 되었다는 것은 말할 필요도 없다. 덧붙여 난인·말레이를 포섭하기 위해서는 동남양에 대한 영국 최대의 군사기지 싱가포르의 제압이 불가결의 전제인데, 불인은 그 배후를 장악하는 중요 지역이고, 그 거점은 앞서 기술한 캄란 만, 사이공, 캄보디아를 잇는 선에 있다고 생각된다. 따라서 이 불인은 앞서 서술한 것처럼, 농산자원이 풍부해서 전시에 필요한 생명보호 물자를 동 지역에서 일관되게 획득하는 것이 가능하고, 그래서 불령인도지나는 전진기지로서 필요충분한 조건을 구비하고 있다는 점을 알 수 있는 것이다. // 동아공영권에 포섭되어야 할 주된 대상은 당연히 지나와 네덜란드령 인도이고, 프랑스령 인도지나의 확보는 이것이 달성되기 위한 수단이라는 점, 즉 프랑스령 인도지나가 갖는 당면한 의의는 그 자원 — 그것은 매우 풍부한 것이지만 — 에 있는 것은 아니고, 오히려 그 직접적 전략적 지위에 있다는 점을 알 수 있는 것이다."[93] 이처럼 불인 지역은 대동아공영권 구상 권역인 중국과 네덜란드령 인도를 잇는 전략적 중개지로서 인식되고 있었다. 이때 불인은 경제적 · 군사적 측면에서 동아시아라는 통합적 공간을 구성하는 하나의 단위로 여겨졌고, 그것은 동양/서양이라는 분할된 공간 단위를 중심으로 세계를 이해하고 상상하는 지정학적 인식으로부터 도출된 것이었다.

2) 지정학적 상상과 포섭되는 베트남

식민지 말 식민지 조선의 신문과 잡지를 비롯한 대중 미디어에 나타난 불인 지역에 관한 인식과 표상은 대체로 제국 일본의 불인 지역에 관한 지정학적 인식과 크게 다르지 않았다. 당시 각종 미디어에 나타난 불인 지역에 관한 소개 역시 대동아공영권 건설 및 남양 담론의 구축 방향과 그 궤를 같이 했다. 이는 식민지 조선(인)의 관점에서 불인 지역에 관해 새롭게 인식하고, 그곳에 관한 담론과 표상 체계를 생산하기보다는 제국 일본의 지식계와 언론계에서 생산된 것을 주로 받아쓰는 데 그쳤다는 한계를 갖는 것이었다. 특히, 제국 일본의 동남아시아로의 지리적 팽창 과정에서 발생한 역사적 사건에 대해 소개하는 한편, 그것에 의의를 부여하는 방식의 서술은 앞서 살펴본 제국 일본의 지정학이 불인 지역을 경제적 · 군사적 요충지로서 인식하고, 나아가 그것이 대동아공영권 건설을 위해 필수적이라는 관점을 재생산하는 것이었다. 여기에서 당시 식민지 조선의 대중 미디어에 나타난 불인

93 川西正鑑, 『東亞地政學の構想』, 實業之日本社, 1942, 326~327쪽.

지역에 관한 인식과 표상의 전모를 파악할 수는 없지만, 1940년 제국 일본의 불인 진주 이후 『매일신보』에 기사화된 내용을 중심으로 살펴보고자 한다. 이는 식민지 말 동남아시아 지역에 관한 관심과 탐구의 열기 속에서 불인 지역과 안남인에 대한 기사가 이전 시기보다 활발하게 씌어졌을 뿐만 아니라, 여기에서 관심을 갖는 제국-식민지 체제의 지정학적 상상의 편린들을 살펴볼 수 있기 때문이다.

1940년 9월 24일자 『매일신보』에는 '皇軍・佛印에 平和的 進駐'라는 제호 아래 다양한 기사가 집적해서 실린다. 특히 대본영 육해군부 발표 및 외무성 교섭 경과 발표의 내용을 전면에 게재하고 있는데, 각각 다음과 같다. "日, 佛印現地軍當局間에서는 八月二十五日及同三十日에 成立된 日佛兩國政府間의 協議에基하야九月初旬來 軍事問題에關해서交涉中이든바 九月二十二日午後四時三十分(日本時間)에이르러協定成立을 보앗슴으로써 陸, 海軍部隊는 本協定에基하야 今二十三日佛印北部에 平和的進駐를 開始하엿다 我部隊의 國境通過에當하야 一部若干의 紛爭이잇슨듯하엿스나 今後別달은 支障은업시 進駐가完了될것으로 期待하고잇다.", "支那事變을解決하고 東亞의新秩序建設에 資할目的으로써 佛領印度問題에關하야 松岡外務大臣은去八月中 東京에서『안리ー』佛國大使와의사이에友好的精神으로써基礎的談合을行하엿다 右談合에서 佛國側은 支那事變의 完遂上 帝國陸海軍이 佛領印度支那에서 必要한軍事上의 便宜供與를 모다 承認하엿다 그리고右에基해서 現地에서 드듸어 九月二十二日午後 妥結에到達되엿다."[94] 확실히 『매일신보』의 불인 관련 기사는 1940년 9월 일본군의 불인 북부 지역 진주를 계기로 이전 시기보

94 『每日新報』, 1940.9.24.

다 눈에 띄게 증가한다. 이전 시기의 기사는 불인의 정치적 사건이나 사회문제 등에 관해 간단하게 소개하는 정도에 머물렀지만, 1940년경 이후에는 "東亞에 잇서서의 佛領印度支那는 帝國의 支那事變處理와東亞安定勢力의立場으로보아 重大한關心事"[95]가 되어 식민지 조선의 미디어에도 관련 기사가 점증하기 시작한 것이다.

이러한 기사들 중 먼저 눈에 띄는 것은 역시 제국 일본군의 불인 진주에 관한 의의를 천명한 것이다. 1940년 9월 25일과 26일 이틀에 걸쳐 『매일신보』에 실린 「皇軍의 佛印 進駐 意義」에서는 대동아공영권 건설에 있어 불인 지역의 중요성을 부각시키고 있다. 대동아공영권은 정치적·경제적으로 불인 지역을 포함해 네덜란드령 인도차이나까지를 지역권 내에 두어야 하고, 이때 불인 지역은 교통상 아시아의 남북을 연결하는 중추이자 경제적으로는 대동아경제권 건설의 구축으로 중요한 위치를 점하고 있다고 설명된다. 그리고 이는 동아신질서 건설의 당위성으로 연결된다. "現在帝國은 東亞新秩序建設이란 未曾有의 大事業을 推進시키고잇는데 이것은 日滿支를 一丸으로하는 俠義의 領域으로부터 發足하야 廣義의 東亞共榮圈建設에 邁進하고잇다 이를 政治的으로보면 東亞安定勢力으로서의 日本을 樞軸으로 하는 日滿支를 第一圈으로 南方諸領域—印度支那半島 馬來群島 蘭印等을 包含한 第二圈으로 하고 經濟的으로는 在來의 日滿支經濟쌀럭 確立으로부터 發展하야 南方資源을 包含한 南方市場을 圈內에 確保는 東亞廣域經濟自給圈을 確立함에잇다."[96] 여기에서도 동심원적으로 확장해간 제국 일본의 지정학적

95 「佛印問題의 重大化」(社說), 『每日新報』, 1940.6.21.

96 「皇軍의 佛引 進駐 意義(下) : 佛引의 協力態度는 東亞共榮圈 確立에 新進展」, 『每日新報』,

동아시아 인식이 엿보이고, 특히 동아 제 민족의 공존공영을 위해 자급자족의 경제권 확립의 필요성이 동아신질서 건설의 측면에서 강조되어 있다. 이 글에서는 이처럼 대동아공영권 건설이나 동아신질서 확립의 관점에서 일본군의 불인 진주의 역사적 의의를 천명하고 있는데, 그것은 장제스를 원조하는 물자 수송의 책원지(策源地) — 소위 '원장루트' — 를 제거하여 동아신질서 건설의 방해물을 제거하고, 동아경제권을 확립하는 한편, 불인과의 우호적 친선관계의 수립을 통한 남방지역에서의 일본의 지위를 강화하고, 또한 미얀마[緬甸]에 대한 일본의 입장 표현의 일환으로 영국의 반성을 촉구한다는 4가지이다. 이 4가지를 중심으로 "佛印平和進駐는 大東亞廣域經濟共榮圈建設에 飛躍的意義를 갖는것"[97]으로 의미 부여된다. 여기에서 중요한 키워드는 '평화 진주'와 '경제공영권 건설'인데, 아직 아시아-태평양전쟁이 발발하지 않은 시점에서 중일전쟁의 처리 문제를 둘러싸고 장제스의 항일항전 세력을 일소하기 위한 동시에 남양 지역으로의 지리적 팽창을 도모했던 제국 일본의 군사적 침략 행위는 국가 간 교류 협력의 일환이자, 아시아 제 민족의 공존공영을 위한 것으로 바뀌고 있다.

이후 불인에 관한 기사가 지속적으로 『매일신보』에 실렸지만, 대체로 전황(戰況)에 관한 내용이 주를 이루었다. 이와 관련해 불인 지역의 지정학적 중요성을 부각시키는 한편, 일본군 진주의 역사적 당위성을 설파하기 위한 일환으로 그곳의 정치·경제·사회·문화 현상 등에 대해 소개하는 글이 보이는데, 1941년경 이후에는 불인 지역을 식민지

1940.9.26.

97 위의 글.

화한 프랑스에 대해 비판적인 논조가 보다 적극적으로 부각된다. 그중 대표적인 사례로 『매일신보』 1941년 1월 9일부터 12일까지 4회에 걸쳐 실린 「佛印의 現狀報告記」가 눈에 띈다. 일본군의 불인 진주 이후 진행 상황과 불인의 실상에 대해 보고하는 형식의 이 글에서는 프랑스의 불인 지역에 대한 본국중심주의를 비판하는 논조가 저류에 흐르고 있는데, 특히 프랑스의 본국중심주의로 인해 안남인이 문맹화되어 민족의식 및 전투정신을 상실하고, 태만한 상태에 빠져 있다고 설명한다. 하지만 그럼에도 앙코르 와트로 대표되는 크메르문명과 중국문화 등 동양문화의 향기를 지니고 있다고 평가하기도 한다. 일본과의 관계에 있어서는 안남인이 일본(인)에 대해 감탄과 존경의 태도를 보이지만, 그것은 친애와 신뢰에 기초한 것이 아닌 공포심에 의한 것이라면서 그들이 비굴하고 의뢰심이 강하다고 비판한다. 그러면서 안남인으로부터 신뢰와 이해를 얻기 위해서는 정치・경제・문화 부문에서의 공작이 필요하다고 말한다. 그런데 불인 지역 및 안남인에 대한 이러한 비판적 인식이 일본(인)의 관점에서 하위의 열등한 자질이나 속성을 부여하는 것이라면, 이 글에서 주목되는 것은 안남인을 일본인으로 포섭시키는 방식에 있다. 이 글에서는 유적, 전설, 가옥의 건축방식, 풍속, 관습, 성격, 풍모 등을 중심으로 일본인과 안남인의 원천이 같다는 논리를 제시하는데, 이는 안남인을 일본인의 한 종족으로 위치시키거나 불인 지역을 제국 일본의 일부로 위치시킴으로써 일본인이 안남인을 비롯한 토착민을 지도하고, 나아가 일본에 의한 불인 지역 재건의 당위성을 확보하기 위한 전략적 포석이었다.

이런 점에서 프랑스 식민지 이후 안남인의 민족적 각성, 안남 독립운동의 유일한 사례로 카오다이교의 반정부운동을 소개하고 있는 것 또한 같은 맥락에 놓인다. 인도차이나 반도에서 프랑스 행정관으로 근무하던 고 반 키에우(吳文昭)가 1926년 창교한 것으로 알려진 카오다이교 교도들의 폭동을 독립운동으로 규정하여 소개하면서, 그것을 안남인의 민족적 각성의 대표적인 사례로 제시한 것이다. 그런데 이 글의 필자는 1940년대 초반이 이르러서는 이러한 것이 단순히 불인정부에 대한 독립운동에 그쳐서는 곤란하고, 프랑스・일본・태국・영국・미국 등 불인을 둘러싼 국제 정세를 고려할 필요가 있음을 강조하는데, 이러한 강조 속에는 은연중에 일본과의 제휴・연대의 필요성이 마련되어 있는 것이다. 그리하여 필자는 일본인이 佛人의남긴 沒落的文化遺産을 어쩌케淸算하고 어쩌한새로운文化를 建設할가 怠惰한去勢된安南人을指導하고 鞭撻시켜갈것인가"[98]에 대해 계획을 세워야 한다고 글을 마무리하고 있다. 이 글에서 주목되는 것은 크게 두 가지이다. 하나는 당시 제국 일본의 역사학・고고학・문화인류학 등 소위 '학지(學知)'가 제국주의적 영토 확장의 학문적 근거를 제공했다는 것이고, 다른 하나는 서양 제국주의 세력에 의해 '몰락'한 동양을 제국 일본에 의해 새롭게 '건설'한다고 하는 몰락 / 재생의 구도가 반복되고 있다는 것이다. 서양 제국주의 국가의 식민지나 지배지였던 남양 지역으로 제국 일본이 세력을 확장해갈 때 이 두 가지 관점은 언제나 전쟁 수행의 논리로 등장했던 것이다.

『매일신보』 기사를 중심으로 당시 불인 지역에 관한 인식과 거기에

98 「佛印의 現狀報告記(四) : 搾取政策清算不遠 - 文化遺產處理와 新建設이 注目」, 『每日新報』, 1941.1.12.

나타난 제국주의적 담론의 한 양상을 살펴보았지만, 쉽게 확인할 수 있듯이 제국 일본의 그것과 큰 차이를 갖는 것은 아니었다. 특히 개별 필자의 글이 아닌 신문사의 논조에 따른 글이라는 점에서 제국 일본발 담론의 재생산이라는 수행적 역할에 초점이 맞춰져 있다. 그렇다면 과연 이러한 담론의 자장을 벗어난 식민지 조선인만의 불인 지역에 관한 인식은 없었던 것일까. 이와 관련해 잘 알려져 있지 않지만, 식민지 말 조선 지식인의 베트남 지역에 관한 인식을 살펴보는 데 있어 가장 주목되는 인물로 김영건(金永鍵)을 들 수 있다. 1910년 경성에서 출생한 그는 1927년 경성제이공립고등보통학교를 졸업한 뒤 베트남에 건너가 1932년 하노이 소재 프랑스 원동학원(遠東博古學院)에 고용되어 일본서 도서실 보조사서 자격으로 일본과 조선 자료에 대한 관리를 담당하는 업무를 보게 된다. 1936년 4월에는 일본도서관 주임을 맡아 근무하면서 일본과 조선의 다양한 서적을 제공하기도 하였는데, 조선사, 베트남과 일본의 관계사, 아시아와 서구의 관계사 및 조선어학회에서 출판된 『한글』·『정음』 등과 같은 학술지를 기증하였다. 이후 일본의 문학·종교학·역사학·언어학 분야에서 연구 활동을 시작했는데, 1937년 원동학원 고고학 분과 창설 당시 주요 멤버로 참여하였고, 1941년부터 1943년까지 일본민족학회 회원으로 활동하였다. 또한, 해방 후 조선프롤레타리아 문학동맹 조직위원으로 선출되었고, 조선문학가동맹 중앙집행위원회 서기장으로 근무하면서 전국문학자대회의 준비위원으로 선출되기도 하였으나, 1948년 이후의 행적은 확인되지 않는다.[99] 그가 일본에서 베트남으로 파견된 사서였고, 그의 연구가 이후 한

99 윤대영, 「金永健의 이력과 저술활동」, 『한국학연구』 제21집, 인하대 한국학연구소, 2009,

국 내 베트남 연구로 이어지지 않았다는 점을 근거로 한국의 베트남 연구사에서 그의 존재는 저평가[100]되고 있지만, 그는 제국-식민지 체제기, 특히 1930~1940년대에 걸쳐 그 누구보다도 활발하게 베트남에 관해 소개하는 한편, 학술서를 집필하는 등의 성과를 남겼다.

김영건은 1936년 7월 1일부터 12일까지 『동아일보』 지상에 「안남유기(安南遊記)」라는 제목을 글을 연재하면서, 안남의 고도(古都) 하노이[河內]・참파[占城]・후에[順化]의 고적과 유물, 과거 역사에 대해 소개하는 한편, 안남이 기풍(奇風)과 괴습(怪習)의 풍습을 가진 무질서한 사회이며, 안남의 예술은 아직 출발점에 머물러 있고, 그중 문학은 프랑스 사실주의를 모방하고 있지만 부르주아지의 자유주의를 벗어나지 못해 유치하다고 평가하였다. 김영건이 어떠한 자료를 바탕으로 안남에 대한 지식과 정보를 제공하고 있는지 명확하게 확인할 수 없지만, 그가 원동학원 도서실 및 고고학 분과에서 근무했던 점으로 미루어보건대, 다양한 사료와 거주 체험을 바탕으로 안남에 대해 인식하고 그곳에 대해 소개하고 있었던 것으로 짐작된다. 특히, 고도와 관련된 안남의 고대사 서술이라든가 안남의 문화에 대해 평가하고 있는 부분은 당대 조선인들의 안남 관련 논의에 비해 현장감과 함께 전문성을 드러낸 것이었다고 할 수 있다. 이 연재 글에서는 식민지 조선인으로서의 관점이나 입장은 거의 배제된 채 안남에 대해 객관적인 지식과 정보를 제공하는 데 주안점을 두고 있었다. 김영건은 이후 안남과 프랑스의 정치적

127~128쪽.

100 이한우, 「한국의 베트남 연구」, 『아시아리뷰』 제3권 제1호, 서울대 아시아연구소, 2013, 113쪽. 이 글에서 이한우는 김영건의 이력과 그의 학문적 영향을 근거로, 그를 제1세대 베트남 연구자가 아닌 제0세대 베트남 연구자로 평가하고 있다.

관계를 중심으로 안남인의 국가사상이나 민족사상을 논의하는 글에서 “安南人의 思想에 가장 많은 影響을 주는것은 佛國의 共和思想이오, 그보다도 民主思想이다”[101]라며 그 원인으로 안남이 프랑스의 보호국인 상황에서 찾았다. 이 글에서도 제국 / 식민지의 관계망 속에서 프랑스와 안남을 인식하고 있지는 않았고, 다만 안남인의 민족의식이 형성되는 데 있어 프랑스의 영향력에 대해 주안점을 두어 서술할 뿐이었다.

김영건의 저작 중 베트남에 관한 기존의 논의를 집대성한 것이 『인도차이나와 일본의 관계(印度支那と日本の關係)』이다. 이 책에서 그는 불인 각 지역에서의 일본인의 활동에 대해 사적으로 서술하는 한편, 안남에 관한 역사적 사실 및 전설을 소개하였는데, 안남에 표류한 제주도민에 관해 간단하게 언급한 내용과 부록에서 화산 이씨의 시조로 알려진 이용상(李龍祥)의 사적에 대해 소개하면서 안남과 조선의 직접적인 관계를 맺은 하나의 사례로 언급한 부분이 눈에 띈다.[102] 이 외에도 1942년 『인도차이나에서의 일본인 발전 연구(印度支那に於ける邦人發展の研究)』에서 일본과 동남아 간 무역이 활발해짐에 따라 일본인들이 동남아의 주요 항구에 정착하여 소위 ‘일본정’을 형성한 과정을 설명하거나, 『일·불·안남어회화사전(日·佛·安南語會話辭典)』을 편찬해 베트남어 학습을 통해 베트남의 일상, 역사, 문학 등을 이해시키려 하였다.[103] 식민지 말 김영건의 저작들은 그가 『사학』, 『사학연구』, 『역사학연구』,

101 金永鍵, 「安南人의 思想과 그 傾向」, 『人文評論』, 1941.2, 74쪽.

102 金永鍵, 『印度支那と日本の關係』, 富山房, 1943.

103 윤대영, 「김영건(金永鍵)의 베트남 연구 동인(動因)과 그 성격－1930～40년대, 그의 “전변무상(轉變無常)”한 인생 역정과 관련하여」, 『동남아시아연구』 제19권 제3호, 한국동남아학회, 2009, 86～87쪽.

『민족학연구』, 『동아학』, 『신아세아』 등 당시 일본의 학술지에 연구논문의 형태로 발표한 것을 통해 쉽게 확인할 수 있듯이, 대체로 문학・역사학・인류학・지리학 등 학문적 탐구의 결실이었다. 이런 점에서 당시 지정학적 관점에서 불인 지역에 대해 인식하고 표상한 여타 저작들과는 그 성격을 달리하고 있었고, 대동아공영권이나 남양 담론을 전면에 내세우는 것과도 일정 부분 거리를 두고 있었다. 하지만 그의 학문적 활동이 제국 일본의 지식계를 중심으로 하여 이루어졌고, 소모토 노부히로[宋本信廣], 스기모토 나오지로[彬本直治郎, 야마모토 다츠로[山本達郎, 후루노 기요토[古野淸人] 등 역사학자・지리학자에게 영향을 받았으며, 가와시마 모토지로[川島元治郎]의 『슈인센 무역사(朱印船貿易史)』(巧人社, 1940), 이와오 세이치[岩生成一]의 『남양 일본정 연구(南洋日本町の硏究)』(東南亞世亞文化硏究所, 1941), 스기모토 나오지로의 『아베노 나카마로전 연구(阿倍仲麻呂傳硏究)』(育芳社, 1940)와 『인도지나에서의 일본인 발전 연구(印度支那に於ける邦人發展の硏究)』(富山房, 1942) 등을 참고하고 있었다는 점에서 당시 제국 일본의 학문지식계의 불인 인식의 자장으로부터 벗어났다고 할 수는 없을 것이다. 즉, 식민지 조선 지식인인 김영건의 베트남에 관한 저작 역시 넓은 의미에서는 제국 일본의 불인 지역에 관한 제국주의적 담론 재생산의 일환으로 이해할 수 있는 것이다.

김영건 외 식민지 말 불인에 체재한 경험을 바탕으로 그곳에 대해 소개하고 있는 흥미로운 글로 김상률(金相律)의 「불인탈출기(佛印脫出記)」를 들 수 있다.[104] 이 글은 제목에도 명시되어 있다시피, 1940년 9월 일본군의 불인 진주를 전후한 시기 일본군과 프랑스군의 충돌을 예상하

104 金相律, 「佛印脫出記」, 『三千里』, 1940.12, 116~124쪽.

여 불인을 탈출한 뒤 중국의 하이난다오[海南島]와 일본의 고베항[神戶港]을 거쳐 조선의 경성으로 돌아온 과정을 서술하고 있다. 김상률은 1920년경 와세다대학을 졸업한 뒤 학문을 계속하고자 구라파로 가기 위해 경성, 만주, 베이징[北京], 난징[南京] 등을 거쳐 광둥[廣東]에 도착하였는데, 당시 쑨원[孫文]을 필두로 중국의 혁명운동이 거세게 일어나던 때라 구라파행을 단념하고 실업 방면에 투신하였으나 실패한 뒤 안남으로 향한다. 그는 사이공에 건너가 기계무역상을 개업한 뒤 1년 동안 불인 당국과 접촉한 끝에 '재주불인일본인(在駐佛印日本人)' 중 유일한 약종(藥種) 무역상이 되어 큰 성공을 거둔다. 그런데 1937년 중일전쟁 발발 이후 충칭[重慶]의 장제스 정권에 불인 측이 물자를 제공하고, 일본군은 이 물자 제공선인 '원장 루트'를 차단하기 위해 하노이를 거쳐 진군하게 됨에 따라 일본군과 프랑스군과의 충돌이 예상되어, 1940년 9월 19일 외무성의 지령을 받고 20일 상선을 타고 탈출하게 되었던 것이다. 이때 피난민은 일본인 77명, 타이완인은 32명, 조선인은 21명으로 모두 130명이었다.

이러한 탈출 경위에 이어 불인의 인구, 인종, 풍토, 문화, 경제, 산업, 민족운동 등의 항목을 들어 간략한 설명을 서술하고 있는데, 기존의 지리지 및 풍속지의 서술 내용과 큰 차이를 보이는 것은 아니었다. 다만, 조선에 빗대어 불인에 대해 설명한 부분에서 조선인만의 관점이 일정 부분 드러난다고 할 수 있다. 먼저, 김상률은 안남인의 풍모가 조선인과 같다며, 피부색・신장・용모 등이 유사할 뿐만 아니라 성격까지도 같다고 말한 뒤 안남의 지리적 위치가 중국에 근접해 안남인이 중국인과 같을 것이라고 짐작할 수 있지만, 실제로는 조선인에 더 가

깝다며 그 근거로 중국인은 느리고 싱겁지만, 조선인은 예민하고 똑똑하다는 점을 내세운다. 한편, 안남(인)에 대해 조선인이 오해하고 있는 점으로, 안남을 더운 열대지방으로만 인식하거나, 사계절이 여름이기 때문에 이모작을 한다는 점, 안남인을 미개한 족속으로 여기거나 그들의 문화 정도가 열등하다고 생각하는 점 등을 든다. 그는 불인이 열대지방이지만 조선보다 5도 정도 높을 뿐이고, 밤에는 바다의 영향으로 오히려 서늘하다는 점, 그리고 사계절이 여름이지만 우기에만 농사를 짓기 때문에 일모작이라는 점, 또한 프랑스 식민지로 80여 년이 경과하여 서양문물을 조선보다 먼저 받아들였기 때문에 문화 수준이 높고, 안남어가 조선어보다 배우기 쉽고 보급이 잘 되어 있으며, 신문·잡지 등의 민간 언론사와 학교 시설의 보급도 우월하다는 점을 들어 조선인이 불인에 대해 오해하고 있는 점을 바로잡고자 하였다.

이런 점에서 이 글은 제국 일본을 축으로 한 대동아공영권에 포섭되어야 할 지역으로서의 불인에 관한 직접적인 인식을 보여주는 것은 아니다. 물론 그렇다고 해서 이 글이 조선인의 불인 거주 체험에 기초한 인식을 객관적으로 서술한 것이라고 단정할 수는 없다. 이 글의 말미에서 한상률은 안남이 프랑스의 식민지가 된 지 80년이 흘렀지만 안남인의 민족의식은 강하고, 그렇기 때문에 비밀결사 단체도 있다고 말한다. 그런데 제2차 세계대전이 발발하여 독일과 프랑스 사이에 전쟁이 발발한 후 자신들의 힘으로는 프랑스 세력을 물리칠 수 없는 안남인들이 일본군이 오기를 고대하고 있다며 "「익뿐 롸이! 익뿐 롸이!」(일본이 온다! 일본이 온다!)"[105]라는 말을 마치 민요처럼 부르고 있다고 전한다.

105 위의 글, 124쪽.

프랑스로부터의 독립에 대한 염원과 그러한 독립 달성을 위해 일본군의 힘을 빌리고자 한다는 한상률의 전언은 당시 제국 일본의 불인 지역으로의 제국주의적 침략을 은폐하기 위한 기만적 언술과 별반 다르지 않다. 거기에는 제국 일본을 중심으로 동양인의 힘으로 동양 실지를 회복한다는 논리가 내포되어 있었던 것이다.

한편, 식민지 말 조선 지식인의 불인 지역에 관한 인식의 변화가 발생한 시점을 단정할 수는 없으나, 1940년 9월 일본군의 불인 진주를 전후해 불인 지역 내 제국 일본의 위상과 역할이 강조되어감에 따라 보다 적극적으로 일본과 불인의 관계, 나아가 일본을 중심으로 한 대동아공영권 건설이라는 새로운 지역 질서의 모색 속에서 불인을 인식하는 경향이 강화되었다고 볼 수 있다. 당시 태국과 불인 사이에 국경조정 문제를 둘러싸고 갈등이 발생하였는데, 이는 태국 측에서 실지 회복을 요구했기 때문이었다. 강경 대치의 양국 상황이 이어지자 이 문제를 해결하기 위해 1941년 2월 일본이 중재에 나서 통킹에서 일본·프랑스·태국 대표 회담이 열렸고, 이 회담에 의해 3월에 양국 간의 국경 분쟁이 해소되었다. 이 국경 분쟁 해소 과정에 일정한 역할을 했다고 여긴 일본 측에서는 대동아공영권 확립을 통해 세계평화 수립에 공헌하려는 제국 일본의 외교정책이 결실을 본 것이라고 자부하였다. 그리고 이를 통해 영국과 미국의 대동아공영권 권역으로부터 자신들의 세력을 철수할 수밖에 없을 것이고, 태국과 불인의 일본에의 의존도가 강화되어 남양 지역을 포함한 대동아공영권 권역에서 제국 일본의 지도력이 강화될 것이라고 선전하였다.[106] 실제로 제국 일본군의 불인

106 「泰佛印調停과 帝國의 地位」(卷頭言), 『朝光』, 1941.5, 22~23쪽.

진주와 군사적 개입이 본격적으로 전개되던 이 시기 이후 조선 지식인들의 불인 인식에 있어서 제국 일본의 위상을 강화하는 담론이 많이 생산되었다.

이와 관련하여 아시아-태평양전쟁 발발 이후 식민지 조선 지식인의 남양 지역에 관한 인식과 표상을 살펴볼 수 있는 대표적인 저서로 앞서 살펴본 『최신남양독본』을 들 수 있다. 이 책의 서술 내용의 핵심에는 서양 제국주의 세력의 침략에 의해 상실된 남양을 아시아인의 힘으로 회복해야 한다는 논리가 일관되고 있고, 그런 점에서 남양 지역의 정치・경제・군사상의 중요성에 대해 강조하고 있다. 천연자원의 보고로서의 남양 지역 개발, 경제적 실권을 지니고 있는 화교에 대한 포섭 등 대동아공영권 건설이라는 아시아 지역주의 논리에 남양 지역의 지정학적 중요성이 회수되었던 것이다. 이 『최신남양독본』에서는 「불령인도지나」라는 별도의 장을 두어 불인 지역의 인종・언어・종교・문화 등에 대해 간략하게 소개하는 한편, 농업을 중심으로 한 산업 현황에 대해 설명하였고, 하노이와 사이공 등의 대표적인 도시에 대해 그 위치, 인구, 정치적・군사적 중요성을 중심으로 개관하였다.

아세아 南쪽으로 빼더간 印度支那半島의 東쪽편을 왼통차지하고 北緯十度에서 二十度까지 사이인 夏至圈內의 더운 곧이다. 北으로는 廣東, 廣西, 雲南省을 接하고 西으로는 泰와 등을 대고 北西部에는 비리마와 머리를 맛대고 있다. S字모양으로 구부러진 二千키로의 海岸線이 南支那海를 싸고 崑崙山系가 南으로 달려서 安南山脈으로 分脈되어 佛印을 東西로 나느고 南北으로 빼더갓다. 紅河흐르는 北쪽과 南쪽 湄公河(메콩) 두 큰 江이 흐르는 南北平野는 沃土萬里가 열리고 山岳地帶에는 얼마나 많은지 그 埋藏量을 모를만한 鑛源과 森林이 平野의 農事와 아울러 南方의 富源을 일우고 秦始皇의 遠征以來 佛蘭西領土가 되기까지 侵略과 征伐의 歷史에 民族의 鬪爭도 아울러 世人의 記憶에 새로운 곳이다.

佛印이라는 말은 佛領印度支那를 주려서 쓰는 말로 佛蘭西의 植民地인 交趾支那外에 그 保護領인 安南, 東京, 캄보자, 라오스의 다섯 地域으로 成立되었다. 일직 英國과 印度에서 競爭하다가 敗한 佛蘭西가 東洋侵略의 터를 佛領印度支那에 求하여 十九世紀中葉에 安南王에게서 交趾支那를 割讓받어서 植民地로 삼은 것으로 첫 始作으로 安南, 東京, 캄보자를 손에 너코 最後에 라오스를 泰國에서 割取하여 保護領으로 삼었다.[107]

위의 인용문은 불인 지역의 지리적 위치와 지형, 그리고 프랑스의 식민지 및 보호령이 된 과정에 대해 개괄적으로 서술한 부분으로, 앞서 제국 일본의 지리지 및 지정학 관련 저작물의 서술 내용과 큰 차이를 보이지 않는다. 이 「불령인도지나」장에서는 대동아공영권이나 남양 담론과 관련하여 불인 지역의 경제적・군사적 중요성에 대한 구체적인 언급이 서술되어 있지 않고, 그곳에 관한 객관적인 정보와 지식을 소개하고 있을 뿐이다. 하지만 이 책 전반부의 총론 격에 해당하는 부분에서 "좀 더 일직이 大陸아세아사람들이 눈을 뜨고 大洋아세아사람들과 손을 마조잡고 새아세아建設을 爲하여 박그로오는 勢力을 물리치고 共榮의 樂園을 일우었더라면 하는 마음은 누구나 다같이 느끼고 있는배다"[108]라거나, "大東亞戰爭으로 南方共榮圈안에사는 諸民族은 米

107 朝鮮春秋社 編, 『最新南洋讀本』, 朝鮮春秋社, 1943, 119~120쪽.
108 위의 책, 12쪽.

英蘭의 數百年에亘한 壓制의 그물을 벗고 解放되여 東亞共榮圈建設에 參力하고 있다"[109]라고 서술한 내용을 통해 확인할 수 있듯이, 불인에 대한 지식과 정보의 제공 역시 대동아공영권에 포섭해야 할 지역으로서 그곳에 관한 인식이 전제되어 있었다고 보아야 할 것이다. 아시아를 대륙 아시아와 해양 아시아로 공간적으로 양분해서 인식하고, 그것의 공간적 통합을 통해 아시아 제민족이 공존공영할 수 있는 새로운 생활권을 구축할 수 있다는 논리, 그리고 서양 제국주의 세력을 공동의 적으로 상정하여 그들을 아시아에서 축출하는 것을 통해 아시아 제민족의 해방과 독립을 가져올 수 있을 것이라는 서술 방식은 기실 여기에서도 고스란히 반복되고 있었던 것이다.

아시아-태평양전쟁 발발 이후 1942년 5월까지 일본군이 말레이 반도와 필리핀에 진공하여 양 지역을 점령하고 네덜란드령 인도네시아(蘭印)의 중심지 자바섬을 점령하는 등 남양 지역으로부터의 전승 소식이 식민지 조선에 전해져 당시 지식인들의 대동아공영권 건설의 환상을 증폭시켰을 가능성이 농후하지만, 여기에서 주목하고자 했던 것은 그러한 환상 속에서 안남, 불인을 포함한 남양 지역에 관한 새로운 공간 인식과 경계 감각이 발생했다는 데 있다. 이미 17, 18세기 중국을 통해 서구 지리학을 수용한 바 있었고, 근대 전환기 지리학의 개념을 통해 아시아와 세계를 공간적 단위로 인식하고 표상한 적이 있었지만, 서양 / 동양, 제국 / 식민지를 축으로 하는 지정학적 인식의 대상으로 안남과 불인 지역을 새롭게 상상한 것은 식민지 말 대동아공영권 건설과 남양 담론의 범람 과정 속에서였다고 할 수 있을 것이다.

---

109 위의 책, 38쪽.

한편, 식민지 말 제국 일본의 내지, 만주를 비롯한 중국 대륙 지역에 비해 불인 지역, 특히 베트남은 문학작품 속에서 서사적 공간이나 장소로 전경화되지 않았을 뿐만 아니라, 대체로 남양(또는 남방) 지역의 일부로서 간단하게 언급되는 정도에 그쳤다. 이런 점에서 베트남 지역에 관한 인식과 표상이 본격적으로 서사화되지 않았지만, 『조광』 1941년 2월호에 실린 박태원(朴泰遠)의 「亞細亞의 黎明」에서 미약하나마 그 흔적을 살펴볼 수 있다. 이 소설의 서두에는 전체 내용을 다음과 같이 압축적으로 소개하고 있다. "風雲 가득찬 亞細亞大陸에 오래간만에 새벽은 찾아왔다. // 和平救國의 雄志를 품은 王精衛, 周佛海, 曾仲鳴等 憂國 熱血의 志士는 드디어 蹶起하였다. 그들은 언제까지나 한날 愚昧한 蔣逆의 傀儡는 아니었다. // 한時를 빼지않고 그림자 같이 뒤를 따르며 오로지 목숨을 노리는 殘忍兇暴한 刺客의 물결을 헤치고 勇躍 恐怖의都市 「重慶」을 脫出하여 百折不屈 一路邁進하여 마침내 今日의 新政府를 樹立하기까지의 流血史! 奮戰記!"[110] 즉, 이 소설은 국민당 부총재이자 국민정부 부주석이었던 왕징웨이[汪精衛]가 일본과의 항전 체제를 구축한 장제스[蔣介石]에 반기를 들고 암살의 위험 속에서 "화평구국운동(和平救國運動)"을 펼치기 위해 충칭[重慶]을 떠나 쿤밍[昆明]을 거쳐 하노이[河內]로 탈출한 뒤 난징[南京]에 도착하기까지의 지난한 과정을 서사화하고 있다. 물론 이 소설은 중일전쟁의 장기화에 따라 항일항전이 지속되어가는 정세 속에서 1940년 3월 난징에서 제국 일본의 괴뢰정권인 '신국민정부'를 세우고, 스스로 수반이 된 왕징웨이를 내세워 중일 간의 우호 협력적인 관계를 부각시키고자 한 제국 일본의 이데올로기

110 朴泰遠, 「亞細亞의 黎明」, 『朝光』, 1941. 2, 311쪽.

적 산물이라고 할 수 있다. 어찌 되었든, 이 소설에서 베트남은 장제스에 의한 암살 위험으로부터 벗어나 간난신고 끝에 신국민정부를 수립하기 위한 왕징웨이의 탈출과 망명지로 나타나고 있다. 하지만, 그렇다고 해서 신국민정부를 수립하기 위한 제의의 공간으로 베트남이 인식되거나 서사화되지는 않는다. 박태원의 「아세아의 여명」 후반부에서 베트남 지역이 공간적 배경으로 서사화된 것은 당시 왕징웨이의 실제 역사적 행적에 기초한 것 정도로 이해하는 것이 정확할 것이다.

이처럼 식민지 말 문학작품에서 베트남 지역에 관한 인식과 표상을 살펴보는 것은 매우 제한적일 뿐만 아니라, 그 자체로 서사적 공간성이나 장소성을 갖지 못했다고 할 수 있다. 제국 일본이 지정학적 패권주의를 주장하기 위해 본격적으로 전쟁을 수행하던 1940년대 초반 남양 지역이 식량과 군수물자의 조달을 위한 하나의 병참기지로서의 역할을 수행하였다는 것은 익히 알려진 사실이다. 제국 일본이 동남아시아 점령지의 자원을 개척하기 위해 남양척식회사와 남양청 등의 정부조직을 구성하였고, 난요흥발・남양무역・미쓰이물산 등의 회사는 실질적으로 식민 자원을 개발하고 수송하는 역할을 수행했다. 전시총동원 체제기 대동아공영권의 확장과 남양 지역의 자원 개척 및 병참기지로서의 중요성이 부각됨에 따라, 이곳을 대상으로 한 문학작품, 여행지, 지리지, 신문과 잡지의 논설, 좌담회 등이 대중 미디어에 지속적으로 게재되었다.[111] 이러한 흐름 속에서 베트남, 특히 불인 지역 및 그곳을 둘러싼 전황에 관한 글이 소개되었다. 하지만 앞서 살펴본 당시

111 이에 대해서는 홍순애, 『여행과 식민주의－근대 기행문의 식민・제국의 역학』, 서강대 출판부, 2014, 310～311쪽 참조.

신문·잡지 등의 미디어나 지식인들의 저술에 나타난 베트남 지역에 관한 인식이 대체로 제국 일본의 지정학적 담론을 재생산한 것이거나 그 자장으로부터 자유롭지 못한 것일 뿐, 식민지 조선인만의 베트남 지역에 관한 새로운 인식과 표상의 결과물들은 거의 찾아볼 수 없는 실정이었다.

식민지 말 제국 일본의 동남아시아로의 지리적 팽창 과정 속에는 식민지 통치에 의해 주민의 생활양식이 변화하면서 새로운 사태에 어떻게 잘 적응할 수 있는가, 또한 그러한 과정 속에서 마찰을 최소화하기 위해 어떠한 대책을 고안할 것인가 등의 문제가 식민지 당국으로부터 요청되었다. 이에 따라 이전 시기까지와는 다른 종류의 민족 연구의 중요성이 증가하였는데, '다민족국가'로서의 일본을 의식하지 않을 수 없는 상황이 계속되었고, 특히 자원이 풍부한 동남아시아가 제국 일본의 세력권 내에 들어오면서 그 지역에 관한 지세학적(地勢學的) 인식으로부터 대동아공영권 구축을 위한 학문적 자양분으로서 인류학이 각광을 받게 되어 각종 국가 연구소가 개설되었다.[112] 그리고 이러한 흐름 속에서 동남아시아 지역에 관한 지정학적 인식과 표상의 결과물들이 끊임없이 생산되었다. 당시 식민지 조선 지식인 및 대중 미디어에 나타난 베트남 인식과 표상 역시 이러한 측면에서 이해할 필요가 있고, 특히 그것이 제국-식민지 체제의 지정학적 상상의 한 단면을 보여준다는 점에 주목할 필요가 있다.

물론, 식민지 말 조선 지식인의 베트남 지역 및 안남인에 관한 인식이 전적으로 제국 일본의 지정학적 상상으로만 수렴되지는 않는다. 식

---

112 山路勝彦, 『近代日本の海外學術調査』, 山出出版社, 2006, 83~90쪽.

민지 조선과 베트남 사이의 지식인들의 관계는 반일, 반파시스트, 반제국주의의 투쟁 과정 속에서도 형성되었다. 1930년대 초반 베트남에서 공산당이 성립되자, 조선의 지식인들이 베트남 혁명 정당들이 항불・항일 투쟁과 민족 해방을 위해 공고히 결집해 연합한 결과라고 평가하였고, 1939년부터 조선의용대 편집위원회 주임으로 활동했던 이두산(李斗山)은 『동방전우(東方戰友)』에 "조선, 대만, 안남, 인도, 태국 제 민족 각 사회단체, 혁명단체 및 전체 민중은 보시오! 우리 동방 각 피압박 민족 및 약소민족의 시대적 사명은 첫째, 각국 민족의 해방, 둘째, 동아시아 평화의 기초를 닦는 것, 셋째, 세계 평화를 사랑하는 대중의 최고 이상을 실현하는 것"이라며 동아시아 피압박 민족의 국제 연대를 통한 공동 투쟁을 강조하기도 하였다. 또한, 1940년 10월 조선의용대 창립 2주년 기념으로 발간된 『조선의용대(朝鮮義勇隊)』 제37기에 발표된 「원동의 반제국주의 통일전선을 공고히 하고 확대시켜 투쟁하자」에서는 1940년대 들어 민족통일전선 노선이 활발하게 전개되자, 중국을 중심으로 베트남을 포함한 각 지역의 식민지 국가들의 결집을 도모하기도 하였다.[113] 이처럼 식민지 말 조선과 베트남 지식인들은 식민지라는 입장에서 동변상련의 대상이자 상호 연대의 대상으로 상대방을 인식하기도 하였다.

하지만 식민지 말 조선 지식인들의 베트남 지역에 관한 인식은 중일전쟁에서 아시아-태평양전쟁으로 이어지는 제국 일본의 전쟁 수행의 핵심적인 이데올로기로 작동한 제국 일본발 지정학적 담론의 직접적

113 이에 대해서는 윤대영・응우옌 반 낌・응우옌 마인 중, 『1862~1945, 한국과 베트남의 조우 -교류, 소통, 협력의 중층적 면모』, 이매진, 2013, 126~127쪽 및 229~231쪽 참조.

인 영향을 받았고, 그런 점에서 그것은 식민지 조선 지식인들만의 독특한 인식을 보여준 것은 아니었다. 물론 남양 지역에 관한 인식에 있어서는 제국 일본인과 식민지 조선인 사이에 일정 부분 차이가 보인다. 특히, 대동아공영권 건설을 축으로 하는 제국 일본의 지정학적 담론을 전유하여 남양 지역과 그곳의 인종·문화 등에 대해 인식한 조선의 지식인들은 식민주의와 아시아주의를 내면화하여 "'대동아공영권'이라는 새로운 아시아 블록에서 제2인자로서 우월한 지위를 점하려는, 식민지인의 분열적인 욕망"[114]을 드러냈고, 그런 점에서 식민자로서의 제국 일본인과는 명확한 차이를 지니고 있었다. 제국-식민지 체제 내 제국 일본인 / 식민지 조선인이라는 인식 주체의 위계화된 위상의 차이가 남양 지역에 관한 인식의 차이로 이어졌던 것이다. 하지만 이러한 위상 차이가 곧바로 제국-식민지 체제 자체를 와해시키거나 그것에 균열을 발생시키는 것은 아니었다. 특히, 식민지 말 지정학적 세계 인식의 측면에 있어서 제국 일본과 식민지 조선은 명확하게 구분되는 위상을 갖는 곳은 아니었다.

따라서 당시 동아시아 지역 질서에 대한 지정학적 인식을 제국 / 식민지의 이분법적 구도에서 이해하는 것은 단편적이다. 오히려 그것들이 어떠한 교호 / 연환 관계에 놓여 있는지 파악할 필요가 있다. 좀 더 적극적으로 말하자면, 제국 일본과 식민지 조선의 분절적 단위에서가 아니라, 제국-식민지의 통합된 계열체 속에서 그것을 이해할 필요가 있을 것이다. 식민지 조선의 경우, 근대 전환기 지리학의 개념을 통해 아시아와 세계를 공간적 단위로 인식하고 표상한 적이 있었지만, 서양

114 권명아, 앞의 책, 350쪽.

/ 동양, 제국 / 식민지를 축으로 하는 지정학적 인식의 대상으로 베트남 지역을 새롭게 상상한 것은 식민지 말 대동아공영권 건설과 남양 담론의 범람 과정 속에서였다. 그리고 그러한 베트남 인식은 생물학, 지리학, 인종주의적 민속학 등과 같은 근대 과학이 제국주의적 지배와 군사주의적 팽창을 자연스러운 것으로 정당화한 '자연화된 지정학'의 한 양상을 보인 것이었다. 물론 이러한 인식 속에는 문명 / 야만의 위계화된 구도 속에서 문명화된 국가가 야만스러운 지역을 지배하고 통치해야 한다는 '문명화된 지정학'적 관점이 잔존하고 있었지만, 이때 문명 / 야만의 위계화된 구별 또한 제국주의적 지배 구조를 구축·강화하는 담론으로 회수되어갔던 것이다. 즉, 식민지 조선인들이 문명 / 야만의 이분법적 구도 아래 베트남 지역과 베트남인을 하위에 놓는 방식으로 자신의 위상을 강화해갔다고 하더라도 그것은 제국 일본(인)의 자기 구축의 논리, 이 책의 논의에 초점을 맞추자면, 제국 일본(인)의 지정학적 위상 구축·강화의 이데올로기로 수렴되어갔던 것이다. 이런 점에서 식민지 말 조선 지식인들의 베트남 인식은 제국-식민지 체제의 지정학적 상상이라고 불릴 수 있을 만한 것이었다.

/ 제7장 /

결론

이 책에서는 식민지 말 문학작품, 여행기, 지리지 등을 대상으로 근대 한국의 지식인·문학자들의 동아시아 각 지역에 대한 지리적 상상을 고찰하는 한편, 제국-식민지 체제의 공간 인식과 경계 감각을 규명하고, 그에 기초한 식민지 조선, 조선인, 조선문화의 위상 재정립 과정 및 정체성 구축 과정을 논의하였다. 1937년 중일전쟁 발발을 전후로 한 시기에서 1945년 해방까지의 식민지 말, 제국 일본의 아시아-태평양 권역으로의 지리적 팽창 과정 속에서 이루어진 동아시아 지역 질서의 변동은 한편으로는 근대 이후 제국-식민지 체제로 재편된 동아시아 지역 질서의 굴절과 변용의 지점이면서 다른 한편으로는 이후 탈식민-냉전 체제로 다시금 재편되는 세계 질서의 변화 과정을 고찰할 수 있는 '임계점(臨界點)'이었다. 당시 식민지 조선의 지식인·문학자들은 식민지 조선 및 제국 일본, 만주·중국 등의 대륙 아시아, 남양·타이완·베트남 등 해양 아시아에 이르기까지 동아시아 각 지역으로 이동하였고, 그러한 과정 속에서 각각의 공간과 장소를 새롭게 인식하여 위상을 부여하는 한편, 그곳에 대한 지식과 정보를 생산했으며, 그러한 인식과 생산 주체로서 자신의 정체성을 구축해나갔다.

식민지 말에는 근대의 종언이라는 위기의식에 이어 위기의 근대를 초극하려는 적극적인 움직임이 일어났다. 이때 아시아-태평양전쟁은 위기의 근대를 극복하고 '대동아공영권(大東亞共榮圈)'이라는 새로운 동아시아 지역 질서의 구축을 위한 세계사적 사건으로 여겨졌다. 1937년 중일전쟁 발발 이후 제국 일본의 동아시아로의 지리적 팽창 움직임 속에서 만주·중국 등의 대륙 아시아 지역과 타이완·베트남 일대를 비롯한 남양(南洋) 등의 해양 아시아 지역은 대동아공영권 권역에서 중요한 지역으로 인식되었다. 한편, 식민지 말 '국민문화'시기에는 동아시아 지역주의(regionalism)의 담론 자장 안에서 그러한 지역주의를 구성한다고 여겨지는 각 지방의 로컬리티(locality)에 대한 논의가 활발하게 일어났다. 이러한 논의는 일본문화를 중앙으로 하여 그에 대응하는 각각의 지방문화의 위상을 재정립하는 가운데 발생하는 제국-식민지 사이의 문화적 헤게모니 투쟁의 한 국면을 보여주었다. 식민지 조선의 로컬리티와 관련해서도 이러한 논의는 활발하게 이루어졌는데, 제국의 한 지방으로서 조선을 위치 지으려고 하거나, 조선이 단순히 제국의 한 지방이 아니라 특수한 위치에서 일본문화를 변혁시킬 수 있다는 논의, 그리고 제국의 지방으로 한정하지 않고 세계의 지방으로서 조선을 위치 짓는 등 당시 지식인·문학자들의 논의는 동아시아 지역 질서 재편 과정 속에서 식민지 조선의 위상을 새롭게 재정립하기 위한 움직임들이었다. 이러한 동아시아 지역주의와 조선 로컬리티 담론 체계 안에서 식민지 조선의 지식인·문학자들은 동아시아의 각 지역에 대한 공간 인식과 경계 감각을 보여주었다.

식민지 말 제국의 지방으로서의 조선, 제국-식민지 체제 내 향토화되어가는 조선의 위상은 제국의 지리적 확장에 의한 동아시아 지역 질서 재편 가운데 이동하는 주체에 의해 조선이 새롭게 발견되고 재인식되는 과정을 통해 규정되었다. 이때 조선은 근대 이전 중국을 중심으로 한 동아시아 지역 질서로부터 벗어나 제국 일본에 의해 새롭게 건설되고 있는 동아시아 지역 질서 안에서 그 위상을 부여받았다. 당시 조선의 각 지방을 향토로 인식하고 표상한 문학작품 역시 많이 생산되었는데, 이는 로컬리티 담론 체계를 통해 식민지 조선을 새롭게 인식한 방식이 조선 내 각 지방을 그 대상으로 한 결과였다. 이처럼 조선 내 각 지방의 로컬리티를 바탕으로 조선문화를 새롭게 인식하던 식민지 말 문학작품에서 그러한 로컬리티의 공간으로 향토가 부상하게 되었다. 당시 향토는 식민지 말 근대 지식인들에게 있어 자신의 정체성을 재정립하고, 조선문화의 로컬리티를 확보하기 위한 공간으로 적극 활용되었던 것이다.

식민지 말 제국 일본과 식민지 조선의 연환 속에서 '조선적인 것'에 대한 관심과 탐구가 활기를 띠었다. 조선적인 것에 대한 관심과 탐구의 열기는 다양한 방식으로 표출되었는데, 그중 눈에 띄는 현상은 조선의 고도(古都)에 대한 새로운 인식과 표상의 결과물들이 각종 미디어를 통해 생산·소비되었다는 점이다. 평양은 노스탤지어적 시간관념을 통해 그곳을 인식하는 피식민 조선인 여행자의 시선에 의해 식민 권력에 의해 변동하고 있는 폐허로 인식되었고, 경주는 숭고함을 간직한 조선미를 통해 재발견된 고도로서 위치 지어질 뿐만 아니라 그러한 조선미와 관련된 여성성의 공간으로서 식민지 조선인 남성의 시선에 의해 재장소화되었다. 이들과는 달리, 잊혀진 폐허의 땅으로서의 부여는 1940년대 초반 부여신궁 조영공사를 통해 새롭게 고도로서 인식되기 시작하였으며, 그곳은 내선일체(內鮮一體)의 성지로서 자리매김해갔다. 이처럼 식민지 조선의 고도로의 여행 속에서 '폐허'와 '비애'의 감각을 통해 조선미를 발견한 것과는 달리, 조선의 고도를 삶의 장소로서 동일시하면서 그곳에 애착을 드러내는 제국 일본인과 식민지 조선인의 고도에 대한 토포필리아(topophilia), 그리고 그들의 그러한 욕망 발현을 통해 문화 접경지대(contact zone)로서 식민지 조선의 고도가 재장소화되기도 하였다.

한편, 식민지 말 식민지 조선의 위상 변동 과정에 심대한 영향을 끼친 역사적 사건은 아시아-태평양전쟁이었다. 당시 '대동아전쟁'이라고 불렸던 이 전쟁은 제국 일본의 동아시아 지역으로의 제국주의적 침략에 다름 아니었지만, 기존의 세계 체제와 동아시아 지역 질서를 넘어서 제국 일본을 정점으로 하는 대동아공영권 건설과 세계 신질서 구축을 위한 움직임으로 선전되었다. 대동아공영권 건설이라는 기치 아래 기존의 만주, 중국을 비롯한 대륙 아시아 지역뿐만 아니라, 타이완, 베트남 등을 비롯한 남양 지역의 지정학적 위상이 새롭게 조명되었는데, 이때 식민지 조선의 지식인·문학자들은 흔들리는 식민지 조선의 위상을 강화하기 위한 담론을 전개하였다. 국민문학 이데올로그였던 재조일본인 지식인들은 대륙전진병참기지로서의 조선의 위상을 확대해 제국전진병참기지로 재편하려고 하였고, 조선인 지식인・문학자들은 내선일체 이데올로기와 일만지(日滿支)의 호조연환(互助連環) 관계를 축으로 하여 대동아공영권 중핵으로서 식민지 조선의 위상과 책무를 강조하였다. 이처럼 아시아-태평양전쟁 수행을 위한 남양 지역의 중요성이 부각되어감에 따라 식민지 조선의 위상이 위축되어간다고 판단했던 당시의 지식인・문학자들은 대동아공영권 건설의 당위성을 적극적으로 피력하면서도 그러한 동아시아 지역 질서의 구축 과정에서 흔들리는 식민지 조선의 위상을 새롭게 정립・강화하고자 했던 것이다.

식민지 말 제국 일본은 새롭게 건설될 대동아공영권의 중앙으로서 그 위상을 구축해갔다. 서양 제국주의 세력에 대항하는 동양의 구심점으로서 일본의 위상과 그러한 일본을 중심으로 한 아시아 국가들의 연대와 통합의 당위성은 1930년대 이후 세계 체제와 동아시아 지역 질서의 변동 과정 속에서 새롭게 구축된 것이었다. 당시 제국의 중앙 일본은 천황의 나라, 대동아의 '성지(聖地)'로 재인식되어 서사화되었는데, 일본의 고도는 식민지 / 제국 일본의 고도로서 일본의 종교・예술의 기원과 맞닿은 '대동아'의 성지이면서 동시에 고대 한반도와 직접적인 교류의 증거를 보존하고 있는 '내선일체'의 성지이기도 하였다. 한편, 식민지 말 '내지'와 '조선'이 일체가 되어야 한다는 내선일체론은 제국-식민지 체제 내 중앙으로서의 제국 일본과 지방으로서의 식민지 조선 사이의 위계화된 관계를 상징적으로 드러낸다. 이때 내 / 선의 공간 위계화는 식민지 조선인들의 동화에의 욕망을 추인하는 동시에 그것에 균열을 발생시키는 제국-식민지 체제 자체를 상징적으로 보여주었다. 또한, 식민지 말 도쿄와 경성이 제국의 권역 내 중앙과 지방이라는 위계화된 공간으로 재편되는 것 못지않게 식민지 조선의 중앙으로서의 경성과 각 지방 사이의 역학 관계 역시 재편되었다. 식민지 조선의 각 지방들과 경성, 그리고 제국의 각 지방으로서의 식민지 도시들과 도쿄의 위계화된 공간 역학 구조는 제국-식민지 체제 내 이동하는 주체들의 상경(上京)의 심상지리를 새롭게 구축하고 강화하는 한편, 그러한 욕망을 제국적 질서 내부로 회수하는 구심력을 발휘하고 있었다.

만주국 건국 이후 만주는 고난과 역경을 극복하고 황폐한 토지를 개척하는 조선인들의 불굴의 의지가 깃들여 있는 대지이면서 동시에 식민지 조선 지식인이 제국적 주체로 자신을 현시할 수 있는 욕망의 공간으로 그 의미가 확장되었다. 그리고 이때 만주는 제국 일본에 의해 성립된 괴뢰정부 만주국의 건국이념인 오족협화(五族協和)의 이데올로기 공간이자, 동아시아 제 민족이 공존공영할 수 있다고 선전된 왕도낙토(王道樂土)의 이상 공간이었다. 하지만 끊임없이 제국의 권역으로부터 탈주하려는 식민지 조선 지식인들의 욕망과 행위를 보여준 서사를 통해 확인할 수 있듯이, 집단부락으로 상징되는 제국의 수용소로서 만주라는 공간은 자기 모순적으로 기능하고 있었다. 그리고 이 지점에서 왕도낙토의 이상 공간은 그 내부로부터 붕괴되고 있었다. 한편, 식민지 말 제국의 확장에 의해 새롭게 형성된 만주의 근대 도시들은 제국적 비전이 충만한 도시로 인식되었고, 그곳은 제국의 경계를 넘어 세계를 꿈꾸게 하는 환상의 공간으로 여겨지기도 하였다. 그중 하얼빈은 만주국의 3대 도시 중 민족협화 이데올로기가 최고로 확장된 공간이었다. 하얼빈은 '동양의 모스크바' 혹은 '동양의 파리'라고 상징되는 국제도시로서 만주국 전체의 국제성을 표상하는 도시 공간이었던 셈이다.

근대 초기 한국의 중국 인식은 사회진화론의 관점에서 여전히 유교적 질서로부터 벗어나지 못하고 있는 '고루한' 중국에 대한 비판으로 점철되었다. 하지만 이와 동시에 1910년 한일병합에 의해 조선이 제국 일본의 식민지가 되자, 서양 제국주의 세력에 의해 반식민지 상태에 처해 있던 중국을 제국-식민지 관계망 속에서 연대의 대상으로 위치 짓기도 하였다. 1937년 중일전쟁의 발발은 근대 한국의 중국 인식에 커다란 전환을 마련한 역사적 사건이었다. 전선기행문에 '전장(戰場)'으로 표상된 중국 지역은 제국 일본의 전쟁 수행의 당위성을 확보하기 위한 장소로 소환되어 '폭지응징(暴支膺懲)'의 수사학적 대상으로 자리매김되었다. 제국 일본과 반식민지 중국은 식민지 조선의 지식인·문학자들에게 몰락 / 재생, 폐허 / 신생의 이분법적 구도 속에 배치되어 인식되었던 것이다. 또한, 1941년 아시아-태평양전쟁이 발발하면서 제국 일본은 대륙에서의 전쟁 수행을 위한 군사적 거점을 마련해야 했고, 이를 위해 서양의 반(半)식민지 상태에 놓인 중국을 대동아공영권 내로 통합시킬 필요성이 제기되었다. 당시 문학작품에 나타난 중국은 서양 제국주의 세력에 대항해 동아 제 민족이 공존공영할 수 있는 대동아공영권이라는 새로운 동아시아 지역 질서에 포섭되어야 할 국가로 인식되었다. 이때 중국 인식은 근대 초기 이래로 한 축을 형성해 왔던 천시와 연대의 양가적 태도로 드러났다.

근대 이후 남양은 매혹과 공포의 양가적 대상으로 인식되었다. 제국

-식민지 체제기 조선인에게 남양은 실제의 이주처나 여행지이기보다는 '지금-이곳'의 식민지적 현실과는 멀리 떨어져 있는 상상의 장소였던 셈이고, 남양 지역에 대한 본격적인 관심과 탐구는 식민지 말에 이르러서야 가능했다. 아시아-태평양전쟁 발발 전후 '상하의 땅' 남양은 식민지 조선 지식인들에게 미지의 세계에 대한 동경과 호기심을 증폭시키면서 낯설고 이질적인 공간에 대한 이국취향을 자극하는 동시에 대동아공영권의 한 지역으로 포섭되면서 정치·경제·군사상 중요한 지역이라는 지정학적 인식의 대상이 되었다. 이는 1930년대 후반 이후 남양에 관한 담론 체계의 생산, 각종 이미지의 범람 등 '남양의 재발견'이라 부를 수 있을 만한 시대적 현상 속에서 가능한 것이었다. 남양이라는 지역을 중심으로 대서양에서 태평양 중심으로 동양과 서양의 지정학적 위상을 재편하고, 그러한 동양 속에서 식민지 조선을 새롭게 상상적으로 자리매김할 수 있었던 것이다. 그것은 제국 내 한 지방으로서의 조선, 식민지 조선이라는 제한적·폐쇄적 공간 인식과 경계 감각을 넘어 조선을 동양, 세계 속에 새롭게 위치시킬 수 있는 공간 인식과 경계 감각을 가능케 하는 것이었다.

제국-식민지 체제기 타이완은 식민지 조선의 지식인·문학자들에게 식민지 조선을 이해하기 위한 하나의 거울로서 기능하였다. 물론 식민지 조선인들의 타이완 지역으로의 이동이 활발하게 이루어지지는 못했지만, 그곳은 제국 일본의 각종 식민주의적 정책과 제도의 실험실로서 조선인들의 자기 인식에 영향을 끼쳤다. 1920년대까지 타이완 지역으로 이동은 주로 시찰의 형식을 띠었는데, 당시 조선인들의 시찰기는 민족지적 기록물에서 보이는 것과 같은 타이완에 관한 객관적인 정보와 지식을 집적해 싣고 있었다. 그리고 1930년대 타이완 기행문은 1920년대까지의 시찰기에서 보이는 민족지적 서술의 방식을 일정 부분 답습하고 있었지만, 거기에는 여행지에 대한 여행자로서의 낭만적 시선이 또한 내재되어 있었다. 물론 식민지 조선인이 여행이라는 공간적 실천 행위를 통해 여행자로서 자기 정체성을 구축하는 과정을 적극적으로 보여준 것은 아니었다. 하지만 이국의 낯선 인종과 풍경에 대해 여행자로서의 엑조티시즘적 시선을 드러냈고, 그것은 시찰의 주체와는 다른 낭만적 주체를 낳는 것이었다. 또한, 식민지 말 제국 일본의 동아시아 지역에서의 전쟁 수행에 따라 식민지 조선과 타이완의 위상을 비교해서 타이완에 대해 인식하는 과정 속에서는 타이완의 지정학적 위상을 인정하면서도 제국의 권역 내 조선의 하위에 놓으려는 분열적 감각이 노출되기도 하였다. 이처럼 제국-식민지 체제기 타이완은 제국 일본에 의해 경제적 근대화를 선취한 곳이자 여행자의 낭만적 동경을 자극하는 '상하의 땅'으로 여겨지는 한편, 제국 일본을 중심으로 한 동아시아 권역 내 경제적・군사적 거점으로서 중요한 지역으로 인식되었다. 그러한 인식에는 인종과 민족, 문명과 문화를 기준으로 아시아 지역 내 개별성을 구분하려는 지향, 다시 말해 제국-식민지 체제가 만들어낸 시각 주체의 위계화된 시선이 엄존하고 있었다.

식민지 말 베트남은 서양 제국주의 세력 중 하나인 프랑스의 식민지로부터 벗어나 제국 일본 주도의 새로운 아시아 건설을 위해 연대・협력해야 할 대상으로 여겨졌다. 서양/동양, 제국/식민지라는 이분법적 인식틀 속에서 '서양 제국'의 '동양 식민지'인 베트남은 자연스럽게 대동아공영권과 세계 신질서 속으로 포섭되어갔던 것이다. 당시 식민지 조선의 대중 미디어에 나타난 베트남 지역에 관한 인식과 표상은 대체로 제국 일본의 베트남 지역에 관한 지정학적 인식과 다르지 않았다. 당시 각종 미디어에 나타난 베트남 지역에 관한 인식 역시 대동아공영권 건설 및 남양 담론의 구축 방향과 그 궤를 같이 했다. 식민지 조선의 경우, 근대 전환기 지리학의 개념을 통해 아시아와 세계를 공간적 단위로 인식하고 표상한 적이 있었지만, 서양 / 동양, 제국 / 식민지를 축으로 하는 지정학적 인식의 대상으로 베트남 지역을 새롭게 상상한 것은 식민지 말 대동아공영권 건설과 남양 담론의 범람 과정 속에서였다. 이처럼 식민지 말 조선 지식인들의 베트남 인식은 제국-식민지 체제의 지정학적 상상이라고 불릴 수 있을 만한 것이었다.

끝으로 이 책의 논의를 확장시켜나갈 방향에 대해 선행 연구를 참고하여 간단하게 언급하는 것으로 마무리하고자 한다. 1945년 제국 일본의 패전과 함께 아시아 / 조선의 위상은 다시금 유동적인 상태에 놓이게 된다. 1945년 8월 15일 제국 일본의 패전과 아시아 식민지 국가들의 해방, 미군의 일본 및 남한 진주와 미군정 통치, 그리고 소련군의 북한 진주에 따라 동아시아의 제국-식민지 체제가 붕괴되고, 아시아 / 조선의 지역은 새롭게 재편된다. 탈식민-냉전 체제 형성과 민족국가의 발흥 속에서 동아시아 지역은 새로운 세계 체제에 편입되어갔던 것이다. 그리고 이때 동아시아 지역주의는 식민지 말과 마찬가지로 지역적 인접성을 근간으로 하고 있었지만, 피식민의 과거 역사 경험과 근대 국민국가 건설이라는 정치적 아젠다의 공통성이 아시아 지역주의를 구성하는 다른 어떤 요소보다 전면에 내세워지게 되었다.[1] 이에 따라 당

1 장세진, 「역내 교통의 (불)가능성 혹은 냉전기 아시아 지역 기행」, 『상허학보』 제31집, 상허

시 지식인 · 문학자들의 아시아 / 조선 인식에도 변화가 일어난다.

해방 이후 한국의 지식인 · 문학자들의 아시아 / 조선 인식 변화에 결정적인 계기가 된 것은 냉전 체제와 미국 주도의 헤게모니 재편이었다. 냉전 체제에서 미국은 패권국가로서의 지위를 확보하기 위해 공산주의 진영과 대결하는 동시에 자유주의 진영의 동맹국에 대한 영향력을 유지 · 확대해야 했고, 이를 위해 선택한 방안 중 하나가 동맹국으로 하여금 자신의 권력을 내면화하도록 하는 것이었다. 이에 따라 미국은 한국 사회가 정치, 경제, 사회, 문화의 각 분야에서 자국을 지도국으로 받아들이도록 하기 위해서 주도면밀하게 각종 사업을 추진했다.[2] 해방 이후 한국 사회에서 미국 주도의 헤게모니 재편이 본격적으로 전개되고 있었던 것이다. 미국 주도의 헤게모니 재편 과정 속에서 '동양 / 서양' 표상은 '남한 / 아메리카' 표상으로 전환되었는데, 남한과 아메리카 표상의 연대와 결합에는 특히 1950년에 발발한 한국전쟁으로 인한 아메리카의 동아시아 반공 블록이라는 국제 정치적 요인이 강하게 작용하고 있었다.[3]

한편, 해방 이후 지식인 · 문학자들은 과거 식민지였던 동남아시아 국가들의 해방과 해방 투쟁에 연대감을 표현하였지만, 1949년 중화인민공화국의 탄생에 대항하여 반공 국가들 간 연대를 요구하게 되고, 반공 태평양 연대라는 정치적 연합체의 구상에 지지를 보냈다. 그리하

학회, 2011, 125쪽.

2 허은, 『미국의 헤게모니와 한국 민족주의 — 냉전시대(1945~1965) 문화적 경계의 구축과 균열의 동반』, 高麗大學校 民族文化硏究院, 2008, 142쪽.

3 이에 대해서는 장세진, 『상상된 아메리카 — 1945년 8월 이후 한국의 네이션 서사는 어떻게 만들어졌는가』, 푸른역사, 2012 참고.

여 동남아시아 국가와 지역은 반공 정치적 연합체의 구축 지역으로 새롭게 인식되었던 것이다. 이때 '태평양'은 냉전적 세계 질서 속에서 이념적 재가공을 거쳐, 새롭게 열린 해방과 희망의 시대에 대한 지리적 메타포이자 미국 없이는 상상될 수 없는 정치적 연대의 상징으로 심상지리화되었다.[4] 그리고 1948년 남한 단독 정부 수립 이후 영해 / 공해라는 국민국가식 영토 개념을 통해 바다를 구획하는 과정에서 '태평양'이라는 공간이 새롭게 의미화되었는데, 이는 1940년대 초반의 '대동아-태평양'이라는 의미 체계를 해체하여, 민주주의가 승리를 거준 장소로서의 '태평양-아메리카'라는 새로운 의미 체계를 구성한 것이면서 동시에 민족 독립운동의 거점이자 아시아-태평양전쟁 동원이라는 수난사와 연결되면서 국민국가화된 의미망을 형성한 것이었다.[5] 또한, 1949년 중화인민공화국 수립 전후 중국 난민을 대한민국의 법망으로 소환하고 관리해가는 과정은 냉전 체제 하 신흥 자유주의 민족국가로서 한국의 국가 정체성을 정립하는 과정이기도 했다. 다시 말해, 중국 난민을 환대하는 것은 곧 냉전이라는 국제 질서 아래 신흥 자유주의 민족국가로서 한국의 위상을 재정립하는 과정이었던 것이다. 이광수의 『서울』을 통해 확인할 수 있듯이, 냉전 체제 하 아시아와 한국은 새롭게 구성되고 상상되는 지역이었다.[6] 그리고 이때 아시아는 미래의 탈

---

4 이에 대해서는 김예림, 「냉전기 아시아 상상과 반공 정체성의 위상학-해방~한국전쟁 후(1945~1955) 아시아 심상지리를 중심으로」, 『상허학보』 제20집, 상허학회, 2007, 311~345쪽 참고.

5 이에 대해서는 장세진, 「해방기 공간 상상력의 전이와 '태평양'의 문화정치학」, 『상허학보』 제26집, 2009, 103~149쪽 참고.

6 이와 관련해 이광수의 『서울』에서 중국인 호소검의 발화는 상징적이다. ""아시아! 아시아! 여러분 마음속에 지도를 그려 보시오. 여러분의 나라 대한은 삼팔선으로 허리가 끊겨 있읍니다. 우리나라 중국은 사십년 동안이나 내란이 계속되었읍니다. 이웃 나라 월남은 지금 호

식민 국가 건설의 주체들로 구성된 집합체이자, 미국과 소련의 대립이라는 냉전 질서로 인해 분쟁과 분열 상태에 빠진 약소 지역들을 호출하여 재배치하는 과정을 통해 만들어진 지역이었다.[7]

한편, 해방 이후 새로운 시공간 속에서 개인들은 신생(新生) 조선의 건국 주체로서 자기 정체성을 새롭게 확립해야 했다. 그리고 이러한 정체성 확립이 민족성 획득의 길로 이어진다는 것을 감안했을 때, 그들에게 무엇보다 시급한 과제는 '조선인'이 되는 것이었다. 따라서 제국-식민지 체제기 제국의 지방으로서의 조선, 제국의 신민으로서의 조선인이라는, 다시 말해 제국적 질서 속에 편입되었던 조선 / 조선인의 위치는 해방과 함께 재편되어야 했다. 이에 따라 제국의 질서 속에서 구획되었던 한반도의 지리적 경계를 재조정하여 확정[8]하고, 세계

지명 정권과 바오다이 정권이 둘로 갈려서 동족끼리 피흘리기를 하고 있습니다. 말레이는 어떠하며 인도는 어떠하며 버어마는 어떠하며 인도네시아는 어떠하며 아시아 저 서쪽 끝 팔레스타인은 어떠합니까. 모두가 둘로 갈려서 싸우고 있고, 죽이고 있습니다. 동지들이 무엇 때문에? 이 누구 때문에?" (…중략…) "나는 아시아를 이렇게 불행하게 하는 자가 누구인지 지명하지 아니하겠읍니다. 우리가 피차에 다 알기 때문에 그런 말할 필요가 없다고 생각합니다. 우리는 누가 우리 아시아의 친구인지, 누가 적인지를 분별할 필요가 있읍니다마는 그보다도 우리에게 필요한 것이 있으니, 그것은 아시아인인 우리 자신을 비판하여서 우리 자신의 허물을 뉘우치고 그리하는 동시에 우리 자신을 인식하여서 우리 자신의 목표를 세우고 우리 자신의 구령으로 우리 자신의 행진을 시작하는 것입니다. 민족의 해방이 필요한 일입니다마는 아시아의 해방이 없는 민족의 해방을 우리는 믿을 수가 없읍니다."(李光洙, 『서울』, 『李光洙全集 第十九卷』, 三中堂, 1963, 156쪽) 아시아의 해방과 민족의 해방을 연결시키고 있는 맥락 속에는 냉전 체제 하 (자유주의 / 공산주의 진영의) 아시아 연대의 필요성이 은폐되어 있다. 여기에서 냉전 체제 하 동아시아 각 국가들이 아시아와 자국을 연결시키는 전략을 통해 자국의 위상을 구축하고 있음을 짐작할 수 있다.

7 이에 대해서는 김혜인, 「난민의 세기, 상상된 아시아 — 이광수의 『서울』(1950)을 중심으로」, 『대중서사연구』 제24호, 대중서사학회, 2010, 137~160쪽 참고.

8 주권국가가 성립하기 위해서는 국경을 확정하고, 그 통치 공간 내부의 지세(地勢)·지형 등의 정보를 세세히 파악하는 것이 필수적이다. 그것에 의해서 농지에 대한 지세나 사람에 대한 징병이 이루어져 국가 재정의 확보나 국방이 가능하게 되고, 나아가 교통·통신망의 정비에 의해서 국민 경제가 형성되며, 국내 주권이 침투한 공간으로서 국토가 편성되기 때문이다(山室信一, 「國民國家·日本の形成と空間知」, 『「帝國」日本の學知 第8巻 : 空間形成と世

곳곳에 이산된 민족을 귀환시켜야만 했다. 한반도 밖에 있었던 조선인들은 '조선-한반도', '조선인-한민족'이라는 경계에 포섭되어가면서 그 속에 자신들을 위치시키기 위해 귀환의 길에 오르게 된다. 새로운 영토에 대한 희망을 품고 만주로 이주한 농민들이나, 강제이주정책에 의해 개척촌에 자리를 잡았던 농민들뿐만 아니라, 징용으로 내지 탄광이나 군수공장에 끌려갔던 조선인들, 징병・위안부 등으로 전쟁에 동원되었던 조선인들은 새로운 지리적・심리적 경계 속으로 돌아와 자신들의 정체성을 재정립해야만 했던 것이다. 요컨대 그들은 제국 내 조선인이라는 굴레를 벗고, 신생 조선의 민족으로서 자신들의 정체성을 새롭게 확립하기 위해 지리적・심리적 귀환을 서둘러야 했던 것이다.[9] 그리고 이때 일본, 만주, 남양 등 대동아공영권으로 통합되었던 동아시아 지역들은 조선인의 수난사와 항일투쟁사의 맥락에서 재배치되고, 조선은 이산된 민족의 집결지로 재소환되었던 것이다.

이후 1948년 남한 단독정부의 수립 과정 속에서 조선의 고도, 명승지, 성적지 등은 민족국가의 정통성을 확인하는 공간으로 재탄생하게 된다. 특히 당시 이루어진 지리 교육을 통해 식민주의적 지리 지식과 담론을 변경하면서 한반도를 국토로 표상하는 한편 피교육자의 국토애를 고취하였다.[10] 일례로 『동아일보』 사회부 부장으로 재직하던 현

界認識』, 岩波書店, 2006, 22쪽).

9 이와 관련된 주된 논의로 정재석, 「해방기 귀환 서사, 결속의 상상력과 균열의 역학」, 『사이間SAI』 제2호, 국제한국문학문화학회, 2007, 161~193쪽과 정종현, 「해방기 소설에 나타난 '귀환'의 민족서사—'지리적' 귀환을 중심으로」, 동국대 문화학술원 한국문학연구소 편, 『'고향'의 창조와 재발견』, 역락, 2007, 261~289쪽 그리고 김예림, 「'배반'으로서의 국가 혹은 '난민'으로서의 인민—해방기 귀환의 지정학과 귀환자의 정치성」, 『상허학보』 제29집, 상허학회, 2010, 333~376쪽 등을 참고할 수 있다.

10 이에 대해서는 임종명, 「脫식민지시기(1945~1950) 남한의 지리교육과 국토표상」, 『韓國史

진건(玄鎭健)이 1932년 7월부터 11월까지 묘향산, 평양, 강동, 강서, 구월산, 마니산 등 단군 관련 고적지를 순례하여 『동아일보』 지상에 연재했던 『단군성적순례(檀君聖跡巡禮)』가 박종화(朴鍾和)에 의해 단행본으로 출간된 것 역시 같은 맥락에서였다. 박종화는 『단군성적순례』를 발간하면서 현진건의 민족의식을 강조하는 것을 통해 제국-식민지 체제기 내내 일본 제국주의에 대한 저항의식이 미약하나마 지속적으로 이어져오고 있었음을 강조한 뒤 그의 민족의식을 현재로 소환하고자 한다.[11] 이때 제국-식민지 체제기 민족사 서술에서 기원의 공간으로서의 단군 성적지가 해방 이후 민족국가 건설의 구심점으로 새롭게 위치 지어지게 되었던 것이다.

민족사 구심점의 공간으로서 조선의 고도에 대한 인식이 남한 단독정부의 성립 과정에서 새로운 정통성 확보를 위한 방향으로 나아가고 있는 것은 이무영(李無影)이 편한 『고도승지대관(古都勝地大觀)』을 통해 보다 명확히 확인할 수 있다. 조선여행사로부터 의뢰를 받아 편찬한 이 책은 역사서의 구성 형식을 따르고 있다. 특히 제1편 왕도 순례에서는 역대 왕 및 왕위 연표를 제시한 뒤 왕조 창건에서부터 멸망에 이르기까지의 역사를 간략하게 서술하고, 이와 관련된 왕도, 고적・명승, 사화・전설 등을 소개하고 있다. 그런데 과거 조선 역사 서술의 순서

學報』 제30호, 고려사학회, 2008, 191~242쪽 참고.

11 "이 檀君聖跡巡禮紀는 古友 憑虛가 東亞日報에서 操觚의 붓을 잡았을 때 어굴한 日人政治 밑에서나마 뭉그러지려는 民族의 良心을 萬分의 하나라도 구원해 내기 위해서 스스로 執筆의 餘暇를 타서 險山峻嶺을 넘으며 長霖 蕩水를 건너서 그 聖跡과 傳說을 두루 밟아서 滿天下 讀者에게 呼訴했던 것이니 지금으로부터 아득한 十七年前 옛 일이다. (…중략…) 藝文閣에서 그대의 이 글을 發刊하는 뜻은 그대의 아름다운 文章을 傳하랴 함이 아니라 다만 混沌될 이 세상에 그대의 精神을 傳하랴는 때문이라 한다."(玄鎭健, 「序」, 『檀君聖跡巡禮』, 藝文閣, 1948)

가 신라—백제—고구려—고려—조선으로 되어 있는 것을 통해 짐작할 수 있듯이, 남한사회의 정통성의 출발점을 신라시대에서 찾고 있다. 이무영이 신라시대에 이미 정치 이념에 있어서 민주적인 요소를 가지고 있었고, 백성을 위한 정치가 가장 핵심에 놓여 있었다면서 정권을 둘러싸고 동족상잔을 벌이고 있는 해방 이후의 현실에 시사하는 바가 많다고 자신의 생각을 피력하는 것 역시 이런 이유에서이다. 그에게 신라는 해방 이후 혼란한 정치 상황을 타파하고 민족을 통합하여 찬란한 민족문화를 꽃 피울 수 있는 전범이 되고 있는 것이다. 이는 천 년 고도 경주에 대한 인식과 표상에서도 드러난다.[12] 신라와 신라의 천 년 고도 경주는 해방 이후 통일국가 건설과 민족문화의 창달을 위해 과거 제국-식민지 체제기 제국 일본의 지식인·문학자들에게 발견되고 표상된 맥락이 소거된 채 재(再)소환되었던 것이다.

이처럼 1945년 제국 일본의 패전 이후 탈식민-냉전 체제로 재편된 세계 체제에 조응해 동아시아 지역 질서도 재편되어갔고, 그러한 과정 속에서 조선의 위상은 새롭게 부여되기 시작하였다. 제국-식민지 체제기 조선의 지식인·문학자들의 지리적 상상의 대상이었던 동아시아의 각 지역들은 과거 수난사의 현장이자 동시에 도래할 민주주의 진영의 연대를 모색할 수 있는 공간으로 드러났고, 조선의 고도, 명승지, 성

12 "新羅의 千年王都인 慶州. 慶州는 우리 民族史上의 最古都일뿐만 아니라 千年이라는 長期에 걸치어 一國의 都邑地였다는 點, 分裂時代가 아니라 統一國家로서 가장 內爭外寇의 患이 적었다는 點으로 보아 文化가 그 最高度에까지 물으익었든 事實은 決코 偶然한일이 아니다. 新羅千年間의 建國은 우리 民族에게 있어서 政治, 經濟, 文化 어느 方面으로 보나 커다란 자랑이오 偉大한 敎訓이다. 卓越한 政治行政의 實을 보여준 點이라든가 어디까지나 文明國의 大國으로서 自處하던 中大陸諸國을 교묘히 다투어 그 文化輸入에 있어서도 盲目的인 追從과 模倣을 일삼지않고 어디까지나 獨創的, 建設的인 創造에 全力을 傾注했든 點, 이는 오늘날의 우리 後裔들로 하여곰 再三熟考케 하는 바 있다." 李無影 編, 『古都勝地大觀』, 朝鮮旅行社, 1948, 35쪽.

적지 등은 국민국가의 건설과 민족의 통합을 위한 상징적인 장소로서 새롭게 인식되고 표상되기 시작하였다. 해방 이후 동아시아 지역 질서와 조선, 남/북한, 대한민국의 위상 변동 과정을 고찰하는 것을 통해 식민지 말 대동아공영권으로 상징되던 동아시아 지역 질서와 조선의 위상이 어떻게 연속되고 단절되었는지를 확인하는 동시에 그것이 세계 체제의 변동과 어떠한 관련을 맺고 있는지 확인할 수 있을 것이다.

참고문헌

1. 자료

1) 신문, 잡지

『開闢』『京城日報』『觀光朝鮮』『國民文學』『國民新報』『國民總力』『綠旗』『大東亞』『東洋之光』『每日新報』『文藝春秋』『文藝』『文章』『文學界』『文化朝鮮』『文化通信』『釜山日報』『三千里文學』『三千里』『少年』『時兆』『新時代』『人文評論』『朝光』『朝鮮の教育研究』『朝鮮日報』『朝鮮之光』『朝鮮』『地政學』『春秋』

2) 단행본

ハウスホーファー, 佐藤莊一郎 譯,『太平洋地政學』, 岩波書店, 1942.
江澤讓爾,『地政學概論』, 日本評論社, 1943.
高濱虛子,『朝鮮』, 實業之日本社, 1912.
高山岩男,『世界史の哲學』, 岩波書店, 1942.
高坂正顯・西谷啓治・高山岩男・鈴木成高,『世界史的立場と日本』, 中央公論社, 1943.
金聖珉,『綠旗聯盟』, 羽田書店, 1940.
金子斗禎,『半島皇民生活物語』, 朝鮮思想國防協會, 1943.
金永鍵,『印度支那と日本の關係』, 富山房, 1943.
綠旗聯盟 編,『今日の朝鮮問題講座(4) 朝鮮思想界概觀』, 綠旗聯盟, 1939.
臺灣總督官房企劃部 編,『昭和十四年末 臺灣常主戶口統計』, 臺灣總督官房企劃部, 1940.
東亞經濟調査局,『南洋讀本(上卷島嶼篇)』, 改造社, 1936.
______________,『南洋讀本(下卷大陸篇)』, 改造社, 1937.
牧洋,『靜かな嵐』, 每日新報社, 1943.
朴榮喆,『亞洲紀行』, 獎學社, 1925.
______,『多山詩藁』, 朱白印刷所, 1939.
朴英熙,『戰線紀行』, 博文書館, 1939.

北條亮英,『朝鮮大觀』, 朝鮮文化普及會, 1938.
上野寅洙,『最新南洋讀本』, 朝鮮春秋社, 1943.
上泉秀信,『地方と文化』, 高山書院, 1942.
小牧實繁,『世界新秩序建設と地政學』, 旺文社, 1944.
松木勇造 編,『大東亞戰爭事典』, 新興亞社, 1942.
矢津昌永,『高等地理 淸國地誌』, 丸善株式會社, 1905.
安懷南,『불』, 乙酉文化社, 1946.
廉想涉,『牽牛花』, 博文書館, 1924.
外務省 編,『日本外交年表竝主要文書』, 原書房, 1966.
宇垣一成,『宇垣一成日記』Ⅰ, みすず書房, 1968.
________,『宇垣一成日記』Ⅱ, みすず書房, 1970.
兪鎭午,『兪鎭午短篇集』, 學藝社, 1939.
李無影,『靑瓦の家』, 新太陽社, 1943.
李無影 編,『古都勝地大觀』, 朝鮮旅行社, 1948.
李孝石,『花粉』, 人文社, 1939.
______,『碧空無限』, 博文書館, 1941.
人文社編輯部 編,『大東亞戰爭と半島』, 人文社, 1942.
日本印度支那協會 編,『佛領印度支那概觀』, 日本印度支那協會, 1940.
林和,『文學의 論理』, 學藝社, 1940.
田村德治 編,『大東亞共榮圈建設の基礎理論』, 立命館出版部, 1943.
朝鮮總督府 編,『朝鮮鐵道旅行便覽』, 朝鮮印刷株式會社, 1923.
____________,『朝鮮に於ける國民精神總動員』, 朝鮮總督府, 1940.
仲摩照久 編,『日本地理風俗大系』第17卷, 新光社, 1930.
中村道太郎 編,『改訂版 日本地理風俗大系 : 北海道・樺太・臺灣』, 誠文堂新光社, 1936.
津田剛,『今日の朝鮮問題講座(1) 內鮮一體の基本理念』, 綠旗聯盟, 1939.
淺見淵,『文學と大陸』, 圖書硏究社, 1942.
川西正鑑,『東亞地政學の構想』, 實業之日本社, 1942.
崔載瑞,『轉換期の朝鮮文學』, 人文社, 1943.
崔哲岳,『臺灣, 香港, 比律賓, 支那 漫遊記』, 朝鮮總督府, 1927.
韓相龍,『內地及臺灣視察記』, 朝鮮總督府, 1916.
玄卿駿,『마음의 琴線』, 弘文書館, 1943.
玄鎭健,『檀君聖跡巡禮』, 藝文閣, 1948.

1・20同志會文化部 編, 「南方編」, 『青春挽章－太平洋戰爭에 끌려갔던 學兵手記集』, 1・20同志會中央本部, 1972.
金炳傑・金奎東 編, 『親日文學作品選集』, 실천문학사, 1986.
______________, 『親日文學作品選集』 2, 실천문학사, 1986.
김윤식 편역, 『이광수의 일어 창작 및 산문선』, 역락, 2007.
김재용・김미란 편역, 『식민주의와 협력－일제 말 전시기 일본어 소설선』 1, 역락, 2003.
김재용・김미란・노혜경 편역, 『식민주의와 비협력의 저항－일제 말 전시기 일본어 소설선』 2, 역락, 2003.
나카무라 미츠오・니시타니 게이지 외, 이경훈・송태욱・김영심・김경원 역, 『태평양전쟁의 사상－좌담회 '근대의 초극'과 '세계사적 입장과 일본'으로 본 일본 정신의 기원』, 이매진, 2007.
윤소영・홍선영・김희정・박미경 역, 『일본잡지 모던일본과 조선 1939－완역 『모던일본』 조선판 1939년』, 어문학사, 2007.
윤소영・홍선영・박미경・채영님 역, 『일본잡지 모던일본과 조선 1940－완역 『모던일본』 조선판 1940년』, 어문학사, 2009.
이경훈 편역, 『이광수 친일소설 발굴집 진정 마음이 만나서야말로』, 평민사, 1995.
__________, 『한국 근대 일본어 소설선 1940～1944』, 역락, 2007.
李光洙, 『李光洙全集』, 三中堂, 1963.
이시다 코조 편, 노상래 역, 『신반도문학전집』 제1집, 제이앤씨, 2008.
__________________, 『신반도문학전집』 제2집, 제이앤씨, 2008.
이태준, 『이태준문학전집』, 깊은샘, 2001.
이효석, 『새롭게 완성한 李孝石全集』, 창미사, 2003.
인문사 편집부 편, 신승모・오태영 역, 『아시아－태평양전쟁과 조선』, 제이앤씨, 2011.
조선도서출판주식회사 편, 노상래 역, 『반도작가단편집』, 제이앤씨, 2008.
친일반민족행위진상규명위원회, 『친일반민족행위관계사료집』, 선인, 2009.

2. 국내논저

1) 논문

구사회, 「多山 朴榮喆의 『아주기행』과 문학적 형상화」, 『溫知論叢』 第25輯, 온지학회, 2010.
구자황, 「근대 독본의 성격과 위상(2)」, 『상허학보』 제20집, 상허학회, 2007.

권혁수,「金玉均과 中國－對中國認識의 時期的 變化를 中心으로」,『정신문화연구』 제23권 제3호, 2000.
김경남,「1920년대 전반기『동아일보』 소재 기행 담론과 기행문」,『韓民族語文學』 제63집, 한민족어문학회, 2013.
김명섭,「아시아-태평양전쟁과 한국의 주권회복」,『정신문화연구』 제28권 제4호, 한국학중앙연구원, 2005.
______,「전쟁명명의 정치학－"아시아・태평양전쟁"과 "6・25전쟁"」,『韓國政治外交史論叢』 제30집 2호, 한국정치외교사학회, 2009.
김석희,「金史良「郷愁」論－文學と政治の間, ナショナル・エモーション」,『일본학보』 제69집, 한국일본학회, 2006.
김양선,「이효석 소설에 나타난 식민지 무의식의 한 양상－향토와 조선적인 것의 발견을 중심으로」,『현대소설연구』 제27호, 한국현대소설학회, 2005.
______,「세계성, 민족성, 지방성－식민지 말기 로컬 상상력의 층위」,『한국근대문학연구』 제25호, 한국근대문학회, 2012.
김열규,「Topophilia－토포스를 위한 새로운 토폴로지와 시학을 위해서」,『한국문학이론과 비평』 제20집, 한국문학이론과 비평학회, 2003.
김예림,「냉전기 아시아 상상과 반공 정체성의 위상학－해방~한국전쟁 후(1945~1955) 아시아 심상지리를 중심으로」,『상허학보』 제20집, 상허학회, 2007.
______,「'배반'으로서의 국가 혹은 '난민'으로서의 인민－해방기 귀환의 지정학과 귀환자의 정치성」,『상허학보』 제29집, 상허학회, 2010.
김윤식,「한국 근대문학사의 시선에서 본『국민문학』－최재서와 사토 기요시 교수」,『서강인문논총』 제24집, 서강대 인문과학연구소, 2008.
김진호,「근・현대 한국인의 중국 인식(認識)과 중국인의 한국 인식 변화」,『中國文化研究』 제8집, 중국문화학회, 2006.
김철,「프롤레타리아 소설과 노스탤지어의 시공(時空)」,『한국문학연구』 제30집, 동국대 문화학술원 한국문학연구소, 2006.
김태웅,「日帝 强占期 金玉均 推仰과 偉人敎育」,『歷史敎育』 제74집, 역사교육연구회, 2000.
______,「일제 강점기 김진구(金振九)의 활동과 내선일체론」,『역사연구』 제13호, 역사학연구소, 2003.
김혜인,「난민의 세기, 상상된 아시아－이광수의『서울』(1950)을 중심으로」,『대중서사연구』 제24호, 대중서사학회, 2010.

노관범, 「1910년대 한국 유교지식인의 중국 인식－柳麟錫, 朴殷植, 李炳憲을 중심으로」, 『民族文化』 제40집, 한국고전번역원, 2012.
노대환, 「18～19세기 조선 지식인의 베트남 인식」, 『朝鮮時代史學報』 제58권, 조선시대사학회, 2011.
다카시 후지타니, 「죽일 권리와 살릴 권리－제2차 세계대전 동안 미국인으로 살았던 일본인과 일본인으로 살았던 조선인들」, 헨리 임, 곽준현 편, 『근대성의 역설－한국학과 일본학의 경계를 넘어』, 후마니타스, 2009.
류보선, 「일본인-되기의 양면성」, 한국현대문학회 2007년 동계 학술발표회 자료집, 2007.
류젠후이, 「모멸, 취미, 그리고 동경에서 위협으로－근대일본 지식인의 중국 표상」, 『일본비평』 제6호, 서울대 일본연구소, 2012.
文明基, 「한국의 대만사 연구, 1945～2012」, 『中國近現代史硏究』 第57輯, 중국근현대사학회, 2013.
박광현, 「'국민문학'의 기획과 전망－잡지 『국민문학』의 창간 1년을 중심으로」, 『배달말』 제37호, 배달말학회, 2005.
______, 「식민지 조선과 박물관의 정치학－재조선(在朝鮮) 식민 사회의 형성 과정과 관련하여」, 『日本學硏究』 제27집, 단국대 일본학연구소, 2009.
박삼헌, 「근대일본 '국체(國體)' 관념의 공간화－도쿄의 메이지신궁[明治神宮]을 중심으로」, 『인천학연구』 제11호, 인천대 인천학연구원, 2009.
박수연, 「신지방주의와 향토－金鍾漢에 기대어」, 『한국근대문학연구』 제25호, 한국근대문학회, 2012.
박정수, 「허윤석 소설의 토포필리아－그 반근대적 장소애의 포스트 식민성에 대해」, 『한국문학이론과 비평』 제20집, 한국문학이론과 비평학회, 2003.
박진숙, 「식민지 근대의 심상지리와 『문장』파 기행문학의 조선표상」, 민족문학사연구소 기초학문연구단, 『'조선적인 것'의 형성과 근대문화담론』, 소명출판, 2007.
방기중, 「1940년 전후 조선총독부의 '신체제' 인식과 병참기지화정책－총독부 경제 시스템의 특질과 관련하여」, 『東方學志』 제138호, 연세대 국학연구원, 2007.
방민호, 「이효석과 하얼빈」, 『현대소설연구』 제35호, 한국현대소설학회, 2007.
변정화, 「귀향의 사회학－유진오의 「滄浪亭記」 연구」, 『현대소설연구』 제9호, 한국현대소설학회, 1998.
서승희, 「1940년대 '국민문학'과 좌담회의 문화정치」, 『현대소설연구』 제43호, 한국

현대소설학회, 2010.
______, 「최재서 비평의 문화 담론 연구」, 이화여대 박사논문, 2010.
서영채, 「이광수, 근대성의 윤리」, 『한국근대문학연구』 제19호, 한국근대문학회, 2009.
서은주, 「만주국 재현 서사의 딜레마, 혹은 해석의 난경－현경준의 소설을 중심으로」, 『한국근대문학연구』 제22호, 한국근대문학회, 2010.
손준식, 「식민지조선의 대만 인식－『조선일보』와 『동아일보』를 중심으로」, 최원식・백영서 편, 『대만을 보는 눈－한국-대만, 공생의 길을 찾아서』, 창비, 2012.
신승모, 「제국의 정치적 자장과 '경성'의 제 위상」, 동국대학교 문화학술원 편, 『문화지리와 도시공간의 표상』, 동국대 출판부, 2011.
신지영, 「『국민문학』 좌담회의 양가성과 발화게임」, 『민족문학사연구』 제40호, 민족문학사학회, 2009.
______, 「'대동아 문학자 대회'라는 문법, 그 변형과 잔여들－타자는 타자와 만날 수 있는가?」, 『한국문학연구』 제40집, 동국대 문화학술원 한국문학연구소, 2011.
양일모, 「'사상'을 찾아가는 여정－일본의 중국 인식과 중국학」, 『일본비평』 제6호, 서울대 일본연구소, 2012.
오태영, 「'향수'의 크로노토프－1930년대 후반 향수의 표상과 유통」, 『한국어문학연구』 제49집, 한국어문학연구학회, 2007.
______, 「'향토'의 창안과 조선문학의 탈지방성」, 동국대학교 문화학술원 한국문학연구소 편, 『고향의 창조와 재발견』, 역락, 2007.
______, 「'朝鮮' 로컬리티와 (탈)식민 상상력」, 동국대학교 문화학술원 한국문학연구소 편, 『제국의 지리학, 만주라는 경계』, 동국대 출판부, 2010.
______, 「'남양(南洋)' 표상과 지정학적 상상력」, 동국대학교 문화학술원 한국문학연구소 편, 『근대 한국의 문학지리학』, 동국대 출판부, 2011.
______, 「내선일체의 균열들－김성민의 『녹기연맹』을 중심으로」, 『상허학보』 제31집, 상허학회, 2011.
______, 「아시아-태평양전쟁과 조선의 위상 변동－인문사 편집부 편, 『대동아전쟁과 반도』를 중심으로」, 『日本學硏究』 제34집, 단국대 일본연구소, 2011.
______, 「동아시아 지역주의와 조선 로컬리티－식민지 후반기 여행 텍스트를 중심으로」, 동국대 박사논문, 2012.
______, 「식민지 문학자와 이동의 정치학－식민지 후반기 이석훈의 문학작품을 중심으로」, 『동아시아문화연구』 제52집, 한양대 동아시아문화연구소, 2012.
______, 「평양 토포필리아와 고도의 재장소화－이효석의 「은은한 빛」을 중심으로」,

황종연 편, 『고도의 근대』, 동국대 출판부, 2012.
______, 「근대 한국인의 타이완 여행과 인식－시찰기와 기행문을 중심으로」, 『아세아연구』 제56권 제3호, 고려대 아세아문제연구소, 2013.
______, 「문학의 위상 변화와 문학 연구의 (탈)영토화－최근 풍속-문화론적 연구의 한 경향에 대한 이의」, 『상허학보』 제37집, 상허학회, 2013.
______, 「지방문학, 국민문학, 세계문학－식민지 후반기 조선문학의 존재 형식」, 『한국문학이론과 비평』 제58집, 한국문학이론과 비평학회, 2013.
______, 「식민지 시기 '경성'의 문화지정학적 위상에 관한 연구」, 서울시립대학교 도시인문학연구소 편, 『1930～40년대 경성의 도시체험과 도시문제』, 라움, 2014.
______, 「제국-식민지 체제의 지정학적 상상과 베트남－대동아공영권 구상과 남양 담론을 중심으로」, 『현대문학의 연구』 제54집, 한국문학연구학회, 2014.
______, 「천시의 눈, 연대의 혀－중일전쟁 이후 중국 인식의 한 단면」, 중국해양대학교 해외한국학 중핵사업단 / 고려대학교 민족문화연구원 HK한국문화연구단 공편, 『한국문학 속의 중국 담론』, 경진, 2014.
우미영, 「식민지 지식인의 여행과 제국의 도시 '도쿄'－1925～1936」, 『한국언어문화』 제43집, 한국언어문화학회, 2010.
윤대석, 「1940년대 '국민문학' 연구」, 서울대 박사논문, 2006.
윤대영, 「김영건(金永鍵)의 베트남 연구 동인(動因)과 그 성격 : 1930～40년대, 그의 "전변무상(轉變無常)"한 인생 역정과 관련하여」, 『동남아시아연구』 제19권 제3호, 한국동남아학회, 2009.
______, 「金永健의 이력과 저술활동」, 『한국학연구』 제21집, 인하대 한국학연구소, 2009.
______, 「19세기 후반～20세기 초, 한국의 베트남 재인식 과정과 그 성격」, 『東洋史學研究』 제112집, 동양사학회, 2010.
______, 「1910년대 한인 청년들의 南洋行과 南洋 인식－鄭元澤의 『志山外遊日誌』를 중심으로」, 『지역과 역사』 제29호, 부경역사연구소, 2011.
이경훈, 「하르빈의 푸른 하늘－「벽공무한」과 대동아공영」, 김철・신형기 외, 『문학 속의 파시즘』, 삼인, 2001.
이삼성, 「제국과 식민지에서의 '제국'－20세기 전반기 일본과 한국에서 '제국'의 개념적 기능과 인식」, 『國際政治論叢』 제52집 제4호, 한국국제정치학회, 2012.
이상봉, 「인문학의 새로운 지평으로서 '로컬리티 인문학' 연구의 전망」, 『로컬리티 인문학』 창간호, 부산대 한국민족문화연구소, 2009.
이석원, 「'대동아'공간의 창출－전시기 일본의 지정학과 공간담론」, 『역사문제연구』

제19호, 역사문제연구소, 2008.
이승엽, 「내선일체운동과 녹기연맹」, 『역사비평』 제50호, 역사비평사, 2000.
이승원, 「전장의 시뮬라르크－박영희의 전선기행을 중심으로」, 『정신문화연구』 제30권 제4호, 한국학중앙연구원, 2007.
이양숙, 「최재서 문학비평 연구」, 서울대 박사논문, 2003.
이은자, 「韓・中 近代 外交의 실험, 1985～1905年」, 『中國近現代史硏究』 제58집, 중국근현대사학회, 2013.
이종호, 「최남선의 지리(학)적 기획과 표상」, 『상허학보』 제22집, 상허학회, 2008.
이한우, 「한국의 베트남 연구」, 『아시아리뷰』 제3권 제1호, 서울대 아시아연구소, 2013.
이희환, 「동아시아에 떠도는 김옥균 서사－김옥균 연구의 서설」, 『한국문화』 제44집, 서울대 규장각 한국학연구원, 2008.
임성모, 「대동아공영권 구상에서의 '지역'과 '세계'」, 『세계정치』 제26집 2호, 서울대 국제문제연구소, 2005.
임종명, 「脫식민지시기(1945～1950) 남한의 지리교육과 국토표상」, 『韓國史學報』 제30호, 고려사학회, 2008.
장세진, 「해방기 공간 상상력의 전이와 '태평양'의 문화정치학」, 『상허학보』 제26집, 2009.
______, 「역내 교통의 (불)가능성 혹은 냉전기 아시아 지역 기행」, 『상허학보』 제31집, 상허학회, 2011.
정근식, 「검열에서 선전으로－일제하 조선에서의 베트남담론의 추이」, 『사회와 역사』 제80집, 한국사회사학회, 2008.
정문상, 「근현대 한국인의 중국 인식의 궤적」, 『한국근대문학연구』 제25호, 한국근대문학회, 2012.
______, 「냉전기 한국인의 대만인식－일간지의 대만 관계 기사 분석을 중심으로」, 『中國近現代史硏究』 第58輯, 중국근현대사학회, 2013.
정재석, 「해방기 귀환 서사, 결속의 상상력과 균열의 역학」, 『사이間SAI』 제2호, 국제한국문학문화학회, 2007.
정종현, 「해방기 소설에 나타난 '귀환'의 민족서사－'지리적' 귀환을 중심으로」, 동국대학교 문화학술원 한국문학연구소 편, 『'고향'의 창조와 재발견』, 역락, 2007.
______, 「한국 근대소설과 '평양'이라는 로컬리티」, 『사이間SAI』 제4호, 국제한국문학문화학회, 2008.

정준영, 「경성제국대학과 식민지 헤게모니」, 서울대 사회학과 박사논문, 2009.
정창석, 「절대주의 천황제의 공간적 확대」, 『日本文化學報』 第37輯, 한국일본문화학회, 2008.
정혜경, 「植民地 時期 朝鮮 社會의 外地 認識－臺灣과 南洋群島 新聞記事 論調 分析」, 『韓日民族問題硏究』 제22호, 한일민족문제학회, 2012.
진영복, 「일제 말기 만주 여행서사와 주체 구성 방식」, 『대중서사연구』 제23호, 대중서사학회, 2010.
차성연, 「한국 근대문학의 만주 재현 양상 연구－일제 말기 장편소설을 중심으로」, 경희대 박사논문, 2010.
차승기, 「추상과 과잉－중일전쟁기 제국 / 식민지의 사상연쇄와 담론정치학」, 『상허학보』 제21집, 상허학회, 2007.
______, 「전시체제기 기술적 이성 비판」, 『상허학보』 23집, 상허학회, 2008.
______, 「제국의 고도古都, 초월의 기술」, 『상허학보』 제29집, 상허학회, 2010.
______, 「'비상시(非常時)'의 문 / 법－식민지 전시(戰時) 레짐과 문학」, 『사이間SAI』 제12호, 국제한국문학문화학회, 2012.
한기형, 「서사의 로칼리티, 소실된 동아시아－심훈의 중국체험과 『동방의 애인』」, 『大東文化硏究』 제63집, 성균관대 동아시아학술원, 2008.
한민주, 「식민지 말기 전선 기행문에 나타난 재현의 정치학」, 『한국문학연구』 제33집, 동국대 문화학술원 한국문학연구소, 2007.
韓相禱, 「일제 침략기 한국인의 베트남 인식과 연대의식－식민지 상황 인식과 반일의식을 중심으로」, 『歷史學報』 第201輯, 역사학회, 2009.
허병식, 「한국 근대소설과 교양의 이념」, 동국대 박사논문, 2005.
______, 「폐허의 고도와 창조된 신도(神都)」, 『한국문학연구』 제36집, 동국대 문화학술원 한국문학연구소, 2009.
홍순애, 「일제 말기 기행문의 제국담론의 미학화와 그 분열」, 『語文硏究』 제41권 제1호, 한국어문교육연구회, 2013.
황종연, 「한국문학의 근대와 반근대－1930년대 후반기 문학의 전통주의 연구」, 동국대 박사논문, 1991.
______, 「1930년대 고전부흥운동의 문학사적 의의」, 동국대학교 한국문학연구소 편, 『한국문학과 근대성의 형성』, 아세아문화사, 2001.
______, 「아이덴티티의 장소로서의 경주」, 『한국문학연구』 제39집, 동국대 문화학술원 한국문학연구소, 2010.

2) 단행본

국사편찬위원회 편, 『여행과 관광으로 본 근대』, 두산동아, 2008.
권명아, 『역사적 파시즘－제국의 판타지와 젠더 정치』, 책세상, 2005.
김경일, 『제국의 시대와 동아시아 연대』, 창비, 2011.
김경일・윤휘탁・이동진・임성모, 『동아시아의 민족이산과 도시－20세기 전반 만주의 조선인』, 역사비평사, 2004.
김양선, 『근대문학의 탈식민성과 젠더정치학』, 역락, 2009
김윤식, 『식민지 말기 한국 작가의 일본어 글쓰기론』, 서울대 출판부, 2003.
김재용, 『협력과 저항－식민지 말 사회와 문학』, 소명출판, 2004.
동국대 문화학술원 편, 『문화지리와 도시공간의 표상』, 동국대 출판부, 2011.
동국대 문화학술원 한국문학연구소 편, 『제국의 지리학, 만주라는 경계』, 동국대 출판부, 2010.
____________________, 『근대 한국의 문학지리학』, 동국대 출판부, 2011.
류시현, 『최남선 연구－제국의 '근대'와 식민지의 '문화'』, 역사비평사, 2009.
민족문제연구소, 『친일문제연구총서 인명편 3－친일인명사전』, 민족문제연구소, 2009.
박광현・이철호 편, 『이동의 텍스트, 횡단하는 제국』, 동국대 출판부, 2011.
백영서, 『동아시아의 귀환－중국의 근대성을 묻는다』, 창비, 2000.
송민호, 『일제 말 암흑기문학 연구』, 새문사, 1991.
신형기, 『민족 이야기를 넘어서』, 삼인, 2003.
심진경, 『한국문학과 섹슈얼리티』, 소명출판, 2006.
유용태, 『환호 속의 경종－동아시아 역사인식과 역사교육의 성찰』, 휴머니스트, 2006.
윤대석, 『식민지 국민문학론』, 역락, 2006.
윤대영・응우옌 반 낌・응우옌 마인 중, 『1862～1945, 한국과 베트남의 조우－교류, 소통, 협력의 중층적 면모』, 이매진, 2013.
이경훈, 『이광수의 친일문학 연구』, 태학사, 1998.
이혜령, 『한국소설과 골상학적 타자들』, 소명출판, 2007.
林鍾國, 『親日文學論』, 平和出版社, 1966.
장세진, 『상상된 아메리카－1945년 8월 이후 한국의 네이션 서사는 어떻게 만들어졌는가』, 푸른역사, 2012.
정운경, 정민 역, 『탐라문견록, 바다 밖의 넓은 세상』, 휴머니스트, 2008.
정종현, 『동양론과 식민지 조선문학－제국적 주체를 향한 욕망과 분열』, 창비, 2011.

차승기, 『반근대적 상상력의 임계들－식민지 조선 담론장에서의 전통・세계・주체』, 푸른역사, 2009.
최덕교 편저, 『한국잡지백년』 1, 현암사, 2004.
최석영, 『한국박물관 역사 100년－진단&대안』, 민속원, 2008.
최원식・백영서 편, 『동아시아인의 '동양' 인식－19~20세기』, 문학과지성사, 1997.
________________, 『대만을 보는 눈－한국-대만, 공생의 길을 찾아서』, 창비, 2012.
한수영, 『친일문학의 재인식－1937~1945년간의 한국소설과 식민주의』, 소명출판, 2005.
허은, 『미국의 헤게모니와 한국 민족주의－냉전시대(1945~1965) 문화적 경계의 구축과 균열의 동반』, 高麗大 民族文化硏究院, 2008.
홍순애, 『여행과 식민주의－근대 기행문의 식민・제국의 역학』, 서강대 출판부, 2014.
황종연, 『비루한 것의 카니발』, 문학동네, 2001.
황종연 편, 『신라의 발견』, 동국대 출판부, 2008.
________, 『고도의 근대』, 동국대 출판부, 2012.
황호덕, 『벌레와 제국－식민지 말 문학의 언어, 생명정치, 테크놀로지』, 새물결, 2011.

가네코 아쓰시, 박광현 외역, 『박물관의 정치학』, 논형, 2009.
가노 마사나오, 김석근 역, 「민속사상」, 『근대 일본사상 길잡이』, 소화, 2004.
가와시마 신, 천성림 역, 『중국근현대사 2－근대국가의 모색 1894~1925』, 삼천리, 2013.
강상중・요시미 슌야, 임성모・김경원 역, 『세계화의 원근법－새로운 공공공간을 찾아서』, 이산, 2004.
구보 도루, 강진아 역, 『중국근현대사 4－사회주의를 향한 도전 1945~1971』, 삼천리, 2013.
나리타 류이치, 서민교 역, 『근대 도시공간의 문화경험－도시공간으로 보는 일본근대사』, 뿌리와이파리, 2011.
닝 왕, 이진형・최석호 역, 『관광과 근대성－사회학적 분석』, 일신사, 2004.
다리안 리더, 박소현 역, 『'모나리자' 훔치기－왜, 예술은 우리를 눈멀게 하는가?』, 새물결, 2010.
다케우치 요시미, 마루카와 데쓰시・스즈키 마사히사 편, 윤여일 역, 『다케우치 요시미 선집 1－고뇌하는 일본』, 휴머니스트, 2011.
데이비드 앳킨슨・피터 잭슨・데이비드 시블리・닐 워시본 편저, 이영민・진종헌・

박경환 · 이무용 · 박배균 역, 『현대 문화지리학－주요 개념의 비판적 이해』, 논형, 2011.
도미야마 이치로, 임성모 역, 『전장의 기억』, 이산, 2002.
레이 초우, 정재서 역, 『원시적 열정』, 이산, 2004.
로버트J. C. 영, 김택현 역, 『포스트식민주의 또는 트리컨티넨탈리즘』, 박종철출판사, 2005.
리어우판, 장동천 외역, 『상하이 모던』, 고려대 출판부, 2007.
리타 펠스키, 김영찬 · 심진경 역, 「향수에 대하여－역사 이전의 여성」, 『근대성과 페미니즘』, 거름, 1998.
마루카와 데쓰시, 백지운 · 윤여일 역, 『리저널리즘－동아시아의 문화지정학』, 그린비, 2008.
미야다 세쓰코[宮田節子] 著, 李熒娘 譯, 『朝鮮民衆과 「皇民化」政策』, 一潮閣, 1997.
수전 손택, 이재원 역, 『사진에 관하여』, 이후, 2007.
스테판 다나카, 박영재 · 함동주 역, 『일본 동양학의 구조』, 문학과지성사, 2004.
아르준 아파두라이, 차원현 · 채호석 · 배개화 역, 『고삐 풀린 현대성』, 현실문화연구, 2004.
앙리 르페브르, 양영란 역, 『공간의 생산』, 에코리브르, 2011.
야마무로 신이찌, 임성모 역, 『여럿이며 하나인 아시아』, 창비, 2003.
야마무로 신이치, 윤대석 역, 『키메라－만주국의 초상』, 소명출판, 2009.
__________, 정실비 역, 『사상과제로서의 아시아, 그 이후』, 제이앤씨, 2012.
에리히 프롬, 황문수 역, 『인간의 마음』, 문예출판사, 2002.
요네타니 마사후미, 조은미 역, 『아시아 / 일본－사이(間)에서 근대의 폭력을 생각한다』, 그린비, 2010.
주완요, 손준식 · 신미정 역, 『대만－아름다운 섬 슬픈 역사』, 신구문화사, 2003.
칼 슈미트, 최재훈 역, 『大地의 노모스』, 민음사, 1995.
커즈밍, 문명기 역, 『식민지 시대 대만은 발전했는가－쌀과 설탕의 상극, 1895～1945』, 일조각, 2008.
테사 모리스-스즈키, 『변경에서 바라본 근대－아이누와 식민주의』, 산처럼, 2006.
페르낭 브로델, 강주헌 역, 『지중해의 기억』, 한길사, 2006.
히로마쓰 와타루, 김항 역, 『근대초극론』, 민음사, 2004.

3. 국외논저

「郷土」研究會 編,『郷土－表象と實踐』, 嵯峨野書院, 2003.

カレン・カプラン, 村山淳彦 譯,『移動の時代』, 未來社, 2003.

子安宣邦,『「近代の超克」とは何か』, 青土社, 2008.

小泉顯夫,『朝鮮古代遺跡の遍歷－發掘調査三十年の回想』, 大興出版, 1986.

中野聰,『南方アジア占領と日本人－帝國・日本の解體』, 岩波書店, 2012.

成田龍一,『「戰爭經驗」の戰後事－語られた體驗 / 證言 / 記憶』, 岩波書店, 2010.

成田龍一・藤井淑禎・安井眞奈美・內田隆三・岩田重則,『故郷の喪失と再生』, 青弓社, 2000.

中根隆行,『〈朝鮮〉表象の文化誌』, 新曜社, 2004.

南富鎭,『文學の植民地主義－近代朝鮮の風景と記憶』, 世界思想社, 2006.

河西英通,『近代日本の地域思想』, 窓社, 1996.

丸川哲史,『リージョナリズム』, 岩波書店, 2003.

_______,『臺灣ナショナリズム　東アジア近代のアポリア』, 講談社, 2010.

松本三之介,『近代日本の中國認識 : 德川期儒學から東亞協同體論まで』, 以文社, 2011.

酒井直樹・磯前順一 編,『「近代の超克」と京都學派－近代性・帝國・普遍性』, 以文社, 2010.

山室信一,『思想課題としてのアジア』, 岩波書店, 2001.

_______,『岩波講座「帝國」日本の學知 第8卷 : 空間形成と世界認識』, 岩波書店, 2006.

末廣昭,『岩波講座「帝國」日本の學知 第6卷 : 地域硏究としてのアジア』, 岩波書店, 2006

顔杏如,「植民地都市台北における日本人の生活文化－「空間」と「時間」における移植, 變容」, 東京大學大學院 博士學位論文, 2009.

山路勝彦,『近代日本の海外學術調査』, 山出出版社, 2006.

和辻哲郎,『風土－人間學的考察』, 岩波書店, 1979.

Agnew, John, *Geopolitics : Re-visioning world politics*, Routledge, 2003.

Bhabha, Homi K., *The Location of Culture*, Routledge, 1994.

Fujitani, Takashi, *RACE FOR EMPIRE : Koreans as Japanese and Japanese as Americans during World War II*, University of California Press, 2011.

Harootunian, Harry, *Overcome by Modernity : History, Culture, and Community in Interwar Japan*, Princeton University Press, 2000.

Harvey, David, *Social Justice and the City*, Edward Arnold, 1973.

Ivy, Marilyn, *DISCOURSES OF THE VANISHING*, The University of Chicago Press, 1995.
Tuan, Yi-Fu, *Topophilia : A Study of Environmental Perception, Attitudes, and Values*, Colombia University Press, 1990.
Urry, John, *The Tourist Gaze*, SAGE Publications, 2002.
Vlastos, Stephen ed, *Mirror of Modernity : Invented Traditions of Modern Japan*, University of California Press, 1998.
Williams, David, *Defending Japan's Pacific War : The Kyoto School philosophers and post-White power*, RoutledgeCurzon, 2004.
Williams, Raymond, *Keywords : A Vocabulary of culture and society*, Flamingo, 1983.

간행사 _ 근대 한국학총서를 내면서

새 천 년이 시작된 지도 벌써 몇 해가 지났다. 식민지와 분단국가로 지낸 20세기 한국 역사의 와중에서 근대 민족국가 수립과 민족 문화 정립에 애써온 우리 한국학계는 세계사 속의 근대 한국을 학술적으로 미처 정리하지 못한 채 세계화와 지방화라는 또 다른 과제를 안게 되었다. 국가보다 개인, 지방, 동아시아가 새로운 한국학의 주요 대상이 된 작금의 현실에서 우리가 겪어온 근대성을 다시 한번 정리하고 21세기에 맞는 새로운 모습으로 탈바꿈시키는 것은 어느 과제보다 앞서 우리 학계가 정리해야 할 숙제이다. 20세기 초 전근대 한국학을 재구성하지 못한 채 맞은 지난 세기 조선학·한국학이 겪은 어려움을 상기해 보면, 새로운 세기를 맞아 한국 역사의 근대성을 정리하는 일의 시급성은 아무리 강조해도 지나치지 않다.

우리 근대한국학연구소는 오랜 전통이 있는 연세대학교 조선학·한국학 연구 전통을 원주에서 창조적으로 계승하고자 하는 목표에서 설립되었다. 1928년 위당·동암·용재가 조선 유학과 마르크스주의, 그리고 서학이라는 상이한 학문적 기반에도 불구하고 조선학·한국학 정립을 목표로 힘을 합친 전통은 매우 중요한 경험이었다. 이에 외솔과 한결이 힘을 더함으로써 그 내포가 풍부해졌음은 두말할 나위가 없다. 연세대학교 원주캠퍼스에서 20년의 역사를 지닌 매지학술연구소를 모체로 삼아, 여러 학자들이 힘을 합쳐 근대한국학연구소를 탄생시킨 것은 이러한 선배학자들의 노력을 교훈으로 삼은 것이다.

이에 우리 연구소는 한국의 근대성을 밝히는 것을 주 과제로 삼고자 한다. 문학 부문에서는 개항을 전후로 한 근대 계몽기 문학의 특성을 밝히는 데 주력할 것이다. 역사 부문에서는 새로운 사회경제사를 재확립하고 지역학 활성화를 위한 원주학 연구에 경진할 것이다. 철학 부문에서는 근대 학문의 체계화를 이끌고 사회과학 분야에서는 학제 간 연구를 활성화시키며 근대성 연구에 역량을 축적해 온 국내외 학자들과 학술 교류를 추진할 것이다. 이러한 연구들은 일방성보다는 상호 이해와 소통을 중시하는 통합적인 결과물의 산출로 이어질 것이다.

근대한국학총서는 이런 연구 결과물을 집약적으로 정리하기 위해 마련한 총서이다. 여러 한국학 연구 분야 가운데 우리 연구소가 맡아야 할 특성화된 분야의 기초자료를 수집・출판하고 연구성과를 기획・발간할 수 있다면, 우리 시대 연구자들뿐만 아니라 학문 후속세대들에게도 편리함과 유용함을 줄 수 있을 것이다. 새롭게 시작한 근대한국학총서가 맡은 바 역할을 충분히 할 수 있도록 주변의 관심과 협조를 기대하는 바이다.

2003년 12월 3일

연세대학교 원주캠퍼스 근대한국학연구소